NICOLA MARNI

METHAN

NICOLA MARNI

METHAN

THRILLER

PAGE & TURNER

Verlagsgruppe Random House FSC-DEU-0100
Das FSC®-zertifizierte Papier *Super Snowbright* für dieses Buch
liefert Hellefoss AS, Hokksund, Norwegen.

Page & Turner Bücher erscheinen im
Wilhelm Goldmann Verlag, München,
einem Unternehmen der Verlagsgruppe
Random House GmbH.

1. Auflage
Copyright © 2012
by Page & Turner/Wilhelm Goldmann Verlag, München,
in der Verlagsgruppe Random House GmbH
Umschlaggestaltung: UNO Werbeagentur München
Umschlagmotiv: © Getty Images/David Madison;
Getty Images/Nick Norman
Redaktion: Regine Weisbrod
Gesetzt aus der Janson Antiqua bei omnisatz GmbH, Berlin
Druck und Einband: GGP Media GmbH, Pößneck
Printed in Germany
ISBN: 978-3-442-20375-8

www.pageundturner-verlag.de

ERSTER TEIL

EINE VAGE SPUR

24937 Flensburg

EINS

Gennadi verschränkte die Hände hinter dem Kopf und grinste. »Endlich haben wir unsere Ruhe!«

»Mir wäre es lieber, ich könnte mit ins Flugzeug steigen und auch nach Moskau fliegen, anstatt weiterhin diese verdammte Baracke bewachen zu müssen. Die anderen durften alle mit, sogar das Kantinen- und Reinigungspersonal ist heute Vormittag mit einer Maschine weggebracht worden! Wahrscheinlich lachen die über uns, weil wir zurückbleiben müssen, und wer weiß, wann es diesen Sesselfurzern im Ministerium einfällt, eine Ablösung zu schicken«, antwortete sein Kollege Arkadi und stieß ein paar deftige Flüche aus. Dann zog er eine Bierdose hervor und riss sie auf. »Das hier und genügend Wodka sind das Einzige, das den Aufenthalt hier erträglich macht.«

»Gib mir auch eins!« Gennadi amüsierte sich über seinen Kollegen, der die geheime Forschungsanlage auf der Belkowski-Insel als Baracke bezeichnete. Dabei gehörten ihre Arbeitsbedingungen – abgesehen von der Kälte und der Einsamkeit – zu den besten in ganz Russland. Das Gehalt war ausgezeichnet, und die meisten Dinge des täglichen Lebens gab es zum Nulltarif, darunter auch das Bier. Den Wodka mussten sie aus dem Automaten holen, aber er war sagenhaft billig. Gennadi hatte bereits ein hübsches Sümmchen für die Zeit angespart, in der er nicht mehr beim Wachdienst des Innenministeriums arbeiten würde.

Er trank einen Schluck aus der Dose, die Arkadi ihm reichte, und deutete nach draußen, wo unverkennbar ein Schneesturm aufzog. »Die nächsten drei Wochen gehört der Laden uns, Arkadi Jurijewitsch. Die hohen Herrschaften fliegen alle nach Moskau und dann weiter nach Washington, um sich für ihre Entdeckungen feiern zu lassen. Doch solange die Tiefkühltruhen in der Kantine und die Regale im Laden noch gefüllt sind, kann ich gut warten, bis das Kantinenpersonal zurückkommt. Wir ...«

Was auch immer Gennadi noch hatte sagen wollen, unterblieb, denn aus dem Schneetreiben schälte sich ein zu einem Raupenfahrzeug umgebauter Lada Niva heraus und blieb vor der Forschungsstation stehen. Verwundert sahen die beiden Wachmänner, wie die Türen des Wagens geöffnet wurden und zwei Personen ausstiegen. Es handelte sich um einen Mann in einem roten Anorak und mit einer Pudelmütze und eine Frau, die einen Polarfuchsmantel und eine passende Mütze trug.

»Das ist doch Dr. Paragina!«, rief Arkadi verblüfft aus. »Was will die noch hier? Sie sollte doch mit den anderen Wissenschaftlern nach Moskau fliegen.«

»Du kannst sie ja fragen«, spottete sein Kollege und ging zum Eingangstor, um der Wissenschaftlerin aufzuschließen. Diese trat mit einem Schwall kalter Luft und etlichen Schneeflocken auf Pelzmantel und Mütze ein.

»Es tut mir leid, dass ich Sie und Arkadi Jurijewitsch noch einmal stören muss. Aber ich habe gestern in der Aufregung etwas vergessen«, sagte sie und blockierte dabei die Tür so, dass auch ihr Begleiter eintreten konnte.

»Dr. Lebow aus Moskau«, stellte sie ihn vor. »Er ist mit dem Flugzeug gekommen, um uns abzuholen. Er kann doch bei Ihnen in der Sicherheitszentrale bleiben, während ich meine Sachen hole? Ich will ihn bei diesem Schneesturm nicht draußen im Auto warten lassen.«

»Das ist doch selbstverständlich, Frau Dr. Paragina.« Gennadi verschloss das Eingangstor wieder und bat den Fremden, mit ihm in den Nebenraum zu kommen. Die Wissenschaftlerin bedankte sich freundlich, trat an die Schleuse, die zu den inneren Räumen der Forschungsstation führte, und steckte ihre Codekarte in das Lesegerät.

Unterdessen hatte sein Kollege Arkadi eine weitere Bierdose aus ihrem Vorrat genommen. Jetzt sah er sich kurz zu ihrem Gast um, doch der stand noch an der Tür und kämpfte mit dem Reißverschluss seines Anoraks. Daher wandte Arkadi sich seinen Bildschirmen zu und beobachtete, wie Dr. Paragina in den Umkleideraum ging und sich dort bis auf Slip und BH auszog. Mit einer knappen Handbewegung winkte er seinen Kollegen zu sich.

»Das darfst du dir nicht entgehen lassen, Gennadi! Die Paragina ist wirklich ein Anblick, den man hier nicht oft geboten bekommt«, sagte er so leise, dass der Fremde es nicht hören konnte.

»Vor allem in den nächsten drei Wochen nicht!« Gennadi starrte nun ebenfalls auf den Bildschirm, auf dem Nastja Paraginas weibliche Reize deutlich zu sehen waren. Weder er noch sein Kollege achteten auf den Begleiter der Wissenschaftlerin. Dieser trat einen Schritt zurück, griff in eine Innentasche seines Anoraks und zog eine eigenartig geformte Pistole hervor. Als er schoss, gab diese zweimal einen schmatzenden Laut von sich. Die beiden Wachmänner rissen noch die Münder zum Schrei auf, sackten dann aber lautlos zusammen und blieben auf dem Boden liegen.

Mit einem zufriedenen Nicken steckte der Mann, der natürlich nicht Lebow hieß, seine Waffe weg, nahm Gennadi den Codeschlüssel für das Eingangstor ab und schleifte erst ihn und danach Arkadi nach draußen. Dort zerrte er die beiden toten Männer in eine Schneewehe und kehrte in die Sicherheitszentrale zurück.

Auf dem Bildschirm sah er, wie Nastja Paragina einen Overall mit Kapuze anzog und die Forschungsstation betrat. Dort fuhr sie mehrere Computer hoch, kopierte Daten auf eine externe Festplatte und das Wichtigste zur Sicherheit zusätzlich auf eine Speicherkarte und einen USB-Stick. Schließlich steckte sie eine andere Speicherkarte in den dafür vorgesehenen Schlitz und speiste die Daten ein.

Mit einem Mal wurden alle Computer in der Forschungsstation einschließlich der beiden Anlagen in der Wachzentrale lebendig. Verwirrende Symbole flimmerten über die Bildschirme, und die Helligkeit in den Räumen schwankte, als gäbe es Probleme bei der Stromversorgung.

Der falsche Lebow nickte zufrieden, ging nach draußen und verkeilte das Eingangstor so, dass es nicht mehr zufallen konnte. Das Gleiche machte er mit der Sicherheitsschleuse, die sich nun auf beiden Seiten öffnen ließ. Danach wartete er auf Nastja Paragina.

Nach einer Viertelstunde tauchte die Wissenschaftlerin wieder mit Polarfuchspelz und Mütze bekleidet auf. Sie trug einen mit einem Sicherheitsschloss versehenen Aktenkoffer in der Hand.

»Ist alles gut gegangen, Espen?«, fragte sie.

»Natürlich! Die beiden Kerle haben sich so auf die Stripteaseshow konzentriert, die du ihnen geboten hast, dass sie für nichts anderes mehr Augen hatten. Und wie war es bei dir?«

Obwohl der Mann gut russisch sprach, war nicht zu überhören, dass es sich nicht um seine Muttersprache handelte.

Nastja Paragina hob ihren Aktenkoffer in die Höhe. »Hier drin ist alles, was wir brauchen. Was die Daten in den Computern der Forschungsstation angeht, so frisst die gerade der Wurm – und den Rest erledigen Kälte und Schnee! Ich habe ebenso wie du hier die Türen verkeilt und die Fenster geöffnet. In einer halben Stunde ist die Station ein Eisschrank, und das Schöne ist: Niemand kann mehr feststellen, wer die gesamte Elektronik der Station zerstört hat!«

Zufrieden lächelnd verließ die Wissenschaftlerin die Anlage, die in den drei letzten Jahren ihr Zuhause gewesen war, und stapfte zum Wagen.

Espen folgte ihr und setzte sich ans Steuer. Obwohl seit ihrer Ankunft mehr als zehn Zentimeter Neuschnee gefallen waren, wühlte sich das mit Raupen ausgerüstete Fahrzeug mühelos durch die weiße Pracht. Als Nastja Paragina sich umblickte, gingen hinter ihnen in der Forschungsstation die letzten Lichter aus.

Gleichzeitig stieg seitlich vor ihnen ein Flugzeug in den Himmel empor. Durch das Schneegestöber konnten sie für einige Augenblicke die grünen und roten Blinklichter an seinen Tragflächen erkennen.

»Wie es aussieht, ist der Pilot wegen des erwarteten Schneesturms früher gestartet«, stellte der Mann lächelnd fest.

Nastja Paragina schickte dem Flugzeug einen nicht gerade freundlichen Blick nach. »Denen dort oben wünsche ich einen ganz besonderen Flug. Für uns hoffe ich, dass wir ohne Probleme von hier wegkommen.«

»Ich sehe den Hubschrauber schon kommen.« Espen zeigte nach vorne, wo ein Helikopter knapp über der aufgewühlten See heranschwebte und gut hundert Meter vor ihnen am Ufer aufsetzte.

Der Geländewagen bewältigte auch das letzte Stück, obwohl er sich durch mannshohe Schneewehen wühlen musste. Als er schließlich anhielt, stieg die Wissenschaftlerin aus und kämpfte sich durch den aufgewirbelten Schnee auf den Hubschrauber zu.

Espen stellte den Motor ab, kurbelte das Seitenfenster herab und legte den ersten Gang ein. Den Fahrzeugschlüssel ließ er stecken und zog auch die Bremse nicht an. Stattdessen schob er die Fußmatte so über das Gaspedal, dass dieses leicht eingedrückt wurde. Dann verließ er das Raupenfahrzeug, beugte sich noch einmal ins Auto hinein und startete den Motor. Während er zum Hubschrauber stapfte, rollte der Geländewagen über die Uferkante und versank in der schäumenden See.

Kaum saßen Nastja und Espen auf ihren Plätzen und hatten sich angeschnallt, zog der Pilot die Maschine hoch und steuerte sie aufs Meer hinaus.

ZWEI

In dem Flugzeug, das Nastja Paragina und ihr Begleiter beim Start beobachtet hatten, teilten die in hellblaue Uniformen gekleideten Stewardessen zur selben Zeit Sektgläser aus. Zwei Herren im vorderen Bereich der Maschine stießen bereits miteinander an.

»Auf unseren Erfolg, Prof. Bowman! Unsere Ergebnisse sind ein Meilenstein für die Energiegewinnung der Zukunft«, erklärte einer von ihnen in einem russisch gefärbten Englisch.

»Das sind sie in der Tat! Schade, dass Dr. Paragina nicht mitfliegen konnte. Eigentlich hat sie doch den größten Anteil an unserem Erfolg«, antwortete Bowman im Tonfall eines Amerikaners von der Westküste.

Sein Gegenüber lächelte verschmitzt. »Das ist wirklich sehr schade, Prof. Bowman. Aber ihr Geschlecht hat ihr einen Streich gespielt.«

Da Bowman irritiert den Kopf schüttelte, lehnte Prof. Wolkow sich mit der Miene eines Verschwörers zu ihm hinüber. »Sie hat sich heute Morgen bei mir wegen starker Menstruationsbeschwerden abgemeldet und kann deswegen nicht mit uns fliegen. Aber jetzt auf Ihr Wohl!«

Während Wolkow trank, dachte er, dass Nastja Paraginas Unwohlsein ihm ausgezeichnet in die Karten spielte. Andernfalls wäre es ihr womöglich doch gelungen, sich in den Vordergrund zu schieben, wenn in Moskau die Ergebnisse präsentiert wurden. So aber würde die Aufmerksamkeit hauptsächlich ihm gelten. Das bedeutete mehr Ansehen, mehr Gehalt, Auszeichnungen und einen höheren Posten im Institut. Mit einem zufriedenen Lächeln setzte Wolkow das Gespräch fort.

»Nastja hofft, noch rechtzeitig nach Moskau zu kommen, um mit uns gemeinsam in Ihre Heimat fliegen zu können. Doch ich halte es für fraglich, ob man extra ihretwegen ein Flugzeug zur Insel schicken wird. Wenn Nastja Pech hat, bleibt sie in der Station, bis wir zurückkommen.«

»Das wäre bedauerlich. Frau Dr. Paragina ist nicht nur eine exzellente Wissenschaftlerin, sondern auch eine sehr gutaussehende Frau. Ich hoffe, sie hat Ihnen sämtliche Unterlagen mitgegeben. Diese müssen sowohl in Moskau wie auch in Washington gesichert werden.«

»Keine Sorge, das hat sie!« Mit diesen Worten beugte Prof. Wolkow sich nach vorne und zog einen Aktenkoffer unter seinem Sitz hervor. »Mit Hilfe der Formeln, die in diesem Koffer stecken, werden wir das Methan der Weltmeere schon in naher Zukunft gewinnen und wie ganz normales Erdöl verwenden können. Unseren Berechnungen nach reichen die bekannten Methanvorräte in den Ozeanen für mehr als vierhundert Jahre. Dabei sind Meeresböden zum größten Teil noch unerforscht.«

Prof. Wolkow schüttelte den Koffer ein wenig und wollte ihn wieder unter seinem Sitz verstauen, als das Gepäckstück unter seinen Händen aufflammte. Erschrocken ließ er es los. Im nächsten Augenblick raste ein Energieblitz durch die Maschine. Auf einen Schlag fielen alle elektronischen Instrumente im gesamten Flugzeug aus.

Noch während der Kapitän im Cockpit auf die plötzlich schwarz gewordenen Anzeigen starrte, durchschlug der Blitz die Hülle des ersten Treibstofftanks, und das Kerosin explodierte. Die Tu-204SM wurde in Stücke gerissen und die Einzelteile über ein mehrere hundert Quadratkilometer großes

Gebiet in der Laptewsee verstreut. Die Trümmer, die auf das Packeis gestürzt waren, begrub ein Schneesturm, der fünf Tage lang wütete und eine Suchaktion unmöglich machte.

DREI

Als Franz Xaver Wagner in den Flur trat, vernahm er bereits die Stimmen seiner Untergebenen aus dem Besprechungszimmer. Dem Tonfall nach war Henriette von Tarow wieder einmal verärgert. Im Allgemeinen war die junge Agentin kühl und beherrscht, doch wehe, sie fühlte sich unterbeschäftigt, wie es gerade der Fall war, oder gar missachtet. Seine Leute hatten schon mehrere Wochen keinen bedeutenden Auftrag mehr erhalten, und die eintreffenden Routineaufgaben hätten auch Petra Waitl und Hans Borchart erledigen können.

Wagner passte es ebenfalls nicht, nutzlos in seinem Büro zu sitzen. Dennoch erwog er, in den Aufenthaltsraum zu gehen und Henriette den Kopf zurechtzusetzen. Ihr Job brachte auch solche Phasen mit sich. Es konnte nicht nur Adrenalin steigernde Kicks geben, sondern auch ruhigere Zeiten. Dies war im Übrigen auch der Jahreszeit angemessen, denn am Tag zuvor war der zweite Advent gewesen. In diesen letzten Wochen des Jahres konnten sie Routinearbeiten erledigen, die liegengeblieben waren. Er wollte seinen Leuten auch raten, sie sollten die Gelegenheit nützen, nach den aufregenden Ereignissen des Sommers ihre Akkus wieder aufzuladen, zögerte aber noch. Torsten Renk würde sich mit Sicherheit auf Henriettes Seite schlagen, und zwei missgelaunte Untergebene wollte er sich nicht zumuten.

Daher berat Wagner zuerst sein Büro, schaltete seinen Computer an und zog den Mantel aus. Nachdem er auch seine Winterstiefel gegen bequeme Schuhe vertauscht hatte, blickte er auf den Bildschirm und erstarrte.

Drei Zeilen blinkten in grellem Rot, und drei Worte waren besonders hervorgehoben: »wichtig!« und »streng geheim!«.

Wagner setzte sich, rief die entsprechenden Mails auf und las sie mit wachsender Erregung. Danach blieb er einige Minuten lang starr am Schreibtisch sitzen und blickte ins Leere. Seine Gedanken rotierten, entwarfen Pläne und beförderten sie ebenso schnell wieder in seinen geistigen Papierkorb. Als ihm klar wurde, dass er alleine zu keinem vernünftigen Ergebnis kam, stand er auf und ging in den Aufenthaltsraum.

Seine Leute waren so ins Gespräch vertieft, dass sie ihn zunächst nicht bemerkten. Eben warf Torsten ein Blatt Papier mit einem Ausdruck höchsten Widerwillens auf den Tisch.

»Wagner kann nicht bei Trost gewesen sein, als er das zugelassen hat!«

»Worum geht es?«, fragte Petra Waitl, die Computerspezialistin im Team.

»Ich soll den Verteidigungsminister nach Kunduz begleiten und den armen Kerlen, die dort Dienst tun, Schokonikoläuse und Tannenzweige in die Hand drücken.«

Seine Kollegin Henriette von Tarow lachte spöttisch auf. »Warum soll es dir besser gehen als mir? Als ich letztens die Leibwächterin der Entwicklungshilfeministerin spielen und mit ihr nach Afrika fliegen musste, war es mein Job, die Gastgeschenke zu tragen.«

»Jetzt versucht nicht, euch gegenseitig mit Gräuelgeschichten zu übertreffen«, warf Hans Borchart ein, der in einer Ecke Torstens Sphinx AT2000 in ihre Einzelteile zerlegt hatte, um die einmalige Waffe zu pflegen.

»Daran ist nur dieser alberne Wettstreit zwischen dem MAD und dem Bundesnachrichtendienst schuld. Die einzelnen Abteilungen schnappen wie Kampfhunde nach jedem

Auftrag, den sie kriegen können, nur um zu beweisen, wie wichtig und kompetent sie sind. Daher bleibt für uns nichts übrig, als Schokonikoläuse zu verteilen und Gastgeschenke zu schleppen! Dabei habe ich gedacht, nach der Sache in Somalia wären wir richtig im Geschäft. He, was soll das? Ich will das Ding nicht!«

Henriette war so sauer, dass sie Petra Waitls Hand beiseiteschob, als diese ihr einen Lebkuchen reichen wollte.

»Schokolade beruhigt die Nerven!«, erklärte die pummelige Computerspezialistin unbeeindruckt. Dann sah sie Henriette und Torsten kopfschüttelnd an.

»Ich weiß nicht, was ihr habt! Immerhin ist unsere Abteilung in das Projekt ›Cyberwar‹ einbezogen worden. Und der Job macht mir richtig Spaß.«

»Du sitzt ja auch den ganzen Tag am Computer und tust nichts anderes, als in die Tasten zu hauen«, antwortete Henriette verschnupft.

»Sag das nicht! Immerhin habe ich im Herbst meine Maschine zum Kopieren von Metallteilen verbessert und zum Patent angemeldet. Der Prototyp steht jetzt unten im Keller, und damit fertige ich jede Woche mindestens ein Dutzend Nachschlüssel für unsere Kollegen vom BND an.« Petra machte keinen Hehl daraus, dass sie sehr stolz auf ihre Leistung war.

Das brachte Henriette nur noch mehr auf. »Du solltest für uns arbeiten, nicht für die Konkurrenz!«

Jetzt hielt Wagner es für an der Zeit einzugreifen. »Die Leute vom BND sind nicht unsere Konkurrenz, sondern unsere Kollegen.«

»Pah!« Henriettes Antwort war kurz und deutlich. Dann verschwand sie und ließ Wagner kopfschüttelnd zurück.

»Irgendwie begreife ich nicht, dass Frau von Tarow sich danach sehnt, Kugeln um ihre Ohren pfeifen zu hören.«

»Das liegt an den Genen«, warf Hans Borchart ein. »Immerhin entstammt sie einer Soldatenfamilie, die bereits aktiv war, als die Cherusker unter Arminius die Legionen des Varus vernichtet haben. So etwas hinterlässt zwangsläufig seine Spuren in der Erbmasse.«

»Ihnen gebe ich auch gleich eine Masse – und zwar an Arbeit!«, knurrte Wagner. »Oder glauben Sie, der deutsche Staat zahlt Sie dafür, dass Sie Renks Privatartillerie in Schuss halten?«

»Gegen ein wenig Arbeit hätte ich nichts einzuwenden, auch wenn ich zu jenen gehöre, die ebenfalls für unsere Konkurrenz arbeiten, um Henriette zu zitieren. Petra hat mich nämlich in ihre Supermaschine eingewiesen, damit ich sie, wenn sie in Mutterschutz geht, vertreten kann.«

»Erinnern Sie mich nicht daran! Ausgerechnet jetzt, wo sie dringend gebraucht wird, müssen wir bald auf sie verzichten …«, stieß Wagner verärgert aus.

Weder er noch Hans achteten auf Torsten, der betont auf seinem Kaugummi herumkaute. Immerhin war er mitschuldig an Petras Zustand, denn sie waren sich bei einem Mallorca-Urlaub im Frühjahr nähergekommen, als es unter Kollegen allgemein üblich war. Zwar hätte er sich ohne Zögern zu seiner Vaterschaft bekannt, aber das wollte Petra nicht. Mittlerweile war sie Ende des siebten Monats und hätte eigentlich zu Hause bleiben und sich auf die Geburt vorbereiten sollen. Aber sie weigerte sich trotz aller Probleme, die ihr Zustand ihr angesichts ihres Übergewichts bereitete, es ruhig angehen zu lassen. Henriette hatte bereits gespottet, dass Petra selbst im Kreißsaal noch auf den Monitor starren und tippen würde.

Bei dem Gedanken an Henriette stand Torsten auf. »Ich schaue mal, was unser Generalstöchterlein macht.«

»Tun Sie das«, antwortete Wagner und drehte sich zu Petra um. »Frau Waitl, kommen Sie bitte in mein Büro und nehmen Sie Ihren Laptop mit. Es ist dringend und wichtig!«

Während die Computerspezialistin verschwand, um ihren Laptop zu holen, pfiff Hans Borchart leise durch die Zähne. »Das sieht ganz so aus, als müssten Henriette und Torsten sich bald nicht mehr darin übertreffen, wem es hier langweiliger ist.«

»Das wird man sehen«, knurrte Wagner und kehrte in sein Büro zurück. Wenige Augenblicke später walzte Petra herein. Sie war durch ihre Schwangerschaft noch unbeholfener als sonst und tat sich sichtlich schwer, ihren übergroßen Laptop samt der Ausrüstung zu schleppen, die sie für notwendig hielt.

Wagner sprang auf und half ihr, damit keines der Geräte zu Boden fallen konnte. »Sie hätten sich die Sachen von Borchart oder Renk hierhertragen lassen sollen«, tadelte er sie und schob ihr einen Schreibtischstuhl hin. »Ich muss dringend einige Fragen klären, und die Antworten, die Sie finden, werden wahrscheinlich noch mehr Fragen aufwerfen, denen Sie nachspüren müssen. Dabei ist es mir vollkommen gleichgültig, wie Sie an die Informationen gelangen. Alles, worüber wir gleich sprechen werden, unterliegt der höchsten Geheimhaltungsstufe. Haben Sie verstanden?«

Petra wunderte sich zwar, warum sie hier in Wagners Büro arbeiten sollte anstatt an ihrem eigenen Schreibtisch, klappte aber ihren Laptop auf und sah ihren Chef grinsend an.

»Schießen Sie los!«

VIER

Torsten öffnete die Tür des Büros, das er mit Henriette teilte. Er war offensichtlich, dass seine Kollegin immer noch verärgert war.

»Wenn du nach Afghanistan fliegst, kannst du meinem

Bruder Michael einen schönen Gruß von mir ausrichten. Er ist derzeit dort stationiert«, sagte sie.

Torsten verzog das Gesicht, als hätte er auf etwas Saures gebissen. »Nicht auch das noch! Dein Bruder Dietrich geht ja noch, vor allem, seit er seine afrikanische Frau geheiratet hat. Aber Michael – na ja, du weißt ja, was ich von ihm halte!«

»Ich gebe zu, dass er ein wenig schwierig ist, aber im Allgemeinen kann man ganz gut mit ihm auskommen.«

»Ja, wenn man ihn als den Größten ansieht und ihm überall den Vortritt lässt!« Torstens Stimme klirrte. Auch wenn seine letzte Begegnung mit Michael von Tarow schon länger zurücklag, hatte er die wilde Schlägerei, in der die Auseinandersetzung mit dem Mann geendet hatte, nicht vergessen.

Henriette wusste recht genau, was sich damals zugetragen hatte, aber sie hätte es gerne gesehen, dass der jüngere ihrer beiden Brüder und Torsten sich ausgesprochen und Frieden geschlossen hätten. Vielleicht ergab sich in Afghanistan eine Gelegenheit dazu, dachte sie und öffnete ihren Mailbriefkasten in der Hoffnung, es gäbe etwas Neues. Doch die meisten E-Mails waren entweder privater Natur oder unwichtig. Außerdem musste sie eine ganze Menge an Spammails löschen.

»Petra sollte sich lieber hierfür etwas einfallen lassen, als an dem albernen ›Cyberwar‹-Projekt mitzuarbeiten. Oder kannst du dir vorstellen, dass ich eine Penisvergrößerung brauchen kann?«, wandte sie sich schnappig an Torsten.

Dieser lachte, während er seine eigenen E-Mails überflog. »Mach dir nichts draus«, meinte er. »Mir bieten sie auch so einiges an. Aber dafür gibt es die Delete-Taste.«

»Es müsste alles automatisch entfernt werden!« Während Henriette eine Spammail nach der anderen löschte, schimpfte sie über die Absender und brachte Torsten damit zum Lachen.

»Was denn?«, fragte sie wütend.

»Eine ganz spezielle Art an Spammails enthält Informationen für uns, oder hast du das vergessen?«

»Nein, oder … Verflixt, jetzt habe ich eine davon gelöscht!« Henriette wechselte in den Papierkorb ihres E-Mail-Programms und rief die entsprechende Mail auf.

»Agent 66 wünscht uns einen schönen zweiten Advent. Ich lache später darüber!«, fauchte sie und löschte weitere Mails.

Eine Zeit lang herrschte Ruhe im Raum, dann klingelte auf einmal ihr Telefon. Wagner war am Apparat. »Sehen Sie zu, dass Sie umgehend in den Besprechungsraum kommen, und bringen Sie Renk mit.«

»Wir kommen gleich!« Henriette legte auf und zwinkerte Torsten zu. »Unser großer Guru klingt ganz danach, als wäre etwas im Busch.«

Torsten winkte verächtlich ab. »Wahrscheinlich will irgendein Minister samt Gattin oder Tochter einen Ausflug in ein anderes Land machen, und sie brauchen jemand, der ihm die Kamera und der Dame den Sonnenschirm hinterherträgt.«

»Sonnenschirm! Bei dem Wetter?« Henriette zeigte nach draußen. Dort fielen gerade dicke Schneeflocken vom Himmel.

»Es gibt auch Gebiete auf der Erde, in denen es um die Zeit nicht schneit, in der Sahara zum Beispiel oder in der Arabischen Wüste. Aber wir sollten unseren Meister nicht warten lassen.« Mit diesen Worten stieß Torsten sich von Henriettes Schreibtisch ab und ging zur Tür.

Sie folgte ihm und versuchte dabei, sich ihre Neugier nicht anmerken zu lassen. Ihr Vorgesetzter hatte nicht so geklungen, als handele es sich um eine Lappalie.

FÜNF

Nur Hans Borchart befand sich bereits im Besprechungsraum und teilte Tassen und Plätzchenteller aus.

Torsten starrte auf die Leckereien und knurrte wie ein gereizter Hund. »Will unser großer Guru etwa jetzt schon unsere Weihnachtsfeier abhalten?«

»Wie kommst du auf die Idee? Wir haben gerade mal den zweiten Advent«, antwortete Hans lachend.

»Bei dem Laden hier würde mich nichts mehr wundern!« Torsten nahm sich einen Lebkuchen und aß ihn. Dann drehte er sich zu Henriette um. »Sagte Wagner nicht etwas von umgehend? Jetzt sind wir schon eine halbe Ewigkeit hier, und er lässt auf sich warten.«

»Petra fehlt auch noch«, wandte Henriette ein. Um ihre Anspannung zu mindern, schenkte sie sich Tee ein und nahm sich ein Plätzchen.

»Sie werden gleich kommen.« Hans' Aufregung hielt sich in Grenzen. Da er bei einem Anschlag in Afghanistan einen Fuß und eine Hand verloren hatte und Prothesen trug, konnte er nur in Ausnahmefällen an Außenaktionen ihrer Abteilung teilnehmen. Daher war es sein Job, dafür zu sorgen, dass in ihrem Hauptquartier alles funktionierte, angefangen von der Kaffeemaschine bis hin zu den Computeranlagen. Bei Letzteren half ihm Petra, die, wie Hans nicht müde wurde zu betonen, aus einem Stück Draht und einem kaputten Taschenrechner einen funktionierenden PC basteln konnte.

Solche Dinge interessierten Torsten im Augenblick wenig. Während sie auf Wagner warteten, spürte er ein eigenartiges Kribbeln im Magen. Dieses Gefühl hatte er sonst nur vor brenzligen Situationen, daher weigerte er sich diesmal, es ernst zu nehmen.

»In einer halben Stunde habe ich offiziell Feierabend. Also sollte Wagner sich beeilen«, sagte er, während er sich eine Tasse Kaffee einschenkte.

»Ich schätze, heute werden Sie Überstunden machen.« Wagner hatte Torstens letzte Bemerkung bei seinem Eintritt vernommen, setzte sich an den Tisch und nahm seinem Mitarbeiter die noch nicht benutzte Tasse ab.

»Danke, den kann ich brauchen! Sie dürfen sich eine neue Tasse nehmen.«

»Das ist aber sehr großzügig von Ihnen!«, ätzte Torsten und lehnte sich missmutig zurück.

Anders als er war Henriette die Anspannung in Person. Petra fehlte noch, und das hieß für sie, dass es große Probleme geben musste.

Wagners nächste Bemerkung verstärkte diese Überzeugung. »Frau Waitl stellt gerade einige Informationen für eine Powerpoint-Präsentation zusammen. Es wird nicht lange dauern.«

Torsten verzog das Gesicht. »Für welchen Minister sollen wir diesmal Schokonikolaus-Träger spielen?«

»Schokonikolaus-Träger? Das Wort sollten Sie sich patentieren lassen. Das passt irgendwie zu Ihnen!« Wagners Grinsen nahm seiner Bemerkung die Schärfe. »Herr Borchart, haben Sie Renks große Liebe wieder zusammengebaut? Ohne seine Pistole wird er wohl kaum losziehen.«

»Es gibt endlich etwas zu tun!«, rief Henriette begeistert.

Wagner nickte der hübschen Eurasierin zu. »Ja, es gibt etwas zu tun. Allerdings handelt es sich um eine zweifelhafte Angelegenheit, und es ist sehr wahrscheinlich, dass Sie einfach nur zwei Wochen Urlaub auf Staatskosten machen.«

»Und was ist die unwahrscheinliche Alternative?«, fragte Henriette neugierig.

»Wenn ich das wüsste, müsste ich Sie beide nicht losschicken. Aber warten wir mit Erklärungen lieber, bis Frau

Waitl uns alles auf dem Bildschirm präsentiert. Ich habe keine Lust, zweimal dasselbe erklären zu müssen.«

Wie aufs Stichwort trat Petra ein. Sie sah auf den Tisch und rümpfte die Nase. »Warum hat mir keiner Kaffee eingeschenkt?«

»Weil Kaffee deinem Baby schadet«, antwortete Henriette und stand auf, um Petra einen als »Schokoladentrunk« bezeichneten Kakao aus dem Automaten zu holen.

Petra nahm das Getränk seufzend entgegen, setzte sich ächzend und zog die Funktastatur der Computeranlage näher zu sich heran. Als der Bildschirm aufleuchtete, wandte sie sich an Wagner. »Haben Sie den beiden schon erklärt, worum es geht?«

Ihr Chef schüttelte den Kopf. »Nein, ich habe auf Sie gewartet.«

»Gut, dann fange ich an!« Als Petra ein paar Tasten drückte, wurde auf dem Bildschirm eine Karte Russlands sichtbar. Sie zoomte die Neusibirischen Inseln heran und setzte ein Kreuz auf die Belkowski-Insel.

»Über etliche Umwege und Kanäle haben wir herausgefunden, dass Russland auf dieser Insel eine geheime Forschungsstation unterhalten hat«, begann sie oberlehrerhaft.

Torsten deutete ein Gähnen an, während Henriette verwundert den Kopf schüttelte.

»Die Russen haben doch auf den meisten Inseln dort irgendwelche Forschungsstationen!«

»Das schon, aber nur selten eine, in der über einhundert Wissenschaftler höchsten Ranges tätig sind, und zwar Chemiker, Physiker, Biologen, Geologen und so weiter«, sagte Petra grinsend.

Mit schiefer Miene winkte Torsten ab. »Wenn jemand glaubt, uns auf diese Insel schicken zu müssen, damit wir nachsehen, was unsere russischen Freunde dort machen, streike ich. Die Brüder passen mir etwas zu gut auf ihre Anlagen auf, und sie gehen nicht gerade zimperlich mit ungebetenen Gästen um.«

»Ganz so gut scheinen die Brüder, wie Sie sie nennen, nicht aufzupassen. Vor knapp zwei Monaten sollten die dort beschäftigen Wissenschaftler – übrigens nicht nur Russen, sondern auch Amerikaner – nach Moskau fliegen, um ihre Ergebnisse zu präsentieren. Doch kaum hatten sie die Forschungsstation verlassen, wurde diese überfallen und vollkommen zerstört. Die beiden Wachposten hat man erfroren in einem Schneehaufen gefunden. An ihnen waren keine Anzeichen körperlicher Gewalt zu erkennen. Soweit man bei der Rekonstruktion der Katastrophe feststellen konnte, sind die Computer der Station von einem unbekannten Virus befallen und ihre Daten unwiederbringlich gelöscht worden. Den Rest haben Kälte und Schnee erledigt. Als das Personal aus dem Urlaub zurückkam und die Wachposten abgelöst werden sollten, hat man festgestellt, dass jemand die Türen und Fenster der Station geöffnet und damit das gesamte technische Equipment zerstört hatte.«

Diesmal hatte Wagner das Wort ergriffen, während Petra einige Fotos der zerstörten Forschungsanlage aufrief, an die sie auf eine nur ihr bekannte Weise gelangt war.

Als Torsten die Bilder sah, stieß er einen anerkennenden Pfiff aus. »Das war die Arbeit von Profis!«

»Das glauben die Russen auch. Aber sie haben bisher nicht herausfinden können, wer dahintersteckt. Derzeit verdächtigen sie die Geheimdienste etlicher Länder, zum Beispiel die Chinesen, arabische Agenten, Venezolaner, ja selbst die USA.« Petra brach mit einem freudlosen Grinsen ab.

Torsten sah sie irritiert an. »Was hat das Ganze mit uns zu tun?«

»Das erfahren Sie gleich!«, wies Wagner ihn zurecht. »Wie ich schon vorhin sagte, sollten an jenem Tag sämtliche dort beschäftigten Wissenschaftler nach Moskau fliegen. Aber das

Flugzeug kam nie dort an. Da zu der Zeit ein außergewöhnlich starker Schneesturm über dem Gebiet getobt hat, konnte die Radarstation von Ust-Olenjok den Flug nicht verfolgen. Daher wissen die Russen nicht, ob die Tupolew abgestürzt oder an anderer Stelle gelandet ist. Sie nehmen nun an, dass zu der Aktion gegen die Forschungsstation auch die Entführung der Wissenschaftler gehört haben könnte.«

»Schön und gut, aber …«, begann Torsten, um erneut von Wagner unterbrochen zu werden.

»Kein Aber! Die Sache ist verdammt ernst. Russen und Amerikaner haben gemeinsam an einer Methode gearbeitet, mit der sie die Energiereserven der Erde um ein Vielfaches hätten erhöhen können.«

»Es geht hier um ein Milliardengeschäft, das Russland und die USA sich teilen wollten«, ergänzte Petra die Ausführungen ihres Vorgesetzten.

»Die sind doch in solchen Dingen sonst wie Katz und Hund«, wandte Torsten ein.

»Nicht, wenn der eine den anderen braucht. Allein hat Russland nicht die Power, die Sache durchzuziehen. Zudem benötigen sie amerikanisches Know-how und deren Zustimmung für submarine Tätigkeiten in internationalen Gewässern.«

Petra ließ die Karten mehrerer Seegebiete über den Bildschirm laufen, bevor sie weitersprach. »Wir nehmen an, dass es sich um Tiefseebohrungen in den Polarregionen der Erde handelt. Wegen der Vereisung der dortigen Meere geht dies nur mit unterseeischen Bohrplattformen. Diese müssen rundum druckfest sein, und es ist notwendig, Pipelines auf dem Ozeanboden zu verlegen. Wenn dieses Verfahren gelingt, werden sich die Energiereserven der Erde schlagartig erhöhen. Gleichzeitig wären die Erdölvorräte der arabischen Ölstaaten und auch der anderen Länder nur noch einen Bruchteil ihres jetzigen Verkaufspreises wert.«

»Deshalb haben sowohl die Russen wie auch die USA den Verdacht, dass jemand aus dieser Ecke hinter der Sache steckt. Beide Länder haben Dutzende ihrer fähigsten Wissenschaftler verloren«, ergänzte Wagner den Vortrag.

Dann sah er Torsten durchdringend an. »Fragen Sie nicht noch einmal, was das mit uns zu tun haben soll, sondern schauen Sie auf den Bildschirm!«

Torsten beugte sich vor und sah nun eine attraktive Frau mit blonden Haaren in einem eleganten Kostüm. »Das ist die russische Wissenschaftlerin Nastja Paragina, ein Genie mit mehreren Doktortiteln und eine der Hauptakteure des Projekts auf der Belkowski-Insel. Sie hat dort mehr als drei Jahre geforscht.«

»Die würde ich gerne mal zum Abendessen einladen«, rief Hans grinsend aus.

»Und nun seht euch dieses Bild an«, setzte Petra ihre Erklärungen fort, ohne auf Hans' Bemerkung einzugehen. Auf einen Tastenbefehl hin wurde Nastja Paraginas Foto in eine Hälfte des Bildschirms verschoben, während auf der anderen das einer Frau erschien, die der Wissenschaftlerin wie aus dem Gesicht geschnitten schien.

»Das ist ebenfalls die Paragina!«

»Falsch, Torsten. Diese Frau heißt Marit Söderström, zumindest ihrem Pass nach«, trumpfte Petra auf.

Torsten schüttelte verwirrt den Kopf. »Ich hätte geschworen, dass das die Paragina ist. Sogar das kleine Muttermal auf der rechten Wange ist an derselben Stelle.«

»Seltsam, nicht wahr? Vor allem, wenn man bedenkt, dass Nastja Paragina zusammen mit den anderen Wissenschaftlern auf dem Flug nach Moskau verschollen ist und dieses Bild vor drei Tagen in Paris aufgenommen wurde.«

Petra grinste freudlos, während sie die beiden Bilder wegschaltete und das Foto eines hochgewachsenen Mannes aufrief. »Das hier ist Espen Terjesen, ein bekannter norwegischer Womanizer und der derzeitige Begleiter von Marit Söderström. Eigenartig ist, dass zwar 1979 eine Marit Söderström in Strömsund/Jämtland geboren wurde, aber die Frau meinen Informationen zufolge 2008 bei einem Autounfall in den USA tödlich verunglückte. Am Steuer saß damals Torvald Terjesen, Espen Terjesens älterer Bruder, gleichzeitig Vorstandsvorsitzender und Hauptanteilseigner von International Energies. Der Unfall wurde damals vertuscht und Marit Söderströms Tod nie in ihre Heimat gemeldet. Außerdem sah die Frau so aus!«

Erneut wechselte das Bild, und eine hübsche, aber kräftiger gebaute Frau als Nastja Paragina wurde sichtbar. Ihr Haar war naturblond und nicht künstlich gebleicht.

»Klickert es langsam bei euch?«, fragte Petra, während sie versuchte, unauffällig an Henriettes Kaffeetasse zu kommen.

Die Eurasierin nahm ihr die Tasse ab und holte erneut Kakao aus dem Automaten. »Du willst doch deinem Baby nicht schaden!«

Petra seufzte und schlang das süße, pappige Zeug mit Todesverachtung hinunter. »Ich werde froh sein, wenn es vorbei ist. So gesund wie in den letzten Monaten habe ich seit fünfzehn Jahren nicht mehr gelebt«, stöhnte sie, grinste dann aber. »Und jetzt kommt ihr zwei ins Spiel. Aber das soll euch Herr Wagner erklären.«

»Da bin ich ja mal gespannt«, spottete Torsten.

Wagner dankte Petra für ihre Ausführungen. »Sie haben ausgezeichnete Arbeit geleistet, vor allem, wenn man bedenkt, wie wenig Zeit Ihnen dafür zur Verfügung stand. Das mit dem Unfall in einem Kuhkaff in den Vereinigten Staaten dürften nur wenige herausgefunden haben. Wirklich gut!«

Er verstummte für einen Augenblick und sah Henriette und Torsten durchdringend an. »Zwar wissen wir nicht, ob die angebliche Marit Söderström wirklich Nastja Paragina ist, aber wir vermuten es. Ebenso geht es den russischen und den amerikanischen Geheimdiensten und sicher auch etlichen anderen. Dabei ist sie nur durch Zufall entdeckt worden. Ihr Begleiter Espen Terjesen hat mit seinem Protz-Schlitten einen Motorradfahrer auf die Hörner genommen, und da ein Paparazzo zufällig vor Ort war, sind die Bilder in einer Zeitschrift abgedruckt worden. Das haben die Russen mitbekommen und eine halbe Armee an Geheimdienstlern in Marsch gesetzt. Übrigens sieht die angebliche Söderström sonst so aus, wenn sie unter Leute geht.«

Auf Wagners Handzeichen holte Petra das Foto einer extravagant gekleideten Frau mit aufsehenerregender Frisur auf den Bildschirm.

Torsten schüttelte den Kopf. »So hätte ich sie nicht erkannt.«

»Gut getarnt, nicht wahr? Nur zu dumm, dass ihr Lover einen Unfall gebaut hat. Sonst würden die Russen heute noch glauben, dass die Paragina entweder abgestürzt oder entführt worden ist.«

Wagner genehmigte sich einen Schluck Kaffee, neidisch beäugt von Petra. Dabei suchte er den richtigen Einstieg, um Henriette und Torsten zu erklären, was er von ihnen erwartete.

»Nach diesem Unfall ist das Paar erst einmal von der Bildfläche verschwunden. Jetzt aber haben nicht nur die Russen herausgefunden, dass ein Espen Terjesen zusammen mit einer Marit Söderström eine Suite auf dem norwegischen Hurtigruten-Schiff *Trollfjord* gebucht hat. Hier kommen Sie beide ins Spiel. Frau Waitl wird Ihnen eine Kabine auf diesem Schiff buchen, und Sie werden an Bord als Erstes herausfinden, ob die beiden tatsächlich mitfahren, und wenn ja, ob es sich dabei wirklich um Espen Terjesen und Nastja Paragina handelt. Sind sie es, werden Sie das Pärchen überwachen und notfalls verhindern, dass Nastja Paragina gegen ihren Willen irgendwohin gebracht wird. Die Frau ist mehr wert als ihr Gewicht in Diamanten. Außerdem geht es um Industriespionage. Ein Teil der Technik, mit denen unterseeische Bohrplattformen betrieben werden können, wurde hier in Deutschland entwickelt und hat seinen Weg auf unbekanntem Weg nach Russland, aber auch zu International Energies in Norwegen gefunden. Dieser Energiekonzern betreibt unter anderem Ölplattformen. Der Vorstandsvorsitzende und größte Anteilseigner ist Torvald Terjesen, Espen Terjesens Bruder.«

Als Wagner am Ende seiner Ausführungen angelangt war, konnte er auf Henriettes und Torstens Gesichtern ablesen, dass den beiden etliche Fragen auf der Zunge lagen. Bedauernd hob er die Hände. »Mehr Informationen gibt es nicht – abgesehen von ein paar Details, und um die kümmert sich Frau Waitl. Sie wird Ihnen die entsprechenden Informationen übergeben, sowie sie sie zusammengestellt hat. Nur eins noch: Sind die zwei nicht an Bord oder nicht die Gesuchten, dann genießen Sie die Fahrt mit dem Schiff in die Mittwinternacht hinein. Den Heiligen Abend werden Sie übrigens in Kirkenes verbringen, und von dort sind es bloß ein paar Kilometer nach Russland. Sie verstehen?«

Torsten grinste. »Klar und deutlich! Wir sollen verhindern, dass die Russen sich selbst ein Weihnachtsgeschenk machen, indem sie Dr. Paragina über die Grenze schaffen.«

»Wenn ich etwas an Ihnen schätze, so ist es Ihr scharfer Verstand«, antwortete Wagner mit leichtem Spott.

Unterdessen schaltete Petra ihre Präsentation ab und schob die Funktastatur in die Mitte des Tisches. »So, jetzt habe ich einen … äh, Kakao verdient und einen Schokolebkuchen!« Sie griff zu und ließ sich den Lebkuchen schmecken, während Henriette eine weitere Tasse Kakao für sie besorgte.

SECHS

Die nächsten Tage waren mit Vorbereitungen für die geplante Aktion gefüllt und verliefen recht hektisch. Daher waren Henriette und Torsten ebenso froh wie der Rest der Truppe, als sie ins Taxi steigen konnten, das sie zum Flughafen »Franz Josef Strauß« brachte. Dort reichte Torsten dem Taxifahrer einen Fünfzigeuroschein und winkte ab, als dieser ihm herausgeben wollte. »Der Rest ist für Sie! Aber ich brauche eine Quittung.«

Lächelnd stellte der Mann eine Quittung aus. Torsten steckte sie in die Tasche seines Parkas, nahm die beiden großen, auf je vier Rollen laufenden Koffer und schob sie in Richtung Eingang.

Henriette war ihm schon ein Stück voraus. Auch sie hatte zwei Rollenkoffer bei sich. Zusätzlich hatte sie sich eine große, weiße Handtasche umgehängt, die das Label eines teuren Modedesigners trug. Bekleidet war sie mit einem wadenlangen weißen Steppmantel, einer weißen Kunstpelzmütze, weißen Winterstiefeletten und weißen Handschuhen. Torsten hingegen steckte in schwarzen Hosen und einem schwarzen Parka und trug eine schwarze Bommelmütze.

»Du darfst ruhig ein bisschen freundlicher dreinschauen, Torsten. Schließlich fahren wir in Urlaub!«, mahnte Henriette ihn.

Torstens Gesicht wurde womöglich noch eisiger. »Wir sehen aus wie durchgeknallte deutsche Spießbürger. Ich bin sicher, das hat Petra extra gemacht!«

»Ich finde unsere Tarnung perfekt. Wenn du jetzt deine ›Ich bin ja so angefressen‹-Maske gegen deinen normalen Gesichtsausdruck auswechselst, wird uns keiner verdächtigen, nicht das durchgeknallte deutsch-philippinische Spießbürgerehepaar zu sein, als das wir auftreten sollen.«

Im Gegensatz zu Torsten machte Henriette die Sache Spaß. Eine Fahrt auf einem Hurtigruten-Schiff hatte sie sich schon lange gewünscht, und es bestand außerdem die Chance, dabei in ein großes Abenteuer zu geraten.

Da sie sich den Gepäckannahmeschaltern näherten, bemühte sich Torsten um einen freundlicheren Gesichtsausdruck. Die Lufthansa-Angestellte sah die vier Koffer und hob die Augen zum Himmel. Aber sie behielt die geschäftsmäßig zuvorkommende Miene bei, als sie Torsten aufforderte, den ersten Koffer aufs Band zu legen. Er wechselte einen kurzen Blick mit Henriette. Nun würde es sich zeigen, ob Petra alles im Griff hatte. Am Gewicht der Koffer hatte die Computerspezialistin zwar nichts ändern können, aber wenn die Gepäckstücke durch die Sicherheitsschleuse gefahren und durchleuchtet wurden, durfte zumindest das, was sich in zweien der Koffer befand, nicht auf dem Bildschirm zu erkennen sein. Torstens Sphinx AT2000 und Henriettes Browning HP35 in Luxusausführung waren dabei die harmlosesten, aber auch die auffälligsten Dinge.

Torsten sah besorgt hinter dem Koffer her, während Henriette das Übergewicht zahlte und sich bei der freundlichen Angestellten bedankte.

Sie versetzte Torsten einen leichten Stoß. »Wir müssen weiter, Schatz! Sonst fliegen unsere Koffer allein nach Bergen.«

Mit einem leisen Brummen folgte Torsten ihr zu dem nächsten Schalter. Die Schlange dort war so lang, dass er sich fragte, wie viele Flugzeuge nötig waren, um all diese Menschen zu transportieren. Es war, als wolle halb München in die Luft gehen.

Verärgert, weil seine Gedanken sich mit solchem Unsinn beschäftigten, rückte er auf, als die Schlange vor ihm kürzer wurde. In den letzten Jahren war er meist nur beruflich geflogen und hatte sich jedes Mal auf den vor ihm liegenden

Job konzentriert. Diesmal aber reisten Henriette und er nur auf einen vagen Verdacht hin nach Norwegen, um sich zwei Wochen auf einem Schiff einsperren zu lassen, das im Vergleich zu den Kreuzfahrtriesen wie ein besseres Zubringerboot wirkte.

»Schatz, wir sind dran!«, mahnte Henriette ihn.

Jetzt erst bemerkte Torsten, dass sie bereits vor dem Schalter standen. Er reichte der Lufthansa-Angestellten die beiden Ausweise, die Petra am Vortag fertiggestellt hatte, und zeigte die Bordkarten vor. Von jetzt an waren Henriette und er ein Ehepaar, das auf den Namen Schmied hörte. Die Vornamen hatten sie behalten, um zu verhindern, dass einer aus Versehen den falschen nannte. Dabei hatte er keinen Zweifel, dass Petra sich den Film Mr. und Mrs. Smith mit Angelina Jolie und Brad Pitt zum Vorbild genommen hatte. Ihr Humor war schräg genug.

Danach mussten sie sich vor der Sicherheitskontrolle anstellen, deren Schlange sich weiter vorne teilte. Während die meisten zu der Schleuse drängten, bei der sie auf konventionelle Art durchsucht wurden, warf Torsten seinen Parka in den Plastikbehälter, schob diesen auf das Band und ging auf den neuen Körperscanner zu.

Nach kurzem Bedenken folgte Henriette ihm. »Mama würde das nicht mögen! Sie hat Angst, dass dieses Ding einen wirklich nackt zeigt«, sagte sie mit einem gezierten Kichern.

Torsten nickte anerkennend. Seine Kollegin glitt immer mehr in ihre Rolle als seine von den Philippinen stammende Ehefrau hinein.

Um ihr in nichts nachzustehen, wandte er sich zu ihr um und grinste. »Wenn eines der Mädels hier draufschauen würde, wenn ich gescannt werde, hätte sie etwas zu bewundern.«

Eine junge Sicherheitsangestellte sah ihn lächelnd an.

»Das sagen die meisten Männer, die hier durchgehen. Aber bisher ist noch keine Lupe in das Gerät eingebaut worden.«

Henriette kicherte erneut, während Torsten sich die Antwort verkniff, die ihm auf der Zunge lag. Ohne ein weiteres Wort ließ er die Prozedur über sich ergehen, wurde durchgewinkt und konnte die Sachen vom Band nehmen. Kurz darauf hatte auch Henriette die Kontrolle passiert und schloss zu ihm auf.

»Was meinst du, Schatz? Wollen wir noch einen Kaffee trinken? Einen Bagel hätte ich auch gerne.«

»Wenn du mich als Volltrottel hinstellen willst, benehme ich mich auch wie einer. Das ist eine Drohung!«

Damit brachte Torsten seine Kollegin jedoch nur zum Lachen.

»Frauen!«, stöhnte er und ging los, um Kaffee und einen Bagel zu holen.

SIEBEN

Der Flug nach Frankfurt verlief ereignislos. Auch beim Umsteigen in die Maschine nach Bergen gab es keine Schwierigkeiten. Anstatt in einem großen Airbus saßen sie nun in einer Bombardier CRJ1000 mit gerade mal einhundert Passagieren. Während Henriette aufmerksam im Bordheft las und dabei die Seiten mit den angebotenen Parfüm-Sorten studierte, um ihrer Rolle gerecht zu werden, lehnte Torsten den Kopf zurück und dachte über das nach, was Petra ihnen zuletzt noch mitgeteilt hatte.

Der Verdacht, es könnte sich bei der angeblichen Marit Söderström tatsächlich um Nastja Paragina handeln, hatte etliche Geheimdienste veranlasst, Agenten nach Norwegen zu schicken. Während die anderen Schiffe der Hurtigruten-

Linie um die Zeit nicht einmal halb belegt waren, waren auf der *Trollfjord* Petras Worten zufolge sogar die Besenkammern ausgebucht. Mehr als fünf Dutzend Chinesen wollten angeblich den rauen Charme der Polarnacht erleben, ebenso etliche Araber und Südamerikaner, von Russen und Amerikanern ganz zu schweigen.

Torsten stellte sich die dummen Gesichter der Agenten für den Fall vor, dass Nastja Paragina und Espen Terjesen nicht auf die *Trollfjord* kommen würden. Einige Dienste hatten sich in Unkosten gestürzt und in aller Eile große Suiten gebucht, aber für ihn und Henriette hatte es nur für eine Außenkabine auf Deck sieben gereicht. Mehr hatte Wagner ihrem Spesenkonto nicht zumuten können.

Eine Stewardess unterbrach Torstens Gedankengang, als sie nach dem Getränkewunsch fragte. Während Henriette bilderbuchreif schwankte, ob sie nun Orangen- oder Tomatensaft nehmen sollte, bestellte Torsten sich Kaffee. Ein Stück Gebäck und ein kleiner Schokoladennikolaus wanderten ebenfalls auf das Klapptischchen. Endlich hatte Henriette entschieden, dass sie lieber doch Tee wollte, und lächelte die Stewardess dabei so freundlich an, dass diese ihr die Verzögerung verzieh. Auch sie erhielt Gebäck und einen Nikolaus und wickelte diesen mit sichtlicher Vorfreude aus seiner Umhüllung.

Torsten schob ihr seinen Weihnachtsmann hin. »Wenn du magst, kannst du ihn haben.«

»Ja, aber nicht jetzt, sondern auf dem Schiff. Kannst du den Schokolaus so lange behalten?« Lächelnd reichte Henriette die Süßigkeit zurück und widmete sich ihrem Gebäck.

Mangels anderer Möglichkeiten steckte Torsten das Ding in seine Jackentasche und fragte sich, ob Henriette sich extra so benahm, um ihn zu ärgern, oder ob sie einfach nur in ihrer Rolle aufging. Er selbst würde an seiner Performance als glücklicher Ehemann wohl noch arbeiten müssen. Gleichzeitig musste er daran denken, dass er wegen dieses Auftrags nicht mit dem Verteidigungsminister nach Afghanistan fliegen und Weihnachtsgeschenke an die dort stationierten Soldaten verteilen musste, und fing an zu grinsen.

»Jetzt bin ich ein Schokonikolaus-Träger, aber anders, als Wagner es geplant hatte!«

Henriette nickte zufrieden. Wie es aussah, war Torsten auf dem besten Weg, sich mit dem Auftrag auszusöhnen. Allerdings wollte sie nicht wissen, wie er reagieren würde, wenn die Angelegenheit sich als Schlag ins Wasser erwies.

ACHT

Die Maschine landete kurz vor ein Uhr westeuropäischer Zeit in Bergen. Doch es dauerte ungewohnt lange, bis Henriette und Torsten das Flugzeug verlassen konnten. Laut Durchsage einer Stewardess war auf dem Flugplatz der Teufel los.

Torsten zwinkerte Henriette kurz zu. Also war die Konkurrenz, wie er es nannte, in Mannschaftsstärke erschienen. Das versprach auf alle Fälle eine interessante Schiffsreise zu werden.

Kurz darauf wurde der Rollsteig für die Maschine aus Frankfurt freigegeben, und sie konnten das Flughafengebäude betreten. Auf dem Weg zum Gepäckband sah Torsten sich um, ob er nicht einen Geheimdienstler entdeckte, den er von früher kannte. Allerdings hätte er in der Menge, die dem Gepäckband und von da aus dem Ausgang entgegenstrebte, seine eigene Mutter nicht gefunden. Es herrschte solch ein Gedränge, dass Torsten kaum die Koffer vom Band heben konnte. Direkt vor ihnen suchte eine Gruppe Chinesen verzweifelt ihr Gepäck zusammen. Einer von ihnen schnappte sich einen von Torstens Koffern, doch bevor er diesen wegrollen konnte, stellte Henriette sich ihm in den Weg.

»*Sorry, it's mine!*«

Der andere starrte zuerst sie an und dann den Koffer, ohne diesen loszulassen.

Henriette bückte sich und zeigte auf den Kofferanhänger. »*Mr. Schmied. It's my husband!*«

Jetzt endlich gab der Chinese auf. Während Henriette die bereits entdeckten Koffer bewachte, stieg Torsten auf das Gepäckband, um den nächsten zu holen. Er zwängte sich mit dem sperrigen Gepäckstück durch die Menschenmasse, bis er Henriette erreichte, und stöhnte theatralisch auf. »Jetzt fehlt nur noch einer!«

»Den solltest du aber finden, denn darin steckt deine Unterwäsche zum Wechseln. Du würdest zuletzt arg streng riechen, wenn du darauf verzichten musst.« Obwohl Henriette das Gedränge nicht weniger nervte als Torsten, hatte sie beschlossen, die Sache von der komischen Seite zu nehmen.

Torsten erspähte den letzten Koffer, schob kurzerhand einen Mann, der ihm im Weg stand, beiseite, und griff zu. Der andere fluchte in amerikanischem Englisch und holte zum Schlag aus. Da fuhr ihm einer der Chinesen, der drei riesige Rollenkoffer vor sich herschob, in die Kniekehlen. Der Amerikaner strauchelte und wäre gestürzt, hätte Henriette nicht rasch genug zugegriffen.

»Wenn Sie sich trotzdem noch mit meinem Mann prügeln wollen, lasse ich Sie fallen!«, drohte sie lächelnd auf Englisch.

Der andere rappelte sich auf, knurrte etwas und holte seinen eigenen Koffer vom Gepäckband.

»Wenigstens bedanken hätte er sich können«, beschwerte Henriette sich bei Torsten.

»Das Wort Danke gehört nicht zu Larry Frazers Wortschatz«, raunte Torsten ihr zu.

Er hatte in dem Amerikaner den ersten Agentenkollegen erkannt. Während Frazer dem Ausgang zustrebte, blickte Torsten auf die Uhr. »Eigentlich wollten wir hier im Flughafen noch mittagessen. Aber ich glaube, das lassen wir lieber. Der erste Zubringerbus fährt in zehn Minuten. Wenn wir den erwischen, können wir unsere Koffer in ein Schließfach im Hurtigruten-Terminal sperren und zusehen, ob wir in der Stadt etwas Passendes finden.«

»Das ist eine sehr gute Idee. Hier ist wirklich zu viel los!« Henriette packte ihre beiden Koffer und schob sie durch die Menschenmenge nach draußen.

Als sie endlich im Freien standen, schneite es heftig. Busse fuhren heran, blieben stehen und wurden von den Fahrgästen regelrecht gestürmt. Weiter vorne war eine Gruppe Reisender dabei, ihr Gepäck in ein Taxi zu laden. Ein zweites Taxi wurde von Larry Frazer aufgehalten. Dieser stieg mit einer jungen Frau und einem jüngeren Mann hinten ein, während ein Mann mittleren Alters neben dem Fahrer Platz nahm.

»Zum Hurtigruten-Terminal!«, befahl dieser.

Da Henriette und Torsten den Anschein von schlichten deutschen Touristen aufrechterhalten wollten, suchten sie die Haltestelle des Zubringerbusses zu den Hurtigruten auf und fanden sich in einer Gruppe von mindestens fünfzig Passagieren wieder, von denen etliche mit großem Gepäck angereist waren.

»Unser Bus müsste gleich kommen«, sagte Torsten hoffnungsvoll und sah zur Straße hinüber. Doch vorerst fuhren nur Linienbusse vor. Die Taxis verschwanden eins nach dem anderen. Dafür quollen noch mehr Reisende aus dem Flughafengebäude, die wie sie am Haltepunkt des Hurtigruten-Busses stehen blieben.

»Von Pünktlichkeit halten die Brüder nichts«, knurrte Torsten, als sie bereits zehn Minuten über die angegebene Abfahrtszeit hinaus gewartet hatten.

»Ich glaube, da kommt was! Ach nein, das ist nur ein Kleinbus!« Henriette drehte sich enttäuscht ab, sah dann aber, dass ausgerechnet dieses Gefährt an ihrer Haltestelle stehen blieb. Der Fahrer stieg aus und prallte angesichts der Menge, die sich hier versammelt hatte, erschrocken zurück.

Die Passagiere, die ganz vorne standen und am längsten gewartet hatten, strömten auf den Bus zu, während die anderen von hinten drängten, um vielleicht doch noch einen Platz zu ergattern. Der Fahrer aber schloss die Tür und versperrte sie, während er gleichzeitig sein Handy herausholte und hektisch eine Nummer eintippte.

Torsten schüttelte entgeistert den Kopf. »Das soll wohl ein Witz sein!«

»Wenn, dann ist er nicht gerade gelungen.« Auch bei Henriette verabschiedete sich jetzt die gute Laune, denn es war kalt, und sie begann zu frieren.

Der Fahrer des Kleinbusses hatte sich inzwischen hinter sein Fahrzeug zurückgezogen und sprach wie ein Wasserfall in sein Handy. Dann schaltete er es aus, ging um den Wagen herum und verschwand im Flughafengebäude.

»Was ist denn jetzt kaputt?«, schimpfte ein Mann in Torstens Nähe. »Wenn der Kerl die Ersten eingeladen und weggefahren hätte, könnte er schon wieder hier sein.«

»Das glaube ich weniger. Bei diesen Wetterverhältnissen braucht er mehr als eine halbe Stunde bis nach Bergen«, erklärte Torsten.

»Sie sind schon mal hier gewesen?«

»Beruflich, vor einigen Jahren.« Torsten hatte keine Lust, mehr zu erklären, sondern sah Henriette missmutig an. »Sollen wir nicht besser wieder nach drinnen gehen?«

Obwohl Henriette nichts gegen einen warmen Raum und eine Tasse heißen Tee gehabt hätte, schüttelte sie den Kopf. »Lieber nicht! Sonst werden die anderen alle zum Schiff gebracht, und wir schauen in die Röhre.«

»Sie glauben noch an Zeichen und Wunder, was?«, mischte sich der andere Mann ein. »Keine Organisation, sage ich euch! Die müssen doch wissen, wie viele diese Fahrt gebucht haben, und den Transport entsprechend planen. Übrigens, mein Name ist Gillmann. Vielleicht sehen wir uns auf der *Trollfjord*.«

»Wir heißen Schmied und kommen aus München«, antwortete Henriette freundlich.

»Eine Bayerin sind Sie aber nicht!« Trotz Henriettes hochgestellten Kragens und ihrer Mütze hatte der andere sie als Asiatin erkannt.

»Da haben Sie ganz recht. Ich wurde in Nordrhein-Westfalen geboren.« Henriette amüsierte sich über das dumme Gesicht, das der Mann nun zog.

Gillmann stieß kurz die Luft aus der Nase und winkte ab. »Sie gehören wohl zu den sogenannten Boatpeople, die damals in Vietnam vor den Kommunisten Reißaus genommen haben. Sollen ja arbeitsame Leute sein, habe ich mir sagen lassen.«

Inzwischen war der Fahrer des Kleinbusses wieder zurückgekehrt und öffnete seine Wagentüren. Sofort drängten die Leute darauf zu. Der Mann bedeutete ihnen verzweifelt zu warten und winkte dann wahllos einige zu sich heran und ließ sie einsteigen.

»He, wir warten schon länger als die«, beschwerte sich eine Frau mittleren Alters, als sie zurückgewiesen wurde.

»Was ich an uns Deutschen so schätze ist unsere Gelassenheit, Höflichkeit und Rücksichtnahme«, knurrte Torsten und brachte Henriette damit zum Lachen.

Unterdessen war der Bus voll und fuhr vom Schimpfen der Zurückgebliebenen begleitet los. Die Hälfte der Wartenden kehrte in das Flughafengebäude zurück, um sich aufzuwärmen.

Henriette und Torsten harrten geduldig aus und wurden

belohnt, dann nach einer knappen Viertelstunde tauchte ein großer Bus auf und blieb bei ihrer Haltestelle stehen. Bevor die Wartenden ihn stürmen konnten, kam der Fahrer heraus und grinste. »Als Erstes steigen die Reisenden mit wenig Gepäck ein, damit möglichst viele mitfahren können«, erklärte er auf Englisch.

»Entschuldigen Sie bitte, aber wir warten hier mit am längsten!« Henriette ließ sich ihren Unmut deutlich anmerken.

Der Fahrer hob beruhigend die Hand. »Keine Sorge. Ich nehme Sie schon mit. Notfalls muss Ihr Mann mit einem Teil des Gepäcks hierbleiben!«

Einige lachten, während Torsten langsam wütend wurde. Dann aber sagte er sich, dass es wirklich besser war, wenn seine Kollegin ins Warme kam. Mit einem Schnupfen oder gar einer heftigen Erkältung war sie ihm eher ein Klotz am Bein als eine Hilfe. Daher sah er zu, wie Henriette als Erste einstieg und ihm einen ihrer Koffer zurückließ. Kurz darauf war der Bus fast voll.

»Noch drei Leute«, rief der Fahrer und winkte einem chinesischen Paar zu, in den Bus zu steigen. Danach wäre eine Frau aus einer größeren Gruppe an der Reihe gewesen, doch die schüttelte den Kopf. »Wir wollen zusammenbleiben.«

»Auch gut«, erklärte der Fahrer und bedeutete Torsten, ihm die Koffer zu reichen. »Sie reisen ja mit viel Gepäck!«

»Sind Sie verheiratet?«, fragte Torsten.

»Nein, warum?«

»Dann können Sie auch nicht mitreden!«

Die Leute lachten. Obwohl noch viele zurückbleiben mussten, besserte sich die Stimmung. Unterdessen stopfte der Fahrer die Koffer zwischen die anderen, stieg ein und deutete auf den vordersten Sitzplatz. »Da ist es ein bisschen eng, aber Sie wollen Ihre Frau sicher nicht alleine wegfahren lassen.«

Die anderen Fahrgäste lachten wie über einen guten Witz.

Brummelnd zwängte Torsten sich auf den Sitz, den er mit zwei Reisetaschen teilen musste, und dachte dabei an Larry Frazer. Wenn die US-Geheimdienste diesen Mann schickten, mussten sie ganz sicher sein, hier Erfolg zu haben. Das bedeutete für Henriette und ihn ständige Wachsamkeit. Andernfalls befand Nastja Paragina sich schneller in einem Flugzeug nach Washington oder nach Moskau, als sie bis drei zählen konnten.

Beim Losfahren nahm Torsten durch ein Seitenfenster wahr, dass bereits der nächste Bus vorfuhr. Offensichtlich hatte die Hurtigruten-Linie endlich auf die unerwartet große Zahl der Gäste reagiert. Da er vor einigen Jahren auf dem Weg zu einem Manöver schon einmal in Bergen gelandet war, kannte Torsten den Weg vom Flughafen in die Stadt. Die meisten Passagiere wunderten sich, dass dieser so weit außerhalb lag, bald aber lenkte der Fahrstil des Busfahrers die Aufmerksamkeit der meisten auf die Straße. Der Mann drückte aufs Gas, als gäbe es weder den festgefahrenen Schnee auf der Fahrbahn noch das heftige Schneetreiben.

»Muss der Kerl so rasen?«, stöhnte jemand in der Sitzreihe hinter Torsten. Dieser drehte sich um und erkannte Gillmann, der Henriette und ihn am Flughafen angesprochen hatte.

»Sie brauchen keine Angst zu haben. Der Mann ist mit den hiesigen Straßenverhältnissen vertraut«, antwortete Torsten und hoffte, dass er sich nicht irrte. Doch auf dem weiteren Weg wuchsen auch bei ihm Zweifel, dass sie heil am Hurtigruten-Terminal ankommen würden. Irgendwie schaffte der Fahrer es, den Bus auf der Straße zu halten, und als sie endlich vor dem langgestreckten Gebäude der Schifffahrtslinie ankamen, grinste der Kerl, als wäre alles nur ein grandioser Spaß gewesen.

Nun wartete eine weitere Überraschung auf die Passagiere. Vor dem Tor des Gebäudes zog sich eine Warteschlange mehr als dreißig Meter den Platz entlang. Nun erwies es sich für Torsten als Vorteil, als Letzter eingestiegen zu sein, denn sein Gepäck wurde als erstes ausgeladen. Während er mit langen Schritten ans Ende der Warteschlange eilte, hoffte er, dass Henriette fix genug war, ihm zu folgen.

NEUN

Im ersten Stock des Hurtigruten-Terminals saß ein Paar in einem kleinen, gemütlich eingerichteten Raum und blickte amüsiert auf die wartende Menge hinab.

»Es hat schon etwas für sich, ein besonderer Gast zu sein«, erklärte der sportlich aussehende Mann im leuchtend blauen Blazer mit Genugtuung.

»Vor allem, wenn einem bewusst ist, dass viele dieser Leute nur unseretwegen dieses Schiff besteigen.« Die ganz in Weiß gekleidete Frau klang abweisend, als gefiele ihr dieser Umstand ganz und gar nicht.

»Das ist nun einmal das große Spiel um Einfluss und Macht. Man muss immer einen gewissen Einsatz bringen«, erklärte Espen Terjesen mit einem übermütigen Lächeln.

Nastja Paragina nahm ihre Kaffeetasse zur Hand, blickte aber nur auf die dunkle Flüssigkeit hinab. »Ist das Ganze hier wirklich notwendig? Wir setzen uns auf einen Präsentierteller und fahren bis auf wenige Kilometer an die russische Grenze heran. Dabei könnte jeder Geheimdienstlehrling unsere Entführung planen.«

Espen Terjesens Miene hatte mit einem Mal jeden Anschein von Lässigkeit verloren. »Du solltest wissen, dass ich kein Lehrling bin!«

Dann sah er die Wissenschaftlerin mit blitzenden Augen

an. »Wir stehen das durch, verstanden? Danach werden die Geheimdienste der Welt wissen, dass es sich nicht lohnt, uns weiterhin nachzuspüren. Aber wir sollten von nun an solche Themen meiden, denn wir dürften bald von Richtmikrofonen umzingelt sein. Deswegen werden wir wichtige Dinge nur noch dann kommunizieren, wenn ich ein paar technische Vorkehrungen gegen Abhöraktionen getroffen habe.«

Espen Terjesen lächelte überheblich, als nähme er trotz seiner Warnung den Aufmarsch der verschiedenen Geheimdienste nicht ernst.

Seine Begleiterin beobachtete weiterhin die Schlange, die langsam voranrückte. Immer wieder hielten Taxis auf dem Vorplatz, und es fuhren auch einige große Limousinen vor, denen Leute mit auffallend viel Gepäck entstiegen.

»Hier gibt sich die ganze Welt ein Stelldichein«, sagte Nastja Paragina leise.

»Je mehr, umso besser. Ich denke, wir können jetzt unsere Suite beziehen. Unser Gepäck dürfte bereits dort sein. Wenn unsere Freunde heute Abend die Ohren an ihre Hörgeräte hängen, werden wir ihnen eine gute Show bieten. Du kannst ruhig etwas lauter stöhnen, wenn es dir kommt!«

Espen Terjesen grinste, während die Frau die Lippen zusammenpresste. Zwar hatte sie nichts gegen guten Sex mit ihm, aber der Gedanke, dass vielleicht ein Dutzend Leute mithören konnten, wirkte in höchstem Maße abtörnend auf sie.

ZEHN

Die beiden Angestellten an der Rezeption der Hurtigruten schienen durch den Andrang an Reisenden überfordert, ebenso die Männer, die das Gepäck zu den Kabinen bringen sollten. Das Transportband stockte immer wieder, und davor stapelten sich die Koffer der Passagiere, die bereits eingecheckt hatten.

Endlich waren Henriette und Torsten an der Reihe. Eine der beiden Damen an der Rezeption schob ihnen das Kuvert mit den Bordkarten und den Schiffsunterlagen sowie zwei Aufkleber zu.

»Kleben Sie die bitte auf Ihre Koffer. Sie haben die Kabinennummer 759!«

»Danke, aber wir brauchen noch zwei Aufkleber. Meine Frau konnte sich nicht entscheiden, welche Kleidungsstücke sie mitnehmen sollte, und hat daher alles eingepackt«, erklärte Torsten und ignorierte Henriettes erboste Blicke.

Die Hurtigruten-Dame schrieb rasch die Kabinennummer auf zwei weitere Aufkleber und reichte sie ihm. Dann sah sie ihre Kollegin an. »Ich frage mich, wieso diesmal die meisten Gäste mit derart viel Gepäck angereist sind.«

Torsten konnte zu wenig Norwegisch, um es zu verstehen, doch die Mimik der Frau sagte ihm genug. Wie es aussah, opferten viele Agenten ihren Weihnachtsurlaub, um hier ein Paar zu überwachen, das vielleicht gar nicht an Bord kam.

»Können Sie nicht weitergehen!« Gillmann wollte ebenfalls einchecken und gab Torsten einen Schubs. Dieser drehte sich mit einem freundlichen Lächeln zu dem Mann um.

»Entschuldigen Sie!« Danach schob er seine Koffer zu dem Gepäckberg, der darauf wartete, abgetragen zu werden.

»Sollten wir die Koffer nicht besser selbst in die Kabine bringen?«, fragte Henriette leise und wies mit dem Kinn auf mehrere Männer, die einige schwere Gepäckstücke an sich nahmen und wegschleppten.

»Kannst du die drei unauffällig fotografieren?«, antwortete Torsten mit einer Gegenfrage und deutete dann ein Kopfschütteln an. »Wir müssen uns so normal wie möglich benehmen. Also lassen wir unsere Koffer hier zurück.«

Henriette nickte, holte ihr Spezialhandy aus ihrer Umhängetasche und tat so, als würde sie telefonieren. Dabei nahm sie die drei Fremden mit dem Gepäck mehrmals auf. Nun war es auch ihr klar: Ihre Reise hatte zwar wie eine ganz normale Urlaubsfahrt begonnen, doch nun wurde es ernst.

Kurz darauf betraten sie das Schiff, fuhren mit dem Aufzug auf Deck sieben und suchten ihre Kabine. Sie mussten einige Gäste passieren lassen, die in die falsche Richtung gegangen waren und ihnen nun mit schweren Koffern entgegenkamen. Endlich erreichten sie die Tür mit der 759. Torsten probierte seine Bordkarte aus und atmete auf, als er eintreten konnte.

Seine Erleichterung schwand jedoch beim Anblick der Räumlichkeiten. »Das ist ja ein Legehennenkäfig! Wie sollen es hier zwei Leute fast zwei Wochen lang aushalten?«

Henriette folgte ihm in die Kabine und schloss die Tür. Auch sie wusste nicht, ob sie weinen oder lachen sollte. »Besonders groß ist das Ding ja nicht. Wenn jetzt noch unsere vier Koffer kommen, frage ich mich, wo wir die hinstellen sollen.«

»Um die Koffer mache ich mir weniger Sorgen als um uns. Das sind wohl Betten für Liliputaner!« Torsten zeigte auf das schmale Bett an der Längsseite des Raumes. Die zweite Schlafmöglichkeit bestand aus einer Klappcouch direkt unter dem runden, bullaugenähnlichen Fenster an der Außenwand des Schiffes.

Unterdessen öffnete Henriette eine schmale Tür. »Das hier ist wohl das Badezimmer! Na ja, umdrehen kann man sich darin. Vorausgesetzt, man hält die Luft an. Aber wir haben schon Schlimmeres überstanden.«

Allmählich gewann ihr Optimismus die Oberhand. Sie inspizierte nun auch die Schränke und fand, dass sie trotz aller Enge mit der Kabine zurechtkommen würden.

»Was machen wir jetzt?«, fragte sie Torsten.

Er atmete dreimal tief durch und winkte ab. »Besser als ein Erdloch in Afghanistan ist es allemal. Ich schlage vor, wir ziehen erst einmal die Parkas aus, beziehungsweise du deinen schicken Mantel, und dann schauen wir uns die Schiffsunterlagen an. Das kannst du übernehmen!«

Da sie im Vorfeld der Reise bereits alle Pläne der *Trollfjord* studiert und von Petra sogar erfahren hatten, welche Angestellte an Bord waren und wo diese schliefen, hielt Henriette diese Forderung für übertrieben. Trotzdem setzte sie sich auf den einzigen Stuhl in der Kabine und öffnete das Kuvert. Neu war jedoch nur die Tischbelegung für diese Reise.

»Wir sind an Tisch 87 eingeteilt. Der ist direkt neben dem Tisch für die Crew und nicht weit von der Tür zum vorderen Teil des Speisesaals, der für die Passagiere der Suiten reserviert ist.«

»Das hat sicher Petra veranlasst, damit wir unsere Freunde im Auge behalten können.«

»Du meinst die beiden, die wir observieren sollen?«, fragte Henriette.

Torsten schüttelte lächelnd den Kopf. »Nicht nur! Es geht auch um die Leutchen aus Russland, Amerika und andere Schnüffelnasen. Laut Wagner ist es wichtig, diese Herrschaften im Auge zu behalten und dafür zu sorgen, dass sie keinen Unsinn anstellen. Allerdings sollten wir über dieses Thema erst reden, wenn unser Gepäck hier ist und wir einige Vorkehrungen getroffen haben. Mir geht es erst einmal um unser verpasstes Mittagessen. Wollen wir zusehen, ob wir unten im Café etwas bekommen?«

»Ich habe Hunger wie ein Wolf oder, besser gesagt, wie eine Wölfin«, bekannte Henriette und zog den Mantel aus. Er wanderte ebenso wie die Mütze in den schmalen Schrank. Dann nahm sie ihre Handtasche, ging damit in die winzige Hygienezelle und machte sich zurecht. Als sie wieder herauskam, glänzten ihre Lippen dunkelrot, auf den Wangen lag Rouge, und sie hatte sich die Nase gepudert, damit sie nicht glänzte.

»Jetzt brauche ich noch einen oder zwei dieser Klunker, die Petra besorgt hat«, sagte sie feixend und zog mehrere Ringe und eine Brosche aus ihrer Handtasche.

»Na, wie sehe ich aus?«, fragte sie schließlich.

»Auf jeden Fall nicht wie die Frau, mit der ich gerne verheiratet wäre. Aber als Tarnung ist es ideal. Ich hoffe, ich schaffe es, den dämlichen Gesichtsausdruck aufzusetzen, der dazu passt.«

»Schau nur so drein wie vorhin an der Rezeption. Dann passt es schon.«

Bevor Torsten etwas darauf antworten konnte, schlüpfte Henriette auf den Flur hinaus. Dort standen einige Gepäckstücke herum, aber ihre waren nicht darunter.

Henriette begann sich Sorgen um ihr technisches Equipment zu machen, das Petra in zwei der Koffer verstaut hatte und das sie für ihren Auftrag dringend benötigten. »Sollten wir nicht zuerst fragen, wo unsere Sachen bleiben?«, fragte sie Torsten, der gerade aus der Kabine trat.

Er steckte die codierte Bordkarte ein und schüttelte den Kopf. »Die werden das Zeug schon bringen. Du hast ja gesehen, was für ein Berg sich bei der Rezeption gestapelt hat.«

»Nicht, dass es zurückbleibt und wir ohne Gepäck reisen müssen!« Noch bevor Henriette weitere Befürchtungen äußern konnte, kamen zwei Männer den Flur entlang. Jeder war über eins neunzig groß und so breitschultrig, dass er einem Kleiderschrank hätte Konkurrenz machen können. Rasch zog sie ihr Handy und schoss ein paar Bilder von den beiden, ohne dass diese es merkten.

»Sollten wir mit Petra Kontakt aufnehmen? Dann könnten wir ihr auch gleich die Fotos schicken, die ich bisher gemacht habe«, fragte sie Torsten.

Er schüttelte den Kopf. »Erst einmal habe ich Hunger!«

Unterdessen waren die beiden Kleiderschränke vorne um die Ecke verschwunden, und Henriette schnaubte. Sie wurde den Eindruck nicht los, dass Torsten ihren Auftrag nicht ernst genug nahm. Ihr Kollege reagierte nicht auf ihren Unmut, sondern winkte ihr, ihm zu folgen, stiefelte gemütlich zum Aufzug und drückte auf den Knopf für das fünfte Deck, auf dem sich das Café und das Restaurant der *Trollfjord* befanden.

Dort ballten sich bereits etliche vor der kleinen Selbstbedienungstheke, und eine verzweifelte Angestellte erklärte immer wieder, dass das Café und der Shop erst nach dem Ablegen des Schiffes öffnen würden. Doch die hungrigen Passagiere ließen sich nicht abwimmeln.

Ganz vorne stand Gillmann und schimpfte, dass es eine Schweinerei sei, wie man hier behandelt würde. Auch einige andere Passagiere, von denen Torsten ihrem Akzent nach drei als Amerikaner und einen als Israeli einordnete, beschwerten sich lauthals über die Zustände.

Schließlich schob Torsten sich durch die Menge und sprach die Frau an. »Sie sollten das Café lieber aufmachen, bevor die Passagiere endgültig verärgert sind und vielleicht sogar handgreiflich werden. Es war am Flughafen so schlimm, dass kaum jemand zu Mittag essen konnte. Die Leute haben Hunger und sind schlecht gelaunt. Das wird bestimmt nicht besser angesichts der Tatsache, dass es erst um halb neun Abendessen gibt.«

Die Frau starrte ihn an, als verstünde sie kein Englisch, nahm aber ihr Handy, drückte eine Nummer und redete in kurzen, stoßartigen Sätzen hinein. Die Antwort schien ihr nicht so recht zu passen, doch sie nickte schließlich, steckte das Telefon ein und sah Torsten an. »Ich habe den Zahlmeister gefragt, was ich machen soll. Er schickt gleich jemand, der mir helfen wird. Wenn Sie so lange noch warten könnten!«

»Aber gerne!« Torsten drehte sich zu den anderen Passagieren um und begann zuerst auf Englisch und dann auf Deutsch zu erklären: »Es kommt gleich jemand, um hier zu bedienen. Vielleicht sollten Sie inzwischen Platz nehmen.«

»Hier ist aber Selbstbedienung«, bellte Gillmann ihn an.

»Das schon. Aber so kommen diejenigen, die etwas gekauft haben, nicht mehr weg.«

Die Angestellte tippte Torsten an. »Der Kaffeeautomat funktioniert bereits. Die erste Tasse ist frei, hat der Zahlmeister gesagt!«

Da die Frau recht leise sprach, gab Torsten ihre Worte an die anderen Passagiere weiter. Zu seiner Zufriedenheit bemerkte er, dass Henriette sich geschmeidig mit nach vorne geschlängelt hatte und nicht nur als eine der Ersten Kaffee und Teewasser aus dem Automaten lassen konnte, sondern auch noch zwei Sitzplätze an den Fenstern ergatterte.

Auch er hatte Erfolg. Da er in aller Ruhe mit der Stewardess geredet hatte, erhielt er als Erster zwei belegte Sandwiches sowie zwei Flaschen Cola und konnte diese unfallfrei zu dem Tisch bringen, an dem Henriette saß.

Während sie aßen, beobachteten sie die Menschen, die sich um die Theke drängten. Henriette schoss etliche Fotos mit ihrer Handykamera, indem sie so tat, als telefoniere sie. Das machte sie so geschickt, dass Torsten beschloss, sie später, wenn sie allein waren, dafür zu loben. Endlich hatte auch er das Gefühl, auf der Jagd zu sein.

Als die drei Amerikaner und der Mann aus Israel am Nebentisch Platz nahmen, hätte er ein Jahresgehalt darauf verwettet, dass diese zu den Geheimdiensten ihrer Länder gehörten. Die Männer benahmen sich zwar völlig unauffällig, doch er spürte ihre Wachsamkeit. Außerdem war für jemand vom Fach die leichte Ausbeulung ihrer Blousons nicht zu übersehen.

Auf sein Zeichen hin schoss Henriette auch von diesen

Männern Fotos. Es blieb ihnen jedoch nur wenig Zeit, denn bald waren die Sandwiches gegessen und die Becher leer.

»Viel war es nicht, aber bis zum Abendessen wird's reichen«, meinte Torsten zu Henriette.

»Sind Sie fertig?«, fragte da der männliche Teil eines gediegen wirkenden älteren Paares.

»Wir wollten gerade aufbrechen«, erklärte Torsten freundlich und bot Henriette den Arm. »Was meinst du, Schätzchen? Wollen wir in unsere Kabine zurück und nachsehen, ob unsere Koffer bereits gekommen sind? Oder möchtest du dich noch ein wenig auf dem Schiff umsehen?«

Sie tat so, als müsse sie überlegen. »Das Schiff würde ich schon gerne ansehen, aber vorher will ich mich ein bisschen frischmachen.«

»Dann gehen wir in die Kabine. Auf Wiedersehen!« Torsten nickte dem Ehepaar und auch Gillmann, der zwei Tische weiter saß, kurz zu und führte seine Kollegin zum Aufzug.

ELF

Zwei Koffer standen bereits vor der Tür, darunter zu Henriettes und Torstens Erleichterung der mit dem wichtigsten elektronischen Equipment. Im anderen befanden sich Henriettes persönliche Sachen. Sie schob ihn in die Kabine und stellte ihn an den Rand ihres Bettes, während Torsten den zweiten Koffer auf die kleine Anrichte hob, die als Frisierkommode und Schreibtisch dienen sollte. Er öffnete ihn vorsichtig und beseitigte Petras Sicherung. Dann holte er eine Verlängerungsschnur mit mehreren Buchsen heraus und schloss sie an eine der beiden Steckdosen in der Kabine an. Als Nächstes folgte ein Gerät, das einem alten Transistorradio glich.

Torsten schaltete es ein und lauschte einige Augenblicke der leisen Musik, die aus dem Apparat drang, und grinste dann zufrieden. »Jetzt können wir uns wieder über unseren Job unterhalten. Laut Petra stört das Ding Abhöranlagen und Mikrofone in einem Umkreis von fünf Metern so, dass die Lauscher an der Wand zwar nicht die eigene Schand, dafür aber die Hitlisten von oben nach unten und unten nach oben zu hören bekommen.«

»Wir sollten Kontakt zu Petra aufnehmen und ihr mitteilen, was wir schon herausgefunden haben«, antwortete Henriette.

»Bin schon dabei!« Torsten nahm Henriettes Umhängetasche an sich, die sie vorhin im Schrank verstaut hatte, und öffnete ein innen angebrachtes Schloss mit einem kleinen Schlüssel. Nun kam ein speziell ausgekleidetes Geheimfach zum Vorschein, in dem ein gerade mal DIN-A4-großer, flacher Laptop sichtbar wurde. Er holte das Gerät heraus, klappte es auf und schaltete es ein.

Kaum wurde der Bildschirm hell, erschien auch schon Petras Gesicht darauf. »Na, habt ihr es gut geschafft?«, fragte sie.

»Es gab leichte Probleme, aber nichts Weltbewegendes«, antwortete Torsten.

Petra lachte leise auf. »Ich kann es mir vorstellen. Ich habe mich ein wenig in die Überwachungskameras auf dem Flughafen, im Hurtigruten-Terminal und auf dem Schiff eingeklinkt. Bei euch ist wirklich was los. Im Gegensatz zur baugleichen *Midnatsol* hat die *Trollfjord* mehr als die doppelte Passagierzahl. Übrigens sind alle Suiten ausgebucht. Ich schätze, dass sich mehr als die Hälfte von ihnen im Augenblick in Geheimdienstzentralen verwandeln.«

»Davon gehe ich aus. Aber jetzt wollen wir dir ein paar Fotos rüberwachsen lassen. Vielleicht kannst du sie zuordnen.«

Noch während Torsten es sagte, reichte Henriette ihm

die Speicherkarte, damit er die Daten übertragen konnte. Es dauerte überraschend lange, bis das Gerät die Transaktion für beendet erklärte.

Torsten blickte verwundert auf den Bildschirm. »Was ist mit dem Kasten los? So lahm war er doch noch nie!«

»Denk an die geografische Breite, in der ihr euch aufhaltet. Dort ist die Satellitenverbindung verdammt schlecht. Sobald ihr den Polarkreis überschreitet, werde ich einen Umweg über ein paar andere Satelliten als den üblichen machen müssen, damit wir überhaupt in Kontakt bleiben können«, erklärte ihm Petra und rief eine Grafik auf, um Torsten und Henriette das Problem aufzuzeigen.

»Das Signal des Satelliten erreicht euch dort oben sehr flach und ist damit schwächer als hier oder gar am Äquator. In ein paar Tagen werdet ihr jenseits des von ihm erreichbaren Gebiets sein, vergleichbar einem Schiff, das auf dem Meer hinter den Horizont verschwindet. Dann ist eine Internetverbindung über Satellit fast unmöglich. Aber ich gebe mein Bestes, damit es auch weiterhin klappt. Jetzt kümmere ich mich erst einmal um die Brüder, die ihr aufgenommen habt. Wenn ich etwas herausgefunden habe, melde ich mich!« Mit diesem Versprechen verschwand Petra vom Bildschirm.

Bevor sie die Verbindung beendete, überspielte sie Torsten noch einige Dateien. Während er diese aufrief, sah Henriette ihn besorgt an. »Wenn Petra Probleme bekommt, mit uns Verbindung zu halten, kann sie uns nicht so unterstützen, wie wir es gewohnt sind.«

»Irgendwie biegen wir das schon hin. Aber schau her! Das ist interessant. Petra hat die Flugbewegungen nach Bergen ausgewertet und dabei zwei Flüge entdeckt, die nicht offiziell gemeldet wurden. Beide kamen aus den Vereinigten Staaten. Wenn das keine Geheimdienstler waren, kannst du mich ab heute Heinrich nennen.«

»Das ist aber nicht sehr galant von dir! Mein Name ist die weibliche Form von Heinrich.«

Doch weder sie noch Torsten gingen weiter auf das Wortspiel ein, sondern nahmen sich die Informationen vor, die Petra ihnen geschickt hatte. Die meisten Flugzeuge, die in Bergen gelandet waren, schienen normale Ferienflieger oder Linienmaschinen zu sein, aber ein paar andere schrien geradezu danach, dass sie Angehörige der verschiedenen Geheimdienste hierhergebracht hatten.

Mit einem Grinsen wies Torsten auf eine spezielle Liste. »Diese Leute hier wurden weder im Flughafen noch bei den entsprechenden Fluglinien namentlich erfasst. Aber das macht sie nicht unsichtbar. Petra hat einen Datenabgleich der gemeldeten Flug- und Bahnpassagiere nach Bergen mit der Reservierungsliste der *Trollfjord* verglichen. Da diese Personen scheinbar aus dem Nichts auf der Passagierliste dieses Schiffes aufgetaucht sind, gehören sie mit großer Wahrscheinlichkeit zu einem Geheimdienst.«

»Aber es sind keine Chinesen dabei«, wandte Henriette ein. »Die, die wir gesehen haben, werden nicht nur den Wunsch haben, auf dieser Fahrt das Nordlicht zu sehen.«

»Die Chinesen sind Profis und geübt, unauffällig zu arbeiten. Die Leute, die nach Bergen gekommen sind, sind angeblich Gewinner eines Preisausschreibens. Dieses soll sogar abgehalten worden sein, und zwar noch *bevor* wir von Nastja Paraginas angeblichem Auftauchen in Paris erfahren haben. Laut Petra wurden die entsprechenden Daten erst danach eingefügt und nach hinten datiert. Hörst du die Nachtigall trapsen?«

»Du glaubst, das Preisausschreiben war nur ein Vorwand, um unauffällig Leute hier einschleusen zu können?«, fragte Henriette und lachte gleich darauf über sich selbst. »Entschuldige! Ich weiß, wir werden nicht fürs Glauben bezahlt, sondern fürs Wissen.«

»Wir werden sie ebenso im Auge behalten wie die US-Girls und -Boys. Übrigens würde es mich nicht wundern, wenn die Amis zu unterschiedlichen Geheimdiensten gehören und im Grunde mehr gegeneinander als miteinander arbeiten. Mit ihrem Kompetenzgerangel haben die Leutchen schon ein paarmal wichtige Aktionen versaubeutelt.« Torsten wollte noch etwas sagen, doch da klopfte es an die Tür. Im Reflex griff er unter seinen Blouson, erinnerte sich dann aber, dass seine wie auch Henriettes Pistole in einem der beiden noch vermissten Koffer steckten.

Mit einem leisen Knurren stand er auf und ging zur Tür. Als er öffnete, stand einer der beiden Kerle, die wie Kleiderschränke wirkten, auf dem Gang und grinste. »Diese beiden Koffer gehören Ihnen, nicht wahr?«

Torsten nickte. »Ja! Wir haben sie schon vermisst.«

»Es tut mir leid, aber heute ist sehr viel los. Zu allem Überfluss kleben auch die Aufkleber nicht richtig, und bei anderen ist die Aufschrift kaum zu lesen. Es freut mich, dass wir die Ihren herausfinden konnten. Hoffentlich schaffen wir das beim Rest auch noch.«

»Ich wünsche Ihnen auf jeden Fall Erfolg«, antwortete Torsten und steckte dem Mann einen Zwanzigkronenschein zu. Dieser verabschiedete sich und ging mit langen Schritten den Gang entlang.

»Die haben unsere Koffer untersucht«, flüsterte Henriette erregt, nachdem die beiden Gepäckstücke in der Kabine standen und Torsten die Tür geschlossen hatte.

»Das werden wir gleich sehen!« Den Koffer mit seinem persönlichen Gepäck schob Torsten erst einmal in eine Ecke. Bei dem anderen stellte er das Zahlenschloss ein und öffnete ihn vorsichtig, bis er die Hand hineinschieben konnte. Als er einen dünnen Faden ertastete, grinste er.

»Ich glaube nicht, dass jemand seine Finger in diesem Gepäckstück hatte. Petras Sicherung ist noch unversehrt.«

»Und wenn jemand sie wiederhergestellt hat?«, fragte Henriette.

Mit einem Auflachen riss Torsten den Faden ab und machte den Koffer ganz auf. »Unwahrscheinlich, dass sie auf die Schnelle das gleiche Garn zur Hand gehabt haben. Außerdem hat Petra noch ein paar Freundlichkeiten eingebaut, die mir sagen, dass niemand hineingesehen hat.« Torsten nahm einige persönliche Gegenstände heraus und verstaute sie im Schrank. Den Browning HP35 reichte er Henriette, während er selbst das Schulterhalfter mit seiner Sphinx AT2000 umlegte.

»Das kannst du leider nicht tun. Die Beule auf deinen Rippen wäre zu auffällig«, sagte er grinsend.

Henriette antwortete mit einer wegwerfenden Handbewegung. »Ich habe zwei speziell gearbeitete Handtaschen bei mir. Darin sieht man die Waffe nicht einmal, wenn ich die Dinger aufmache. Aber glaubst du, es ist sinnvoll, jetzt schon mit der Artillerie herumzulaufen? Was ist, wenn wir jemandem damit auffallen? Die Angehörigen anderer Geheimdienste achten bestimmt auf so etwas.«

»Du hast recht! Verstauen wir die Sachen wieder im Koffer und kümmern uns mehr um die Sicherung unserer Unterkunft.«

»Aber nicht zu lange. In einer halben Stunde beginnt das Begrüßungsbüffet, und ich muss sagen, ich habe wirklich Hunger.«

»Das Sandwich war etwas für den hohlen Zahn«, stimmte Torsten ihr zu und legte die Waffen zurück in die Hüllen, welche dem Radar einen ganz anderen Inhalt vorgegaukelt hatten. In den nächsten Minuten räumte er seinen privaten Koffer aus und hängte die Kleidungsstücke in den Schrank. Danach wandte er sich kopfschüttelnd an Henriette.

»Beim nächsten Einsatz lasse ich mir die Klamotten nicht mehr von Petra aussuchen!«

Seine Kollegin musste lachen. »Du kannst hier nicht in Jeans und Lederjacken herumlaufen.«

»Oder in grauen und dunkelblauen Anzügen wie unsere amerikanischen Freunde!« Torsten stimmte in das Gelächter mit ein und suchte sich die Kleidungsstücke heraus, die er an diesem Abend anziehen wollte. Die Sachen mochten zwar nicht seinem persönlichen Geschmack entsprechen, hatten dafür aber einige andere Vorteile. Beide Manschettenknöpfe enthielten winzige Richtmikrofone, seine Krawattennadel war ein Funkgerät, mit dem er mit Henriette über einen von ihren Ohrringen Kontakt halten konnte, und in der Perle auf seinem Einstecktuch befand sich das Objektiv einer Minikamera, die automatisch Aufnahmen machte.

Da Henriette mehr Schmuck tragen konnte, war sie besser ausgerüstet als er. Auch der Inhalt ihrer Handtasche hatte es in sich, denn es gab darin kaum etwas, das nicht irgendeinem Zweck diente.

Mit dem Gefühl, gut auf ihre Aufgabe vorbereitet zu sein, sahen die beiden sich an.

»Ich bin so weit«, erklärte Henriette.

»Ich auch!« Torsten wollte zur Tür, als eine Lautsprecherdurchsage erklang, die die Passagiere mit singendem Tonfall darauf aufmerksam machte, dass in einer Viertelstunde das Begrüßungsbüffet eröffnet werde. »Meine Damen und Herren. Sie haben mit Ihren Bordkarten und den übrigen Unterlagen auch Ihre Tischnummern erhalten. Der Restaurantmanager unseres Schiffes bittet Sie, sich danach zu richten. Diese Plätze sind während der gesamten Fahrt für Sie reserviert. Es wird gebeten, auch das Frühstück an diesen Tischen einzunehmen. Außerdem teilt der Zahlmeister der *Trollfjord* Ihnen mit, dass Sie Ihre Koffer an der Schiffsrezeption auf Deck vier in Verwahrung geben können. So haben Sie mehr Platz in Ihren Kabinen.«

»Gegen mehr Platz hätte ich nichts, aber wir können unsere Koffer nicht abgeben«, sagte Henriette mit einem Aufstöhnen.

Torsten schüttelte den Kopf. »Wir geben zwei, nein sogar drei Koffer ab. Das ist unverfänglicher, als wenn wir alle hierbehalten würden. Allerdings machen wir das erst nach dem Büffet.«

ZWÖLF

Die Glastüren des Bordrestaurants standen bereits offen, doch die Leute stauten sich in einer Weise davor, dass Henriette und Torsten kaum den Aufzug verlassen konnten. Nach ein paar Schritten sahen sie, dass weiter vorne zwei Besatzungsmitglieder die Passagiere dazu aufforderten, sich die Hände mit dem Inhalt der Sprühflaschen zu desinfizieren, die auf einem schmalen Bord bereitstanden. Schiffsgäste, die sich einfach an ihnen vorbeidrängen wollten, hielten sie auf und zeigten betont auf die Platte mit dem Sprühzeug.

»Wovor haben die Angst?«, fragte Henriette.

»Noroviren und ähnlich unangenehme Dinge«, antwortete Gillmann, der neben sie getreten war. Er hielt den Zettel mit seiner Tischnummer in der rechten Hand, stopfte ihn aber, als sie sich den Sprühflaschen näherten, in seine Hosentasche. Er schaffte es, sich vor Henriette zu schieben, und eilte dann schnurstracks in das Restaurant. Da er jedoch nicht wusste, wie die Tische nummeriert waren, suchte er zuerst auf der falschen Seite.

Henriette und Torsten hatten diese Probleme nicht, denn sie wussten, wo sie sitzen würden. Allerdings gingen sie nicht sofort auf ihre Plätze zu, sondern taten so, als müssten sie ebenfalls suchen. Es war kein Zufall, dass sie dabei an einigen Tischen mit Leuten vorbeikamen, die Petra verdächtigte, zu einem Geheimdienst zu gehören. Torstens im Einstecktuch verborgene Kamera sowie eine zweite, die in Henriettes auffälliger Brosche steckte, nahmen alle verdächtigen Personen auf und sammelten die Daten auf je einer Speicherkarte, die unter ihrer Kleidung versteckt war.

Als die beiden sich dem Tisch 87 näherten, begegneten sie auch wieder Gillmann. Dieser hielt seinen Zettel in der Hand und starrte missmutig darauf. »Können Sie etwas mit der Nummerierung der Tische anfangen? Ich finde meinen nicht«, wandte er sich an Torsten.

»Welche Nummer haben Sie denn?«, fragte Henriette hilfsbereit.

»Tisch 87!«

»Welch ein Zufall! Das ist auch unser Tisch.« Henriette gelang es, freundlich zu klingen, obwohl ihr der Mann nicht sympathisch war.

Unterdessen beschloss Torsten, die Sache abzukürzen. Rechts und links schauend ging er an dem Tisch für die Crew vorbei und zeigte auf den nächsten. »Da ist er doch!«

»Gott sei Dank!«, antwortete Gillmann und nahm Platz, ohne auf Torsten und Henriette Rücksicht zu nehmen.

Henriette schaute, ob es Tischkarten gab, die die Plätze vorgaben. Doch wie es aussah, wurde hier die Tischordnung den Passagieren überlassen. Bevor sie und Torsten sich setzten, grüßten sie das bereits am Tisch sitzende Paar, bei dem es sich dem Aussehen nach um Chinesen handelte. Der Mann war ein schlanker, recht hochgewachsener Mittvierziger in einem dunklen Anzug mit Krawatte, sie wirkte gut zehn Jahre jünger, war klein und zierlich und sah in ihrem rosafarbenen Kostüm sehr apart aus.

»Guten Tag«, antwortete der Chinese in einem nahezu akzentfreien Englisch. »Wenn ich mich vorstellen darf: Mein Name ist Wu Fanglian und das ist meine Frau Dai Zhoushe.«

»Sehr angenehm! Mein Name ist Torsten Schmied und das ist meine Frau Henriette.« Torsten neigte kurz den Kopf, rückte Henriette den Stuhl zurecht und nahm dann selbst Platz. Kaum saß er, beugte Gillmann sich zu ihm herüber und zupfte ihn am Ärmel. »Ich weiß nicht, was die sich dabei gedacht haben, uns zu diesen Ausländern an den Tisch zu setzen. Dabei sind doch genug andere Deutsche an Bord. Ich habe vorhin mit zwei Frauen gesprochen, die ebenfalls mitfahren. Die wären mir als Tischnachbarn lieber als diese beiden dort.«

»Man kann es sich nun einmal nicht aussuchen«, antwortete Torsten. Er hatte den Verdacht, dass Gillmann keine Fremdsprachen beherrsche und sich deshalb ärgerte. Oder hatte der Mann grundsätzlich etwas gegen Ausländer? Er quittierte die Überlegung mit einem inneren Schulterzucken, denn er hatte einen Job zu erledigen. Wichtiger war es herauszufinden, ob das chinesische Paar ebenfalls zum Geheimdienst gehörte oder tatsächlich nur auf Reisen war.

Henriette unterhielt sich bereits mit Frau Dai. Beide hatten rasch ein Thema gefunden, denn die Chinesin interessierte sich dafür, wie eine Asiatin nach Deutschland kam.

»Ich bin bereits das Ergebnis einer deutsch-philippinischen Ehe«, antwortete Henriette freundlich. »Meine Mutter ist als Krankenschwester nach Deutschland gekommen, und mein Papa war ihr erster Patient.«

Torsten verfolgte die Unterhaltung der beiden Frauen eine Weile und fand, dass seine Kollegin ihre Rolle ausgezeichnet spielte. Gleichzeitig fragte er sich, für wen die restlichen drei Plätze am Tisch reserviert waren. Kurz darauf führte eine Stewardess einen baumlangen jungen Mann in Jeans und einem Hemd mit Westernmotiven heran und erklärte ihm auf Englisch, dass dies Tisch 87 sei.

»*Thank you!*«, antwortete der fröhlich und sah seine fünf Tischnachbarn an. »*Hello!*«

Gillmann verdrehte die Augen. »Noch so ein Ausländer, mit dem man nicht ein Wort wechseln kann. Ich muss mit den Leuten hier reden. Das kann doch nicht sein!«

Noch während er nach einer Stewardess oder einem Steward Ausschau hielt, kam ein junges Pärchen heran, sah das Schild mit der 87 und atmete auf.

»Hier sind wir richtig, Schnuckelchen«, sagte der Mann.

»Wir haben auch lange genug gesucht!« Die junge Frau klang leicht verärgert und setzte sich, ohne sich vorzustellen. Der Mann tat es ihr nach, nahm die Getränkekarte an sich und las stirnrunzelnd die Preise für die einzelnen Posten vor.

»Die haben doch nicht alle! Wenn ich den Wechselkurs richtig im Kopf habe, verlangen die für ein Glas Wein zwölf Euro. Dafür bekommen wir zu Hause eine ganze Flasche.«

»Soviel ich gehört habe, ist das Wasser im Reisepreis inbegriffen«, mischte sich Gillmann ein, der froh war, mit jemandem deutsch reden zu können. »Aber Sie haben schon recht. Die Getränkepreise hier sind gesalzen. Deswegen werde ich wohl alkoholfreies Bier trinken. Das ist billiger. Übrigens gibt es auch alkoholfreien Wein. Wenn Sie hier schauen wollen!«

Er nahm dem anderen die Getränkekarte ab und wies auf die entsprechende Stelle.

»Ich will aber keinen alkoholfreien Wein«, maulte die junge Frau. »Ich habe mich auf diese Reise gefreut und möchte sie genießen!«

Ein Blick traf ihren Partner, der diesem deutlich machte, dass sie sich keinerlei Einschränkungen unterwerfen würde.

Da ihm das zuletzt angekommene Paar uninteressant erschien, wandte Torsten seine Aufmerksamkeit dem Rest des Saales zu. Sie saßen dicht am Büffet, das ein großes Oval in der Mitte des Saals bildete. Rechts und links davon gab es je vier Reihen Tische bis zu den Fenstern. Zwar konnte er von seinem Platz aus nur einen Teil des Büffets überblicken, stellte aber zufrieden fest, dass die Schifffahrtsgesellschaft so einiges hatte auffahren lassen. Ein paar Tische weiter auf die Eingangstür zu nahmen die Kellner bereits die Getränkebestellungen auf.

Ein Blick auf die Uhr zeigte Torsten, dass sich die Eröffnung des Büffets bereits um eine halbe Stunde verzögert hatte. Die meisten Passagiere saßen schon auf ihren Plätzen, nur noch vereinzelt kamen Nachzügler herein. Von den beiden Personen jedoch, um deretwegen viele der Anwesenden die Reise auf der *Trollfjord* gebucht hatten, fehlte jede Spur.

Gerade als Torsten sich fragte, ob ihr Auftrag sich als ein Schuss in den Ofen erweisen würde, betraten zwei weitere Gäste den Raum. Das Gerede im Saal erstarb wie auf Kommando, und die meisten Passagiere starrten den hochgewachsenen, sportlich wirkenden Mann mit dem sonnengebräunten Gesicht und den kurz gehaltenen, weißblonden Haaren an. Er trug enge, schwarze Hosen und eine schwarze Weste über einem weißen Hemd. Die Frau, die ihm folgte, erregte noch mehr Aufmerksamkeit. Auch sie war groß, schlank und blond. Ihr weißes Kostüm stammte ebenso wenig aus einem Billigladen wie die weißen Schuhe mit den mehr als zehn Zentimeter hohen Absätzen. Da sie auch weiße Handschuhe anhatte, stellte ihre schwarze Handtasche den einzigen Kontrast dar.

Torsten wechselte einen kurzen Blick mit Henriette, die sich ebenso wie er fragte, was Nastja Paragina und Espen Terjesen dazu bewog, so aufzutreten. Sogar der letzte Geheimdienstlehrling konnte erkennen, dass seine Zielpersonen aufgetaucht waren.

Es schien, als würden die beiden ihren Auftritt genießen. Um die Lippen der Frau spielte ein spöttisches Lächeln, während Espen Terjesen eine der Stewardessen zu sich winkte.

Was er zu ihr sagte, konnten Henriette und Torsten von ihrem Platz aus nicht verstehen. Kurz darauf schritten Nastja Paragina und Terjesen an ihnen vorbei in den Teil des Bordrestaurants, der besonderen Gästen vorbehalten war. Ein Kellner führte sie an einen Tisch und fragte, was die Herrschaften zu trinken wünschten.

Gillmann maulte. »Zu uns könnte auch endlich ein Kellner kommen und die Bestellung aufnehmen!«

»Ich glaube nicht, dass man uns verdursten lässt!« Torstens Augenmerk war viel zu sehr auf das Paar im abgeschlossenen Teil des Restaurants gerichtet, als dass er die Geduld aufgebracht hätte, sich Gillmanns Gemeckere anzuhören. Er machte einige Aufnahmen von Nastja Paragina und Espen Terjesen und fotografierte auch die Gäste, die in ihrer Nähe saßen.

Die Gruppe im vorderen Speisesalon erhielt ihre Getränke vor den restlichen Passagieren. Auch besorgten die Stewards den Herrschaften die ersten Leckerbissen, obwohl das Büffet noch nicht eröffnet worden war.

Bei den anderen Passagieren machte sich daher allmählich Unmut breit. Gillmann beschwerte sich erneut, doch niemand hörte auf ihn. Das junge Pärchen war mit sich selbst beschäftigt, das chinesische Paar saß freundlich lächelnd da, und der Mann im Westernlook studierte mit erstaunlicher Ausdauer die Getränkekarte.

»Was wünschen die Damen und Herren zu trinken?« Endlich erschien ein Steward und sah die acht am Tisch 87 erwartungsvoll an.

»Wasser ohne Kohlensäure und ein alkoholfreies Bier«, meldete Gillmann als Erster seine Wünsche an.

»Ich möchte ein Glas Merlot und du, Schnuckiputz?«, fragte der weibliche Teil des jungen Pärchens. Ihr Partner nahm dem Westernhelden die Getränkekarte ab, sah hinein und warf sie auf den Tisch.

»Ein Glas alkoholfreies Bier. Richtiges Pils haben Sie ja eh nicht«, sagte er mürrisch.

Der Steward nickte beflissen. »Wir haben Pils an Bord.«

»Ich will aber alkoholfreies Bier. Das andere ist mir zu teuer!« Damit war für den jungen Mann die Sache erledigt.

Der Mann im Westernhemd sah zuerst Henriette und Torsten und dann Herrn Wu und Frau Dai an, bevor er bestellte. »Ein ganz normales Bier.«

Nach einem kurzen Blickkontakt mit Torsten bestellte Wu Fanglian die Getränke für sich und seine Frau. »Eine Tasse Tee und ein Bier!«

»Wir hätten gerne ein Glas alkoholfreien Wein und ein alkoholfreies Bier. Außerdem habe ich eine Frage«, erklärte Torsten, der zuletzt an die Reihe kam. »Wann gibt es endlich was zu essen? Wir haben zu Mittag nur ein Sandwich bekommen und entsprechend Hunger.«

Der Steward behielt seine freundliche Miene bei. »Gleich wird der Kapitän die Gäste begrüßen, und danach bringen wir die Suppe. Anschließend wird das Büffet eröffnet.«

»Dann sollte der Kapitän seine Rede kurzhalten, sonst gibt es eine Meuterei an Bord, noch bevor wir in See gestochen sind!« Torsten lächelte, doch niemand, der ihn kannte, hätte seine Miene freundlich genannt.

Inzwischen war der Tisch der Crew neben ihrem eigenen voll besetzt. Der Kapitän, ein stattlicher Mann in einer arg engen Uniform, erhob sich, nahm ein Mikrofon zur Hand und sagte mehrere Sätze auf Norwegisch, bevor er die Gäste auf Englisch begrüßte und ihnen eine gute Reise wünschte.

Die Suppe wurde bereits aufgetragen, als ein ebenfalls gut gepolsterter Mann in Uniform das Mikrofon übernahm und eine weitere Ansprache auf Norwegisch, Englisch und Deutsch hielt.

»Meine sehr geehrten Damen und Herren! Ich begrüße Sie im Namen der Hurtigruten-Gesellschaft. Mein Name ist Kjell Wallström. Ich bin der Reiseleiter auf Ihrem Schiff. Als Erstes möchte ich Sie darauf hinweisen, dass wir auf unserer Reise in die Mittwinternacht eine große Anzahl an Exkursionen für Sie vorbereitet haben. Sie haben die Liste mit Ihren Schiffsunterlagen erhalten und können sie in unserem Reisebüro auf Deck acht buchen. Damit wünsche ich Ihnen einen guten Appetit.«

Wie auf Kommando entfernten nun eine Stewardess und zwei Stewards die Bänder, mit denen das Büffet bisher abgesperrt gewesen war, und gaben den Weg frei.

Gillmann hatte seine Suppe bereits geleert und gehörte zu den Ersten, die sich ohne Rücksicht auf das Büffet stürzten. Obwohl Henriette und Torsten Hunger hatten, warteten sie, bis die Reisenden vor ihnen so weit aufgerückt waren, dass sie selbst die Teller in die Hand nehmen konnten. In der Zwischenzeit nutzten sie jede Gelegenheit, andere Passagiere und auch die Angehörigen des Servicepersonals zu fotografieren.

Darüber vergaßen sie nicht, den einen oder anderen Leckerbissen auf ihre Teller zu legen. Das Angebot war reichhaltig, und das Küchenpersonal brachte sofort Nachschub, wenn etwas ausging. In der Hinsicht stellte die *Trollfjord* selbst Gillmann zufrieden. Dieser hatte seinen Teller so beladen, dass Henriette sich fragte, wie der Mann diesen Berg unfallfrei zu seinem Platz schaffen wollte. Sie selbst wählte noch ein paar Krebse aus, während Torsten einen Schlag Erbsenmus auf seinen Teller tat und sich dann an Fleisch und Wurst hielt.

Als sie zu ihrem Tisch zurückkehrten, waren die Suppenteller abgeräumt worden, und der Steward hatte die Getränke gebracht. Für je zwei Personen stand eine große Flasche Wasser bereit. Henriette benutzte ihre, um ihren Wein zu verdünnen, während Torsten einen Schluck Bier trank und das Glas mit einem zufriedenen Nicken zurückstellte.

Gillmann zog nach dem ersten Schluck eine säuerliche Miene. »Na ja, der Durst treibt's rein«, murrte er und bestellte beim Bedienungspersonal eine zweite Flasche. Dem

Wasser, das er sich mit dem Westernhelden hätte teilen können, gönnte er keinen Blick.

Geraume Zeit hörte man nur das Klappern der Bestecke. Torsten warf hie und da einen verstohlenen Blick auf Nastja Paragina und Espen Terjesen. Die beiden stellten sich nun ebenfalls beim Büffet an und boten dabei das Bild eines jungen, fröhlichen Paares, das die Reise genoss. Dennoch nahm Torsten die kleinen Anzeichen wahr, die die Anspannung der beiden verrieten. Sein Instinkt meldete sich und sagte ihm, dass Terjesen und die Paragina etwas planten, das bestimmt nicht in seinem Sinn und vermutlich auch nicht in dem der übrigen Geheimdienstler hier an Bord war. Also war es das Wichtigste herauszufinden, was die beiden vorhatten.

Gerade, als er den Entschluss gefasst hatte, beugte Henriette sich zu ihm hin und tat so, als würde sie ihn auf die Wange küssen. »Vorsicht, der Mann an dem dritten Tisch auf der Steuerbordseite schaut immer wieder zu dir her«, wisperte sie.

»Das Schweinefleisch schmeckt wirklich ausgezeichnet. Du solltest es probieren«, antwortete Torsten und sah Henriette auffordernd an.

Sie schüttelte den Kopf. »Nein, danke! Ich bleibe bei meinen Fischen und Krebsen.«

Sie zeigte auf die Wasserflasche. »Kannst du mir die reichen?«

»Gerne!« Torsten drehte sich in die Richtung und lobte seine Kollegin in Gedanken.

Sie hatte es ihm mit ihrer Bitte ermöglicht, unauffällig zu jenem Tisch an Steuerbord hinüberzuschauen. Wie die meisten anderen Tische war auch dieser voll besetzt, aber ein Mann fiel ihm sofort auf. Das lag nicht an dessen Größe oder Kleidung, sondern an dem energisch wirkenden Gesicht und den durchdringenden hellen Augen. Es handelte sich um John Thornton vom amerikanischen Heeresgeheimdienst, den Torsten ebenso wie Larry Frazer in Afghanistan kennengelernt hatte.

Aber das konnte er Henriette nicht hier im Restaurant mitteilen. Diese Information würde warten müssen, bis sie wieder in ihre Kabine zurückgekehrt waren.

Seines Erachtens hatte der Auftrag inzwischen eine Dimension angenommen, die ihm und seiner Kollegin all ihr Können abverlangen würde. Mit diesem Gedanken stand er auf, um sich einen Nachschlag zu holen.

Henriette folgte ihm mit geschmeidigen Bewegungen und trat an die großen Schalen, die allerlei Meeresgetier enthielten. »Das Essen hier ist einfach herrlich, Schnuckiputz!«, rief sie dabei so laut, dass es an den umliegenden Tischen gehört werden musste.

Bei dem Ausdruck bekam Torsten Zahnschmerzen, und er überlegte, wie er sich dafür revanchieren konnte. Für seinen Geschmack hatte Henriette zu lange dem jungen Paar an ihrem Tisch zugehört, das sich gegenseitig nur mit Schnuckelchen anredete.

DREIZEHN

In ihrer Kabine aktivierte Torsten als Erstes ihr Abschirmgerät, damit ihnen niemand zuhören konnte. Dann stöhnte er laut und schüttelte den Kopf. »War das ein Betrieb! Man glaubt kaum, dass so viele Leute auf dieses Schiff passen.«

»Mich wundert es nicht. Die Kabinen sind ja klein genug dafür!« Henriette war über ihren privaten Koffer gestolpert und daher nicht gerade bester Laune. Sie beherrschte sich jedoch und deutete auf den Laptop, den Torsten offen auf dem kleinen runden Tisch neben seiner Bettcouch hatte stehen lassen. »War das nicht riskant?«

»Ich glaube kaum, dass bereits am ersten Tag die Kabinen von harmlosen Touristen durchsucht werden, und wenn doch, hätte gerade diese Tatsache Misstrauen beseitigt. Das Ding ist mit zwei Betriebssystemen geladen, eines für uns und eines für neugierige Gäste. Ich weiß zwar nicht, was Petra da alles zusammengebastelt hat, aber ich bin davon überzeugt, dass alles seine Richtigkeit hat.«

»Und was ist mit unserer Ausrüstung?« So ganz konnte Henriette nicht glauben, dass diese neugierigen Augen entgehen würde.

»Da keine bösen Buben gekommen sind und die Koffer aufgebrochen haben, ist bisher nichts passiert. Wir müssen darauf achten, dass nichts zu sehen ist, wenn einer von uns die Tür öffnet und draußen jemand vorbeigeht. Außerdem werden wir unsere Kabine so sichern, dass nur wir sie mit unseren Bordkarten öffnen können. Allerdings werden wir in der Zeit das Schild ›Bitte nicht stören‹ raushängen müssen.«

Torsten klappte den Laptop auf, wartete, bis er hochgefahren war, und schaltete ihn wieder auf das eigentliche System um. Kaum war das erledigt, tauchte Petras Gesicht auf dem Bildschirm auf.

»Ihr habt euch ja ganz schön Zeit gelassen«, beschwerte sie sich.

»Sorry, aber das Abendessen verlief arg zäh«, erklärte Torsten bedauernd.

»Ihr habt wenigstens etwas essen können, während ich bereits halb verhungert bin!«

»Und was ist mit der Pizzaschachtel schräg hinter dir?«, fragte Torsten grinsend.

»Das war gerade mal eine Vorspeise. Und jetzt erzähle! Habt ihr Nastja Paragina und Espen Terjesen gesehen? Laut der letzten Passagierliste müssten sie an Bord sein.«

»Sind sie auch. Wir schicken dir gleich einige hundert

Fotos, die wir gemacht haben. Vielleicht kannst du ein paar Leute identifizieren.«

Torsten steckte seine Speicherkarte in den dafür vorgesehenen Schlitz und startete die Transaktion. Während die Übertragung lief, erfuhr er von Petra, dass auch in Trondheim, Bodø und Tromsø Ausländer zusteigen würden.

»Ich habe von ihnen nur aus den Dateien in den Computern der Hurtigruten erfahren«, setzte sie hinzu. »Daher nehme ich an, dass die neuen Passagiere sich ebenfalls für unsere beiden Freunde interessieren. Unser großer Guru befürchtet, die Russen werden versuchen, die Frau, die wir für Nastja Paragina halten, oben in Kirkenes zu entführen. Das Gleiche gilt für die Amerikaner, die auf der Belkowski-Insel noch mit den Russen zusammengearbeitet haben. Derzeit ist die Wissenschaftlerin der einzige Mensch auf der Welt, der über die dort erzielten Forschungsergebnisse Bescheid weiß. Das könnte einige andere böse Buben dazu veranlassen, dieses Wissen mit ihr zusammen verloren gehen zu lassen – wenn du verstehst, was ich meine.«

»Klar und deutlich! Aber jetzt zu den Fotos, dir wir dir am Nachmittag geschickt haben. Hast du schon etwas herausgefunden?«, fragte Torsten.

Petra grinste wie ein selbstzufriedener Buddha. »Natürlich! Die Daten spiele ich dir zu, sobald dein Datentransfer abgeschlossen ist.«

»Was ist mit den beiden Kerlen, die das Format von Kleiderschränken haben?«, wollte Henriette wissen.

»Die arbeiten seit zwei Jahren bei der Hurtigruten-Linie«, erklärte Petra, nahm ihre Tasse zur Hand und blickte missmutig hinein. »Da drin ist Kakao! Langsam gewöhne ich mich an das Zeug. Aber weiter zu den beiden Burschen: Sie haben vorher bei International Energies gearbeitet.« Petra trank die Tasse leer und hielt sie hoch. »Ich könnte noch eine brauchen!«

»Kein Problem!« Hans Borchart grinste kurz in die Kamera. »Na, wie fühlt ihr euch?«

»Derzeit wie eine Ölsardine ohne Öl. Die Kabine ist eng, das Schiff ist mit Leuten vollgestopft, und wir können nichts anderes tun als zugucken.« Henriette kämpfte schon wieder mit einem Anfall schlechter Laune. Außerdem ärgerte sie sich, weil ihr Verdacht bezüglich der beiden wuchtig gebauten Hurtigruten-Angestellten sich in nichts aufzulösen schien, da diese längst nicht mehr für International Energies arbeiteten.

Doch noch war Petra nicht fertig. »Eigentlich ist es nichts Ungewöhnliches, wenn zwei Männer, die auf Bohrplattformen gearbeitet haben, sich hinterher einen gemütlicheren Job suchen. Weder Bjarne Aurland noch Age Hemsedalen haben wirklich malocht, denn sie gehörten zum Wachpersonal. Übrigens war Aurland bei dem Unfall dabei, bei dem die echte Marit Söderström ums Leben gekommen ist. Damit zählte er zumindest damals zum engeren Kreis um Torvald Terjesen. Als solcher lässt man nicht ohne Grund einen gut bezahlten Job sausen und heuert bei den Hurtigruten an.«

»Und welchen Grund kann Aurland gehabt haben?«, fragte Henriette gespannt.

Petra zuckte mit den Achseln. »Das müssen wir noch herausfinden. Interessant ist, dass sein Kollege Hemsedalen zum Stellvertreter des Zahlmeisters auf der *Trollfjord* aufgestiegen ist und in dieser Funktion auch auf eigene Faust Fracht transportieren lassen kann. Ich werde morgen zusehen, ob ich etwas mehr über die beiden und ihre Aktivitäten herausfinde. Jetzt möchte ich ins Bett.«

»Kannst du noch eine Frage beantworten? Wer ist der Kerl an dem dritten Tisch auf der Backbordseite, der Torsten mehrfach angestarrt hat?«, fragte Henriette.

Torsten lachte auf. »Das kann ich dir sagen! Der Mann

heißt John Thornton. Ich kenne ihn aus Afghanistan. Damals gehörte er noch zum Geheimdienst der U. S. Army. Er wurde bei dem Einsatz verletzt und musste den Dienst quittieren. Was er jetzt macht, weiß ich nicht. Wahrscheinlich hat er bei einem der zivilen amerikanischen Geheimdienste angeheuert. Wenn wir hier auf der *Trollfjord* einen Verbündeten brauchen, ist er die erste Adresse.«

Sowohl Henriette wie auch Petra begriffen, dass hinter dem Ganzen mehr stecken musste, als Torsten mit dürren Worten erklärt hatte. »Ich werde ihm auf alle Fälle einmal nachspüren, aber erst morgen«, sagte Petra.

»Das heißt eher heute! Das Büffet hat beinahe bis Mitternacht gedauert«, korrigierte Henriette sie.

»Ja, es ist spät geworden«, stimmte Petra ihr zu. »Nur noch eines! Wenn ihr euch über die vielen Leute an Bord wundert: Die meisten von denen sind harmlose Gesellen. Es gab vor ein paar Monaten einen längeren Filmbericht über die Hurtigruten-Fahrten, außerdem wurde stark für diese Reisen geworben. Das hat viele dazu bewogen, sie zu buchen, vor allem die eure, auf der Weihnachten am entferntesten Punkt der Route gefeiert wird. Ein Wort noch zu den sechsundfünfzig Chinesen an Bord: Die Bonzen in Peking haben die in Marsch gesetzt, damit ihre Agenten im Rudel verschwinden. Auch die Amis und Russen haben einige harmlose Menschen dazu animiert, auf der *Trollfjord* mitzufahren. Ihr könnt damit rechnen, dass die, die am meisten auffallen, keine Geheimdienstler sind.«

Damit wollte Petra die Datenübertragung beginnen, hielt aber in der Bewegung inne und fügte noch etwas hinzu. »Fast hätte ich es vergessen: Bei euch oben ist für die nächsten Tage kein besonders gutes Wetter angesagt. Zieht euch warm an, wenn ihr ins Freie geht. Nicht dass ihr zu Eis erstarrt!«

Bevor Henriette oder Torsten darauf reagieren konnte, schaltete sie auf den Übertragungsmodus.

»Es tut mir leid, dass wir sie so lange aufgehalten haben. Immerhin muss sie auf sich und ihr Baby achtgeben«, sagte Henriette und wandte sich mit einem fragenden Blick an Torsten. »Wer geht als Erster in die Hygienezelle?«

»Geh du ruhig. Ich bringe noch rasch die Koffer weg.«

»Glaubst du, die Schiffsrezeption ist noch besetzt?«, fragte Henriette verwundert.

Torsten stieß ein freudloses Lachen aus. »Das hier ist ein Fährschiff! Der Kasten läuft in der Nacht mehrere Häfen an, daher muss jemand unten sein.«

»Fahren wir schon?«, fragte Henriette und gähnte. Dann kniete sie sich auf die Bettcouch und starrte durch das Fenster nach draußen. »Muss wohl so sein, denn ich sehe Gischt aufspritzen. Dabei habe ich gar nicht bemerkt, wie wir abgelegt haben.«

»Du warst zu sehr auf unsere möglichen Konkurrenten konzentriert. Allerdings war der Ruck kaum zu spüren, und hier zwischen den Inseln fährt die *Trollfjord* wie auf Schienen. Aber du hast Petra gehört. In ein paar Tagen ist das vorbei, und wir lernen die raue Wirklichkeit der nördlichen Meere kennen.«

Noch während er es sagte, begann Torsten, ihre Ausrüstung umzupacken. Was auch durch Zufall nicht gesehen werden durfte, wanderte in Henriettes Spezialkoffer. Diesen verschloss er sorgfältig und schob ihn unter das Klappbett. Ihren privaten Koffer steckte er in einen der seinen und schob diese zur Tür. Bevor er ging, steckte er noch einen Beutel in seine Jackentasche, in dem es leise klirrte.

»Es kann ein wenig dauern, bis ich zurückkomme. Leg dich ruhig schlafen.«

»Als wenn ich das könnte, wenn ich weiß, dass du draußen auf Erkundung gehst!«, maulte Henriette.

»Hier in der Kabine kann ich schlecht auf Erkundung gehen«, antwortete Torsten lachend und wollte hinaus.

Da hielt Henriettes Ruf ihn zurück. »Welches Bett willst du?«

Torsten musterte die beiden Schlafstellen, die selbst ein anspruchsloser Reisender als schmal und unbequem empfinden musste, und beschloss, höflich zu sein. »Nimm das Bett an der Seitenwand, unter dem dein Koffer liegt. Ich werde mit der Bettcouch unter dem Fenster vorliebnehmen.«

»Gut!«, murmelte Henriette, die zu müde war, um sich dagegen aussprechen zu können. Während sie ihre Sachen für die Nacht zusammensuchte, verließ Torsten die Kabine und schob die beiden großen Koffer in Richtung Aufzug.

VIERZEHN

Auf Deck drei wurde Torsten die Koffer los. Die Frau an der Rezeption sah ihn kommen und lachte. »Ihre Koffer sind wohl ein wenig zu groß für Ihre Kabine!«

»Das können Sie laut sagen«, antwortete Torsten. »Ich hätte sie gerne schon eher abgeliefert, aber die Durchsage kam zu spät.«

»Es steht auch in den Schiffsunterlagen, dass unser Zahlmeister die Koffer während der Fahrt verstauen kann«, erklärte die Frau, während sie zwei Aufkleber heraussuchte und von Torstens Bordkarte die Zimmernummer ablas. »Aber ich bin trotzdem froh, dass Sie jetzt noch kommen. Spätestens am Vormittag werden die meisten Passagiere bemerkt haben, dass ihre Koffer nicht gerade die idealen Zimmergenossen sind.«

Die Frau reichte Torsten die ausgefüllten Aufkleber und bat ihn, diese an den Koffern anzubringen. Er erhielt eine Bescheinigung, die er vorzeigen sollte, wenn er sie wieder abholen wollte. Dann verschwand die Frau mit den beiden Gepäckstücken durch eine Tür.

Torsten blieb noch einen Augenblick stehen und betrachtete die Bilder des norwegischen Königspaars an der Wand sowie die Plakate, die auf Ausflüge hinwiesen. Um nicht aufzufallen, würden Henriette und er ein paar davon mitmachen müssen. Er beschloss, die Auswahl seiner Kollegin zu überlassen. Nun aber hatte er etwas anderes vor.

Mit ein paar Schritten war er beim Aufzug. Trotz der späten oder, besser gesagt, frühen Stunde war dieser in der Zwischenzeit benutzt worden. Lächelnd wartete Torsten, bis er wieder hielt, und drückte erst einmal die Sechs. Auf dem Deck angekommen, öffnete er eine der schweren Türen, die ins Freie führten, und trat auf den um das ganze Schiff führenden Gang hinaus.

Es war kalt, und ein leichter Wind blies ihm entgegen. Fröstelnd zog er seinen Blouson zu und sagte sich, dass er beim nächsten Mal einen Pullover darunter tragen oder gleich den dickeren Parka anziehen musste. Trotzdem ging er einmal um das ganze Schiff herum und sah sich dabei die Rettungsboote an. Sie waren recht groß und blieben im Grunde unbeachtet, also stellten sie ein gutes Versteck dar. Er machte nicht den Fehler, die gelbe Abdeckung an einem der Boote zu öffnen und hineinzuschauen, horchte aber mit Hilfe seiner Manschettenmikrofone in die Richtung jedes Bootes.

Es war nichts zu vernehmen. Dennoch war er sicher, dass sich noch vor kurzem jemand in einem der Boote aufgehalten hatte. Auf dem Deck lag Schnee, und er konnte die Abdrücke von grobstolligen Winterschuhen erkennen, die von dem Boot wegführten.

So ein Amateur, dachte Torsten, fragte sich aber gleichzeitig, ob es sich um eine Falle handeln konnte. Wenn es so war, sollte ein anderer als er sich darin verfangen. Er verließ den Gang durch dieselbe Tür, durch die er ihn betreten hatte, und sah, dass der Fahrstuhl erneut benutzt worden war. Aus diesem Grund stieg er die Treppe hoch und tat so, als wolle er sich die dort hängenden Bilder anschauen. Auf dem achten Deck verließ er das Treppenhaus.

Nun galt es, vorsichtig zu sein, um kein Aufsehen zu erregen. Von Petra wusste er, dass ihre Zielpersonen sich in der Reeder-Suite an Steuerbord aufhielten. Am besten war diese über die Backbord-Reeder-Suite oder die anschließende Grand-Suite zu überwachen, doch die eine hatten Amerikaner gemietet und die andere mehrere Serben, bei denen Torsten gewettet hätte, dass sie in Wirklichkeit russische Pässe hatten.

Vorsichtig spähend näherte er sich dem Eingang der Suite, bemerkte einen Schatten und wich bis zur Treppe zurück. Jemand kam aus dem nach dem Maler Kaare Espolin Johnson benannten Aufenthaltsraum, steckte unterwegs ein Handy ein und verschwand in einer der Grand-Suiten, ohne ihn zu bemerken.

Torsten schlich wieder nach oben, huschte nach vorne und drückte einen stecknadelkopfgroßen Gegenstand in den Teppichboden des Ganges. Danach kehrte er zur Treppe zurück und sah sich ein Deck tiefer einem großen, hageren Mann gegenüber, der ihm grinsend entgegensah.

»Ich dachte mir doch, dass du nur der *crazy German* sein kannst!«

»Hallo John! Das ist aber eine Überraschung.« Torsten versuchte nicht einmal, John Thornton weiszumachen, dass er nicht der war, für den dieser ihn hielt. Dafür kannten sie einander zu gut.

»Mit deiner Begleiterin hättest du mich beinahe getäuscht«, sagte der Amerikaner kopfschüttelnd. »Den Trick kannte ich von dir noch nicht.«

»Wie geht es dir, John? Alles gut überstanden?« Torsten

klopfte dem anderen auf die Schulter, als wären sie wirklich Freunde, sie sich durch Zufall wiedergetroffen hatten und sich darüber freuten.

»Hast du Lust auf einen Drink? Die Bar ist noch offen«, schlug Thornton vor.

»Gerne!« Torsten folgte dem Mann nach vorne.

Nur ein paar einzelne Gäste saßen auf den Sesseln, während ein weiß gekleideter Steward bereits die Gläser für den kommenden Tag einräumte.

»Einen Whisky Soda«, bestellte Thornton. »Und was trinkst du?«

»Ein alkoholfreies Bier.«

»Kommt sofort!« Der Barkeeper unterbrach seine Tätigkeit und füllte die beiden Gläser.

Thornton nahm sie entgegen und wies mit dem Kinn zum Eingang der Panorama-Lounge. »Ich glaube, wir haben uns einiges zu erzählen, Crazy!«

»Das kann man wohl so sagen«, antwortete Torsten grinsend und folgte seinem Bekannten in einen großen Raum, der ringsum mit Fenstern ausgestattet war, die vom Fußboden bis zur Decke reichten. Dort saßen trotz der Dunkelheit einige Passagiere und starrten in die nordische Nacht hinaus.

»Es ist doch sonderbar, dass so viele so viel Geld ausgeben, um in einem solchen Klima auf einem unbequemen Schiff zu reisen«, begann Thornton das Gespräch.

Torsten spürte die Anspannung seines Gegenübers und lächelte. »Da magst du recht haben.«

»Vielleicht auch nicht. Wahrscheinlich haben sie das Gefühl, auf diese Weise die Grenzen der Zivilisation abzustreifen, und suchen den Hauch der Einsamkeit, ohne es wirklich sein zu wollen. Aber jetzt *cheers!*« Thornton hob sein Glas Torsten entgegen.

Dieser stieß mit ihm an und trank einen Schluck seines

alkoholfreien Bieres. »Was hast du getrieben, seit wir uns das letzte Mal gesehen haben?«, fragte er.

»Dasselbe wollte ich dich fragen!« Der Amerikaner lachte mit einem gekünstelten Unterton auf und hob in einer unbestimmten Geste die Hände. »Dann eben ich zuerst. Also, nachdem ich mich von meinem Unfall erholt hatte, habe ich erst einmal Urlaub in Alaska gemacht und mir überlegt, wie ich einen neuen Anfang machen könnte, denn in meinen alten Job konnte ich nicht mehr zurückkehren. Ein Freund, der mit mir auf dem College war, hat mir schließlich eine Stelle angeboten, und nun bin ich im mittleren Management seiner Firma beschäftigt. Das Gehalt ist annehmbar und der Job abwechslungsreich genug, um mich nicht zu langweilen. Und du?«

»Ich bin ins Autogeschäft eingestiegen und verkaufe jetzt Neuwagen«, log Torsten. »Meine Frau hat irgendwann eine Werbung für diese Fahrt entdeckt und mich so lange gelöchert, bis ich sie gebucht habe.«

»Eine hübsche Frau! Asiatin?«, fragte Thornton.

Torsten schüttelte den Kopf. »Nur halb. Sie wurde in Deutschland geboren. Aber ich glaube, ich sollte jetzt wieder in meine Kabine. Sonst denkt sie noch, ich wäre ins Meer gefallen. Wir können noch ein andermal plauschen.«

»Das sollten wir auch tun. Wie wäre es um …«, Thornton sah auf seine Uhr, »… heute um neun Uhr morgens auf Deck neun draußen auf dem Sonnendeck? Hier habe ich das Gefühl, als krabble mir zu viel Getier herum.«

Den Hinweis auf die Wanzen, die hier höchstwahrscheinlich versteckt waren, verstand Torsten. »Also gut, um neun! Bis dorthin werden wir ja wohl mit dem Frühstück fertig sein.« Er trank aus, reichte Thornton die Hand und grinste. »Gute Nacht, Old Boy.«

»Gute Nacht, Crazy. Und pass auf dich auf!« Thornton klopfte Torsten auf die Schulter und ging vergnügt davon.

Einige Sekunden sah Torsten ihm nach, dann stand auch er auf, ging zum Lift und fuhr ein Deck tiefer. Als er seine Kabine erreichte, schlief Henriette bereits. Er machte sein Bett zurecht, zog sich bis auf die Unterwäsche aus und ging in das winzige Badezimmer. Während er sich die Zähne putzte, fragte er sich, welche Pläne John Thornton tatsächlich verfolgte. Das Märchen mit dem Managerposten glaubte er ihm ebenso wenig wie dieser ihm den Autoverkäufer abnahm.

ZWEITER TEIL

DIE *TROLLFJORD*

EINS

Die *Trollfjord* glitt wie auf Schienen dahin. Während draußen ein fahler Tag aufzog, in dem die schneebedeckten Felsinseln, die das Schiff passierte, geisterhaft mit dem Horizont verschmolzen, waren Henriette und Torsten nach viel zu wenig Stunden Schlaf wieder auf den Beinen. Torsten ließ seiner Kollegin den Vortritt in die winzige Duschkabine und kontrollierte die Vorsichtsmaßnahmen, die er in der Nacht getroffen hatte. Offenbar hatte niemand versucht, in ihre Kabine einzudringen.

Da Henriette länger brauchte, schaltete er den Laptop ein. Petra hatte sich nicht mehr gemeldet, und der Bildschirm blieb auch jetzt dunkel. Torsten sah daher noch einmal die Daten durch, die sie ihm in der Nacht übermittelt hatte, und beschäftigte sich erst einmal mit ihren Tischgenossen. Neben Lambert Gillmann, der als Angestellter bei einer Stadtverwaltung in Rheinland-Pfalz arbeitete, und dem chinesischen Ehepaar Wu Fanglian und Dai Zhoushe waren dies der US-Amerikaner Jason Wickley, angeblich ein Rodeoreiter aus Wyoming, sowie Daisy und Viktor Brünger. Sie war die Tochter eines Bauunternehmers aus Gelsenkirchen, er ein aufstrebender Literat aus München und – wie Petra aus Facebook-Eintragungen geschlossen hatte – als Schwiegersohn nicht gerade die erste Wahl von Daisys Vater.

Mehr interessierten Torsten jedoch diejenigen, die als mögliche Geheimagenten in Frage kamen. Doch gerade, als er diesen File aufrief, kam Henriette aus dem Badezimmer.

»Es ist frei!«, sagte sie.

Torsten warf ihr einen kurzen Blick zu und fand, dass sie

in Höschen und BH zum Anbeißen aussah. Aber dafür war er nicht hier.

»Sieh dir die beiden Listen an, die ich aufgerufen habe, während ich in der Dusche bin«, forderte er sie auf und schraubte sich in die Hygienezelle. Beim Anblick der vielen Salbentöpfchen und mit verschiedenen Lotionen gefüllten Fläschchen, die Petra für Henriettes Tarnung als notwendig erachtet hatte, verdrehte er die Augen. Er selbst fand kaum Platz für Zahnbürste und Rasierapparat.

Er beeilte sich mit dem Duschen, zog seine Unterwäsche an und wollte auch in die Hosen steigen. Dafür aber war die Zelle zu eng. Ihm blieb nur, in die Kabine zurückzukehren und sich dort anzuziehen. Währenddessen warf er Henriette einen Blick zu. Diese trug jetzt einen knielangen weißen Rock und eine weiße Seidenbluse mit einer eingestickten roten Rose über dem Herzen. Für ihn wirkte das wie eine Zielscheibe, und er ranzte sie deswegen an.

»Im direkten Einsatz trage ich so etwas natürlich nicht, aber jetzt gehört es zu meiner Tarnung«, antwortete sie gelassen und musterte ihn ihrerseits. »Du solltest dir ein weniger auftragendes Schulterhalfter besorgen. Wenn du dich nach rechts beugst, merkt jeder, der etwas davon versteht, dass du eine Waffe trägst. Zudem: Wir wollten doch unsere Pistolen vorerst zurücklassen.«

»Dann darf ich mich eben nicht nach rechts beugen!« Torsten schnaubte ärgerlich, begriff dann, dass es keine Retourkutsche gewesen war, sondern eine ehrliche Warnung. Er legte das Schulterhalfter ab und grinste sogar. »Du hast mal wieder recht! Danke, dass du mich darauf hingewiesen hast. Aber jetzt sollten wir frühstücken. Ich will mich um neun mit jemand treffen.«

»Mit diesem Thornton?«

»Ja! Wie kommst du darauf?«, fragte Torsten verblüfft.

»Weil er mir gestern schon so aussah, als würde er dich

am liebsten ansprechen. Soll ich den Laptop umschalten, oder machst du es?«

»Du sitzt vor dem Kasten, also kannst du es tun. Hast du noch etwas herausgefunden?«

»Petra konnte bisher nur vier Geheimagenten hundertprozentig identifizieren, hat aber insgesamt gut vierzig Leute im Verdacht, für einen Geheimdienst zu arbeiten.«

»Vierzig von über siebenhundert Passagieren? Ich hätte mehr geschätzt«, sagte Torsten kopfschüttelnd. Er nahm seine Bordkarte und steckte sie in die Hülle, die er wie alle anderen Passagiere an einem Band um den Hals tragen sollte.

»Auf geht's! Der Dienst ruft.«

»Beim Frühstück?«, fragte Henriette lachend.

»Satt kann ich dem Vaterland besser dienen als hungrig«, gab Torsten zurück und schaltete die Türsicherung aus. »Wegen der Putzfrau! Oder hast du Lust, unsere Kabine sauber zu machen und Handtücher an der Rezeption zu holen?«

Henriette schüttelte den Kopf. »Das fiele wohl zu sehr auf.«

Torsten öffnete ihr die Tür und ließ sie hinaus. Im gleichen Moment verwandelten sich beide wieder in das erlebnishungrige Ehepaar, dessen Traum es war, mit einem Schiff der Hurtigruten in die Mittwinternacht hineinzufahren.

ZWEI

Als Henriette und Torsten den Speisesaal erreichten, war dieser erstaunlich leer. Die beiden schätzten, dass weniger als vierzig Leute frühstückten. John Thornton gehörte dazu, er saß allein an seinem Tisch. Am Tisch 87 hatte sich auch noch niemand eingefunden, aber eben erschien Lambert Gillmann mit einem bis an den Rand gefüllten Teller.

»Ich habe Halbpension gebucht«, erklärte er auf Henriettes verwunderten Blick hin. »Da brauche ich eine gute Unterlage, denn ich werde mittags kaum mehr als ein Sandwich essen. Es ist alles so verdammt teuer hier in Norwegen, finden Sie nicht auch?«

»Um die Preise mache ich mir keine Sorge. Darum kümmert sich mein Schnucki…« Das »Putzi« unterblieb unter dem eisigen Blick, mit dem Torsten Henriette bedachte.

Sie begriff selbst, dass sie wieder dabei war, das Ehepaar Brünger zu imitieren, und das konnten diese als Spott auffassen. Daher beschloss sie, sich einen anderen Kosenamen für ihren angeblichen Ehemann auszudenken, und besorgte sich erst einmal eine Tasse Tee und ein Glas Orangensaft. Torsten wählte wie sonst auch Kaffee und ein Glas Wasser.

Als sie zu ihrem Tisch zurückkehrten, fanden sie nun auch das chinesische Ehepaar vor sowie Jason Wickley, der eine Portion Rührei verspeiste, die einem Rodeoreiter angemessen war.

Wu Fanglian und Dai Zhoushe hatten sichtlich Schwierigkeiten mit dem ungewohnten Essen und unterhielten sich leise in ihrer Muttersprache, ob sie nun besser gerösteten Schinken und Spiegeleier nehmen oder sich mit einem Brötchen und etwas Marmelade begnügen sollten.

Torsten ließ sich nicht anmerken, dass er gewisse Kenntnisse in Mandarin besaß, sondern nahm sich einen Teller und suchte sich auf dem reichhaltigen Frühstücksbüffet die Sachen aus, die er am liebsten mochte. An seinen Platz zurückgekehrt, aß er in aller Ruhe, holte sich zwischendurch noch eine zweite Tasse Kaffee und antwortete gelegentlich auf Gillmanns Bemerkungen. Dieser war ausnahmsweise zufrieden und verglich das Frühstücksbüffet auf der *Trollfjord* zu dessen Gunsten mit dem seines Hotels während des Sommerurlaubs. Dabei vertilgte der Mann derartig viel, dass Torsten sich fragte, ob er einen Zusatztank an seinen Magen geschraubt hatte.

Auch Jason Wickley holte sich noch dreimal Nachschlag. Er sagte wenig, ließ seinen Blick aber immer wieder durch das Schiff wandern. Für einen Geheimagenten tat er es zu auffällig, daher stufte Torsten ihn vorläufig als harmlos ein.

Unterdessen beendete John Thornton sein Frühstück und verließ das Restaurant. Ein Blick auf die Uhr zeigte Torsten, dass es zehn vor neun war. Wenn er die Verabredung einhalten wollte, wurde es Zeit für ihn, in die Kabine zu gehen und sich etwas überzuziehen. Daher trank er seine Tasse leer und schob sie zurück.

»Was machst du heute Vormittag, mein Mausilein?«, sagte er Henriette mit dem angenehmen Gefühl, ihr das »Schnuckiputzi« heimgezahlt zu haben.

»Ich werde mich in die Lounge auf Deck neun setzen und nach draußen schauen. Vielleicht wird die Sicht besser. Kommst du mit?« Sie stand auf.

Torsten schüttelte den Kopf. »Vielleicht später. Jetzt will ich ein wenig an die frische Luft. Herr Wu, Frau Dai, meine Herren, auf Wiedersehen beim Mittagessen.«

»Ohne mich! Ich habe Halbpension gebucht. Wäre auch hinausgeschmissenes Geld, nachdem es so ein großes Frühstücksbüffet gibt«, warf Gillmann grinsend ein.

Wie es aussieht, ist er sogar noch stolz darauf, sich möglichst sparsam durchzufuttern, dachte Torsten, während er zum Aufzug ging. Doch auf dem Weg zu seiner Kabine vergaß er diesen Mitreisenden wieder und richtete seine Gedanken auf Thornton. Damals in Afghanistan waren sie gute Freunde gewesen. Würden sie jetzt Gegner sein?

Diese Frage beschäftigte ihn noch, als er mit seinem Parka auf dem Arm die Kabine verließ und mit dem Lift nach oben auf Deck neun fuhr. Oben entdeckte er Thornton auf Anhieb. Der Amerikaner stand draußen in der Nähe des großen Whirlpools und blickte hinaus aufs Meer.

Ein kurzer Blick in die Panorama-Lounge zeigte Torsten, dass Henriette so Platz genommen hatte, dass sie ein möglichst großes Stück des Sonnendecks im Auge behalten konnte.

Er winkte ihr kurz zu, zog seinen Parka an und öffnete die Tür nach draußen. Ein schneidender Wind blies ihm entgegen, und er war froh um die Handschuhe in seinen Taschen. Während er diese anzog, näherte er sich scheinbar zufällig Thornton.

Dieser sah ihn und wies nach Backbord, wo die Küste in dem diesigen Wetter mehr zu erahnen als zu sehen war. »Eine schöne Reise, nicht wahr?«

»Noch schöner wäre es, wenn das Wetter nicht so trübe wäre«, antwortete Torsten, da eben ein anderer Frischluftfan nahe an ihnen vorbeiging.

Thornton nickte und ging weiter zum Heck. Nach einigen Sekunden folgte Torsten ihm, blieb vor der Heckreling stehen und sah zu, wie der Amerikaner eine Zigarettenschachtel aus der Tasche holte.

»Willst du auch eine?«, fragte Thornton.

»Nein!«

»Ich vergaß, du bist ja Nichtraucher. Vielleicht sollte ich es auch aufgeben, aber irgendwie hilft es gegen den Stress.« Thornton lächelte bitter, während er sich eine Zigarette anzündete, und drehte sich zu Torsten um.

»Ich glaube, hier können wir reden. Damit die Sache klar ist: Ich werde nichts darüber sagen, weshalb ich auf diesem Kasten bin, und will auch von dir nicht hören, weshalb du es bist. Eines aber halte ich für sehr wahrscheinlich: Einige von denen, die sich aus ähnlichen Gründen wie wir auf der *Trollfjord* befinden, werden den eigentlichen Grund dafür bald vergessen und sich gegenseitig ihre Rechnungen präsentieren.«

»Das ist ja höchstinteressant!« Torsten fragte sich, ob Thornton über andere Quellen verfügte als jene, die Petra angezapft hatte, oder nur auf den Busch klopfen wollte. Da sprach der Amerikaner bereits weiter. »Sagt dir der Name Manolo Valdez etwas?«

»Das ist doch der Bursche, dem deine Leute den Anschlag auf eine eurer Fregatten zuschreiben. Den Namen des Kahns weiß ich nicht mehr.«

»*Sam Houston*«, half Thornton aus. »Meine Kollegen oder, besser gesagt, Exkollegen werden sich die Chance nicht entgehen lassen, diesen Mann zu erwischen. Aber das ist noch nicht alles. Auch Abu Fuad ist an Bord.«

»Der ist doch derzeit mit euch verbündet!«

»Das schon. Aber er wird verdächtigt, hinter dem Sprengstoffanschlag auf dem Hauptmarkt von Urumqi zu stehen. Damals sind mehr als zweihundert Chinesen ums Leben gekommen oder schwer verletzt worden. Auf jeden Fall steht Abu Fuad auf der schwarzen Liste unserer asiatischen Freunde wohl an erster Stelle.«

»Und es gibt verdammt viele Chinesen an Bord.«

Thornton nickte gedankenverloren. »Das auch! Wir haben Informationen, dass der sagenumwobene Chef der chinesischen Gegenspionage ebenfalls auf der *Trollfjord* sein soll. Man weiß weder seinen Namen noch wie er aussieht. Wir nennen ihn Red Dragon. Er ist an Abu Fuad noch mehr interessiert als meine Exkollegen an Valdez. Und das will einiges heißen. Du kannst dir vorstellen, wie es hier auf dem Schiff bald zugehen wird.«

»Ein Hornissenschwarm dürfte harmlos dagegen sein!« Torsten rieb sich das Gesicht, das sich nicht nur der Kälte wegen klamm anfühlte. Wenn das, was er eben gehört hatte, der Wahrheit entsprach, würden sich die Ereignisse auf der *Trollfjord* bald überschlagen. Sein Blick glitt nach unten zum Balkon der beiden Reeder-Suiten. In der auf der linken Seite saßen Nastja Paragina und Espen Terjesen, denen der ganze Aufwand der Geheimdienste eigentlich gelten sollte. Doch schon bald würden die beiden nur noch Nebenfiguren in einem Spiel sein, das von den Leuten der amerikanischen Geheimdienste, Manolo Valdez, Abu Fuad und vielleicht auch dem geheimnisvollen Roten Drachen bestimmt würde.

DREI

Nachdem John Thornton ins Schiffsinnere zurückgekehrt war, blieb Torsten noch einige Minuten an der Heckreling stehen und starrte in das von den Schiffsschrauben aufgewirbelte Wasser. So ähnlich wie dieses schäumten auch seine Gedanken auf. Aber es brachte nichts, auf ungelegten Eiern zu brüten. Mit einer energischen Bewegung stieß er sich von der Reling ab, ging nach vorne und betrat das Innere des Schiffes. In der Trollbar zog er seinen Parka aus, bestellte sich eine Tasse Kaffee und ging zu Henriette.

Diese saß zurückgelehnt in ihrem Sessel, hatte die Augen geschlossen und schlief, um die viel zu kurze Nacht nachzuholen. Sie bot ein so friedliches Bild, dass nach Torstens Meinung niemand annehmen würde, es könnte sich bei ihr um eine unerschrockene Kämpferin handeln. Doch so wie es aussah, würde sie diese Fähigkeiten bald brauchen.

Noch während er schwankte, ob er sie wecken oder weiterschlafen lassen sollte, schlug sie die Augen auf und sah ihn lächelnd an. »Hast du ein wenig Frischluft getankt?«

»Fast zu viel«, brummte er. »Draußen ist es kalt wie in einem Eisschrank. Außerdem wird es bald wieder schneien. Wollen wir hoffen, dass es keinen Sturm gibt.«

Henriette wurde hellhörig. Wie es aussah, hatte ihr Kollege von Thornton nicht gerade die besten Nachrichten erhalten. Sie streckte sich, um die Muskeln zu lockern, und sah dann auf ihr leeres Glas.

»Wollen wir noch etwas trinken oder kehren wir in die Kabine zurück? Wann legen wir eigentlich das nächste Mal an?«

»Um 10:20 Uhr in Torvik. Dort haben wir aber nur fünfundzwanzig Minuten Aufenthalt«, erklärte Torsten.

»Wieso kann das dumme Schiff nicht länger bleiben, so dass man sich in dem Ort umsehen und vielleicht auch einen Kaffee trinken kann? Für die paar Minuten will ich nicht das Schiff verlassen.«

»Ich glaube, ich mache ein Nickerchen. Um zwölf erreichen wir nämlich Ålesund, und da haben wir drei Stunden Aufenthalt!« Torsten stand auf, nahm seine Tasse und ihr Glas und brachte sie an die Bar zurück. Als er sich dem Lift zuwandte, wartete Henriette bereits auf ihn und blockierte die Lichtschranke.

Beide fuhren ins Deck sieben hinab und gingen den Gang bis zu ihrer Kabine entlang. Um das Bild einer interessierten Touristin aufrechtzuerhalten, beschwerte Henriette sich wortreich über die Kürze der Zeit, die ihnen in den meisten Häfen blieb. Torsten wollte ihr schon sagen, dass sie es nun gut sein lassen könne, da meinte er plötzlich Geräusche aus ihrer Kabine zu hören. Rasch schob er die Bordkarte ins Lesegerät und öffnete die Tür. Vor ihm stand Bjarne Aurland, einer der beiden Hurtigruten-Angestellten, die Henriette am Vorabend aufgefallen waren. Einen Augenblick zuckte es auf dessen Gesicht, dann hatte er sich wieder in der Gewalt.

»Ich habe Ihnen das Programm für die Ausflüge, die in Ålesund unternommen werden, ins Zimmer gelegt«, sagte er auf Englisch und schritt den Gang entlang, ohne sich noch einmal zu ihnen umzudrehen.

Torsten wartete, bis sie in der Kabine waren und die Tür hinter sich geschlossen hatten, dann ballte er die Faust. »Wenn der Kerl sauber ist …«

»… darf ich Heinrich zu dir sagen«, vollendete Henriette den Satz für ihn und begann zu lachen.

Einen Augenblick starrte Torsten sie verärgert an und verzog dann das Gesicht zu einem spöttischen Lächeln. »Als Heinrich Renk würde ich wenigstens zu deiner feudalen Familie passen. Schade, dass Dietrich nicht da ist.«

Henriette gluckste, als sie an ihren älteren Bruder dachte, schüttelte dann aber den Kopf. »Ich glaube nicht, dass ihm das hier gefallen würde. Er ist niemand, der heimlich jemanden beobachten kann, sondern durch und durch Soldat. Außerdem sähe es reichlich blöd aus, wenn er im vollen Tarnanzug und Helm samt umgehängter Maschinenpistole hier herumläuft.«

Bei der Vorstellung musste Torsten lachen. »Danke!«, sagte er, als er sich wieder beruhigt hatte. »Das war die richtige Bemerkung, um meine Anspannung loszuwerden. Und jetzt sollten wir schauen, ob Petra was Neues weiß. Außerdem interessiert mich, was dieser Kleiderschrank hier wollte.«

»Das Programm für die Ausflüge hat er hier auf den Tisch gelegt«, erklärte Henriette.

»Das schon, aber im Allgemeinen liegen die oben auf Deck acht aus. Ich habe noch nie gehört, dass so etwas in die Kabine gebracht wird.«

Noch während er sprach, begann Torsten den Raum zu durchsuchen. Auf den ersten Blick konnte er nichts entdecken. Allerdings merkte er bald, dass Aurland sich an seinen Sachen zu schaffen gemacht hatte. Selbst den Laptop hatte der Mann eingeschaltet, war aber von der Tarneinstellung getäuscht worden. Dafür hatte die kleine Kamera des Geräts, die auch bei ausgeschaltetem Zustand arbeitete, den Mann während seiner Anwesenheit in der Kabine aufgenommen.

Torsten betrachtete den Film und nickte zufrieden, als er sah, dass Aurland nach der Durchsuchung des Schranks sich zu Henriettes Koffer gebeugt hatte, aber durch ihr Erscheinen an einer näheren Beschäftigung mit dem Zahlenschloss gehindert worden war.

Nachdenklich wandte er sich zu seiner Kollegin um. »Jetzt müsste man wissen, ob der Kerl noch einmal zurückkommt, um den Rest der Kabine zu durchsuchen, oder sich mit dem zufriedengibt, was er gesehen hat.«

»Um eine Antwort darauf zu bekommen, müsstest du ihn fragen.«

Sie war zu neugierig darauf, was Torsten von John Thornton erfahren hatte, um das Thema zu vertiefen.

Torsten durchsuchte unterdessen sorgfältig die Kabine, ob Aurland eine Wanze oder gar eine Minikamera hier zurückgelassen hatte. Trotz seiner Erfahrung fand er nichts und schaltete daher den Laptop auf die eigentliche Betriebsoberfläche um. Petra hatte zwei Files mit Informationen geschickt. Er las sie durch und nahm mit einer gewissen Erleichterung wahr, dass ihre Kollegin ihnen das Gleiche und noch ein wenig mehr von dem mitteilte, was er bereits von Thornton gehört hatte.

Ihrer Information nach befanden sich an Bord der *Trollfjord* einige Geheimdienstkoryphäen, die sich bislang noch nie begegnet waren. Eines wurde ihm beim Lesen rasch bewusst: Thorntons Annahme, dass hier auf dem Schiff bald etwas passieren würde, war eine eher harmlose Umschreibung. Für ihn sah es nun so aus, als wäre die *Trollfjord* mit einem großen Container Dynamit beladen, dessen Lunte bereits brannte.

Mit verbissener Miene unterrichtete er Henriette von dem, was er erfahren hatte, und rief die Verbindung zu Petra auf. Doch auf dem Bildschirm erschien nicht das Gesicht der Computerspezialistin, sondern Franz Josef Wagner, und dieser wirkte nicht weniger missgestimmt als sein Untergebener.

»Wo ist Petra?«, fragte Torsten.

»Bei ihrer Frauenärztin! Schwangerschaftskontrolle! Sie wird erst am Nachmittag zurückkommen«, gab Wagner so bissig zurück, als suche er einen Schuldigen.

»Das ist nicht gut! Sie müsste dringend ein paar Sachen nachschauen. Vor allem brauche ich aktuelle Fotos von Manolo Valdez, Abu Fuad und sämtlichen anderen Agenten, die nachweislich auf der *Trollfjord* sind oder hier sein könnten.«

Obwohl Torsten an Petras Schwangerschaft nicht gerade unschuldig war, ärgerte er sich, dass diese ausgerechnet in dieser Zeit einen Arzttermin hatte einschieben müssen.

»Ich werde zusehen, was ich tun kann«, erklärte Wagner. »Den Rest muss Frau Waitl übernehmen, wenn sie wieder hier ist.«

Torsten sah, wie sein Vorgesetzter sich über die Tastatur beugte und zu tippen begann. Schon bald meldete ein kleiner grün-weißer Balken am unteren Bildschirmrand einen Datentransfer. Schließlich atmete Wagner auf und blickte wieder auf den Bildschirm.

»Es wird noch etwas dauern, bis Sie mehr bekommen, Renk. Aber wenigstens haben Sie jetzt etwas Lektüre und ein paar Bilder zum Anschauen. Ach ja, noch etwas: Gleichgültig, was auf dem Kasten, auf dem Sie und Frau von Tarow sich befinden, auch passiert: Sie halten sich aus allem raus! Das ist ein Befehl. Ihr Job ist es, Nastja Paragina zu überwachen und dafür zu sorgen, dass sie nicht noch einmal spurlos verschwindet.«

»Ich werde mich in ihren Lippenstift verwandeln und in ihre Handtasche klettern«, spottete Torsten.

Er wusste ebenso wie Wagner, dass er verdammt viel Glück brauchte, um die russische Wissenschaftlerin so überwachen zu können, wie es von ihm gefordert wurde, und noch mehr, um ihr auf den Fersen zu bleiben.

VIER

Während Torsten sich mit seinem Vorgesetzten unterhielt und die einzelnen Geheimdienste darangingen, erste Pläne zu schmieden, saßen Nastja Paragina und Espen Terjesen in ihrer Suite vor einem späten Frühstück und blickten in den düsteren, nebligen Tag hinaus. Espen Terjesen lud sich eben eine dicke Scheibe Lachs auf sein Toastbrot und grinste.

»Es klappt alles reibungslos, meine Liebe. Laut meinen Informationen müssen mindestens fünfzig Agenten auf dem Schiff sein, darunter einige absolute Cracks. Die braucht man jetzt nur noch ein wenig zu reizen, damit sie auch aktiv werden.«

»Hast du die Chinesen schon darüber informiert, dass sich Abu Fuad an Bord befindet?«, fragte Nastja.

Espen Terjesen schüttelte lachend den Kopf. »Natürlich nicht! Das erfahren die auch ohne meine Hilfe. Sonst sähe es so aus, als wäre das hier alles von uns geplant.«

»Aber das ist es doch.«

»Natürlich! Aber das dürfen die anderen nicht einmal ahnen.« Noch immer grinsend biss Espen Terjesen ein Stück von dem Lachstoast ab und begann zu kauen.

Nastja stand auf und ging unruhig im Zimmer umher. »Mir gefällt das nicht! Wir sitzen wie auf dem Präsentierteller, und das ganze Schiff ist voller Agenten, die nichts lieber täten, als mich zu betäuben, in einen Koffer zu stecken und in ihre Heimat zu bringen.«

»Du bist eben eine sehr wertvolle Frau«, sagte Espen Terjesen lachend. »Genau genommen bist du etliche hundert Milliarden Dollar wert. Das muss dir doch runtergehen wie Öl.«

»Ich bin Wissenschaftlerin und will in Ruhe meinen

Forschungen nachgehen!« Diesmal klang Nastjas Stimme scharf. Ihr ging das Spiel, das ihr Begleiter in Gang gesetzt hatte, mittlerweile viel zu weit.

»Das wirst du auch bald wieder, mein Schatz«, erklärte Espen Terjesen fröhlich. »Mein Bruder hat alles vorbereitet. In spätestens drei Jahren wird International Energies das erste chemisch verflüssigte Methan auf den Markt bringen, und von da an werden die Aktien der großen Mineralölkonzerne nur noch als Butterbrotpapier taugen. Die gesamte Weltwirtschaft wird sich verändern, und wir werden diejenigen sein, die davon profitieren.«

»Mir wäre es lieber, wenn dafür keine Menschen sterben müssten«, wandte Nastja ein.

Espen Terjesen winkte ab. »Meldet sich auf einmal dein Gewissen? Dabei dachte ich, du wärst so kalt wie sibirisches Eis, nicht im Bett natürlich, aber sonst.«

»Ich bin kalt«, stellte Nastja klar. »Ich habe auch nichts dagegen, dass die Narren umgekommen sind, die meine Entdeckung als die ihre ausgeben und den Lohn dafür kassieren wollten. Doch ich habe mir nicht vorstellen können, dass es zu weiteren Toten kommen würde.«

»Es ist notwendig! So wie wir deine Kollegen ausschalten mussten, damit das Wissen um die Methanverflüssigung allein unser Eigentum bleibt, ist es unumgänglich, auch die Spitzenleute der Geheimdienste zu beseitigen. Bis die ›Firmen‹ neue Spezialisten ausgebildet haben, die uns auf die Pelle rücken könnten, sind wir längst am Ziel.«

Insgeheim amüsierte Espen Terjesen sich über die Zweifel der schönen Russin. Nastja war nach dem Tod der Professoren Bowman und Wolkow und deren Teams die einzige Wissenschaftlerin auf der Welt, die noch über die Ergebnisse der jahrelangen Forschungsarbeiten verfügte und diese auch umzusetzen vermochte. Dieses Wissen war für ihn und seinen Bruder von unschätzbarem Wert. Mit seiner Hilfe würden sie den Energiemarkt der Erde revolutionieren und ein Monopol erringen, das ihnen neben Hunderten von Milliarden Euro auch einen politischen Einfluss bescherte, den nicht einmal die USA in ihrer besten Zeit gehabt hatten.

Das war, wie er fand, jeden Einsatz wert. Da er diese Diskussion schon ein paarmal mit Nastja geführt hatte, sah er keinen Sinn darin, es noch einmal zu tun, sondern spottete über die Geheimdienste, deren Angehörige über die *Trollfjord* hergefallen waren wie Krähen über ein frisch gesätes Feld.

»Du siehst, welchen Stellenwert du bei unseren Freunden einnimmst. Das Schönste aber ist, dass wir uns gemütlich zurücklehnen und zusehen können, wie sie sich gegenseitig das Leben zur Hölle machen.«

Ein Klopfen an der Tür unterbrach Espen Terjesen, und er griff im Reflex zu der Pistole, die neben dem Teller mit dem Lachs lag.

Nastja sah es und lächelte. So eiskalt und unerschütterlich, wie ihr Liebhaber immer tat, war er wohl doch nicht.

»Wer ist da?«, fragte Espen Terjesen.

»Bjarne Aurland, mein Herr. Ich bringe den bestellten Whisky!«

Terjesen entspannte sich etwas, als er die Stimme des Hurtigruten-Angestellten vernahm, legte aber die Pistole noch nicht weg.

»Sie können hereinkommen!« Er hörte, wie Aurland draußen an der Tür rüttelte, und erinnerte sich erst dann daran, dass er den Sicherheitscode der Suite so hatte ändern lassen, dass niemand ohne seine Erlaubnis hereinkam.

»Warten Sie, ich mache auf!«, rief er Aurland zu, ging aber nicht selbst zur Tür, sondern wies Nastja an, dies für ihn zu übernehmen.

»Nur für den Fall, dass draußen jemand zu neugierig ist. Man sollte dieses Ding hier nicht sehen«, erklärte er ihr und deutete auf seine Pistole.

Nastja stand auf und ging mit schwingenden Hüften zur Tür. Wer sie so sah, hätte sie für die überspannte Ehefrau eines Industriellen halten können und nicht für eine Frau, deren Intelligenzquotient von weniger als einem Dutzend Menschen auf der Erde übertroffen wurde.

Sie öffnete die Tür, wich zur Seite und ließ Aurland eintreten. Dieser steckte in einer dunklen Hose, einem weißen Hemd und einer burgunderroten Weste. In der Hand hielt er einen Karton mit aufwendiger metallischer Prägung.

»Guten Tag. Hier ist der Whisky.«

»Danke! Stellen Sie ihn in den Schrank!« Espen Terjesen bemühte sich, gelangweilt zu klingen.

Währenddessen warf Nastja einen kurzen Blick nach draußen. Wie zufällig tauchten dort mehrere Leute auf, die in diesem Teil des Schiffes mit Sicherheit nichts verloren hatten. Mit einem verächtlichen Lächeln schloss sie die Tür und drehte sich zu Terjesen um.

»Trotz der Kälte schwirren draußen ein paar Fliegen herum.«

Terjesen lachte übermütig. »Was dachtest du? Auf diesem Schiff ist die Elite der bedeutendsten Geheimdienste der Welt, und alle haben nur Augen für uns.« Dann wurde er schlagartig ernst und sah Aurland an. »Habt ihr etwas herausgefunden?«

»Haben wir! Allerdings konnten wir erst ein Viertel der verdächtigen Kabinen untersuchen.«

»Und?«, fragte Terjesen gespannt.

»Die an Ihre Suite anschließende Grand-Suite 824 sowie die Grand-Suite 822 werden von Angehörigen zweier amerikanischer Geheimdienste bewohnt. Die Amis haben sich auch die andere Reeder-Suite unter den Nagel gerissen. In den Grand-Suiten 821 und 823 wohnen Russen, während die Chinesen die Grand-Suiten 815 und 816 belegen und damit den Korridor zu Ihrer Suite kontrollieren können.«

»Ausgezeichnet!«, rief Terjesen. »War es schwer, das herauszufinden?«

»Bei den Amis und Russen nicht. Die haben eine Menge Equipment an Bord gebracht. Die Chinesen hingegen machen es geheimnisvoller. Dennoch haben sie Age und mich in ihre Kabinen gelassen. Wir profitieren einfach von unserem Ruf als brave norwegische Hurtigruten-Leute.«

»Den solltest du auch nicht riskieren.« Terjesen wies zur Tür, denn er wollte nicht, dass Aurland sich länger als notwendig hier aufhielt, um nicht aufzufallen. Dieser wandte sich sofort zum Gehen, zwinkerte ihm vorher aber noch einmal zu.

»Die Infos über die bisher untersuchten Suiten und Kabinen sind im Whiskykarton.« Danach hob er seine Stimme. »Herzlichen Dank, mein Herr. Sollten Sie wieder etwas brauchen, sind wir gerne bereit, es für Sie zu besorgen!«

Danach verließ Aurland die Suite und tat draußen so, als würde er eine Hundertkronennote in die Brusttasche seiner Weste stecken. Mit einem beiläufigen Blick stellte er fest, dass ihn die beiden Männer und die Frau, die sich in der Nähe befanden, eher uninteressiert musterten. Also schien keiner von ihnen misstrauisch geworden zu sein.

Als er an der Frau vorbeiging, sprach diese ihn mit einem kaum hörbaren russischen Akzent an.

»Können Sie mir eine Flasche Champagner besorgen?«

Da es auffällig gewesen wäre, Whisky in Espen Terjesens Suite zu bringen und einen anderen Auftrag abzulehnen, nickte Aurland. »Aber selbstverständlich, meine Dame.«

»Bringen Sie ihn in meine Kabine.« Dabei hielt die Frau ihm ihre Bordkarte so vor die Nase, dass er deren Kabinennummer lesen konnte. Mit der anderen Hand steckte sie ihm mehrere Geldscheine zu, deren Wert den Kaufpreis für eine Flasche Champagner um ein Drittel überstieg.

Aurland machte jedoch nicht den Fehler, diesen Betrag

zu behalten, sondern brachte, als er mit einer gut gekühlten Flasche Veuve Clicquot zurückkam, brav das Wechselgeld mit.

Inzwischen hatte die Frau sich in ihre Kabine begeben, saß auf einem Stuhl und winkte ab, als er ihr die Münzen und Scheine reichen wollte. »Das ist für Sie!«

»Besten Dank! Aber das wäre nicht nötig«, antwortete Aurland, um ihr den naiven Norweger vorzuspielen.

»Wollen Sie ein Glas mittrinken? Allein macht es keinen Spaß!« Die Frau wies auf den Schreibschrank, auf dem bereits zwei Gläser standen.

Aurland öffnete die Flasche so vorsichtig, dass der Korken nicht durch die Luft flog, füllte ihr Glas voll und das seine zur Hälfte und stieß mit ihr an. »Auf eine schöne und interessante Reise in die lange Nacht des Nordens!«

»An Ihnen ist ja direkt ein Poet verloren gegangen. Ach, ich vergaß, ihr Norweger seid ja ein Volk der Sänger und Skalden!« Die Frau lachte und nippte an ihrem Glas.

Noch immer war Aurland sich nicht sicher, ob er jetzt ein weibliches Mitglied eines russischen Geheimdienstes vor sich sah oder nur eine sich langweilende Frau, die auf ein erotisches Abenteuer aus war. Ihre nächsten Worte stellten jedoch einiges klar.

»Sie waren doch vorhin in einer dieser Prunksuiten am Heck. Sind diese wirklich so grandios ausgestattet, wie man es sich erzählt? Und vor allem: Was sind das für Leute, die sich eine solche Suite leisten können?«

Die Frau stellt es geschickt an, dachte Aurland. Ein normales Mitglied der Besatzung würde jetzt wahrscheinlich von der Reeder-Suite schwärmen und natürlich unter dem Siegel der Verschwiegenheit von deren Bewohnern erzählen. Da er als gewöhnliches Besatzungsmitglied gelten wollte, tat er genau das, aber auf eine Weise, dass die neugierige Passagierin nichts erfuhr, was sie nicht wissen durfte.

Nach einer Weile rutschte sie auf ihrem Stuhl herum und sah ihn an. »Das Paar aus dieser Reeder-Suite sitzt beim Essen ganz allein am Tisch. Wäre es da nicht möglich, ebenfalls dort Platz nehmen zu können?«

Ein Griff in ihre Handtasche und ein nicht gerade dezent herausgezogener Zweihundertkronenschein begleiteten diese Worte.

Aurland hob abwehrend beide Hände. »Tut mir leid, aber es ist die Sache des Zahlmeisters, die Tischordnung der Suiten festzulegen. Wenn die Herrschaften auf 826 ungestört sein wollen, wird er darauf Rücksicht nehmen.«

»Schade.« Die Frau überlegte kurz, ob sie den Geldschein wieder einstecken sollte, reichte ihn Aurland aber doch. »Mit bestem Dank für den Champagner. Wenn Sie freihaben, würde ich mich freuen, wenn Sie mir helfen würden, den Rest der Flasche zu leeren. Es kann auch eine frische sein.«

»Gerne, Frau …« Aurland stockte.

»Kresczinska, Lidija Kresczinska«, antwortete sie zuvorkommend und sah lächelnd zu, wie Aurland sich verabschiedete.

Während der Norweger mit dem Lift zwei Decks abwärtsfuhr und dann den Gang auf Deck sieben entlangging, kam er an der Kabine vorbei, in der er beinahe beim Durchsuchen der Sachen erwischt worden wäre. Einige Augenblicke lang blieb er stehen und lauschte.

Drinnen erklang die fordernde Stimme der Frau. »Ich will diesen Ausflug nach Ålesund mitmachen!«

Aurland grinste. Wie es aussah, brauchte er sich um diese Kabine nicht mehr zu kümmern. Das deutsch-philippinische Ehepaar gehörte ganz sicher zu keinem Geheimdienst. Trotzdem zog er die Passagierliste aus der Innentasche seiner Weste heraus und schaute kurz hinein. Die beiden hießen Henriette und Torsten Schmied und waren wahrscheinlich genauso langweilig wie ihre Namen.

FÜNF

Nach seinem Gespräch mit Torsten gönnte John Thornton sich einen Drink an der Fjord-Bar und dachte nach. Im Grunde war er froh, den verrückten Deutschen, wie er Torsten für sich nannte, an Bord zu wissen. Der Mann würde sich auch durch unerwartete Ereignisse nicht aus der Ruhe bringen lassen, und darauf, dass es zu solchen kommen würde, hätte John Thornton drei Jahresgehälter gewettet.

Allerdings wusste er nicht, was er von Renks Begleiterin halten sollte. Auf den ersten Blick wirkte die Kleine wie ein verwöhntes Püppchen. Aber ein solches hätte Renk niemals mitgenommen. Schon bald wanderten Thorntons Gedanken weiter zu den zwei Personen, die im Fokus aller Geheimdienstler auf dem Schiff und auch anderenorts standen, und er fragte sich, weshalb Nastja Paragina und Espen Terjesen sich ausgerechnet auf dieser Winterreise befanden. Der östlichste Anlegehafen der *Trollfjord* lag nur wenige Kilometer von der russischen Grenze entfernt, und er hätte drei weitere Jahresgehälter verwettet, dass die Geheimdienste in Russland bereits darauf warteten, die beiden in ihre Heimat zu bringen und dort zu verhören.

Sind die zwei verrückt, oder steckt ein raffinierter Plan dahinter? Noch während Thornton überlegte, bemerkte er einen Schatten und blickte auf. Ein schlanker, gut gekleideter Mann um die dreißig trat neben ihn und bestellte sich einen Whisky on the rocks. Er sah ihn nicht an, doch Thornton wusste auch so, um wen es sich handelte.

Als der andere sein Getränk erhielt, hob er sein Glas, als wolle er mit jemand anstoßen. »Hi John, so sieht man sich wieder«, sagte er leise und fast ohne die Lippen zu bewegen.

»Larry! Welch ein Zufall aber auch! Hat es dich ebenfalls in die ewige Nacht des Nordens gezogen?«, antwortete Thornton mit deutlichem Spott.

Eine gewisse Spannung lag zwischen den beiden Männern, die vor wenigen Jahren noch ein Team gebildet hatten.

»Trägst du es mir immer noch nach, dass ich mich damals um unsere Kunden kümmern und dich zurücklassen musste?«, fragte Larry Frazer mit unbewegter Miene.

Thorntons Gedanken flogen zurück in jene Zeit, und er sah sich noch einmal blutend und halbverrückt vor Schmerzen hinter einem Felsen liegen, der ihm ein wenig Deckung geboten hatte, während sein Kollege Larry mit den ihm unterstellten GIs die Guerillakämpfer verfolgte, die ihrer Kolonne aufgelauert hatten. An das, was danach geschehen war, konnte er sich nur noch bruchstückhaft erinnern, aber er hatte hinterher erfahren, dass Torsten Renk ihn verbunden und in das deutsche Feldlazarett bei Kunduz gebracht hatte.

Die Sache hatte ihm selbst den Abschied aus der U. S. Army und deren Geheimdienst gebracht. Larry Frazer hingegen hatte sich einen Orden an die Brust heften können und war befördert worden. Jetzt stand er wieder neben ihm, nicht weniger ehrgeizig als damals, und trotzdem meinte Thornton bei seinem Exkollegen Angst zu spüren. Wie es aussah, fürchtete dieser ihn und seine Reaktion.

Thornton schränkte diesen Gedanken jedoch sofort wieder ein. Frazer fürchtete nicht ihn persönlich, sondern nur die Möglichkeit, dass er ihm hier auf der *Trollfjord* in die Quere kommen und damit seinen Erfolg und sein weiteres Vorwärtskommen behindern könnte.

»Warum sollte ich dir etwas nachtragen?«, antwortete Thornton nach einer Weile. »Es war richtig, die Scheißkerle zu verfolgen und in die Enge zu treiben.«

Einen Mann hättest du Scheißkerl allerdings bei mir zurücklassen können, setzte er in Gedanken hinzu.

Frazer bemerkte Thorntons kleine Pausen und die tonlose Stimme, die ihm verrieten, dass der Mann jene Tage in Afghanistan nicht vergessen hatte. Dabei hatte er damals geglaubt, Thornton würde den Tag nicht überleben. Sicher war es nicht schön, einen Kameraden sterben zu sehen. Doch man konnte ihn in guter Erinnerung behalten. Bei Thornton wusste er jedoch nicht, wie der Mann sich entscheiden würde, wenn es hart auf hart kam.

»Es ging damals nicht anders. Diese Scheißkerle hatten schon zu viele der unseren umgebracht. Wir mussten sie fertigmachen! Außerdem wusste ich, dass die Germans knapp hinter uns kamen und sich um dich kümmern würden.« Noch während er es sagte, begriff Frazer, dass er dabei war, seine Handlungsweise von damals zu entschuldigen, und ärgerte sich darüber.

Um Thorntons Lippen spielte ein freudloses Lächeln. »Du hast es nicht nötig, dich bei mir zu rechtfertigen. Du hast es damals für richtig gehalten, mich zurückzulassen, und musst damit leben. Aber du bist sicher nicht gekommen, um alte Geschichten aufzuwärmen.«

»Nein, gewiss nicht.« Frazer trank seinen Whisky aus und schob mit der anderen Hand eine Bordkarte zu Thornton hin.

»Komm in einer Viertelstunde in diese Kabine. Dort findet so etwas wie eine Konferenz statt!« Nach dieser Aufforderung stieß Frazer sich von der Bar ab und ging davon.

Thornton nahm die Bordkarte und warf einen kurzen Blick darauf. Sie gehörte zu einer Innenkabine auf Deck vier. Als er sich den Deckplan ins Gedächtnis rief, war es die einzige Innenkabine, die an keine andere Passagierkabine angrenzte, sondern von diesen durch Räume abgetrennt wurde, die nur vom Schiffspersonal betreten werden durften.

SECHS

Thornton stand zur genannten Zeit vor der Kabine mit der Nummer 441 und steckte die Bordkarte, die Frazer ihm gegeben hatte, in das Lesegerät. Die Verriegelung wurde gelöst, und er konnte eintreten. Innen waren nur zwei Männer zu sehen, die mit dem Rücken zur Tür saßen. Thornton sah jedoch den Spiegel an der gegenüberliegenden Wand, der genau auf ihn gerichtet war, und begriff, dass jeder andere keinen liebevollen Empfang erhalten hätte. Er schloss die Tür wieder, und in dem Augenblick drehten sich die beiden Männer zu ihm um. Beide waren jung, hatten die Figur von Footballspielern und hielten je eine Pistole in der Rechten.

»Hi«, grüßte Thornton und grinste.

Er bekam keine Antwort. Stattdessen öffnete sich die Tür der Hygienezelle, und fünf Männer kamen heraus. Wie es diesen gelungen war, sich darin zu stapeln, war Thornton ein Rätsel.

Unter ihnen waren Frazer und zwei weitere Männer, die er sogleich erkannte, nämlich den Chef des Heeresgeheimdienstes und Rumble, der Geheimdienstkoordinator des amerikanischen Präsidenten. »Sieh an, Army, Navy und CIA in trauter Einigkeit. Das ist aber ein seltener Anblick!«

»Sei still! Wir müssen erst was überprüfen.« Frazer gab einem der beiden jungen Männer einen Wink. Dieser holte sein Handy aus der Tasche, betätigte ein paar Tasten und fuhr prüfend an Thorntons Körper mehrmals von oben nach unten. Schließlich schüttelte er den Kopf. »Alles in Ordnung. Der Mann ist ungezieferfrei!«

»Das freut mich. Es ist ja nicht gerade schön, wenn man von Wanzen befallen wird«, spottete Thornton und sah sich um.

»Hat jemand etwas dagegen, wenn ich mich setze. Mein

Bein macht nicht mehr so mit wie früher!« Er übertrieb ein wenig, denn mit hartem Training hatte er seinen Körper nach der schweren Verletzung wieder in Form gebracht. Es war aber gut, unterschätzt zu werden, sagte er sich, als Frazer auf die schmale Couch wies.

»Setz dich, John!«

»Danke!« Thornton nahm Platz und blickte die anderen auffordernd an.

»Larry meinte, es gäbe hier eine Konferenz. Also schießt los!«

Die fünf Männer aus der Hygienezelle sahen sich kurz an, dann ergriff Rumble das Wort. »Es geht um Manolo Valdez. Sie wissen doch recht gut, dass er einer der meistgesuchten Männer auf unserer Liste ist.«

»Nach dem, was ich letztens gehört habe, der meistgesuchte.« Thornton lächelte.

»Wenn Sie meinen!«, antwortete Rumble ungehalten. »Auf jeden Fall wollen wir ihn haben. Es geht nicht nur um die Anschläge gegen unsere Einrichtungen. Wir befürchten, dass der Mann Zielobjekt eins töten will, um zu verhindern, dass deren Erfindung umgesetzt werden kann.«

Was der Mann sagte, klang in Thorntons Ohren logisch. Manolo Valdez gehörte zu jenen linksgerichteten südamerikanischen Terroristen, deren Ziel es war, die USA und mit ihr den Kapitalismus zu vernichten, aber er hatte genügend Rückhalt bei den Regierungen einiger Länder, die am dort geförderten Erdöl verdienten. Wenn die Methanausbeutung im großen Stil begann, waren ihre Erdölvorräte nur noch einen Bruchteil dessen wert, auf das sie heutzutage geschätzt wurden. Nastja Paraginas Tod würde den Tag, an dem das im Ozean gebundene Methan industriell verarbeitet werden konnte, um viele Jahre hinausschieben, und wenn dabei sämtliche Forschungsergebnisse verloren gingen, sogar um Jahrzehnte.

Thornton wischte sich über das Gesicht, um seine Gedanken wieder einzufangen, und zuckte mit den Achseln. »Und was habe ich damit zu tun?«

Frazer und zwei der Männer, die er nicht kannte, verzogen bei dieser Antwort das Gesicht und sahen auffordernd zu Rumble, der sich zu einer Antwort bequemte.

»Sie sind der Einzige unter uns, der Manolo Valdez schon einmal gesehen hat und ihn selbst dann erkennen kann, wenn er sich getarnt hat.«

Es klang so verärgert, dass Thornton sich das Lachen verkneifen musste. »Ich bin schon zu lange aus dem Geschäft und mache diese Reise rein zum Vergnügen!«

»Das wüsste ich!«, warf Frazer zähneknirschend ein. »Wir sind informiert, dass du nach deinem Abschied aus der Armee einen Posten in der Sicherheitszentrale eines Energietrusts angetreten hast und dort für die Abwehr von Betriebsspionage zuständig bist. Den gleichen Job macht auch Espen Terjesen für seinen Bruder. Der hat dabei die Ellbogen gründlich eingesetzt, um die Konkurrenz niederzukämpfen. Also bist du seinetwegen hier an Bord.«

»Und wenn es so wäre, würde ich mich auf meinen Job konzentrieren und mich nicht von eurer Privatfehde mit Valdez ablenken lassen.« Thornton lächelte noch immer, doch es lag nichts Verbindliches in seiner Miene.

Frazer hätte ihn damals eiskalt krepieren lassen, um seinen Erfolg nicht zu gefährden, und seinem damaligem Chef, der bislang noch nichts gesagt hatte, war er auch nur einen Händedruck beim Abschied wert gewesen.

Jetzt stand Rumble auf und stellte sich vor ihn. »Thornton, wir verstehen ja, dass Sie wegen der Sache damals verbittert sind. Aber Sie sind doch Patriot! Deswegen werden Sie uns unterstützen.«

»Können die ausgezeichneten Computer, die Sie sicher mit an Bord gebracht haben, Ihnen nicht dabei helfen, Valdez zu identifizieren?«, fragte Thornton, ohne auf den Appell an seinen Patriotismus einzugehen.

»Valdez ist ein Meister der Tarnung, und unser Computer gibt sieben Leute hier an Bord an, die Valdez sein könnten. Wir wollen sichergehen, dass wir den Richtigen erwischen.«

»Und dafür brauchen Sie mich?« Thornton fand die Situation nur noch komisch. Gleichzeitig aber dachte er daran, dass einige Kollegen und auch etliche Soldaten und Zivilisten ihr Leben bei den von Valdez initiierten Anschlägen verloren hatten, und nickte widerwillig.

»Also gut, ich helfe Ihnen! Aber ich werde Ihnen erst etwas sagen, wenn ich mir hundertprozentig sicher bin.«

Die anderen atmeten hörbar auf.

»Ich wusste doch, dass Sie ein aufrechter Amerikaner sind«, rief sein früherer Vorgesetzter und ergriff seine Hand.

»Ich denke, dass Valdez das von sich auch glaubt, wenn auch auf Lateinamerika bezogen«, gab Thornton kühl zurück. »Und jetzt geben Sie mir die Bilder und Daten der sieben Männer, die Sie verdächtigen, Valdez zu sein. Ich würde allerdings nicht darauf wetten, dass es einer von ihnen ist. Er kann hier alles sein, vielleicht sogar einer Ihrer beiden Bodyguards!«

Bitterböse Blicke trafen ihn, doch das war Thornton gleichgültig. Er wartete, bis einer der beiden Footballprofigestalten ihm einen Umschlag mit den geforderten Informationen reichte, dann stand er scheinbar schwerfällig auf und humpelte zur Tür. Bevor er sie öffnete, drehte er sich noch einmal um. »Einen Drink hätten Sie mir wenigstens anbieten können!«

Damit verließ er die Kabine und kehrte amüsiert, aber auch höchst angespannt in sein Quartier zurück.

SIEBEN

Nach dem Gespräch mit Wagner und zwei Stunden intensiver Recherchearbeit fiel es Torsten schwer, sich wieder in die Rolle eines Vergnügungsreisenden einzufinden. Er kniff die Augen zusammen, atmete ein paarmal tief durch und sah Henriette mit einem leichten Nicken an.

»Danke, dass du mit deinen Bemerkungen unsere Tarnung aufrechterhalten hast. Nur hättest du mich dabei nicht unbedingt als Pantoffelhelden darstellen müssen.«

»Das habe ich doch gar nicht getan«, antwortete Henriette kopfschüttelnd. »Ich habe nur gesagt, dass du endlich deinen dummen Computer ausschalten sollst, damit wir rechtzeitig zu unserem gebuchten Ausflug nach Ålesund kommen.«

»Haben wir diesen Ausflug überhaupt gebucht?«, fragte Torsten, der nicht die geringste Lust hatte, das Schiff zu verlassen.

»Das hat Petra für uns übernommen, wie auch die übrigen Ausflüge. Bei zwei Dritteln davon ist übrigens auch unser spezielles Pärchen mit dabei, den Rest machen wir zur Tarnung mit.«

»Also ist Petra daran schuld, dass wir in dieses Wetter hinausmüssen.« Torsten zeigte missmutig auf das runde Fenster, vor dem dicke Schneeflocken tanzten.

»Frische Luft ist gesund«, konterte Henriette, holte ihren dick gefütterten Parka aus dem Schrank und zog ihre Winterschuhe an.

Torsten wäre gerne länger vor seinem Laptop sitzen geblieben, um noch einige Daten nachzuprüfen. Doch er musste Henriette recht geben. Wenn sie erfolgreich sein wollten, war es unabdingbar, ihre Tarnung als spießiges deutsches Touristenpaar aufrechtzuerhalten.

»Kommen unsere beiden Freunde heute ebenfalls mit?«, fragte er Henriette.

»Das werden wir sehen, wenn es so weit ist. Angemeldet haben sie sich jedenfalls. Jetzt solltest du dich beeilen. Das Schiff legt gleich an.«

Widerwillig schaltete Torsten seinen Laptop wieder auf Touristenmodus um, klappte ihn zu und stellte ihn so hin, dass die eingebaute Kamera den größten Teil der Kabine samt Eingangstür erfasste. Danach kleidete auch er sich um und begleitete Henriette nach draußen.

»Lächeln! Wir freuen uns auf diesen Ausflug«, raunte sie ihm zu.

»Na, ich bin ja gespannt, was wir zu sehen bekommen«, antwortete Torsten ganz wie ein gegen seinen Willen mitgeschleppter Ehemann.

Kurz darauf stellte er sich am Ende der langen Schlange an, die sich vor der Gangway gebildet hatte. Diese war bereits offen, doch die Stewardess am Ausgang wartete noch, bis alles festgezurrt war. Dann winkte sie die ersten Passagiere heran und bat sie um ihre Bordkarten, um diese an das Lesegerät zu halten.

Es dauerte ein wenig, bis Henriette und Torsten an der Reihe waren. Torsten stellte sich dabei absichtlich etwas ungeschickt an und hörte Gillmann hinter sich schimpfen.

»Wenn man weiß, dass man die Bordkarte braucht, steckt man sie doch nicht in die Hemdtasche, wenn man einen Pullover und einen Parka darüber anzieht!«

»Tut mir leid, aber ich habe nicht daran gedacht, dass ich dieses Ding vorzeigen muss«, entschuldigte Torsten sich und verließ grinsend das Schiff.

Wallström, der Tourismusoffizier der *Trollfjord*, stand zusammen mit seiner Assistentin draußen vor dem Schiff und sammelte seine Schäfchen, um sie für die gebuchten Ausflüge einzuteilen. Zuerst wurden die beiden Busse beladen, die länger unterwegs sein würden. Danach wandte er sich den etwa zwanzig Gästen zu, die mit Henriette und Torsten zusammen warteten. Gillmann war auch darunter, ebenso das Ehepaar Dai und Wu.

Torsten drehte sich einmal um die Achse, um nach Nastja Paragina und Espen Terjesen Ausschau zu halten, doch die hatten sich zwar für diesen Ausflug angemeldet, machten ihn aber nicht mit.

Sie spielen mit uns wie die Katze mit der Maus, durchfuhr es Torsten. Wahrscheinlich befanden die beiden sich noch in ihrer Suite und amüsierten sich köstlich über die Agenten, die jetzt durch die Kälte und den Schnee stapfen mussten.

Da er sich seinen Ärger nicht anmerken lassen durfte, hakte er sich bei Henriette unter und folgte der Führerin, die sie durch die Innenstadt von Ålesund leiten sollte. Aufgrund der vielfältigen Nationen, aus denen sich die Passagiere der *Trollfjord* zusammensetzten, hielt sie ihren Vortrag nicht nur auf Norwegisch, Englisch und Deutsch, sondern wechselte auch in die russische, französische und italienische Sprache über.

Der immer stärker werdende Schneefall behinderte die Sicht. Außerdem fegte ein eisiger Wind durch die Straßen, und daher wünschten sich etliche Passagiere in die warmen Salons und Kabinen der *Trollfjord* zurück. Das Wetter hinderte Gillmann jedoch nicht, an allen unmöglichen Ecken ebenso unmögliche Fragen zu stellen. »Steht in dieser Stadt wirklich ein Denkmal für Kaiser Wilhelm II.?«, fragte er eben und schüttelte verwundert den Kopf. »Mein Großvater hat den Kerl immer einen elenden Davonläufer genannt.«

So ging es geraume Zeit. Torsten bewunderte die Geduld der Reiseleiterin, die der Gruppe berichtete, dass der deutsche Kaiser Wilhelm II. nach dem verheerenden Stadtbrand im Jahre 1904 umgehend mehrere Schiffe der Reichsmarine mit Hilfsgütern nach Ålesund geschickt hätte. Sie beschrieb auch den Wiederaufbau der Stadt im Sinne des Jugendstils, der dem heutigen Stadtzentrum sein unverwechselbares Gesicht verliehen und es zu einem Juwel an der norwegischen Küste gemacht hat.

Torstens Interesse galt jedoch weniger den touristischen Ausführungen als vielmehr ihren Mitreisenden. Die meisten mochten harmlose Touristen sein, doch schätzte er, dass auch ein paar Agenten darunter sein mussten. Um diese herauszufiltern, brauchte man jedoch große Erfahrung. Selbst er wusste nicht, wie er die Anwesenden einordnen sollte. Der Einzige, bei dem er sicher war, dass er keinem Geheimdienst angehörte, war Gillmann. Dafür benahm der Mann sich einfach zu auffällig. Auch das chinesische Ehepaar Dai und Wu glaubte er ausschließen zu können. Der Mann fotografierte voller Begeisterung die Jugendstilfassaden der Stadt, und seine Frau machte ihn auf immer neue Motive aufmerksam. Beide lächelten so selig, als hätte sich ihnen ein Lebenstraum erfüllt.

Obwohl Henriette Häuser und Sehenswürdigkeiten scheinbar ebenso interessiert betrachtete wie die Chinesen, behielt auch sie die Mitreisenden im Auge. Da sie über ein ausgezeichnetes Gehör und Kenntnisse in mehreren Fremdsprachen verfügte, konnte sie die leisen Gespräche etlicher Passagiere zumindest teilweise verstehen und strich immer mehr Leute von der Liste potenzieller Agenten.

Sie war darin so gut, dass Torsten, als sie wieder auf die *Trollfjord* zurückkehrten, ein wenig neidisch war.

Dennoch lobte er sie. »Wirklich nicht schlecht! Du solltest die Informationen eintippen und Petra schicken, damit sie sie nachprüfen kann. Aber bis wir auf diese Weise alle Passagiere an Bord gecheckt haben, dürfte die Reise vorbei sein.«

Henriette nahm den Laptop und setzte sich auf ihr Bett. Als Erstes sah sie sich die Aufnahmen der automatischen Kamera im Schnelldurchlauf an und zwinkerte Torsten erleichtert zu. »Während unserer Abwesenheit ist nur die Putzfrau hereingekommen, und die hat ihren Job mit Hochgeschwindigkeit erledigt.«

»Es ist ärgerlich, dass wir nur ein Gerät haben. Aber Petra meinte, es wäre zu auffällig, wenn du als Ehefrau ebenfalls einen Laptop bei dir hättest«, knurrte Torsten, dem es wenig passte, zusehen zu müssen, wie seine Kollegin arbeitete.

»Tarnung ist eben alles«, antwortete Henriette und sah kurz auf. »Es sind zwei Mails gekommen, eine von Wagner und eine von Petra.«

»Lass sehen!« Torsten blickte ihr über die Schulter, wurde jedoch enttäuscht, denn wirklich Neues hatten die beiden nicht herausgefunden. So gab es weder ein Bild von Manolo Valdez noch von Abu Fuad. Und was Red Dragon betraf, so konnte dieser auch eine Legende sein, die der chinesische Geheimdienst verbreitet hatte, um die Konkurrenz zu verwirren.

Missmutig überließ Torsten Henriette den Laptop und kniete sich auf die Couch, um durch das Fenster hinauszusehen. Die *Trollfjord* hatte Ålesund wieder verlassen und zog ihre Bahn zwischen schneebedeckten Schären. Es schneite noch immer, und vom Osten her zog die frühe nordische Dämmerung herauf.

»Wegen dieser komischen Stadtbesichtigung sind wir heute nicht zum Mittagessen gekommen. Ich habe Hunger und schlage vor, dass wir nach unten in die Cafeteria gehen, sobald du mit deinem Bericht fertig bist«, schlug Torsten vor.

»Eine gute Idee. Mein Magen hängt auch schon auf Halbmast!« Henriette beendete ihre Aufstellung und schickte die Mail los. Mit einer gewissen Anspannung sah sie zu, wie lange das Gerät brauchte, bis es Vollzug meldete.

»Irgendwas ist mit dem Kasten. Es dauert viel zu lange,

bis eine Mail verschickt ist. Dabei habe ich gar keinen Roman geschrieben«, beschwerte sie sich bei Torsten.

Er starrte den Laptop an, als hätte das Gerät ihm eben den Vogel gezeigt, und stieß ein kurzes Knurren aus. »Wir teilen es Petra noch mal mit. Wahrscheinlich hat sie noch keinen neuen Weg für unsere Verbindung gefunden. Aber das sollte sie sehr bald tun.«

Henriette sah es als Aufforderung an, eine weitere Mail an Petra zu schicken. Daher dauerte es weitere Minuten, bevor die beiden die Kabine verlassen konnten. Draußen verwandelten sie sich wieder in das Touristenehepaar auf Erlebnissafari und fuhren in Deck fünf hinab, um sich dort eine Zwischenmahlzeit zu gönnen.

ACHT

Um das Café herum war es so voll, dass Torsten am liebsten wieder umgedreht wäre. Doch Henriette steuerte bereits auf zwei leere Plätze am Fenster zu, und so stellte Torsten sich notgedrungen in die Schlange vor der Theke. Die Frau, die bediente, legte eine skandinavische Ruhe an den Tag, daher dauerte es eine Weile, bis Torsten endlich zwei Sandwiches in Händen hielt.

Leichter war es, für sich Kaffee und für Henriette Tee zu besorgen. Da sie das gegen einen gewissen Aufpreis angebotene Kaffeeabonnement genommen hatten, musste er nur mit ihren Tassen an den Automaten gehen und sie dort füllen. Als er nach einer gefühlten Ewigkeit neben Henriette Platz nahm und in sein Sandwich biss, konnte er schon wieder grinsen.

»Hier geht es zu wie auf dem Stachus«, sagte er mit vollem Mund.

Henriette nahm den Teebeutel aus ihrer Tasse und legte ihn auf ihren Teller, während sie in die Runde schaute. Was immer sie Torsten hatte sagen wollen, unterblieb, denn direkt am Nebentisch entdeckte sie zwei Personen, die sie hier niemals vermutet hätte.

Um Torsten auf Nastja Paragina und Espen Terjesen aufmerksam zu machen, stieß sie ihn mit der Fußspitze an und blinzelte zweimal. Zwar begriff er die Botschaft, dennoch dauerte es einige Augenblicke, bis auch er das Paar entdeckte, das diesen Aufzug der Gladiatoren, wie er die Anwesenheit der Geheimdienste für sich nannte, verursacht hatte.

Nastja Paragina saß gemütlich auf ihrem Sessel, hielt eine Kaffeetasse in der Hand und lachte gerade über eine Bemerkung ihres Begleiters. Die beiden traten so unbefangen auf, dass Torsten ihnen insgeheim Beifall zollte. Wer das Paar sah, wäre niemals darauf gekommen, dass es zu den momentan am intensivsten überwachten Personen der Welt gehörte.

Wichtiger als die Paragina und ihr Lover waren für Torsten jedoch die Gäste, die die zwei im Auge behielten. Als Ersten entdeckte er John Thornton. Dieser saß unter dem großen Fernsehbildschirm, ohne sich für das Sportprogramm, das dort gezeigt wurde, zu interessieren. Für einige Augenblicke kreuzten sich ihre Blicke, und Torsten las Misstrauen und eine gewisse Sorge bei John. Zwar wusste er noch nicht, weshalb sein alter Bekannter auf der *Trollfjord* weilte, doch es hatte sicher etwas mit der Paragina und Espen Terjesen zu tun.

Ohne sich anstrengen zu müssen, machte Torsten dann Larry Frazer aus. Dieser lehnte an der dem Fernseher gegenüberliegenden Wand und behielt vor allem Thornton im Auge. Torsten hatte Frazer bereits in Afghanistan als ehrgeizigen Mann eingestuft, dem es vor allem um den eigenen Erfolg ging. Wie es aussah, hatte dieser sich nicht geändert.

Seltsamerweise schien Frazer sich nicht im Geringsten für Nastja Paragina zu interessieren, obwohl die Frau der einzige Mensch auf Erden war, der noch über die Forschungsergebnisse des Methanprojekts verfügte.

Hatte der Mann Angst vor Thornton, weil er diesen in Afghanistan eiskalt hätte draufgehen lassen?, fragte Torsten sich, verneinte es aber im nächsten Moment. Stattdessen erinnerte er sich, dass Thornton ein erfahrener Geheimdienstmann gewesen war und wahrscheinlich mehr gegnerische Agenten kannte als jeder andere Amerikaner.

Bei dem Gedanken nickte Torsten unbewusst. Offensichtlich ging es Frazer nicht mehr allein um Nastja Paragina. Da dieser nun wusste, dass einige ihrer alten Gegner an Bord waren, hatte er Blut gerochen und wollte alte Rechnungen begleichen. Torsten hatte befürchtet, dass es so kommen würde, und konnte nur hoffen, dass die Geheimdienstler die Nerven behielten und nicht in der Gegend herumballerten. Doch für jemand wie Frazer, der in Afghanistan eine Drohne in ein von mehr als zwanzig Leuten bewohntes Haus gelenkt hatte, um einen einzigen Terrorverdächtigen zu erwischen, waren drei oder vier unbeteiligte Passagiere, die mit draufgingen, kaum mehr als ein Kollateralschaden.

»Ich möchte nicht dein Feind sein«, wisperte Henriette ihm eben ins Ohr. Sie tat dabei so, als knabberte sie an seinem Ohrläppchen.

»Warum, was ist los?«, fragte Torsten verwirrt.

»Meine Teetasse ist leer!«, antwortete Henriette laut und setzte fast unhörbar hinzu: »Du ziehst ein Gesicht, als wolltest du alle hier fressen – und zwar ohne Pfeffer und Salz!«

Torsten konnte nicht anders, er musste lachen. Gleichzeitig zwinkerte er Henriette verschwörerisch zu. »Ich verspreche dir, bei unserer nächsten Reise auf breitere Betten zu achten. Die in unserer jetzigen Kabine sind sehr beziehungsunfreundlich.«

Er hätte es nicht sagen sollen, denn Gillmann, der in ihrer Nähe einen Platz gefunden hatte, mischte sich ein. »Die Betten hier sind wirklich eine Katastrophe. Wenn ich da an meine letzte Kreuzfahrt auf der *Oriental Queen* denke. Das waren richtige Betten und die Kabine mindestens um die Hälfte größer. Hier kommt man sich vor wie in einer Hundehütte.«

»Schatzimausi, meine Teetasse ist leer«, säuselte Henriette und gab Torsten damit die Gelegenheit, Gillmanns Kommentaren fürs Erste zu entgehen.

»Holen Sie Kaffee?«, fragte da auf einmal Nastja Paragina auf Englisch.

Torsten drehte sich zu ihr um und schüttelte den Kopf. »Nein, Tee für meine Frau!«

»Könnten Sie so nett sein und mir einen Kaffee mitbringen? Espen hat vorhin einiges verschüttet, deshalb lasse ich ihn nicht noch einmal gehen.«

»Gerne«, antwortete Torsten und nahm Nastjas Tasse entgegen. Während er die Cafeteria betrat, fragte er sich, welches Spiel die Wissenschaftlerin trieb.

Der schlimmste Andrang war vorüber, und so kam Torsten schon bald mit dem Gewünschten zurück. »Wie Sie sehen, habe ich nichts verschüttet«, erklärte er Nastja, stellte ihr die Tasse hin und holte aus seiner Hosentasche mehrere Milchdöschen und Zuckerstücke.

»Ich wusste nicht, was Sie benötigen, da habe ich mir gedacht, ich nehme von allem genug mit.« Er nickte Nastja noch einmal kurz zu und ging dann zu seinem Tisch.

Henriette empfing ihn mit hochgezogenen Augenbrauen. »Schatzimausi, ich mag es gar nicht, wenn du mit anderen Frauen flirtest!«

Einesteils hätte Torsten Henriette für diese Bemerkung erwürgen können, andererseits klatschte er ihr insgeheim Beifall dafür, wie perfekt sie die leicht hysterische Ehefrau spielte.

»Aber Kleines, ich habe der Dame doch nur Kaffee mitgebracht! Es wäre unhöflich gewesen, ihre Bitte abzulehnen«, verteidigte er sich und sah aus den Augenwinkeln, wie Gillmann sich an die Stirn tippte. Der Kerl schien ihn für einen argen Pantoffelhelden zu halten. Um nicht erneut von dem Mann angequatscht zu werden, nahm Torsten seine Tasse und holte sich selbst Kaffee.

Als er wieder zu Henriette zurückkam, küsste diese ihn auf die Wange. »Der Mann dort vorne in der Nähe des Schiffsmodells lässt Thornton ebenfalls nicht aus den Augen«, flüsterte sie.

Also hatte Henriette die seltsame Verbindung zwischen Frazer und Thornton ebenfalls bemerkt, dachte Torsten. Wie beiläufig drehte er sich um. Der Mann sah aus, wie sich die Drehbuchautoren schlechter Agentenfilme einen südamerikanischen Berufsrevolutionär vorstellten. Mit seinem olivfarbigen Räuberzivil, dem stattlichen Vollbart, der dunklen Sonnenbrille und der gebräunten Haut wirkte er inmitten der blassen Europäer wie ein vitaler Farbtupfer an Bord. In der Hand hielt er eine Zeitschrift in spanischer Sprache, ohne darin zu lesen.

Im ersten Augenblick wollte Torsten sich schon abwenden, denn so auffällig benahm sich kein halbwegs guter Agent. Dann aber fragte er sich, ob diese Tarnung womöglich bewusst so gewählt worden war, und schoss unbemerkt mehrere Bilder mit seiner getarnten Kamera. Auch Thornton, Frazer, Nastja Paragina und Espen Terjesen bildete er ab und sagte sich, dass er dringend mit Petra und Wagner Kontakt aufnehmen musste.

Trotz seiner Ungeduld trank Torsten seinen Kaffee in aller Ruhe aus, nahm dann beide Tassen und sah Henriette auffordernd an. »Was würdest du jetzt gerne unternehmen?«

»Ich möchte mir die Speisekarte für heute Abend ansehen und dann oben auf Deck acht schauen, ob ein Internetplatz frei ist. Ich würde gerne ein paar Mails schreiben. Du lässt mich ja nie an deinen Laptop.«

Henriette lächelte zuckersüß und ging langsam auf die Tür des Speisesaals zu. Dieser war um die Zeit noch verschlossen, doch die Menüfolge für den Abend hing bereits aus, und so konnte sie sehen, dass es an diesem Tag Rinderfilet geben würde. Als sie sich umdrehte und zum Lift ging, begegnete ihr Jason Wickley.

Dieser lächelte sie freudig an. »Sie sind heute allein unterwegs?«

»Warum nicht?«, antwortete Henriette und wollte sich an dem Mann vorbeischieben. Doch der fasste nach ihrem Arm. »Ich möchte Sie zu einem Drink einladen!«

Die Anmache war Henriette dann doch zu plump. »Ich habe kein Interesse«, erklärte sie und befreite sich mit einem kurzen Ruck. Aus den Augenwinkeln sah sie, dass Wickley Anstalten machte, ihr zu folgen, dabei aber nicht achtgab und mit einer anderen Passagierin zusammenstieß.

»Können Sie nicht aufpassen!«, schalt diese ihn mit einem kaum merklichen russischen Akzent.

Wickley sah Henriette nach, die bereits den Aufzug erreicht hatte, und wandte sich dann an Lidija Kresczinska. »Tut mir leid! Darf ich Sie zur Entschädigung zu einem Drink einladen?«

Die Russin musterte ihn kurz und nickte. »Sehr gerne! Wissen Sie, ich reise allein, und da ist es einem manchmal langweilig.«

Da sich in dem Moment der Lift in Bewegung setzte, hörte Henriette seine Antwort nicht mehr. Oben auf Deck acht setzte sie sich an den Internetcomputer und sah auf einer Bildschirmmeldung, dass sie sich das Passwort für das Gerät an der Rezeption holen musste. Sie wollte schon aufgeben, als der Touristenoffizier Wallström um die Ecke schaute, ihr Dilemma erkannte und ihr einen kleinen Zettel reichte.

»Hier, damit können Sie eine halbe Stunde im Internet surfen. Leider wird das schon bald nicht mehr möglich sein.«

»Warum?«, fragte Henriette.

»Wegen der Erdachse! Die ist ja nicht gerade, sonst gäbe es hier im Norden weder die Mittsommernacht noch die lange Dunkelheit im Winter. Derzeit befindet sich das Polargebiet hinter dem Erdhorizont, und wir können die Satellitensignale nicht mehr auffangen.« Angesichts dessen, wie flüssig er den Vortrag herunterbetete, schien Wallström ihn schon oft gehalten zu haben.

Henriette erinnerte sich daran, dass Petra ihnen Ähnliches erklärt hatte, und hoffte, dass ihre Kollegin einen Weg fand, mit ihnen in Kontakt zu bleiben. Zunächst aber bedankte sie sich bei dem Touristenoffizier für den Zettel, gab das Passwort ein und sah sich dann wie eine gelangweilte Touristin die Internetseiten verschiedener Modemagazine an. In Gedanken war sie jedoch ganz woanders, und sie fragte sich, wie sie und Torsten einen Auftrag zu Ende führen sollten, bei dem sie nicht wussten, wer Freund und wer Feind war.

NEUN

Kurz nach Henriette und Torsten verließen auch Nastja Paragina und Espen Terjesen das Café. Auf ihrem Weg zum Lift trafen sie auf Lidija Kresczinska und Jason Wickley, die ebenfalls nach oben fuhren. Auf Deck acht angekommen, wollte Nastja aussteigen, stieß aber dabei mit Lidija zusammen, die ebenfalls den Lift verlassen wollte.

»Oh, entschuldigen Sie vielmals!«, rief diese und wich wieder in den Aufzug zurück.

»Keine Ursache!«, antwortete Nastja im gleichen Tonfall und schritt mit hocherhobenem Kopf auf den Flur hinaus. Espen Terjesen folgte ihr grinsend, sagte aber nichts. In ihrer Suite angekommen, holte er einen lederüberzogenen Koffer aus dem Schrank, öffnete ihn und warf einen zufriedenen Blick auf die kompliziert aussehenden elektronischen Geräte, die dieser enthielt. Nur mit Gesten forderte er Nastja auf, ihr Kleid auszuziehen, und stopfte es in den Koffer. Danach betätigte er mehrere Buttons auf einem kleinen Display und steckte sich einen kleinen Kopfhörer ins Ohr. Als kurz darauf ein leiser Pfeiflaut ertönte, nickte er grinsend.

»Was meinst du, mein Schatz, wollen wir die Zeit bis zum Abendessen ausnutzen?«, fragte er und änderte ein paar Einstellungen.

»Aber ja!«, antwortete Nastja und ließ den Koffer nicht aus den Augen. Erst als Terjesen diesen geschlossen hatte und wieder in den Schrank zurücksteckte, atmete sie auf.

»Es geht also los!«

»Es ist schon lange losgegangen. Doch das war der erste Versuch, dir einen Mikrosender anzuhängen. Deswegen sollten wir den Leuten, die jetzt ihre Ohren aufsperren, einiges bieten.« Terjesen lachte kurz und setzte sich in einen Sessel.

»Wie meinst du das?«, fragte Nastja neugierig.

»Ich habe ein Computerprogramm eingestellt, der ihnen einen heißen Porno vorspielt. Da das Programm unsere Stimmen ausgezeichnet imitieren kann, werden die Zuhörer glauben, wir wären es, und wahrscheinlich wegen meiner angeblichen Potenz neidisch werden.«

»Falls es Männer sind«, schränkte Nastja spöttisch ein.

»Wenn Frauen mithören, werden sie auch neidisch werden – und zwar auf dich, weil du einen so ausdauernden Lover hast.« Espen Terjesen grinste, wurde dann aber rasch ernst.

»Wir werden in der kommenden Nacht den nächsten Zug machen, damit unsere Freunde noch unruhiger werden. Sonst kümmern sie sich zu sehr um uns.«

»Du willst es wirklich durchziehen?« Nastjas Stimme klang etwas gedämpft.

»Selbstverständlich! Nachdem irgend so ein Idiot dich fotografiert hat und nun alle Geheimdienste wissen, dass du nicht mit jener Maschine über dem Eismeer abgestürzt bist, müssen wir Nägel mit Köpfen machen.«

»Das verstehe ich, aber ...« Nastja brach mitten im Satz ab und zuckte mit den Schultern. »Mir wäre es lieber gewesen, wir müssten es nicht tun.«

»Mir auch«, antwortete Espen Terjesen, doch seine funkelnden Augen verrieten etwas anderes. Er genoss es, die Agenten auf der *Trollfjord* an der Nase herumzuführen, denn er wusste sich im Besitz einiger Asse, von denen niemand etwas ahnte. Auch Nastja war nicht in alles eingeweiht, doch sie würde tun, was notwendig war. Dies hatte sie auch schon damals in ihrer Forschungsstation gemacht.

Espen Terjesen schaltete seinen Laptop ein und rief mehrere Files auf. Einige Minuten lang las er die Berichte, in denen ihm Informanten mögliche Geheimdienstler an Bord beschrieben. Er hatte viel Geld dafür bezahlt, doch das Ergebnis war den Aufwand wert.

»Wie wäre es mit Thornton? Der Kerl ist für die Bekämpfung der Betriebsspionage bei unserer größten Konkurrenz verantwortlich. Nein, lieber nicht, das könnte Rückschlüsse auf International Energies zulassen, zumal wir von seinem Konzern für einige Hackerangriffe verantwortlich gemacht werden.«

Es war mehr ein Selbstgespräch, das Terjesen führte. Die Russin trat hinter ihn und blickte über seine Schultern hinweg auf den Bildschirm.

»Du hast ja einige heiße Daten«, sagte sie anerkennend.

»Sag bloß, du unterschätzt mich immer noch, obwohl du mich schon so lange kennst!«

Espen Terjesen lächelte zufrieden. Sein Image als Partyhengst war sorgfältig aufgebaut worden, um genau diesen Effekt zu erzielen. Obwohl bekannt war, dass sein Bruder ihn zum Sicherheitschef von International Energies gemacht hatte, nahmen ihn weder die Konkurrenzunternehmen noch die Geheimdienste wirklich ernst.

»Du solltest wissen, dass ich nicht nur der Frühstücksdirektor unserer Firma bin«, tadelte er Nastja. »Denke daran, wie ich dein erstes Untertauchen vorbereitet und durchgeführt habe.«

Nastja nickte nachdenklich. »Das habe ich nicht vergessen, aber ich hatte angenommen, mit solch harten Aktionen wäre es vorbei.«

»Die Sache hier ist absolut notwendig. Danach wird kein Mensch noch einmal nach Nastja Paragina fragen«, erklärte Espen Terjesen selbstbewusst. »Wir werden dir eine neue Identität verschaffen, mit der du auf dem Roten Platz in Moskau und auf dem Times Square in New York herumlaufen kannst, ohne dass die eigene Schwester dich erkennt.«

»Ich habe keine Schwester«, wandte Nastja ein.

»Umso besser!« Terjesen rief die nächste Datei auf. »Wie wäre es mit Lidija Kresczinska? Nein, lieber nicht. Die hat sich an Bjarne herangemacht, und ich möchte nicht, dass er in den Fokus der Behörden kommt.«

Noch während er überlegte, ob er nicht einfach einen Namen aus der Passagierliste heraussuchen sollte, erschien der Name Larry Frazer auf dem Bildschirm.

Terjesen las die Informationen über den Mann durch und nickte zufrieden. »Der ist es! Amerikanischer Heeresgeheimdienst, etliche hohe Auszeichnungen, gilt als ehrgeizig und soll wenig Skrupel haben. Da trifft es bestimmt nicht den Falschen. Was meinst du, Nastja?«

Die Frage war rein rhetorischer Natur, das spürte die Frau. Dennoch beugte sie sich vor, um den Eintrag über Larry Frazer zu lesen, und nickte schließlich.

»Er ist auf jeden Fall geeigneter als die anderen, die du genannt hast!«

»Sagte ich doch.« Espen Terjesen griff zum Handy. Als er kurz darauf mit Bjarne Aurland sprach, hätte niemand vermuten können, dass seine Bestellung einer Flasche Champagner das Todesurteil für einen Mann an Bord bedeutete.

ZEHN

Henriettes Nachricht, dass beim Überqueren des Polarkreises die Satellitenverbindung zu Petra und Wagner abbrechen könnte, hatte Torsten bereits befürchtet.

»Hoffentlich fällt Petra etwas ein. Sie wollte doch über einen anderen geostationären Satelliten gehen«, antwortete er mit einem Stoßseufzer und schaltete den Laptop ein.

Seine Sorgen wuchsen, als kurz darauf Petras Gesicht auf dem Bildschirm erschien. Ihre Haut war fleckig, um die Augen lagen dunkle Ringe, und sie atmete so schwer, als hätte sie eben einen Zehntausendmeterlauf hinter sich.

»Hallo Petra, wie geht es dir?«, fragte er erschrocken.

»Wie soll es einem schwangeren Walross schon gehen?«, gab Petra mit dem für sie typischen Humor zurück.

»Mach bitte nicht schlapp!«, bat Torsten sie und machte sie auf die Übermittlungsschwierigkeiten der verwendeten Satellitenleitung aufmerksam.

Petra winkte lässig ab. »Keine Sorge, das kriegen wir schon hin«, erklärte sie und wechselte das Thema. »Habt ihr was Neues?«

»Wir schicken dir eine Menge Fotos sowie mehrere Berichte, die Henriette und ich erstellt haben. Danach gehen wir zum Abendessen.«

»Rede nicht von Essen, Torsten!«, fauchte Petra ihn an.

»Ich habe Hunger wie ein Wolf, aber meine Ärztin hat mir alles verboten, was schmeckt. Jetzt kaue ich auf langweiligen Gemüseburgern herum und bekomme statt Wurstsemmeln Knäckebrot mit Frischkäse serviert!«

Torsten machte nicht den Fehler, darauf einzugehen, sonst hätte er sich Petras Gejammer noch eine Weile anhören müssen. So aber fasste sie sich nach kurzer Zeit, nuckelte an dem Möhrensaft, den Wagner ihr zwischendurch hinstellte, und begann mit ihren Berechnungen.

Währenddessen schickte Torsten ihr alle Informationen, die Henriette und er bisher gesammelt hatten, und wartete gespannt auf Antwort.

Zwei Karottensäfte und drei Frischkäseknäckebrote später war Petra so weit. »Eines ist eigenartig«, erklärte sie. »Die meisten Geheimdienste haben zwar Teams auf die *Trollfjord* geschickt, aber meist bestehen diese aus eher nachrangigen Chargen. Bei den Amis allerdings ist mit Anthony Rumble sogar der Geheimdienstkoordinator des Präsidenten an Bord, dazu der Chef des Geheimdienstes der Army und dessen Spitzenmann Larry Frazer, den du ja schon erkannt hast.

Die Russen haben zwei Teams geschickt, ein größeres aus eher nachrangigen Leuten, von denen ich annehme, dass sie von dem kleineren zweiten Team ablenken sollen. Von diesem habe ich bis jetzt zwei Namen herausfinden können. Einmal ist dies eine Frau, die unter dem Tarnnamen Lidija Kresczinska an Bord gekommen ist, sowie Alexej Schigulin, die beide zum Geheimdienst des Innenministeriums gehören.«

»Waren die nicht vor zwei Jahren in die Entführung eines geflohenen Systemkritikers aus London verwickelt?«, fragte Torsten.

»Genau! Wir nehmen an, dass sie Nastja Paragina überwachen und irgendwann versuchen sollen, die Wissenschaftlerin zu entführen. In Murmansk liegen mehrere russische Schiffe, die jederzeit auslaufen können. Aber auch die Amis kleckern nicht, sondern klotzen. Sie haben ein U-Boot und zwei Fregatten nach Nordnorwegen geschickt, angeblich zu einem Flottenbesuch. Für euch heißt das, die Augen aufzuhalten. Paraginas Forschungsergebnisse könnten jedem Energiekonzern für die nächsten Jahrzehnte eine Monopolstellung und damit sagenhafte Einnahmen bringen.«

»Warum glaubst du, hält Nastja Paragina sich auf diesem Schiff auf?«, fragte Torsten, der sich über diese Frage nach wie vor den Kopf zerbrach.

»Da musst du sie selbst fragen«, riet Petra mit einem gewissen Spott. »Ich weiß es nicht! Um das herauszubringen, fehlen mir zu viele Puzzleteile.«

»Du bist doch sonst nicht auf den Kopf gefallen.«

»Ich kenne mich mit Computern aus und kann dir sagen, was dieser tut und denkt. Aber ich bin keine Psychologin.« Petra schüttelte den Kopf und sah dann traurig auf den leeren Teller. »Was würde ich jetzt für eine Pizza geben – oder wenigstens für einen Hamburger.«

Torsten und Henriette sahen, wie Wagner ins Bild griff und den Teller wegnahm. Kurz darauf stellte er ihn mit zwei weiteren Knäckebrotscheiben, einem zerteilten Apfel, mehreren sauren Gurken und einem Stückchen Fisch wieder hin. Petra griff wahllos zu, steckte sich gleichzeitig eine der Gurken und ein Apfelstück in den Mund und begann darauf herumzukauen.

»Ich sehe zu, was ich aus unseren bisherigen Informationen herausholen kann. Vielleicht finde ich doch einen Anhaltspunkt, der euch weiterhilft«, sagte sie mit vollem Mund.

»Danke«, antwortete Torsten.

Unterdessen blickte Henriette auf die Uhr. »Wir sollten uns fertigmachen. Es ist gleich Zeit zum Abendessen!«

Petra verdrehte die Augen. »Ihr seid Sadisten, alle beide!«

Mit dieser Feststellung unterbrach sie die Verbindung, und Torsten saß vor einem dunkel werdenden Bildschirm.

Während er das Betriebssystem auf die harmlose Version umschaltete, stieß Henriette einen Laut aus, den Torsten nicht gleich zu deuten wusste. Dann legte sie los: »Du weißt, ich mag Petra! Aber ich werde das Gefühl nicht los, dass sie es mit ihrer Schwangerschaft übertreibt, nur um von uns und von Wagner Streicheleinheiten zu bekommen. Dabei wäre es so wichtig, dass sie sich hinter ihren Computer klemmt und uns Informationen liefert.«

»Weißt du, wie sich eine schwangere Frau fühlt? Hast du vielleicht schon einmal ein Kind ausgetragen?« Torsten erschrak selbst beim wütenden Klang seiner Stimme und entschuldigte sich sofort. »Tut mir leid, ich wollte dich nicht anfahren. Aber Petra tut doch alles, was in ihrer Macht steht. Eine andere Frau in ihrem Zustand würde schon längst zu Hause oder in einer Klinik herumliegen. Sie hingegen schleppt sich noch jeden Tag in den Laden und versucht aus einer verdammt geringen Menge an Fakten möglichst viel herauszuholen.«

»Du hast ja recht! Das war wirklich nicht fair.« Verkrampft lächelnd sah Henriette Torsten an. »Wir sollten nach unten gehen. Gleich wird das Abendessen serviert, und wenn wir zu spät kommen, gibt es vielleicht nichts mehr.«

»Das sollen die sich trauen! In dem Fall hole ich mir den Koch aus der Küche.« Torsten grinste breit und begann sich umzuziehen. »Übrigens kannst du mich am Tisch wieder Schatzimausi nennen«, fügte er hinzu und brachte Henriette damit zum Lachen.

»Unser Schnuckelpaar habe ich ganz vergessen. Es ist wirklich komisch, von der Agentin zur Touristin umzuschalten und umgekehrt.«

»Es ist unser Job, und du weißt, dass wir ihn gut machen müssen! Ich bin so weit.«

»Ich noch nicht«, rief Henriette aus und schlüpfte rasch in eine Weste. Ein kleines Schmuckstück vollendete ihre Garderobe, dann sah sie Torsten auffordernd an. »Wir können!«

ELF

Als Henriette und Torsten den Speisesaal betraten, saßen die anderen bereits am Tisch und bestellten gerade die Getränke. Das Ehepaar Brünger war sich wieder einmal nicht einig, was sie trinken sollten. Während die junge Frau unbedingt einen speziellen Wein haben wollte, versuchte ihr Mann, ihr Orangensaft schmackhaft zu machen.

»Ich will aber diesen Wein!«, maulte Daisy Brünger.

Ihr Mann beugte sich zu ihr vor und flüsterte ihr etwas ins Ohr. »Der Wein ist zu teuer. Wir haben nicht so viel Geld dabei.«

Bis auf Henriette konnte es keiner verstehen. Aber Daisys Antwort war unüberhörbar. »Ich will nicht darunter leiden müssen, dass du es bis jetzt nicht geschafft hast, ein bedeutender Schriftsteller zu werden!«

Geknickt gab Viktor Brünger nach.

Wie es aussah, liebt er seine Frau wirklich, oder er ist einfach konfliktscheu, sagte Henriette sich.

In dem Moment trat der Kellner neben sie. »Was wünschen Sie zu trinken?«

»Eine Flasche Wasser und ein Glas alkoholfreien Rotwein«, antwortete sie freundlich.

Torsten bestellte sich ein alkoholfreies Bier und lehnte sich scheinbar entspannt zurück. Das war die beste Möglichkeit, einen großen Teil des Saales im Auge zu behalten.

Ein leises Räuspern von Henriette machte ihn darauf aufmerksam, dass sich etwas tat. Als er den Kopf etwas drehte, sah er Nastja Paragina und Espen Terjesen hereinkommen. Ohne auf die anderen Gäste zu achten, schritten die beiden auf den abgetrennten Teil des Speisesaals zu und nahmen an ihrem Tisch Platz. Da die Tür offen stand, konnten bis auf Frau Dai und Herrn Wu alle an Torstens Tisch die beiden beobachten. Doch auch die Chinesen wandten sich kurz um und warfen dem Paar einen neugierigen Blick zu.

Daisy Brünger starrte Nastja, die mit ausgesuchter Eleganz gekleidet war, neidisch an und wandte sich dann an ihren Ehemann. »Kannst du mir sagen, weshalb diese Frau ihre gesamte Garderobe mitnehmen konnte, während ich bei jedem Kilo Übergepäck sparen musste?«

Nun schien Brünger das Gemeckere seiner Frau doch auf die Nerven zu gehen. »Vielleicht hat sie einen reichen Vater, der ihr einen First-Class-Flug mit allem Übergepäck bezahlt hat!«

Diese begriff die Anspielung auf ihren Vater sehr wohl, der ihr und ihrem Mann aus Ärger über die Heirat jede Unterstützung versagte, und zischte giftig. Zum Glück wurden gerade die Getränke gebracht, und der exquisite Rotwein ließ Daisy für eine Weile verstummen.

Henriette saß etwas günstiger als Torsten und konnte Nastja und deren Begleiter ungenierter betrachten, als es ihm möglich gewesen wäre. Auch an diesem Tag wirkten die zwei wie ein Liebespaar aus gediegenen Kreisen, doch um den Mund der Frau lag ein herber Zug, der sich den ganzen Abend lang nicht verlor.

An ihrem eigenen Tisch schwieg das chinesische Paar sich und die anderen an, und von Wickley war nur ein gelegentliches Schmatzen zu hören. Gillmann hingegen monierte das sehr englisch angebratene Rinderfilet, und Daisy Brünger weigerte sich sogar, es zu essen.

»Weshalb hast du dem Koch nicht gesagt, dass ich kein

Fleisch mag, aus dem noch das Blut herausläuft?«, fauchte sie ihren Mann an.

»Ich habe es gesagt!«, rief dieser, doch Henriette ahnte, dass er log. Während sie auf dem fast rohen Fleisch herumkaute, beobachtete sie Nastja Paragina. Deren Appetit schien gelitten zu haben, denn sie aß wenig und trank nur Wasser. Espen Terjesen hingegen hatte eine Karaffe Wein bestellt, die er nun langsam und mit sichtlichem Genuss konsumierte.

Während des Abendessens blieb alles ruhig. Weder ließ eine der Stewardessen oder ein Steward einen Teller fallen, noch zückte irgendein Agent eine Waffe, um einen gegnerischen Geheimdienstler zu erschießen.

»Ich werde mir oben an der Bar einen Drink genehmigen«, erklärte Gillmann nach dem Essen. »Hoffentlich haben die dort einen Magenbitter. Den brauche ich nämlich jetzt.«

»Alkoholische Getränke sind hier in Norwegen sehr teuer«, wandte Viktor Brünger ein.

»Du musst das ja wissen«, schnaubte seine Frau und ging mit hocherhobenem Kopf davon.

»Aber Schätzchen!« Brünger lief hinter ihr her, während Gillmann den Kopf schüttelte.

»Wenn ich das Paar ansehe, bin ich froh, dass ich nie geheiratet habe«, sagte er, stand auf und stakste grußlos davon.

Derweil hatte Jason Wickley Lidija Kresczinska entdeckt und steuerte auf sie zu.

»Wir werden jetzt nach oben auf Deck neun gehen und von dort aus in diese wunderbare Nacht hinausschauen. Ihnen wünschen wir noch viel Vergnügen.« Dai Zhoushe lächelte Henriette kurz zu, dann hakte sie sich bei ihrem Ehemann unter und ging mit ihm zusammen zum Ausgang.

»Und was machen wir?«, fragte Henriette.

»Ich ziehe meinen Parka an und gehe aufs Sonnendeck,

um frische Luft zu schnappen«, erklärte Torsten. Seine Hoffnung war, dort oben John Thornton zu treffen, der den Speisesaal vor wenigen Minuten verlassen hatte.

»Dann setze ich mich oben an die Bar und trinke einen Tee.« Henriette lächelte sanft und hakte sich dann ebenso bei Torsten unter, wie Frau Dai es bei ihrem Mann getan hatte. Doch schon nach wenigen Schritten erinnerte sie sich daran, dass sie nicht zu ihrem Vergnügen auf der *Trollfjord* weilten, und kämpfte auf einmal mit einem ganz eigenartigen Gefühl. Bis jetzt war an Bord alles ruhig geblieben, doch sie nahm eine unterschwellige Spannung wahr, die im gesamten Schiff zu herrschen schien, und war überzeugt, dass es nicht mehr lange dauern konnte, bis etwas Außergewöhnliches geschah.

ZWÖLF

Es war Nacht auf der *Trollfjord*. Während das Schiff durch die Schärenlandschaft Norwegens fuhr und dabei auf ihrem fahrplanmäßigen Post- und Transportdienst die Häfen ansteuerte, blieb es auf den Passagierdecks ruhig. Nur gelegentlich verließ jemand seine Kabine, um nach draußen zu gehen oder sich in die Panorama-Lounge zu setzen.

Etwa gegen drei Uhr wurde auf Deck acht das Licht im Heckbereich plötzlich schwächer, so dass die Türen der Kabinen und Suiten nur noch schemenhaft zu erkennen waren. Kurz darauf wurde die Tür einer unbesetzten Kabine geöffnet. Eine Gestalt trat heraus, die in dem düsteren Licht kaum zu erkennen war. Mit wenigen Schritten erreichte sie die Tür mit der Nummer 814, streckte eine Hand aus und steckte eine Bordkarte in das Lesegerät. Dann öffnete sie die Tür, sah sich kurz prüfend um und trat in die Kabine.

Drinnen war es ebenfalls dunkel, aber das schien den heimlichen Besucher nicht zu stören. Er hob eine Art Pistole und zielte damit auf den Hals des Mannes, der in seinem Bett schlief. Als der Fremde abdrückte, war nur ein kurzes Zischen zu hören.

Der Schläfer zuckte zusammen, erschlaffte dann und blieb regungslos liegen. Nach einem letzten Blick öffnete der Besucher die Kabinentür, blickte nach draußen, um festzustellen, ob die Luft rein war, und huschte hinaus. Kurz darauf flammte das Flurlicht wieder auf, und nichts wies darauf hin, dass soeben ein Mensch den Tod gefunden hatte.

DREIZEHN

Mit dem nächsten Morgen brach der zweite volle Tag auf der *Trollfjord* an. Torsten hatte auf der schmalen Bettcouch der Kabine halbwegs gut geschlafen, aber grauenhaft geträumt. Nun setzte er sich auf und sah, dass das Schiff schon wieder in einem Hafen lag. Das ausgedehnte Industriegebiet, das er vom Kabinenfenster aus sehen konnte, deutete auf eine größere Stadt hin. Es schneite noch immer, und draußen waren Schneepflüge zugange, um den Zugang zur *Trollfjord* zu ermöglichen. Gabelstapler warteten bereits darauf, Fracht aus dem Bauch des Schiffes zu holen und anderes hineinzubringen.

Torsten schaltete das Licht an und warf einen Blick auf den Fahrplan. »Trondheim!«, murmelte er und überlegte, ob er in die winzige Duschkabine gehen oder versuchen sollte, noch einmal einzuschlafen. Er entschied sich für Ersteres und bemühte sich dabei, leise zu sein, um Henriette nicht zu wecken.

Als er wieder aus der Dusche kam, saß seine Kollegin in

ihren Morgenmantel gehüllt vor dem Laptop. Sie wirkte besorgt.

»Was ist los?«, fragte er.

»Es geht um Petra. Ihre Ärztin will sie unbedingt in eine Klinik einweisen. Das will sie natürlich nicht, aber ich mache mir Sorgen um sie. Es ist ihr erstes Kind – und das bei ihrem Übergewicht. Unser Boss hat eben erklärt, dass er den Kerl erschießen wird, der für Petras Zustand verantwortlich ist.«

Torsten zog den Kopf ein. Petras Schwangerschaft war das Ergebnis ihres gemeinsamen Urlaubs auf Mallorca, und wenn Wagner bei der Geburt des Kindes die Monate nachrechnete, musste er zu diesem Schluss kommen. Zwar glaubte Torsten nicht, von ihm erschossen zu werden, aber er würde sich einiges anhören müssen.

»Wenn Petra ausfällt, wird es übel«, brummte er und fragte dann, ob es Neuigkeiten gäbe.

Henriette schüttelte den Kopf. »Nicht das Geringste. Wagner will seine sämtlichen Kanäle anzapfen, um an Informationen zu kommen. Um sie entsprechend auswerten zu können, braucht er Petra. Aber deren Ärztin besteht darauf, dass sie sofort in eine Klinik muss.«

»Es gibt doch auch Bundeswehrkrankenhäuser! Zwar gehören wir nicht mehr zu dem Verein, aber Wagner hat immer noch seine Verbindungen. Vielleicht sollte er Petra dort einweisen lassen, dann könnte sie in einem abgeschotteten Bereich weiterhin für uns arbeiten.«

Henriette sah ihn kopfschüttelnd an. »Hier geht es um Petras Gesundheit! Die ist wichtiger als unser Auftrag. Außerdem glaube ich nicht, dass eine Bundeswehrklinik für Geburtshilfe eingerichtet ist.«

Torsten hob beschwichtigend die Hände. »Wir sollten uns deswegen nicht streiten. Im Endeffekt muss Petra für sich entscheiden. In einem hast du allerdings recht: Ihre Gesundheit und die ihres Kindes gehen auf jeden Fall vor.«

»Gut, dass du das einsiehst! Bei Wagner bin ich mir da nämlich nicht sicher. Der würde ihr wahrscheinlich noch während der Geburt den Laptop in die Hände drücken.« Henriette fauchte ein wenig, reichte Torsten das Gerät und zeigte auf die Dusche. »Ich mache mich jetzt fertig. Du kannst ja unterdessen schauen, ob du noch was Interessantes findest.«

VIERZEHN

Etwa zur selben Zeit fand in Kabine 441 das morgendliche Briefing der US-Geheimdienste statt. Der Raum war an und für sich zu klein für die sechs Männer und die beiden Frauen des Kernteams, dafür aber lag er fern aller anderen Agenten. Da zwei kräftige Männer vor der Tür Wache hielten, fühlten sie sich sicher. Eines aber störte den Ablauf: Einer ihrer wichtigsten Leute fehlte, Larry Frazer.

Verärgert warf Anthony Rumble einen Blick auf die Uhr. »Es ist schon eine Viertelstunde über der Zeit. Kann einer von euch Larry anrufen? Vielleicht hat er verschlafen.«

Sofort zog ein junger Mann sein Funktelefon aus der Tasche und drückte eine Taste. Das Rufzeichen erklang, doch es tat sich nichts.

»Wie es aussieht, ist er schon auf dem Weg. Na, der bekommt was zu hören, wenn er auftaucht.« Rumble wandte sich wieder seinen Unterlagen zu, wollte aber noch warten, bis der Nachzügler angekommen war.

Nach weiteren fünf Minuten wurde er unruhig. »Verdammt, so lange kann Larry doch gar nicht brauchen.«

Pat Shears versuchte, Frazer auf dessen Funkhandy zu erreichen, doch auch da ohne Erfolg. »Soll ich nach oben gehen und nachsehen?«, fragte er Rumble.

Nach kurzem Überlegen nickte er. »Tun Sie das, Pat, und richten Sie Larry aus, dass wir uns nicht auf einer Vergnügungsreise befinden, falls er das vergessen haben sollte.«

»Mache ich!« Kurz darauf klopfte Pat Shears an Frazers Kabinentür. Doch es tat sich nichts.

»Frazer, wachen Sie auf!«, rief der junge Agent und klopfte erneut.

In dem Augenblick wurde die Kabinentür gegenüber geöffnet, und Lidija Kresczinska steckte den Kopf heraus.

»Was machen Sie denn für einen Lärm?«, fragte sie empört.

»Ich möchte meinen K… Freund wecken!« Im letzten Augenblick gelang es dem Mann, das Wort Kollege zu vermeiden.

»Können Sie das nicht leiser machen?«, murmelte Lidija und kehrte in ihre Kabine zurück. Dort legte sie das Ohr an die Tür, um nicht zu verpassen, was sich draußen tat.

Da es nach wie vor keine Reaktion gab, meldete Shears sich bei seinem Chef und bekam den Auftrag, die Tür mit Hilfe seiner gefälschten Universalkarte zu öffnen. Doch als er diese aus der Tasche ziehen wollte, kam Bjarne Aurland vorbei. In dessen Gegenwart konnte er in keine fremde Kabine eindringen. Daher sprach er den Mann an. »Sie gehören doch zur Besatzung. Könnten Sie jemanden bitten, diese Kabine zu öffnen? Ich versuche die ganze Zeit, meinen Freund zu wecken, aber er reagiert nicht.«

»Vielleicht ist er gar nicht in der Kabine, sondern bereits beim Frühstück. Vielleicht sitzt er auch auf dem Panoramadeck«, antwortete Aurland freundlich.

Bei einem normalen Passagier wäre dies möglich gewesen, aber nicht bei einem ehrgeizigen Geheimdienstoffizier. Daher antwortete der Agent, er habe bereits im Restaurant, in den Salons und auch in der Panorama-Lounge und der Horizont-Galerie nachgesehen.

»Wenn Sie darauf bestehen, hole ich den Zahlmeister oder seinen Stellvertreter«, erklärte Aurland und ging.

Der US-Agent wandte sich wieder der Tür zu und schwankte, ob er nicht doch seine Universalkarte ausprobieren sollte. Doch schon nach kurzer Zeit erschien ein Mann in Uniform und blieb vor ihm stehen. »Sind Sie der Herr, der diese Kabine öffnen lassen will?«

»Ja, es geht um meinen Freund. Wir hatten uns für halb sieben verabredet, und jetzt ist es schon weit nach sieben.«

Der Norweger klopfte an und zog, als keine Antwort kam, eine Codekarte aus der Tasche. Damit öffnete er die Tür und blickte hinein. Die Kabine war peinlich aufgeräumt. Frazer lag auf dem Rücken, den Mund halb offen, und war nur teilweise zugedeckt.

Alarmiert trat der Zahlmeister ein und streckte vorsichtig die Hand aus. »Wachen Sie auf!«, sagte er und rüttelte Frazer an der Schulter. Doch dieser blieb so starr und steif liegen, dass kein Zweifel möglich war.

Mit wachsbleicher Miene wandte der Norweger sich an Pat Shears. »Der Mann ist tot!«

»Tot? Aber das kann nicht sein!« Shears drängte in die Kabine und starrte den Leichnam ungläubig an. Trotz des Schocks zog er geistesgegenwärtig sein Handy aus der Tasche und schoss unauffällig ein paar Bilder. Dann rief er seinen Vorgesetzten an. »Mr. Rumble, ich muss Ihnen eine bestürzende Nachricht überbringen. Unser lieber Freund Larry Frazer lebt nicht mehr!«

»Was?«, vernahm er Rumbles keuchende Stimme. Dann wurde die Verbindung unterbrochen.

»Es ist gut, dass wir in Trondheim länger vor Anker liegen. Daher kann ich sofort einen Arzt holen. Wenn Sie bitte die Kabine verlassen würden, damit ich sie wieder verschließen kann.« Der Zahlmeister sah den jungen Mann auffordernd an, doch dieser schüttelte den Kopf.

»Ich möchte bei meinem Freund bleiben.«

»Das geht nicht!«, erklärte der Zahlmeister. »Mr. Frazer reiste allein, und daher darf ich keinen Fremden in seiner Kabine lassen, bevor das persönliche Gepäck des Toten aufgelistet worden ist.«

Da sich unter Frazers »persönlichem Gepäck« etliche Dinge befanden, die niemand außer dem Team sehen durfte, wusste Shears nicht, was er tun sollte. Daher versuchte er Zeit zu gewinnen, bis seine Kollegen kamen. Es dauerte auch nicht lange, da stürmte Rumble mit langen Schritten den Gang entlang.

»Wenn das ein Scherz sein soll, können Frazer und Sie in Zukunft Akten sortieren!«, sagte er schnaubend und bestärkte damit Lidija Kresczinska, die noch immer lauschte, in ihrer Überzeugung, US-Agenten vor sich zu haben.

»Es stimmt leider. Mr. Frazer ist tot«, erklärte der Zahlmeister eben.

Rumble verbiss sich den Fluch, der ihm über die Lippen kommen wollte, und dachte angestrengt nach. Frazer war ein junger, durchtrainierter Mann mit ausgezeichneter Gesundheit gewesen. Ein natürlicher Tod erschien ihm daher höchst unwahrscheinlich. Doch wenn er darauf bestand, die Untersuchung von seinen eigenen Leuten durchführen zu lassen, würde er seinen Auftrag gefährden. Daher hörte er sich die Erklärung des Zahlmeisters an, dass dieser den Raum verschließen müsse, und winkte seinem Untergebenen, mit ihm zu kommen.

In Kabine 441 sah Rumble mit grimmiger Miene in die Runde. »Es stimmt! Frazer ist tot. Jetzt müssen wir zusehen, dass wir umgehend in seine Kabine gelangen und alles, was unseren Auftrag verraten könnte, herausholen. Pat, das übernehmen Sie. Sally wird Ihnen dabei helfen! Machen Sie schnell und seien Sie vorsichtig. Zwei Leute gehen mit Ihnen und sorgen dafür, dass Ihnen niemand in die Quere kommt!«

»Okay!« Pat nahm die Karte, winkte Sally und zwei Männern, mit ihm zu kommen, und eilte zurück zu Frazers Kabine.

»Ihr wisst, was ihr zu tun habt?«, fragte er seine Begleiter.

Alle nickten, und während ein Mann am Aufgang Wache hielt und sein Kollege im Flur patrouillierte, betrat Pat mit der kopierten Karte Frazers Kabine. Dort suchten Sally und er mit raschen Griffen all das zusammen, was nicht bei dem Toten gefunden werden durfte. Anschließend machten sie noch ein paar Aufnahmen von der Leiche und dem Tatort und verließen die Kabine erst, nachdem sie sich vergewissert hatten, dass niemand sie beobachtete.

FÜNFZEHN

Während Sally Marble und Pat Shears die Kabine ausräumten, hatte Rumble John Thornton holen lassen. Nach Frazers Ausfall erschienen ihm die Erfahrungen des Afghanistan-Veteranen doppelt wertvoll. John hörte ihm zu, sagte aber nichts, bis Sally und Pat mit den Sachen zurückkamen, die sie aus der Kabine des Toten geholt hatten. Er durchsuchte sie kurz und warf dann Pat einen vorwurfsvollen Blick zu. »Was ist mit Frazers Wecker?«

»Den Wecker? Wieso? Den habe ich stehen lassen. Wozu brauchen Sie den?«, platzte Shears heraus.

John Thornton drehte sich kopfschüttelnd zu Rumble um. »Ich dachte, Ihre Leute wären Profis! Doch der Bursche stellt sich an wie ein lumpiger Amateur.«

Pat lief rot an, bevor er jedoch etwas sagen konnte, griff Rumble ein. »Jetzt gebt Ruhe! Alle beide! Wenn der Wecker so wertvoll sein soll, weshalb hat Frazer uns nichts gesagt?«

»Weil er gewiss nicht damit gerechnet hat, so überraschend von dieser Welt abtreten zu müssen. Es wundert mich ohnehin, dass er so nachlässig war. In Afghanistan wäre ihm das nicht passiert. Aber jetzt zu dem Wecker.«

Thornton holte kurz Luft und grinste dann freudlos. »Larry ist oder, besser gesagt, war keiner, der seine Trümpfe alle aufdeckt, auch den eigenen Leuten gegenüber nicht. Zum Glück habe ich einen Wecker der gleichen Marke, so dass dem Zahlmeister nicht auffällt, wenn der von Frazer verschwunden ist. Wir müssen die beiden lediglich austauschen. Aber das sollte jemand tun, der dazu fähig ist!«

Damit schoss Thornton eine weitere Spitze auf Pat Shears ab, der mit saurer Miene neben ihm stand, aber von dem Blick seines Chefs davon abgehalten wurde, sich mit dem Veteranen anzulegen.

»Holen Sie Ihren Wecker, John, und geben Sie ihn Pat. Er ist wirklich ein fähiger Mann!«, erklärte Rumble.

»Wenn Sie es sagen. Kommen Sie!« John Thornton gab Shears einen Wink und verließ die Kabine. Der andere folgte ihm und bemühte sich um Gelassenheit, obwohl ihn der ätzende Spott des Älteren beinahe zur Weißglut getrieben hatte.

In Johns Kabine reichte er seinen Wecker Shears. »Aber den ersetzt mir Ihre Firma, verstanden! Ein Glück, dass ich es mir abgewöhnt habe, selbst daran herumzubasteln.«

»Wieso sind Sie sicher, dass Larry – wie Sie behaupten – an seinem Wecker herumgebastelt hat?«, fragte Shears bissig.

»Weil ich Larry kenne, mein Junge! Und jetzt gehen Sie, sonst laufen Ihnen zu viele vor die Füße. Sie können Rumble sagen, dass ich erst einmal frühstücke. Danach kümmere ich mich um Larrys Wecker. Vorausgesetzt, es gelingt Ihnen, ihn aus der Kabine zu holen …« Mit diesen Worten schob John Thornton den jungen Mann aus dem Raum, schloss die Tür hinter sich und ging leise pfeifend in Richtung Aufzug.

Auf Deck fünf sah er kurz in den Speisesaal. Da er Torsten Renk dort nicht entdeckte, trat er nicht ein, sondern blieb vor dem noch geschlossenen Kiosk stehen und betrachtete die Auslagen.

Kurz darauf sah er den Gesuchten in Begleitung der hübschen Eurasierin auf sich zukommen. Er setzte sich wieder in Bewegung, blieb neben Torsten stehen, der sich vorschriftsmäßig vor der Tür des Speisesaals die Hände desinfizierte, und schaffte es zu sprechen, ohne die Lippen zu bewegen.

»Es geht los! Heute Nacht hat es Frazer erwischt.«

»Wer?«, fragte Torsten leise.

»Wissen wir noch nicht. Er wurde erst vor einer guten halben Stunde gefunden, und der Zahlmeister lässt niemand mehr in Frazers Kabine.«

»Was euren Verein wahrscheinlich wenig jucken wird«, spottete Torsten und wandte sich an Henriette.

»Besorgst du Kaffee und ich den Saft, oder wie machen wir es heute?«

»Ich mache den Saft!«, antwortete Henriette.

»Es heißt, ich hole den Saft! Gemacht wurde er nämlich schon.« Torstens Ton klang so belehrend, als wolle er seiner Ehefrau die deutsche Sprache beibringen.

Henriette warf ihm einen gekränkten Blick zu und ging weiter zu den Saftbehältern. Die Gläser dort waren kleiner, als sie es gewöhnt war, dennoch füllte sie sie nur zu drei Vierteln und balancierte sie dann zu ihrem Tisch. Torsten kämpfte inzwischen mit dem Kaffeeautomaten und füllte die Tassen so voll, dass kein Stecknadelkopf mehr zwischen Inhalt und Rand gepasst hätte. Als er an den Tisch kam, rümpfte Henriette die Nase.

»Du weißt doch, dass ich meistens Tee trinke. Wenn ich mal Kaffee nehme, dann nur mit viel Milch. Aber wie soll ich hier noch Milch hinzugeben?«

»Dann trinke ich eben beide Tassen aus und hole dir einen Tee.« Torsten stellte die Tassen ab und ging wieder zum Automaten. Unterwegs fand er ihr Spiel angesichts der Tatsache, dass in der Nacht ein Mensch gestorben war, ein wenig lächerlich. Er wusste jedoch selbst, dass Henriette und er den Schein des sich gelegentlich streitenden Ehepaars aufrechterhalten mussten. Nach Frazers Tod war dies sogar noch wichtiger.

Henriette war nicht entgangen, dass Thornton Torsten etwas mitgeteilt hatte, es aber trotz ihres feinen Gehörs nicht verstanden. Daher wurde das Frühstück für sie zu einer Geduldsprobe. Zu ihrer Erleichterung gab es keine lautstarken Unterhaltungen am Tisch. Frau Dai und Herr Wu hatten schon vor ihnen mit dem Frühstück begonnen und wechselten wie sonst auch kaum ein Wort miteinander. Daisy und Viktor Brünger hatten sich offenbar versöhnt und kümmerten sich nur um sich selbst, während Gillmann am reichhaltigen Büffet auf Vorrat aß, um das Mittagessen zu sparen. Der Letzte im Bunde, Jason Wickley, kam spät, sagte wenig und aß viel. Er hatte sich in der Nacht bei Lidija Kresczinska verausgabt und musste die dabei verbrauchten Kalorien ersetzen.

Kurz nach acht Uhr verschwanden die Brüngers und das chinesische Paar, um sich einem Landausflug anzuschließen, den Wallström organisiert hatte. Laut Petras Planung hätten auch Henriette und Torsten daran teilnehmen sollen, doch sie wollten in ihre Kabine zurückkehren, um miteinander zu reden. Außerdem musste Torsten so schnell wie möglich Wagner vom Tod des amerikanischen Geheimagenten informieren. Daher verabschiedeten sie sich von Gillmann und Wickley, ohne von den beiden mehr als ein kurzes Brummen als Antwort zu erhalten.

In ihrer Kabine hielt Henriette es nicht mehr aus. »Was hat Thornton dir erzählt?«, fragte sie Torsten, kaum dass die Tür hinter ihnen ins Schloss gefallen war.

»Johns ehemaliger Kollege Larry Frazer ist tot. Die Amis nehmen an, dass er ermordet worden ist.«

»Es geht also los!«, sagte Henriette tonlos.

»So hat John es ausgedrückt. Jetzt werden seine Landsleute ihn brauchen. Aber ich hoffe, John tut sich damit einen Gefallen, wenn er mit ihnen zusammenarbeitet. Nicht, dass es ihn als Nächsten erwischt.« Torsten schüttelte sich und klappte seinen Laptop auf.

Nachdem er die richtige Bedieneroberfläche hochgeschaltet hatte, meldete er sich bei Wagner. Dieser wirkte so übernächtigt, als hätte er durchgearbeitet, wurde aber sofort hellwach, als er Torstens Miene sah.

»Was ist passiert?«, fragte er.

»Der erste Tote! Larry Frazer vom amerikanischen Heeresgeheimdienst.«

»Teufel auch! Der war kein heuriger Hase. Wie konnte es ausgerechnet ihn erwischen?«

»Wenn Sie wollen, gehe ich zu den Amis und frage sie«, antwortete Torsten ätzend. »Bis jetzt wissen wir nur, dass Frazer tot ist. Er könnte auch eines natürlichen Todes gestorben sein.«

»Das halte ich für unwahrscheinlich. Und bitte lassen Sie solche Scherze wie ›die Amis fragen‹. Ich habe Frau von Tarow und Sie nicht zum Vergnügen auf die *Trollfjord* geschickt, sondern um Nastja Paragina im Auge zu behalten. Das ist Ihre Kernaufgabe. Die Suche nach Frazers Mördern überlassen Sie gefälligst den amerikanischen Kollegen.« Wagner klang scharf.

»Zu allem Überfluss ist Frau Waitl wieder bei ihrer Frauenärztin«, knurrte er.

Da mischte Henriette sich ein. »Torsten meinte, Sie könnten Petra auch in eine Bundeswehrklinik einliefern lassen. Dort könnte sie auch noch im Bett ihren Laptop bedienen.«

»Und vielleicht auch noch während der Geburt, was? Renk ist ein Trottel. Das haben Sie nicht gehört, verstanden?«, antwortete Wagner giftig.

»Aber ich habe es gehört. Ich könnte damit zum Betriebsrat gehen und mich über Sie beschweren!« Torsten grinste so hinterhältig, dass Wagner im ersten Moment nicht wusste, ob er es ernst meinte oder nicht.

Seufzend schüttelte er den Kopf. »Betriebsrat, hä? Auf Ideen kommen Sie! Erledigen Sie gefälligst Ihren Job, sonst beschwere ich mich über Sie. Und jetzt erzählen Sie, was Sie bisher herausgefunden haben.«

»Viel ist es nicht«, sagte Torsten und berichtete, was er von John Thornton erfahren hatte.

Wagner machte sich einige Notizen. Dann hob er wieder den Kopf und sah in die Kamera. »Haben Sie eine Ahnung, wer dahinterstecken könnte?«

»Nicht die geringste! Vielleicht waren es Valdez und seine Leute. Die bekämpfen die Gringos, wie sie sie nennen, an allen Fronten.« Noch während Torsten es sagte, schüttelte sein Vorgesetzter den Kopf.

»Das ist nicht Valdez' Stil. Wenn der etwas macht, dann immer mit Knalleffekt.«

»Ich glaube nicht, dass die US-Boys so denken. Für die ist Valdez ein rotes Tuch. Überdies kann ich mir nicht vorstellen, dass sie jetzt die Hände in den Schoß legen und abwarten werden.« Torsten überlegte, was Frazers Kollegen unternehmen konnten, doch für eine Analyse hatte er nicht genug Anhaltspunkte.

Wagner nickte nachdenklich. »Ich kann Ihnen beiden nicht mehr raten, als auf sich aufzupassen. Auch wenn die Lage außer Kontrolle zu geraten scheint, hat Ihr Auftrag Vorrang. Sie überwachen Nastja Paragina und sorgen dafür, dass niemand sie entführen kann. Vielleicht müssen wir uns sogar selbst der Frau bemächtigen. Für den Fall der Fälle habe ich bereits entsprechende Vorbereitungen getroffen. Und nun machen Sie es gut!«

Wagner beendete die Verbindung und ließ Henriette und Torsten in einem Zustand zurück, der dem Schweben über einem schwarzen Abgrund glich.

»Wenn ich Wagner richtig verstanden habe, dürfen wir Paragina Tag und Nacht nicht aus den Augen lassen!«, stöhnte Henriette.

Torsten schüttelte ärgerlich den Kopf. »Damit würden wir dem letzten Geheimdienstlehrling an Bord auffallen. Wenn ich nur wüsste, was wir tatsächlich tun können, um weiterzukommen!«

»Erst einmal aufpassen, dass wir nicht dem Mörder auffallen.« Henriette versuchte zu lächeln, als ihr etwas einfiel. »Hast du deine Miniwanzen nicht auch auf Deck acht in der Nähe von Frazers Kabine platziert? Vielleicht bekommen wir auf die Weise Informationen, die uns weiterhelfen.«

Torsten nickte und rief sogleich die Tonaufnahmen der Mikrofone ab, die er dort ausgelegt hatte. Das meiste, was Henriette und er in der nächsten Stunde zu hören bekamen, war jedoch nur Geschwätz. Dann aber vernahmen sie Lidija Kresczinskas Fragen an Bjarne Aurland und sahen sich an.

»Die muss auch zu einem der Geheimdienste gehören. Eine normale Reisende mag zwar neugierig sein, doch die Fragen wurden zu gezielt gestellt«, erklärte Torsten und war froh, wenigstens einen kleinen Erfolg zu verzeichnen.

Henriette rief die Belegungsliste der *Trollfjord* auf, die Petra ihnen besorgt hatte, und zeigte auf den Bildschirm. »In diesem Teil des Schiffs wurde nur eine einzige Frau einquartiert, und die hat ihre Kabine der von Frazer genau gegenüber. Kann sie ihn umgebracht haben?«

Torsten kontrollierte kurz die Tonaufzeichnung, schüttelte dann aber den Kopf. »Diese Kabinentür wurde in der Nacht nicht geöffnet, dafür aber eine andere direkt bei unserer Wanze. Es müsste sich um eine dieser beiden hier handeln!«

»In der einen ist ein Chinese untergebracht, und die andere ist unbesetzt. Das ist seltsam angesichts der vielen Passagiere, die sich auf der *Trollfjord* befinden«, antwortete Henriette misstrauisch.

Dann schnaubte sie enttäuscht. »Schade, dass du keine Minikamera dort anbringen konntest. Sonst hätten wir den Mörder sehen können.«

»Ich glaube nicht, dass Frazer darauf verzichtet hat, seine Kabine zu überwachen. Vermutlich wissen unsere US-Freunde mittlerweile schon mehr. Sie werden den Mörder jagen, aber gleichzeitig auch von diesem und dessen Freunden gejagt werden. Das kann noch lustig werden.« Torsten klappte den Laptop zu und trat ans Fenster.

Die *Trollfjord* lag noch immer im Hafen von Trondheim. Da die ersten Ausflügler bereits zurückkehrten, würde das Schiff bald auslaufen. Gerade als Torsten sich abwenden wollte, bekam er mit, wie aus dem Autodeck ein großer, dunkler Wagen mit norwegischer Nummer herausfuhr, dessen hintere Fenster verhängt waren. Wie es aussah, brachte man den Toten von Bord. In dem Augenblick war Torsten sicher, dass es nicht bei dieser einen Leiche bleiben würde.

SECHZEHN

Diesmal hatte Rumble seine besten Leute in einer der Suiten zusammengerufen, die zu Nastja Paraginas Überwachung gebucht worden waren. Seine Miene wirkte versteinert. Larry Frazer war sein bester Mann gewesen, und der Gedanke, dass ein Feind diesen so leicht hatte umbringen können, erfüllte ihn mit kalter Wut, aber auch mit einem leisen Grauen. Ebenso wie die anderen Mitglieder der amerikanischen Geheimdienste war er nicht bereit, Frazers Tod einfach auf sich beruhen zu lassen.

Im Augenblick sahen alle John Thornton zu, der Frazers Wecker öffnete und einen seltsam geformten Chip herausholte. Sally Marble, die für die Arbeit am Computer verantwortlich war, sah das Ding und schüttelte den Kopf.

»Das sieht eigenartig aus. Dafür habe ich kein Lesegerät!«

»Aber ich«, antwortete John Thornton gelassen. Er zog eine SD-Card mit einer Vertiefung aus seiner Tasche, presste den Chip hinein und steckte die Karte in Sallys Lesegerät.

»So, jetzt können Sie den Inhalt anzeigen lassen.«

Alle beugten sich gespannt vor, als Frazers Kabine auf dem Bildschirm erschien. Der Agent war dabei, seine Sachen einzuräumen, und drehte sich währenddessen mehrmals in Richtung der Kamera und grinste.

»Das ist der Ankunftstag. Sie müssen über vierundzwanzig Stunden vorspulen«, forderte John Sally auf.

Diese versuchte es, kam aber mit dem fremden System nicht zurecht. Daher legte John selbst Hand an. Die Bilder flogen nur so über den Bildschirm, und sie sahen die Reinigungskraft, die nur ihren Job machte, mehrfach Frazer selbst und schließlich auch einen der jungen, breitschultrigen Agenten, die bei jeder College-Footballmannschaft hätten mitmachen können.

»Die Kamera ist so geschaltet, dass sie auf Bewegung reagiert«, erklärte John das Fehlen von Bildern der leeren Kabine. Schließlich erreichte er die Tatzeit und kniff die Augen zusammen, als er sah, wie die Türe geöffnet wurde.

»Jetzt kommt es!«, flüsterte er angespannt.

»Wieso ist es im Flur so düster?«, fragte Rumble verwirrt.

»Tatsächlich!« Johns Blick saugte sich förmlich auf dem Bildschirm fest, und er sah die Gestalt, die eben hereinkam, die Tür hinter sich schloss und neben Frazers Bett stehen blieb. Obwohl es in der Kabine dunkel war, bewegte der Unbekannte sich vollkommen zielgerichtet. John konnte sogar erkennen, wie er eine Waffe hob und auf Frazer schoss. Es gab jedoch nicht einmal einen leisen Knall wie bei einem Schalldämpfer, sondern nur ein kurzes Zischen.

»Verdammt! Können Sie den Kerl nicht deutlicher zeigen«, fluchte Rumble, da der Mörder nur als flimmernder Schatten zu sehen war.

John hielt die Aufzeichnung an und vergrößerte das Bild des Mannes. Trotzdem wurden dessen Umrisse nicht deutlicher. Schließlich schüttelte er den Kopf. »Es hat keinen Sinn. Wer auch immer es war, hat vorgesorgt, dass er nicht identifiziert werden kann.«

»Aber wie hat er das gemacht?«, fragte Sally.

»Wahrscheinlich trug er Kleidung und eine Maske aus einem speziellen Gewebe, das keine Aufnahmen mit einer Wärmebildkamera zulässt. Deshalb hat er auch das Licht im Flur ausgeschaltet. Bevor Sie einen Mann der Besatzung verdächtigen: Dasselbe könnte Sally mit ihrem Laptop auch von hier aus tun. Wir sind mit Sicherheit nicht der einzige Geheimdienst, der sich in den Bordcomputer des Schiffes eingehackt hat. Wer diesen Mord begangen hat, ist kein Anfänger. Er hat mit äußerster Präzision den gefährlichsten Mann aus eurem Team ausgeschaltet, ohne die geringste Spur zu hinterlassen. Ihr solltet aufpassen, dass es euch nicht geht wie den ›Zehn kleinen Negerlein‹.« Noch während John es sagte, begriff er, dass auch er ins Fadenkreuz des Mörders geraten konnte, und der Gedanke gefiel ihm gar nicht.

Rumbles Überlegungen gingen in eine andere Richtung. »Pat hat mit dem Arzt gesprochen. Nach dessen Einschätzung ist Frazer an einem Herzinfarkt gestorben. Anzeichen für einen unnatürlichen Tod hat der Mann keine gefunden. Jetzt werden wir dafür sorgen müssen, dass die Leiche von unseren Leuten übernommen und untersucht wird.«

»Ich sagte ja bereits, dass der Mörder äußerst präzise vorgegangen ist«, erklärte John. »Um die norwegischen Behörden auf Trab zu bringen, müssten wir ihnen schon diese Aufnahmen vorspielen. Damit aber wäre eure Mission aufgedeckt.«

»Das können wir nicht riskieren! Der Mörder weiß das und lacht sich wahrscheinlich ins Fäustchen. Aber das wird ihm nichts helfen. Wir kriegen ihn!«

Rumble klang zwar äußerst energisch, aber in Johns Ohren klang es eher wie das Pfeifen eines ängstlichen kleinen Jungen im Wald.

SIEBZEHN

Obwohl Frazers Leichnam diskret von Bord geschafft worden war, hatten doch einige Passagiere etwas mitbekommen, und so verbreitete sich das Gerücht, es hätte einen Toten an Bord gegeben, wie ein Lauffeuer. Daher war es kein Wunder, dass für den Rest des Tages eine gedrückte Stimmung auf der *Trollfjord* herrschte. Das Schiff legte fahrplangemäß ab und steuerte in den Trondheimfjord hinaus. Der nächste Hafen sollte erst am Abend erreicht werden, und so blieb genug Zeit, sich in die Panorama-Lounge zu setzen und nachzudenken oder unten im Café eine Kleinigkeit zu essen.

Torsten hatte es auf seinen Einsätzen schon oft mit Toten und Verwundeten zu tun gehabt, aber diesmal empfand er eine andere Anspannung als in jenen früheren Situationen. Am liebsten hätte er John Thornton gesucht, um mit ihm über Frazers Ende zu reden. Doch in einem hatte Franz Xaver Wagner recht: Weder Henriette noch er durften an Bord auffallen.

Mit diesem Vorsatz machten die beiden sich gegen halb acht für das Abendessen bereit und kamen diesmal als eine der Ersten an ihren Tisch. Nur das Ehepaar Dai und Wu saß bereits dort und studierte die Weinkarte. Henriette und Torsten nahmen ihre Plätze ein und warteten auf den Steward, der die Getränkebestellung entgegennehmen sollte.

Gillmann kam kurz nach ihnen und setzte sich mit einem kernigen »Guten Abend!« auf seinen Stuhl. Ihm folgte das Ehepaar Brünger, das ein wenig in sich gekehrt wirkte. Als Letzter erschien Jason Wickley, die Hände in den Hosentaschen, und kaute auf einem scharf nach Minze riechenden Kaugummi herum.

Eine Weile blieb es am Tisch still, doch kaum waren die Getränke bestellt und gebracht worden, sprach Dai Zhoushe Wickley an. »Ich habe gehört, an Bord sei ein Landsmann von Ihnen gestorben.«

»So, wirklich? Ja, auch ich habe so was läuten hören«, gab der Rodeoreiter kurz angebunden zurück.

Zu Torstens Überraschung gab Frau Dai sich damit nicht zufrieden. »Es soll ein noch junger Mann gewesen sein, etwa in Ihrem Alter. Haben Sie ihn gekannt?«

»Ich? Gekannt? Nein!«

Da Wickley sich an den Vorabenden gesprächiger gezeigt hatte, kam Torsten der Verdacht, dass vielleicht auch er etwas mit den Geheimdiensten zu tun haben könnte. Im Allgemeinen setzten diese zwar unauffällige Männer und Frauen ein, die in der Menge leicht übersehen werden konnten. Gelegentlich aber spielten Agenten auch Rollen, in denen sie auffielen, und sei es nur, um die Aufmerksamkeit von ihren Kollegen abzulenken.

Torsten musste an den übertrieben aufgemachten Südamerikaner denken und sah sich nach dem Mann um. Dieser saß an einem Tisch in der Nähe von John Thornton. Obwohl der Südamerikaner auch jetzt seine Sonnenbrille trug, war Torsten sicher, dass der Mann Thornton im Auge behielt. Nun setzte er ihn ebenfalls auf seine Liste.

Mittlerweile hatte Frau Dai es aufgegeben, Wickley weiter zu löchern. Stattdessen holte sie einen Schminkspiegel aus ihrer Handtasche und zog sich die Lippen nach. Ein kleiner Lichtreflex am unteren Rand des Spiegels irritierte Torsten, und als Frau Dai ihren Spiegel in seinen Augen ein wenig zu auffällig drehte, beugte er sich zu Henriette hinüber.

»Glaubst du, dass du morgen den Ausflug mitmachen kannst, Schatz? Oder fürchtest du, deine Kopfschmerzen würden sich zu einer Migräne entwickeln?«

Zwar hatte Henriette schon lange keine Kopfschmerzen mehr gehabt, verzog aber sofort das Gesicht. »Musst du mich daran erinnern? Sie waren fast schon weg, aber jetzt kommen sie wieder!« Es gelang ihr, äußerst vorwurfsvoll zu klingen.

Torsten hob sofort die Hand. »Tut mir leid, mein Schätzchen, das wollte ich nicht! Vielleicht solltest du, wenn wir wieder in der Kabine sind, eine Kopfwehtablette nehmen.«

»Ich glaube, ich bekomme auch Kopfschmerzen«, meldete sich da Daisy Brünger. Sofort erklärte ihr Mann, dass er alles tun werde, um ihr zu helfen.

Daisy fasste sogleich nach der Hand ihres Ehemanns. »Ich habe ohnehin keinen Hunger. Bring mich bitte in die Kabine. Ich muss mich hinlegen.«

Im Gegensatz zu ihr war Viktor Brünger hungrig, doch er stand sofort auf und reichte seiner Frau den Arm. Das Paar verließ den Speisesaal in dem Augenblick, in dem Nastja Paragina und Espen Terjesen diesen betraten.

Diesmal erregten die beiden weniger Aufsehen. Nastja trug ein schlichteres Kleid und wirkte bedrückt, Espen Terjesen hingegen winkte den Stewardessen und Stewards leutselig zu und orderte eine Flasche Champagner. Als diese gebracht worden war, stieß er mit Nastja an.

Seinen Trinkspruch flüsterte er fast, dennoch war Henriette sicher, dass er vom Erfolg dieser Reise sprach.

Welchen Erfolg meint er?, fragte sie sich. Seinen persönlichen Erfolg bei Nastja Paragina? Sein Ruf als Frauenheld mochte darauf hindeuten. Andererseits war er auch Teilhaber in der Firma seines Bruders, und so konnte der Ausspruch sich auch auf einen geschäftlichen Erfolg beziehen. Da sie keine Antwort fand, beschloss Henriette, nachher in der Kabine Espen Terjesens Lebensweg ein wenig nachzuspüren.

Da es an diesem Abend Fisch gab, hatte niemand, der noch am Tisch saß, etwas am Essen auszusetzen. Sogar Gillmann hielt ausnahmsweise den Mund. Die Tatsache, dass ein junger, allein reisender Mann gestorben war, schien selbst ihm an die Nieren zu gehen. Wickley sagte kaum ein Wort, und Frau Dai und Herr Hu waren völlig verstummt. Das Paar beendete seine Mahlzeit rascher als sonst und verabschiedete sich bald. Da Gillmann und Wickley direkt nach ihnen den Speisesaal verließen und Viktor Brünger nicht zurückgekehrt war, blieben Henriette und Torsten allein am Tisch.

Beide hingen ihren Gedanken nach, doch während die Gedanken Torstens sich um den auffälligen Südamerikaner und Frau Dais Interesse an Frazers Tod drehten, brachte Henriette Espen Terjesens Siegerlächeln nicht mehr aus dem Kopf.

ACHTZEHN

Als Henriette und Torsten Kontakt zu Wagner aufnahmen, konnte dieser ihnen nur wenig Neues berichten. Petra war von ihrer Ärztin krankgeschrieben worden, hatte aber zu Hause an ihrem privaten Laptop einige Informationen überprüft und ergänzt. Dabei war es ihr gelungen, drei weitere Passagiere einwandfrei zu identifizieren. Es handelte sich um den Griechen Stavros Lefteridis, der zu Manolo Valdez' weitverzweigtem Terrornetz gerechnet wurde, den israelischen Agenten Shmuel Rodinsky und Anthony Rumble, den Geheimdienstkoordinator des US-Präsidenten.

Als Torsten den letzten Namen hörte, verzog er das Gesicht. »Wenn Rumble an Bord ist, wird es hier bald rumpeln. Das ist niemand, der einen eigenen Mann umbringen lässt, ohne gezielt zurückzuschlagen.«

»Das nehme ich auch an«, erklärte Wagner. »Um es offen zu sagen, ich würde ungern mit Ihnen beiden tauschen. Dieses Schiff wird bald zum Vorhof zur Hölle werden. Geben Sie also auf sich acht!«

»Wir tun unser Bestes, nicht wahr, Henriette?« Torsten versuchte zu grinsen, aber es wurde nur eine Grimasse daraus.

Seine Kollegin nickte. »Das tun wir, Herr Wagner, und Sie können versichert sein, dass wir unseren Job so gut machen, wie wir können – und vielleicht auch noch ein bisschen besser!«

Damit brachte sie Wagner für einen Augenblick zum Schmunzeln. »Ich wusste doch, warum ich Sie beide auf dieses Schiff geschickt habe.«

»Ich dachte, Sie wollten uns loswerden, damit wir Ihnen nicht mehr andauernd in den Ohren liegen, wie langweilig es ist.« Auch Torsten vermochte nun seine kurzzeitige Unsicherheit abzustreifen und machte einige Vorschläge, wie sie beide sowohl den Anschein des urlaubenden Ehepaars aufrechterhalten wie auch ihren Auftrag ausführen konnten.

Als sie ihr Gespräch mit Wagner beendet hatten, sicherte Torsten als Erstes ihre Kabine wieder so, dass niemand unbemerkt eindringen konnte. Anschließend zog er sich um und verließ den Raum, um auf das eisige Sonnendeck hochzufahren.

Während er die Kapuze seines Parkas über den Kopf zog, um das Gesicht vor dem scharfen Wind zu schützen, starrte er in die Nacht hinaus. Ausnahmsweise schneite es nicht, und so sah er die Lichter der Städte und Ortschaften an der Küste und den umliegenden Inseln wie kleine Sterne am Horizont. Es war ein friedliches Bild. Nur ungern mochte er sich vorstellen, dass hier noch mehr Menschen planten, einander umzubringen.

Als er Schritte hörte, drehte er sich um. Ein Mann kam auf ihn zu. Ein dicker Parka und eine Kapuze verhüllten ihn, dennoch erkannte Torsten John Thornton. Dieser stellte sich neben ihn an die Reling und blickte ebenfalls auf die Lichter hinaus.

»Es ist eine wunderschöne Nacht, findest du nicht auch?«

»Allerdings!«

»Wir sollten sie genießen, denn schon bald wird uns die Zeit dafür fehlen«, antwortete Thornton.

»Rumble will also losschlagen?«

»Hätte mir denken können, dass du herausfindest, wer der Mann ist. Ja, er will zuschlagen, und ich soll ihm dabei helfen. Aber da es mir bis jetzt noch nicht gelungen ist, Valdez einwandfrei zu identifizieren, habe ich sein Wohlwollen schon wieder verspielt. Jetzt geht die Sache an mir vorbei, und ich kann nur hoffen, dass es keine Unschuldigen erwischt.«

»Das hoffe ich auch«, sagte Torsten leise.

Doch er fürchtete Schlimmes.

DRITTER TEIL

ZEHN KLEINE NEGERLEIN

EINS

Während die *Trollfjord* ihre Fahrt fortsetzte und dabei Häfen wie Brønnøysund, Sandessjøen, Nesna und schließlich Bodø anlief, wurden in einigen Kabinen und Suiten finstere Pläne gesponnen. Keiner von denen, die einem der Geheimdienste oder einer Untergrundorganisation angehörten, glaubte daran, dass Larry Frazer eines natürlichen Todes gestorben war. Während die amerikanischen Kollegen des Ermordeten einen Gegenschlag vorbereiteten, richteten sich die verfeindeten ebenso wie die konkurrierenden Geheimdienste genau darauf ein.

In Bodø hatte die *Trollfjord* zweieinhalb Stunden Aufenthalt. Henriette und Torsten nutzten die Gelegenheit, von Bord zu gehen und sich in ein Café zu setzen. Für eine Weile waren beide erleichtert, dem Betrieb auf dem Schiff entkommen zu sein, doch sie vergaßen nicht, auf ihre Umgebung zu achten. Auch Passagiere betraten das Café, aber nach Torstens Einschätzung waren es gewöhnliche Touristen, die den Reiz der nordischen Mittwinternacht erleben wollten.

Auf der anderen Straßenseite entdeckte er einen weiteren Passagier, der hektisch in sein Handy sprach, und brauchte nicht lange, um ihn zu erkennen. Er machte ein paar Fotos von ihm, die er später Wagner schicken wollte, und zwinkerte Henriette zu, um sie auf den Mann aufmerksam zu machen.

»Wer ist das?«, fragte sie leise.

»Stavros Lefteridis! Es handelt sich um einen der Topterroristen, mit denen einige Geheimdienste gelegentlich zusammenarbeiten, um der Gegenseite möglichst viel Schaden zuzufügen. Der Kerl steht auf unserer schwarzen Liste, aber

Wagner hat uns verboten, etwas außerhalb unseres Auftrags zu unternehmen.«

Da Lefteridis bereits einiges auf dem Kerbholz hatte, juckte es Torsten in den Fingern, den Mann auszuschalten, doch der Befehl seines Vorgesetzten war für ihn bindend.

»Schade!«, meinte er. »Aber man kann nicht alles haben. Überlassen wir ihn unseren amerikanischen Freunden.«

»Du glaubst, die werden ihn ins Visier nehmen?«

Torsten lachte leise auf. »Ich würde einen Hunderter darauf wetten! Lefteridis hat auch bei ihnen einiges im Salz liegen. Außerdem wollen sie Valdez aufstöbern, und das geht am besten, wenn sie einen seiner Leute vor seiner Nase umlegen.«

»Weißt du, wie zynisch du dich anhörst?«, fragte Henriette mit gerunzelter Stirn.

»Tut mir leid, aber bei unserem Job verliert man jegliche Illusion. Wenn es hart auf hart kommt, muss man schneller sein als der andere – und skrupelloser. Nein, Letzteres zahlt sich nicht aus. Ich würde keine unbeteiligten Passagiere in Gefahr bringen, um Lefteridis zu erwischen.«

Da die Kellnerin mit dem Essen kam, brach Torsten seine Erklärungen ab und ließ es sich erst einmal schmecken. Auch Henriette aß genussvoll die dicke Suppe.

Sie nahmen ihr Gespräch erst wieder auf, als sie eine gute Stunde später auf die *Trollfjord* zurückgekehrt waren. Aber sie blieben nicht lange in ihrer Kabine, sondern schlenderten durch das Schiff, setzten sich in die Panorama-Lounge und musterten dabei unauffällig die Passagiere, die ihnen begegneten. Für Henriette war es eine gute Gelegenheit, Stimmungen anhand der Mimik der Leute zu analysieren, während Torsten versuchte, weitere Agenten aus der Menge herauszufiltern. Er nahm alle Verdächtigen mit seiner versteckten Kamera auf und schickte die Fotos an Wagner.

Da Petra noch nicht in der Lage gewesen war, die Verbindung über andere Satelliten aufzubauen, war der Empfang schlecht, und es dauerte endlos lange, bis der Datentransfer in beide Richtungen abgeschlossen war. Danach war es fast schon Zeit zum Abendessen.

»Wollen wir vorher noch einen Kaffee trinken?«, fragte Torsten.

»Ja, wenn du mir Tee bringst. Der Kaffee ist mir hier zu stark. Ich will ja schließlich schlafen können.«

»Ich weiß nicht, ob das heute so wünschenswert ist. Wir sollten Augen und Ohren aufsperren. Auf alle Fälle werde ich vor dem Essen noch weitere Minimikros verteilen. Vielleicht bekommen wir mit, wenn sich was tut.«

»Und was machen wir, wenn wir etwas Ungewöhnliches feststellen? Greifen wir ein?«

»Natürlich nicht! Aber ich hoffe, dass wir herausfinden, vor wem wir uns hüten müssen.« Noch während Torsten es sagte, nahm er mehrere der farbigen, kaum mehr als stecknadelkopfgroßen Mikrofone aus dem noch gut gefüllten Beutel, steckte sie in seine Tasche und sah Henriette auffordernd an.

»Wir können gehen! Zuerst zu Kaffee und Tee. Dann säe ich diese Mikros aus. Es ist bedauerlich, dass die meisten schon morgen wieder im Bauch eines Staubsaugers landen. Aber ich habe genug dabei, um das gesamte Schiff zu verwanzen!«

Bei der Bemerkung musste Henriette schmunzeln. Doch als sie die Kabine verließen und nach unten fuhren, dachte sie, dass Torsten bisher fast die gesamte Arbeit gemacht hatte, und wünschte sich eine Gelegenheit, auch ihre Fähigkeiten unter Beweis stellen zu können.

ZWEI

Anthony Rumble kochte vor Wut. Dabei ärgerte ihn weniger Frazers Tod – der gehörte zu den Risiken in ihrem Geschäft – als vielmehr die Tatsache, dass es seinen hoch bezahlten Spezialisten nicht gelungen war, den Verantwortlichen für diesen Mord dingfest zu machen. Der Verstand riet ihm, John Thornton nicht nur als Helfer, sondern als seinen Stellvertreter in sein Team aufzunehmen. Doch der Mann war schon mehrere Jahre aus dem aktiven Dienst ausgeschieden und zudem so etwas wie Privatpolizist bei einem Energietrust. Aus diesem Grund musste er ihn von wichtigen Informationen fernhalten. Daher ernannte er Pat Shears zu seiner rechten Hand und übertrug ihm die Aufgabe, das passende Ziel für ihren Gegenschlag auszusuchen.

Für Pat Shears war die Sache nicht einfach. Die Berichte einzelner Dienststellen besagten, dass sich Angehörige verschiedener Geheimdienste an Bord befänden, darunter so Hochkaräter wie Manolo Valdez, den Pat am liebsten persönlich erwischt hätte. Auch der berüchtigte Red Dragon aus China sollte sich an Bord befinden. Zu dessen Spezialitäten gehörte neben erfolgreicher Industriespionage das Einhacken in die geheimsten Datenbanken der Vereinigten Staaten und anderer Länder. Also wäre dieser Agent ebenfalls eine hübsche Kerbe in seinem Colt. Doch um den Boss der chinesischen Abteilung für Gegenspionage gab es zwar viele Gerüchte, aber noch niemand hatte ihn je gesehen und konnte sagen: Das ist er!

Nachdem es John Thornton den ganzen Tag über nicht gelungen war, Manolo Valdez ausfindig zu machen, beschloss Pat Shears, sich ein anderes Opfer zu suchen. Er ging in die Kabine, die sein Chef als Rechenzentrale bestimmt hatte, und grüßte Sally Marble, die mit konzentrierter Miene auf den Bildschirm starrte.

»Hi, hast du schon ein Ergebnis?«

Die junge Frau wollte schon den Kopf schütteln, als ein Name auf dem Bildschirm erschien. »Kann sein. Sieh dir das an, Pat! Der Computer sagt, dass der Kerl hier Stavros Lefteridis sein müsste.«

»Der Schurke, der die *Omaha* im Hafen von Piräus in die Luft gesprengt hat?« Pat beugte sich über Sallys Schulter und sah das Bild an, das gerade hochgeladen wurde.

»Ich glaube, den habe ich vorhin an Bord kommen sehen. Da mir der Mann bekannt vorgekommen ist, habe ich ihn fotografiert!« Er reichte Sally eine Speicherkarte und wartete, bis sie diese eingelesen hatte. Als sie das Bild des Terroristen fand und mit dem Foto ihres Kollegen zusammen auf den Bildschirm lud, pfiff Pat leise durch die Zähne.

»Das ist er! Kannst du meine Aufnahme vergrößern? Der echte Lefteridis hat am Kinn eine kleine Narbe, die Frazer ihm damals beigebracht hat. Deswegen bin ich mir sicher, dass dieses Aas etwas mit Larrys Tod zu tun hat.«

Wie gewünscht vergrößerte Sally das Bild und richtete den Fokus auf die Kinnpartie. Als dort nichts zu sehen war, stöhnte sie im ersten Augenblick enttäuscht auf. Da zeigte Pat auf einen etwa zwei Zentimeter langen, sehr schmalen Hautstreifen am linken Unterkiefer. Dort war zwar die Haut glatt, aber die dunklen Bartstoppeln wiesen eine kaum sichtbare Lücke auf.

»Das könnte von einer chirurgischen Narbenentfernung stammen! Schau bei dem anderen Bild nach, wo sich die Narbe genau befindet«, befahl Pat seiner Kollegin.

Diese tat es, und so konnte er wenige Augenblicke später mit einem triumphierenden Lächeln auf die gleiche Stelle zeigen, auf der beim anderen Foto der Bartwuchs fehlte.

»Er ist es! Jetzt versuche bitte herauszufinden, wie er sich hier nennt und in welcher Kabine er untergebracht ist.«

Das war keine leichte Aufgabe, doch schließlich gelang es Sally, die Kabine in etwa zu bestimmen. »Der Mann muss auf Deck sechs wohnen, und zwar entweder in den Kabinen 689, 681 oder 657.«

»Sehr gut. Zwei unserer Leute sollen diese Kabinen überwachen. Ich werde mir für dieses Schwein etwas ganz Besonderes einfallen lassen, damit es seine Anschläge auf unsere Leute bereut.«

Damit war das Todesurteil über den Griechen gesprochen. Jetzt musste nur noch die Schlinge gelegt werden, in der der Mann sich fangen sollte.

DREI

Stavros Lefteridis war ein erfahrener Mann und hatte bereits spektakuläre Erfolge erzielt. Die aber hatten ihn überheblich werden lassen. Vor allem glaubte er nicht, dass andere Geheimdienste bereits über Fotos von ihm verfügten. Er war auf die *Trollfjord* gekommen, um in Manolo Valdez' Auftrag ein Problem aus der Welt zu schaffen. Seine Order lautete, die Zielperson zu töten und die Unterlagen zu zerstören, die diese bei sich trug.

Nach Lefteridis' Schätzung reichten zwei Kilo eines besonderen synthetischen Sprengstoffs aus, um das erste Ziel zu erreichen. Zwar bedauerte er als Mann die schöne Frau, die bald sterben würde, doch ihr Tod war Valdez' Hintermännern eine Riesensumme wert, und die wollte er sich verdienen.

Inzwischen hatte die *Trollfjord* den Polarkreis überquert. Wegen des Todesfalls war die normalerweise zu diesem Zeitpunkt stattfindende Feier von der Schiffsleitung auf die nächste Nacht verschoben worden. Pünktlich vierundzwanzig Stunden nach der Überquerung des Polarkreises versammelte der Touristenoffizier Wallström alle interessierten Passagiere auf dem Sonnendeck, um dort die Polartaufe nachzuholen.

Lefteridis entzog sich diesem Spektakel, bei dem unvorbereiteten Passagieren Eiswürfel in den Nacken geschoben wurden und sie scharfen Schnaps trinken mussten. Stattdessen verließ er das Innere des Schiffes und betrat den Panoramagang auf Deck sechs. Für unbeteiligte Zuschauer sah es so aus, als wolle er nur ein wenig frische Luft schnappen. Doch als er sich unbeobachtet fühlte, studierte er das Heck der *Trollfjord* und lotete die Möglichkeiten aus, über die Balkone von Deck sieben auf den Balkon der Reeder-Suite auf Deck acht zu gelangen.

Von oben klang das Kreischen der Frauen herab, die auf Deck neun mit Eiswürfeln getauft wurden, zusammen mit dem Lachen der Zuschauer und Wallströms Lautsprecherstimme. Der Lärm überdeckte die Geräusche, welche eine der schweren Türen machte, die weiter vorne auf den Panoramagang hinausführte. Ein Mann trat vorsichtig spähend ins Freie und schlich auf das Heck zu. Als er Lefteridis entdeckte, blieb er im Schatten stehen und beobachtete den Griechen. Zwar hatte der Terrorist sich dick angezogen und hielt sich an einer Stelle auf, die von den Schiffslampen nicht erfasst wurde. Dennoch war Pat Shears sicher, den richtigen Mann vor sich zu haben.

Mit einem kühlen Lächeln zog er seinen Colt All American 2000 und legte auf Lefteridis an. Er krümmte schon den Zeigefinger, als er die Waffe wieder senkte. Um diesen Mann zu erledigen, benötigte er keine Patrone, sagte er sich und schlich auf den Griechen zu. Die wolkenverhangene Nacht begünstigte sein Vorhaben ebenso wie die feiernden Leute auf dem Sonnendeck.

Als Lefteridis seinen Gegner entdeckte, war es zu spät.

Shears' Faust sauste auf ihn zu und setzte ihn außer Gefecht. Dann fing der Amerikaner den zusammensackenden Mann auf, stemmte ihn hoch und schob ihn mit Schwung über die Reling. Mit zufriedener Miene verfolgte er, wie der Grieche in das eiskalte, schäumende Wasser dicht hinter den Schrauben eintauchte und sofort hinabgezogen wurde, und beglückwünschte sich.

Entspannt wie ein Mann, der nur Luft geschnappt hatte, kehrte er in das Schiffsinnere zurück, fuhr mit einem der vorderen Lifte zu Deck drei hinunter und betrat dort Kabine 342, die wie ein gutes Dutzend anderer von Rumbles Geheimdiensten gebucht worden war. Dort zog er sich vollständig um und steckte die Sachen, die er bei dem Mord an Lefteridis getragen hatte, in einen Staffsack. Der nächste Hafen, den die *Trollfjord* auf dieser Reise ansteuerte, war Stokmarknes, und dort würde einer seiner Untergebenen das Bündel einem im Hafen wartenden Kollegen übergeben. So würde niemand mehr den Parka, die Handschuhe und die Mütze wiederfinden oder gar beweisen können, dass er die Sachen getragen hatte.

VIER

Lefteridis' Verschwinden fiel zunächst niemandem auf. Beim Frühstück unterhielten die Passagiere sich über die angebotenen Ausflüge, die eine Fahrt mit Hundeschlitten oder einem Schneemobil vorsahen. Die Kunstbeflissenen unter ihnen interessierten sich mehr für den Besuch der Eismeerkathedrale in Tromsø.

Bisher hatten Henriette und Torsten mit einer Ausnahme auf ihre über Petra gebuchten Ausflüge verzichtet. Doch an diesem Tag hatten sie das Gefühl, etwas anderes sehen zu müssen, und beschlossen, an der Hundeschlittenfahrt teilzunehmen. Bis dorthin blieb ihnen genug Zeit, um mit Wagner Kontakt aufzunehmen und sich die Aufzeichnungen der Miniwanzen anzuhören, die sie am Vorabend im ganzen Schiff verteilt hatten. Durch ein von Petra geschriebenes Programm wurden jene Stellen, an denen niemand zu hören war, einfach übersprungen. Trotzdem verbrachten sie fast den gesamten Vormittag damit, die zumeist banalen Gespräche der Passagiere auf ihre Relevanz hin abzuklopfen. Wie erwartet waren die an Bord befindlichen Agenten zu clever, um sich auf diese Weise zu verraten.

Eines jedoch fiel ihnen auf: In der Nacht war auf Deck sechs eine der auf den Panoramagang führenden Türen dreimal geöffnet worden. Den Geräuschen nach waren zwei Leute hinausgegangen, aber nur einer wieder ins Schiffsinnere zurückgekehrt.

Henriette sah Torsten verwundert an. »Was sagst du dazu?«

»Ich prüfe noch einmal, ob eine der anderen Türen benutzt wurde«, antwortete er und startete einen Suchlauf auf dieses Geräusch. Zwei Minuten später meldete der Computer, dass er nichts gefunden habe.

Um sicher zu sein, ließ Torsten noch einmal die drei Stellen ablaufen, bei denen die Tür geöffnet worden war, und maß die Zeit. Schließlich schüttelte er den Kopf. »Wenn beim letzten Mal wirklich zwei Leute zusammen ins Schiff zurückgekehrt wären, hätten diese fast wie siamesische Zwillinge zusammenkleben müssen. Und selbst dafür wäre die Zeit ziemlich kurz.«

»Und was heißt das?«, fragte Henriette angespannt.

Torsten schaltete den Laptop auf das harmlose Betriebssystem um und verschränkte die Hände hinter dem Genick. »Ich will es nicht verschreien, aber wahrscheinlich hat das Spiel mit den ›Zehn kleinen Negerlein‹ bereits begonnen.«

Zuerst sah Henriette ihn verständnislos an. Dann begriff sie und erbleichte. »Also fangen die Dienste an, Rechnungen zu begleichen.«

»Darauf würde ich, wie John Thornton zu sagen pflegt, meinen Sold für die nächsten drei Jahre verwetten!« Mit einem missglückten Grinsen räumte Torsten alles, was verräterisch hätte sein können, in den Koffer unter Henriettes Bett und blickte auf die Uhr.

»Das Schiff legt in einer knappen Stunde in Tromsø an. Wenn wir vor unserer Hundeschlittenfahrt noch etwas zwischen die Zähne bekommen wollen, sollten wir uns beeilen.«

»Wäre es nicht besser, auf diesen Ausflug zu verzichten?«

Torsten schüttelte den Kopf. »Zum einen würden wir uns wie in einen Käfig eingesperrt fühlen, und zum anderen ist es jetzt doppelt wichtig, nicht aufzufallen. Es ist ein teurer Ausflug, daher bräuchten wir, wenn wir den absagen, einen triftigen Grund. Also komm jetzt! Ich will nicht hungrig aufbrechen müssen.«

Gelegentlich fand Henriette Torstens Manieren ein wenig ruppig. Allerdings war sie in einem Soldatenhaushalt aufgewachsen und hatte von ihren Brüdern einiges zu hören bekommen. Da sie ebenfalls hungrig war, stand sie auf, zog ihre flauschige Weste an und war früher an der Tür als Torsten.

»Komm, Schatz, wir müssen uns beeilen, damit wir rechtzeitig vor der Abfahrt zu den Hundeschlitten fertig sind«, säuselte sie, als sie die Tür öffnete und draußen einen Mann der Besatzung vorbeigehen sah. Laut den Informationen, die sie noch von Petra erhalten hatten, handelte es sich dabei um Age Hemsedalen, der ebenso wie Bjarne Aurland früher einmal für Torvald Terjesen gearbeitet hatte.

»Ich bin ja schon unterwegs«, brummte Torsten ungehalten und folgte ihr auf den Flur.

Obwohl die Mittagszeit schon vorüber war, musste Torsten im Café anstehen, während Henriette die beiden Plätze bewachte, die sie in einer Ecke des Raumes entdeckt hatte. Die meisten hatten sich rasch noch einen Kaffee und ein paar Sandwiches besorgt, um für ihre Ausflüge gerüstet zu sein. Die nachgeholte Polartaufe der letzten Nacht und die wiedereingekehrte Routine an Bord hatten bei den meisten den Gedanken an Larry Frazers Tod verdrängt, und so vernahm Henriette fröhliches Lachen und blickte in erwartungsfrohe Gesichter.

Mittlerweile waren zwei Plätze am selben Tisch frei geworden, die Daisy Brünger für sich und ihren Ehemann sicherte. Die junge Frau wirkte so fröhlich, dass Henriette sich wunderte.

»Machen Sie und Ihr Mann auch bei der Hundeschlittenfahrt mit?«, fragte Daisy.

Henriette nickte. »Das haben wir vor!«

»Wir nämlich auch! Viktor meinte zwar, es wäre zu viel Geld, aber ich habe meinen Papa angerufen, und dann war die Sache geritzt. Ich kann alles mitmachen, was mir Freude macht!« Daisy Brünger plapperte noch eine ganze Weile weiter, und Henriette beschränkte sich auf ein gelegentliches »Ja?«, »Wirklich?« und »Wie schön!«.

Schließlich war sie froh, als Torsten mit einem voll beladenen Tablett auftauchte.

»Wir müssen uns beeilen, sonst kommen wir zu spät«, sagte er mahnend.

Sofort sah Daisy sich nach ihrem Mann um, der noch immer in der Schlange vor der Kasse stand, und rief ihm zu: »Kannst du nicht schneller machen?«

Während Torsten ungerührt in sein Sandwich biss, tat Henriette der junge Mann leid. Viktor Brünger hatte zwar eine reiche Erbin geheiratet, sich damit aber gleichzeitig einen Sklavenring um den Hals gelegt, der ihn im Lauf der

Jahre immer mehr drücken würde. Diese Überlegung hinderte sie jedoch nicht daran, ebenfalls kräftig zuzugreifen und ihren Tee zu trinken.

FÜNF

Als die *Trollfjord* im Hafen von Tromsø anlegte, standen sowohl Henriette und Torsten wie auch das Ehepaar Brünger auf Deck vier und warteten darauf, dass sie an Land gehen durften. Nicht weit von ihnen sahen sie Wallström mit dem Ehepaar Dai und Wu. Die beiden klebten fast an dem Touristenoffizier, als hätten sie Angst, sonst etwas zu versäumen.

Von den Leuten, die Henriette und Torsten als Agenten verdächtigten, wollten einige ebenfalls an Land gehen. Unter ihnen waren John Thornton, der in sich gekehrt wirkte, und eine hübsche Afroamerikanerin, die dieser mit dem Namen Sally ansprach.

Torsten hatte schon oft mit amerikanischen Geheimdiensten zusammengearbeitet und stufte die Frau daher nicht als Agentin im Außeneinsatz ein, sondern hielt sie für jemand, der normalerweise in der Zentrale Daten auswertete. Wahrscheinlich war sie das um einiges schlankere Pendant zu Petra. Bei dem Aufwand, den Rumble betrieb, hatte dieser sicher auch einen Computer-Crack mitgenommen.

Endlich wurde der Weg nach draußen geöffnet, und zwei Stewardessen lasen die Bordkarten der Passagiere ein, die die *Trollfjord* verließen. Sie gingen dabei so routiniert vor, dass sich selbst Gillmann nicht beschweren konnte. Dieser hatte sich nach vorne gedrängt und kam so noch vor Henriette von Bord.

»Wollen Sie ebenfalls in die Stadt?«, fragte er sie.

Henriette schüttelte den Kopf. »Wir wollen zu den Hundeschlitten!«

»Ist mir zu teuer! Die Norweger nehmen es ja von den Lebendigen, weil sie von den Toten nichts kriegen.«

Gillmann klang neidisch, doch sein Hinweis auf die Toten berührte Henriette. Es war bereits ein Mensch gestorben, möglicherweise auch eine zweite Person, und Torsten war sicher, dass noch weitere folgen würden.

Bis jetzt hatte Henriette gemeinsam mit Torsten Aufträge durchgeführt, bei denen die Rollen von vornherein verteilt gewesen waren. Auf der einen Seite waren sie gewesen, auf der anderen der Gegner. Hier aber tummelten sich Agenten verschiedenster Geheimdienste, und es gab weder eine feste Zuordnung von Freund und Feind, noch hatten sie bis jetzt herausfinden können, vor wem sie sich hüten mussten. Der Gedanke, genauso hinterrücks umgebracht werden zu können wie Larry Frazer, war unheimlich.

Es gelang Henriette, ihre Gefühle zu beherrschen und sich auf den Ausflug zu konzentrieren. Die nächsten Stunden waren ebenso aufregend wie schön, und sie genoss die Nähe der Hunde, die munter auf sie zukamen, ebenso wie die Fahrt auf dem Hundeschlitten im eisigen Fahrtwind.

Als sie und die anderen Ausflügler den Hunden zuletzt als Dank einige Fleischstücke hinwarfen, die ihnen der Veranstalter reichte, war es fast so, als wären Torsten und sie tatsächlich im Urlaub. Die Rückkehr zum Hafen und der Anblick des hell erleuchteten Schiffes brachten Henriette rasch in die weniger schöne Wirklichkeit zurück. Sie checkten als Letzte ein und stiegen so langsam, als seien sie zutiefst erschöpft, die Treppe nach oben. Unterwegs nutzte Torsten die Zeit, um weitere Minimikros zu verteilen. Als ihm jemand entgegenkam, band er sich die Schnürsenkel neu, um seine gebückte Haltung zu erklären.

Kurz darauf erreichten sie ihre Kabine und überprüften,

ob jemand während ihrer Abwesenheit diese betreten hatte. Das war jedoch nicht der Fall.

»Wie es aussieht, haben wir Glück und sind noch keinem anderen Geheimdienst aufgefallen – oder man hält uns für zu unbedeutend«, erklärte Torsten zufrieden und schaltete den Laptop an. Die Verbindung zu Wagner kam diesmal so schnell zustande, dass er sich wunderte. Dann aber sah er Petras selbstzufriedenes Gesicht auf dem Bildschirm und hörte ihre triumphierenden Worte. »Na, wie habe ich das gemacht?«

»Ausgezeichnet! Wie geht es dir?«

Petra wiegte den Kopf. »Leider nicht so gut, wie ich es mir wünsche. Aber die Beschwerden sind nicht mehr so schlimm wie gestern und vorgestern. Ich habe mir eure Berichte und Aufnahmen zur Brust genommen und kann euch einige neue Mitreisende zeigen, die eure Fahrt nicht nur zur Erholung mitmachen.«

»Dann schieß los!« Torsten atmete erleichtert auf, weil Petra wieder mit von der Partie war. Ihr traute er um einiges mehr zu als Wagner, auch wenn sein Chef sich in den letzten beiden Tagen alle Mühe gegeben hatte.

Der Datentransfer ging so rasch vor sich, dass Torsten verblüfft die Augen zusammenkniff. »Wie hast du das gemacht?«

»Die Leitung geht über insgesamt sechs Satelliten und sorgt dafür, dass wir ständig in Kontakt bleiben können. Aber jetzt hör mir zu! Ich habe sechzehn Leute herausgefiltert, die zu den amerikanischen Geheimdiensten gehören.«

»Und wie?«, unterbrach Torsten Petra.

»Sicher nicht, indem ich sie gefragt habe«, antwortete sie grinsend. »Ich habe mich in den Bordcomputer der *Trollfjord* eingeklinkt und die Zugangsdaten für die einzelnen Kabinen abgefragt. Da ich Rumble, Thornton und Shears sowie den mittlerweile ermordeten Frazer kannte, war es mir ein

Leichtes herauszufinden, in welche Kabinen diese gegangen sind, und konnte diejenigen, die ebenfalls in diesen Kabinen waren, mit ihnen in Verbindung bringen. Die Leutchen verwenden übrigens gefälschte Bordkarten, allerdings immer auf die Namen der betreffenden Personen. Mir wäre ein solcher Fehler nicht unterlaufen. Ich hätte die Namen weggelassen.«

»Ich glaube nicht, dass unsere amerikanischen Freunde einen Fehler gemacht haben«, unterbrach Torsten sie. »Da sie selbst Bordkarten fälschen können, nehmen sie an, dass das auch andere tun. Daher sind die Namen eine Sicherheit, denn sie finden dadurch sofort heraus, wenn sich jemand bei ihnen eingeschlichen hat.«

»Das ist eine schlüssige Erklärung. Ich hätte trotzdem eine andere Kennung genommen. Wie auch immer! Mir haben sie jedenfalls die Identifizierung erleichtert.«

Ohne sich weiter um Torstens Einwand zu scheren, sprach Petra weiter und teilte die Namen und Kabinennummern der jeweiligen Personen mit.

»Übrigens habe ich mich auch so noch ein wenig auf die Suche gemacht. Bei der Passagierin Lidija Kresczinska handelt es sich keineswegs um eine russische Wald- und Wiesenagentin, sondern um eine der höchsten Chargen des Geheimdienstes des Innenministeriums. Die Tatsache, dass diese Frau die Sache übernimmt, sollte euch zu denken geben. Vielleicht regt es eure Gehirnleistung an, wenn ich sage, dass der russische Schiffsverband – erweitert um ein Forschungs-U-Boot – Murmansk inzwischen verlassen hat und trotz eines heftigen Wintersturms auf Norwegen zuhält. Auch der amerikanische Verband hat den Hafen verlassen und steuert auf das Nordmeer zu. Schätze, dass unsere Freunde das Gleiche vorhaben wie die Russen, nämlich Nastja Paragina zu einer Reise an einen Ort zu verhelfen, an den sie eigentlich gar nicht fahren will.«

Petra genoss es, Henriette und Torsten mit ihrem Wissen zu bombardieren. Die beiden sahen sich jedoch sorgenvoll an, und schließlich sprach Henriette aus, was sie beide bewegte. »Und wie, bitte schön, sollen wir verhindern, dass entweder die Russen oder die US-Boys Paragina entführen?«

»Ich glaube kaum, dass wir mit gutem Zureden viel erreichen werden. So wie ich Rumble einschätze, wird er Henriette und mich über den Haufen schießen lassen, wenn wir ihm in die Quere kommen, und unsere Leichen in der Mitte des Atlantiks vergessen«, setzte Torsten hinzu.

»Und die Russen würden das Gleiche irgendwo auf der Route nach Murmansk tun«, erklärte Petra. »Keine Sorge! Auch unser Verein hat ein paar Vorbereitungen getroffen. In Kirkenes wartet ein Flugzeug auf euch. Außerdem testet die Bundesmarine vor der Nordküste Norwegens eines ihrer neuesten U-Boote. Ihr könnt beide per Funk anfordern. Ich gebe euch die Daten durch.«

Petra tippte ein paar Befehle ein. Sofort sah Torsten den grün-weißen Balken aufleuchten, der einen Datentransfer anzeigte. Als er erlosch, erschien Petras Gesicht wieder und grinste ihn an.

»Beim Durchforsten der Zutrittsdaten der Kabinen ist mir eines aufgefallen: Stavros Lefteridis hat gestern Nacht seine Kabine verlassen, ist aber seitdem nicht mehr zurückgekehrt. Jetzt muss ich aufhören. Die Toilette ruft. Den Rest kann Herr Wagner euch erklären.«

»Es gibt nicht mehr viel zu erklären«, erklärte ihr Vorgesetzter, nachdem Petra ihm den Platz geräumt hatte. »Tun Sie Ihren Job, dann ist alles in Ordnung.«

»Und wenn nicht?«, fragte Henriette mit leichtem Spott.

»Dann werde ich zu gegebener Zeit ein paar Blumen in den Nordatlantik werfen«, gab Wagner kaltschnäuzig zurück, übermittelte ihnen noch zusätzliche Informationen und verabschiedete sich.

Als der Bildschirm dunkel wurde, sah Henriette Torsten besorgt an. »Und was machen wir jetzt?«

»Uns erst einmal heraushalten, während die anderen ›Zehn kleine Negerlein‹ spielen. Und das werden sie, darauf gebe ich dir Brief und Siegel! Die *Trollfjord* wird zum Tollhaus werden. Was Stavros Lefteridis angeht: Der ist mit Sicherheit nicht mehr am Leben. Wenn ich ihn erkennen konnte, haben unsere amerikanischen Freunde es auch getan – und die sind für ihre Hauruckaktionen berüchtigt.«

SECHS

In der Reeder-Suite auf Deck neun bereitete Espen Terjesen den nächsten Schlag vor. Er war verärgert, hatte er doch erwartet, dass die Amerikaner massiver gegen ihre Gegner vorgehen würden. Da er bislang nichts von Lefteridis' Tod erfahren hatte, wollte er den Druck im Kessel erhöhen.

Nachdem er eine Zeit lang mit Hilfe seines Laptops Einblick in mehrere Kabinen hatte nehmen können, wandte er sich zu Nastja um. »Kennst du Lidija Kresczinska persönlich?«

»Nein, warum?«

»Dann wird es dir auch nicht nahegehen, wenn sie zu einer Reise ins Paradies aufbricht!« Terjesen lachte zynisch und griff zum Telefon.

»Können Sie mir eine Flasche Mineralwasser bringen?«, fragte er Age Hemsedalen in forderndem Tonfall.

»Aber selbstverständlich«, antwortete der Mann.

Es dauerte keine fünf Minuten, da klopfte es an der Tür. Als Nastja öffnete, stand Hemsedalen vor der Tür. Lässig trug er eine Mineralwasserflasche in der Hand und stellte diese auf den Tisch. Er wartete, bis die Tür wieder geschlossen war, und sah dann Terjesen erwartungsvoll an. »Gibt es einen Job für mich?«

»Ja, die Nummer 801 ist überflüssig.«

»Ich erledige das, Herr Terjesen.« Hemsedalen wandte sich bereits zur Tür, als Espens Stimme ihn aufhielt.

»Es sollte aber sehr auffällig sein, verstanden? Nicht wie bei Frazer.«

Hemsedalen runzelte die Stirn. »Ist das nötig? Dann haben wir todsicher die Polizei an Bord.«

»Deshalb solltest du die Sache so erledigen, dass es einen Schuldigen gibt!« Damit war für Terjesen alles gesagt, und er wandte sich wieder seinem Laptop zu.

Einen Augenblick lang sah es so aus, als wollte Hemsedalen nachfragen, dann aber verließ er den Raum und schloss nach einem höflichen Abschiedsgruß die Tür hinter sich. Auf dem Weg zu seinem Quartier kam er an Lidija Kresczinskas Kabine vorbei und musterte kurz deren Tür. Einfach würde es nicht werden, sagte er sich. Doch er bastelte schon an einem Plan, wie er den Auftrag durchführen konnte. Vorher musste er noch einige Vorbereitungen treffen, und dafür brauchte er Aurland.

SIEBEN

Während unter den Agenten an Bord die Anspannung wuchs, fieberten die normalen Reisenden dem absoluten Höhepunkt dieser Fahrt entgegen, dem Heiligen Abend und dem Weihnachtsfest an Bord. Dieses Jahr würde es so weit nördlich gefeiert werden wie schon lange nicht mehr, nämlich in Kirkenes selbst, dem östlichsten Hafen und Endpunkt der Reise.

Da bis dorthin nur noch zwei Nächte und ein Tag vor

ihnen lagen, hieß dies für Lidija Kresczinska, dass ihr Team bald würde handeln müssen. Mittlerweile hatte sie alles für einen schnellen Zugriff vorbereitet. Dieser würde am Heiligen Abend stattfinden, wenn die Passagiere ausgiebig gefeiert und den alkoholischen Getränken zugesprochen hatten. Das Team, das die Entführung übernehmen sollte, würde aus Sicherheitsgründen als normale Fährreisende getarnt erst in Honningsvåg an Bord kommen. Die Zeit vorher wollte sie noch einmal genießen, und deshalb nickte sie, als Jason Wickley sie auf dem Weg zum Abendessen fragte, ob er später zu ihr kommen dürfe.

»Aber natürlich!«, antwortete sie mit einem strahlenden Lächeln. »Es ist doch schön, wenn wir beide zusammen sind, nicht wahr?«

Der Rodeoreiter nickte eifrig. »Du bist eine tolle Frau. Schade, dass du keine Amerikanerin bist. Sonst würde ich dich vom Fleck weg heiraten!« Ganz ernst war es Wickley nicht mit dieser Behauptung, aber von den Mädchen aus seiner Heimat wusste er, dass sie am nachgiebigsten waren, wenn man eine Heirat andeutete.

Lidija war längst klar, dass Wickley anders, als sie zunächst angenommen hatte, kein amerikanischer Agent war, doch das schmälerte nicht seine Leistung im Bett. Außerdem hielt sie es für eine gute Tarnung, zusammen mit einem US-Bürger gesehen zu werden. Sie fühlte sich sicher, denn sie ahnte nicht, dass sich böse Buben und Mädchen bis in das Herzstück des Computers ihrer Dienststelle eingehackt und ihren Namen und ihr Bild herausgefunden hatten.

»Also, bis zehn Uhr!«, sagte sie noch. Da Anthony Rumble gerade an ihnen vorbeiging, beugte sie sich vor und küsste den Rodeoreiter voller Leidenschaft.

Rumble warf den beiden nur einen kurzen Blick zu, vergaß sie aber sofort wieder, weil er sich mit ungelösten Problemen herumschlug. Noch immer war es John Thornton nicht gelungen, Manolo Valdez zu identifizieren. Dabei hätte Lefteridis' Tod diesen Mann eigentlich aus der Deckung locken sollen. Der Gedanke, wie geschickt Valdez mit Sprengstoff umging, hatte ihn schon dazu gebracht, keine zwei Nächte hintereinander in der gleichen Kabine zu schlafen. Auch seine Mannschaft wechselte immer wieder ihre Unterkünfte. Trotzdem würde es einige von ihnen erwischen, sollte es ihrem Todfeind gelingen, ihnen eine Sprengfalle unterzujubeln.

Dieser Gegner durfte sie jedoch nicht verleiten, ihren eigentlichen Auftrag aus den Augen zu verlieren. Rumbles Blick suchte unwillkürlich den Tisch, an dem Nastja Paragina und Espen Terjesen saßen. Sie mussten die Frau wie geplant in der nächsten Nacht entführen und mit einem Schlauchboot zum vereinbarten Treffpunkt mit der USS *Laredo* bringen – und das bei eisigen Temperaturen und einer sturmgepeitschten See. Und laut Wetterbericht sollte es sogar noch schlimmer werden.

Während Rumble verzweifelt überlegte, wie er das alles zur Zufriedenheit des Präsidenten bewältigen konnte, folgte Lidija Kresczinska ihm mit Jason Wickley in den Speisesaal. Sie brachte den Mann an seinen Tisch und umarmte ihn dort noch einmal. Doch als sie zu ihrem Tisch gehen wollte, streifte ihr Blick Torsten, und sie zuckte kaum merklich zusammen. Das Bild dieses Mannes hatte sie schon irgendwo gesehen. Nun bedauerte sie es, dass sie nicht umgehend in ihre Kabine zurückkehren konnte, um nachzuforschen.

An den anderen Abenden war Lidija noch eine ganze Weile im Restaurant sitzen geblieben, um die anderen Gäste zu beobachten. Diesmal aber stand sie auf, kaum dass sie das Dessert halb aufgegessen hatte, legte einen Geldschein als Bezahlung ihres Orangensafts auf den Tisch und eilte davon. Aus den Augenwinkeln sah sie Wickley winken und begriff, dass er ihr bald folgen würde.

Sie musste schnell sein, damit er sie nicht überraschte. Kaum war sie auf ihrem Deck angekommen, lief sie den Gang entlang und stürmte in ihre Kabine. Dabei übersah sie die beiden Männer der Besatzung, die auf dem Gang eines der Deckenpaneele abgenommen hatten und dort etwas überprüften.

So rasch Lidija konnte, nahm sie ihren Laptop aus dem Schrank, schaltete ihn ein und flehte ihn in Gedanken an, schneller hochzufahren. Schließlich hatte sie Zugriff auf ihre Daten und gab einen Suchbefehl auf einen Mann um die fünfundzwanzig bis fünfunddreißig mit dem ungefähren Aussehen des Passagiers an Wickleys Tisch ein.

Sie verging fast vor Ungeduld, weil die Antwort unerträglich lange auf sich warten ließ. Schließlich meldete ihr der Computer, dass er hundertdreißig mögliche Treffer gelandet habe. Genauer vermochte Lidija die Suchmaske nicht einzustellen, und so sah sie sich in rascher Folge die einzelnen Bilder an. Sie kam genau bis zur Nummer siebzig, dann klopfte es an die Tür.

»Einen Moment«, rief sie und klappte den Laptop zu. Sie würde weitersuchen, sobald Wickley gegangen war.

Nachdem sie geöffnet hatte, trat der Rodeoreiter mit einem siegessicheren Grinsen herein. Es war zwar nicht das erste Mal, dass er mit Lidija Sex haben würde, aber sie reizte ihn mit jedem Mal mehr.

»Hi, Darling! Da bin ich.«

»Das sehe ich!« Lidija küsste ihn, ging zum Schrank und holte eine Flasche Whisky heraus. »Einen Drink?«

»Ja, aber nur einen! Wenigstens vorher!« Jason Wickley grinste noch breiter und nahm das Glas entgegen. »Auf die aufregendste Frau auf diesem Schiff und tausend Kilometer darum herum!«

»Das hast du schön gesagt!«

Jahrelanges Training half Lidija, ihre Unruhe zu überspielen. Außerdem wollte sie etwas davon haben, mit einem Mann wie Wickley intim zu sein. Sie trank ebenfalls einen Schluck, räumte ihren Laptop in den Schrank und setzte sich mit untergeschlagenen Beinen aufs Bett.

Wickley flegelte sich auf die Couch und zeigte auf den Schrank. »Was hat du noch gemacht, E-Mails gelesen?«

»… und geschrieben! Und zwar an meinen Verlobten, um ihm mitzuteilen, dass ich endlich mal einen richtigen Kerl im Bett habe«, sagte sie spöttisch.

»Ich bin also ein richtiger Kerl?« Wickley feixte anzüglich und fand, dass er auf Lidijas Bett besser aufgehoben war.

Als er neben ihr saß, lehnte sie sich an ihn. »Jede Frau wünscht sich einen richtigen Kerl fürs Bett!«

Ihre Augen leuchteten erwartungsfroh auf. Wickley war keiner, der lange zögerte, griff sofort zu und knöpfte ihre Bluse auf.

Lidija schnurrte wie ein Kätzchen, als er ihr über den BH strich, und sie spürte, wie ihre Brustwarzen steif wurden. Auch sie begann jetzt, den Mann zu streicheln, und schälte ihn spielerisch aus seinem Hemd. Als Nächstes war ihr BH an der Reihe, und während Jason ihre vollen Brüste küsste, öffnete sie seine Hose und griff beherzt hinein.

»Willst du, dass es mir zu früh kommt?«, keuchte er, als sich ihre Finger um seinen Penis schlossen und sich leicht hin- und herbewegten.

»Ich glaube nicht, dass du das tust«, antwortete Lidija mit wohliger Stimme.

Sie wusste, dass Jason zwischen den Beinen gut ausgerüstet war und vor allem etwas damit anzufangen wusste. Innerhalb weniger Minuten waren beide nackt. Da das Bett recht schmal war, rückte Jason sie noch ein wenig zurecht und schob sich zwischen ihre Beine.

»Jetzt geht mein U-Boot auf Tauchfahrt«, sagte er grinsend, während er langsam in sie eindrang. Er war früher bei der Marine gewesen und fiel gelegentlich in diesen Jargon zurück.

Lidija wusste, wie sie ihn richtig heißmachen konnte. Daher bäumte sie sich auf und bockte wie ein Pferd beim Rodeo. Es war für Jason nicht leicht, auf ihr zu bleiben, doch schließlich wurde sie zahmer und lag hastig atmend unter ihm, während er seinem Höhepunkt mit harten Stößen näherkam.

»Gleich schieße ich meinen ersten Torpedo ab«, keuchte er.

Im nächsten Moment wurde ihm ganz flau, und er hatte das Gefühl, keine Luft mehr zu bekommen. Als er Lidija ansah, lag diese mit halboffenem Mund und weit aufgerissenen Augen da, ohne sich zu rühren. Einen Herzschlag später sackte er über ihr zusammen und stürzte in eine schier endlose Tiefe.

ACHT

Die Nacht war bereits fortgeschritten, als die Lampen im Korridor vor den Kabinen im Heckbereich des achten Decks erneut schwächer wurden. Eine Tür wurde geöffnet, und ein Mann blickte heraus. In dem dämmrigen Licht war er nicht zu erkennen. Als er sah, dass die Luft rein war, legte er die paar Meter zu Lidijas Kabine ohne einen Laut zurück und öffnete die Tür mit seiner Bordkarte. Rasch drang er ein und schloss hinter sich zu. Zwar war auch hier das Licht abgeschaltet, aber der Eindringling trug eine Nachtsichtbrille.

Zufrieden blickte er auf die beiden starr aufeinanderliegenden Gestalten herab. Welch ein schöner Tod, dachte er spöttisch. Die Waffe in seiner Hand gab zweimal ein kurzes Fauchen von sich, dann verschwand er nach einem prüfenden Blick wieder nach draußen. Keine drei Sekunden später stand er wieder in der Kabine, aus der er gekommen war.

Drinnen saß Bjarne Aurland bei gedämpftem Licht am Laptop und sah ihm entgegen. Als der Mann nickte, betätigte Aurland einige Tasten. Sofort schaltete die Lichtleiste an der Gangdecke wieder auf normale Leistung, und in der Kabine wurde es ebenfalls wieder hell.

»Alles gut gegangen?«, fragte Aurland.

Age Hemsedalen schälte sich aus der Plastikhaut, die er übergezogen hatte, und nahm sowohl die Nachtsichtbrille wie auch das kleine Atemgerät ab, bevor er nickte.

»Es gab nicht die geringsten Probleme. Das Betäubungsgas hat die zwei gerade im richtigen Moment auf die Bretter gelegt. Er lag auf ihr wie ein Seeelefantenbulle auf seiner Kuh. Du hättest es sehen sollen!« Hemsedalen grinste, während er seine Ausrüstung in einem Werkzeugkasten verstaute. Als Letztes kam seine Waffe an die Reihe. Sie ähnelte auf den ersten Blick einer Pistole, wies aber ein paar Eigenheiten auf.

»Mit was hast du sie diesmal vollgepumpt? Wieder mit dem Zeug, das Frazer auf die Bretter gelegt hat?«, bohrte Aurland weiter.

Sein Kumpel schüttelte den Kopf. »Ich habe ihnen eine Überdosis reinsten Kokainextrakts eingeimpft. Du kennst das Zeug. Es ist sauteuer, aber einige nehmen es lieber als Kokainpulver, weil es die Nasenscheidewände nicht angreift. Außerdem bleiben keine Pulverspuren zurück, die bei einer Untersuchung der Kabine gefunden werden könnten.«

»Sehr gut! Morgen werden die Russen toben«, prophezeite Aurland.

»Hoffentlich! Wenn die Kerle beschäftigt sind, haben sie keine Augen für andere Dinge. Übrigens war es ganz gut, dass wir das Gas an dem Pärchen testen konnten. Jetzt wissen wir, dass es in den Kabinen wirkt. Was macht übrigens der Wetterbericht? Ist er immer noch so grässlich schlecht?«

»Das kannst du laut sagen! Über der Barentssee braut sich der schlimmste Sturm der letzten Jahre zusammen. Kapitän Andresen überlegt schon, ob er nicht in Honningsvåg liegen bleiben und abwarten soll.«

Aurland verzog das Gesicht, als habe er in eine faulige Frucht gebissen.

»Das kriegen wir schon hin«, erklärte Hemsedalen und nahm seinen Werkzeugkasten. »Ich gehe jetzt! Komm in ein paar Minuten nach. Sei vorsichtig, denn draußen liegen mindestens ein Dutzend Miniwanzen herum.«

»Als wenn ich das nicht wüsste!« Aurland beugte sich wieder über seinen Computer und betätigte ein paar Tasten. Unterdessen verließ sein Kumpan die Kabine, stieg mehrere Decks tiefer und betrat sein Quartier. Dort schob er seinen Werkzeugkasten in einen Schrank, nahm den Telefonhörer zur Hand und wählte Espen Terjesens Nummer. Er ließ es genau drei Mal klingen, dann legte er wieder auf. Sein Chef wusste jetzt, dass der Auftrag erfolgreich abgeschlossen war, und konnte sich entsprechend vorbereiten.

NEUN

Beim Frühstück bemerkten Henriette und Torsten zwar, dass Jason Wickley fehlte, achteten aber nicht weiter darauf, sondern behielten diejenigen im Auge, die ihnen verdächtig erschienen. Unter ihnen war auch jener übertrieben aufgemachte Südamerikaner. Bisher hatte der Mann immer sehr gelassen gewirkt. Doch an diesem Morgen konnte er seine Nervosität nicht verbergen. Daher war Torsten nun sicher, dass der Mann zumindest zur Manolo Valdez' Gruppe gehörte.

Anders als ihr Kollege hatte Henriette nicht die Muße,

die anderen Passagiere so zu beachten, wie sie es gerne getan hätte, denn Daisy Brünger sah in ihr eine geeignete Gesprächspartnerin und nutzte das weidlich aus. Henriette bekam innerhalb von dreißig Minuten Einblick in sämtliche intimen Geheimnisse der jungen Frau und musste sich auch deren Beschwerde anhören, dass ihr Papa sicher auch eine der beiden Reeder-Suiten für sie gebucht hätte, wenn Viktor ihn nur gefragt hätte.

»Aber Viktor ist in dieser Hinsicht ein entsetzlicher Sturkopf«, setzte Daisy bedauernd hinzu. »Er will mir das Paradies auf Erden schaffen, doch bislang hat er es als Künstler gerade mal zu einem Literaturstipendium in der Toskana gebracht. Im nächsten Jahr wird mein Papa dafür sorgen, dass er nach Klagenfurt zum Bachmann-Preis eingeladen wird.«

Henriette las zwar gelegentlich ein Buch, aber die Nöte eines hoffnungsvollen Nachwuchsliteraten interessierten sie herzlich wenig. Innerlich seufzend ließ sie Daisys Geschwafel über sich ergehen und versuchte dabei, wenigstens diejenigen zu beobachten, die Petra ihnen genannt hatte. Plötzlich blieb ihr Blick an einem leeren Platz hängen, und sie wandte sich Torsten zu.

»Wickley und diese Kresczinska müssen eine heiße Nacht hinter sich haben, denn sie sind beide noch nicht zum Frühstück erschienen. Dabei ist die Frau bisher von einer fast minutiösen Pünktlichkeit gewesen.«

Torsten blickte ebenfalls zu dem Platz hinüber, den Lidija Kresczinska sonst immer belegt hatte, und spürte, wie sich ihm die Haare aufstellten.

»Da ist etwas passiert«, raunte er Henriette zu.

Ihre Augen weiteten sich für einen Moment, doch sie hatte sich gut genug in der Gewalt, um weiterhin gelassen und heiter zu erscheinen. Daisy nahm ihre Aufmerksamkeit in Anspruch, indem sie fragte, ob sie und ihr Gatte mit zum Nordkap fahren würden.

Henriette blickte durch eines der Fenster nach draußen und schüttelte angesichts der Schneemassen, die vom Himmel fielen, den Kopf. »Wir haben es zwar gebucht, aber ich glaube, wir werden darauf verzichten. Bei dem Wetter sieht man ja keine zwanzig Meter weit.«

»Wir werden auf alle Fälle hinfahren«, erklärte Daisy strahlend. »Es wird gewiss sehr romantisch, am nördlichsten Punkt Europas zu stehen.«

»Sicher«, sagte Henriette, aber sie dachte mehr an Lidija Kresczinska als an irgendeinen romantischen Punkt auf der Welt.

An diesem Morgen blieb Torsten länger im Speisesaal als sonst, um festzustellen, ob Lidija Kresczinska doch noch auftauchte. Die *Trollfjord* hatte mittlerweile Hammerfest und Havøysund hinter sich gelassen und steuerte Honningsvåg an, das laut Durchsage wegen des heftigen Gegenwinds und der Strömung um eine halbe Stunde später als geplant erreicht werden sollte.

Nun machte Daisy Brünger sich Sorgen, dass der Ausflug zum Nordkapfelsen ausfallen könnte. Ihr Mann versuchte sie zu beruhigen, und so hatte Henriette endlich Muße, sich im Saal umzusehen. Dabei fiel ihr ein junger Mann in einem unauffälligen grauen Anzug ins Auge, der in der Nähe des Ausgangs zuerst an seinem Mobiltelefon hantierte und nach einer Weile mit verbissener Miene eine Nummer wählte und hektisch hineinsprach.

Mit einem Stupsen machte Henriette Torsten auf den Mann aufmerksam. »Hast du ihn gesehen?«, fragte sie nach, da Torsten kein Zeichen machte, dass ihm etwas aufgefallen sein könnte. Er nickte kaum merklich.

Da Gillmann ebenso wie das Ehepaar Dai und Wu bereits gegangen war und die Brüngers gerade den Tisch verließen, konnte Torsten etwas deutlicher werden. »Das ist Alexej Schigulin, einer der Russen an Bord. Petra hat herausgefunden, dass er zum gleichen Stall wie die Kresczinska gehört. Beide haben nur bis Kirkenes gebucht.«

»Kirkenes sagst du? Das ist auffällig, denn in der Zeit reist man nicht ohne Grund von dort oben nach Russland weiter.«

»Vielleicht nehmen sie ein Flugzeug«, mutmaßte Torsten.

»Ihrer Hoffnung nach mit einem zusätzlichen Gepäckstück an Bord«, flüsterte Henriette mit einem Seitenblick auf Nastja Paragina, die ebenso wie Espen Terjesen an diesem Tag später zum Frühstück gekommen war.

»Das kannst du laut sagen«, begann Torsten, winkte aber sofort ab. »Lieber nicht, denn hier gibt es zu viele Ohren, die aus einer richtigen Bemerkung das Falsche schließen könnten. Allerdings kann es auch sein, dass die Buchung bis Kirkenes mit Absicht geschah, um die Augen der anderen Geheimdienstler auf sich und von anderen abzulenken.«

»Was machen wir wegen der Kresczinska und Wickley?«, fragte Henriette.

»Wir? Nichts! Das heißt, wir gehen in unsere Kabine und hören uns an, was diese Nacht dort passiert ist.«

ZEHN

Zwei der von Torsten im Flur der Suiten auf Deck acht ausgelegten Miniwanzen hatten die Staubsauger des Reinigungspersonals überstanden und konnten abgerufen werden. Als Henriette den Suchlauf startete, war das Ergebnis enttäuschend. Nur insgesamt achtmal waren die Sensoren in der Nacht angesprungen und hatten Geräusche aufgenommen. Zweimal war nach Torstens Ansicht Lidija Kresczinskas Kabinentür geöffnet worden. Doch als er das an Petra weiterleitete, damit sie die Eintragungen im Bordcomputer der *Trollfjord* kontrollierte, sah diese ihn nach einigen Minuten genervt an.

»Es tut mir leid, aber die Tür der Kabine ist laut der Aufzeichnungen in der Nacht gar nicht geöffnet worden.«

»Das kann nicht sein«, widersprach Torsten vehement. »Ich habe ein Minimikro genau neben dieser Tür in den Teppich gedrückt – und das Geräusch ist eindeutig.«

»Vielleicht wurde die Tür der Nachbarkabine geöffnet«, mutmaßte Petra und checkte deren Eintragungen. Zunehmend heftig schüttelte sie den Kopf. »Ich glaub's nicht! Angeblich ist in dieser Nacht keine einzige Tür dort geöffnet worden. Doch deine Wanze erzählt etwas anderes.« Ärgerlich arbeitete sie weiter, kam aber zu keinem Ergebnis.

»Es tut mir leid. Wer auch immer hier im Bordcomputer dieses Schiffes herumgefuhrwerkt hat, war ein Meister seines Fachs. Ich komme nicht dahinter, was dort passiert ist.«

»Dabei dachte ich, du bist ein Genie«, antwortete Torsten.

»Vor allem bin ich ein hungriges Genie, und ohne Kalorienzufuhr arbeitet mein Gehirn nur auf halber Leistung.« Petra sah mit sehnsuchtsvoller Miene zu jemand auf, den Henriette und Torsten nicht sehen konnten.

»Sie wissen genau, was Ihnen Ihre Ärztin geraten hat, Frau Waitl«, hörten sie ihren Chef sagen.

Petra begann zu betteln. »Ich will doch nur eine kleine Pizza oder zwei, drei Wurstsemmeln.«

»Also gut, ausnahmsweise!«

Die beiden auf der *Trollfjord* hörten Wagner schnauben. Kurz darauf wurde die Tür geöffnet und wieder geschlossen, und Petra wandte sich ihnen mit weitaus besserer Laune zu.

»Ein Kaffee wäre auch nicht schlecht«, meinte sie, strich sich dann aber mit einem sanften Lächeln über den ausladenden Bauch. »Ich glaube, das lasse ich lieber. Eine Wurstsemmel tut es vorerst auch. Und nun wieder zu euch.

Irgendetwas Ungewöhnliches geht auf dem Schiff vor. Alle meine Berechnungen mit dem Computer sagen das aus.«

»Du glaubst also auch, dass Lidija Kresczinska ermordet worden ist?«, fragte Torsten.

»Nicht nur sie. Jason Wickley hat gestern Abend die Kabine der Kresczinska betreten. Das habe ich aus den Aufnahmen deiner Wanzen geschlossen. Er hat sie aber nicht mehr verlassen und ist auch nicht in seine Kabine zurückgekehrt. Außerdem dürft ihr Stavros Lefteridis nicht vergessen. Dieser hat die *Trollfjord* nicht verlassen, ist aber seit gestern nirgendwo mehr aufgetaucht, auch nicht in seiner Kabine.« Petra freute sich, mehr herausgefunden zu haben als Henriette und Torsten. Allerdings verfügte sie über die weitaus bessere Ausrüstung, und nach mehreren Tagen, in denen es ihr nicht gut gegangen war, konnte sie diese auch wieder einsetzen.

Petra fütterte ihre Kollegen etwa eine halbe Stunde lang mit Informationen und beschwor die beiden, vorsichtig zu sein. »Laut Fahrplan kommt ihr morgen in Kirkenes an. Wenn etwas passiert, dann geschieht es auf dem Weg dorthin. Weder die Amis noch die Russen schicken bei einem solchen Wetter grundlos Schiffe in diese hässliche Wetterwand.«

»Wenn wir deinen Rat befolgen, müssten wir auf der Stelle nach oben gehen, Frau Paragina aus ihrer Suite holen und sie in Henriettes Handtasche von Bord tragen!« Torsten fühlte sich hilflos und verfiel daher in einen bissigen Tonfall.

Wagners Befehle mochten sich im warmen Operationszentrum bei München gut anhören. Doch angesichts der eisigen Temperaturen hier und eines Sturmes, der laut Petra noch schlimmer werden sollte, hielt er es für unmöglich, Nastja Paragina heimlich von Bord zu schaffen. Der einzige Lichtblick war, dass die Amerikaner und Russen vor demselben Problem standen. In dieser Situation waren die Leute, die die Wissenschaftlerin ausschalten wollten, allen anderen gegenüber im Vorteil, und von solchen Aspiranten gab es nach Petras Berechnungen genug an Bord.

»Denkt an Manolo Valdez!«, erklärte sie eben. »Er arbeitet für ein südamerikanisches Erdölförderland. Wenn das Verfahren zur chemischen Verflüssigung des unter dem Meer gebundenen Methans greift, werden die Erdölpreise ins Bodenlose fallen. Auch Abu Fuad traue ich nicht. Er mag ein Verbündeter der Amerikaner sein, doch er dient in erster Linie seinem Land, und das fördert ebenfalls eine Menge Erdöl.«

»Bis jetzt haben wir zwar einen Verdacht, wer Valdez sein könnte, aber weder eine Spur dieses Abu Fuad noch von dem ominösen Red Dragon gefunden.« Torsten fragte sich, ob Henriette und er aktiver an die Sache hätten herangehen sollen. Damit allerdings wären sie aufgefallen und in den Fokus der anderen Geheimdienste geraten. Wie Petra eben erklärt hatte, waren selbst die Ziele von Verbündeten nicht mit den eigenen identisch.

»Also sind alle Verdächtigen unsere Gegner!« Mit diesem Ausspruch brachte er Petra aus dem Konzept.

»Was sagst du?«, fragte sie.

Torsten wischte sich kurz über die Stirn, hinter der es brodelte. »Vergiss es! Ich habe nur laut gedacht. Petra, kannst du nachschauen, ob du neue Informationen über Abu Fuad und Red Dragon findest?«

»Beide sollen sich an Bord befinden. Über den Chinesen habe ich aber nicht das Geringste herausfinden können. Er kann auch nur ein Gespenst sein, das die eigenen Leute in die Welt gesetzt haben, um die Konkurrenz zu täuschen. Bei Abu Fuad habe ich den Verdacht, es könnte der Geschäftsmann Abraham Farrit aus Leeds in England sein. Einen Moment, ich schicke dir das Bild des Mannes und das, was ich über ihn erfahren habe.« Erneut huschten Petras Finger über die Tasten, und kurz darauf zeigte der Balken an Torstens Gerät an, dass sie frische Daten erhielten.

Als das Bild Abraham Farrits auf dem Bildschirm erschien, kniff er verwundert die Augen zusammen. Der Mann sah aus wie ein typischer englischer Geschäftsmann im dunklen Anzug, Krawatte und Hut. Außer der sonnengebräunten Haut wies nichts darauf hin, dass er aus Arabien stammen könnte.

»Wie bist du auf diesen Mann gekommen?«, fragte Torsten.

»Weil ein anderer Abraham Farrit aus Leeds gestern mit einer Linienmaschine von London nach Toronto geflogen ist. Zwei Farrits mit dem gleichen Vornamen und dem gleichen Geburtsdatum gibt es aber in Leeds nicht!« Petra war der Stolz über ihre Recherchearbeit deutlich anzumerken.

»Ausgezeichnet! Du bist wirklich ein Genie«, lobte Torsten sie. »Damit haben wir Abu Fuad ausgeräuchert. Jetzt brauchen wir nur noch den Chinesen, dann wissen wir, vor wem wir uns am meisten hüten müssen.«

»Dem Wetterbericht nach zu urteilen habt ihr wohl doch bis Kirkenes Zeit. Zwar ist die Wahrscheinlichkeit ansonsten sehr hoch, dass in der nächsten Nacht etwas Entscheidendes passiert, aber niemand kann bei diesem Wetter die Paragina von Bord holen, solange das Schiff fährt. Der Sturm über der Barentssee tobt laut Vorhersage immer heftiger. Daher ist es gut möglich, dass euer Schiff in Honningsvåg liegen bleibt, weil es dem Kapitän nicht geraten scheint weiterzufahren. In dem Fall müsst ihr die Ohren spitzen und aufpassen, was die anderen Geheimdienste unternehmen. Ich werde jetzt erst einmal schauen, was unser großer Guru mir zum Essen gebracht hat, denn ich bin am Verhungern.« Damit unterbrach Petra die Verbindung und ließ Henriette und Torsten vor dem leeren Bildschirm zurück.

Torsten rief Abu Fuads Bild auf, um sich spezielle Merkmale einzuprägen, anhand derer er den Mann leichter aus der Menge herausfinden konnte, und wandte sich dann an Henriette.

»Kannst du etwas Besonderes feststellen?«

Sie schüttelte den Kopf, lächelte aber auf eine seltsame Weise. »Ich glaube, ich habe den Mann schon gesehen. Wenn ich mich recht erinnere, hatte er beim Abendbüffet am ersten Tag aus Versehen ein Stück Schweinefleisch auf seinen Teller geladen. Als er es bemerkte, hat er es wieder zurückgelegt und sich einen neuen Teller geholt, um den alten nicht benutzen zu müssen.«

»Bei dem Vornamen könnte er auch ein Jude sein. Als Araber würde er Ibrahim heißen.« Torsten hatte mit seiner Bemerkung eigentlich nur die Anspannung ein wenig auflockern wollen, schlug sich nun aber mit der flachen Hand gegen die Stirn. »Ich bin ein Riesenross!«

»Wieso?«

»Der richtige Name von Abu Fuad lautet Ibrahim Farid Abu al Saud! Der Kerl muss einen eigenartigen Humor haben, weil er sich einen Pass auf den Namen Abraham Farrit besorgt hat. Obwohl es einem förmlich in die Nase beißt, wird niemand auf die Idee kommen, der berüchtigte Geheimdienstler könnte sich einen solchen Scherz erlauben.« Torsten schüttelte über sich selbst den Kopf und grinste dann Henriette an.

»Wir beide sind wirklich ein ausgezeichnetes Team. Du hast mich auf die richtige Spur gebracht.«

»Und was machen wir jetzt?«, fragte Henriette.

»Vor allem nicht in Hektik geraten. Da wir in den nächsten Tagen wahrscheinlich nicht viel zum Schlafen kommen, sollten wir uns jetzt hinlegen und ein kleines Nickerchen machen. Du kannst sicher sein, dass wir rechtzeitig geweckt werden, wenn sich etwas tut.«

Mit dieser Bemerkung stellte Torsten seinen Laptop beiseite, zog die Schuhe aus und legte sich auf die Klappcouch.

Henriette sah ihm dabei kurz zu und dachte sich, dass sie ihren Kollegen wohl nie ganz verstehen würde. Sich ausgerechnet jetzt hinzulegen, wo jeden Augenblick etwas passieren konnte, brachte sie nicht fertig. Trotzdem zog auch sie die Schuhe aus und überlegte kurz, ob sie auch ihr Kostüm ablegen sollte, damit es nicht zerknautschte. Da sie aber jederzeit einsatzfähig sein wollte, ließ sie die Kleidung an und legte sich ebenfalls hin. Von Torsten hörte sie schon bald die ruhigen, tiefen Atemzüge, die ihr verrieten, dass er eingeschlafen war. Da sich ihre Gedanken in einem wilden Wirbel drehten, beneidete sie ihn dafür. Doch schon bald dämmerte auch sie weg und tauchte in wilde Träume ein, in denen Torsten und sie Nastja Paragina aus den Händen verschiedenster Agenten befreien mussten.

ELF

Im Allgemeinen gehörte Alexej Schigulin nicht zu den Männern im Geheimdienst des russischen Innenministeriums, die viel zu entscheiden hatten. Er war auf der *Trollfjord*, um seine Vorgesetzte Lidija Kresczinska zu unterstützen und die Agenten der Gegenseite zu überwachen. Das eigentliche Aktionsteam sollte in Honningsvåg an Bord kommen. Nun stand Alexej vor einem Problem, bei dem ihm niemand helfen konnte. Lidija Kresczinska hatte sich an diesem Morgen nicht, wie verabredet, bei ihm gemeldet, und seine Versuche, sie zuerst mit ihrem abhörsicheren Funktelefon und schließlich mit dem normalen Schiffstelefon zu erreichen, waren gescheitert.

Da es sich bei Lidija um eine der erfahrensten Agentinnen Russlands handelte, die neben etlichen anderen Mitarbeitern auch ihn selbst ausgebildet hatte, vermochte Alexej sich nicht vorzustellen, dass ihr etwas zugestoßen sein könnte. Trotzdem wurde er mit jeder Minute nervöser und klopfte zuletzt sogar an ihre Kabinentür. Doch es kam keine Reaktion.

Nach einem weiteren Telefonkontakt mit seiner Leitstelle ging er zur Rezeption und sprach die junge Frau dort an. »Entschuldigen Sie bitte! Ich habe mich mit einer Passagierin verabredet, aber sie ist nirgends zu finden.«

Die Stewardess musterte Alexej mit einem Blick, der wenig Hehl aus ihrer Vermutung machte, dass eine Frau ihn mit der Zusage zu einem Treffen nur hatte loswerden wollen. Auf sein Drängen hin nahm sie dann doch den Hörer zur Hand und wählte Lidija Kresczinskas Kabine an. Schließlich legte sie wieder auf und sah Alexej an. »Ich bedauere, aber die Dame meldet sich nicht.«

»Können Sie jemand hochschicken und nachsehen lassen, was mit ihr los ist?« Alexej ärgerte sich in diesem Augenblick doppelt, weil Lidija ihm keine Kopie ihrer Bordkarte hatte zukommen lassen. Nun war er auf die Hilfe unbeteiligter Leute angewiesen, und dadurch konnten andere, in den Agentenzirkus Involvierte Verdacht schöpfen.

Die Stewardess an der Rezeption schüttelte den Kopf. »Es tut mir leid, doch das geht nicht. Wir können ja nicht einfach in eine Kabine hineinplatzen!«

Sie hatte den Satz noch nicht ganz zu Ende gesprochen, da erklang auf einem höheren Deck ein gellender Schrei, der im ganzen Schiff zu hören sein musste.

Alexej spurtete instinktiv los, stieß unterwegs zwei Menschen beiseite, die in den Lift wollten, und fuhr zu Deck acht hoch. Als er Lidijas Kabine erreichte, stand ein Staubsauger des Reinigungspersonals davor, und die Tür war halb angelehnt. Ohne zu zögern trat er ein und prallte im nächsten Augenblick zurück. Seine Chefin und der Amerikaner, mit dem diese sich in den letzten Nächten vergnügt hatte, lagen starr auf dem Bett, und er brauchte keinen zweiten Blick, um zu erkennen, dass beide tot waren.

Der Gedanke, dass Lidija Kresczinska, diese mit allen Wassern gewaschene Agentin, wie eine Anfängerin in eine Falle getappt war, war erschreckend. Alexej begriff aber, dass er sich nicht weiter um die Frau kümmern durfte. Sein Auftrag ging vor. Daher verließ er rasch die Kabine und bog um die Ecke. Damit entging er dem Zahlmeister, der gerade mit der zitternden Putzfrau in den Gang bog und ein Gesicht zog, als stünde der Weltuntergang unmittelbar bevor.

ZWÖLF

Kapitän Andresen sah auf den Zettel, den ihm eine Stewardess reichte, und schüttelte verärgert den Kopf. »Schon wieder zwei Tote an Bord! Diese Fahrt ist wirklich vom Pech verfolgt.«

»Das Wetter ist heuer auch extrem. Da viele unserer Passagiere aus wärmeren Weltgegenden stammen, sind gesundheitliche Probleme vorprogrammiert«, erklärte der Sicherheitsoffizier und stand auf. »Soll ich der Sache auf den Grund gehen?«

»Tun Sie das«, sagte Andresen und trat neben seinen Navigator.

»Wie sind die Wetterverhältnisse? Werden wir wegen des Sturms in Honningsvåg bleiben müssen?«

Der Navigationsoffizier schaltete auf das Wetterradar um und pfiff durch die Zähne. »Wie es aussieht, hat die Wetterstation wieder einmal übertrieben. Der Sturm zieht nach Westen ab. Vor uns gibt es nur noch abflauende Winde und eine leicht bewegte See.«

»Tatsächlich?« Andresen blickte ungläubig nach draußen.

Der Wind heulte wild in den Aufbauten, und bei dem heftigen Schneetreiben war kaum mehr als die Bugspitze des Schiffes zu erkennen. Daher benötigte er trotz seiner langjährigen Erfahrung auf dieser Strecke die Instrumentennavigation, um seinen Kurs halten zu können. Aber nach der Anzeige des Wetterradars waren dies nur noch die Ausläufer des Sturms, der sich zwischen der norwegischen Küste und Spitzbergen ausgetobt hatte.

»Na ja, wir haben ja bis 15:15 Uhr Zeit, uns zu entscheiden. Jetzt müssen wir aber erst einmal nach Honningsvåg kommen. Sonst sind die Passagiere enttäuscht, die zum Nordkap wollen.«

»In meinen Augen hat jeder, der bei einem solchen Wetter dorthin will, einen Sprung in der Schüssel«, gab der Navigator zurück und richtete sein Augenmerk wieder auf den Kurs des Schiffes.

Einige Decks tiefer blickte Bjarne Aurland zufrieden auf seinen Laptop, dessen Bildschirm dieselben Wetterdaten zeigten, die sich der Navigationsoffizier eben angesehen hatte.

»Ich bin sicher, dass der Kapitän sich nun dazu entschließen wird weiterzufahren«, sagte er zu Hemsedalen.

Der verzog das Gesicht. »Was ist, wenn Andresen in Honningsvåg gewarnt wird und die *Trollfjord* dort liegen lässt?«

»Der Hurtigruten-Anleger in Honningsvåg bekommt die gleichen Radarbilder wie die *Trollfjord*. Die Leutchen müssten schon nach Kirkenes telefonieren, um zu merken, dass es auf der Barentssee nicht ganz so heimelig ist, wie unser Computer es ihnen anzeigt. Und selbst wenn der Kapitän hier liegen bleiben will, werden wir diesen Kasten schon in Gang kriegen.«

»Dann haben wir aber sofort Verfolger auf dem Hals, und das würde mir gar nicht gefallen«, wandte Hemsedalen ein.

»Mir auch nicht!«, gab Aurland zu. »Aber ich glaube

nicht, dass es nötig ist, sich Sorgen zu machen. Andresen ist ein altgedienter Kapitän und als solcher ein Gewohnheitstier. Wenn er glaubt, er kann die *Trollfjord* nach Kirkenes bringen, wird er es versuchen. Daher sollten wir unsere Vorbereitungen jetzt abschließen. Wenn der entscheidende Augenblick da ist, muss alles schnell gehen.«

»Es wird alles fertig sein! Mir macht nur das Wetter Sorgen. Ich fürchte, es ist zu stürmisch für unsere Aktion.«

»Unsinn! Es ist auch nicht viel schlimmer als damals auf der Belkowski-Insel«, antwortete Aurland ungerührt.

Er gab noch ein paar Befehle ein und sah dann Hemsedalen mit zufriedener Miene an. »So, von nun an ist mein Laptop der eigentliche Bordcomputer der *Trollfjord*. Ich habe den Hauptcomputer abgehängt. Damit geht hier an Bord nichts mehr ohne uns.«

DREIZEHN

Torsten wurde durch ein Signal seines Laptops geweckt. Noch bevor er richtig wach war, hielt er seine Sphinx AT2000 in der Hand, schüttelte einen Augenblick später aber über sich selbst den Kopf. Schließlich befand er sich auf der *Trollfjord*, einem Postschiff an der norwegischen Küste, und nicht in einem Krisengebiet, in dem bereits das Frühstück durch das Mündungsfeuer der Geschütze beleuchtet wurde. Dennoch hatte er keinen Zweifel daran, dass es auch hier bald heiß hergehen würde – und das trotz der eisigen Außentemperaturen.

Während er nach seinem Laptop griff und ihn aufklappte, blickte er durch das Fenster nach draußen. Es war zwei Uhr am Nachmittag, das Schiff lag am Hurtigruten-Anleger von Honningsvåg, und das Licht der Laternen kämpfte gegen die lange, schwarze Nacht des Nordens an. Außerdem schneie es noch immer, und er hörte den Wind, der sich in den Aufbauten der *Trollfjord* fing und dort heulte wie der Klabautermann. Torsten fröstelte es bei dem Anblick, und er fragte sich, wie die Menschen es hier monatelang in dieser Dunkelheit aushalten konnten.

»He, du Schlafmütze! Schau gefälligst her«, tönte da Petras Stimme aus dem Lautsprecher des Laptops.

»Was gibt es?«

»Erst mal ein ganz zerknautschtes Wesen, das aus meinem Bildschirm schaut«, antwortete Petra amüsiert. Sie wurde jedoch sogleich ernst. »Irgendetwas ist passiert! Als ich mich vorhin in den Bordcomputer der *Trollfjord* einklinken wollte, bin ich abgewiesen worden.«

»Wahrscheinlich haben sie gemerkt, dass sie gehackt worden sind, und haben schnell eine Sperre eingebaut«, sagte Torsten brummig.

»Das war auch mein erster Gedanke, und ich habe mein ganzes Gehirnschmalz gebraucht, um doch an die Daten zu kommen. Was meinst du, was ich dabei herausgefunden habe?«

»Ich bin nicht dazu da, Rätsel zu lösen!« Die lange Dunkelheit des Nordens und das Fehlen jeglichen Sonnenlichts schlugen auf Torstens Stimmung.

Petra lachte über seinen Missmut und streckte ihm den erhobenen rechten Daumen entgegen. »Es war nicht leicht, die Firewall zu überlisten, aber es hat sich gelohnt. Das Wetterradar eures Schiffes zeigt zum Beispiel ein ganz anderes Bild als das der Wetterstation in Tromsø. Was sagst du dazu?«

»Willst du mich ärgern?«, antwortete Torsten zunehmend genervt. »Ich sagte doch, ich kann deine Rätsel nicht lösen.«

»Dann sperr die Ohren auf! Laut der Wetterstation in Tromsø tobt auf eurer geplanten Route ein heftiger Sturm, der dem Schiff gefährlich werden könnte. Doch der Schiffscomputer der *Trollfjord* gibt an, dass es dort draußen verhältnismäßig ruhig ist. Sagt dir das etwas?«

Torsten stand kurz vor dem Platzen. Doch nun griff Henriette ein, die ebenfalls durch das Geräusch des Laptops wach geworden war. »Für mich sieht das so aus, als wenn jemand den Kapitän dazu bringen will weiterzufahren.«

»Bingo!«, sagte Petra grinsend. »Ihr erinnert euch an die russischen Schiffe, die Murmansk verlassen haben und in eure Richtung steuern?«

»Du meinst, die Russen stecken dahinter? Aber was ist mit der Kresczinska?« Torsten klang zweifelnd, sagte sich dann aber, dass die Russen auch eine Reihe anderer Agenten auf das Schiff geschickt hatten. Die würden sich durch den Ausfall einer Person gewiss nicht davon abhalten lassen, ihren Job zu erledigen.

»Bis jetzt habe ich noch nichts über Lidija Kresczinska erfahren. Halt, warte! Eben schreibt der Kapitän etwas ins Logbuch. Es gab wieder zwei Tote, und zwar die Kresczinska und euren Tischgenossen Jason Wickley.«

»Ich dachte mir, dass mit der Russin etwas passiert sein muss. Aber Wickley ...« Torsten erinnerte sich daran, dass dieser ebenfalls beim Frühstück gefehlt hatte, und brach mitten im Satz ab.

»Hier geht es wirklich zu wie bei den ›Zehn kleinen Negerlein‹. Zuerst Frazer, dann Lefteridis und jetzt Kresczinska und Wickley. Wer wird der Nächste sein?«

Henriette klang bedrückt und so fuhr Torsten sie verärgert an. »Mit Sicherheit nicht wir, das gebe ich dir schriftlich!«

»Und wenn doch? Meinst du, sie kann das Papier im Himmel einklagen?«, fragte Petra, der Torstens schlechte Laune zunehmend auf die Nerven ging.

»Da müsste ich schon in die Hölle gehen. In den Himmel kommt Torsten sicher nicht«, stichelte Henriette.

Ihr setzte die düstere Umgebung weniger zu als Torsten, doch mitzuerleben, wie Menschen um sie herum starben, während sie selbst die Hände in den Schoß legen musste, zerrte an ihren Nerven.

»Jetzt seid mal wieder ernst«, rief Petra die beiden zur Ordnung. »Alle meine Berechnungen deuten darauf hin, dass in den nächsten zwölf bis sechzehn Stunden etwas Entscheidendes passiert. Ihr müsst also aufpassen wie die Schießhunde, habt ihr mich verstanden?«

»Jawohl, Frau Oberbefehlshaber!«, knurrte Torsten.

Petra lachte geschmeichelt. »Ganz so weit ist es noch nicht. Aber was würdet ihr tun, wenn ihr mich nicht hättet?«

»Erst mal ins Café gehen und ein Sandwich essen. Ich habe nämlich Hunger!« Mittlerweile hatte Torsten sein inneres Gleichgewicht wiedergefunden und zwinkerte Henriette zu.

Diese lächelte leicht gequält. »Ich glaube, das sollten wir auch tun. Nach Petras Berechnungen ist es ja unsicher, ob wir noch etwas zum Abendessen bekommen.«

»Ihr seid gemein, immer vom Essen zu reden! Ich habe auch Hunger, aber nach den Anweisungen meiner Ärztin gibt es heute nur Hirsebrei.«

»Sie meint Couscous«, warf Wagner von der Seite ein.

»Wenn es wenigstens richtiger Couscous wäre, mit Hähnchen- oder meinetwegen auch Lammfleisch. Aber das Ding ist so entsetzlich vegetarisch, dass kein Hund es anrühren würde.«

Petra schniefte, um Mitleid zu erregen, und beobachtete in der Spiegelung am Bildschirmrahmen, dass Wagner nervös auf den Lippen herumkaute.

»Wenn Sie wollen, schicke ich Borchart los, damit er Ihnen ein Hähnchensandwich besorgt.«

Prompt wandte Petra sich mit einem strahlenden Lächeln zu ihm um. »Sie sind wirklich der beste Chef auf der Welt, Herr Wagner!«

Torsten versetzte Henriette einen leichten Stupser und beugte sich zu ihr hin. »Ich wusste gar nicht, dass Petra so gut lügen kann!«

»Das habe ich gehört, Renk!« Wagner war froh, dass er nicht im Aufnahmebereich der Computerkamera stand, sonst hätte Torsten sein Grinsen sehen können. Offensichtlich hatte die Flachserei die Anspannung seiner beiden Agenten vor Ort gelöst, so dass sie sich wieder auf ihre Aufgaben konzentrieren konnten. Er wies Petra an, Henriette und Torsten durchzugeben, wo das versprochene Flugzeug auf sie wartete und welchen Standort das U-Boot hatte, das ihnen bei einer möglichen Flucht über das Meer helfen sollte.

»Ich verzichte lieber auf eine Flucht über das Meer«, erklärte Torsten mit einem schiefen Blick nach draußen. »Bei dem Sturm kann nur ein Verrückter daran denken, über Bord zu steigen.«

»Oder ein Fachmann!«, konterte Petra gelassen. »Glaube nicht, dass es unmöglich ist, nur weil du es dir selbst nicht zutraust!« Diesen Stich gegen seine männliche Eitelkeit musste sie Torsten versetzen.

Weit davon entfernt, deswegen beleidigt zu sein, zwinkerte Torsten ihr zu. »Danke, dass du mich daran erinnert hast, dass man die Gegenseite niemals unterschätzen darf. Ich werde es mir zu Herzen nehmen.«

»Sehr gut! Da ich bald mein Hähnchensandwich bekomme, entlasse ich euch zu eurem Essen. Mahlzeit!« Petras Gesicht verschwand vom Bildschirm und machte wieder der normalen Maske Platz. Torsten schaltete das Tarnsystem ein und legte sein Schulterhalfter um.

»Ab jetzt sind die Ferien vorbei! Wir sind wieder im aktiven Dienst und nehmen unsere Artillerie mit, wenn wir die Kabine verlassen«, erklärte er Henriette mit entschlossener Miene.

Henriette seufzte insgeheim angesichts dieser arg testosterongesteuerten Haltung. Doch wenn es Torsten half, sich auf ihren Auftrag zu konzentrieren, sollte es ihr recht sein. Auch sie nahm ihr Schulterhalfter, brauchte aber seine Hilfe, um die Riemen zu befestigen. Als sie ihren Browning HP35 hineinsteckte, zeigte sich eine verräterische Beule auf ihrer leichten Jacke.

»So geht das nicht«, sagte Torsten kopfschüttelnd. »Du siehst ja aus, als hättest du einen schiefen Busen. Nimm lieber eine meiner Jacken!« Er reichte ihr eine dunkelblaue Lederjacke, die er im letzten Herbst gekauft hatte, und grinste, als Henriette sie angezogen hatte. »Sieht doch gut aus, oder nicht?«

Henriette stellte sich vor den Spiegel und fauchte leise. »In dem Ding sehe ich aus wie eine Zwölfjährige, die in Papas Klamotten geschlüpft ist!«

»Dafür ist von deiner Pistole nichts mehr zu bemerken«, gab Torsten trocken zurück und brachte sie zum Lachen.

»Bei Gott, du bist wirklich die größte Nervensäge, die ich kenne. Aber vielleicht sollte ich die Pistole doch besser in die Handtasche tun.«

»Um sie dann, wenn es brenzlig wird, unter Puderdose, Taschenspiegel und Haarbürste suchen zu müssen?«, spottete Torsten.

Henriette überlegte, ob sie ihn daran erinnern sollte, dass ihre Handtaschen extra so präpariert waren, dass sie sofort an ihre Waffe kam. Andererseits konnte sie sie nicht überallhin mitnehmen. Daher ließ sie ihren Browning im Halfter und sah Torsten auffordernd an. »Komm jetzt. Ich habe wirklich Hunger!« Henriette ging zur Tür.

Auch Torsten zog eine bauschige Jacke über und folgte ihr auf den Flur. Auf dem Weg nach unten trafen sie auf Grüppchen von Passagieren, die sich über den erneuten Todesfall auf der *Trollfjord* austauschten. Unten im Café sprach Gillmann sie direkt an. »Haben Sie es schon gehört?«

»Was?«

»Das mit dem toten Paar! Die beiden sind beim äh …« Gillmann beugte sich vor und wurde so leise, dass nur Torsten ihn hören konnte, »… also, beim Pimpern hopsgegangen. Einer der Passagiere von Deck acht konnte einen Blick in die Kabine werfen und hat sie gesehen. Sie lagen wie Adam und Eva aufeinander, splitterfasernackt. Stellen Sie sich das vor! Der Mann soll dieser Amerikaner von unserem Tisch sein, dieser Wickley.«

»So?« Torstens Lust, sich mit dem redseligen Mann zu unterhalten, war gering, und so ging er weiter, um etwas zu essen zu holen. Unterdessen belegte Henriette zwei freie Plätze. Es ging diesmal besser als sonst, da trotz des schlechten Wetters etliche Passagiere den Ausflug zum Nordkapfelsen mitmachten.

»Es herrscht eine miserable Stimmung an Bord«, fuhr Gillmann fort. »Schon drei Tote auf der Fahrt, das muss man sich mal vorstellen!«

Da Torsten nicht reagierte und ein Platz neben einem anderen Passagier frei war, mit dem Gillmann schon öfter hatte reden können, setzte er sich dorthin.

Torsten besorgte zwei Teller Suppe, zwei Sandwiches sowie Kaffee und Tee und kehrte zu Henriette zurück. »Wir sollten für eine gute Unterlage sorgen«, meinte er, als er sein Tablett abstellte.

»Das Abendessen wird hoffentlich nicht ausfallen«, spottete Henriette.

Sie fühlte sich ebenfalls so angespannt wie eine Stahlfeder, und das lag hauptsächlich daran, dass die meisten Agentinnen und Agenten, die Petra ihnen hatte nennen können, hier im Café saßen.

Henriette entdeckte John Thornton, der wie meistens unter dem großen Flachbildschirm Platz genommen hatte und einen Pappbecher in der Hand hielt. Nicht weit von ihm saß Anthony Rumble wie eine Kröte im Sessel. In dessen Nähe hielten sich Pat Shears und Sally Marble auf, und die ängstliche Miene der Afroamerikanerin sprach ihrem Nachnamen Hohn. Auch der junge Russe Alexej Schigulin sah aus, als wünschte er sich ans andere Ende der Welt.

Während Torsten den auffälligen Südamerikaner beobachtete, der an diesem Tag ebenfalls nicht so gelassen wirkte wie sonst, wurde Henriette auf einen konservativ gekleideten Mann aufmerksam, der ziellos in den Raum starrte. Rasch stupste sie Torsten an.

»Seitlich von dir sitzt Abraham Farrit!«

Torsten drehte sich langsam um und bemühte sich, den Mann nicht direkt anzusehen. Farrit hätte ein sonnengebräunter, gutaussehender Geschäftsmann sein können, sein Blick aber verriet große Nervosität.

»All diese Leute spucken, wenn es sein muss, dem Teufel ins Maul«, flüsterte Torsten seiner Kollegin zu. »Aber die Situation hier an Bord geht anscheinend jedem an die Nieren. Den Eingeweihten ist klar, dass die Kresczinska und die anderen keines natürlichen Todes gestorben sind. Doch niemand von ihnen weiß, wer es war, und sie befürchten, das nächste Opfer zu werden.«

»Ich kann es ihnen nachfühlen. Man ist auf diesem Schiff eingesperrt wie ein Huhn im Käfig.« Henriette blies die Luft durch die Nase, um sich von dem Druck zu befreien, den sie hier unten noch stärker empfand als in der engen Kabine. Was war, wenn andere Geheimdienste herausgefunden hatten, dass Torsten und sie im Auftrag der deutschen Regierung an Bord waren? Würde es dann auch einen Mordanschlag auf sie geben? Mit einer heftigen Handbewegung verscheuchte sie diesen Gedanken. Sie trank einen Schluck Tee, aß ihre Suppe und sprach, da andere Passagiere neben ihnen Platz nahmen, von unverfänglichen Dingen.

Torsten ging darauf ein, ließ aber seine Blicke immer wieder durch den Raum schweifen. Die ernsten, oft verbissenen Mienen der Männer und Frauen, die er als Agenten einstufte, verrieten ungeheure Anspannung. Wahrscheinlich hatte sich keiner von ihnen vorstellen können, dass die Lage sich so zuspitzen würde.

Doch wer steckte hinter den Morden? Diese Frage beschäftigte Torsten, seit er von Larry Frazers Tod gehört hatte, und die Auswahl an Verdächtigen war recht groß. Jede Gruppierung hatte Grund, die anderen daran zu hindern, sich Nastja Paragina zu schnappen und mit ihr zu verschwinden. In einem solchen Fall galten selbst alte Bündnisse nichts mehr. Henriette und er mussten die US-Geheimdienste ebenso als Gegner ansehen wie die Russen, Valdez, Abu Fuad und die Chinesen. Bei dem Gedanken sah er sich unwillkürlich nach Angehörigen dieses Volkes um.

Nicht weit von ihm stand ein gutes Dutzend Asiaten an einem Fenster und blickte auf die Anlegestelle hinab, wo der Wind die im Licht der Lampen funkelnden Schneeflocken fast waagerecht über den Beton jagte. Zwei Gabelstapler trotzten dem schlechten Wetter und fuhren Palette um Palette in den Bauch der *Trollfjord*.

Mit grimmiger Zufriedenheit dachte Torsten, dass dieser Schneesturm wohl nicht in die Pläne des legendären Roten Drachen passen dürfte. Er fragte sich, ob Red Dragon wohl Teil der Gruppe war. Ihr Tischnachbar Wu Fanglian stand bei seinen Landsleuten und schimpfte über das Wetter. Seine Frau saß in einer Ecke, hatte eine Tasse Kaffee vor sich auf dem Tisch stehen und las ganz entrückt in einem Buch. Wahrscheinlich würde sie nicht einmal mitbekommen, wenn neben ihr geschossen würde, dachte Torsten spöttisch. Dann wandte er sich wieder den eigenen Problemen zu und überlegte, wie Henriette und er Nastja Paragina so von der Gastfreundschaft der deutschen Regierung überzeugen konnten, dass die anderen Geheimdienste es erst bemerkten, wenn es zu spät war. Aber das ging nur dann, wenn die Situation sich zuspitzte und sie genau den richtigen Zeitpunkt erwischten.

VIERZEHN

Die *Trollfjord* verließ Honningsvåg eine Stunde später als geplant, weil die Besatzung auf die Rückkehr der Nordkapausflügler warten musste. Da der Sturm etwas nachließ, traf Kapitän Andresen die Entscheidung, bis Kirkenes weiterzufahren. Sein Navigator und die anderen Schiffsoffiziere waren damit einverstanden, denn am Wendepunkt der Fahrt warteten ihre Verwandten auf sie, um dort gemeinsam das Weihnachtsfest zu feiern.

Den Angehörigen der verschiedenen Geheimdienste an Bord war so gar nicht nach Feiern zumute. Misstrauen hatte sich breitgemacht, und so mancher stellte den Sessel in seiner Kabine so, dass er die Tür blockierte und niemand unbemerkt eindringen konnte. Anthony Rumble bestimmte vier Männer seines Teams, in den wichtigsten Suiten und Kabinen Wache zu halten. Die anderen Geheimdienste, so schätzte Rumble, würden ähnlich verfahren. Ein weiterer Mord schien ihm daher unwahrscheinlich. Ihn ärgerte jedoch, dass er und seine Leute bisher nichts für ihren eigentlichen Auftrag hatten tun können. Dabei war ihr Kontakt-U-Boot bereits in Reichweite ihrer Sender, und das Wetter schien sich endlich zu bessern.

Auch Alexej Schigulin war froh, dass der Sturm abflaute. Sein Problem aber war Lidija Kresczinskas Ausfall. Seine Vorgesetzte hatte die Entführung Nastja Paraginas minutiös geplant, ihn jedoch nur vage in den Ablauf der Aktion eingeweiht. Nun wusste er nicht, ob er den Coup mit den an Bord befindlichen Russen durchziehen oder bis zur Ankunft des Schiffes in Kirkenes warten sollte. Dort würden höherrangige Mitglieder seiner Truppe den Rücktransport der geflohenen Wissenschaftlerin in die Wege leiten.

Daher blieb für ihn nichts anderes zu tun, als zu verhindern, dass sich ein anderer Geheimdienst der Paragina bemächtigte. Alexejs Blick wanderte zu den Passagieren, die er für US-Agenten hielt. Doch leider hatte Lidija Kresczinska ihn auch in dieser Hinsicht nicht umfassend informiert. Der Einzige, den er sicher identifizieren konnte, war Anthony Rumble, aber das war kein Kunststück.

Das gegenseitige Belauern ging auch beim Abendessen weiter, während Daisy Brünger von ihrem Ausflug zum Nordkap und dem wunderbaren neuen Pelzmantel schwärmte, den sie sich in Tromsø gekauft hatte. Torsten hätte die redselige Frau an die Wand klatschen können, und er war sicher, dass es Henriette nicht anders erging. Während er die junge Frau einfach nicht beachtete und seine Kollegin von Zeit zu Zeit ein »wie interessant« oder ein »was, wirklich?« zur Antwort gab, ließ Gillmann seinen Neid auf die Unternehmertochter zunehmend deutlich heraushängen.

Torsten ging auch nicht auf die Spitzen dieses Mitreisenden ein, sondern beobachtete die Gäste im Saal, insbesondere seinen Tischnachbarn Wu. Sollte dieser Mann der Rote Drache sein? Als hochkultivierter und belesener Chinese passte er gut auf den Posten eines Geheimdienstkoordinators. Oder war es vielleicht doch dessen Ehefrau? Im ersten Augenblick wunderte Torsten sich über seine Vermutung, denn Dai Zhoushe hatte sich bislang nur ein einziges Mal verdächtig gemacht.

Bevor er weiter über die beiden nachdenken konnte, lenkte ein anderer Umstand Torsten ab. Der Südamerikaner war verschwunden. Dabei hatte er diesen eben noch gesehen. Pat Shears fehlte ebenfalls, und auch sonst hielten sich weniger Agenten im Speisesaal auf als an den vorhergehenden

Tagen. Sein Instinkt sagte Torsten, dass etwas im Gange war, und er wollte aufstehen und sich im Schiff umsehen. Doch dann sah er Nastja Paragina und Espen Terjesen den Raum betreten und blieb sitzen.

FÜNFZEHN

Manolo Valdez hatte schon ganz andere Aufträge erfüllt als diesen. Allerdings durfte er Nastja Paragina erst töten, wenn er sicher sein konnte, dass ihre Forschungsergebnisse nicht von anderen Wissenschaftlern in die Tat umgesetzt werden konnten. Blieben die Daten in den falschen Händen, würden seine Hintermänner im schlimmsten Fall nur zwei, drei Jahre Aufschub gewinnen und danach noch schlechter dastehen. Um zu erfahren, wo Paragina ihre Unterlagen versteckt hatte, würde er sie zunächst entführen und verhören müssen.

Dafür musste er sich erst einmal einiger Agenten entledigen, damit sie ihm nicht in die Quere kommen konnten. Valdez kaute immer noch auf der Tatsache herum, dass Stavros Lefteridis, einer seiner besten Männer, spurlos verschwunden und wahrscheinlich umgebracht worden war. Ihn interessierte nicht, ob nun die US-Amerikaner oder die Russen hinter dem Mord steckten, denn er musste beide Gruppen ausschalten, um zum Ziel zu kommen.

Mit diesem Vorsatz fuhr er auf Deck vier hinab und blieb vor der Tür der Kabine 441 stehen. Hier hatte er in den letzten Tagen mehrfach US-Amerikaner beobachten können, die diese Kabine betreten oder verlassen hatten. Wenn er nun seine gefälschte Bordkarte nahm und die Tür damit öffnete, tat er genau das, was diese Leute erwarten würden. Daher holte er mit der Rechten eine kleine, mit einem Schalldämpfer ausgerüstete Pistole aus der Tasche und klopfte mit der anderen an die Tür.

»Wer ist da?«, klang es misstrauisch zurück.

»Hier ist der Schiffssteward. Mr. Rumble schickt mich, weil Sie zu ihm kommen sollen«, antwortete Valdez in einem schwerfällig klingenden Englisch.

»Einen Augenblick!«

Valdez hörte, wie in der Kabine hantiert wurde. Er warf einen raschen Blick in den Gang, doch die Passagiere, die hier untergebracht waren, saßen offensichtlich alle noch beim Abendessen. Damit waren die Amerikaner in der Kabine und er ganz allein.

Der Agent in der Kabine mochte jung sein, doch er wusste natürlich, dass sein Chef genau wie er selbst unter einem falschen Namen auf der *Trollfjord* eingecheckt war, und so fragte er: »Wer hat Sie geschickt?«

»Ein Herr, den Mr. Thornton als Mr. Rumble angesprochen hat.«

»Dieser Trottel!«, hörte Valdez und wusste, dass Thornton damit gemeint war. Seine Aussage reichte jedoch dem jungen CIA-Mann, die Tür einen Spalt breit zu öffnen und herauszuschauen.

Valdez schoss sofort. Das Kaliber seiner Waffe war winzig, doch die Geschosse entwickelten im Körper eines Menschen eine teuflische Wirkung. Ein Stöhnen erklang, dann kippte der US-Agent um und rutschte an der Kabinentür hinab. Valdez warf sich gegen die Tür, bevor der Körper des Amerikaners sie bei seinem Sturz blockieren konnte. Gleichzeitig richtete er die Pistole ins Innere der Kabine. Aber dort hielt sich niemand mehr auf.

Der Mann, den er angeschossen hatte, lag am Boden und krümmte sich. Valdez trat ein und versetzte ihm den Gnadenschuss. Anschließend durchsuchte er die Kabine mit gewohnter Routine und steckte alles, was sich unauffällig tragen ließ – USB-Sticks, Speicherkarten und externe Festplatten – in die Tasche. Dann zerstörte er die drei Laptops, die auf dem Tisch standen, und trat einen Wecker und zwei weitere elektronische Geräte kaputt. Als das getan war, verließ er die Kabine und fuhr mit dem Lift nach oben. Keine fünf Minuten später saß er an der Bar, hielt ein Glas Orangensaft in der Hand und lächelte zufrieden.

SECHZEHN

Anthony Rumble stand auf, kaum dass er den letzten Bissen in den Mund gesteckt hatte, und ging zur Tür. Sein Blick suchte John Thornton, und seine Geste wies den Mann an, ihm zu folgen. Zwar bestand die Gefahr, dass andere sein Zeichen wahrnahmen, doch inzwischen hatte sich die Lage so zugespitzt, dass Rumble glaubte, dieses Risiko eingehen zu müssen. Kaum war Thornton auf den Flur getreten, gesellte er sich zu ihm.

»Und? Haben Sie endlich herausgefunden, wer Valdez ist?«

John schüttelte den Kopf. »Nicht sicher, aber ich habe eine Vermutung.«

»Das ist ja wenigstens schon etwas. Und an wen denken Sie?« Vor Erregung wurde Rumble fast zu laut.

»Diesen Typen mit dem Reveluzzerbart und der dunklen Sonnenbrille. Das Gesicht ist zwar voller und glatter, als ich es in Erinnerung habe, doch ein guter Schönheitschirurg kriegt das locker hin.«

»Den Kerl kaufen wir uns. Wo ist er?« Rumble ging noch einmal zum Eingang des Speisesaales zurück und ließ den Blick suchend über die Tischreihen schweifen. Doch er konnte ihn nirgends finden. Mit einem flauen Gefühl im

Magen holte Rumble sein Funkhandy aus der Tasche, schüttelte dann aber den Kopf. »Es hat keinen Sinn, jetzt die Pferde scheu zu machen. Hier, nehmen Sie!«, sagte er und reichte John eine der nachgemachten Bordkarten. »Merken Sie sich die Kabinennummern 664, 780 und 816. Klopfen Sie dort an die Tür und nennen Sie Ihren Namen. Die Parole ist Alamo, Travis, Bowie und Crockett und zwar in der Reihenfolge. Haben Sie das verstanden?«

»664, 780, 816, Alamo, Travis, Bowie, Crockett«, wiederholte John und schlenderte davon.

Rumble betrat den Lift, fuhr nach unten auf Deck vier und wandte sich ihrer einzeln gelegenen Besprechungskabine zu. Dort klopfte er erst einmal gegen die Tür. Die erwartete Antwort unterblieb jedoch. Nervös steckte er die Bordkarte in den Leser und öffnete die Tür einen Spalt.

»Herman, ich bin es!«

Erneut kam keine Antwort.

»Herman!« Rumble zog seine Pistole, stieß die Tür auf und trat vorsichtig ein. Beim Anblick der zerstörten Geräte begann er zu fluchen. Dann entdeckte er den Toten am Boden, und das nächste Wort blieb ihm im Hals stecken. Seine Erstarrung hielt jedoch nur wenige Sekunden an, dann rief er bereits über das Funktelefon seine Leute zusammen. Fieberhaft überlegte er, wie er weiter vorgehen sollte. Wenn sie den Toten meldeten, gefährdeten sie ihren Auftrag und hatten zudem die norwegischen Behörden am Hals. Ein Mann mit einem Einschussloch im Kopf und einem in der Brust konnte schlecht an einer Herzschwäche gestorben sein.

Als Erster stürmte Pat Shears heran und erinnerte sich gerade noch rechtzeitig daran, dass es besser war zu klopfen. Zu seiner Verwunderung forderte Rumble ihm nicht die Parole ab, sondern ließ ihn sofort ein. Noch mehr wunderte er sich über den Colt Delta Elite, den ihm sein Chef unter die Nase hielt und dann mit einem Aufatmen senkte.

»Sehen Sie sich diese Sauerei an, Pat.«

Shears starrte entgeistert auf den Toten, der nicht nur ein Kollege, sondern auch ein guter Freund für ihn gewesen war. »Den, der das getan hat, kaufe ich mir!«, rief er.

»Da müssen Sie sich hinter mir anstellen. Aber zuerst geht es um unseren Auftrag. Wir dürfen die Paragina nicht aus den Augen verlieren«, wandte Rumble ein. »Vielleicht können wir aus dieser Scheiße sogar einen Vorteil ziehen. Unser Gegner glaubt wahrscheinlich, er hätte alle unsere Gerätschaften ruiniert, und ahnt nicht, dass wir das gleiche Equipment noch in zwei anderen Räumen haben, die alle miteinander vernetzt sind. Daher werden wir gleich wissen, wer es war.«

»Valdez wahrscheinlich, oder die Russen …«, begann Pat, wurde aber von seinem Chef unterbrochen.

»… oder die Chinesen, die Saudis, die Franzosen, die wer weiß ich noch alles. Nein, Pat, auf Vermutungen lasse ich mich nicht ein. Ich will Beweise sehen, und dann gnade Gott dem Kerl, der Herman umgelegt hat.«

Sally Marble kam als Nächste. Auch sie hatte bereits auf dem Flur ihre Pistole gezogen, steckte sie aber wieder ein, als sie ihren Chef und Pat unversehrt sah. Beim Anblick des Toten erbleichte sie. »Herman! Mein Gott!«

»Der Mörder wird dafür bezahlen! Aber dafür brauche ich Sie! Sehen Sie zu, was Sie von den Geräten noch retten können, dann gehen wir nach oben und schauen, was unsere Kameras hier aufgezeichnet haben.«

»Das Zeug ist im Eimer«, erklärte Sally nach einem prüfenden Blick. »Wer das getan hat, war ein Profi. Sonst hätte er Herman nicht übertölpeln können.«

»Ich frage mich, wieso Herman überhaupt die Tür aufgemacht hat. Meine Anweisungen waren eindeutig. Ah, da sind Sie ja, Thornton. Kommen Sie rein!« Rumble drehte sich zu John um, der mit zwei weiteren Agenten im Schlepptau herankam, und wies auf den Toten.

John warf einen kurzen Blick darauf und fragte dann: »Wer, meinen Sie, war das?«

»Das werden wir gleich herausfinden. Ihr beide«, Rumbles Zeigefinger stach auf die zwei Männer zu, die zuletzt erschienen waren, »kümmert euch um Herman. Packt ihn so ein, dass wir ihn in Kirkenes mit dem Gepäck von Bord bringen können. Dann macht die Kabine sauber. Wir werden sie nicht mehr benutzen. Sally und Pat, Sie beide kommen mit mir. Sie auch, Thornton.«

Damit kehrte Rumble der Kabine den Rücken zu und ging zum Lift. Während Sally und Pat ihm fast auf dem Fuß folgten, blieb John einen Augenblick unentschlossen stehen, zuckte dann aber mit den Achseln und setzte sich ebenfalls in Bewegung.

Rumble führte sie in eine der Suiten neben Espen Terjesens Reeder-Suite und schloss die Tür hinter sich zu. Auf seinen Wink hin setzte Sally Marble sich an den Tisch und schaltete ihren Computer ein. Ein paar Mausklicks später war auf dem Bildschirm ein Mann zu sehen, der in die Kabine auf Deck vier trat, dem am Boden liegenden Herman die entscheidende Kugel verpasste und danach die Laptops und die anderen elektronischen Geräte zerstörte.

»Ist das der Kerl, den Sie verdächtigen, Valdez zu sein, Thornton?«, fragte Rumble voller Grimm.

Pat wandte sich an Thornton. »Sie wussten es und haben uns nicht gewarnt? Herman könnte noch leben, wenn ...« Seine Stimme wurde immer lauter, und er sah aus, als würde er John am liebsten niederschlagen.

Dieser packte ihn an der Hemdbrust und schüttelte ihn durch. »Jetzt hör mir mal zu, Kleiner! Ich war länger bei diesem Verein, als du auf der Welt bist! Dabei habe ich vor allem eins gelernt: Ich schieße keinen Mann über den Haufen, wenn ich mir nicht zu hundert Prozent sicher bin, dass er es verdient. Valdez hat sich ausgezeichnet getarnt und hätte auch ein harmloser Passagier sein können. Allerdings frage ich mich, wieso euer Herman so dumm war, ihm die Tür zu öffnen! Wozu gebt ihr Parolen aus, wenn sich keiner daran hält?«

Da Pat aussah, als würde er es auf einen Streit ankommen lassen, griff Rumble ein. »Seien Sie jetzt still, Pat! Thornton hat recht. Herman war ein Idiot, auf irgendeinen plumpen Trick hereinzufallen. Jedenfalls wissen wir jetzt, wer es war und was wir zu tun haben.«

Rumble holte seine Pistole heraus und lud sie demonstrativ durch. Pat und Sally folgten dem Beispiel. Da alle wild entschlossen wirkten, schüttelte John den Kopf. »Wenn ihr Valdez schon über den Haufen schießen wollt, dann bitte nicht vor großem Publikum und nicht ohne Schalldämpfer. Wenn ihr einfach drauflosballert, habt ihr die norwegische Polizei am Hals und könnt von einer Gefängniszelle aus zusehen, wie die Russen oder wer auch immer Nastja Paragina entführen!«

Seine Worte ernüchterten die rachsüchtigen Agenten.

Rumble steckte die Waffe wieder weg und nickte. »Sie haben recht. Das erledigen wir auf andere Weise. Sally, das übernehmen Sie – und zwar undercover!«

»Gerne!« Sally Marble atmete tief durch und wollte sich in den Schiffscomputer einhacken, um Valdez' Kabinennummer herauszufinden. Doch nach ein paar Minuten intensiver Arbeit sah sie verblüfft zu Rumble auf. »Ich komme nicht mehr in das System der *Trollfjord* hinein. Es wird durch einen neuen, mir unbekannten Firewall geschützt.«

»Können Sie sie nicht überwinden?«, wollte ihr Chef wissen.

Mit verkniffener Miene versuchte Sally es erneut, schüttelte dann aber den Kopf. »Nicht auf die Schnelle! Dafür brauche ich Zeit.«

»Zeit ist das, was wir am wenigsten haben«, bellte Pat Shears dazwischen.

»Das haben solche Jobs nun einmal an sich. Man langweilt sich tagelang, und dann bleibt einem nicht einmal mehr die Zeit zum Pissen«, warf John Thornton mit bitterem Spott ein. Doch niemand achtete auf ihn.

Rumble befahl Sally, Computer Computer sein zu lassen und sich auf ihren aktiven Einsatz vorzubereiten. »Fünf unserer Leute versuchen, Valdez ausfindig zu machen, und wer ihn selbst und seine Kabine gefunden hat, gibt uns Bescheid«, setzte er hinzu und funkte in rascher Folge mehrere seiner Agenten an.

Mit angespannter Miene entledigte Sally sich ihrer Oberbekleidung und stand in Höschen und Hemdchen da. Pat starrte sie an, als wolle er sie mit seinen Blicken auffressen, und ließ auch kein Auge von ihr, als sie einen burgunderroten Kittel und eine Perücke aus dem Schrank holte und sich mit Make-up und Kontaktlinsen von einer Afroamerikanerin in eine hellblonde Frau mit blauen Augen verwandelte.

»Na, sehe ich jetzt aus wie eine norwegische Putzfrau?«, fragte sie, nachdem sie andere Schuhe angezogen und eine altmodische Brille aufgesetzt hatte.

»Perfekt!«, lobte John Thornton. »Es zeigt, dass man mit weniger oft mehr erreicht.«

Diese Spitze galt Pat, den er als zu impulsiv für diesen Job einordnete. Shears achtete allerdings nicht auf ihn, sondern sah Sally mit blitzenden Augen an.

»Du bist wirklich große Klasse!«, sagte er, aber es war nicht zu übersehen, dass er damit ihre Figur und ihren knackigen Po meinte und nicht ihre Verkleidung.

Rumbles Mobiltelefon gab einen kurzen Ton von sich. »Seid still!«, forderte der Abwehrchef die anderen auf, presste das Ding ans Ohr und begann fast gleichzeitig zu sprechen. »Sie haben ihn ausgemacht! Er sitzt auf Deck neun an der Bar. Nein, er geht jetzt. Tom wird ihm folgen. Vielleicht finden wir gleich auf Anhieb seine Kabine heraus.«

SIEBZEHN

Manolo Valdez spürte, dass er beobachtet wurde. Das war ärgerlich, denn sein Auftrag ließ sich am besten erfüllen, wenn er unbemerkt blieb. Ich hätte den verdammten Gringo nicht umlegen sollen, dachte er für einen Moment, dann aber spottete er über seine Bedenken. Er hatte den so exzellent ausgerüsteten Geheimdiensten der USA schon so manchen Streich gespielt und würde dies auch weiterhin tun. Er trank seinen Orangensaft aus, schob das Glas zurück und warf einen Blick in die Runde. Nicht weit von ihm saß der Passagier, der in seiner Nachbarkabine untergebracht war, und unterhielt sich eifrig mit ein paar Mitreisenden. So schnell würde der Mann nicht aufhören zu reden, sagte Valdez sich und wandte sich dem Lift zu. Er fuhr zwei Decks tiefer und ging an seiner Kabinentür vorbei zu der seines Nachbarn. Da er die Zugangserlaubnis seiner Bordkarte heimlich auf sämtliche Kabinen ausgeweitet hatte, fiel es ihm leicht, die fremde Kabine zu betreten.

Er warf nur einen kurzen Blick auf die Einrichtung und die darin liegenden Kleidungsstücke, dann zog er rasch Schuhe, Hose und Jacke aus. Als Erstes wendete er die Hose, die bislang in einem dunklen Rot geleuchtet hatte und nun ein stumpfes Grau aufwies, und zog sie wieder an. Er musste noch den Gürtel umstecken, ebenso die Hosentaschen nach innen stopfen, dann machte er es mit der Jacke genauso.

Valdez bog sogar noch die Sonnenbrille um, die ebenfalls dafür gearbeitet worden war, und betrachtete dann sein Spiegelbild. Jeder Mensch, der ihn vorher gesehen hatte, musste annehmen, er wäre in seiner Kabine gewesen, um sich umzuziehen. Das, sagte er, würde hoffentlich ausreichen, um die Amerikaner zu täuschen.

Nachdem er noch zwei Minuten gewartet hatte, verließ er

die Kabine wieder und wanderte leise vor sich hin pfeifend in Richtung des Lifts, um auf Deck neun zu fahren. Dort setzte er sich in die Horizont-Galerie und blickte in die Nacht. Es stürmte noch immer, und die vorbeihuschenden Schneeflocken leuchteten im Licht der Schiffsscheinwerfer golden auf. Für jemand wie ihn, der in den Tropen aufgewachsen war, war diese Landschaft die Hölle, und er fragte sich, wie man hier leben konnte. Doch schon bald dachte er an seine eigenen Pläne und beschloss, seine Helfer, die sich bis jetzt vollkommen ruhig verhalten hatten, zusammenzurufen und dafür zu sorgen, dass Nastja Paragina zwar in Kirkenes von Bord gehen, dann aber rasch einen ungeplanten Ausflug in seiner Gesellschaft unternehmen würde.

ACHTZEHN

Henriette und Torsten waren sich sicher, dass auf der *Trollfjord* immer mehr Dinge geschahen, die nicht im Sinne der Hurtigruten-Linie sein konnten. Allerdings waren ihre Möglichkeiten, in die Aktionen einzugreifen, so gut wie nicht vorhanden. Da sie bei ihren früheren Aufträgen aktiv hatten handeln können, machte ihnen die aufgezwungene Tatenlosigkeit zunehmend zu schaffen. Nach dem Abendessen hatten sie sich in den Espolin-Johnson-Room zurückgezogen und betrachteten die düsteren Gemälde des Künstlers, die vom harten Leben am Meer erzählten. Torsten hatte sich kleine Kopfhörer in die Ohren gesteckt und schien Musik zu hören. In Wirklichkeit war er mit seinem Laptop verbunden, der die Tonaufnahmen der Miniwanzen auswertete und sofort meldete, wenn irgendwo jemand redete. Meist war es jedoch belangloses Zeug. Irgendwann aber hörte er John Thorntons Stimme. »Wir sollten uns an die Bar setzen und eine Cola trinken, Pat. Das würde Ihren Nerven guttun!«

»Meine Nerven sind bestens!«, gab Shears giftig zurück.

»Wie Sie meinen! Ich gehe auf jeden Fall zur Bar hoch.« Johns Schritte verklangen, und Torsten hörte noch das Wort Idiot, das Shears dem anderen leise nachzischte. Dann kam jemand hinzu, und Shears Stimme wurde wieder normal.

»Ist alles klar, Sally?«

»Natürlich«, klang es ziemlich verkniffen zurück. »Also noch mal: Ist es die Kabine 609?«

»Ja!«

Mehr konnte Torsten nicht hören. Einen Augenblick lang zögerte er, dann stand er auf und blinzelte Henriette zu. »Ich muss kurz zur Toilette!«

»Okay! Ich hole mir noch eine Cola«, sagte Henriette und stand auf. Während sie die paar Schritte zur Bar zurücklegte, sauste Torsten nach unten bis Deck sechs und ging dort weiter in Richtung Bug. Doch dort war nichts Bemerkenswertes zu erkennen. Enttäuscht kehrte er wieder zum Doppellift zurück, um von dort aus den Zugang zu Kabine 609 im Auge zu behalten.

NEUNZEHN

Sally Marble hatte Glück, denn sie kam rasch und ungesehen zur gesuchten Kabine und benutzte ihre gefälschte Bordkarte, um diese zu betreten. Nach einem ersten Blick verzog sie das Gesicht. Valdez reiste mit geringem Gepäck, das in einen einzigen abgeschabten Lederkoffer passte. Elektronische Geräte fehlten bis auf einen Wecker ganz. Doch es war nicht ihre Aufgabe, sich darüber Gedanken zu machen. Rasch griff sie unter ihr Kleid, das sie als Angehörige des Reinigungspersonals auswies, und zog eine kleine Mappe hervor. Noch während sie überlegte, welches Mittel sie anwenden sollte, fiel ihr Blick auf eine noch fast volle Mineralwasserflasche auf dem Schreibtisch. Sie öffnete diese, legte den Deckel beiseite und nahm eine kleine Ampulle aus ihrer Mappe.

Es knackte kurz, als sie den Kopf abbrach, dann füllte sie den Inhalt der Ampulle in die Mineralwasserflasche und schraubte sie zu. Fünf Sekunden später war die Mappe wieder unter ihrer Kleidung verschwunden, und Sally öffnete die Kabinentür. Auf dem Flur war niemand zu sehen. Nur vorne bei den Liften lehnte ein Passagier an der Wand und sah in ihre Richtung. Sie wartete ein paar Augenblicke, bis sich einige Reisende vor den Mann schoben, huschte aus der Kabine und tat so, als käme sie aus einer anderen.

Mit dem Gefühl, nicht nur ihren Auftrag erfüllt, sondern auch einen weiteren möglichen Gegner ausgemacht zu haben, ging sie zum Lift und kam bis auf zwei Schritte an den Mann heran. Seine Miene wirkte so uninteressiert, dass es sie als Frau direkt kränkte. Dann aber beglückwünschte Sally sich zu ihrer ausgezeichneten Maske.

Fünf Minuten später befand sie sich in einer der Ausweichkabinen, die Rumble hatte buchen lassen, zog sich um und stopfte Kleid, Perücke und Schuhe in einen Beutel. Ein Kollege würde die Sachen später wegbringen und dafür sorgen, dass sie nie gefunden wurden.

Danach rief Sally ihren Chef an und meldete Vollzug.

»Gut! Jetzt warten wir ab, ob der Waschbär in die Falle geht«, antwortete Rumble. »Sie und Pat kommen zu mir. Wir drei bleiben die nächste Zeit zusammen und bereiten alles für unsere eigene Weihnachtsfeier vor.«

Obwohl Sally nicht an schwachen Nerven litt, war sie froh, die nächsten Stunden in Gesellschaft verbringen zu dürfen. Auch wenn Manolo Valdez wie geplant ums Leben kommen würde, gab es noch genug Agenten an Bord, die ihnen gefährlich werden konnten. Dieser Gedanke erinnerte sie an den Mann, den sie auf Deck sechs in der Nähe des Lifts beobachtet hatte, und sie gab dessen Personenbeschreibung durch.

»Wir werden uns später um den Kerl kümmern. Jetzt kommen Sie endlich zu mir! Es gibt einiges zu tun«, antwortete Rumble und beendete die Verbindung.

Sally steckte ihr Handy in die Tasche und machte sich auf den Weg. Wenn es Valdez erwischte, stand es eins zu eins zwischen ihr und Pat Shears, dachte sie, nur dass der Südamerikaner ein größeres Kaliber darstellte als Stavros Lefteridis.

ZWANZIG

Nachdem Torsten zwanzig Minuten gewartet hatte, ohne Sally zu bemerken, gab er seinen Beobachtungsposten auf. Während er nach oben fuhr, fragte er sich, ob er die Kabinennummer falsch verstanden hatte oder die US-Agenten die Decks mit einem speziellen Code anders nummeriert hatten.

Als Torsten auf Deck acht ankam, drängte sich Lambert Gillmann in den Aufzug, ohne ihn vorher aussteigen zu lassen. »Ich gehe jetzt ins Bett«, knurrte er. »Draußen ist es dunkel wie in einem Kohlenkeller – falls Sie noch wissen, was das ist. Ein Polarlicht werden wir bei dem Sturm sowieso nicht sehen, und die Getränke an Bord sind mir ehrlich gesagt zu teuer.«

Damit drückte Gillmann den Knopf, und die Tür des Lifts schloss sich.

Torsten hatte zu lange gewartet und musste wieder mit

nach unten fahren. Daher dauerte es ein wenig, bis er auf Deck acht aussteigen konnte. Kaum hatte er den Aufzug verlassen, kam ihm Sally Marble entgegen. Petra hatte nicht viel über die Frau herausbringen können, und sie war eigentlich nur deswegen in seinen Fokus geraten, weil sie mehrmals mit Rumble und Pat Shears gesprochen hatte. Da sie hier oben war, hatte sie ihren Auftrag entweder bereits ausgeführt, oder dieser war im letzten Augenblick abgeblasen worden. Auf jeden Fall hatte es nichts mit Nastja Paragina zu tun, denn die war in der Reeder-Suite auf Deck acht zu finden und nicht in einer Innenkabine auf Deck sechs.

Noch während er darüber nachdachte, ging er an Sally vorbei und zuckte zusammen. Irgendetwas war mit ihr, doch er kam nicht darauf. Nachdenklich gesellte er sich wieder zu Henriette und bekam deren feines Parfüm in die Nase. In dem Augenblick klatschte er sich mit der flachen Hand gegen die Stirn. Sally Marbles Parfüm war das gleiche wie das der Reinigungskraft auf Deck sechs. Als er das begriff, erkannte er auch die Ähnlichkeit im Gang der beiden Frauen und begriff, dass die amerikanische Agentin ihn überlistet hatte. Was die Frau auf Deck sechs unternommen hatte, war ihm nicht klar. Daher musste er sich fast mit Gewalt zurückhalten, nicht erneut hinabzufahren, um es herauszufinden.

Henriette bemerkte seine Unruhe. »Was ist los, Torsten?«

»Im Moment noch nichts, aber wahrscheinlich bald des Teufels Kochkessel!«

EINUNDZWANZIG

Lambert Gillmann genoss die Reise mehr, als er vor sich und anderen zugeben wollte. Skandinavien im Winter war ein Erlebnis, wie er es sich immer ausgemalt hatte, mit blizzardartigen Schneestürmen, die sich von der *Trollfjord* aus wunderbar beobachten ließen, mit einem ausgezeichneten Frühstücksbüffet zum Sattessen und einem recht guten Abendessen. Außerdem war am nächsten Tag Heiliger Abend, und den würde er in Kirkenes, dem am weitesten entfernten Punkt seiner Reise, verbringen. Nach der Reisebeschreibung würde es ein köstliches Abendbüffet geben, mit all den Leckerbissen, die man in diesem Land sonst teuer bezahlen musste. Überdies war er seine Verwandtschaft los, die doch nur zu ihm kam, weil sie hoffte, sich durchfressen und ein paar Euros als Weihnachtsgeschenk erbetteln zu können.

Zufrieden mit sich und seiner Situation öffnete er seine Kabinentür und trat ein. Entspannt zog er Jacke und Schuhe aus, setzte sich auf die Couch und nahm das Buch zur Hand, das ihm ein anderer Passagier geliehen hatte.

Während er las, streckte er die Hand nach der auf dem Schreibtisch stehenden Mineralwasserflasche aus, öffnete sie, ohne hinzusehen, und setzte sie an die Lippen.

Schmeckt wie eingeschlafene Füße, dachte er, während er gierig trank. Da ihm die Getränkepreise im Bordshop zu hoch waren, hatte er sich das Mineralwasser bei ihren Hafenaufenthalten in Lebensmittelläden und Supermärkten besorgt. Bei jeder Flasche sparte er achtzig Cent, das machte bei zwei Flaschen am Tag und insgesamt zwölf vollen Tagen an Bord neunzehn Euro und zwanzig Cent. Das, fand Gillmann, war nicht zu verachten.

Er setzte die Flasche ab, verschraubte sie und wollte weiterlesen. Doch plötzlich verschwammen ihm die Buchstaben vor den Augen. Verwirrt kniff er die Lider zusammen, öffnete sie wieder, sah aber nur Nebel und die schemenhaften Umrisse der Möbel. Erschrocken versuchte er aufzustehen, doch die Glieder versagten ihm den Dienst. Er vermochte nicht einmal mehr um Hilfe zu rufen.

Während sein Körper immer mehr erschlaffte, fragte er sich verzweifelt, was mit ihm geschah. Sein letzter Gedanke war, dass er sein Wasser wohl doch nicht in einem Laden hätte kaufen sollen. Dann kippte er zur Seite und fiel mit dem Oberkörper aufs Bett.

Die *Trollfjord* hatte mittlerweile Mehamn hinter sich gelassen und steuerte in die offene Barentssee hinaus. Das Wetter war wieder schlechter geworden, und auf der Brücke focht Kapitän Andresen einen harten Kampf mit sich aus. Er wusste, dass es klüger wäre, den nächsten Hafen anzulaufen und dort zu warten, gleichgültig, ob Verwandte und Gäste vergeblich auf das Schiff warteten, auf dem sie mit der Mannschaft das Weihnachtsfest feiern wollten.

»Was sagt das Wetterradar?«, fragte er seinen Navigationsoffizier.

Dieser sah auf den Schirm und zuckte dann hilflos mit den Schultern. »Für mich hat das Ding einen Knall! Der Anzeige zufolge müssten wir den Sturm bereits hinter uns gelassen haben.«

»Wenn es so ist, steuern wir Berlevåg an und bleiben dort. Oder ist es leichter, nach Båtsfjord zu kommen?«, fragte der Kapitän.

»Vielleicht schaffen wir es bis Vardø«, wandte der Navigator ein.

Andresen schüttelte den Kopf. »Wir nehmen den nächsten Hafen. Wenn ich gewusst hätte, dass das Wetterradar Probleme macht, wären wir in Honningsvåg geblieben oder spätestens in Mehamn. Jetzt müssen wir zusehen, dass wir heil in den Hafen kommen. Die See ist verdammt rau.«

»Ich schätze, in dieser Nacht werden einige kotzen«, warf der Sicherheitsoffizier bissig ein.

Der Kapitän blickte auf die Wellen, die immer stärker gegen die *Trollfjord* brandeten und das Schiff bis hoch zur Brücke in Gischt tauchten.

»Wir hätten in Honningsvåg bleiben müssen«, flüsterte er bedrückt. Er hatte begriffen, dass es ein schwerer Fehler von ihm gewesen war weiterzufahren.

ZWEIUNDZWANZIG

Auch in der Reeder-Suite war der rauhe Seegang zu spüren. Das Schiff arbeitete hart gegen den Sturm, rollte unregelmäßig von einer Seite zur anderen und bäumte sich zwischendurch so stark auf, dass Nastja Paragina sich erschrocken festhielt.

Espen Terjesen grinste übermütig. Zwar war das Wetter auch für seine Pläne nicht ideal, aber es würde ihm die Verfolger so lange vom Hals halten, bis er und die russische Wissenschaftlerin samt ihrer Beute unauffindbar waren.

»Ist alles vorbereitet?«, fragte er Bjarne Aurland.

Dieser nickte selbstgefällig. »Wir haben alles im Griff. Mir tut nur der Kapitän leid. Bei dem Wetter würde er wahrscheinlich am liebsten den nächsten Hafen ansteuern.«

»Die *Trollfjord* wird in keinen Hafen der Welt mehr einfahren«, spottete Terjesen. »Habt ihr dafür gesorgt, dass die beiden Paletten mit Sprengstoff an den richtigen Stellen stehen?«

Erneut nickte Aurland. »Das sind sie und zwar samt Zeitzünder. Die Sprengung per Funk auszulösen, ist mir bei dem heftigen Wetter zu unsicher. Wenn das Signal nicht richtig ankommt, passiert rein gar nichts.«

»Halt keine Vorträge, sondern mach deinen Job!«, schnitt Terjesen ihm das Wort ab. »Wir werden einige Agenten an Bord betäuben und mitnehmen, um sie später verhören zu können. Ich muss mehr über die einzelnen Geheimdienste erfahren.«

»Wie viele haben wir bisher ausräuchern können?«, wollte Aga Hemsedalen wissen.

»Genug! Es dürfte sich lohnen, die meisten davon mitzunehmen. Hier sind die Bilder und die Kabinennummern derjenigen, die ich ausgesucht habe.« Terjesen reichte seinen beiden Mitverschworenen je einen Zettel mit den entsprechenden Daten und Fotos.

»Leitet zuerst das Betäubungsgas in die Klimaanlage, damit die Passagiere schlafen. Dann werden wir die Besatzung auf der Brücke ausschalten. Wenn das erledigt ist, könnt ihr euch um die Agenten kümmern.« Terjesen fühlte sich wie im Rausch, zwang sich aber dazu, klar zu denken, um keinen Fehler zu begehen.

Es darf nicht der geringste Punkt dem Zufall überlassen werden, mahnte er sich. Daher loggte er sich in Aurlands Computer ein und überprüfte noch einmal sämtliche offen zugänglichen Räume des Schiffes. Zufrieden stellte er fest, dass sich fast alle Passagiere in ihre Kabinen zurückgezogen hatten. Nur ein paar wenige saßen noch in der Horizont-Gallery und im Espolin-Johnson-Room. Hinzu kam eine Gruppe Touristen und Einheimischer, die die *Trollfjord* nur als Fähre von einem Hafen zum anderen benutzten und sich im Café aufhielten.

»Sorgt dafür, dass auch in diese Räume Gas eingeleitet wird«, befahl er Aurland und Hemsedalen und wandte sich dann an Nastja, die still und missgelaunt in einem Sessel saß.

»Du solltest dich vorbereiten. Es geht gleich los. Willst du ebenfalls so ein Ding?« Espen Terjesen hob seine Waffe, die mehr einem schmalen Metallkasten mit Griff als einer Pistole glich.

Nastja schüttelte den Kopf. »Lieber nicht! Ich kann das nicht.«

»Es ist nicht viel dabei!« Terjesen öffnete einen Koffer, aus dem eine rauchartige Wolke aufstieg, und zog mehrere längliche Vierkantstäbe hervor. »Hier! Die blauen sind für die Leute, die wir noch brauchen, die roten für die Männer auf der Brücke. Und jetzt an die Arbeit! Wir dürften unseren Treffpunkt in einer Stunde erreicht haben!« Damit war seines Erachtens alles gesagt. Er verteilte die fremdartigen Magazine, lud seine Waffe mit einem roten Stab und schnallte sich ein Atemgerät um. »Damit das Gas nicht uns erwischt.«

Aurland und Hemsedalen folgten seinem Beispiel, während Nastja nur zögernd zu dem für sie vorgesehenen Gerät griff.

»Mir wäre lieber, wir könnten die Sache anders regeln«, murmelte sie.

Sie erhielt keine Antwort und hatte sie auch nicht erwartet. Seufzend schnallte sie sich das Atemgerät um und legte die Maske an. Dann trat sie zusammen mit Espen Terjesen und den beiden anderen Männern auf den Flur hinaus.

In den Gängen spürte sie einen kalten Luftzug, schauderte unwillkürlich und lief beinahe ängstlich hinter Terjesen her, der eben ein Deck tiefer stieg und in Richtung Brücke ging.

Aurland fuhr nach unten zum Herzstück der Klimaanlage und schraubte die Blinddeckel der Ablassventile auf. Sein Kumpan Hemsedalen reichte ihm die erste Gasflasche samt einem Schlauch mit dem Adapterstück.

»Gleich werden alle schlafen wie die Kindlein«, erklärte er grinsend.

Aurland war im Augenblick nicht für Witze empfänglich und schnauzte seinen Kumpan an: »Mach schon! Sonst entdeckt uns noch jemand. Oder hast du die Nachtschicht im Laderaum vergessen?«

Hemsedalen winkte jedoch nur ab und schleppte die nächste Gasflasche herbei. »Das dürfte die Passagiere für die nächste Zeit schlafen legen. Jetzt noch eine Flasche für die Unterkünfte der Besatzung und eine für die Brücke, dann kann das große Spiel beginnen. Danach werden wir Millionäre sein, Bjarne, Millionäre!« Nun grinste er übers ganze Gesicht.

Aurland sah ihn missbilligend an. »Setz deine Sauerstoffmaske richtig auf und schalte das Sprechgerät ein, sonst liegst du gleich ebenfalls flach. Glaube aber nicht, dass ich dich mitschleppen werde. Ich habe genug anderes zu tun.«

»Miesmuschel!«, antwortete Hemsedalen, gehorchte dann aber und zog die Maske über das Gesicht.

Unterdessen hatte Aurland alle Flaschen mit den Ablaufstutzen der Klimaanlage an Bord verbunden und drehte deren Ventile auf. Es zischte, als das Betäubungsgas in die Rohre schoss, von der Anlage eingesaugt wurde und sich im Schiff verteilte.

Aurland warf noch einen kurzen Blick darauf, nickte dann zufrieden und trat zurück. »In fünf Minuten können wir loslegen«, meldete er Terjesen. Sein Kumpan fasste mit der Rechten nach der plump wirkenden Waffe und hängte sich mit der anderen eine Maschinenpistole mit zwei Ersatzmagazinen über die Schulter.

»Nur für alle Fälle«, erklärte er Aurland und verließ den Laderaum, um mit dem Lift nach oben zu fahren.

Ein Passagier, der es in seiner Kabine nicht mehr ausgehalten hatte, kam ihm entgegen und starrte ihn verwirrt an. Bevor der Mann reagieren konnte, zielte Hemsedalen auf ihn und drückte ab. Ein kurzes Fauchen ertönte, dann zuckte der Passagier zusammen und griff sich an den Hals. Er öffnete noch den Mund, doch es kam kein Ton über seine Lippen. Dann brach er zusammen und versank in jener bodenlosen Schwärze, aus der es keine Rückkehr gab.

VIERTER TEIL

DER FLIEGENDE HOLLÄNDER

EINS

Kapitän Andresen starrte mit verkniffener Miene in die Nacht hinaus. Seit dreißig Jahren befuhr er diese Strecke, mehr als die Hälfte davon als Kapitän eines Hurtigruten-Schiffs. In dieser Zeit hatte er schon einiges erlebt, aber noch nie hatte er gegen den wichtigsten Grundsatz der Reederei verstoßen: Niemals das Schiff und das Leben der Passagiere gefährden.

Mit einem verärgerten Schnauben wandte er sich an seinen Navigationsoffizier. »Was ist jetzt mit dem Wetterradar?«

»Das ist immer noch im Eimer.«

»Verdammt! Wegen dieses elenden Dings sind wir nicht im Hafen geblieben, sondern weitergefahren.« Andresen verfluchte sein Vertrauen in die Technik, welches ihn in das Dilemma geführt hatte. Es blieb ihm daher nichts anderes übrig, als Kontakt zur Reederei aufzunehmen.

»Funken Sie Kirkenes an, Iversen! Die sollen uns informieren, wie das Wetter weiter draußen aussieht. Ich habe wenig Lust, bei diesem Sturm in Berlevåg anzulegen.«

Der Mann gab die Meldung durch und wartete auf Antwort. Doch nach zwei Minuten blickte er verwirrt zu Andresen auf.

»Es tut mir leid, Kapitän. Aber ich bekomme keine Verbindung zu Kirkenes. Unsere Funkanlage scheint tot zu sein.«

Andresen stand da, als hätte ihn der Schlag getroffen. »Ist denn alles an Bord defekt? Das gibt es doch nicht!« Er holte tief Luft. »Checken Sie die Geräte!«

Da allen der Ernst der Lage klar geworden war, machte sich die Brückencrew sofort an die Arbeit. Einer holte sogar einen Handkompass aus einem Nebenraum und stellte ihn neben den Bordkompass. Bereits beim ersten Vergleich begann er, heftig zu fluchen. »Der Kompass funktioniert auch nicht mehr. Statt nach Südosten fahren wir schnurstracks nach Norden!«

»Das darf nicht wahr sein!« Der Kapitän trat neben ihn und starrte fassungslos auf den elektronischen und den mechanischen Kompass. Dort, wo bei ihrem Schiffskompass Südosten war, zeigte der andere Norden an.

»Mein Gott, wie konnte das passieren?« Erregt wischte Andresen sich über die Augen und wollte noch etwas sagen. Da hörte er hinter sich Iversens Aufschrei.

»Kapitän, kommen Sie und hören Sie sich das an! Ich habe die Bandaufzeichnung der Funkanlage überprüft und das gefunden.«

Der Mann schaltete die Wiedergabe ein, und Andresen hörte zu seinem Entsetzen seine eigene Stimme, die nach Kirkenes meldete, dass er sich wegen des Sturmes entschlossen hätte, in Honningsvåg zu bleiben.

»Das habe ich nie gesagt!«, rief er entsetzt aus.

Iversen war wie vom Donner gerührt. »Das kann kein Systemfehler sein! So arbeitet ein Computer einfach nicht.«

Konsterniert starrte der Sicherheitsoffizier den Kapitän an. »Was machen wir jetzt?«

Andresen wiegte den Kopf und wies auf die Gischt, die das Vorschiff immer noch bis hoch zur Brücke überschüttete und im Licht der Scheinwerfer golden aufleuchtete. »Da wir den Geräten im Augenblick nicht trauen können, müssen wir den Sturm abreiten. Das ist die einzige Möglichkeit, die uns bleibt. Gebt der Mannschaft durch, dass sie alles sichern sollen. Die Passagiere müssen in ihre Kabinen zurückkehren und dort bleiben, bis wir Entwarnung geben.«

Der Sicherheitsoffizier wandte sich der Sprechanlage zu, blieb dann aber stehen und fuhr sich über die Augen. »Ich weiß nicht ... mir ist ...«, brachte er noch heraus, dann sank er zu Boden und rührte sich nicht mehr.

Im nächsten Augenblick kippte der Navigator aus seinem Sessel und begann mit offenem Mund zu schnarchen. Panikerfüllt sah Andresen, wie die Brückencrew Mann für Mann zusammensackte. Zwar stand er noch auf den Beinen, doch sein Kopf fühlte sich auf einmal so leer an, dass er keinen klaren Gedanken mehr fassen konnte. Unwillkürlich stieß er den angehaltenen Atem aus und rang nach Luft.

Da sah er, wie die Eingangstür zur Brücke geöffnet wurde und drei Personen hereinkamen. Jede trug eine Atemmaske vor dem Gesicht und eine futuristisch aussehende Waffe in der Hand.

ZWEI

Espen Terjesen nickte erleichtert, als seine beiden Helfershelfer von unten hochkamen. »Alles gut gegangen?«

Die beiden nickten, und Hemsedalen grinste dabei. »Ich habe einen Passagier erschießen müssen, der uns in die Quere gekommen ist, und ich muss sagen, diese Waffen funktionieren ausgezeichnet.«

»Wir haben nur eine Stunde Zeit, dann wird das Magazin zu warm und die Eisbolzen zerlaufen. Also beeilt euch!« Mit diesen Worten ging Terjesen auf den Eingang zur Brücke zu und wartete, bis Aurland eine gefälschte Identifikationskarte eingesteckt und geöffnet hatte. Mit der Waffe im Anschlag trat er als Erster ein. Er sah sofort, dass es keinen Widerstand mehr gab.

Die meisten Brückenoffiziere waren bereits bewusstlos. Nur der Kapitän stand noch auf den Beinen, schwankte aber wie betrunken und starrte ihn aus müden Augen an.

»Was ist los?«, brachte Andresen noch heraus.

In dem Moment hob Terjesen die Luftdruckwaffe und schoss ihm einen Giftstachel aus Eis in den Hals. Sekunden später schlug der Kapitän auf dem Boden auf und blieb starr und steif liegen.

»Erledigt!«, stieß Espen Terjesen triumphierend hervor und feuerte auf Andresens Stellvertreter und den Sicherheitsoffizier. Beide merkten nicht einmal, wie ihre Betäubung in den Tod überging.

Nun wandte Terjesen sich an seine beiden Helfer. »Bringt alle Brückenoffiziere um! Auch die, die in ihren Kojen liegen. Keiner darf überleben. Er könnte zu früh aufwachen und eine Möglichkeit finden, die Küstenwache zu informieren.«

»Und die Passagiere?«, fragte Hemsedalen.

»Die meisten Handys funktionieren in diesen Breiten ohnehin nicht. Außerdem kennen die Passagiere sich nicht so gut mit dem Schiff und der christlichen Seefahrt aus, dass sie wesentliche Informationen weitergeben könnten, bevor es hier knallt«, antwortete Terjesen und legte auf den nächsten Brückenoffizier an. Erneut ertönte ein kurzes Zischen, dann war auch dieser Mann tot.

Seine Kumpane erledigten den Rest der Crew. Dabei drangen sie auch in die Kabinen ein, in denen die Männer schliefen, die die nächste Schicht auf der Brücke hätten übernehmen sollen.

Es ging alles sehr zügig. Als der letzte Offizier der Brückencrew tot war, setzte Terjesen sich auf den Platz des Kapitäns und übernahm das Steuer. »Als Junge wollte ich unbedingt Kapitän auf einem Hurtigruten-Schiff werden. Jetzt bin ich es, wenigstens für ein paar Minuten«, sagte er mit einem triumphierenden Lachen.

Rasch wurde er wieder ernst. »Ihr zwei schafft jetzt die Leute von der Liste in das vorbereitete Rettungsboot. Halt!

Vorher vergleichen wir noch einmal die Namen. Als Erster steht Anthony Rumble darauf. Er ist der Geheimdienstkoordinator des amerikanischen Präsidenten und kennt somit die gesamte Organisation. Pat Shears und Sally Marble könnt ihr erschießen. Oder nein! Die beiden nehmen wir auch mit. Die Frau soll ein Computercrack sein und könnte über mehr Interna verfügen als Rumble. Die Tarnnamen, unter denen die Agenten sich auf der *Trollfjord* eingeschleust haben, stehen ebenfalls auf der Liste. Also braucht ihr nicht lange zu suchen. Überseht bloß nicht den Chef des amerikanischen Heeresgeheimdienstes. Der hat zwar versucht, möglichst unauffällig zu sein, aber ich habe ihn trotzdem ausgeräuchert.«

»Wir sind keine dummen Jungen«, warf Aurland giftig ein.

»Das seid ihr nicht! Im Gegenteil! Ihr seid ganz große Klasse«, lobte Terjesen seine beiden Helfer. »Aber weiter im Text: Von den Russen nehmen wir nur diesen Schigulin mit. Die anderen sind zur Tarnung und als Helfer mitgefahren, die dem eigentlichen Team den Rücken freihalten sollten, und werden nicht viel wissen. Es ist fast beleidigend, dass Russland keine Spitzenleute geschickt hat. Die warten wohl in Kirkenes auf ihren Einsatz, aber da können sie sich die Fingernägel bis auf die Knochen abkauen.«

»Vielleicht hätten wir die Kresczinska nicht umbringen sollen«, meinte Aurland.

Terjesen schüttelte den Kopf. »Das war schon richtig, denn es hat die Nervosität der Geheimdienstler erhöht und sie dazu gebracht, sich ganz mit sich selbst zu beschäftigen. Nur so konnten wir unsere Aktion ungestört vorbereiten. Nach Schigulin ist Thornton der Nächste, den ihr ins Boot schafft. Er ist bei unserer ärgsten Konkurrenz für die Abwehr von Betriebsspionage tätig und kann uns ebenfalls einiges erzählen. Außerdem nehmen wir Valdez mit. Es hat lange gedauert, bis wir ihn identifizieren konnten, und das wäre mir ohne den Tod der Kresczinska nicht gelungen. Abraham Farrit alias Ibrahim Farid alias Abu Fuad dürfen wir ebenfalls nicht vergessen. In Kabine 702 befinden sich zwei Mossad-Agenten. Diese sind zwar nicht auf Nastja angesetzt worden, sondern sollten nur diese Ansammlung von Agenten auf der *Trollfjord* beobachten.«

Nach einem weiteren Dutzend Namen kam Terjesen zu einem Punkt, der sich bislang als härteste Nuss erwiesen hatte. »Ich will auch den Roten Drachen aus China haben, aber ich habe ihn bisher nicht einmal ansatzweise identifizieren können. Daher werdet ihr alle Chinesen, die auf der Liste stehen, in das Rettungsboot schaffen. Einer von denen muss es sein.«

Erneut brachte Aurland einen Einwand. »Wenn wir die alle mitnehmen, wird das Rettungsboot ziemlich voll!«

»Ich habe ausgerechnet, dass es reicht. Allerdings müssen wir nachrangige Geheimdienstler zurücklassen.«

»Was ist mit den Familienangehörigen der Chinesen? Die Kerle sind ja mit wahren Clans angereist!«, setzte Aurland hinzu.

Terjesen machte eine wegwerfende Handbewegung. »Lasst sie liegen. Es war ihr persönliches Risiko, auf diesem Schiff mitzufahren. Macht endlich und schließt die Sache hier ab! Nach meiner letzten Kontaktaufnahme mit der *Midgardsormr* sind wir nur noch zwanzig Meilen von ihr entfernt. Sie kommt uns entgegen und wird uns an Bord nehmen. Halt, Hemsedalen! Deine Maschinenpistole lässt du hier. Die brauche ich jetzt.«

Er streckte die Hand aus und erhielt nach kurzem Zögern die Waffe ausgehändigt. Als seine beiden Begleiter die Brücke verließen, richtete er den Kurs genau nach Norden aus, trat ein paar Schritte zurück und feuerte das gesamte Magazin der Maschinenpistole auf die Steueranlage ab. Ein

Bildschirm nach dem anderen erlosch, und aus einer Konsole drang Rauch. Mit einem zufriedenen Lachen wandte Espen Terjesen sich ab, blieb aber an der Eingangstür stehen, lud ein neues Magazin und richtete die MP auf die Panoramafenster der Brücke. Als er diesmal den Abzug betätigte, knallten die Geschosse wie Hagelkörner gegen die Panzerscheiben. Zuerst zeigten sich dort nur Risse und Sprünge, doch dann platzte eine der Scheiben auseinander, und Glassplitter hagelten in den Raum.

Terjesen schoss, bis das Magazin leer war, lud neu und feuerte die nächste Salve auf die Fenster ab. Erst als drei weitere Scheiben zu Bruch gegangen waren und ein eisiger Wind in die Brücke fegte, verließ er den Raum.

Draußen wartete Nastja Paragina auf ihn. Obwohl es im Schiff selbst noch warm war, zitterte sie am ganzen Körper.

»Ist es vorbei?«

»Das ist es. Du hättest es sehen sollen! Ich habe das Ganze ebenso perfekt organisiert wie damals auf der Belkowski-Insel. Aber das hier ist eine Nummer größer!«

Espen Terjesens Augen leuchteten bei dem Gedanken an den so leicht errungenen Sieg. Anders als die Russin quälten ihn keine Zweifel, denn für ihn gab es nur ein Ziel, das es zu erreichen galt, dafür war Härte vonnöten. Allerdings waren er und sein Bruder gänzlich auf Nastja angewiesen. Die Russin war die einzige Person auf der Welt, die über das Wissen verfügte, das die Voraussetzung war für ihren Erfolg, und sie gab es aus schlechter Erfahrung nicht mehr aus der Hand. Daher mussten sie die Wissenschaftlerin bei Laune halten.

»Du kannst schon ins Boot steigen. Aber zieh dir vorher etwas Dickeres an. Draußen ist es saumäßig kalt.« Espen Terjesen klang so fürsorglich, als wäre er nicht derselbe Mann, der gerade eben, ohne mit der Wimper zu zucken, mehrere Menschen getötet hatte.

Mit einem Nicken ließ Nastja ihn stehen und lief in Richtung Treppe, um ihren Parka zu holen und dann ein Deck tiefer das vorgesehene Rettungsboot aufzusuchen.

Kaum war sie außer Sicht, brachten Aurland und Hemsedalen die ersten, dem Betäubungsgas zum Opfer gefallenen Geheimagenten mit einem kleinen Wagen heran. Als sie Terjesen erreichten, blieben sie stehen.

»Sie sollten mitkommen und helfen, damit wir die Leute rascher verladen können«, erklärte Aurland.

Hemsedalen lachte auf. »Nicht dass uns die *Trollfjord* um die Ohren fliegt. Bjarne weiß nämlich nicht mehr, ob er den Zeitzünder der Bomben jetzt auf zwei oder vier Uhr morgens eingestellt hat, oder einen auf zwei und den anderen auf vier.«

Für einen Augenblick fuhr Terjesen der Schreck in die Glieder, aber dann lachte er gezwungen. »Leute, heute ist Weihnachten und nicht der erste April. Also lasst gefälligst solche Scherze! Ich hole meine Sachen, dann komme ich zum Rettungsboot. In der Zwischenzeit kann Nastja euch helfen.«

Terjesen drehte sich um und eilte in seine Suite, um seinen Laptop und einen Koffer zu holen, den er mit den wichtigsten Dingen gefüllt hatte. Seine und Nastjas Garderobe, deren Wert sich auf über hunderttausend Euro summierte, ließ er ebenso zurück wie die teuren Koffer, in denen die Kleidung an Bord gebracht worden war.

DREI

Ein schriller Ton, der in ihrem Schädel widerhallte, riss Dai Zhoushe hoch. Im ersten Augenblick begriff sie nicht, was los war. Dann verstand sie die Warnung – Gasangriff. In einer oft geübten Bewegung griff sie zu der kleinen Schachtel am Kopfende ihres Bettes, führte sie zum Mund und ertastete den kaum merkbaren Druckknopf. Als sie diesen betätigte, strömte frischer, mit Menthol und kreislaufanregenden Essenzen versetzter Sauerstoff aus der darin verborgenen Ampulle in ihre Lungen. Trotzdem fühlte sie sich so matt, dass sie kaum den Kopf heben konnte.

Als sie die Augen öffnete, stellte sie keinen Unterschied zu den vergangenen Nächten fest. In der Kabine war es bis auf die Anzeige auf dem Telefon dunkel, und ihr Mann schnarchte drüben auf der Bettcouch. Als sie genauer hinhörte, klang sein Atem nicht gesund. Doch bevor sie ihm helfen konnte, musste sie erst herausfinden, weshalb ihr Analysegerät Alarm geschlagen hatte. Sie kämpfte gegen die Schwäche an, die sie umfangen hielt, und wollte aufstehen. Da vernahm sie Geräusche vor der Kabinentür, drehte sich so, dass sie beobachten konnte, was vorging, und blieb stocksteif liegen.

Sekunden später wurde die Tür geöffnet. Zwei Männer schalteten das Licht an und traten ein. Rasch schloss Dai Zhoushe die Augen zu schmalen Schlitzen und beobachtete die Kerle. Sie erkannte die Eindringlinge sofort, denn die Männer gehörten zur Besatzung.

»Das dort ist die Nummer sechs!«, sagte einer.

Zwar war ihr Norwegisch eher rudimentär, doch so viel konnte sie verstehen.

»Ob er der Red Dragon ist?«, fragte der andere.

»Einer von den Kerlen wird es sein. Wir finden schon heraus, wer es ist«, antwortete der größere der beiden. »Hilf mir, ihn hinauszutragen!«

Sein Kumpan machte ein nachdenkliches Gesicht. »Sollten wir nicht zuerst die Agenten aus den hinteren Kabinen holen? Sonst müssen wir den vollen Wagen dorthin und wieder zurückschieben.«

»Wenn du meinst!« Die beiden verließen die Kabine wieder, und Dai Zhoushes Gedanken rasten. Der Sauerstoffstoß war fast aufgebraucht, und sie spürte, wie ihr Gehirn sich immer schwerer tat, klar zu denken. Wenn sie nicht bewusstlos werden wollte, musste sie etwas unternehmen. Sie versuchte aufzustehen, doch die Beine waren weich wie Watte und wollten ihr Gewicht nicht tragen. Mit Mühe und Not zog sie sich mit den Händen hoch und holte die kleine Atemmaske aus ihrem Kosmetikkoffer. Gleichzeitig überlegte sie, was sie tun sollte. Um den beiden Männern zu entkommen, war sie zu schwach.

Was hatten die Kerle gesagt? Ihr Mann könnte Red Dragon sein? Hätte sie sich nicht so schwach gefühlt, wäre ihr ein Lachen über die Lippen gekommen.

Ihr Mann war ein renommierter Wissenschaftler und lieferte ihr gleichzeitig eine perfekte Tarnung. Aber anders als sie wusste auch er nicht, wer der Rote Drache war. Das würde die Schurken allerdings nicht daran hindern, ihn mitzunehmen, zu verhören und vielleicht sogar zu foltern.

»Nein, das werdet ihr nicht tun!«, stieß sie stöhnend hervor. Doch sie konnte sich nicht einfach ihren Mann auf die Schultern laden und ihn wegtragen. Dafür fehlte ihr die Kraft. Sie durfte auch die Kabine nicht verlassen, denn sonst würde sie die Kerle auf sich aufmerksam machen.

Dai Zhoushe kamen die Tränen, so hilflos fühlte sie sich. Dann aber schüttelte sie mühsam den Kopf. Ihre Gegner mochten sie zwar für den Augenblick ausgeschaltet haben, doch besiegt war sie noch lange nicht.

Sie riss sich zusammen, schleppte sich zum Bett ihres Ehemanns, zog dessen linken Arm unter der Decke hervor und drückte mit dem langen, spitzen Nagel des kleinen Fingers ihrer linken Hand dreimal auf einen versenkten Knopf seiner Armbanduhr, der für Uneingeweihte kaum zu erkennen war. Danach kehrte sie zu ihrem Bett zurück und legte sich so, dass ihre Atemmaske von der Bettdecke verdeckt wurde.

Kurz darauf kehrten die beiden Schurken zurück. »So, das ist der Letzte! Mit dem haben wir die Liste des Chefs abgehakt«, erklärte einer.

Dai Zhoushe sah, wie die beiden ihren Mann aus dem Bett zerrten, in die Decke wickelten und nach draußen schleppten. Die Decke sprach dafür, dass sie ihn ins Freie bringen wollten, dachte sie, während sie sich wieder auf die Beine kämpfte. Es fiel ihr schwer, die gefütterten Hosen, die Winterstiefel und den Winterparka anzuziehen. Einige Augenblicke kämpfte sie mit dem Reißverschluss der dick wattierten Jacke und unterließ es dann, ihn zu schließen, um nicht noch mehr Zeit zu verlieren.

Bevor sie die Kabine verließ, zog sie eine lippenstiftgroße Sprayflasche, die einem Parfümzerstäuber mit goldener Aufschrift glich, aus ihrem Kosmetikkoffer und steckte sie ein, denn sie wollte nicht unbewaffnet sein, wenn sie auf einen dieser Banditen traf. Sie stopfte auch noch ein paar andere Gegenstände in die vielen Taschen, dann trat sie auf den Gang hinaus und schlich in die Richtung, in die die Männer mit ihren Gefangenen verschwunden waren. Kurz vor dem Lift hörte sie Stimmen und blieb stehen.

»Unser Rendezvous mit der *Midgardsormr* ist in einer Viertelstunde. Wir müssen uns beeilen!«

Sie ordnete die Stimme als die von Espen Terjesen ein und schüttelte verwundert den Kopf. Eigentlich hatte sie einen Zugriff der US-Amerikaner oder Russen erwartet. Doch keine der Agentengruppen hätte Unterstützung durch Mitglieder der Besatzung erhalten. Sie überlegte, was sie tun sollte. In ihrem Zustand war es ihr unmöglich, ihre Gegner aufzuhalten, zumal sie deren Zahl nicht kannte. Sie war nicht einmal in der Lage, ihnen zu folgen, wenn die Männer die *Trollfjord* verließen.

Aber was war mit dem Schiff los? Die Banditen bewegten sich so offen, als hätten sie keine Angst, irgendjemand könne sie sehen oder gar aufhalten wollen. Auch schwankte die *Trollfjord* noch stärker als zu dem Zeitpunkt, an dem sie zu Bett gegangen war. Ein Blick durchs Fenster zeigte ihr, dass das Schiff die Wellen nicht mehr mit dem Bug schnitt, sondern steuerbord getroffen wurde und daher dem Seegang viel stärker ausgeliefert war.

In dem Augenblick war ihr klar, dass die Sorge um ihr eigenes Schicksal jeden Gedanken an die Entführten und die Entführer überwog. Von Sekunde zu Sekunde wurde sie munterer und konnte nun wieder einen Schritt vor den anderen setzen, ohne dass die Welt sich um sie drehte. Daher lief sie zur Brücke und stellte schon im Gang fest, dass deren Tür offen stand.

Was sie drinnen sah, übertraf alle ihre Befürchtungen. Auf der Steuerbordseite waren die Fenster zerschossen, und der eisige Wind wehte Schnee herein, der bereits einen weißen Teppich auf dem Boden und den Instrumenten bildete. Es leuchtete keine Anzeige mehr, und die unzerstörten Bildschirme waren dunkel.

Die Kerle hatten an alles gedacht. Ohne Steuerung würde das Schiff den Sturm nicht überstehen. Wir sind alle dem Tod geweiht, schoss es Dai durch den Kopf. Dann schüttelte sie den Kopf. Schließlich hatte das Schiff genügend Rettungsboote. Sie rannte zur Backbordseite der Brücke, trat in die Nische, die ein Stück über den Schiffsrumpf hinausragte, und sah fassungslos, dass jemand die Rettungsboote zu Wasser gelassen hatte. Die gelben Schiffchen wurden von den Wellen langsam davongetragen. Auf der Steuerbordseite war es das gleiche Bild – bis auf ein Boot, in dem offensichtlich jemand am Steuer saß, denn es fuhr in den Sturm hinein. Da das Boot vollkommen geschlossen war und der größte Teil der Schiffsscheinwerfer nicht mehr funktionierte, konnte sie nur kurz eine Bewegung hinter einem Bullauge erkennen. Unwillkürlich schaute sie auf ihre Uhr und sah, dass der Sekundenzeiger genau in Richtung dieses Bootes zeigte. Also befand sich ihr Mann dort drin.

Aber was half ihr dieses Wissen, wenn die *Trollfjord* unterging? Bei dem Gedanken bemerkte sie, dass sie sich auf ein kleines Steuerpult gestützt hatte. Im Gegensatz zu den anderen Instrumenten funktionierten auf dieser Konsole noch einige Kontrollleuchten.

War das Ding vielleicht noch in Ordnung? Wenn ja, dann brauchte sie jemand, der es bedienen konnte. Sie sah sich einen der am Boden liegenden Schiffsoffiziere näher an und stellte fest, dass der Mann nicht bewusstlos, sondern tot war. Die anderen untersuchte sie gar nicht mehr, sondern eilte, so rasch sie konnte, ins Innere des Schiffes. Auf ihrem Weg klopfte sie gegen etliche Kabinentüren, doch dahinter blieb alles still.

»Vielleicht halten sich Leute in der Panorama-Lounge auf!« Durch das Atemgerät klang ihre Stimme so gequetscht, dass sie sich selbst kaum verstand. Das war ein Problem, wenn sie mit Leuten reden wollte. Dann fiel ihr ein, dass durch die zerschossenen Fenster der Brücke Frischluft ins Schiffsinnere strömte, und sie wagte, ihre Atemmaske abzusetzen. Die Luft war kühler als sonst, doch der Anteil an Betäubungsgas in der Luft schien nicht mehr hoch genug, um sie zu gefährden.

Also konnte sie auch andere wecken. Sie erreichte die Panorama-Lounge, fand diese leer und rannte ein Deck höher zur Horizont-Galerie. Zwei Menschen saßen zurückgelehnt in ihren Sesseln und schliefen. Als sie mit dem kleinen LED-Licht ihrer Uhr in das Gesicht des Mannes leuchtete, atmete sie auf. Wenn es an Bord noch jemand gab, der ihr helfen konnte, dann war er es. Gleichzeitig spottete sie über die Banditen, die ausgerechnet Torsten Renk zurückgelassen hatten.

Sie setzte ihm die Sauerstoffmaske auf und wartete, bis er

das Gemisch darin mehrmals eingeatmet hatte. Als sie das Gerät abnahm, sah sie erleichtert, dass der Mann sich bewegte und schließlich die Augen öffnete.

VIER

In der Annahme, dass sich bald etwas ereignen würde, hatten Henriette und Torsten gegen Mitternacht ihre Kabine verlassen und sich in die Horizont-Galerie zurückgezogen. Dort wollten sie abwechselnd Wache halten. Torsten war zuerst an der Reihe gewesen, doch er war eingeschlafen und in einen Alptraum gefallen, in dem Franz Xaver Wagner und Petra ihm völliges Versagen an den Kopf geworfen hatten. Gerade machte ihn auch noch der Kanzleramtsminister zur Schnecke, da spürte er, wie ihn jemand rüttelte und ihm sogar ein paar Ohrfeigen versetzte.

Eine Frau schrie ihn an: »Wachen Sie auf, Renk, wenn Sie hier nicht elendig krepieren wollen!«

»Was ist los?« Torsten fühlte sich so elend, dass er kaum zu sprechen vermochte.

»Der Teufel persönlich, um es mit Ihren Worten zu sagen! Das Schiff ist steuerlos, die Brückenbesatzung tot, die meisten Instrumente zerstört und die wahren Banditen mit etlichen Geiseln verschwunden.«

Nun riss es Torsten hoch. »Was sagen Sie?«

Sein Blick klärte sich, und er starrte die Person, die sich über ihn beugte, erstaunt an. »Sie, Frau Dai?«

»Namen sind derzeit Schall und Rauch, Renk. Es geht um unser Leben!«

»Woher wissen Sie, wer ich bin?«, fragte Torsten.

Dai Zhoushe war klar, dass sie nicht länger die harmlose Touristin spielen konnte, sondern gab ihre Beziehung zum

Geheimdienst ihres Landes preis. »In unserer Zentrale gibt es einen ganzen Ordner über Sie und Ihren Einsatz in Afghanistan. Sie haben dort ein paar Terroristen ausgeschaltet, hinter denen auch wir her waren.«

Torsten schüttelte sich, um ganz wach zu werden. Dabei fiel sein Blick auf Henriette, die immer noch süß und selig schlummerte. »Aufwachen, es gibt etwas zu tun!«

Dai Zhoushe hob interessiert die Augenbrauen. Die junge Halbasiatin war also tatsächlich eine Agentin und nicht, wie sie vermutet hatte, von Renk nur zur Tarnung mitgenommen worden. Rasch presste sie ihre Atemmaske auf Henriettes Gesicht und pumpte auch deren Lungen mit dem Gemisch aus Sauerstoff und belebenden Essenzen voll.

Nach einigen Sekunden begann Henriette sich zu regen. »Oje, bin müde!«, stöhnte sie und schüttelte unwillig den Kopf.

»Hoch jetzt!«, fuhr Torsten sie an. »Es sei denn, du willst mit diesem elenden Kahn absaufen.«

»Absaufen?« Nun öffnete Henriette doch die Augen. Zuerst verschwamm alles vor ihr, allmählich aber konnte sie besser sehen. »Was ist passiert? Ich fühle mich, als hätte ich die ganze Nacht durchgesoffen. Doch außer Tee und Cola habe ich nichts getrunken.«

Diesmal übernahm Dai Zhoushe die Erklärung. »Sie haben ein Betäubungsgas eingeatmet. Damit ist das ganze Schiff lahmgelegt geworden. Die Brücke ist weitestgehend zerstört und die Mannschaft ermordet worden. Also müssen wir uns etwas einfallen lassen, damit wir nicht in diesem Sturm absaufen.«

»Was ist mit den Rettungsbooten?«, fragte Henriette.

»Die Banditen haben alle zu Wasser gelassen, und jetzt sind sowohl sie wie auch die Rettungsboote weg. Aber kommen Sie! Wir haben nicht mehr viel Zeit!« Dai Zhoushe zerrte Torsten mit sich, ohne sich weiter um Henriette zu kümmern.

Henriette kämpfte sich hoch, wurde aber durch das heftige Stampfen und Schlingern des Schiffes gegen einen anderen Sessel geschleudert. Stöhnend folgte sie ihrem Kollegen und der Chinesin mit staksigen Schritten und erreichte die Brücke in dem Augenblick, in dem Torsten fluchend am Steuerrad drehte.

»Es ist alles im Eimer«, schrie er gegen das Tosen des Sturmes an, der mit dem mehr als hundertdreißig Meter langen Schiff spielte wie mit einem Gummiboot.

»Nicht alles«, brüllte Dai Zhoushe nicht weniger leise. »Auf der Steuerbordseite scheint noch etwas zu funktionieren. Ich weiß aber nicht, wozu es nütze ist.«

»Dann schauen wir mal nach!« Torsten eilte hin und sah ein Pult mit einem kleinen Rad vor sich, das sich nur schwer bewegen ließ. »Wenn ich bloß wüsste, was man damit machen kann!«

»Vielleicht kann Petra uns helfen. Ich hole den Laptop!« Henriette drehte sich abrupt um und wurde von einer Bewegung des Schiffes gegen ein Instrumentenbord getrieben.

»Vorsicht! Sie verletzen sich sonst noch«, rief Dai Zhoushe ihr zu und hielt sie fest, als das Schiff erneut unter ihnen bockte.

»Danke!« Tief durchatmend löste Henriette sich von der Chinesin und suchte so rasch, wie es die Umstände zuließen, ihre Kabine auf. Währenddessen inspizierte Torsten die gesamte Brücke, fand aber keinen Hinweis darauf, wie die *Trollfjord* nach den Zerstörungen noch gesteuert werden konnte.

Als Henriette zurückkam, streckte sie Torsten den Laptop entgegen. »Ich habe die Verbindung bereits geschaltet und Alarm gegeben. Hoffentlich ist Petra in der Zentrale, sonst müssen wir uns mit Wagner herumschlagen – und ob der uns jetzt helfen kann, bezweifle ich!«

»Sie setzen ja grenzenloses Vertrauen in mich«, klang es

da aus dem Lautsprecher des Geräts. Schon tauchte Wagners Gesicht auf dem Bildschirm auf. »Was gibt es? Schießen Sie los!«

»Ich glaube, ein Blick in die Runde reicht«, antwortete Torsten und drehte sich einmal um die eigene Achse, damit die Laptopkamera die zerstörte Brücke aufnehmen konnte.

Von den Flüchen, die Wagner jetzt ausstieß, konnte sogar er noch etwas lernen. Sein Chef beließ es jedoch nicht nur bei Worten, sondern stürmte davon und kehrte kurz danach mit Petra im Schlepptau zurück. Diese steckte in einem zeltartigen Nachthemd und versuchte verzweifelt, mit einem Arm in den Ärmel eines Morgenrocks zu kommen.

»He, Petra, wo kommst du denn her?«, fragte Torsten verwundert.

»Wir haben beschlossen, alle in der Zentrale zu übernachten, damit Frau von Tarow und Sie uns jederzeit erreichen können«, bellte Wagner und wandte sich dann Petra zu. »Frau Waitl, Sie müssen von Tarow und Renk sofort helfen!«

»Dazu muss ich erst einmal feststellen, was los ist. He Torsten, wie läuft's?« Endlich hatte Petra den Morgenmantel übergestreift und setzte sich vor den Bildschirm.

Torsten sah sie mit einem freudlosen Grinsen an. »Wenn du es genau wissen willst: beschissen! Das Brückenteam der *Trollfjord* ist tot, die Steuerung zerstört und sämtliche Rettungsboote weg. Ich schätze, dass der Kasten keine Stunde mehr durchhält, wenn uns, vor allem aber dir, nicht auf die Schnelle die große Erleuchtung kommt.«

»Vielleicht könnte Petra die *Trollfjord* von ihrem Laptop aus steuern, so wie sie es letztens mit der *Lady oft the Sea* getan hat«, schlug Henriette vor.

»Die *Lady* war auf so etwas eingerichtet. Ich glaube nicht, dass es bei eurem Kasten auch so ist. Aber ich sehe zu, was ich tun kann.« Petra klopfte in die Tasten und fuhrwerkte dann mit der Maus herum, als wolle sie sämtliche Rekorde brechen.

»He, Torsten«, sagte sie nach fünf Minuten, die den Wartenden wie eine Ewigkeit erschienen waren. »Du musst die Verkleidung an dem Ding abschrauben, vor dem du stehst, und eine Verbindung zwischen deinem Laptop und dem kleinen Steuercomputer dort schaffen. Die entsprechende Buchse dürfte vorhanden sein.«

»Ich erledige das!«, rief Dai Zhoushe und zog ein Vielzweckwerkzeug aus ihrer Tasche.

Henriette trat zu dem kleinen Werkzeugschrank neben der Anrichte im Hintergrund, durchsuchte die Schubladen und kam mit einem langen Kabel zurück.

»Fertig!«, sagte sie in Richtung Bildschirm, als sie es eingesteckt hatte, und sah ihre Kollegin daraufhin nicken.

»Ich checke jetzt mal durch, was alles noch geht, und melde mich wieder!« Petra verstummte für einige Minuten, während die *Trollfjord* immer stärker schwankte. Plötzlich flammten weitere Lichter auf der kleinen Konsole auf.

»So, Leute, ich habe die Steuerung eures Ausflugschiffs auf dieses Ding umgeschaltet. Torsten, probier mal, ob es klappt.«

Torsten fasste das Rad und drehte daran.

»Anders herum!«, schrie Dai Zhoushe, als das Schiff sich noch stärker in die Wellen legte.

Mit verkniffener Miene gehorchte Torsten und sah erleichtert, wie sich der Bug langsam gegen die anrollenden Wogen stemmte und die *Trollfjord* sofort ruhiger lag. Es war jedoch nicht leicht, das kleine Steuerrad die ganze Zeit festzuhalten. Zudem war seine Kleidung viel zu dünn für die ausgekühlte Brücke, in die immer noch ein eisiger Luftschwall drang.

»Kannst du meinen Winterparka holen und am besten auch meine gefütterten Handschuhe?«, rief er durch das

Brausen des Sturms und das Klatschen der Wellen Henriette zu.

Diese nickte und verschwand. Mittlerweile stand sie wieder fest auf den Beinen. Als sie zurückkam, hatte sie nicht nur für Torsten dicke Winterkleidung mitgebracht, sondern sich selbst gefütterte Hosen, einen weißen Winterparka und die dazugehörigen Schuhe angezogen.

»Könnt ihr das Steuer übernehmen, bis ich das Zeug angezogen habe?«, fragte Torsten die beiden Frauen.

Beide griffen sofort zu, merkten aber ebenfalls, dass es fast unmöglich war, die *Trollfjord* mit diesem Minirad auf Kurs zu halten.

»Wozu hat diese Konsole eigentlich gedient?«, fragte Henriette.

»Es ist eine Zusatzsteuerung, mit deren Hilfe der Kapitän oder dessen Stellvertreter das Schiff an den Kai fahren und anlegen konnten. Da der äußere Teil der Brücke jeweils über die Steuerbord- und die Backbordseite hinausragt, hatten sie von dort eine gute Sicht auf die Schiffswand und den Anlegesteg«, erklärte Petra.

»Ich habe derzeit überhaupt keine Sicht«, knurrte Torsten.

»Keine Sorge! Ich habe euch mit Hilfe eines Satelliten auf meinem Schirm. Ihr seid mehr als fünfzig Seemeilen von jeder Küste entfernt und fahrt derzeit auch noch in die falsche Richtung. Ich glaube, es wäre Zeit, langsamer zu werden. Die Burschen, die euch in diese Scheiße geritten haben, haben den Antrieb auf volle Fahrt gestellt. So viel Diesel habt ihr aber nicht mehr an Bord, um das lange leisten zu können. Siehst du den Regler auf der Konsole?«

»Meinst du den da?« Torsten griff zu dem Hebel, wartete aber damit, ihn zu betätigen, bis das Freizeichen von Petra kam.

»Zieh ihn ganz langsam zurück. Wenn du es zu rasch

machst, sterben die Schiffsmotoren womöglich ab, und das würdet ihr nicht lange überleben«, warnte Petra mit belegter Stimme.

Auch wenn sie keine richtige Beziehung zu Torsten aufbauen wollte, so flößte ihr der Gedanke, ihr Kind aufziehen zu müssen, ohne dass es je den Vater kennenlernen konnte, doch große Angst ein.

Torsten befolgte ihren Rat so zögerlich, dass sie ihn am liebsten aufgefordert hätte, schneller zu machen. Sie hielt sich jedoch zurück und meldete kurz darauf erleichtert, dass die *Trollfjord* nur noch mit halber Kraft lief und der Treibstoff daher reichen würde.

»Der Sturm zieht morgen früh nach Westen ab. Dann kann euch die norwegische Küstenwache ein Rettungsteam schicken. Wagner lässt gerade seine Verbindungen spielen, um die verantwortlichen Leute aus den Betten zu holen. Die glauben nämlich immer noch, euer Schiff würde in Honningsvåg liegen und den Sturm abwarten.«

»Sagtest du am Vormittag?« Für Torsten bedeutete dies, noch etliche Stunden an dieser Konsole zu stehen und das Schiff mit einem gerade mal zwanzig Zentimeter großen Lenkrad zu steuern. Er stöhnte theatralisch auf und sah Henriette an. »Glaubst du, dass du auf diesem Schiff so etwas wie heißen Kaffee auftreiben kannst? Ich werde hier noch zum Eiszapfen!«

»Einen Augenblick!« Henriette hatte auf der Anrichte im hinteren Teil der Brücke eine Kaffeemaschine entdeckt, deren Kanne noch halbvoll war.

»Hier, reicht das fürs Erste? Ich hole noch rasch deinen Becher aus unserer Kabine. Die Tassen, die hier herumstehen, sind voller Glassplitter.«

»Danke!« Torsten nahm die Kanne entgegen, setzte sie an und nahm einen großen Schluck. »Puh, das tut gut.«

Auf dem Bildschirm stieß Petra einen sehnsuchtsvollen

Seufzer aus. »Kaffee! Was würde ich jetzt für eine Tasse davon geben.«

»Wenn Sie wollen, mache ich Ihnen einen«, bot Wagner an, der ihre Leistungsfähigkeit in dieser Nacht erhalten wollte.

Petra dachte jedoch an ihr Kind und schüttelte den Kopf. »Lieber nicht! Machen Sie mir dafür einen leckeren Fencheltee. Der tut es im Augenblick auch.«

Wagner nickte und verschwand. Kurz darauf klang sein lauter Ruf aus dem Laptoplautsprecher: »Borchart, wie können Sie schlafen, wenn wir Sie brauchen? Raus aus den Federn, und sehen Sie zu, dass Sie in der Küche ein paar Liter Fencheltee aus der Kaffeemaschine zaubern. Unser Supergehirn muss gespült werden!«

Auf Torstens Gesicht erschien der Anflug eines Grinsens. »Unser Alter ändert sich auch nicht mehr!«

Dai Zhoushe hatte dem Ganzen stumm zugesehen. Als Henriette die Brücke verlassen wollte, um Torstens Tasse zu holen, hielt sie sie auf. »Wir müssen uns um wichtigere Dinge kümmern! Oder glauben Sie, die Schurken haben das Schiff verlassen, ohne dafür zu sorgen, dass es auf jeden Fall untergeht? Den Sturm könnte es theoretisch überstehen.«

»Sie verstehen es, einen Menschen aufzumuntern«, stieß Henriette hervor. Dann klopfte sie Torsten auf die Schulter. »Glaubst du, dass du es die nächsten Minuten ohne uns aushältst?«

»Hier werde ich wohl kaum verloren gehen«, antwortete Torsten bissig.

»Dann ist es gut!« Henriette folgte Dai Zhoushe, die bereits durch die Gänge eilte, und holte sie beim Lift ein. Dieser funktionierte noch, doch sie wagten nicht, ihn zu benutzen, weil sie fürchteten, er könne stecken bleiben.

»Wo könnten diese Kerle eine Sprengladung versteckt haben?«, fragte Henriette.

Die Chinesin versuchte zu lächeln. »Sicher nicht oben in ihrer Suite, denn da bräuchten sie eine gewaltige Menge Sprengstoff, um die *Trollfjord* zu versenken. Da Mitglieder der Besatzung zu den Banditen gehören, schätze ich, dass sich das Ding unten im Laderaum befindet.«

»Dann nichts wie runter!« Nun lief Henriette voraus und erreichte schließlich die Tür zum Laderaum. Zum Glück ließ diese sich öffnen, doch als sie eintrat und die Mengen an Paletten sah und an das Dutzend Autos dachte, das im Autodeck darüber stand, wurde ihr flau im Magen. »Wo sollen wir anfangen zu suchen?«

Das konnte Dai Zhoushe ihr auch nicht sagen. An Aufgeben dachte sie jedoch ebenso wenig wie Henriette. »Ich hoffe, die Schurken haben nicht alle Besatzungsmitglieder umgebracht. Wir müssen dringend jemand finden, der vielleicht etwas bemerkt hat oder uns sonst wie weiterhelfen kann.« Mit einem besorgten Blick sah sie auf die Druckanzeige ihrer Sauerstoffmaske. Der Vorrat reichte nur noch, um eine, mit Glück zwei Personen wieder auf die Beine zu bringen.

»Hoffen wir, dass wir die Richtigen erwischen«, murmelte sie und wandte sich den Mannschaftsunterkünften zu.

FÜNF

Obwohl sie warm eingepackt war, fror Nastja von innen heraus. Der Gedanke, dass fast tausend Menschen mit der *Trollfjord* untergehen sollten, bedrückte sie weit mehr, als sie vorher angenommen hatte. Doch sie hatte diese Sache begonnen und musste sie durchstehen. Um ruhiger zu werden, musterte sie das Rettungsboot. Es war rundum geschlossen, so dass die Passagiere vor Sturm und Schnee geschützt waren. Außerdem verfügte es über einen Antrieb, der es trotz der hohen Wellen gut voranbrachte.

Espen Terjesen saß am Steuer und hatte seinen Laptop vor sich stehen, der ihm sowohl als Funkanlage wie auch als Navigationshilfe diente. »Wir sind auf Kurs!«, rief er ihr zu. »Die *Midgardsormr* hat uns bereits geortet und kommt uns entgegen. In ein paar Minuten werden wir mit ihr zusammentreffen.«

»Ich bin froh, wenn wir hier herauskommen.« Nastja hätte selbst nicht zu sagen vermocht, ob sie jetzt die Kälte meinte oder die Enge, die nicht zuletzt der Gefangenen wegen im Inneren des Bootes herrschte. Sie brachte es nicht einmal fertig, die betäubten und wie Säcke am Boden aufgestapelten Menschen anzublicken, sondern konzentrierte sich auf die Konsole, deren Anzeigen heftig blinkten. Doch sie konnte dem Geschehen an Bord nicht entkommen, denn auf den glatten Flächen spiegelte sich das, was hinter ihr vorging.

Aurland und Hemsedalen schichteten gerade die Bewusstlosen um und fesselten ihnen die Arme mit Kabelbindern auf den Rücken. Zwar gingen die beiden Männer recht vorsichtig mit den Leuten um, spotteten aber über die Tölpel, die sich so leicht hatten festsetzen lassen.

Für Nastja war es schier unbegreiflich, wie es Espen und seinen beiden Helfern hatte gelingen können, die *Trollfjord* in ihre Gewalt zu bringen, obwohl so viele Geheimdienstagenten an Bord gewesen waren. Niemand von ihnen hatte Verdacht geschöpft, dass der eigentliche Feind von einer ganz anderen Seite kommen und hart zuschlagen würde. So sehr waren sie miteinander beschäftigt gewesen.

»So, die Pfoten wären jetzt fixiert. Sollen wir mit den Füßen weitermachen?«, fragte Hemsedalen.

Terjesen nickte. »Macht das! Gebunden können wir sie am einfachsten an Bord der *Midgardsormr* schaffen.«

Während die beiden Männer sich an die Arbeit machten,

die Gefangenen vollständig zu fesseln, blickte Nastja durch eines der kleinen Bullaugen nach draußen. Sie sah jedoch nur Gischt und die Wellen, die das Rettungsboot wie einen Korken tanzen ließen. Von der *Midgardsormr* war noch nichts zu sehen.

Hatte sie sich vielleicht zu sehr von ihrem Ehrgeiz leiten lassen?, fragte sie sich. Ihre Wut auf ihre Kollegen Oleg Wolkow und Charles Bowman war allerdings noch immer nicht verflogen. Während sie selbst intensiv geforscht hatte, hatten die beiden das Problem nach einigen Rückschlägen als unlösbar angesehen und nur noch zum Schein weitergearbeitet. Aber als sie dann tatsächlich Erfolge vorweisen konnte, hatten die Männer ihre Ergebnisse den vorgesetzten Behörden als die eigenen ausgegeben und dafür Ruhm und etliche Belohnungen eingeheimst. Sie hingegen hatte weiterhin als nachrangiges Mitglied des Forschungsteams gegolten und war bei allen Ehrungen übergangen worden.

»Es war richtig, mich mit den Brüdern Terjesen zu verbünden«, murmelte sie vor sich hin.

Sie durfte nicht mehr an die Menschen denken, die an Bord der *Trollfjord* dem Tod entgegenfuhren. Zwar hatten diese ihr persönlich nichts getan, doch laut Espen mussten sie um ihrer eigenen Sicherheit willen geopfert werden.

Bei dem Gedanken versuchte sie, ihren Liebhaber von einem neutralen Standpunkt aus zu betrachten. Er war ein Mann, wie ihn sich eine Frau nur wünschen konnte, gutaussehend, intelligent, zielstrebig – und skrupellos. Letzteres gefiel ihr eigentlich nicht. Aber sie brauchte diesen Mann, damit die ganze Welt erfuhr, wer die bahnbrechende Erfindung gemacht hatte, mit der Methan auf chemischem Weg verflüssigt werden und dadurch zu einem wertvollen Energieträger gemacht werden konnte.

Bei einem weiteren Blick durch das Bullauge entdeckte

sie einen Scheinwerfer, der suchend über das Meer glitt und schließlich ihr Rettungsboot erfasste.

»Die *Midgardsormr* ist da!«, meldete sie.

»Sehr gut!« Espen Terjesen drosselte den Motor und schaltete ihn, als der Rumpf des U-Boots wie ein stählerner Wal aus dem Meer auftauchte, schließlich ganz ab.

»Den Rest können die da drüben erledigen!« Nun trat er selbst zu einem der Bullaugen und blickte hinaus. Gegen das Licht des Scheinwerfers war die *Midgardsormr* nur als undeutlicher Schatten zu erkennen. Dennoch konnte er sehen, dass mehrere Taucher in roten Kältetauchanzügen ins Wasser sprangen und auf sie zukamen. Sie zogen Seile hinter sich her, deren Enden sie in die am Rettungsboot angebrachten Ösen einhakten.

Espen Terjesen winkte einem der Männer kurz zu, klappte dann seinen Laptop zusammen und sah Nastja auffordernd an. »Gleich sind wir an der *Midgardsormr* vertäut und können umsteigen.«

»Werden wir dabei nicht nass?«, fragte sie.

Ihr Liebhaber musste lachen. »Unsere Freunde bringen uns Schutzanzüge. Außerdem können wir uns in dem U-Boot aufwärmen.«

»Ich hätte nichts gegen einen heißen Grog!« Nastja beschloss, sich nicht länger von trüben Gedanken niederdrücken zu lassen. Entschlossen stand sie auf und hauchte Espen einen Kuss auf die Wange. Im gleichen Moment neigte sich das Rettungsboot mit einem Ruck zur Seite, und da sie nicht darauf vorbereitet war, stolperte sie über die Gefangenen.

Espen Terjesen hielt sie gerade noch rechtzeitig fest. »Sie holen uns bereits an die *Midgardsormr* heran, und es wird noch einmal einen kräftigen Ruck geben, dann schaukelt es nicht mehr so heftig.«

»Hoffentlich!« Nastja beobachtete, wie das U-Boot näher kam. Das Rettungsboot ächzte, als es gegen den Rumpf stieß. Dann wiegte es sich im Gleichklang mit der *Midgardsormr* in den aufgewühlten Wellen.

Von außen wurde eine Luke geöffnet. Dabei drang ein Schwall Wasser herein und benetzte die Gefangenen. Der kalte Guss weckte einige aus ihrer Betäubung, manche stöhnten, bewegten sich sogar, erschlafften aber schnell wieder.

Ein Mann schob den Oberkörper durch die Luke und nahm seine Atemmaske ab. »Ist alles glattgegangen?«

»Wären wir sonst hier?«, antwortete Espen Terjesen grinsend.

Der Taucher schob Plastiksäcke herein. »Das Zeug hier solltet ihr überziehen. Draußen herrscht nicht gerade das beste Wetter.«

Espen nahm zwei Säcke entgegen, öffnete den ersten und zog einen Isolieranzug heraus. »Der ist für dich, Nastja. Ich helfe dir ihn anzuziehen.«

Dabei zwinkerte er ihr zu, denn bislang hatte er ihr zumeist nur beim Ausziehen geholfen.

Auf seine Anweisung hob Nastja erst das eine, dann das andere Bein, damit er ihr die Hose des Anzugs überstreifen konnte. Die Arme folgten und dann der Kopf. Nachdem Espen den Reißverschluss zugezogen hatte, steckte Nastja in einer roten Hülle, deren dicker Stoff ihre Bewegungen arg einschränkte.

Inzwischen hatten auch ihre beiden Begleiter solche Anzüge übergestreift. Hemsedalen beugte sich bereits nieder, um den ersten Gefangenen aufzuheben und weiterzureichen.

Da klopfte Aurland ihm lachend auf die Schulter. »Weißt du, wie du aussiehst? Als hätte man dich in ein Ganzkörperkondom gesteckt!«

Hemsedalen befand das keines Kommentars für würdig, sondern zerrte den nächsten Gefangenen hoch und reichte ihn dem Taucher.

»Wir haben siebenundzwanzig davon an Bord, darunter

ein paar Frauen«, sagte er dabei und bückte sich erneut, um einen weiteren Agenten zu packen.

Nastja schauderte und sah Espen an. »Ich möchte hier raus!«

»Aber selbstverständlich! He, Leute, macht mal Platz.«

Auf Terjesens Worte hin hielt Hemsedalen inne, während der Taucher schnell den Gefangenen, den er gerade aus der Luke gezogen hatte, an einen anderen Mann weiterreichte und dann Nastja die Arme entgegenstreckte. Diese nahm die Hilfe an, wurde nach draußen gezogen, hochgehoben und in einer Luke abgesetzt. Dort nahm sie ein Landsmann in Empfang und zeigte nach unten ins Boot. »Können Sie die Leiter hinabsteigen, oder soll ich Ihnen helfen?«

Nastja schüttelte den Kopf. »Ich schaffe es schon allein!«

Ohne sich noch einmal umzusehen, stieg sie die Leiter hinab und fand sich im Innern des U-Boots wieder. Es war eng und roch nach Schmiermittel. Doch sie fühlte sich wie aus einem Alptraum erlöst, nicht mehr auf der *Trollfjord* zu sitzen und weiter den Käse in der Falle spielen zu müssen, in der sich die fähigsten Geheimagenten der Welt fangen sollten.

SECHS

Das erste Besatzungsmitglied, das Dai Zhoushe weckte, erwies sich als Fehlschlag. Es handelte sich um einen Koch, der nicht die geringste Ahnung hatte, was sich im Laderaum befand. Außerdem hatte er fürchterliche Kopfschmerzen und war kaum ansprechbar.

Dai Zhoushe war jedoch nicht bereit, den Mann einfach in Ruhe zu lassen. »Los! Zeigen Sie uns jemand, der uns weiterhelfen kann!«, fuhr sie ihn an und versetzte ihm, als er nicht sofort reagierte, zwei heftige Ohrfeigen.

Der Koch jammerte, gehorchte aber, als die um fast anderthalb Köpfe kleinere Frau ihn aus seiner Schlafkoje zerrte. Er blieb vor einer anderen Kabine stehen und deutete auf die Tür. »Da wohnt der Lademeister! Der kann Ihnen helfen – falls er drin ist.«

»Dann wollen wir hoffen, dass er drin ist! Sonst wirst du uns gefälligst jemand anderen zeigen.« Dai Zhoushe nickte Henriette zu, die ihre spezielle Bordkarte in das Lesegerät steckte.

»Zum Glück funktionieren die Dinger noch«, sagte Henriette, als sich die Tür öffnen ließ.

»Sie hatten nicht die Zeit, alles zu sabotieren. Das ist unser Vorteil«, antwortete Dai Zhoushe und hörte lautes Schnarchen aus der Kabine dringen. Rasch ließ sie den Koch los und trat ein. Der Lademeister lag rücklings auf seinem Bett und sägte den Geräuschen nach die letzten verkümmerten Bäume des Nordlands ab.

Dai Zhoushe presste ihm die Atemmaske auf den Mund und öffnete das Ventil. »Hoffentlich reicht es noch«, meinte sie nach einem besorgten Blick auf die Druckanzeige. Da hustete der Mann mehrmals und bewegte sich unruhig.

»Aufwachen!«, herrschte Dai Zhoushe ihn auf Englisch an.

Es dauerte etliche Sekunden, bevor der Norweger sie überhaupt wahrnahm. Dann starrte er auf die Uhr und fuhr mit einem Fluch hoch. »Verdammt, jetzt habe ich die Ankunft in Båtsfjord verschlafen!« Er griff nach seinen Hosen und schlüpfte hinein. Erst jetzt realisierte er, dass sich zwei Frauen in seiner Kabine befanden, und stierte sie an.

»Was ist denn los?«

»Es gab einen terroristischen Anschlag auf die *Trollfjord*. Die Brückencrew wurde ermordet und die restliche Besatzung sowie die Passagiere durch Gas betäubt«, erklärte Henriette. »Jetzt sind wir auf der Suche nach einer Bombe, die das Schiff in Stücke reißen soll, und brauchen Ihre Hilfe.«

»Habt ihr einen Kaffee?«, fragte der Lademeister, der kein Wort begriffen hatte.

»Wir hätten auch gerne einen, doch die Zeit bleibt uns nicht. Los jetzt! Oder glauben Sie, wir wollen eine Himmelfahrt antreten, nur weil Sie Ihren Arsch nicht in die Höhe kriegen?« Dai Zhoushe war um einiges weniger höflich als Henriette, aber das half.

Der Mann kniff die Augen zusammen. »Also noch mal ganz langsam: Auf der *Trollfjord* ist eine Bombe? Aber wie sollte die an Bord gekommen sein?«

»Zu den Terroristen gehörten mehrere Besatzungsmitglieder, und die sind mit den anderen Banditen von Bord gegangen.« Dai Zhoushe beschrieb die beiden Männer, die sie gesehen hatte, mit knappen Worten und brachte den Mann zum Fluchen.

»Das müssen Hemsedalen und Aurland sein. Die beiden haben mir nie so richtig geschmeckt. Taten so, als wären sie etwas Besonderes, nur weil sie früher einmal bei International Energies gearbeitet haben. Dabei kenne ich etliche, die auf deren Bohrtürmen waren, aber das sind ganz vernünftige Leute. Hemsedalen und Aurland dagegen …«

Dai Zhoushe unterbrach ihn. »Jetzt halten Sie keine Volksreden, sondern kommen Sie mit in den Laderaum! Vielleicht fällt Ihnen dort ein, wo die Banditen ihren Sprengsatz versteckt haben.«

Ihr Ton verfing erneut, denn der Lademeister setzte sich mit so langen Schritten in Bewegung, dass sie und Henriette rennen mussten, um mithalten zu können. Der Koch sah ihnen nach und verzog sich wieder in seine Kabine. Angesichts seiner Kopfschmerzen interessierte ihn eine mögliche Bombe an Bord nicht die Bohne.

SIEBEN

Zuerst starrte der Lademeister nur verwirrt auf die Paletten im Laderaum und zuckte hilflos mit den Achseln. »Wie sollen wir die alle untersuchen? Das dauert Stunden!«

»Die wir mit Sicherheit nicht haben«, fauchte Henriette. »Wir haben Sie doch deshalb geweckt, damit Sie uns helfen können.«

»Außerdem kann die Bombe auch ein Deck weiter oben in einem Auto auf dem Autodeck versteckt sein«, setzte Dai Zhoushe ärgerlich hinzu.

Der Mann stöhnte und versuchte dann einen klaren Gedanken zu fassen. »Das sind ja Aussichten! Können wir nicht in die Rettungsboote gehen?«

»Wenn es noch welche gäbe, säßen wir längst darin und würden uns um den Rest der Leute keine Gedanken mehr machen«, schrie Dai Zhoushe ihn an.

Henriette fragte sich, ob die Chinesin wirklich so kaltschnäuzig gehandelt hätte. Besonders sympathisch war ihr die Frau nicht, aber derzeit waren sie aufeinander angewiesen.

Nun wandte sie sich dem Lademeister zu. »Gibt es eine Stelle, an der eine Sprengung besonders gefährlich wäre?«

Sie hoffte, damit den Suchradius einschränken zu können, und atmete auf, als der Mann nickte.

»Es muss direkt an der Schiffswand sein, weil die *Trollfjord* eine Explosion mitten im Laderaum aushalten könnte. Halt, da fällt mir was ein. In Tromsø bestand Hemsedalen darauf, dass zwei Paletten an bestimmten Stellen untergebracht wurden. Wir mussten deswegen eine andere Palette versetzen.«

»Das muss es sein«, stieß Dai Zhoushe aus und packte den Lademeister bei der Brust. »Welche Paletten sind es?«

»Die beiden dort, die mit einem Markierstift rot gekennzeichnet worden sind!« Noch während der Lademeister mit je einer Hand auf die Palette zeigte, spurteten Henriette und Dai Zhoushe los. Jede wählte eine Palette, doch als Henriette die Plastikfolie aufschlitzen wollte, um an das Innere zu gelangen, rief die Chinesin: »Halt!«

»Was ist los?«, wollte Henriette wissen.

»Ich schätze, dass beide Sprengladungen gleich aufgebaut sind. Daher will ich meine erst untersuchen, bevor Sie an die andere gehen«, antwortete die Chinesin.

»Und was haben wir davon, wenn uns das Ding unter dem Hintern hochgeht?« Jetzt wurde Henriette laut. Sie hatte es Torsten mühsam abgewöhnt, sie wie jemanden zu behandeln, der von ihrem Metier keine Ahnung hatte, und wollte sich das auch von Dai Zhoushe nicht bieten lassen.

Diese lächelte jedoch nur verzerrt und nickte. »Da haben Sie auch wieder recht. Aber seien Sie vorsichtig.«

»Diesen Rat kann ich zurückgeben!« Ohne sich weiter um die Chinesin zu kümmern, schnitt Henriette vorsichtig ein Stück Plastik aus der Plane und sah hinein. Das Paket auf der Palette hatte etwa das Ausmaß eines Kühlschranks und war noch einmal in eine schwarze Plastikfolie gehüllt.

»Ach du Scheiße!«, stöhnte Henriette. Da von der äußeren Folie keine Drähte nach innen gingen, schnitt sie diese weiträumig auf und tastete die schwarze Folie vorsichtig ab. Plötzlich stieß sie auf einen leichten Vorsprung, der sich anders anfühlte als der Rest. Bei genauerem Hinsehen waren an dieser Seite sowohl die äußere wie auch die innere Folie aufgetrennt und hinterher mit durchsichtiger Folie wieder verschlossen worden.

Henriette öffnete beide und leuchtete mit einer Taschenlampe hinein. Vor ihr lag eine Digitaluhr. Von dieser gingen zwei Drähte aus, die im Innern des Paletteninhalts verschwanden.

Ein Blick auf die Anzeige erschreckte Henriette, denn

dort war eine Fünf zu sehen, die nun auf vier umschlug. »Ich habe etwas gefunden, und zwar an der Längsseite der Palette«, rief sie Dai Zhoushe zu. »Es ist ein Zeitschalter. Wenn ich es richtig interpretiere, haben wir noch knapp vier Minuten Zeit, bevor es knallt.«

Die Chinesin antwortete mit einem ärgerlichen Laut. Bis jetzt hatte sie auf der falschen Seite gesucht. Nun eilte sie um ihre Palette herum und schnitt die Hülle auf der anderen Seite auf.

Unterdessen hatte Henriette den Zeitzünder freigelegt und starrte auf die beiden Drähte. Was sollte sie tun? In jedem Fall musste sie schnell handeln. Die Anzeige stand mittlerweile auf drei. Viel Zeit blieb nicht. Daher fasste sie einen der Drähte, bog ihn ein wenig nach außen und klappte die Zange ihres Multifunktionswerkzeugs auf. Doch was war, wenn die Sprengladung explodierte, sobald sie den Draht durchschnitt? Henriette zögerte noch ein wenig, sah, wie die Uhr weiterzählte, und knipste den Draht kurzerhand ab.

Einen Augenblick lang starrte sie die Palette an und wartete, ob sich etwas tun würde. Doch da erlosch die Digitalanzeige, und es blieb alles ruhig.

Erleichtert wandte Henriette sich zu Dai Zhoushe um. »Sie müssen den schwarzen Draht durchtrennen!«

Hoffentlich irre ich mich nicht, dachte sie, während die chinesische Agentin ihren Rat befolgte.

Auch Dai Zhoushe wartete einen Moment mit angehaltenem Atem, dann reckte sie die rechte Faust in die Höhe. »Wie es aussieht, haben wir es geschafft.«

»Gerade noch rechtzeitig«, antwortete Henriette und atmete erst einmal tief durch. Sie hatten mehr Glück als Verstand gehabt.

»Was machen wir mit den Paletten? Können wir sie über Bord werfen?«, fragte sie den Lademeister, der das Ganze mit großen Augen beobachtet hatte.

Der Mann schüttelte den Kopf. »Nicht bei dem Seegang.«

»Dann sollten wir zusehen, dass wir bald einen Hafen erreichen«, entfuhr es Henriette.

»Sobald der Sturm nachlässt, werden wir Hilfe bekommen. Es sollte auch ein Team dabei sein, das Sprengfallen entschärfen kann.« Dai Zhoushe traute dem Braten zwar noch immer nicht ganz, sagte sich aber, dass Angst ein schlechter Ratgeber war, und trat auf Henriette zu. »Wir sollten wieder nach oben gehen und sehen, was Ihr Kollege macht. Er wollte doch schließlich Kaffee!«

Den wahrscheinlich ich kochen soll, dachte Henriette und beschloss, den Lademeister dafür einzuspannen. Dafür, dass sie ihm eben das Leben gerettet hatte, war der Mann ihr diesen Gefallen schuldig.

ACHT

Ein Kühlschrank war warm gegen die Brücke, stellte Henriette fest, als sie und Dai Zhoushe zurückkehrten. Torsten stand immer noch an der Seitenkonsole und hielt die *Trollfjord* auf Kurs. Der Wind hatte Schneeflocken gegen ihn geweht, und so sah er beinahe aus wie ein Schneemann.

»Auftrag ausgeführt, Bomben gefunden und entschärft«, meldete Henriette mit einem gewissen Übermut, der ihrer Erleichterung geschuldet war.

»Wenn ihr jetzt auch noch einen Hafen herbeizaubern könntet, in den ich diesen Kasten bringen kann, wäre ich euch dankbar!«

Torsten versuchte zu grinsen, doch es misslang ihm. Es war anstrengend, das Schiff von dieser Stelle aus zu steuern, denn die Konsole war nicht für längere Fahrten gedacht, sondern nur für die letzten Meter im Hafen. Obwohl

Torsten das kleine Steuerrad abwechselnd mit der einen und dann der anderen Hand festhielt, spürte er bereits ein Ziehen in den Unterarmen. Außerdem war es unerträglich kalt.

»Glaubt ihr, ich könnte frischen Kaffee bekommen? Sonst friere ich doch noch ein!« Seine Worte sollten spaßhaft klingen, doch so ganz gelang es ihm nicht.

»Kann ich dich ablösen?«, fragte Henriette. »Wir haben bereits jemand von der Besatzung damit beauftragt, Kaffee zu kochen. Wenn du willst, schaue ich nach, wie weit er ist.«

»Dann kannst du mich nicht ablösen!«

Da Henriette sofort auf ihn zueilte, hob Torsten die Hand. »Halt, der Kaffee ist mir wichtiger!«

»Soll ich versuchen, noch ein paar Sandwiches aufzutreiben?«, fragte Henriette nach.

»Wäre nicht schlecht! Hier braucht man Brennstoff, um es mit Petras Worten zu sagen.«

»Was ist mit mir?«, fragte diese, die vor dem Computer eingenickt war und gerade wieder erwachte.

»Ich habe Henriette erklärt, dass du im Augenblick mein großes Vorbild bist«, wiegelte Torsten ab.

»Wirklich?« Über Petras müdes Gesicht huschte ein zufriedenes Lächeln.

»Außerdem hast du mir schon so oft geholfen, mich aus den unmöglichsten Situationen zu befreien«, fuhr Torsten fort. »Und das meine ich ganz ernst. In unserer Lage hier auf diesem Schiff haben wir keinen Sinn für Scherze. Du solltest dich aber nicht zu sehr verausgaben, sondern musst auch an unser Kleines denken!«

»Mein Kleines!«, kam es sehr entschieden zurück.

Auch wenn Torsten der biologische Vater war, so war es für Petra in erster Linie ihr Kind. Sie hatte noch nicht einmal entschieden, ob sie Torsten bei den Behörden angeben sollte. Andererseits hatte er sich eben das erste Mal offen zu dem Kind bekannt, und das rührte sie.

Henriette hatte Torstens Bemerkung ebenfalls vernommen und sah ihn verblüfft an. Niemals hätte sie für möglich gehalten, dass er und Petra ein Liebespaar sein könnten. Nein, das waren sie auch nicht, dachte sie und verspürte trotzdem einen Anflug von Eifersucht. Wahrscheinlich steckt nur Petras Wunsch nach einem Kind dahinter, und sie hatte Torsten dazu überredet, ihn zu erfüllen. Außerdem geht es mich nichts an, sagte sie zu sich selbst. Betont forsch, um sich ihre Gefühle nicht anmerken zu lassen, wandte sie sich an Petra.

»Und wie geht es jetzt weiter? Wir können nicht ewig wie der Fliegende Holländer im Sturm herumfahren!«

»Laut Wetterradar – ich meine das echte – seid ihr bereits am Rand des Sturms angekommen. Er müsste in zwei, spätestens drei Stunden nachlassen. Sobald es möglich ist, setzt die norwegische Marine mit einem Hubschrauber ein Team bei euch ab, das die *Trollfjord* übernehmen wird. Es sind auch zwei Hochseeschlepper zu euch unterwegs, um den Kahn an den Haken zu nehmen.« Petra wollte noch mehr sagen, da mischte sich Dai Zhoushe in das Gespräch ein.

»Wenn das geklärt ist, wüsste ich gerne, wie es weitergehen soll?«

»Wie meinen Sie das?«, fragte Petra verständnislos.

»Ich bin Dai von der Spionageabwehr der Volksrepublik China und wegen derselben Sache an Bord wie Ihre Kollegin und Ihr Kollege. Bisher unbekannte Feinde haben uns gemeinsam in diese Lage gebracht, und ich bin nicht gewillt, die Geschehnisse einfach so hinzunehmen. Diese Schurken haben meinen Ehemann, mehrere Kollegen und einige unbeteiligte Bürger unseres Landes entführt, ebenso die Mitglieder anderer Geheimdienste. Darunter ist übrigens auch Ihr Bekannter John Thornton, Herr Renk, sowie der US-amerikanische Geheimdienstkoordinator Rumble. Jetzt frage ich Sie alle: Welchen Sinn hat eine solche Aktion?«

»Da müssten Sie diese Leutchen schon selber fragen. Ich bin nur für Wahrscheinlichkeitsberechnungen zuständig und nicht für Weissagungen!« Petra klang reserviert, weil die Chinesin sich in Dinge einmischte, die sie ihrer Meinung nach nichts angingen.

Dai Zhoushe bemerkte es ebenso wie die ablehnenden Gesichter Torstens und Henriettes und wandte sich an die beiden. »Ich weiß, Ihnen passt es nicht, mit mir zusammenzuarbeiten. Glauben Sie, mir macht es Freude, dass ich Ihnen gegenüber meine Tarnung aufgeben musste? Aber wir sind aufeinander angewiesen! Wer auch immer diesen Anschlag auf die *Trollfjord* unternommen hat, ist eine Gefahr sowohl für die westliche Welt wie auch für mein Land. Wenn wir nicht wollen, dass wir in absehbarer Zeit vor Problemen stehen, die wir nicht mehr bewältigen können, müssen wir zusammenarbeiten.«

»Das klingt logisch«, fand Petra, während Torsten unwillkürlich den Kopf schüttelte.

»Es geht nicht!«

»Wollen Sie jetzt aufgeben und wie ein geprügelter Hund mit eingezogenem Schwanz nach Hause fahren?«, fragte Dai Zhoushe voller Spott. »Ich dachte, Sie wären Torsten Renk, ausgezeichnet für Ihren Einsatz in Afghanistan, ausgezeichnet für Ihren Einsatz im Kosovo und ausgezeichnet für etliche Einsätze an anderen Orten, also jemand, der in gewissen Kreisen bereits zur Legende geworden ist.«

»Sie tragen ja ganz schön dick auf«, warf Henriette bissig ein, denn sie fühlte sich durch die Lobeshymne auf Torsten missachtet.

Dai Zhoushe musterte sie mit einem schwer zu deutenden Blick. »Ich weiß noch nicht, wer Sie sind! Aber wenn Sie besondere Fähigkeiten haben, werden Sie sie bald einsetzen können. Hören Sie, hier an Bord sind noch zwei oder drei Kollegen von mir, aber keiner von ihnen ist vorerst in der

Lage, etwas zu unternehmen. Bis ich Spezialisten aus meiner Heimat anfordern kann, ist es wahrscheinlich zu spät.«

»Also haben Sie noch ein Ass im Ärmel!«, rief Torsten elektrisiert aus.

Dai Zhoushe nickte lächelnd. »Ja! Und ich bin bereit, es gemeinsam mit Ihnen auszuspielen. Aber wir haben nicht viel Zeit. Daher sollten wir zusehen, dass uns ein Hubschrauber rasch an Land bringt. Ihre Kollegin in Deutschland soll versuchen, in Kirkenes ein Flugzeug für uns aufzutreiben. Mein eigenes steht auf dem Flughafen in Oslo und hat seit zwei Tagen wegen eines Schneesturms Startverbot.«

»Unser Flugzeug steht bereits auf dem Flughafen von Kirkenes!« Petra hatte längst begriffen, dass ihnen keine andere Möglichkeit blieb, als auf das Angebot der Chinesin einzugehen. »Nur mit dem Hubschraubertransport wird es schwierig. Die Marine will zuerst die Verwundeten und Kranken ausfliegen.«

»Wir müssen von Bord! Wahrscheinlich haben wir nicht mehr als vierundzwanzig Stunden Zeit, maximal sechsunddreißig, sonst ist der Sender außer Reichweite.« Dai Zhoushe klang so fordernd, dass Petra sich und ihre Fähigkeiten herausgefordert fühlte.

»Ich werde tun, was ich kann«, antwortete sie säuerlich und begann mit ihrer Computermaus herumzufuhrwerken.

»Wenn es jemand schafft, dann Petra«, versuchte Torsten die Chinesin zu beruhigen.

Diese lächelte verkniffen. Dann wurde ihre Miene hart. »Wir werden diese Kerle finden und sie für das, was sie getan haben, zur Rechenschaft ziehen.«

Henriette lachte leise. »Und ich ziehe bald den Lademeister zur Rechenschaft, wenn er nicht bald mit dem Kaffee kommt. Das hier ist ein Eiskeller mit Frischluftzufuhr, und ich habe keine Lust, mir eine Erkältung zu holen!«

Mit ihrer Drohung wollte sie sich eigentlich nur in Erinnerung bringen, doch just bei ihren letzten Worten kam der Lademeister herein, gefolgt von zwei Stewardessen, die er mittlerweile hatte wecken können. Alle drei schleppten Kaffeekannen und Tabletts mit Sandwiches und Gebäck herbei, ließen die Sachen aber beinahe fallen, als sie die Toten auf der Brücke sahen.

Eine der Frauen stieß einen so gellenden Schrei aus, dass Torsten das Steuer verriss. Die *Trollfjord* bockte und legte sich zur Seite, aber er hatte sie rasch wieder in der Gewalt. Mit einem zornigen Blick wandte er sich um.

»Wenn Sie das nächste Mal einen Schrei loslassen, dann bitte um ein paar Oktaven tiefer, sonst platzt mir noch das Trommelfell. Und jetzt hätte ich gerne einen Kaffee, und zwar möglichst heiß mit einem Stück Zucker und einem Spritzer Milch.«

Die Frau sah ihn erschrocken an, gehorchte aber und reichte zuerst ihm, dann Henriette und Dai Zhoushe je eine Tasse Kaffee.

»Danke!«, sagte Torsten und trank seine Tasse in einem Zug leer.

Inzwischen hatte der Lademeister sich auf der Brücke umgesehen und kam nun auf Torsten zu. »Bei Gott, die Schurken haben alle hier umgebracht und die Brücke zerstört.«

»Nicht ganz, sonst würde ich nicht an diesem Ding stehen!«, brummte Torsten, während seine Gedanken bereits weiterwanderten und Pläne für die Zeit schmiedeten, in der Henriette, Frau Dai und er wieder festen Boden unter den Füßen hatten.

NEUN

Das Erste, was John Thornton beim Aufwachen spürte, war sein Kopf, der sich anfühlte, als schlüge jemand mit einem Vorschlaghammer auf ihn ein. Dabei habe ich gestern Abend doch nur einen kleinen Whisky getrunken, dachte er und hustete mehrmals, weil seine Bronchien sich anfühlten, als hätte er ein Reibeisen eingeatmet.

Erst als er vergeblich aufzustehen versuchte, begriff er, dass er gefesselt war. Mit einem Mal waren seine Kopfschmerzen ebenso wie der feuchte, sich kalt anfühlende Stoff auf seiner Haut nur noch eine Marginalie. Er rief sich den letzten Abend ins Gedächtnis, um herauszufinden, was geschehen sein konnte. Doch alles, woran er sich erinnerte, war harmlos gewesen. Gegen Mitternacht hatte er sich in seine Kabine zurückgezogen und war wegen des starken Seegangs nicht zum Schlafen gekommen.

Aber er musste irgendwann eingeschlafen sein, denn er war in einer völlig anderen Situation wieder aufgewacht. Die Geräusche waren nicht mehr die, die er von der *Trollfjord* gewohnt war, und von dem penetranten Heulen des Sturms war auch nichts mehr zu hören. Stattdessen vernahm er nur ein gelegentliches Knacken, das er nicht einzuordnen wusste. Als er die Augen öffnete, war es um ihn herum stockfinster. Dennoch hatte er das Gefühl, nicht allein zu sein.

»Ist da wer?«, fragte er mit gepresster Stimme. Niemand antwortete ihm, aber er hörte ein Stöhnen.

Was mochte geschehen sein? Wäre der Sturm nicht gewesen, hätte Rumble Nastja Paragina noch in dieser Nacht entführt und wäre mit der Wissenschaftlerin und einigen ausgesuchten Mitgliedern des Teams mit einem Schlauchboot verschwunden. Aber es sah so aus, als hätte man bei der Planung der Aktion vergessen, auf die hiesigen Witterungsumstände Rücksicht zu nehmen. Die Regierung hätte besser einen Mann aus Alaska mit der Sache beauftragen sollen und keinen Texaner wie Larry, dachte er mit bitterem Spott, der nicht nur seinem Exkollegen Frazer, sondern auch Anthony Rumble galt, der ebenfalls aus Texas stammte.

Erneutes Stöhnen, das in einen Hustenanfall überging, beendete seine Überlegungen, und er wandte sich wieder der Gegenwart zu. »Ist hier jemand wach?«, fragte er.

Eine schwache Stimme antwortete ihm. »Sind Sie es, Thornton?«

»Sally? Verdammte Scheiße …, entschuldigen Sie, ich meine nicht Sie damit, sondern die Tatsache, dass Sie sich auch hier befinden!«

»Aber wieso? Wir sind doch alle auf diesem Schiff!« Offensichtlich hatte Sally Marble die Veränderung ihrer Situation noch nicht begriffen. Sie hustete noch einmal, lauschte dann kurz und atmete auf. »Gott sei Dank ist der Sturm vorbei. Das Schiff schaukelt auch nicht mehr. Aber mir ist kalt.«

»Wir sind nicht mehr auf dem Schiff«, erklärte John düster, »sondern sitzen bis obenhin im Bullendreck.«

»Ich verstehe nicht, was Sie meinen! O nein! Warum bin ich gefesselt?« Sally war immer noch nicht voll da, und es dauerte eine Weile, bis John ihr klargemacht hatte, dass jemand sie betäubt und gefesselt haben musste.

»Wie es aussieht, befinden wir uns auf einem U-Boot«, schloss er mit einem wütenden Knurren.

»Die Russen! Sie haben uns eine Falle gestellt«, stieß Sally gepresst hervor.

Ihre Schlussfolgerung klang logisch, dennoch glaubte John nicht daran. »Was hätten sie davon?«, fragte er nachdenklich. »Ich schätze eher, dass Manolo Valdez dahintersteckt.«

»Den Sie in fünf Tagen immer noch nicht identifizieren konnten!« Mittlerweile war auch Anthony Rumble aufgewacht und hatte schneller als Sally begriffen, dass er gefesselt war und sich nicht mehr auf dem norwegischen Postschiff befand.

»Valdez kann es nicht gewesen sein. Den habe ich doch eliminiert«, meldete Sally sich selbstbewusst.

John schüttelte den Kopf, obwohl sie es in der Dunkelheit nicht sehen konnte. »Vielleicht! Vielleicht auch nicht. Auf alle Fälle befinden wir drei uns in einem U-Boot und …«

»Also doch die Russen«, unterbrach Sally ihn erregt.

»Was ist mit uns? Wir haben doch nichts getan!«, meldete sich der nächste Gefangene, der aus seiner Bewusstlosigkeit erwacht war.

»Wer sind Sie?«, fragte John ihn.

»Alexej Schigulin. Oh, mein Kopf! Ich …« Der Rest ging in Stöhnen unter.

»Also sind wir schon vier«, zählte John.

»Eher fünf würde ich sagen, da jemand auf meinen Füßen liegt«, wandte Rumble ein.

»Auf meinen Beinen liegt auch jemand, also sind wir schon sechs!« Sally klang zunehmend besorgt, denn so viele Gefangene sprachen dafür, dass sie es mit einem starken Gegner zu tun hatten.

»Jetzt versucht euch nicht gegenseitig mit irgendwelchen Zahlen zu übertrumpfen«, versuchte John die beiden zu beschwichtigen. »Ich liege auch auf jemand. Das könnte Sally sein. Ihre Stimme kommt aus der Richtung. Ich bewege mich jetzt mal.« John krümmte sich kurz zusammen und wartete auf Sallys Antwort.

»Ich bin es nicht. Der Bursche liegt quer über mir und hat sich bis jetzt nicht gerührt.«

John antwortete mit einem kurzen, freudlosen Lachen. »Was sagt uns das? Wir wissen weder, wo wir uns befinden, noch, wie viele wir sind, und vor allem nicht, wer uns am Wickel hat.«

»Auf jeden Fall ist es eine Sauerei, und die wird noch größer, wenn ich an die Konsequenzen denke!«

Rumble klang entgeistert, so dass Sally einen Laut des Erschreckens ausstieß. »Wie meinen Sie das?«

»Glauben Sie, irgendjemand würde eine unbestimmte Anzahl an Leuten entführen, wenn er damit rechnen müsste, umgehend verfolgt zu werden? Ich fürchte, dass man die *Trollfjord* versenkt hat, um unseren Tod vorzutäuschen.«

»Das wäre ja entsetzlich!« Sally schauderte es.

»Das wäre ganz Valdez' Kragenweite«, stimmte John nach einer kurzen Denkpause Rumble zu. »Andererseits kann ich mir nicht vorstellen, dass er oder seine Hintermänner das gemacht haben. Wie sollte er vor dieser Küste zu einem U-Boot kommen? Glaubt ihr etwa, die venezolanische Marine hätte eins geschickt?«

»Kaum. Das hätten wir gewusst, bevor es tausend Meilen weit gekommen wäre.« Rumble verabschiedete sich von der Idee, ein Opfer des Südamerikaners geworden zu sein. Doch welches Land er auch verdächtigte, stets sprachen gewichtige Gründe dagegen.

»Wir werden warten müssen, bis die Mistkerle sich zu erkennen geben. Eines ist sicher: Unsere Freunde sind diese Leute nicht.«

Damit brachte Rumble John zum Lachen. »Da haben Sie wohl recht. Aber jetzt wäre es mir lieb, wenn einer der Kerle kommen würde. Meine Blase drückt.«

»Ich habe ...«, begann Sally, brach dann aber ab. Es ging die Männer nichts an, dass sie während ihrer Bewusstlosigkeit ins Höschen gemacht hatte.

ZEHN

Der Sturm ließ nach, doch Torsten traute dem Wetter noch nicht. Obwohl er mehr als einen Liter Kaffee und etliche Sandwiches im Bauch hatte, fühlte er sich wie ein Eiszapfen und konnte das kleine Steuerrad kaum noch festhalten.

»Es ist neun Uhr morgens, aber draußen noch immer so dunkel wie in einem geschlossenen Schrank«, murmelte Henriette bedrückt.

»Wir sind einfach zur falschen Jahreszeit hier«, sagte Torsten mit einem bissigen Lachen. »Das hier ist zwar das Land der Mitternachtssonne, doch die macht gerade Urlaub am Südpol.«

»Ich hätte wahrlich nichts gegen Urlaub, irgendwo in einer warmen Gegend, wo man im Meer schwimmen und tauchen und am Abend bei einem Cocktail auf der Hotelterrasse sitzen kann.« Henriette seufzte sehnsüchtig, erstarrte dann aber.

»Da kommen Hubschrauber! Oder was könnte das für ein Geräusch sein?«

Dai Zhoushe lauschte angespannt. »Ich höre nichts!«

»Ich auch nicht«, sagte Torsten. Nach einer Weile jedoch nickte er. »Ich glaube, du hast recht. Die Fünfte Kavallerie ist im Anmarsch!«

»Eher im Anflug«, spottete Henriette, der ein riesiger Felsblock vom Herzen fiel.

Dai Zhoushe hingegen starrte in die Richtung, in die der Empfänger ihrer Uhr wies, und schwor sich, die Schurken zur Strecke zu bringen. Immerhin hatte sie sich wegen dieser Banditen als Mitglied des chinesischen Geheimdienstes outen müssen. Zwar war es ihr lieber, mit dem deutschen Agentenpaar zusammenzuarbeiten als mit ein paar großmäuligen Yankees. Aber da sie den Feind nicht kannte, bezweifelte sie, dass sie es zu dritt schaffen würden. Mehr Leute wollte und durfte sie jedoch nicht einweihen.

Sie trat zu Torsten und Henriette, die mehr auf die anfliegenden Hubschrauber achteten als auf die *Trollfjord*, und legte ihnen die Hände auf die Schulter. »Sie werden schweigen, was mich betrifft, ebenso Ihre Kollegen, mit denen Sie Kontakt haben! Verstanden? Ich bin nur eine chinesische Touristin, die Ihnen geholfen hat.«

»Selbstverständlich!« Torsten hatte nicht vor, dieses Wissen preiszugeben, und er warf Henriette einen auffordernden Blick zu, ebenfalls den Mund zu halten.

»Endlich kommt Hilfe!«, flüsterte Henriette, als der erste Hubschrauber über der *Trollfjord* schwebte und ein Seil herabließ. Innerhalb kürzester Zeit kletterten acht Männer auf das Sonnendeck herab und stürmten kurz darauf mit vorgehaltenen Waffen die Brücke.

Torsten schüttelte den Kopf, als er den martialischen Auftritt sah, und grinste den Zugführer an. »Kann jemand dieses Ding hier übernehmen? Mir werden die Finger klamm.«

Der Norweger brachte nur ein »Äh?« heraus und hörte im nächsten Moment sein Funkgerät anspringen.

»Übernehmen Sie das Schiff, Matsen! Und keine Fragen! Verstanden?«

»Jawohl, Herr Major«, antwortete der Mann und wandte sich wieder Torsten zu. »Wenn Sie erlauben, übernehmen wir das Steuer.«

»Aber gerne!« Torsten wollte das Steuerrad loslassen, als sich Petra meldete.

»Um diesen Kasten auf Kurs zu halten, braucht ihr euren Laptop. Wenn er abgeklemmt wird, wird die *Trollfjord* zu einem toten Wal, und das wäre bei dem herrschenden Wellengang nicht so gut.«

»Wer ist das?«, fragte der Norweger und vergaß dabei

ganz den Befehl seines Vorgesetzten, keine Fragen zu stellen.

»Kapitänin zur See Petra Waitl«, gab Petra ungerührt zurück. »Diese drei Unglücksraben haben mich aus dem Bett geholt, weil sie sich nicht mehr zu helfen wussten. Ich habe ihnen erklärt, wie sie dieses Schiff wenigstens teilweise unter Kontrolle halten können. Freut mich, dass es geklappt hat. Damit kann ich wieder ins Bett. Ach ja, die Nummer des Kontos, auf die Sie die Bergeprämie für die *Trollfjord* überweisen können, soll Ihnen Herr Schmied nennen. Gute Nacht!«

Damit schaltete Petra ab, ließ aber die Verbindung zu Torstens Computer bestehen, um die Norweger, die jetzt das Steuer übernehmen, überwachen zu können. Doch als sie aufstand, blinkte die Meldung, dass eine dringende Mail eingegangen war. Seufzend rief sie sie auf und kniff die Augen zusammen. Sie stammte von Torsten und bestand nur aus einem Satz.

»Wir wollen doch weg!«

Das hatte sie ganz vergessen. Petra überlegte, ob sie noch einmal mit Henriette und Torsten reden sollte, entschied sich aber dagegen und zog alle verfänglichen Daten von Torstens Laptop ab. Als sie sicher war, dass selbst Spezialisten nicht mehr erkennen konnten, zu welchem Zweck das Gerät einmal gedient hatte, schickte sie eine E-Mail zurück.

»Ihr könnt los! Besorgt euch unterwegs einen neuen Laptop und nehmt Kontakt zu mir auf. Die Daten habt ihr ja im Kopf!«

Als sie ihr Büro verlassen wollte, kam Wagner mit einem Tablett mit Schachteln und Kannen herein.

»Es hat ein wenig gedauert, bis ich um die Zeit noch etwas auftreiben konnte, aber ich hoffe, Sie sind damit zufrieden.«

Petra war müde und wollte eigentlich nur noch schlafen. Doch beim Anblick des Essens sagte sie sich, dass ihre kleinen grauen Zellen in den letzten Stunden über Gebühr beansprucht worden waren und sie sie mit einer guten Mahlzeit versöhnen musste.

ELF

So rasch, wie Dai Zhoushe gehofft hatte, konnten sie die *Trollfjord* nicht verlassen. Während des Sturms waren etliche bewusstlose Passagiere und Besatzungsmitglieder aus ihren Betten gefallen und hatten sich verletzt. Es gab einige Knochenbrüche, mehrere Herzanfälle und sehr viele Menschen, denen so elend war, dass sie nicht auf eigenen Beinen stehen konnten.

Obwohl die norwegischen Behörden so viel Hilfe schickten, wie sie zur Verfügung hatten, dauerte es Stunden, bis die dringendsten Fälle versorgt waren. Einige Passagiere mussten in Kliniken gebracht werden, und so war zunächst kein Platz für die Agenten frei.

Torsten und Henriette nutzten die Zeit, um ihre Sachen zusammenzuräumen. Der Lademeister besorgte ihnen die abgegebenen Koffer, und so standen sie nach einiger Zeit bereit, um ausgeflogen zu werden.

Auch Dai Zhoushe hatte gepackt und sich währenddessen Gedanken darüber gemacht, wen aus ihrem Team sie auf die Suche mitnehmen konnte. Die Banditen hatten außer ihrem Ehemann etliche ihrer Landsleute entführt, doch von denen gehörten nur drei zum Geheimdienst. Die anderen waren Privatpersonen, die zur Tarnung mit hierhergeschickt worden waren. Es gab allerdings noch weitere chinesische Agenten an Bord. Dai Zhoushe war jedoch klar, dass Torsten und Henriette jede Kooperation einstellen würden, wenn sie mit einer größeren Mannschaft auftauchte. Daher wählte sie eine junge Agentin aus, die aus einer Artistenfamilie stammte und über eine erstaunliche Körperbeherrschung verfügte.

Es dauerte etwas, bis sie die Frau so weit wach bekam, dass diese sie erkannte, und noch länger, bis Zi Yangyang in der Lage war, ihre Sachen zu packen. Während dies geschah, schärfte Dai Zhoushe ihrer Untergebenen ein, wie sie sich den Deutschen gegenüber zu verhalten habe.

»Wir sind auf diese Leute angewiesen, hast du verstanden? Ohne sie läge das Schiff bereits auf dem Meeresgrund. Daher verdanken wir ihnen unser Leben. Außerdem weiß ich, dass in Kirkenes ein Flugzeug auf sie wartet.«

Zi Yangyang würgte Luft hervor und schüttelte dann den Kopf. »Es passt mir gar nicht, mit diesen Deutschen zusammenzuarbeiten. Was ist eigentlich mit unserem Flugzeug? Es sollte doch bereitstehen, wenn wir Kirkenes erreichen.«

»Unser Flieger steht noch in Oslo. Der dortige Flughafen ist wegen des heftigen Schneesturms gesperrt und wird frühestens morgen wieder geöffnet. So lange können wir nicht warten. Und jetzt komm! Oder soll ich dich wegen Ungehorsams suspendieren?«

Dai Zhoushes Drohung verfing, denn Yangyang schloss schnell ihren Koffer und zog ihre Winterkleidung an. »Ich bin bereit, General Dai.«

»Ränge werden nicht genannt! Wir sind einfache Angehörige des Geheimdienstes unseres Vaterlands. Hast du verstanden?«

Yangyang nickte sofort. »Vollkommen, Gen... Frau Dai!«

»Nenn mich Zhoushe. Ich werde Yangyang zu dir sagen. Die beiden Deutschen heißen offiziell Schmied. Das solltest du dir merken. In Wirklichkeit sind es Torsten Renk und eine Kollegin, die er Henriette nennt. Ihren vollen Namen werde ich noch herausfinden. Ich glaube, dass sie uns bereits aufgefallen und in unseren Datenbanken verzeichnet ist.«

»Torsten Renk, der Afghanistankämpfer?«, rief Yangyang verblüfft aus.

»Genau der! Begreifst du jetzt, warum ich diesen Mann dabeihaben will? Er kennt die Europäer und Amerikaner besser als wir. Außerdem ist er ehrgeizig – und seine Kollegin scheint es auch zu sein.« Dai Zhoushe lächelte ihrer Untergebenen kurz zu, wurde aber rasch wieder ernst und holte ihre eigenen Koffer aus ihrer Kabine.

Kurz darauf erreichten die beiden Frauen mit je zwei großen Koffern und umgehängten Laptoptaschen die Horizont-Galerie auf Deck neun. Henriette und Torsten warteten dort bereits auf sie und eine Gelegenheit, vom Schiff zu kommen. Eben landete ein weiterer Hubschrauber auf dem Sonnendeck, während der vorherige mit etlichen Verletzten an Bord Richtung Küste flog. Dai Zhoushe fiel auf, dass der neue Hubschrauber kleiner war als die anderen und eine andere Kennung trug. Zwei Männer, einer in der Uniform eines Majors, ein anderer trotz der Kälte mit Anzug und Krawatte, stiegen aus und eilten ins Innere des Schiffes.

Als sie die Viergruppe mit ihrem Gepäck entdeckten, kamen sie darauf zu. »Frau Dai und das Ehepaar Schmied?«, fragte der Anzugträger auf Englisch.

»Und Frau Zi«, warf Dai Zhoushe ein.

Der andere wirkte etwas verwundert, nickte dann aber und wies auf den Hubschrauber. »Wir sollen Sie von der *Trollfjord* abholen. Beeilen Sie sich, damit der Transport der Verletzten weitergehen kann.«

Die vier nahmen ihr Gepäck und traten ins Freie. Als der Anzugträger die vielen Koffer und Taschen sah, verzog er das Gesicht, sagte aber nichts. Sein Begleiter lud die Gepäckstücke in den Hubschrauber und half den Frauen einzusteigen, was ihm von Henriette ein leises Fauchen einbrachte. Sie war selbst Pilotin und hatte genug Erfahrung, um auf Hilfe verzichten zu können. Als auch Torsten und der

Mann im Anzug im Hubschrauber saßen, stieg der Major ein und wollte eben die Tür schließen, als ein junger Soldat heranstürmte.

»Herr Schmied, hier ist Ihr Laptop! Wir haben inzwischen einen eigenen leistungsstarken Computer an Bord gebracht und können mit ihm die meisten Funktionen übernehmen. Daher brauchen wir Ihr Gerät nicht mehr!«

»Danke!« Torsten nahm den Laptop mit einem Lächeln in Empfang und wandte sich an Henriette. »Jetzt müssen wir uns wenigstens kein neues Gerät besorgen. Sobald wir an Land sind, nehme ich Verbindung zu Petra auf.«

»Sehr gut!« Henriette blickte bereits prüfend dem Piloten über die Schulter.

Der Mann hob gekonnt ab und steuerte die Maschine in flottem Tempo nach Süden. Während der ersten Minuten musterte der Mann im Anzug seine vier Mitreisenden, als wolle er sie mit Blicken sezieren, dann sprach er sie an.

»Es hieß zwar, dass keine Fragen gestellt werden sollen, trotzdem werden Sie verstehen, dass unser Volk Aufklärung darüber will, was auf der *Trollfjord* geschehen ist!«

Der Wunsch des Mannes war verständlich, doch Torsten wollte ihre Tarnung nicht ohne Befehl preisgeben. Daher hob er in einer bedauernden Geste die Hände. »Ich kann Ihnen leider nicht helfen. Meine Frau und ich sind gestern Nacht auf der Horizont-Galerie geblieben, um hinauszuschauen.«

»In eine sternenlose Sturmnacht, in der man rein gar nichts sieht?«, unterbrach der Norweger ihn verärgert.

»Im Licht der Scheinwerfer hat auch ein Sturm seine Reize«, antwortete Torsten ungerührt. »Aber wenn Sie erfahren wollen, was ich weiß, müssen Sie mich ausreden lassen.«

Der andere platzte beinahe vor Wut, kniff aber die Lippen zusammen. Torsten hielt ihn für ein höheres Tier des norwegischen Abwehrdiensts und damit für einen Mann, mit dem er unter anderen Umständen hätte zusammenarbeiten können. Doch das würden die Chinesinnen niemals akzeptieren, und die beiden Frauen waren im Augenblick weitaus wichtiger als der Norweger. Daher beschränkte Torsten sich auf einen knappen Bericht, der im Grunde nicht mehr aussagte, als dass Henriette und er in der Nacht wach geworden waren und gemerkt hatten, dass mit der *Trollfjord* etwas nicht stimmte.

»Wissen Sie, das Schiff rollte so seltsam um seine Achse und stampfte wild. Da wollten wir jemand von der Besatzung fragen, was es damit auf sich habe«, setzte er mit einem beinahe naiven Gesichtsausdruck hinzu. »Als wir niemand gefunden haben, sind wir bis zur Brücke gegangen. Dort stand die Tür offen und der Wind pfiff durch die offenen Scheiben herein. Außerdem lag die Crew auf dem Boden und ließ sich nicht wecken.«

»Kein Wunder, da sie tot waren«, entfuhr es dem Norweger.

Torsten stöhnte und richtete die Augen nach oben, so als müsste er sich zurückhalten, eine entsprechende Antwort zu geben. Danach log er genauso freundlich weiter wie zuvor. »Meine Frau und ich erinnerten uns daran, dass sich eine unserer Bekannten mit Schiffen auskennt. Also holten wir unseren Laptop und nahmen Verbindung zu ihr auf.«

»Und das ging sehr leicht, weil wir uns derzeit hinter dem Funkhorizont befinden und daher kaum eine Möglichkeit besteht, über Satelliten zu senden!« Der Norweger machte aus seinem Ärger über die ausweichenden Antworten keinen Hehl. Dennoch stellte er die Frage, die ihn am meisten bewegte. »Können Sie mir sagen, wer die *Trollfjord* gekapert und in diesem Zustand zurückgelassen hat?«

»Leider nein!«, antwortete Torsten kühl. »Meine Frau und ich haben von der ganzen Aktion nichts mitbekommen und sind erst wach geworden, als es bereits geschehen war. Es war ein Glück, dass wir uns in der Horizont-Galerie aufgehalten haben. Dort wirkte das Betäubungsgas wahrscheinlich nicht so stark wie in den Kabinen.«

»Sie wissen also von Betäubungsgas!«, trumpfte der andere auf.

»Warum sollte ich es nicht wissen? Der Lademeister der *Trollfjord* hat entdeckt, dass über die Klimaanlage ein starkes Gas in das Schiff hineingepumpt worden ist.« Torsten lehnte sich zurück und verschränkte die Arme vor der Brust als Zeichen, dass der Norweger nicht mehr von ihm erfahren würde.

Der Mann kochte förmlich und wandte sich Henriette mit einem Gesicht zu, als wolle er sie fressen. »Und was haben Sie zu sagen?«

»Nur, dass ich die Erklärungen meines Ehemanns voll und ganz bestätigen kann«, sagte Henriette mit freundlicher Miene.

»Sie haben die Bomben an Bord gefunden. Woher wussten Sie, dass es zwei Bomben gegeben haben muss?«

»Sehen Sie sich nie Actionfilme an?«, fragte Henriette. »Ich schon – und da ist meistens eine Bombe an Bord.«

»Sie wussten sogar, wo sie sind!«

Der Norweger versuchte, sie in die Enge zu treiben, doch so leicht ließ Henriette sich nicht aus der Fassung bringen.

»Das hat der Lademeister herausgefunden. Der hatte sich daran erinnert, dass zwei Paletten an zwei besonderen Punkten stehen sollten.«

»Aber entschärft haben die Bomben Sie und Frau Dai.«

»Frau Dai sieht sich auch gelegentlich Actionfilme an. Da lernt man so einiges!«

Henriette klang so harmlos, dass Dai Zhoushe ihre erste Meinung von ihr endgültig korrigierte. Die junge Deutschasiatin war ein ausgekochtes Biest und stand ihrem Kollegen Renk in nichts nach.

Da der norwegische Geheimdienstler bei Henriette und

Torsten nicht weiterkam, versuchte er sein Glück bei den beiden Chinesinnen. Zi Yangyang konnte ihm jedoch nur sagen, dass sie die Nacht über betäubt geschlafen hätte und ihre Freundin Zhoushe sie erst kurz vor dem Abflug hatte wecken können.

»Und Sie! Welche Rolle spielen Sie bei dieser Angelegenheit?«, fragte der Norweger Dai Zhoushe.

Diese sah ihn mit einem erstaunten Blick an. »Wie kommen Sie darauf, dass ich eine Rolle gespielt haben könnte?«

»Sie haben doch …« Er brach ab, weil ihm die Argumente ausgingen. Erst nach einigen Sekunden sprach er weiter. »Sie waren trotz des Betäubungsgases auf den Beinen. Wie haben Sie das gemacht?«

»Ich habe am Abend unter heftigen Kopfschmerzen gelitten und deswegen ein Mittel der traditionellen chinesischen Medizin eingenommen. Wahrscheinlich hat es dazu geführt, dass die Betäubung bei mir nicht voll wirkte und ich rechtzeitig aufgewacht bin, um Frau und Herrn Schmied helfen zu können.«

Der Norweger begriff, dass er nicht mehr erfahren würde, und ärgerte sich über die vier ihm aufgezwungenen Passagiere. Immerhin stellten die Hurtigruten eine nationale Institution dar, und ein Anschlag auf eines der Schiffe traf das Land ins Mark. Daher war jede Information wichtig.

Mit mühsam erzwungener Beherrschung wandte er sich jetzt an alle vier. »Wenn ich könnte, wie ich wollte, würde ich Sie einsperren und so lange verhören lassen, bis Sie alles preisgegeben haben, was Sie wissen.«

»Ich glaube nicht, dass die Regierung der Volksrepublik China dies tolerieren würde«, warnte Dai Zhoushe ihn.

Henriette lächelte beinahe vergnügt. »Sie vergessen ganz, dass wir die *Trollfjord* gerettet haben! Ohne uns läge sie jetzt auf dem Boden des Ozeans, und Sie müssten neben dem Verlust des Schiffes auch noch fast tausend Tote beklagen.«

»Das ist mir wohl bewusst! Und das ist auch der einzige Grund, weshalb wir Sie in Kirkenes absetzen und Ihrer Wege ziehen lassen«, erklärte der Mann mit knirschenden Zähnen.

Im Stillen nahm er sich vor, keinen der vier ohne Überwachung auch nur auf die Toilette gehen zu lassen.

Dies war Henriette, Torsten und den beiden Chinesinnen durchaus klar, doch sie gaben nichts darauf. In Gedanken hatten sie bereits mit dem Fliegenden Holländer – wie sie die *Trollfjord* für sich getauft hatten – abgeschlossen. Jetzt galt es, das Flugzeug in Kirkenes zu erreichen und sich auf die Verfolgung der Mörder und Entführer zu machen.

Dai Zhoushe blickte auf ihre Uhr, auf der noch immer die Richtung verzeichnet war, aus der sie das letzte Signal ihres Mannes aufgenommen hatte, und lächelte sanft. Innerlich aber war sie so angespannt wie eine Stahlfeder, und sie zweifelte nicht daran, dass es den beiden deutschen Agenten ebenso erging.

ZWÖLF

Nastja Paragina saß in einem Sessel und hielt die Augen geschlossen. Obwohl es bis auf das leise Summen des Elektroantriebs und gelegentliches Knacken ruhig war, glaubte sie noch immer das Tosen des Sturms zu hören, der die *Trollfjord* zu seinem Spielball gemacht hatte. Der Gedanke, dass das Schiff spätestens zu dieser Stunde samt Besatzung und Passagieren von den Bomben zerrissen worden und gesunken war, belastete sie so stark, dass sie am liebsten geweint hätte. Nun fragte sie sich, ob sich die Erinnerung daran jemals verdrängen ließ. Ihre Arbeit würde ihr dabei helfen. Espens Bruder Torvald Terjesen hatte ihr versprochen, dass sie ihre Forschungen mit allen notwendigen Mitteln weiter fortsetzen und die Ergebnisse schon bald im Feldversuch testen konnte. Dies war im Moment ihr einziger Lichtblick. Irgendwann, so hoffte sie, würde ihr Name auf der Liste derer stehen, welche der Menschheit einen entscheidenden Schritt in ihrer Entwicklung weitergeholfen hatten.

»Schläfst du, Nastja?«, hörte sie Espen fragen und hätte ihm am liebsten vorgespielt, sie würde es tun.

Stattdessen aber öffnete sie die Augen und schüttelte den Kopf. »Ich habe nur ein wenig gedöst.«

»Wir sind gleich am Ziel. Du kannst schon mal deine Sachen packen!«

Nastja zog die Schultern nach vorne. »Meine Sachen sind mit der *Trollfjord* untergegangen.«

»Macht nichts! Dann kaufst du dir eben neue.« Damit war für Espen Terjesen die Sache erledigt. Er stand auf und trat zu den Bildschirmen, auf denen die Lichtkegel mehrerer Scheinwerfer zu sehen waren, die das umgebende Wasser jedoch kaum erhellen konnten.

»Gleich muss die Zentrale in Sicht kommen«, sagte er, um Nastjas Neugier zu wecken.

Die Wissenschaftlerin stand auf und stellte sich neben ihn. Zunächst war nur Wasser zu sehen, dann aber schälte sich etwas dunkles, furchteinflößend Großes aus dem Zwielicht und kam rasch näher. Nastja vermochte die Ausmaße nicht einmal zu erahnen, begriff aber, dass ihr U-Boot, das mehr als sechzig Meter lang war, gegen dieses Ding wie ein Zwerg wirkte.

Der Pilot am Steuerpult hantierte lässig mit seinen Kontrollinstrumenten und brachte die *Midgardsormr* immer näher an das riesige Ding heran. Nun war eine Schleuse zu erkennen, die gut fünf Meter aus einer Seitenwand des schwimmenden Bauwerks herausragte. Mit knappen Steuerbewegungen brachte der Pilot das U-Boot längsseits. Es gab einen kurzen Ruck, als es die Schleuse berührte, und auf dem Schirm konnten sie sehen, wie sich zangenartige Backen um die *Midgardsormr* legten. Dann hallten mehrere dumpfe Schläge durch das U-Boot.

»Wir legen an. Jetzt müssen unsere Kumpel nur noch die Schleuse auspumpen, dann können wir rüber«, meldete der Pilot.

Espen Terjesen klopfte dem Mann leutselig auf die Schulter. »Gut gemacht, Halldorsen.« Dann wandte er sich zu Nastja um.

»Wir sollten unsere Sachen holen. In einer Minute ist die Schleuse offen, und wir können die Station betreten. Du wirst sehen, man lebt dort recht angenehm. Es ist bei weitem nicht so eng wie hier auf dem U-Boot, und wir haben sogar ein Solarium für eine gesunde Sommerbräune – oder willst du lieber als Weißmolch herumlaufen?«

Sein Versuch, Nastja aufzuheitern, schien zu gelingen, denn sie lachte kurz auf, nahm ihre Tasche an sich und trat zur Schleuse. Kurz darauf klopfte jemand gegen die Luke.

»Wir können aufmachen«, erklärte Espen.

Die beiden Besatzungsmitglieder lösten die Sperren und öffneten vorsichtig. Ein Schwall Wasser drang herein, und für Augenblicke hatte Nastja Angst, das Boot würde volllaufen und sinken. Da versiegte der Schwall, und ein Mann in einem schwarz-roten Overall steckte den Kopf herein.

»Willkommen zu Hause! Hier war es direkt langweilig ohne Sie, Herr Terjesen.«

»Jetzt bin ich wieder da und werde auch ein Weilchen bleiben. Es muss ein wenig Gras über die letzte Aktion wachsen.«

»Sie sind aber auch ein Teufelskerl! Ah, das ist wohl die Dame aus Russland, die aus schnödem Methan einen wahren Wundertreibstoff machen soll. Guten Tag, Frau Paragina. Skadberg mein Name. Ich bin der Vorarbeiter auf dieser Plattform und freue mich sehr darauf, Ihnen bei Ihren Praxistests zur Hand zu gehen.«

»Danke!« Der Hinweis auf ihre Forschungen half Nastja, ihr inneres Gleichgewicht wiederzufinden. Sie ergriff den Arm, den Skadberg ihr entgegenstreckte, und ließ sich von ihm aus dem U-Boot helfen. Die Schleuse, die sie jetzt betrat, war groß genug, um ganze Paletten transportieren zu können. Sie konnte darin sogar aufrecht stehen, während Espen sich ein wenig bücken musste. Nun folgte er ihr und umarmte Skadberg wie einen guten Freund. Wahrscheinlich war er das sogar, dachte Nastja. Alle Leute, die hier auf dieser schwimmenden Plattform lebten, waren von den Terjesen-Brüdern von Hand verlesen worden.

Bjarne Aurland und Age Hemsedalen kamen als Nächste. Sie kannten nur die erste, weitaus kleinere unterseeische Plattform der Terjesens, und ihre Blicke verrieten, wie beeindruckt sie waren. »Da ist man ein paar Monate weg und kann kaum glauben, was man sieht«, sagte Hemsedalen grinsend.

Unterdessen schoben Besatzungsmitglieder des U-Boots das Gepäck in die Schleuse. Männer aus der Plattform nahmen es entgegen und trugen es ins Innere der Station.

Espen Terjesen bot Nastja den Arm. »Wollen wir?«

Die Russin atmete tief durch und verzog das Gesicht, als sie den Geruch von Schmieröl und Metall in die Nase bekam. Dann legte sie die Hand auf Espens Arm und ließ sich in die Unterseestation hineinführen. Zunächst schritten sie durch einen einfachen, aus Stahlelementen gefertigten Gang, passierten eine weitere Schleuse und kamen schließlich in den Wohnbereich. Dort gerieten sie in eine Welt, die auf Nastja angesichts der Wassertiefe und des Nordmeers ringsum skurril wirkte. Auf dem Boden lagen weiche Teppiche, und an den Wänden ersetzten Flachbildschirme die

Fenster und zeigten eine Landschaft mit einem von bewaldeten Hügeln umgebenen See.

»Da staunst du, was?«, sagte Espen Terjesen mit kaum verhohlenem Stolz. »Hier kann man es wirklich aushalten. Wir beide haben eine hübsche Wohnung mit einem prachtvollen Schlafzimmer. Die Küche fehlt allerdings, denn wir lassen in der Kantine kochen. Keine Sorge, der Koch versteht sein Handwerk. Früher hat er ein Restaurant betrieben, das es zu zwei Sternen im Michelin gebracht hat. Doch jetzt wollen wir erst mal meinen Bruder begrüßen.«

Er führte Nastja durch eine weitere Tür, dann sahen sie sich dem Vorstandsvorsitzenden der International Energies gegenüber.

Nastja war Torvald Terjesen bisher nur ein Mal persönlich begegnet, und zwar bei einem Kongress in Moskau vor vier Jahren. Zu jener Zeit hatte sie nicht mehr als einen Gruß mit ihm wechseln können, aber seit damals hatte sich einiges geändert. Torvald Terjesen beherrschte nun ein Milliardenimperium, und sie war eine erfolgreiche Wissenschaftlerin. Gemeinsam, sagte sie sich, konnten sie ihre Erfindung zum Erfolg führen.

Unwillkürlich verglich sie die beiden Brüder miteinander. Beide waren groß und hatten helle Augen, doch damit endete die Ähnlichkeit. Mit seinem fast weißblonden Haarschopf, dem fein geschnittenen Gesicht und seinem fröhlichen Wesen war Espen ein Typ, den Frauen sich als Liebhaber und Männer als besten Freund wünschten. Allerdings war er auch ein Feuerkopf voller verrückter Ideen, die nicht immer vernünftig waren. Aber seine Aktionen hatten Erfolg – selbst wenn dabei fast tausend Menschen sterben mussten wie auf der *Trollfjord*, setzte sie mit leichtem Schaudern hinzu.

Torvald Terjesen hingegen war ein hagerer, dunkelhaariger Mann mit einem verschlossenen, kantigen Gesicht und Lippen, die er zu schmalen Strichen zusammenpresste. Seinen Blick konnte sie nicht deuten, aber ihr war klar, dass er nicht gerade Freude oder Wohlwollen vermittelte. Das überraschte sie, denn schließlich hatte Espen alles getan, um sie für die Firma zu gewinnen.

Um ihre Unsicherheit zu überspielen, trat sie auf Torvald zu und streckte die Hand aus. »Guten Tag, Herr Terjesen. Ich freue mich, Sie wiederzusehen«, sagte sie auf Russisch.

»Ich mich auch. Da Sie so gut wie zur Familie gehören, sollten wir dieses steife Sie vergessen«, antwortete er ebenfalls auf Russisch und wechselte dann ins Englische über. »Nennen Sie mich Torvald.«

»Gerne. Meinen Namen kennen Sie ja!«

»Nastja! Es freut mich, dass du zu uns gestoßen bist. Jetzt können wir endlich die Energiereserven unseres Planeten verwerten. Ich zeige dir später dein Labor. Vorher aber habe ich noch etwas mit meinem Bruder zu besprechen.«

»Wenn mir jemand sagt, wohin ich mich zurückziehen kann, lasse ich euch allein!« Nastja wandte sich bereits zur Tür, doch da hielt Torvald Terjesen sie auf.

»Du kannst ruhig bleiben. Es hat in gewisser Weise auch mit dir zu tun.«

»Was gibt es denn?«, fragte Espen, der sich und seinen Erfolg mit der *Trollfjord* von seinem Bruder nicht richtig gewürdigt sah.

»Um deine letzte Aktion. Du weißt, ich war aus gewissen Gründen dagegen, habe dich aber dennoch machen lassen. Im Nachhinein gesehen hätte ich mich durchsetzen sollen, denn der ganze Plan war ein paar Nummern zu groß für dich.« Torvalds Worte waren eine verbale Ohrfeige.

Sofort fuhr Espen auf. »Was soll das Gerede? Es ist doch alles ausgezeichnet gelaufen!«

»Ich will dir nicht absprechen, dass du Nastja auf diese Weise hierhergebracht hast, doch wäre das auch mit weniger Aufwand möglich gewesen«, konterte sein Bruder.

»Aber so ist sie ihre Vergangenheit endgültig los und kann mit einem neuen Namen neu anfangen. Außerdem haben wir etliche Geheimagenten mitgebracht. Wenn wir die verhören, wissen wir über sehr viele Dinge Bescheid, die uns weiterhelfen können.«

Espen wollte noch mehr sagen, doch da hob sein Bruder die Hand. »Es tut mir leid, dich enttäuschen zu müssen. Aber du hast ein paar gewaltige Fehler gemacht. Du wolltest doch die *Trollfjord* versenken!«

»Das habe ich doch auch getan!«, brach es aus Espen heraus.

»Den Informationen nach, die ich aus Kirkenes erhalten habe, leider nicht. Wie es aussieht, hast du die Wirkung des Betäubungsgiftes überschätzt und gleichzeitig einige Geheimagenten zu viel auf dem Schiff zurückgelassen. Ein paar von ihnen müssen rechtzeitig aufgewacht sein und anhand der Spuren gemerkt haben, was gespielt wird. Mit ihrer Erfahrung konnten sie die Sprengladungen finden und entschärfen.«

»Das Schiff muss trotzdem gesunken sein. Ohne Steuerung konnte es diesen Sturm nicht überstehen!« Für Augenblicke sah Espen aus wie ein Schuljunge, der sich verzweifelt vor seinem Lehrer zu rechtfertigen sucht.

Torvald Terjesen lachte bitter auf. »Leider muss ich sagen, dass die *Trollfjord* auch den Sturm überstanden hat und mittlerweile von zwei Hochseeschleppern nach Kirkenes gebracht wird.«

»Scheiße!«, rief Espen aus.

Anders als er fühlte Nastja eine Zentnerlast von sich abfallen. Der Tod so vieler unschuldiger Menschen hätte ihr wohl ihr Leben lang schwer auf der Seele gelegen. Im nächsten Moment fragte sie sich bang, was die Terjesen-Brüder nun unternehmen würden.

Torvald sah so aus, als hätte er bereits einen Plan, und er

lachte hart auf. »Es ist ganz gut, dass du über zwanzig Geiseln mitgenommen hast. Wir können nun so tun, als wenn du und deine Begleiterin ebenfalls entführt worden wären. Allerdings gefällt es mir gar nicht, dass sich jetzt die Augen so vieler Geheimdienste auf diese Weltgegend richten.«

»Das ist natürlich dumm«, gab Espen kleinlaut zu.

»Um es deutlicher zu sagen: saudumm! So oder so kannst du deinen ursprünglichen Plan nicht mehr verfolgen und zusammen mit Aurland und Hemsedalen als angebliche Überlebende der *Trollfjord* auftauchen. Ich werde als besorgter Bruder vor die Kameras treten und an deine Entführer appellieren. Dann kann ich in ein paar Wochen verlauten lassen, dass ich zehn Millionen Dollar für deine Freilassung bezahlt habe, und einige Zeit später kannst du wieder offen auftreten.«

Bis jetzt hatte Nastja Espen für einen Mann gehalten, der sich weder vor Gott noch der Welt fürchtete. Doch unter den schneidenden Worten seines Bruders wurde er immer kleiner.

»Es tut mir leid! Irgendetwas muss da schiefgelaufen sein«, sagte er.

»Du hättest besser die *Fenrisulfr* anstelle der *Midgardsormr* für diese Aktion genommen und die *Trollfjord* durch einen Torpedo zu den Fischen geschickt. Dann hätte dein grandioser Plan gelingen können«, spottete sein Bruder.

»In der *Fenrisulfr* hätten wir nicht so viele Gefangene untergebracht«, wandte Espen ein und hieb mit der Rechten wütend durch die Luft. »Auf jeden Fall werden wir die Lehren daraus ziehen und auch die *Midgardsormr* bewaffnen.«

»Einspruch, Bruderherz! Die *Midgardsormr* ist ein ziviles Unterseeboot, und das soll sie auch bleiben. Es wäre ungut, wenn Seine Majestät König Harald bei einem Besuch an Bord auf einmal Torpedorohre und einen Feuerleitstand sieht.«

»Wir könnten doch alles tarnen«, schlug Espen vor.

»Mit der *Fenrisulfr* und der *Ymir* besitzen wir zwei voll einsatzfähige Kampfunterseeboote. Das wird fürs Erste reichen. Schließlich wollen wir keinen Krieg führen, Espen, sondern unseren Einfluss auf andere Weise ausbauen. Aber lassen wir das jetzt! Du kannst die Gefangenen auf die Station bringen und in ihre Zellen sperren lassen. Pass gut auf, dass dir unterwegs keiner entkommt!«

Da das absolut unwahrscheinlich war, sah Espen diese Worte als weitere verbale Ohrfeige an und verzog das Gesicht. »Jetzt tu nicht so, als wäre ich total unfähig! Immerhin habe ich mit meinen Methoden ebenso zum Erfolg der Firma beigetragen wie du. Oder glaubst du, wir ständen ohne die Tiefseebohrtechnik aus Deutschland so gut da wie jetzt?«

»Ich will nicht bestreiten, dass du gewisse Erfolge vorzuweisen hast. Aber in letzter Zeit bist du überheblich geworden und beginnst, unsere Gegner zu unterschätzen. Denk nur daran, wie idiotisch du dich in Frankreich benommen hast. Ohne deine Dummheit wäre Nastja offiziell mit den anderen Wissenschaftlern über der Sibirischen See umgekommen. So aber mussten wir einiges riskieren, um dein Versagen auszubügeln – und dabei hast du erneut Fehler gemacht!«

Torvald Terjesen schien des Themas müde zu sein, denn er winkte ab und wies auf Nastja. »Du kannst unserem Gast die Zimmer zeigen, in denen ihr in den nächsten Wochen wohnen werdet. Ich bringe sie später in ihren neuen Wirkungskreis.«

Espen hatte eine Menge schlucken müssen und war erst einmal froh, seinem Bruder entkommen zu können. Daher bot er Nastja galant den Arm. Diese ergriff ihn, sah sich aber beim Hinausgehen noch einmal nach Torvald Terjesen um. Dieser hielt nun ein Handy in der Hand und drückte eine Taste. Zwar wusste sie nicht, auf welche Weise seine Verbindung zustande kam, aber eines begriff sie: Der Mann war hart wie Stahl und so kalt wie Eis.

DREIZEHN

John Thornton hatte nicht herausfinden können, wie viele außer ihm und der Gruppe um ihn herum entführt worden waren. Es mussten etliche sein, denn als er von zwei Männern gepackt und zur Schleuse getragen wurde, konnte er noch in zwei weitere Räume blicken, in denen gefesselte Menschen lagen. Die meisten waren inzwischen erwacht und wirkten trotz aller Erfahrung in diesem Job völlig verstört. Offensichtlich begriffen sie nicht, wie sie in diese Lage hatten geraten können.

Im Grunde wunderte er sich ebenfalls. Zwar wusste er nicht, ob ihr Feind nur Geheimdienstler entführt hatte, nahm aber an, dass die meisten Gefangenen welche waren. Jedenfalls hatten die Agenten sämtlicher Dienste an Bord einen Kardinalfehler begangen, indem sie sich gegenseitig belauerten, anstatt zu bemerken, dass es einen Feind gab, der aus dem Hintergrund agierte. Möglicherweise war das nun für jeden von ihnen Endstation.

»So, das ist der Nächste!«

John wurde wie ein Gepäckstück weitergereicht und auf einen leichten Wagen gelegt. Kurz darauf lag Sally neben ihm, dann wurden auch Rumble und Shears auf dem Wagen verstaut.

»Die kommen in Raum 34«, sagte ein Mann, den John als ein Besatzungsmitglied der *Trollfjord* identifizierte. Ohne Helfer in der Mannschaft, das hätte ihm eigentlich klar sein sollen, wäre es den Banditen nie möglich gewesen, sie auszuschalten und zu entführen. Doch wer steckte dahinter?

Das war die vordringlichste Frage und gleichzeitig die, die er am wenigsten beantworten konnte.

Auf dem Weg durch die Station versuchte John, so viel wie möglich von seiner Umgebung zu erfassen, aber er nahm nur kurze Korridore wahr, deren Wände aus Metall bestanden. Schließlich wurden sie zu einer Tür gebracht, die sehr stabil wirkte. Obwohl es eine Möglichkeit gab, die Tür elektrisch zu öffnen, winkte einer der beiden Männer, die den Wagen schoben, nach oben zu einer Kamera. Daraufhin verschwand die Tür fast lautlos in der Seitenwand und gab den Blick in einen kargen Raum frei, der etwa zwei auf drei Meter maß und an jeder Längswand zwei übereinanderliegende Pritschen aufwies. Im hinteren Teil waren eine Toilettenschüssel und ein Waschbecken angebracht. Auf Intimsphäre wurde hier offenbar kein Wert gelegt, denn John entdeckte weder vor der Toilette noch vor dem Waschbecken einen Vorhang oder Ähnliches.

Während er sich umsah, schleppten die Schurken Pat Shears in den Raum und warfen ihn auf eine der unteren Pritschen. Anschließend folgte Rumble, der die Behandlung zähneknirschend über sich ergehen ließ. Sally wurde auf eine der oberen Pritschen gelegt, dann erklang eine Lautsprecherstimme.

»Die Männer bringen dich jetzt rein und legen ein Messer neben dich, damit du zuerst dir und dann den anderen die Fesseln durchschneiden kannst. Glaube aber nicht, dass ihr anschließend frech werden könnt. Wir halten die Zelle unter Beobachtung und lassen euch eher verrecken, als etwas zu riskieren. Das gilt auch, falls ihr versuchen solltet, die Kameraobjektive zu verkleben oder zu verschmieren. Das solltest du auch den drei anderen erklären.«

Die beiden Männer packten John und schleiften ihn in die Kammer. Dort ließen sie ihn auf den harten Metallboden fallen und grinsten, als er vor Schmerz aufstöhnte.

Einer der Kerle hielt ihm ein Messer vor die Nase. Es war recht kurz und hatte eine abgerundete Spitze. In Johns Augen sah es nicht besonders scharf aus. Trotzdem erklärte ihm die Lautsprecherstimme, dass er das Messer bei der nächsten Visite abliefern müsse.

»Wenn wir wiederkommen, werdet ihr euch ausziehen und uns sämtliche Kleidungsstücke aushändigen. Ihr bekommt neue Anziehsachen. Eure Uhren und alles andere, das ihr vielleicht irgendwo versteckt habt, werdet ihr ebenfalls abgeben. Versucht nicht, etwas zu behalten. Wir schauen überall nach! Auch bei dir, Schätzchen!« Der letzte Satz galt offensichtlich Sally. Der Mann von der Besatzung legte das Messer einen halben Meter von Johns Kopf entfernt auf den Boden und verließ lachend die Zelle.

Als sich die Tür mit einem satten Klang schloss, hörte John Rumble aufstöhnen.

»Machen Sie schnell! Sonst passiert hier ein Unglück.«

»Erst einmal muss ich an dieses verdammte Messer kommen!« John winkelte die Beine an und schob sich auf das Ding zu. Es war mühselig, und er kam ins Schwitzen, bis er den Griff mit den Fingern fassen, es umdrehen und beginnen konnte, den Kabelbinder um seine Handgelenke zu durchtrennen. Rasch wurde ihm klar, dass ihm dies so niemals gelingen würde. Daher fasste er das Heft des Messers mit beiden Händen, zog die Füße an und machte bei deren Fessel weiter.

Nach kurzer Zeit hatte er diese durchtrennt und konnte aufstehen. Da Rumble aussah, als würde er gleich sterben, drehte John sich zu Shears um. »Ich drücke Ihnen jetzt den Griff des Messers in die Hände. Halten Sie das Ding so fest, wie Sie können, damit ich den Kabelbinder an meinen Händen durchschneiden kann. Haben Sie verstanden?«

Der junge Mann nickte mit verkniffener Miene und wälzte sich herum, bis er mit dem Gesicht zur Wand lag und John die Hände entgegenstrecken konnte. Dieser ging in die Knie, bis er die Hände fassen konnte, und schob Pat den Messergriff zwischen die Finger.

Da keiner der beiden nach hinten schauen konnte, dauerte es, bis John den Kabelbinder durchtrennt hatte. Noch während er sich die schmerzenden Handgelenke rieb, begann Rumble zu zetern. »Machen Sie mich los, zum Teufel, sonst stinkt es hier gleich zum Gotterbarmen!«

»Ich bin ja schon unterwegs!« John drehte Rumble so, dass er dessen Handgelenke erreichte, und zerschnitt den Kabelbinder, mit dem dieser gefesselt war. Kurz darauf waren auch die Fußfesseln entfernt, und Rumble sauste zur Toilettenschüssel. Noch während er die Pyjamahosen nach unten streifte, merkte er, dass er sein Geschäft vor den Augen der anderen verrichten musste, und fluchte laut auf.

»Diese Schweinehunde! Aber denen zahlen wir es heim. Das verspreche ich Ihnen, so wahr mir Gott helfe!«

»Dann hoffe ich, dass Gott bald mit dem Helfen anfängt«, antwortete John und kehrte Rumble den Rücken zu. Keine Minute später hatte er auch Sally losgebunden und befreite schließlich noch Shears von dessen Fesseln.

»So, das war's«, meinte er. »Jetzt müssen wie uns nur noch einigen, wie wir die Betten aufteilen. Ich für meinen Teil möchte nicht in einem der oberen schlafen.«

»Ich auch nicht«, knurrte Rumble, der mittlerweile seine Pyjamajacke ausgezogen hatte und als Sichtschutz vor sich hielt.

»Damit ist es entschieden. Sally und Pat schlafen oben, nur über wessen Bett, müssen wir noch entscheiden.«

»Das ist doch egal«, sagte Rumble und blickte sich suchend um. »Gibt es hier nirgendwo Toilettenpapier?«

John entdeckte am vorderen Ende der Pritsche, die er für sich reklamiert hatte, eine Schachtel und öffnete sie. Sie enthielt zwei Toilettenpapierrollen, einen Waschlappen und ein Handtuch.

»Die meinen wohl, wir sollen uns das alles brüderlich teilen! Entschuldige, Sally, in deinem Fall meine ich natürlich schwesterlich.« John versuchte zu grinsen, um die Stimmung ein wenig aufzuheitern. Das Schlimmste, was ihnen passieren konnte, war, dass sie ihren Mut verloren und verzweifelten. In dem Augenblick hatten ihre Feinde gewonnen.

»Ist schon gut«, antwortete Sally und sah krampfhaft von der Toilette weg. Erst als Rumble fertig war und wieder auf seiner Pritsche lag, drehte sie sich um und musterte die primitiven hygienischen Anlagen mit einem verzweifelten Blick. Sie musste ebenfalls dringend, und ihr graute davor, es vor den Augen der anderen zu tun. Außerdem war ihre Hose immer noch nass, doch sie konnte diese weder wechseln noch auswaschen und zum Trocknen aufhängen.

Als John ihr Unbehagen merkte, reichte er ihr seine Pyjamajacke. »Hier, machen Sie es wie Rumble! Damit haben Sie wenigstens ein bisschen Intimsphäre.«

»Danke!«

Während Sally zur Toilette schlich, sah John die beiden Männer an. »Wir sind wirklich eine Schande für unseren Beruf! Haben wir uns doch wie heurige Hasen fangen lassen – mit nicht mehr am Leib als unseren Schlafanzügen. Jetzt sitzen wir in diesem Loch und können nichts anderes tun, als Däumchen zu drehen.«

»Wo befinden wir uns eigentlich?«, fragte Rumble missmutig.

»Wenn ich das wüsste, hätte ich bereits überlegt, wie viel ich für diese Information von Ihnen verlangen könnte. Wir waren auf alle Fälle in einem U-Boot. Wo wir jetzt sind, entzieht sich meiner Kenntnis.«

»Vielleicht sind wir in der Heimatbasis dieses U-Boots«, mutmaßte Pat.

»Das wäre eine verdammt kurze Fahrt gewesen«, wandte John ein, »und ihr wisst, was das bedeuten würde.«

»Die Russen!«, bellte Anthony Rumble voller Grimm.

Jetzt meldete sich auch Sally zu Wort. »Aber was ist mit Alexej Schigulin? Der war doch ebenfalls unter den Entführten!«

»Das kann ein Trick sein, damit wir glauben, es seien nicht die Russen, die uns gekascht haben.« Für Rumble fügte sich ein Baustein zum anderen, und er ließ sich auch von John nicht davon abbringen.

Während seiner aktiven Zeit beim US-Heeresgeheimdienst hatte Thornton genug Erfahrung gesammelt, um sagen zu können, dass die Räumlichkeiten, die er hatte sehen können, nicht in der Art gebaut worden waren, wie die Russen es zu tun pflegten. Auch das U-Boot hatte gravierende Unterschiede aufgewiesen.

Rumble blieb jedoch bei seiner Meinung, und so gab John es auf, ihn umstimmen zu wollen. Außerdem hatte er mittlerweile Hunger und war gespannt darauf, ob und was sie zum Essen erhalten würden. Zwar trieb ihn die Frage um, wie die US-Agenten in Norwegen oder auch ihre heimatlichen Dienststellen ihre Entführung aufnehmen würden und welche Möglichkeiten diese hatten, nach ihnen zu suchen. Da er aber sicher war, dass sie abgehört wurden, konnte er mit Sally und den beiden Männern nicht darüber reden.

VIERZEHN

Petra kniff missmutig die Lippen zusammen, als Torsten ihr meldete, dass er seinen eigenen Laptop benutzen könnte. Es dauerte einige Sekunden, bis sie eine Antwort gab. »Und deshalb habt ihr auf dem Schiff einen solchen Aufstand gemacht, damit ich alle Daten herunterhole, die irgendwie geheim waren?«

»Es tut mir leid, aber ich konnte nicht wissen, dass die Norweger einen eigenen Computer an Bord bringen würden, weil sie der Meinung waren, der meine wäre nicht leistungsfähig genug«, erklärte Torsten ihr.

Petra tippte sich an die Stirn. »Deinen Laptop habe ich selbst zusammengebaut, und der ist leistungsfähiger als alles, was diese Norweger je gesehen haben. Deshalb ist es ganz gut, dass du ihn zurückbekommen hast. Ich weiß nicht, ob meine Programme auf einem hundsnormal gekauften Laptop laufen würden.«

»Zumal wir damit rechnen müssten, dass uns unsere norwegischen Freunde ein bisschen Ungeziefer mit einpacken würden.« Torsten lächelte, doch Petra kannte ihn lange genug, um zu wissen, dass er sie vor Wanzen warnen wollte, mit denen sein Zimmer womöglich verseucht war.

»Also gut, ich schicke dir die Daten wieder. Gib aber zuerst Ctrl PETRA ein, Petra in Großbuchstaben!«, sagte sie und wartete, bis er Vollzug meldete.

»Du kannst jetzt mit deinem Gerät nichts mehr anfangen, bis ich es wieder freigebe«, fuhr Petra fort. »Als Erstes mache ich einen vollständigen Systemcheck. Dabei fliegt alles runter, was auf diesem Laptop nichts zu suchen hat.«

Noch während sie es sagte, tippte sie die ersten Befehle ein.

Die nächsten dreißig Minuten verliefen in quälender Langsamkeit. Torsten sah zwar auf dem Schirm, wie Petra arbeitete, konnte selbst aber nicht eingreifen. Schließlich nutzte er die freie Zeit, um das Zimmer zu durchsuchen, das Henriette und ihm in Kirkenes zur Verfügung gestellt worden war. Es wunderte ihn nicht, dass er auf Anhieb vier Minimikrofone fand, die anscheinend sehr eilig eingebaut worden waren. Dazu kamen zwei winzige Objektive von Minikameras im Zimmer und eines in der Toilette. Vor allem das Letzte nahm er übel auf und verklebte das Spionauge sofort.

»Das ist mir ein bisschen zu unverschämt«, meinte er zu Henriette.

Diese sah ihn fragend an, wagte aber nichts zu sagen, sondern nahm einen Kugelschreiber und Zettel und stellte sich so, dass keine Minikamera ihr Blatt erfassen konnte.

»Was machen wir jetzt?«, notierte sie.

»Uns auf keinen Fall ärgern lassen«, schrieb Torsten darunter.

Seine Ruhe war Henriette unbegreiflich. In ihr drängte alles danach, dieses Haus zu verlassen und zum Flughafen zu fahren, um mit dem dort bereitstehenden Flugzeug der dünnen Spur zu folgen, die Dai Zhoushes Empfänger ihnen wies. Jede Minute zählte, sagte sie sich und überlegte, wie sie Torsten das begreiflich machen konnte. Sein Blick warnte sie jedoch davor, das Thema weiterzuverfolgen. Stattdessen wies er auf den Laptop, auf dem der grün-weiße Balken anzeigte, dass Petra immer noch Daten übermittelte.

Das hätte auch unterwegs geschehen können, dachte sie erbittert. Oder traute Torsten ihr nicht zu, das Flugzeug auch über einer rauen See im Griff zu haben? Er wusste doch, dass sie jedes Luftfahrzeug nach oben und wieder sicher auf die Erde brachte. Warum also zögerte er?

Torsten ahnte, was in ihr vorging. Daher kam er auf sie zu, nahm sie in die Arme und berührte mit seinem Mund beinahe ihr rechtes Ohr. »Ich warte, bis Dai Zhoushe den Startschuss gibt!«

Jemand mit schlechteren Ohren als Henriette hätte die gehauchten Worte kaum verstanden. Sie aber begriff jetzt, was ihr Kollege wollte, und ärgerte sich über ihre Ungeduld. Das hinderte sie jedoch nicht daran, die Chinesin in Gedanken anzutreiben. Immerhin war deren Ehemann von den Banditen verschleppt worden. Im nächsten Moment fragte sie sich, ob Dai Zhoushe und Wu Fanglian wirklich ein Ehepaar waren oder es nur ebenso gespielt hatten wie Torsten und sie?

»Was meinst du, sollen wir essen gehen? Ich habe Hunger.«

Torstens Frage riss Henriette aus ihren Überlegungen. Ihr lag schon eine bissige Antwort auf der Zunge, als sie merkte, dass auch ihr Magen Ansprüche anmeldete. »Gegen etwas zu essen hätte ich nichts. Wollen wir allein gehen oder …?« Sie brach ab, um die Namen der Chinesinnen nicht zu erwähnen. Ihr Kollege kannte hier jedoch weniger Hemmungen.

»Natürlich fragen wir Frau Dai und Frau Zi, ob sie mitkommen wollen. Das könntest du übernehmen! Ich packe unterdessen den Laptop ein, denn ich möchte im Lokal noch ein paar Sachen im Internet nachsehen.«

Während Torsten das Gerät eingeschaltet in die Tasche steckte, verließ Henriette das Zimmer und kehrte nach zwei Minuten wieder zurück.

»Frau Dai meint, jetzt essen zu gehen, wäre der beste Vorschlag, der ihr in den letzten Tagen gemacht wurde.«

»Dann ist ja alles geklärt!« Torsten zwinkerte Henriette zu und zog sich Winterschuhe und den Parka an, dessen viele Taschen geeignet waren, etliches an Material aufzunehmen.

Zuerst sah Henriette ihm verwundert zu, begriff dann aber seine Absicht und atmete auf. Wie es aussah, spielten sie ihren norwegischen Überwachern gerade einen Streich, und da war sie mit ganzem Herzen dabei.

FÜNFTER TEIL

NORDLAND

EINS

Das Lokal entpuppte sich als Kaffeestube, in der es neben Getränken auch kleine Mahlzeiten gab. Torsten reihte sich in die Schlange an der Theke ein, während die drei Frauen an einem Ecktisch Platz nahmen. Als Torstens Tablett immer voller wurde, schickte Dai Zhoushe ihm ihre Untergebene zur Unterstützung. Beide mussten zweimal gehen, um die Tassen und das Essen an den Tisch zu bringen. Dann setzten sie sich, und für die nächsten Minuten war nur das Klappern der Bestecke zu hören.

Schließlich hielt Henriette es nicht mehr aus. »Wann brechen wir auf?«

»Sobald wir gegessen haben«, antwortete Dai Zhoushe. »Sie sind hoffentlich bereit?«

»Das sind wir!« Henriette sah erwartungsvoll zu Torsten, doch der löffelte amüsiert seine Suppe und schwieg.

»Gibt es etwas?«, fragte sie ihn jetzt direkt.

»Nur einen jungen Mann, der verzweifelt versucht, unauffällig den Verschluss seiner Aktentasche auf uns zu richten«, antwortete Torsten leise. »Daher sollten wir hier nur essen und dann in unser Quartier zurückkehren.«

»Zurückkehren?« Henriette starrte ihn fassungslos an.

»Wir können natürlich auch den nächsten Flieger nach Hause nehmen. Ich bin sicher, Petra kann das arrangieren.«

»Nach Hause? Äh, das wäre gut!« Henriette sagte sich, dass sie, wenn sie weiterhin als Geheimagentin arbeiten wollte, nicht mehr so impulsiv sein durfte. Torsten hatte vollkommen recht. Sie konnten nicht einfach zum Flughafen fahren und in die Maschine einsteigen. Davor mussten sie die Sicherheitskontrollen passieren, und sie glaubte nicht, dass die Norweger sie so ohne Weiteres passieren lassen würden.

»Wollen Sie über Oslo fliegen?«, fragte Frau Dai und fuhr, als Torsten nickte, ansatzlos fort. »Wären Sie in der Lage, auch für mich und meine Kollegin einen Platz in der nächsten Maschine zu buchen, die dorthin fliegt?«

»Gerne!« Torsten aß weiter, überließ es Zi Yangyang, das Geschirr abzuräumen, und holte seinen Laptop heraus. Fünf Minuten später waren für sie vier Flugtickets nach Oslo reserviert.

»So, jetzt können wir unser Gepäck holen und dann den Staub – oder, besser gesagt, den Schnee dieses Landes von unseren Sandalen schütteln!« Mit diesen Worten stand Torsten auf, warf dem jungen norwegischen Geheimdienstler einen amüsierten Blick zu und holte seinen Parka. Er klemmte sich den Laptop unter den Arm und sah zu, wie die drei Frauen sich anzogen.

»Ein Kavalier bist du ja nicht gerade«, beschwerte sich Henriette.

Sie musste jedoch ein Lachen unterdrücken, denn ihr Kollege sah so unternehmungslustig aus, dass es eigentlich jedem Geheimagenten auffallen müsste. Doch der Norweger drehte zwar seine Aktentasche so, dass die im Verschluss versteckte Kamera weitere Bilder von ihnen machen konnte, bis sie das Lokal verließen, blieb aber sitzen und trank seinen Kaffee aus.

ZWEI

Das Gepäck war rasch zusammengesucht und ein Taxi bestellt. Der Mann starrte die vielen Koffer, die Torsten und Zi Yangyang aus dem Haus schleppten, verwirrt an, brachte aber alles in seinem Wagen unter. Allerdings mussten sowohl Torsten wie auch die Frauen je einen Koffer auf den Schoß nehmen und festhalten.

Als die vier am Flughafen angekommen waren und die Abfertigungshalle betraten, kam der norwegische Agent, der sie mit dem Hubschrauber von der *Trollfjord* geholt hatte, auf sie zu. »Wie ich sehe, wollen Sie uns verlassen.«

»Es ist Sache der norwegischen Behörden, diesen Fall aufzuklären, und nicht die unsere«, erklärte Torsten und wies, da er sämtliche Hände voll hatte, mit dem Kopf zum Schalter. »Wir müssen uns beeilen, wenn wir den Flieger noch bekommen wollen. Auf Wiedersehen, Herr Olsen!«

»Wie kommen Sie darauf, dass ich Olsen heiße?«, fragte der Mann spöttisch.

»Da Sie sich bis jetzt nicht vorgestellt haben, ist dieser Name so gut wie jeder andere.«

Torsten wandte sich bereits zum Gehen, da sagte der Norweger hinter ihm: »Sie heißen ja sicher auch nicht Schmied, oder?«

Darauf ging Torsten nicht ein, sondern folgte Henriette und den beiden Chinesinnen, die bereits am Schalter standen und eincheckten. Auch er gab sein Gepäck auf, zahlte, ohne zu murren, den Aufpreis für das nicht gerade geringe Übergewicht und sah dann die drei Frauen an.

»Wollen wir vor dem Flug noch einen Kaffee trinken?«

»Ich gehe davon aus, dass wir in der Maschine einen bekommen!« Henriette wollte nicht noch mehr Zeit verlieren, doch da strebte ihr Kollege bereits dem Café zu. Als er auf einen leeren Tisch zuging, stieß er mit einem Mann vom Nachbartisch zusammen.

»Können Sie nicht aufpassen«, fuhr dieser ihn auf Deutsch an.

»Entschuldigen Sie!« Torsten klang jedoch alles andere als zerknirscht, sondern setzte sich so, dass er den Mann im Blick behalten konnte.

In dem Moment bekam Henriette mit, wie die beiden sich kurz zuzwinkerten. Das war also der Pilot, der das Flugzeug hierhergeflogen hat, dachte sie und leistete Torsten insgeheim Abbitte, ärgerte sich jedoch darüber, dass er sie nicht in seine Pläne eingeweiht hatte. Auch wenn die Norweger immer wieder ihre Kameras und Mikrofone auf sie richteten, hätte es eine Möglichkeit dazu gegeben.

Noch während sie beleidigt die Unterlippe vorschob, versetzte Torsten ihr einen Klaps. »Ich gehe jetzt zur Toilette. Kommst du mit?«

Etwas in seiner Stimme alarmierte Henriette und sie nickte. »Eine gute Idee!«

»Und wie ist es mit Ihnen?«, fragte Torsten die beiden Chinesinnen. »Es kann einige Zeit dauern, bis Sie wieder Gelegenheit dazu bekommen.«

Dai Zhoushe und ihre Begleiterin zögerten zunächst, standen dann aber auf und folgten Torsten und Henriette zu den Toiletten. Dort trennte sich die Gruppe erst einmal. Als Torsten sich die Hände wusch, tauchte der Mann neben ihm auf, den er vorhin angerempelt hatte.

»Gut gemacht! Die norwegischen Wachhunde liegen immer noch oben auf der Lauer. Bis sie merken, dass wir weg sind, sind wir längst in der Luft!«

»Wie kommen wir zum Flugzeug, ohne dass wir die Sicherheitskontrollen passieren müssen?«, fragte Torsten.

»Es gibt von den Toiletten aus einen Weg nach draußen. Die Tür ist zwar gesichert, doch Major Wagner teilte mir bei unserem letzten Telefonat mit, dass Frau Waitl die Sicherung überbrückt habe. So kommen wir unbemerkt hinaus. Das Flugzeug steht nur fünfzig Meter vom Ausgang entfernt, und ich habe bereits die Starterlaubnis!«

»Dann wollen wir mal.« Torsten trat hinaus, sah, wie Frau Dai wieder in die Halle zurückkehren wollte, und hielt sie auf. »Das ist der falsche Weg!«

Dai Zhoushe machte kehrt und wartete mit ihm zusammen auf Henriette und Yangyang. Da kam auch schon der Pilot aus der Toilette, warf den beiden Chinesinnen einen fragenden Blick zu, sagte aber nichts, sondern zeigte auf eine Tür.

»Dahinter ist der Korridor, der ins Freie führt. Ich wusste nicht, dass ich so viele Passagiere mitnehmen soll. In der Maschine ist eigentlich nur Platz für den Piloten und drei weitere Personen.«

»Das reicht doch!«, erklärte Henriette mit Nachdruck. »Ich fliege, und die anderen drei setzen sich auf die restlichen Plätze.«

»Aber das geht doch nicht!«, rief der Pilot. »Ich kann die Maschine keinem Laien überlassen.«

Henriette stellte sämtliche Federn auf. »Hören Sie, mein Guter! Sie tun genau das, was wir sagen. Sonst haben Sie eine solche Beschwerde meiner Dienststelle am Hals, dass Sie sich während Ihrer restlichen Zeit bei der Bundeswehr höchstens noch in ein Plastikflugzeug von einem Rummelplatz-Karussell setzen können.«

Das war Henriette, wie Torsten sie kannte. Er zwinkerte ihr zu und legte dann dem Piloten die Hand auf die Schulter. »Ich würde glauben, was sie sagt. Sie war früher auch bei eurem Verein und hat dort noch ganz andere Vögel geflogen als den, den Sie uns gebracht haben.«

»Aber es ist gegen die Vorschriften.«

»Das hier ist ein wichtiger Außeneinsatz, und da können wir Ihnen keinen Antrag mit sieben Durchschlägen auf den Tisch legen. Haben Sie verstanden?«

»Aber es könnte ja eine der Damen hierbleiben und ich die Maschine fliegen!« So leicht gab der Pilot nicht auf. Da erreichten sie die von ihm genannte Außentür. Torsten öffnete sie vorsichtig und spähte hinaus. Hatte die letzten Tage ein schwerer Schneesturm geherrscht, so war das Wetter nun klar, und es fehlte nur das Licht der Sonne für einen schönen Wintertag. Doch die würde hier erst wieder in einigen Wochen zu sehen sein.

Die Scheinwerfer machten es ihnen leicht, das Flugzeug zu finden. Der Pilot sperrte die Seitentür auf und half Dai Zhoushe und Zi Yangyang hinein. Er versuchte noch, Henriette daran zu hindern, ins Cockpit zu klettern, aber Torsten stellte sich ihm in den Weg.

»Keine Sorge! Wir wissen, was wir tun«, erklärte er dem Mann und schwang sich in die Maschine.

Der andere protestierte noch einmal halbherzig, wagte aber nicht, sie aufzuhalten.

Henriette hatte mit einem raschen Blick die Kontrollen überflogen und nichts entdeckt, das ihr Sorgen bereitet hätte. Nun sah sie den Piloten fordernd an. »Wie lautet das Rufzeichen der Maschine?«

»Tango-Tango-Foxtrott-Alpha«, erklärte dieser widerwillig.

»Danke! Und jetzt den Schlüssel.« Henriette streckte dem Mann die Hand entgegen und erhielt ihn ausgehändigt. Zufrieden schlug sie die Tür zu, startete den Motor und nahm Verbindung zum Tower auf.

»Hier Tango-Tango-Foxtrott-Alpha! Erbitten Startfreigabe!«

»Welche Flugstrecke?«, fragte der Fluglotse.

»Erst mal nach Tromsø«, antwortete Henriette und bekam eine Route zugewiesen. Dann gab der Lotse den Flug frei.

»Los geht's!«, sagte sie lächelnd und ließ die Maschine anrollen.

Trotz des vielen Schnees der letzten Tage war die Startbahn ausreichend geräumt worden. Daher brachte sie die Maschine leicht in die Luft. In etwa einhundert Meter Höhe zog sie eine Schleife über den Flughafen und sah den Piloten klein und verloren neben dem Gebäude stehen. Wie bestellt und nicht abgeholt, dachte sie und drückte den Gashebel ein wenig nach vorne.

Zufrieden wandte sie sich an ihre Passagiere. »So, jetzt sind wir unter uns, vorausgesetzt, es ist den hiesigen Behörden nicht gelungen, auch dieses Flugzeug mit Wanzen zu verseuchen.«

»Was die Norweger gemacht haben, war dumm. Sie hätten wissen müssen, dass wir genug Erfahrung haben, diese Dinger aufzuspüren«, erklärte Dai Zhoushe mit einer gewissen Verachtung.

»Man sollte niemals seine Gegner unterschätzen«, warf Torsten grinsend ein. »Auf jeden Fall sind wir in der Luft und können tun, was wir wollen.«

»Ein bisschen aufpassen müssen wir, nicht, dass uns die Norweger eine Jagdstaffel auf den Hals hetzen. Aber da wird uns schon etwas einfallen.« Henriette schaltete das Funkgerät wieder ein und gab dem Tower in Kirkenes eine Änderung der Flugroute durch.

»Hier Tango-Tango-Foxtrott-Alpha! Melde neuen Kurs nach Longyearbyen. Meine Passagiere wollen unbedingt Eisbären sehen.« Sie wartete die Antwort der Flugleitung nicht mehr ab, sondern richtete die Nase der Maschine nach Norden. Nach einem Blick auf die Geschwindigkeitsanzeige sah sie sich kurz zu Torsten um.

»In einer Dreiviertelstunde müssten wir die Stelle erreichen, an der die *Trollfjord* gekapert worden ist. Von dort fliegen wir dann Kurs Nordnordwest und sehen zu, ob Frau Dai neue Signale auffangen kann.«

»Ich habe jetzt einen stärkeren Empfänger bei mir als den in meiner Uhr«, erklärte die Chinesin. »Wenn mein Mann seine Uhr noch trägt, werde ich ihn finden.«

»Sehr gut! Aber eine andere Frage: Was ist mit unserem Gepäck? Das wird doch in die Maschine nach Oslo eingeladen und gleich wieder herausgeholt, weil wir nicht an Bord sind.« Henriette konnte selbst nicht glauben, dass sie das nicht bedacht hatte.

Torsten lachte leise auf. »Petra will dafür sorgen, dass die Sachen nach Oslo kommen. Dort holen Leute aus der Botschaft die Koffer ab und sorgen für den Weitertransport nach Hause.«

»Auch für unser Gepäck?«, fragte Dai Zhoushe spöttisch. »Dann ist es ja ganz gut, dass ich die wichtigsten Dinge in mein Handgepäck getan und mit in dieses Flugzeug gebracht habe.«

»Ich hätte es nicht anders getan!«, konterte Torsten gelassen.

Es war für längere Zeit das letzte Wort, das in der Maschine fiel. Torsten lehnte sich zurück und ließ die aufregenden Ereignisse der letzten Tage in Gedanken noch einmal Revue passieren.

Auch Dai Zhoushe dachte intensiv nach und eichte ihr Empfangsgerät neu. Noch konnte sie kein frisches Signal auffangen, war aber sicher, irgendwann eine Spur zu finden. Ihre Untergebene Zi Yangyang hatte die Betäubung auf der *Trollfjord* noch nicht ganz überwunden und fiel in einen von Alpträumen geplagten Schlaf. Währenddessen lenkte Henriette das Flugzeug immer weiter nach Norden. Da es voll aufgetankt war, konnte sie das gesamte Nordmeer bis Spitzbergen und sogar darüber hinaus absuchen, bevor sie umkehren musste. An eine möglicherweise auch erfolglose Rückkehr verschwendete sie jedoch keinen Gedanken.

DREI

Torsten schreckte hoch, als das Flugzeug zu bocken begann. »Gibt es Probleme?«, fragte er besorgt.

Seine Kollegin lachte übermütig. »Nicht im Geringsten! Wir berühren nur die Ausläufer des Sturms, mit dem wir uns auf der *Trollfjord* herumschlagen mussten. Die Stelle, an der die Schurken von Bord gegangen sind, haben wir bereits passiert und fliegen in die Richtung, in der Frau Dai die letzten Signale ihres Mannes aufgefangen hat.«

»Wie sieht der Boden unter uns aus?«

»Ich würde sagen: sehr wässrig«, antwortete Henriette. »Aber in dieser Dunkelheit sieht man nichts.«

»Pass auf, dass du nicht zu tief fliegst und gegen einen Eisberg prallst!« Torsten hatte einen Witz machen wollen, doch Henriette fühlte sich und ihr fliegerisches Können geschmäht und antwortete mit einem Fauchen.

»Das hier ist ein Flugzeug mit einem funktionierenden Höhenmesser, und der sagt mir, dass wir derzeit achthundert Meter hoch fliegen. Einen so hohen Eisberg gibt es nicht!«

»Da bin ich ja beruhigt.« Torsten streckte sich ein wenig und drehte sich zu Dai Zhoushe um. »Haben Sie schon etwas entdeckt?«

»Nein! Und das macht mir Sorgen. Der Sender in der Uhr ist eigentlich stark genug, dass ich ihn mit meinem jetzigen Gerät in mehr als hundert Kilometern Entfernung auffangen müsste.«

»Könnte es sein, dass die Banditen uns getäuscht haben und mit ihrem Schiff ganz woanders hingefahren sind?« Diese Überlegung gefiel Torsten ganz und gar nicht.

Auch Henriette brachte einen Einwand. »Ihr müsst mir sagen, wie weit ich fliegen soll. Sonst kommen wir noch zum Nordpol.«

»Dann könnten wir unsere Geschenke gleich selbst beim Weihnachtsmann abholen«, spottete Torsten.

»Heute ist ja Weihnachtsabend. Aber ich ziehe es vor, mir meine Geschenke vom Christkind bringen zu lassen.«

Henriette dachte kurz daran, dass jetzt wohl ihre gesamte Familie bis auf sie und Michael um den Weihnachtsbaum versammelt sein würde, und kämpfte mit zwiespältigen Gefühlen. Die aber schüttelte sie rasch wieder ab und blickte zu Torsten hin. »Wenn wir wirklich bis zum Nordpol fliegen müssen, reicht unser Sprit nicht mehr für den Rückflug!«

»Ich werde Petra fragen. Vielleicht hat sie irgendeinen Satelliten in der Hinterhand, der diese Gegend zur fraglichen Zeit überflogen und abgelichtet hat.«

Torsten holte seinen Laptop heraus und sah, dass der Datentransfer endlich abgeschlossen war. Doch als er die Verbindung schaltete, meldete sich am anderen Ende nicht Petra, sondern Hans Borchart.

»Wo ist Petra?«, fragte er angespannt.

»Du wirst dich mit mir zufriedengeben müssen. Petra geht es nicht gut. Die Aufregung der letzten Tage war zu viel für sie, und der Chef musste sie in die Klinik fahren. Es besteht die Gefahr einer Frühgeburt!«

»Scheiße!« Torstens Kommentar war kurz und derb, drückte aber genau das aus, was er dachte. Dann riss er sich zusammen und sah Hans auffordernd an. »Wir brauchen unbedingt einen Anhaltspunkt, wo wir mit der Suche beginnen sollen. Die Terroristen müssen mit einem Schiff oder U-Boot geflohen sein. Kannst du nachsehen, ob irgendein Satellit etwas aufgenommen hat?«

»Ich versuche es. Allerdings wäre das wirklich ein Job für Petra. Ob ich es hinbekomme …« Hans brach ab und begann zu tippen. Trotz der Handprothese kam er gut zurecht und konnte nach fünf Minuten einen ersten Zwischenstand nennen.

»Petra hat Bilder von der *Trollfjord* gespeichert, etwa zu der Zeit, an der die Schurken von Bord gegangen sein müssen. Auf denen kann ich sogar ein paar gelbe Punkte erkennen, wahrscheinlich die Rettungsboote, die im Meer treiben. Von da aus muss ich weitersuchen.«

»Eines davon haben die Kerle benutzt«, erklärte Torsten.

Borchart nickte mit zusammengekniffenen Lippen. »Das hier müsste dieses Rettungsboot sein. Es bewegt sich in eine andere Richtung als der Rest.« Noch während er es sagte, verschwand sein Bild von Torstens Bildschirm, und dieser sah eine ziemlich düstere Aufnahme des Meeresgebiets, in dem der Überfall geschehen war. Die *Trollfjord* konnte er noch erkennen, aber von den Rettungsbooten war nichts zu sehen.

»Du musst das Foto um den Faktor fünf vergrößern«, riet ihm Borchart.

Kaum hatte Torsten das getan, sah er die *Trollfjord* groß und verschwommen, um sie herum waren mehrere kleine Flecken, die Rettungsboote. Eines davon hatte sich zum Zeitpunkt der Aufnahme bereits ein ganzes Stück von dem Hurtigruten-Schiff entfernt.

»Kannst du das Ziel dieses Bootes ausmachen?«, fragte er Hans.

»Bin schon dabei!« Noch während Hans es sagte, veränderte sich das Bild auf Torstens Laptop, und er sah, wie das Rettungsboot auf einen dunklen Fleck zuhielt.

»Schätze, mit dem U-Boot hast du recht. Für ein normales Schiff ist das Ding zu undeutlich«, sagte Hans, der froh war, das gegnerische Schiff aufgespürt zu haben.

Torsten grinste ihn an. »Wenn du mir jetzt noch mitteilen könntest, wohin das Ding gefahren ist, wärst du fast so gut wie Petra!«

Ein nicht ganz stubenreiner Fluch kam zurück. Dann tauchte wieder Hans' Bild auf dem Laptop auf. »Dafür müsste ich Petras Routinen für Wahrscheinlichkeitsberechnungen kennen. Ich kann nur hoffen, dass ich dieses Ding noch einmal finde, und dann die Richtung schätzen, in die es gefahren ist.«

»Dann tu das! Wenn wir das gesamte Nordmeer absuchen müssen, geht uns der Sprit aus.«

Obwohl Torsten wusste, dass Hans alles tat, was in seiner Macht stand, ärgerte er sich, dass Petra ausgefallen war. Die Computerspezialistin hatte nicht nur einen messerscharfen Verstand, sondern auch einen sechsten Sinn für die verschiedenen Möglichkeiten und irrte sich nur selten.

Diesmal dauerte es länger, bis Hans sich meldete, und er wirkte nicht so, als hätte er einen Riesenerfolg aufzuweisen. »Das U-Boot ist etwa eine Viertelstunde, nachdem es mit dem Rettungsboot zusammengetroffen ist, wieder getaucht. Falls mich nicht alles täuscht, ist es grob in Richtung Spitzbergen unterwegs, eher leicht östlich davon.«

»Das ist ja schon mal eine Aussage, die wir brauchen können!« Torsten war bereit, jeden Strohhalm zu ergreifen, der sich ihnen bot, und nickte Henriette zu. »Du hast es gehört. Hans sagt, das U-Boot hält auf Spitzbergen zu.«

Henriette berechnete kurz die Zeit, die seit dem Überfall vergangen war, und die Geschwindigkeit, mit der ein U-Boot unter Wasser fahren konnte, und zuckte mit den Schultern. »Selbst wenn es sich um ein U-Boot mit konventionellem Elektroantrieb handelt, kann es Spitzbergen mittlerweile bereits erreicht und sogar hinter sich gelassen haben.«

»Auf jeden Fall haben wir einen Anhaltspunkt!« Für einen Augenblick kehrte Torsten den Vorgesetzten heraus, erntete von Henriette aber nur ein Lachen.

»Wenn du aufgepasst hättest, wüsstest du, dass ich den Kurs der Maschine schon geändert habe. Jetzt ist unser Ziel wirklich Spitzbergen, wie ich es dem Tower in Kirkenes mitgeteilt habe.«

Da sie nun ein Ziel vor Augen hatten, wurde die Stimmung in der Kabine wieder besser. Dai Zhoushe ließ ihr Empfangsgerät nicht aus den Augen, während Torsten die Karten der Inselwelt Spitzbergens aufrief und seine Fähigkeiten am Computer ausreizte, um mögliche Anlegepunkte für U-Boote herauszufinden. Außerdem sah er sich alle Hafenanlagen und Siedlungen an, die es dort gab. Die Aufnahmen waren zwar im Sommer gemacht worden, doch er glaubte, sich mit den Unterlagen auch in dieser Jahreszeit orientieren zu können.

»Wie weit ist es noch?«, fragte er Henriette.

Diese blickte auf ihre Anzeigen. »Vielleicht noch eine halbe Stunde.«

Da stieß Dai Zhoushe einen erstickten Laut aus. »Das Signal! Ich habe es eben aufgefangen.«

»Von wo kommt es?«

Die Chinesin rieb sich die Augen und starrte anschließend auf ihr Gerät. »Es kann nicht weit sein, eher schräg nach unten. Aber es ist sehr schwach. Das wundert mich.«

»Welche Richtung?«, fragte Torsten und drehte sich zu ihr um. Doch als Dai Zhoushe die Hand ausstreckte und »Dort!« sagte, schüttelte er ungläubig den Kopf.

»Da unten ist keine Insel. Die erste kommt erst in knapp hundert Kilometern!«

Irritiert sah Dai Zhoushe noch einmal auf ihr Gerät. »Das Signal kommt aber von der Stelle«, sagte sie. Sie war bleich geworden und kämpfte um ihre Fassung.

»Ein Signal aus dem Meer? Das ist nicht gut!«, sagte Henriette, die befürchtete, die Piraten hätten ihre Gefangenen einfach über Bord geworfen.

Torsten hingegen stellte andere Überlegungen an. »Ich nehme an, die Banditen haben den Gefangenen alle persönlichen Gegenstände abgenommen und im Meer versenkt, um solche Spielzeuge auszuschalten.«

Seine Bemerkung ließ die drei Frauen wieder aufatmen. Doch Henriette fand gleich ein neues Haar in der Suppe.

»Wenn das so ist, müssen wir mit unserer Suche wieder ganz von vorne anfangen. Dann ...« Sie brach ab, starrte auf das Bordradar und rief aufgeregt: »Achtung, ich habe etwas auf dem Schirm. Es ist noch unter der Wasseroberfläche, kommt aber rasch hoch.«

VIER

Torvald Terjesen blickte auf den großen Bildschirm in seinem privaten Salon und stellte verärgert fest, dass sein Bruder seine Standpauke offenbar leicht weggesteckt hatte. Soeben war Espen in Nastjas Kabine aufgetaucht und umarmte die Frau voller Leidenschaft. Da Torvald diese Kabine nicht nur mit einer Kamera, sondern auch mit Mikrofonen ausgestattet hatte, konnte er hören, was die beiden sich zu sagen hatten.

»Frohe Weihnachten, Nastja. Leider habe ich es nicht mehr geschafft, Geschenke für dich zu kaufen. Aber das holen wir nach, sobald wir diese Station wieder verlassen können. Vorerst finde ich es hier gemütlicher als auf der *Trollfjord*. Die hat zuletzt doch arg geschaukelt.« Mit diesen Worten griff Espen nach der Wodkaflasche, die auf dem Tisch stand, und schenkte sich ein Glas voll ein.

»Sag doch, wenn du mit mir schlafen willst«, antwortete die Russin herb, ohne auf die Erwähnung des Weihnachtsfestes einzugehen.

»Hast du etwa keine Lust? Dabei dachte ich, du wärst unersättlich.« Espen griff mit der linken Hand nach Nastja und zog sie zu sich heran, während er gleichzeitig einen Schluck Wodka trank.

»Du bist ein guter Liebhaber. Deswegen habe ich nichts dagegen. Vielleicht bekomme ich auf diesem Weg die Bilder aus dem Kopf, die mir immer wieder die *Trollfjord* zeigen, wie sie untergeht und ihre Passagiere in den Tod reißt.«

»Schade, dass sie es nicht tatsächlich getan hat. Deswegen hat mein Bruderherz mich gewaltig zusammengestaucht. Aber in einem hat er recht: Nach einer angeblichen Lösegeldzahlung kann ich wieder froh und munter auf Mutter Erde herumspazieren.«

Der junge Terjesen grinste übermütig, während Nastja auf einmal sehr traurig wirkte. »Ich werde nie mehr unbeschwert irgendwo herumspazieren können.«

»Da fällt uns schon was ein! Ich kenne da einen guten Schönheitschirurgen. Ein paar kleine Änderungen in deinem Gesicht und vielleicht ein bisschen Silikon etwas tiefer«, Espen deutete mit den Händen eine größere Oberweite an, »und du kannst dich neben deine Mutter setzen, ohne dass sie dich erkennt.«

»Meine Mutter ist tot!« Nastja schüttelte sich und sah den Mann dann auffordernd an. »Wolltest du mit mir schlafen oder reden?«

»Wenn du mich so direkt fragst!« Espen stellte sein Glas ab und begann, Nastja auszuziehen.

»Du bist wunderschön. Nur hier könntest du wirklich ein bisschen mehr vertragen!« Damit tippte er auf ihre Brustspitzen, die bei der Berührung sofort fest wurden.

Nastja machte eine abweisende Geste, denn die Vorstellung, dass jemand an ihr herumschnipselte, nur damit ihr Liebhaber größere Brüste bewundern konnte, war ihr zuwider. Allerdings wusste sie selbst, dass ihr nichts anderes übrigbleiben würde, als sich den Händen eines Schönheitschirurgen anzuvertrauen, wenn sie sich jemals wieder unter Menschen wagen wollte.

Um zu verhindern, dass dieser Gedanke ganz von ihr Besitz ergriff und ihre Laune auf den Nullpunkt sank, betrat sie den Schlafteil ihrer Kabine und zeigte aufs Bett. »Wir sollten nicht länger reden, sondern etwas tun.«

»Dagegen habe ich ganz und gar nichts.« Mit einer Geschwindigkeit, die viel Übung verriet, streifte Espen Hemd und Jeans ab, stand ein paar Sekunden in seinem sich ausbeulenden Slip vor ihr und zog diesen langsam nach unten.

Obwohl Nastja von irritierenden Erinnerungen und Schreckensbildern verfolgt wurde, blieb der Anblick des jungen, kraftstrotzenden Mannes nicht ohne Wirkung auf sie. Sie schlang die Arme um ihn und presste sein Glied mit ihren Oberschenkeln fest zusammen.

»Jetzt werden wir gleich feststellen, wie hart er ist«, sagte sie in einem spöttischen Tonfall.

»Bis jetzt war ich mit ihm zufrieden und schätze, dass das noch eine Weile so bleiben wird!« Espen bewegte sein Becken leicht vor und zurück und stellte grinsend fest, dass der Reiz Nastja schneller atmen ließ.

»Na also!«, meinte er, hob sie auf und legte sie aufs Bett. Als er auf sie glitt, spreizte sie bereitwillig die Beine.

Nastja lag zunächst nur ruhig da und genoss es, ihn in sich zu spüren. Ihre Verkrampfung löste sich, und schließlich wurde sie ebenfalls von Leidenschaft gepackt. Sie krallte ihm die Fingernägel in den Rücken, so dass er im ersten Augenblick vor Schmerz aufstöhnte. Dann wurden seine Stöße härter, und er spürte nach kurzer Zeit, wie sie zu ihrem ersten Höhepunkt kam.

In seinem Zimmer wurde Torvald Terjesen Zeuge, wie sich Espen und die russische Wissenschaftlerin liebten, und empfand auf einmal Neid und Eifersucht. Die Frau war zu schön und vor allem viel zu klug für einen Mann wie Espen, dachte er mit wachsendem Zorn. Doch was sollte er tun? Er konnte den beiden nicht befehlen, damit aufzuhören und einander in Ruhe zu lassen.

Noch während er mit seinen Gefühlen kämpfte, schrillte sein Telefon. Ein Blick auf die Anzeige zeigte ihm, dass es sich um einen stationsinternen Anruf handelte. »Was gibt es?«

»Hier Aurland! Herr Terjesen, eine unserer Überwachungsbojen meldet ein Flugzeug, das über uns kreist.«

»Durchstellen!« Noch während Torvald Terjesen es sagte, schaltete er seinen Bildschirm um. Das nackte Paar verschwand, dafür erschien die dunkle Nacht des Nordens. Er konnte die Wellen sehen, auf denen die Boje schaukelte, und dann einen kleinen Fleck am Himmel, der durch das Radar sichtbar wurde.

Espen, du verdammter Narr!, durchfuhr es ihn. Mit deiner Aktion hast du uns diese Kerle auf den Hals gehetzt.

Seine Hand schwebte schon über dem Rufknopf. Es wäre die gerechte Strafe für den Bruder, jetzt durch einen Alarm gestört zu werden. Doch wenn er das tat, würde Nastja merken, dass sich etwas Unerwartetes tat, und das wollte er nicht. Daher zog er die Hand zurück.

»Aurland, erledige das! Nimm die *Fenrisulfr* und sieh zu, dass es schnell geht. Sorge dafür, dass kein Flugschreiber zurückbleibt, der gefunden werden kann.«

»Die Sache ist so gut wie geritzt, Herr Terjesen!« Damit beendete Aurland die Verbindung und schaltete die Leitung zu dem U-Boot. »He, Leute, macht euren Kasten klar. Wir bekommen Arbeit«, rief er ins Mikro.

Er verließ den Kontrollraum der Station und eilte mit langen Schritten zu der Schleuse, an der die *Fenrisulfr* angedockt lag.

FÜNF

Ein Techniker löste gerade die Verbindungskabel, mit denen das U-Boot von der Station aus versorgt wurde, als Aurland die Schleuse erreichte. »Gleich ist es so weit«, sagte der Mann und trat beiseite, damit Aurland das U-Boot betreten konnte. Kaum war er an Bord der *Fenrisulfr*, wurde die Luke hinter ihm geschlossen, und er hörte an den Außengeräuschen, dass die Techniker die Auslegerarme lösten, die das U-Boot an der Station festhielten. Ein leises Summen zeigte an, dass der Antrieb auf langsame Fahrt geschaltet wurde.

»Wie sieht es aus?«, fragte Aurland Kapitän Halldorsen.

Der Kommandant des U-Boots trug ebenso wie seine Besatzung eine Art Uniform. Diese glich jedoch nicht der der norwegischen Marine, sondern war in Rot und Grün gehalten, den Farben von International Energies.

»Wir haben die Daten erhalten. Wie es aussieht, handelt es sich nicht um ein Militärflugzeug, sondern um eine kleine Privatmaschine«, antwortete der Kapitän.

Aurland verzog das Gesicht. Ein Militärflugzeug hätte diese Gegend zufällig überfliegen können. Eine zivile Maschine, die sich bei dem Wetter so weit aufs Meer hinauswagte, bedeutete jedoch, dass einer der Geheimdienste an Bord der *Trollfjord* nicht nur Verdacht geschöpft hatte, sondern auch zu wissen glaubte, wohin die Entführer verschwunden waren.

»Wie lange dauert es, bis wir oben sind?«, fragte er Halldorsen.

Dieser stand mit vor der Brust verschränkten Armen neben ihm. »Wenn du so ein Schnellauftauchen im Sinn hast, wie es in Filmen wie *Jagd auf Roter Oktober* zu sehen ist, muss ich dich enttäuschen. Unser Kasten ist kein modernes amerikanisches Atom-U-Boot, sondern wurde bei der norwegischen Marine ausgemustert, weil es für die moderne Kriegsführung nicht mehr geeignet war. Die alte Dame braucht ihre Zeit. Außerdem müssen wir die Waffensysteme scharfmachen. Das geht erst bei etwa zwanzig Fuß unter dem Meeresspiegel.«

»Dann beeilt euch! Ich will nicht, dass die Maschine da oben ungeschoren abhauen kann. Sie könnte wiederkommen und ihre großen Brüder mitbringen.«

Der Kapitän des U-Boots lachte. »Mein Gott, Bjarne, jetzt mach dir nicht in die Hosen. Selbst wenn oben alle Flugzeuge der Welt herumschwirren, würden sie die Station nicht finden. Wir können sie bis auf eintausend Meter absenken, wenn es sein muss!«

»Dann kommt dieser Kasten aber nicht mehr mit! Oder kann der auch so tief tauchen?« Aurland stellte die Frage aus reiner Nervosität.

Anders als die größere *Midgardsormr* war die *Fenrisulfr* ein Militär-U-Boot aus den Zeiten des Kalten Krieges und wurde nur gelegentlich für Transporte benutzt. Ihre Aufgabe war es, die Station gegen Schiffe und notfalls auch gegen andere U-Boote zu schützen. Nun musste sie eben gegen ein Flugzeug eingesetzt werden.

»Sobald wir oben sind, holt ihr den Vogel runter«, erklärte Aurland dem Kapitän und den anderen Männern im Kommandoraum.

»Wir jagen ihm eine Luftabwehrrakete in den Wanst! Das müsste genügen«, antwortete der Mann an der Waffenkontrolle.

»Besetzt aber auch das MG!«, befahl Aurland.

Der Kommandant lachte spöttisch auf. »Bjarne, wir beherrschen unseren Job. Das U-Boot mag alt sein, doch es verfügt über ein modernes Zielsystem und wird dem Vogel die Rakete direkt in den Arsch jagen.«

»Trotzdem sollte das MG besetzt werden!«, befahl Aurland zornig.

Halldorsen gab nach. »Also gut! Aber das ist erst möglich, wenn wir aufgetaucht sind. Vorher kann der Bordschütze so schlecht atmen, weißt du!«

Aurland fühlte den Spott des Kapitäns und war kurz davor, ihm zu sagen, er solle einen Taucher nach draußen schicken, der das MG übernehmen konnte. Doch auch dafür musste das Boot bis wenige Meter unter die Meeresoberfläche kommen, und da konnten sie genauso gut warten, bis sie ganz aufgetaucht waren.

Die nächsten Minuten wurden für Aurland zur Geduldsprobe. Anders als die Besatzung der *Fenrisulfr* war er es nicht gewohnt, sich unter solchen Umständen in einem U-Boot aufzuhalten, und es war nicht zu übersehen, dass er hier nicht für voll genommen wurde. Dabei hatten sein Freund Age Hemsedalen und er während ihrer Zeit bei den Hurtigruten es erst ermöglicht, dass Waren und Geräte von den Behörden unbemerkt nach Kirkenes und von dort weiter zu dieser Station gelangt waren. Für Torvald Terjesen waren sie sogar eine Art Stellvertreter. Das würden die Kerle hier an Bord noch lernen müssen.

»Zwanzig Fuß Tauchtiefe«, meldete der Steuermann.

Der Kapitän beugte sich vor, um die Kontrollen besser ablesen zu können. »Auf dieser Höhe bleiben und die Abschussrampe fertigmachen! Wir feuern in dem Augenblick, in dem wir die Wasseroberfläche durchstoßen.«

»Zuerst müssen wir den Vogel auf unserem Schirm haben«, wandte der Feuerleitoffizier ein.

»Das machen wir mit der Antenne am Sehrohr. Und jetzt Achtung!« Halldorsens markigen Worten zum Trotz dauerte es fast zwei Minuten, bis die Meldung kam, dass die Abschussrampe bestückt und bereit war zum Ausfahren. Dann nickte er seinem Steuermann zu. »Und jetzt rauf!«

SECHS

Henriette musterte die Radaranzeige und nickte zufrieden. »Wie es aussieht, ist es ein ziemlich kleines U-Boot. Also kann es kein Ami oder Russe sein. Die würden größere Kaliber hierherschicken.«

»Glaubst du, dass es uns orten kann?«, fragte Torsten.

»Nicht, solange er unter Wasser ist. Wahrscheinlich handelt es sich um ein norwegisches U-Boot. Schätze, es wird uns anfunken, sobald es aufgetaucht ist.« Trotz dieser beruhigenden Worte zwang Henriette die Maschine in eine Schleife, die sie weiter vom Auftauchpunkt des U-Bootes wegbrachte.

»Das Boot kommt aus der Richtung, aus der ich das Signal meines Mannes erhalte!«, mischte sich Frau Dai in das Gespräch ein.

Torsten nickte nachdenklich. »Vielleicht hat das U-Boot das Signal ebenfalls geortet und wollte nachsehen.«

»Dann müsste es ein Spezialtauchboot sein, das über Roboterarme verfügt«, gab Henriette zurück. »Na ja, wir werden es gleich sehen!«

»Bei der Dunkelheit?«, spöttelte Torsten und zog den Kopf in Erwartung einer bissigen Antwort ein.

Doch die unterblieb. Stattdessen sah Henriette auf ihre Anzeigen. Das Flugzeug war ausgezeichnet ausgerüstet, und so meldete ihr Radar die ungefähre Länge und Form des Tauchkörpers. Gleichzeitig gab der Bordcomputer einige U-Boot-Typen an, die dem entdeckten am ähnlichsten waren.

»Es ist ein Militär-U-Boot, wahrscheinlich ein Norweger«, erklärte Henriette.

Im nächsten Moment zuckte unten ein Blitz auf, und etwas raste mit sehr hoher Geschwindigkeit auf sie zu.

»Die schießen auf uns!«, stieß Henriette hervor und zog das Flugzeug hoch. Sie merkte jedoch schnell, dass sie die Rakete nicht abschütteln konnte, und wartete kaltblütig, bis diese sie fast erreicht hatte. Dann ging sie in den Sturzflug über.

»Festhalten!«, rief sie den anderen zu und drückte den Steuerknüppel so weit nach vorne, wie sie es riskieren konnte. Aus den Augenwinkeln sah sie die Rakete an ihnen vorbeizischen. Der Radarschirm zeigte ihr, dass das Projektil ebenfalls einen Bogen schlug und ihnen folgte.

»Wir werden sehen, ob ich dich nicht überlisten kann«, fauchte Henriette.

Ihr Blick saugte sich förmlich auf der Höhenanzeige fest. Die Meeresoberfläche kam rasend schnell näher, und sie musste sich zwingen, nicht wieder in den Gleitflug überzugehen.

Da sie sich ganz auf das Steuer konzentrierte, konnte sie nicht mehr auf die Anzeigen schauen.

»Torsten, die Entfernung der Rakete zu uns?«, fragte sie.

»Dreihundert Meter!«

»Entfernung zur Meeresoberfläche?«

»Ebenfalls dreihundert!«

Noch immer war die Nase des Flugzeugs fast senkrecht nach unten gerichtet. Torsten wurde es heiß, während die beiden Chinesinnen vor Schreck schier erstarrten.

»Rakete fünfzig, Meer hundert«, rief Torsten mit sich überschlagender Stimme.

»So gefällt es mir!« Mit aller Kraft zog Henriette den Steuerknüppel auf sich zu. Die Maschine bockte und schüttelte sich. Für Augenblicke sah es aus, als wolle sie sich kopfüber ins Meer bohren. Doch dann kam die Nase langsam hoch.

Henriette stieß einen wilden Schrei aus, als das Flugzeug sich direkt über den Wellen fing und sofort wieder zu steigen begann. Die Rakete wollte ihnen folgen, war aber zu schnell und knallte ins Wasser.

»Na, was sagt ihr jetzt? Ich bin doch ...« Was immer Henriette hatte sagen wollen, ging im Knattern eines Maschinengewehrs unter. Die Garben der Leuchtspurmunition zogen wilde Kreise um das Flugzeug, und dann schlug es bei ihnen ein.

»Verdammte Scheiße!«, rief Henriette, als die Maschine auf einmal nach rechts abschmierte. Sie hielt dagegen und drückte gleichzeitig den Gashebel ganz durch. Durch die abrupte Beschleunigung entgingen sie der nächsten Salve, und ehe der Bordschütze des U-Boots erneut das Ziel erfassen konnte, war die Maschine der Reichweite des MG entkommen.

SIEBEN

Bjarne Aurland wollte nicht glauben, was der Bildschirm ihm zeigte. Fassungslos sah er zu, wie das fremde Flugzeug zuerst der Rakete entkam, dann auch noch das MG-Feuer überstand und schließlich westwärts davonflog.

»Ihr verfluchten Amateure!«, schrie er Halldorsen an. »Wenn die jetzt funken, was hier passiert ist, haben wir morgen die gesamte norwegische Flotte am Hals, von Russen, Amis und anderen ganz zu schweigen.«

Der Kapitän hieb wuterfüllt gegen eine Verstrebung. »Das gibt es nicht! Das ist unmöglich! Der Kerl müsste zerfetzt sein.«

»Ist er aber nicht! Dafür sitzen wir jetzt in der Scheiße. Was meint ihr, was Torvald Terjesen sagen wird, wenn er hört, dass die Maschine entkommen ist?«

Aurland schüttelte sich bei dem Gedanken an seinen

Chef. Obwohl nicht er, sondern der Feuerleitoffizier und der Bordschütze der *Fenrisulfr* versagt hatten, würde Terjesen es ihm ankreiden.

»Bis jetzt hat die fremde Maschine noch keinen Funkspruch abgesetzt«, meldete sich der Funker des U-Boots. »Außerdem bin ich sicher, dass wir sie getroffen haben.«

»Können wir die Kiste verfolgen oder wenigstens eine zweite Rakete nachschicken?«, fragte Aurland.

Der Navigator sah auf seinen Radarschirm und schüttelte den Kopf. »Eine Rakete erreicht den Kerl nicht mehr. Und was das Verfolgen angeht: Bist du schon einmal mit einem Auto um die Wette gelaufen? Wir bringen es auf maximal vierzehn Knoten. Der dort fliegt mit mehr als fünfhundert Stundenkilometer. Allerdings glaube ich ebenfalls, dass wir ihn getroffen haben. Er zieht einen Bogen nach rechts, so als könnte er nicht mehr richtig geradeaus fliegen.«

»Vielleicht ist das nur ein Trick!« Aurland ließ sich die Karte zeigen und verfolgte den möglichen Kurs der Maschine. »Wenn sie so weiterfliegen, kommen sie niemals bis nach Longyearbyen, sondern streifen gerade mal Nordaustlandet – und in der Gegend gibt es keinen Flughafen.«

»Wahrscheinlich schaffen sie es nicht einmal bis dorthin. Das Flugzeug verliert an Höhe. Schätze, dass sie dreißig oder vierzig Kilometer vor der Insel ins Meer stürzen.« Der Navigator war froh, das melden zu können. Wie die anderen ärgerte es auch ihn, dass ihnen das Flugzeug durch die Lappen gegangen war, und nun hoffte er, dass seine Prophezeiung wahr wurde.

»Was machen wir jetzt? Tauchen wir wieder ab und fahren zurück?«, fragte Halldorsen.

Aurland dachte einen Augenblick nach und schüttelte dann den Kopf. »Nein! Der Befehl lautet, die Maschine abzuschießen und den Flugschreiber zu beseitigen. Zunächst bleiben wir aufgetaucht und spitzen die Ohren, ob die Schweinehunde nicht doch noch ein Funksignal absetzen. Wie lange werden sie sich noch in der Luft halten können?«

Die Frage galt dem Mann am Radargerät. Dieser musterte seine Anzeigen, rechnete diese um und schlug noch ein Drittel auf den ermittelten Wert hinzu.

»Maximal eine Viertelstunde!«

»Also warten wir die doppelte Zeit, dann tauchen wir wieder. Betet, dass die Kerle bis dorthin keinen Funkspruch absetzen. Sonst reißt uns Torvald Terjesen den Kopf ab, und wenn er es nicht tut, dann macht es sein Bruder!«

Aurland bemerkte zufrieden, wie Halldorsen bei Espens Erwähnung blass wurde. Versager hatten bei dem jüngeren Terjesen schlechte Karten. Auch ihm würde einiges einfallen müssen, wenn er den Kopf aus der Schlinge ziehen wollte. Allerdings war es sein Verdienst, dass das MG überhaupt zum Einsatz gekommen war. Bei dem Gedanken daran fühlte er sich wieder besser. Aber das schaffte nicht die Tatsache aus der Welt, dass sich das fremde Flugzeug immer noch in der Luft hielt und auf Spitzbergen zuflog.

ACHT

Henriette sah auf ihre Kontrollen und stieß einen Fluch aus. Dann wandte sie sich an ihre Kollegen. »Leute, wenn ihr ein Gebet kennt, das uns in dieser Situation helfen kann, dann solltet ihr schleunigst damit anfangen. Wir können himmlischen Beistand brauchen.«

»Ist das Flugzeug schwer beschädigt?«, fragte Dai Zhoushe besorgt.

»Noch fliegt es. Aber wir verlieren sowohl Treibstoff wie auch an Motorleistung. Lange kann ich den Vogel nicht mehr in der Luft halten. Torsten, schau bitte nach, wo das nächste Land ist!«

Statt einer Antwort kam nur ein Stöhnen. Erschrocken wandte Henriette den Blick. Torsten kauerte verkrümmt auf seinem Sessel und presste sich die rechte Hand gegen die Hüfte. Sein Handschuh färbte sich bereits rot.

»Was ist mit dir?«, fragte Henriette.

»Kümmere dich nicht um mich, sondern versuche, den Kasten in der Luft zu halten!«, stieß Torsten hervor.

Seine Hüfte brannte wie Feuer, und von dem Schock der Verletzung war ihm so schwindlig, dass sich alles um ihn drehte.

»Können Sie herausfinden, wo wir sind?«, fragte Henriette Dai Zhoushe. »Die Anzeigen sind teilweise ausgefallen. Also hat auch die Bordelektronik etwas abbekommen!«

Die Chinesin hatte ihren bisherigen Kurs auf einer Karte eingetragen, um später die Suche nach ihren Leuten nachvollziehen zu können. Jetzt ließ sie sich von Henriette die letzte Flugposition geben und berechnete anhand des wahrscheinlichen Kurses und ihrer Geschwindigkeit die Richtung, in der sie flogen. Was sie herausfand, klang nicht sehr hoffnungsvoll.

»Auf diese Weise werden wir Spitzbergen verfehlen«, sagte sie mit einem traurigen Lächeln. »Wie es aussieht, klatschen wir vorher ins Wasser.«

»Oder prallen auf Eis, denn unter uns ist ziemlich viel vereist«, ergänzte Zi Yangyang mit einem bangen Blick nach unten. Draußen war es zwar immer noch dunkel, doch unter ihnen glitzerten Eisplatten im Sternenlicht.

»Wir sollten einen Funkspruch absetzen, damit unsere Dienststellen wissen, was mit uns passiert ist«, schlug Dai Zhoushe vor.

»Können vor Lachen!«, antwortete Henriette bissig. »Das Funkgerät hat ebenso den Dienst aufgegeben wie die meisten anderen Geräte. Außerdem verlieren wir zu viel Höhe. Schmeißt alles überflüssige Gepäck über Bord, schnell! Vielleicht schaffen wir es dann bis zu einer der Inseln vor Spitzbergen!«

Dai Zhoushe wischte sich kurz über das Gesicht, atmete dann tief durch und öffnete die Tür auf ihrer Seite. Sofort drang ein Schwall eiskalter Luft in die Maschine und zeigte ihnen, was sie bei einer Notlandung selbst dann erwartete, wenn es Henriette gelang, die Maschine heil auf dem Boden aufzusetzen.

Als Erstes flogen die Reisetaschen mit Yangyangs und Henriettes Handgepäck aus dem Flugzeug, dann folgte Torstens Reisetasche und die Hülle seines Laptops. Das Gerät selbst war ihm vor die Füße gerutscht, so dass Dai Zhoushe es nicht erreichen konnte. Diese nahm nun die Tasche mit dem eigenen Laptop, sah, dass ein MG-Geschoss beides durchbohrt hatte, und warf die Sachen ohne Bedauern nach draußen.

Kurz darauf hatten die beiden Chinesinnen bis auf ein paar Kleinigkeiten alles aus der Maschine geworfen, was ihnen in die Finger gekommen war, und Henriette sah mit Erleichterung, dass das Flugzeug seine Höhe halten konnte. Aber die Steuerung machte immer noch Probleme. Obwohl sie den Steuerknüppel voll nach links eingeschlagen hatte, driftete die Maschine immer noch vom geraden Kurs ab. Da auch die Tankanzeige, die als eine der wenigen noch funktionierte, mehr und mehr gegen null tendierte, war klar, dass sie den Flughafen von Longyearbyen niemals erreichen würde.

»Die Räumaktion hat uns etwa zehn Minuten Galgenfrist eingebracht«, sagte sie. »Das könnte reichen, die Insel Nordaustlandet zu erreichen. Aber ob wir dort landen können, ist eine andere Frage.«

Die Vorstellung, zwar Land zu erreichen, aber dann an

einem Berg zu zerschellen, ist alles andere als erfreulich, dachte sie und konzentrierte sich voll auf die Maschine. Wenn sie eine Chance haben sollten, musste sie eins mit ihr werden.

»Wenn es sein muss, springe ich aus dem Flugzeug.« Zi Yangyang wollte den Sicherheitsgurt lösen, doch Henriette schüttelte den Kopf.

»Hier geht niemand über Bord! Entweder schaffen wir es alle oder keiner!«

Trotz Henriettes Einwand nickte Dai Zhoushe ihrer Untergebenen zu. Diese atmete tief durch, legte den Gurt ganz ab und salutierte kurz. Dann riss sie die Tür auf, glitt hinaus und ließ sich fallen.

»Was ist los?«, rief Henriette, die sich nicht umdrehen konnte.

»Meine Kollegin Zi Yangyang hat ihre Pflicht bis zum Äußersten erfüllt«, erklärte Dai Zhoushe mit gepresster Stimme. Obwohl sie sich beherrschte und eine unbeteiligte Miene zeigte, stahl sich doch eine Träne aus dem linken Auge. Sie wischte sie rasch weg und zeigte dann nach vorne. »Ich sehe Land!«

»Das muss Nordaustlandet sein!« Henriette versuchte durch das Dämmerlicht etwas zu erkennen, und was sie sah, war nicht gerade einladend. Vor ihnen stieg ein schier unendlicher Gletscher auf, und sie konnte das Flugzeug gerade noch auf knapp hundert Meter Höhe halten.

»Jetzt wollen wir sehen, ob die Scheinwerfer noch funktionieren«, sagte sie mehr für sich selbst und legte den Schalter um. Einer der Scheinwerfer blieb dunkel, doch der zweite flammte auf und stach als glühende Lanze in die Dunkelheit.

»Besser als nichts«, kommentierte Henriette und neigte die Nase des Flugzeugs ein wenig, um die Beschaffenheit des Bodens zu überprüfen. »Hier geht es nicht. Es ist zu uneben. Wir müssen weiter in die Insel hinein!«

Die nächsten Minuten wurden zur Qual. Immer wieder ragten Eisblöcke hoch und machten jeden Versuch zu landen illusorisch. Mittlerweile sank die Maschine kontinuierlich. Henriette warf einen letzten Blick auf die wenigen noch funktionierenden Anzeigen, zog die Maschine dann nach rechts um einen flachen Hügel aus Eis, der ihre Höhe bereits überragte, und begann unwillkürlich zu beten.

In letzter Zeit hatte sie es nur zu Hause getan und auch nur, wenn ihre Mutter sie dazu aufgefordert hatte. Doch nun war ihr klar, dass sie die Gnade aller himmlischen Mächte benötigte, um die Maschine heil landen zu können.

Ihre Rechte griff zum Schalter, mit dem das Fahrgestell ausgefahren werden konnte. Es tat sich nichts. Auch gut, dachte sie. Dann wird es eben eine Bauchlandung.

Sie war vielleicht noch zwanzig Meter über der Oberfläche, als sie vor sich eine ebene Eisfläche entdeckte. Ob diese weiter reichte als der Strahl des Scheinwerfers, konnte sie nicht feststellen, dennoch drückte sie die Nase der Maschine nach unten.

»Vorsicht!«, schrie sie, als das Flugzeug den Boden berührte und auf dem Bauch dahinschlitterte.

Henriette schaltete den Motor und die Treibstoffzufuhr aus und stemmte sich gegen den Sitz. Die Maschine schoss ungebremst über das Gletschereis und wurde womöglich noch schneller. Für Henriette gab es keine Möglichkeit mehr einzugreifen, und ihr blieb nur, zu hoffen und zu beten.

Irgendwann hatte sie das Gefühl, als würde die unheimliche Schlittenpartie langsamer, und sie wollte schon aufatmen. Da tauchte linker Hand ein Schatten auf. Die Tragfläche prallte gegen den Eisblock und riss ab. Gleichzeitig drehte der Rumpf des Flugzeugs sich wie ein Kreisel um seine Achse. Henriettes Flüche mischten sich mit Dai Zhoushes schrillem, langgezogenem Schrei und Torstens Stöhnen. Im nächsten Moment prallte die Maschine gegen ein Hindernis und blieb abrupt stehen.

Der Aufprall war zum Glück erträglich. Torsten allerdings knallte mit dem Schädel gegen das Instrumentenbord und hing dann schlaff in seinem Sicherheitsgurt. Henriette hatte den Aufprall besser überstanden und drehte sich um. Schräg hinter ihr saß Dai Zhoushe und hielt sich den Kopf.

»Ist etwas passiert?«, frage Henriette mit klirrender Stimme.

»Nein, ich bin so weit in Ordnung.«

»Ihre Kollegin hätte nicht aus dem Flugzeug springen dürfen! Wir hätten es auch so geschafft.«

Henriette konnte ihre Wut kaum beherrschen. Für sie war solch eine Haltung unverständlich. Mittlerweile ärgerte sie sich, die Chinesinnen mitgenommen zu haben.

»Ich bedaure Zi Yangyangs Tod nicht weniger als Sie«, erklärte Dai Zhoushe mit eisiger Miene. »Doch sie tat, was sie in jenem Augenblick für richtig hielt.«

»Ihre Haltung ist menschenverachtend«, fuhr Henriette sie an.

Die Chinesin zuckte mit den Schultern. »Sie mögen es so sehen. Doch für uns steht das Gemeinwesen an erster Stelle, nicht das Individuum.«

»Darauf sind Sie wohl auch noch stolz, was? Für euch zählt immer nur der Erfolg – und wenn ihr dafür lügen und betrügen müsst!«

Henriette hatte nicht vergessen, dass sie vor einigen Jahren bei einer Militärweltmeisterschaft im Judo gegen zwei Chinesinnen verloren hatte, die kurze Zeit später bei einem anderen Wettkampf des Dopings überführt worden waren. Dazu kam der in ihren Augen völlig sinnlose Freitod von Zi Yangyang.

»Wollen Sie sich mit mir streiten oder sich um Ihren Kollegen kümmern? Wie es aussieht, hat er einiges abbekommen«, wies Dai Zhoushe sie zurecht.

Henriette begriff, dass es im Augenblick Wichtigeres gab. Mit einer Bewegung, die ihren Ärger verriet, befreite sie sich aus dem Sicherheitsgurt und beugte sich zu Torsten hinüber. Ihr Kollege war bewusstlos, doch als sie seinen Puls fühlte, schlug dieser zwar schwach, aber regelmäßig.

Erleichtert zog sie ihn wieder auf den Sitz und untersuchte seinen Kopf. Er hatte nur eine kleine, aber heftig blutende Platzwunde am Haaransatz davongetragen. Außerdem blutete er noch immer aus einer Verletzung an der Hüfte.

»Das müssen wir verarzten«, sagte Henriette und wollte nach dem Verbandskasten greifen.

Doch die Stelle, an der er sich befinden sollte, war leer. Ein böser Verdacht beschlich sie, und sie sah Dai Zhoushe zornig an. »Haben Sie etwa auch den Verbandskasten über Bord geworfen?«

Die Chinesin sah sich kurz um und zuckte dann mit den Schultern. »Es muss wohl so sein. Yangyang und ich haben alles, was uns in die Hände kam, aus dem Flugzeug geschmissen. Sie sagten ja, wir sollten es tun!«

Aber doch nicht den Verbandskasten, dachte Henriette konsterniert. Sie verkniff sich eine Bemerkung, sondern sah nach, ob sie irgendetwas fand, mit dem sie Torstens Verletzungen versorgen konnten.

Hinter Dai Zhoushes Sitz entdeckte sie schließlich eine Tasche mit mehreren, in Plastik eingeschweißten Tüchern sowie zwei Notfallplanen. Sie nahm alles mit nach vorne und schnitt aus den Tüchern einen Kopfverband zurecht, den sie Torsten anlegte. Danach zog sie seine Hose herunter und besah sich die Wunde an seiner Hüfte.

Die war weitaus schlimmer, denn ein Stück Hartplastik, das durch ein MG-Geschoss abgesplittert war, hatte sich durch die Hose ins Fleisch gebohrt. Da Henriette weder chirurgisches Besteck noch sonst ein brauchbares Werkzeug hatte, fasste sie das glitschige Stück mit einem sauberen Papiertaschentuch und zog es mühsam aus der Wunde. Sie ließ diese noch ein wenig ausbluten, damit Schmutz und Keime herausgespült wurden, dann wand sie eines der Tücher um seine Hüfte herum und zog die Hose wieder hoch.

»So, erledigt«, erklärte sie.

Unterdessen starrte Dai Zhoushe auf die Düsternis, die das Flugzeugwrack umgab. »Was machen wir jetzt? Wir sind meilenweit von jeder menschlichen Siedlung gelandet.«

Torsten war bei Henriettes Verarztung aufgewacht und beteiligte sich nun an dem Gespräch, als wäre nichts gewesen. »Ich würde sagen, sehr viele Meilen weit. Soweit ich weiß, gibt es auf Nordaustlandet im Winter keine ständigen Bewohner. Selbst im Sommer sind hier höchstens ein paar Nationalpark-Ranger und einige Wissenschaftler zu finden.«

Henriettes Kommentar war nicht druckreif. Dann hieb sie mit der Faust gegen die Innenwand des Flugzeugs und zeigte die Zähne. »Irgendwie werden wir es schaffen! Ich habe keine Lust, hier zu krepieren.«

»Ich glaube nicht, dass Krepieren etwas mit Lust zu tun hat!« Torsten hatte seinen Humor wiedergefunden, auch wenn es mehr Galgenhumor war. Seine Hüfte brannte wie Höllenfeuer, und sein Schädel brummte, als hätte er am Vorabend mehrere Flaschen Whisky geleert. Aber er riss sich zusammen, um den Frauen mit gutem Beispiel voranzugehen.

Erst jetzt fiel ihm auf, dass jemand fehlte. Er wandte sich an Dai Zhoushe: »Wo ist Ihre Kollegin?«

»Frau Zi Yangyang ist mehrere Meilen vor der Küste abgesprungen, damit wir es bis hierher schaffen konnten«, antwortete die Chinesin in einem Ton, der deutlich zeigte, dass sie keine Diskussion darüber wünschte.

»Wenn sie Glück hat, ist sie mit ihrem Fallschirm auf einer Eisscholle gelandet. Vielleicht ...«

»Sie ist ohne Fallschirm gesprungen«, unterbrach Henriette Torsten heftig.

Anders als sie ließ Torsten sich nicht von seinen Gefühlen leiten. Er kannte Asiaten und wusste, dass sie in einigen Dingen anders tickten als Europäer. Selbst bei Henriette zeigte sich gelegentlich ihre halbasiatische Herkunft, wenn auch nicht so extrem wie hier bei Zi Yangyang. Deren Selbstmord konnte nur eines bedeuten: Dai Zhoushes Stellung im chinesischen Geheimdienst musste sehr hoch sein, wenn ihre Kollegin sich für die winzige Chance opferte, dass ihre Vorgesetzte es vielleicht doch bis an Land schaffen konnte.

»Wir sollten weniger an Frau Zi denken als daran, wie wir uns aus dieser Lage befreien können. Wir wissen nicht, wo genau wir gelandet sind und wie wir Hilfe erhalten können«, erklärte Dai Zhoushe mit entschlossener Stimme.

»Das«, meinte Torsten, »sind Dinge, die wir dringend klären sollten. Wir können nicht ewig hier im Flugzeug bleiben. Es ist verdammt kalt, und wir würden in wenigen Stunden erfrieren. Also muss uns etwas einfallen.«

»Tu dir keinen Zwang an«, warf Henriette bissig ein. Sie konnte nicht begreifen, dass Torsten so einfach über den Tod der Chinesin hinwegging. Andererseits hatte er recht. Lange hielten sie es in der zerstörten Maschine nicht mehr aus.

Torsten hob seinen Laptop auf und sah, dass das Gerät ein paar Schrammen davongetragen hatte, ansonsten aber in Ordnung zu sein schien. Daher klappte er es auf und schaltete es ein. Es dauerte lange, bis das Startbild geladen war, und als er versuchte, eine Verbindung mit Hans Borchart zu bekommen, wanderte der grün-weiße Streifen so langsam von links nach rechts, dass Torsten das Ding am liebsten zum Fenster hinausgeworfen hätte.

Endlich kam die Rückmeldung, und Hans' Gesicht erschien auf dem Bildschirm. Der Empfang war jedoch sehr schlecht, und Torsten vernahm keinen Ton, obwohl Hans sichtlich aufgeregt sprach.

»Du musst lauter reden!«, rief Torsten.

Hans stutzte kurz, schrieb etwas auf einen Zettel und hielt ihn vor die Kamera.

»Ich kann dich nicht hören!«, las Torsten.

In einem Reflex wollte er nach seiner Laptoptasche greifen, in der er Stift und einen Notizblock verwahrte, doch die hatte Dai Zhoushe ins Meer geworfen.

»Hat eine von euch einen Kugelschreiber und Papier?«, fragte er die beiden Frauen.

Dai Zhoushe griff in eine Innentasche ihres Parkas und brachte beides zum Vorschein.

»Danke!«, sagte Torsten und begann zu schreiben. Da er sich kurzhalten musste, teilte er Hans nur mit, dass sie in der Wildnis hatten notlanden müssen und dringend Hilfe brauchten. Die Antwort war ernüchternd.

»Norwegen hat den Luftraum und die See um Spitzbergen für alle gesperrt. Ich kann höchstens bitten, dass sie einen Hubschrauber schicken, der euch sucht.«

Das wäre gleichbedeutend mit dem Scheitern ihrer Operation, denn der norwegische Geheimagent, den er Olsen genannt hatte, würde sie kein zweites Mal mehr laufen lassen. Doch welche Chance blieb ihnen? Er war außerdem verletzt und würde für die beiden Frauen eine zusätzliche Belastung sein.

Während Torsten überlegte, ob sie nicht doch aufgeben sollten, und ein paar Worte mit seinen Begleiterinnen wechselte, führte Hans einige Berechnungen durch und druckte das Ergebnis gleich aus, um es nicht abschreiben zu müssen. Ganz oben stand die Position, an der das Flugzeug niedergegangen war. Wichtiger für die drei war jedoch die Tatsache, dass sich nur einundzwanzig Kilometer entfernt eine Hütte befinden sollte, die im Sommer von Wissenschaftlern benutzt wurde.

»Habt ihr einen Kompass?«, fragte Hans auf einem Blatt Papier.

Dai Zhoushe streckte ihm den linken Arm hin und wies auf ihre Uhr. »Ich kann sie als Kompass verwenden!«

»Sehr gut!« Torsten atmete auf und notierte sich die Richtung und die Position der Wissenschaftsstation.

Dann schrieb er wieder einen Zettel für Borchart. »Wir müssen Schluss machen, sonst macht der Akku schlapp. Ich weiß nicht, ob es in der Hütte Strom gibt, mit dem ich ihn wieder aufladen kann.«

»Darauf würde ich lieber nicht wetten!«, kritzelte Hans auf sein Blatt.

Ehe er die Verbindung abbrach, wandte Torsten sich an die beiden Frauen. »Soll ich Hans sagen, dass er die Norweger informieren soll, damit sie uns abholen, oder sehen wir zu, dass wir zu dieser Rangerstation kommen?«

»Wie ist es mit deinen Verletzungen? Sie sollten besser versorgt werden«, gab Henriette zu bedenken.

»Ich bin schon fast wieder wie neu«, versicherte Torsten nicht ganz wahrheitsgemäß.

»Was haben wir gewonnen, wenn wir zu dieser Station gehen?«, fragte Dai Zhoushe.

»Wir erhalten uns die Möglichkeit, dass unsere Leute uns mit einem U-Boot heimlich von hier wegholen. Im anderen Fall haben wir die Norweger am Hals«, antwortete Torsten.

»Denkst du dabei an den Mann, den du Olsen genannt hast? Den würde es sicher brennend interessieren, was wir hier oben verloren haben.« Henriette hatte ihr Dilemma erkannt, und auch Dai Zhoushe sagte sich, dass es besser wäre, diesem Mann so schnell nicht zu begegnen.

»Ich schlage vor, wir suchen die wissenschaftliche Station auf. Abholen lassen können wir uns immer noch, wenn wir nicht mehr weiterwissen«, sagte die Chinesin.

»Und du, Henriette?«, fragte Torsten.

Diese schwankte noch. »Es kommt auf dich an. Wenn du dich gut genug fühlst, gehen wir zu der Station.«

»Und ob ich das tue!« Torsten zeigte ein Grinsen, das allerdings mehr einem Zähnefletschen glich. »Die Kerle wollten uns zuerst mit der *Trollfjord* versenken und haben uns dann ohne Vorwarnung beschossen. Dafür möchte ich mich bei denen bedanken.«

»Ohne zu wissen, wo sie zu finden sind?« Dai Zhoushe nahm an, Torsten besäße Informationen, die ihr unbekannt waren, und wollte ihn reizen, diese preiszugeben.

Zu ihrer Enttäuschung zuckte er nur mit den Schultern. »Wenn wir erst in dieser Hütte sind, haben wir Zeit, über unsere nächsten Schritte nachzudenken. Jetzt sollten wir aufbrechen, um das Tageslicht auszunutzen.«

»Wenn das ein Witz sein sollte, war er ziemlich schlecht«, schimpfte Henriette angesichts der Düsternis, die das Flugzeug umgab.

»Einundzwanzig Kilometer sind bei diesen Bedingungen ein arg weiter Weg«, setzte sie etwas ruhiger hinzu.

»Die werden noch schlimmer, wenn man sie bei Sturm und Schneefall zurücklegen muss, und Stürme können hier jederzeit losbrechen«, antwortete Torsten. »Daher sollten wir uns so schnell wie möglich auf die Socken machen. Vorher aber müssen wir nachsehen, was wir noch an Ausrüstung besitzen. Wie sieht es mit Kleidung aus? Sind wir warm genug angezogen für einen solchen Marsch?«

»Es muss reichen«, antwortete Dai Zhoushe und bedauerte, dass Yangyang ihren Parka nicht ausgezogen hatte, bevor sie aus dem Flugzeug gesprungen war.

»Gibt es noch etwas zu essen oder zu trinken?«

Dai Zhoushe machte eine bedauernde Geste. »Wenn es etwas gab, haben wir es hinausgeworfen.«

»Stimmt nicht ganz! In diesem Fach hier sind noch ein paar Schokoriegel und zwei Dosen Cola.« Henriette holte die Sachen heraus und hielt sie triumphierend in die Höhe.

»Dann kann unsere Polarexpedition ja beginnen«, meinte

Torsten trocken und öffnete die Tür. Sofort biss die Kälte in sein Gesicht, und er schloss schnell die Hose, die Henriette nach der Verarztung seiner Hüftwunde offen gelassen hatte. Als er die ersten Schritte versuchte, schmerzte das Gehen höllisch, und er musste die Zähne zusammenbeißen, um überhaupt einen Fuß vor den anderen setzen zu können.

Den beiden Frauen entging nicht, dass er Probleme hatte, und sie sahen sich kurz an. »Eine von uns trägt den Rest unserer Ausrüstung samt Torstens Laptop, die andere stützt ihn«, erklärte Henriette und war erleichtert, als Dai Zhoushe nickte.

NEUN

Während die drei Gestrandeten zu der Hütte aufbrachen, fand auf der geheimen Unterseestation von International Energies so etwas wie ein Tribunal statt. Torvald Terjesen saß im schwarzen Ledersessel seines Büros. Auf dem Sessel neben ihm flegelte sich sein Bruder Espen und spielte dabei mit einer Pistole, während Bjarne Aurland und der Kapitän der *Fenrisulfr* wie begossene Pudel vor den beiden standen.

»Ich fasse es nicht!«, stieß Espen hervor. »Ihr seid zu blöd gewesen, ein Kleinflugzeug mit Propellerantrieb abzuschießen?«

»Vorwürfe und Beleidigungen bringen jetzt nichts«, wies sein Bruder ihn zurecht. »Wir müssen uns überlegen, was wir jetzt unternehmen sollen.«

»Das Flugzeug hat keinen Funkspruch mehr abgegeben, bevor es abgestürzt ist!«, versuchte Aurland sich zu verteidigen.

Espen Terjesen winkte jedoch ab. »Es gibt heutzutage andere Kontaktmöglichkeiten als ein simples Funkgerät. Wenn sie auf einer ungewöhnlichen Frequenz senden, konntet ihr nichts mitbekommen.«

»Die Überwachungsbojen um die Station haben ebenfalls nichts aufgefangen, und die decken den größten Teil der möglichen Funkfrequenzen ab«, erklärte Aurland.

»Trotzdem können wir nicht sicher sein, ob die Kerle nicht doch noch jemanden informieren konnten.« Nachdem Espen Terjesen sich einen Teil der Schuld zumessen musste, dass es jemandem gelungen war, die *Trollfjord* zu retten, wollte er keinen weiteren Fehler machen.

Daher fixierte er Aurland mit seinem Blick. »Ihr behauptet, das fremde Flugzeug wäre abgestürzt. Habt ihr das gesehen?«

Sowohl Aurland wie auch Halldorsen schüttelten den Kopf. »Das nicht, aber wir konnten anmessen, dass die Maschine mehr und mehr an Höhe verloren hat. Sie muss vor Nordaustlandet ins Meer gestürzt sein«, sagte Ersterer.

»Oder auf eine Eisscholle! Zurzeit herrscht dort starker Eisgang«, setzte der Kommandant der *Fenrisulfr* hinzu.

»Das heißt, ihr nehmt an, dass sie abgestürzt sind. Aber was ist, wenn das nur ein Trick war und sie außerhalb eurer Radarreichweite ganz normal weitergeflogen sind? Dann wissen jetzt auch andere davon, dass sich hier ein U-Boot herumtreibt, das es eigentlich nicht geben darf.«

Bis dorthin hatte Torvald Terjesen seinem Bruder das Verhör überlassen, aber nun griff er selbst ein. »Fakt ist, die Aktion mit der *Trollfjord* lief nicht so, wie es geplant war. Infolgedessen tauchte hier ein Flugzeug auf, das ebenfalls nicht wie geplant abgeschossen werden konnte. Also müssen wir damit rechnen, dass bald noch mehr Leute ihre neugierigen Nasen in diese Gegend stecken.«

»Warum habt ihr nicht zwei Raketen auf dieses verdammte Flugzeug abgeschossen?«, fragte Espen aufgebracht.

»Wir waren sicher, dass eine reicht! Es ist nicht gerade

billig, diese Dinger auf dem Schwarzmarkt zu besorgen«, wandte Halldorsen ein.

Espen stieß ein kurzes Lachen aus. »Als wenn Geld bei International Energies eine Rolle spielen würde! Verdammt, ihr hättet diesen Kasten vom Himmel holen müssen, und wenn es hundert Raketen gekostet hätte.«

»Von hätte und müssen wird es auch nicht besser«, bremste ihn sein Bruder. »Wir sollten jetzt auf alles vorbereitet sein. Zum Glück ist die Station so weit ausgerüstet, dass sie einige Monate ›toter Fisch‹ spielen kann. Es wird daher keine Transporte mehr hierher geben, wenn ich sie nicht höchstpersönlich anordne. Ist das klar?«

Espen nickte grimmig. »Vollkommen klar.«

»Nastja wird ihre Forschungen hier unten weitertreiben. Dann können wir in einigen Monaten mit dem Testbetrieb der Methanverflüssigung beginnen. Klappt das, werden wir die erste Förderstation vor der Westküste Norwegens errichten. Dorthin werden wir auch unsere offizielle Zentrale verlagern. Aurland, das übernimmst du, sobald Nastjas Versuchsreihe erfolgreich zu Ende gegangen ist.«

»Das mache ich gerne, Herr Terjesen!« Aurland atmete erleichtert auf. Solange sein Chef ihm wichtige Aufträge erteilte, war er nicht in Ungnade gefallen.

»Der Bau dieser Station und ihre Versorgung werden von Tromsø aus erfolgen. Die entsprechenden Vorbereitungen sind bereits getroffen. Ich werde mit der *Midgardsormr* zu unserer Bohrplattform vor Kjøllefjord fahren und von dort mit einem Versorgungshubschrauber nach Tromsø fliegen, um den höchstbesorgten Bruder zu spielen. Dort werde ich durchsickern lassen, dass ich bereit bin, Lösegeld für Espen zu zahlen. Irgendein Idiot wird sicher eine Forderung stellen. Ich zahle das Geld und bin für die Welt erst einmal der Betrogene. Damit, so hoffe ich, kann ich International Energies aus diesem ganzen Schlamassel heraushalten.«

»Ich werde vor dem Fernsehgerät sitzen und zusehen, wie du an meine Entführer appellierst, mich freizulassen«, warf Espen amüsiert ein. Da sein Bruder das Ruder wieder fest in der Hand hielt, konnte er der Situation mittlerweile eine komische Seite abgewinnen.

»Ich glaube nicht, dass du das tun wirst«, erklärte Torvald Terjesen kühl. »Da du uns dieses Flugzeug auf den Hals gehetzt hast, wirst du als Erstes danach suchen.«

»Soll ich etwa zwischen den Eisschollen im Meer herumschwimmen und nachsehen, ob ich Leichen oder Wrackteile finde?«, fragte Espen bissig.

»Genau das wirst du tun!«, antwortete Torvald Terjesen ungerührt. »Nimm eines der Tauchboote! Aurland und Hemsedalen sollen dich begleiten. Die *Ymir* wird euch auf dem ersten Teil des Weges Geleitschutz geben. Deren Besatzung wird ein zerlegtes Ultraleichtflugzeug an Bord nehmen und bei unserem Stützpunkt an der Küste von Nordaustlandet zusammenbauen. Damit kannst du auf der Insel nach dem fremden Flugzeug suchen, wenn du es im Meer nicht gefunden hast.«

Bei den derzeitigen Wetterbedingungen mit einem Ultraleichtflugzeug aufzusteigen, war eine Tortur. Daher begehrte Espen Terjesen auf. »Können wir nicht einen Hubschrauber von einer unserer Ölplattformen nach Nordaustlandet ordern? Damit kann ich auch bei stärkerem Wind die Insel absuchen.«

Torvald sah ihn strafend an. »… und geortet werden! Bei dem Aufruhr, den du verursacht hast, richten sich verdammt viele Augen auf diese Weltengegend. Nein, du wirst die Suche unauffällig betreiben. Und noch etwas! Lass dich von niemandem außer unseren eigenen Leuten sehen. Vergiss nicht, du bist von bösen Schurken entführt worden.«

»Das werde ich bestimmt nicht vergessen!« Espen schluckte seinen Unmut hinunter, schob die Pistole in den

Gürtel und funkelte Aurland auffordernd an. »Du hast meinen Bruder gehört! Es gibt etwas zu tun. Lass das Tauchboot drei fertigmachen und sag Age Bescheid, dass wir in einer Stunde aufbrechen.«

»Vergiss nicht die *Ymir* und das zerlegte Leichtflugzeug! Das U-Boot soll euch zunächst eskortieren und dann den Hangar aufsuchen«, ermahnte sein Bruder ihn mit einem bösen Grinsen, denn er gönnte Espen die eisigen Stunden in der Luft. In der Zeit konnte dieser einige seiner Dummheiten abbüßen.

»Das vergesse ich ganz bestimmt nicht«, schnaubte Espen und fand, dass es gar nicht so schlecht war, wenn er seinen Bruder eine Zeit lang nicht sehen musste.

ZEHN

Für die Gefangenen war die Lage unverändert. John Thornton saß noch immer mit Anthony Rumble, Sally Marble und Pat Shears in seiner Zelle, mit nichts am Leib als seinem Schlafanzug, und wartete darauf, dass jemand kam. Hunger und vor allem der Durst machten ihnen zu schaffen, und John ging davon aus, dass ihre Entführer sie weichkochen wollten. Bei ihm würden sie sich allerdings die Zähne ausbeißen. Er hatte schon ganz andere Situationen überstanden und hoffte, dass er auch diesmal den Kopf aus der Schlinge ziehen konnte.

Sally und Pat traute John ebenfalls zu dichtzuhalten, was auch immer geschah. Doch dass dies auch für Rumble galt, bezweifelte er. Der Mann war kein durchtrainierter Agent, sondern ein Bürokrat, auch wenn er die Leitung der Aktion auf der *Trollfjord* an sich gerissen hatte. Dabei konnten ihre Entführer gerade von ihm eine Menge erfahren und entweder selbst verwenden, teuer verkaufen oder die USA mit diesem Wissen erpressen. Der Gedanke, dass über Jahrzehnte mühsam aufgebaute Spionagesysteme durch Rumbles Schuld auf einen Schlag zusammenbrechen konnten, erschreckte John, auch wenn er nicht mehr zum Geheimdienst gehörte.

»Wann gibt es endlich etwas zu essen? Wollen die uns verhungern lassen?«

Rumbles Ausbruch beendete Johns Sinnieren, und er erhob sich von seiner Pritsche. »Wenn die Kerle es darauf anlegen, uns fertigzumachen, kann das noch eine ganze Weile dauern«, raunte er Rumble ins Ohr.

Obwohl sie ausgemacht hatten, sich nur auf diese Weise zu verständigen, damit der Feind nicht jedes hier gesprochene Wort mithörte, wurde Rumble laut. »Mein Gott, das können sie doch nicht tun!«

»Die können viel, wenn die Nacht lang ist – und die Polarnacht ist hier verdammt lang!«, gab John verärgert und ebenfalls viel zu laut zurück.

Da hörte er Sally im Bett über dem seinen stöhnen. »Wisst ihr, dass heute der Heilige Abend ist?«

»Ich glaube, der war schon gestern«, antwortete Pat Shears mürrisch.

»Auf jeden Fall erst mal trotz allem *Merry Christmas* euch allen!« Johns Worte galten vor allem Sally.

Nur in Nachthemd und Höschen mit drei Männern auf engstem Raum eingesperrt zu sein, ohne auch nur einen Hauch von Intimsphäre, setzte ihr stark zu. Vielleicht wollten die Gegner die Frau damit zermürben, um sie als Erste zu verhören.

John schüttelte unwillkürlich den Kopf. Sally war eine ausgebildete Agentin und hatte Schulungen durchlaufen, in denen ihr beigebracht worden war, wie sie sich in einem solchen Fall zu verhalten hatte. Sie würde nicht durchdrehen.

Vielleicht bin sogar ich es, der sich als Schwachpunkt erweist, und nicht Rumble, dachte er.

Jetzt mach dir nicht schon vorher in die Hosen, rief er sich zur Ordnung. Die Kerle wollen, dass wir unsicher werden. Wichtiger erschien es ihm, darüber nachzudenken, in wessen Hände sie gefallen waren. Vielleicht gab es auch eine Möglichkeit, eine Botschaft nach draußen zu schmuggeln. Eine Million Dollar als Belohnung mochten so manchen dazu bewegen, seine Meinung ebenso wie seine politischen Ansichten zu ändern. Allerdings hatte er keine Million Dollar zu vergeben, und seine Firma würde sich bedanken, wenn er eine solche Summe von ihr verlangte. Noch während er überlegte, ob er mit Rumble darüber reden sollte, klang der Lautsprecher direkt über Sallys Bett auf.

»So, Leute, jetzt gibt es zu futtern und anständige Kleidung. Verschwindet also erst einmal nach hinten. Einer von euch soll sich auf die Toilette setzen. Die drei anderen quetschen sich daneben. Und noch was: Wenn einer Stunk machen will, schlagen wir die Tür zu, und ihr müsst einen Tag länger Kohldampf schieben. Außerdem schalten wir dann die Heizung runter, damit ihr frisch bleibt!«

John achtete weniger auf die Aussage des Gesprochenen, sondern mehr auf dessen Akzent. Der Mann sprach das Englische so ähnlich aus wie die Stewardessen und Stewards auf der *Trollfjord*. Vermutlich also ein Norweger oder zumindest Skandinavier. Diese Länder saßen jedoch mit Amerika im selben Boot und gehörten sogar der NATO an.

Neugierig, was sie zu sehen bekommen würden, scheuchte er Pat Shears nach hinten und half dann Sally, von ihrem Bett herunterzusteigen. Kurz darauf quetschten sie sich in den hinteren Teil des Raumes und schauten auf die Tür.

»So ist es brav«, hörten sie die Lautsprecherstimme sagen.

Dann schwang die Tür auf, und sie starrten in das gleißende Licht eines starken Scheinwerfers. John riss im Reflex die Hand hoch, um seine geblendeten Augen zu schützen. Doch da schlug die Tür bereits wieder zu, und er sah ein Tablett mit vier Tellern und einer Plastikflasche mit Wasser sowie mehrere zusammengelegte Kleidungsstücke in hellroter Farbe.

»Endlich!« Rumble eilte zu dem Tablett, öffnete mit zittrigen Händen die Wasserflasche und begann zu trinken.

»He, Mister, vergessen Sie nicht, dass hier noch drei andere durstig sind!«, fuhr Pat seinen Chef an, als dieser mehr als ein Drittel der Flasche geleert hatte und nicht aufhören wollte. Auch Sally beschwerte sich, während John seine Meinung bestätigt sah, dass Rumble besser an seinem Schreibtisch in Washington geblieben wäre, als sich hier in Europa als James Bonds Enkel aufzuspielen.

Da Rumble so aussah, als würde er am liebsten weitertrinken, nahm John ihm die Flasche ab und reichte sie Sally. Diese lächelte ihn dankbar an, beherrschte sich beim Trinken und ließ zwei Drittel des Restes für John und Pat Shears zurück.

»Jetzt Sie«, forderte John Pat auf.

Dieser atmete kurz durch und trank. Seine Selbstbeherrschung war geringer als Sallys, denn als er absetzte, war die Flasche nur noch zwei Fingerbreit gefüllt. Als Shears das merkte, zog er betroffen den Kopf ein. »Tut mir leid, Thornton, ich ...«

»Schon gut«, antwortete John und leerte die Flasche. Es war verdammt wenig Wasser, und sein Durst war danach noch genauso groß wie vorher. »Beim nächsten Mal werden wir rationieren«, sagte er, während er einen der mit Büchsenravioli gefüllten Teller an sich nahm. Der Löffel, der darin steckte, war aus Plastik. John leckte ihn ab und hob ihn hoch.

»Ich glaube nicht, dass wir uns mit einem solchem Werkzeug einen Gang ins Freie graben können!«

Sally kicherte, während Pat sich an die Stirn tippte. »Die Wände sind aus Metall! Da würde selbst ein Löffel aus Eisen wenig helfen.«

»Es sollte ein Witz sein!«

In diesem Augenblick wünschte John, Larry Frazer wäre an Pats Stelle. Larry war zwar ein Schweinehund gewesen, doch er hatte gewusst, worauf es ankam. Shears hingegen war das typische Produkt von CIA und Secret Service. Beim Heeresgeheimdienst hatten sie solche Typen schon immer Weicheier genannt.

Ohne sich um die anderen zu kümmern, hatte Rumble seine Ravioli gegessen und sah nun bedauernd auf die leere Wasserflasche. »Jetzt wäre ein Schluck zum Nachspülen gut.«

Seine drei Zellengenossen empfanden diese Bemerkung als unangemessen, immerhin hatte Rumble mehr Wasser getrunken als Sally und John zusammen.

Shears machte eine verächtliche Handbewegung. »Man sollte keine Amateure auf wichtige Geheimdienstposten setzen.«

Rumble fuhr empört auf. »Hören Sie mal, ich war beim Secret Service, als der Präsident mich mit der Aufgabe betraute, die versauten Geheimdienste der United States wieder auf Vordermann zu bringen!«

»Gelernt haben Sie dabei aber wenig, denn Sie haben unseren Freunden eben erklärt, dass Sie ein verdammt hohes Tier in den Staaten sind.«

Obwohl John leise sprach, kamen seine Worte einer Ohrfeige gleich. Rumble schluckte und verzog sich auf seine Pritsche. Die anderen aßen ihre Rationen auf und begutachteten die Kleidungsstücke, die man ihnen gebracht hatte. Sie bestanden aus Hemden, Hosen und Jacken, deren Taschen zugenäht worden waren.

»Viel haben wir ohnehin nicht hineinzustecken«, spottete

John, während er eine Hose über seine Pyjamahose streifte. Auch Sally ließ ihre Schlafsachen an, während Pat Shears sich bis auf die Unterhose auszog und dann ihre Gefangenenkluft überstreifte. Das letzte Bündel Kleidung warf er auf Rumbles Bett.

»Das ist für Sie! Sie werden darin zwar aussehen wie ein Junge, der in die Hosen und die Jacke seines Vaters geschlüpft ist, aber es gibt nur diese eine Größe für die Herren. Es sei denn, Sie wollen Sallys Klamotten haben.«

Obwohl John sich ebenfalls über Rumble geärgert hatte, hielt er Pats Kommentar für überflüssig. Wenn Spannungen zwischen ihnen entstanden, war dies nur zum Vorteil ihrer Entführer. Er versuchte, das den anderen mit unverfänglichen Worten klarzumachen, doch die Einzige, die ihn verstand, war Sally. Während Pat den harten Hund heraushängen ließ, legte Rumble sich beleidigt auf seine Pritsche und gab vor zu schlafen.

ELF

Eine gute Stunde nach der Essensausgabe klang der Lautsprecher erneut auf. »Achtung, gleich geht die Tür auf. Dann kommt ihr einzeln und mit hinter dem Nacken verschränkten Händen auf den Flur, verstanden?«

Rumble erhob sich. »Wollen die uns jetzt verhören? Da werden sie Pech haben. Von uns sagt keiner etwas, das ist ein Befehl.«

»Das sagt der Richtige!«, antwortete Pat Shears giftig.

»Er ist immer noch Ihr Chef«, mahnte John ihn.

Zu mehr kam er nicht, denn in dem Augenblick öffnete sich die Tür mit einem schmatzenden Geräusch. John zog interessiert die Augenbrauen hoch. Wie es aussah, gab es hier leichte Druckunterschiede. Das deutete auf ein besonders gut abgeschottetes Gefängnis hin. Da die anderen zögerten, trat er als Erster in den Flur hinaus und versuchte dabei so viel wie möglich zu erfassen. Doch er stand nur in einem gut sechs Yards langen Gang und sah sich einer Gruppe Männern gegenüber, die einem Boxenteam bei einem NASCAR-Rennen glichen. Alle trugen feste Overalls, Handschuhe sowie einen Helm, dessen Scheiben so dunkel waren, dass er die Gesichter dahinter nur schemenhaft erkennen konnte. Einer hielt eine Maschinenpistole in der Hand, drei weitere ein Gerät, das er als Elektroschocker identifizierte, während zwei weitere seltsame Leuchtstäbe in der Hand hielten, die durch Kabel mit einem aktenkoffergroßen Metallkasten verbunden waren. Im Hintergrund waren noch einmal vier Männer mit Elektroschockern zu sehen.

Erst jetzt sah John, dass in dem Gang auf ihrer Seite noch zwei weitere Türen abgingen, die genauso aussahen wie die ihres Gefängnisses. Auf der gegenüberliegenden Seite gab es ebenfalls drei solcher Türen.

Waren dort die übrigen Gefangenen untergebracht?, fragte John sich. Er wusste zwar nicht genau, wie viele Gefangene ihre Entführer von der *Trollfjord* gemacht hatten. Doch wenn die anderen Zellen genauso ausgestattet waren wie ihre eigene, hatten hier insgesamt vierundzwanzig Menschen Platz, und das war eine stattliche Anzahl. Der Gang war an beiden Seiten durch Türen verschlossen, die weder Klinke noch Schloss aufwiesen und wahrscheinlich nur von außen geöffnet werden konnten.

»Wo bleibt der Nächste? Raus jetzt, sonst machen wir euch Beine! Und du stellst dich mit dem Gesicht zur Wand«, kam es gleich aus mehreren Lautsprechern.

Da John keinen Stromschlag mit einem Elektroschocker riskieren wollte, befolgte er sämtliche Befehle und stellte sich so, wie es von ihm gefordert wurde. Neben ihm wurde Sally platziert, während Rumble und Shears an die gegenüberliegende Wand getrieben wurden.

»Was wollt ihr von uns?«, fragte Rumble nervös.

Ihre Bewacher blieben stumm. An ihrer Stelle befahl die Lautsprecherstimme ihm und den anderen Gefangenen, die Kleidung abzulegen.

»Ich denke nicht daran«, rief Rumble und krümmte sich im nächsten Moment vor Schmerz, weil ihm ein Elektroschocker gegen das Rückgrat gepresst wurde.

John wusste, wann Widerstand sinnlos war, und zog sich bis auf die Unterhose aus.

»Die auch!«, bellte die Lautsprecherstimme.

»Wie es aussieht, wollen die Jungs was sehen«, meinte er zu Sally, die mit verkniffener Miene ihr Nachthemd abstreifte und schließlich auch das Höschen auszog.

Ein kurzer Blick über die Schulter zeigte John, dass Pat Shears bereits nackt dastand und ihre Bewacher angrinste. »Da staunt ihr, was?«, sagte er herausfordernd.

»Angeber!«, lachte einer und wurde sofort von der Stimme aus dem Lautsprecher gescholten. »Maul halten!«

Der andere machte eine Geste, die John als ein »schon gut!« interpretierte, dann kamen die beiden Männer mit den Leuchtstäben auf ihn zu.

»Arme und Beine spreizen und gegen die Wand lehnen«, wies ihn der Lautsprecher an.

John gehorchte. Als aber die Kerle mit ihren Stäben über seinen Körper fuhren und dabei einen fürchterlichen Juckreiz auslösten, musste er die Zähne zusammenbeißen. Ein Mann nahm seinen Pyjama und seine Unterhose an sich, ein anderer löste die Uhr von seinem Handgelenk, und ein Dritter zog ihm die dünne Goldkette über den Kopf, an dem das Symbol hing, welches ihn mit einem Kreis anderer Absolventen seiner Universität verband.

»Die beiden will ich hinterher wiederhaben«, sagte er und erhielt dafür einen heftigen Stromschlag. Als er wieder geradeaus denken konnte, war ihm klar, dass die Kerle keinen Sinn für Humor hatten.

Für Sally wurde die Sache doppelt demütigend, denn die Kerle fuhrwerkten ihr ungeniert mit den Stäben zwischen den Beinen herum und strichen ihr über die Brustwarzen. Auch sie wurde um alles erleichtert, was sie bei sich trug, wie ihre Uhr, ihre Ohrringe und das Goldkettchen um ihre Taille.

Nach ihr kamen die beiden anderen Männer an die Reihe. Pat ließ die Aktion ungerührt über sich ergehen, während Rumble vor Wut fast platzte. Dieser musste neben seiner Uhr und seinem Ehering auch seine Brille abliefern. Danach starrte er ihre Wächter mit zusammengekniffenen Augen an und bewegte seine Kiefer, als kaue er Kaugummi. Da er als Mann um einiges schlechter ausgestattet war als Pat, war er sich sicher, dass er in der nächsten Zeit mit dem Spott seines Untergebenen würde leben müssen. Pat hatte auch zu John hinübergeäugt und dann Sally beinahe mit den Augen aufgefressen.

In der Hinsicht ist Shears immer noch ein College-Boy, dachte John und fragte sich, was als Nächstes kommen würde.

Nachdem die Kerle ihnen alle persönlichen Sachen abgenommen hatten, wies einer von ihnen auf die vier hellroten Hemden, Hosen und Jacken. Fast gleichzeitig erklärte eine Stimme den vieren, dass sie sich wieder anziehen und in ihre Zelle zurückkönnten.

Sally raffte als Erste ihre Sachen an sich, zögerte dann aber, mit nacktem Hintern in die aus rauem Stoff gefertigten Hosen zu schlüpfen.

»Kannst sie ruhig anziehen. Mehr gibt es nicht«, kam es höhnisch aus dem Lautsprecher.

Nun überwand Sally sich und zog sich an. John und Pat waren bereits fertig, während Rumbles Hände so zitterten, dass er den Hosenknopf nicht zubrachte. »Diese verdammten Schurken! Wenn wir die erwischen, zahlen wir es ihnen kräftig heim«, murmelte er viel zu laut.

John antwortete nicht darauf, sondern kehrte in die Zelle zurück und setzte sich auf seine Pritsche. Als ein Schatten über ihn fiel, blickte er auf und sah Sally.

»Kann ich mich neben Sie setzen?«, fragte sie leise.

John wies mit der rechten Hand neben sich. »Gerne! Wir können auch ein wenig reden, wenn Ihnen danach ist. Ich könnte zum Beispiel von meinem letzten Angelurlaub in Maine erzählen. Oder ziehen Sie Gespräche über Football vor?«

»Der Angelurlaub ist mir ganz recht. Mein Vater hat mich früher immer zum Angeln mitgenommen. Es war sehr schön.«

Während die beiden miteinander sprachen, tippte Pat sich ein paarmal gegen die Stirn. John achtete nicht auf ihn, denn er wusste, wie entspannend eine Unterhaltung sein konnte, und ließ sich weder durch Shears' Geste noch durch Rumbles missmutiges Gesicht beirren. Wenn sie die Gefangenschaft heil überstehen wollten, mussten sie ruhig und bei wachem Verstand bleiben. Daher legte er den Arm um Sally, zog sie leicht an sich und berichtete von den Forellen aus Maine und dem herrlichen Lachs, den er vor Jahren in Alaska geangelt hatte. Wie er erhofft hatte, beruhigte die junge Agentin sich, und nach einer Weile glaubte er in ihren Augen wieder den Willen zu sehen, sich durch nichts unterkriegen zu lassen.

ZWÖLF

Torvald Terjesen wies auf den Haufen aus Uhren, Brillen und Schmuck, der auf seinem Schreibtisch lag, und schüttelte verärgert den Kopf. »Das hätte schon auf der *Midgardsormr* geschehen müssen! Ich bin sicher, in dem Gerümpel befindet sich ein versteckter Sender. Wie hätte es jenes Flugzeug sonst geschafft hierherzukommen?«

Bjarne Aurland, den Terjesen entgegen seiner ursprünglichen Absicht doch nicht mit seinem Bruder mitgeschickt hatte, zog den Kopf ein. Als er antworten wollte, bedeutete sein Chef ihm zu schweigen.

»Ich weiß schon, was du sagen willst. Doch allen Versprechungen meines Bruders zum Trotz seid ihr gegen die richtigen Geheimdienstler doch nur blutige Amateure.«

Dies wollte Aurland nicht auf sich sitzen lassen. »Ich war beim Geheimdienst«, sagte er mit mühsam beherrschter Stimme, »und ich weiß, wie es geht. Das Flugzeug muss der Zufall hierhergelenkt haben. Über uns ist ein halber Kilometer Salzwasser. Da kommen keine Funkwellen durch.«

»Ich gehe lieber davon aus, dass es doch der Fall war«, antwortete Terjesen. »Aus diesem Grund wird diese Station in nächster Zeit alle Aktivitäten einstellen.«

»Auch die Versuche der Russin?«, fragte Aurland.

Terjesen schüttelte den Kopf. »Nastja wird ihre Forschungen weiterbetreiben, und ihr werdet sie dabei unterstützen, so gut es möglich ist. Sonst geschieht hier gar nichts. Notfalls werdet ihr sogar die Wachbojen einziehen, damit sie nicht von einem Flugzeug der norwegischen Küstenwache entdeckt werden. Jetzt aber seht zu, dass ihr diese Sachen mit einem der Tauchboote mindestens einhundert Kilometer von hier auf dem Meeresgrund vergrabt!«

»Und was wird mit den Gefangenen?«, fragte Aurland.

Terjesen ging darauf ein, weil es seinen eigenen Absichten entgegenkam. »Ihr werdet die Leute noch vierundzwanzig Stunden im eigenen Saft schmoren lassen und dann morgen jeweils einen pro Zelle verhören. Notiert mir, was wichtig ist, und schickt es mir per Kurier.«

»Das machen wir, Herr Terjesen. Wie weit dürfen wir gehen? Diese Agenten sind keine Amateure, um Ihre eigenen Worte zu benutzen. Freiwillig werden die nicht reden.«

»Ich will vorerst keine Toten. Schüchtert sie ein, gebt ihnen ein paar Drogen und genug Alkohol – und schlagt sie, wenn es nötig ist!«

»Und was ist mit den Frauen? Können wir die …« Aurland ließ den Rest unausgesprochen, doch sein Chef begriff auch so, was er meinte.

»Ich will keine sexuellen Handlungen, die nur eurer Befriedigung dienen. Wenn es nötig ist, wird es auf die entsprechende Weise geschehen, aber nur auf meine Anweisung und in meiner Anwesenheit!« Terjesens Stimme klang hart.

Die Männer, die er um sich versammelt hatte, waren nicht unbedingt die besten Charaktere, und er musste sie eng an die Kandare nehmen, wenn er Disziplinlosigkeiten vermeiden wollte. Daher erteilte er Aurland genaue Befehle, was während seiner Abwesenheit zu geschehen habe, verabschiedete dann den Mann und sah sich ein paar Minuten im Fernsehen die zusammenkopierten Ausschnitte über die Irrfahrt der *Trollfjord* an.

Viel Neues erfuhr er nicht, da die Behörden die Wahrheit zurückhielten und die Presse lustig vor sich hin fabulieren konnte. Da war von einem fatalen Computerfehler die Rede, der den Kapitän dazu gebracht habe, in die Barentssee hinauszufahren. Der Rest waren die üblichen Verschwörungstheorien, die feindliche Mächte für diesen Zwischenfall verantwortlich machten. Ein Sender beschuldigte sogar Aliens, die *Trollfjord* überfallen und einige Besatzungsmitglieder und Passagiere entführt zu haben.

Eines war jedoch allen klar: Die *Trollfjord* war mit mehr Leuten an Bord aus ihrem letzten Hafen ausgelaufen, als mit den Hubschraubern nach Kirkenes gebracht worden waren. Ein junges deutsches Urlauberpaar, das die überall herumschwärmenden Journalisten mehrfach interviewt hatten, vermisste vier Personen von ihrem Achtertisch, und zwei weitere ihrer Tischnachbarn waren tot.

Torvald Terjesen verlor bald das Interesse, sich das Flennen der Frauen und die skurrilen Behauptungen der männlichen Passagiere anzuhören. Daher schaltete er den Fernseher aus und stand auf. Er beschloss, vor seinem Aufbruch nach Nastja Paragina zu sehen und sie zu fragen, ob die Wissenschaftlerin im Labor alles zu ihrer Zufriedenheit vorgefunden hatte.

Da sein Wohnbereich so angelegt worden war, dass er die wichtigsten Teile der Station betreten konnte, ohne andere Bereiche durchqueren zu müssen, erreichte er das Labor, ohne gesehen zu werden. Auch wenn sich jetzt mehr als einhundert Menschen hier aufhielten, wollte Terjesen in der Lage sein, völlig ungestört zu bleiben. Er trat auf die Tür zu, die in den Laborbereich führte, und musste unwillkürlich daran denken, dass sich über ihnen fünfhundert Meter Wasser erstreckten.

Terjesen hatte die Station so errichten lassen, dass sie dem herrschenden Druck und noch weitaus höherem standhielt, und das Bauwerk hatte alle seine Erwartungen erfüllt. Stolz auf seinen Prototyp strich er über einen blanken Stahlträger und sagte sich, dass in wenigen Jahren Dutzende solcher Stationen vor Wind und Wetter geschützt im Ozean schwimmen und Flüssigmethan fördern würden.

Um das zu verwirklichen, brauchte er Nastja. Aber sein Interesse an ihr war nicht nur wissenschaftlicher Natur, das spürte er immer stärker. Mit diesem Gedanken trat er in den kleinen Vorraum und drückte den Klingelknopf, um sich bemerkbar zu machen.

Terjesen fand Nastja über einen Bildschirm gebeugt, den sie so aufmerksam betrachtete, dass sie ihn zunächst nicht wahrnahm. Erst als er sich räusperte, drehte sie sich langsam um.

»Torvald! Du willst sicher die ersten Testergebnisse sehen.«

Obwohl Nastja einen dunkelroten Laborkittel trug und ihre Haare zu einem strengen Knoten aufgesteckt hatte, wirkte sie auf ihn verführerischer als jede andere Frau.

»Nicht nur!«, antwortete er. »Ich wollte auch sehen, ob du mit deinem Quartier zufrieden bist und ob du irgendetwas brauchst, das ich dir besorgen kann.«

»Danke, ich werde sehr gut versorgt, und du bietest mir hier die besten Forschungsmöglichkeiten. Ich will die chemische Formel des Trägers so verändern, dass wir nur noch ein Drittel, vielleicht sogar nur ein Viertel der bisher berechneten Menge brauchen, um Methan-Öl zu gewinnen.« Nastja hatte bereits auf der Belkowski-Insel die theoretischen Berechnungen durchgeführt und wollte diese nun in die Tat umsetzen.

Fasziniert sah Terjesen zu, wie sie ihr Labormodell testete und das als Eis gebundene Methan unter Wasser in eine helle Flüssigkeit umwandelte, die nur leicht zäher war als normaler Dieselkraftstoff.

»Die Förderung von Methan-Öl wird weitaus effektiver sein als die von Erdöl«, erklärte Nastja. »Wir können fast dreiundneunzig Prozent des verfügbaren Methans umwandeln und absaugen. Vielleicht gelingt es mir sogar, diese Rate noch um einen oder zwei Prozentpunkte zu erhöhen.«

»Du bist eine faszinierende Frau und ebenso klug wie schön«, entfuhr es Terjesen.

Nastja machte eine wegwerfende Handbewegung. »Als

Frau freut man sich, als hübsch zu gelten. Aber eigentlich ist der Verstand bei einem Menschen wichtiger als das Aussehen! Mein Äußeres hat leider dazu geführt, dass ich als Wissenschaftlerin nicht ernst genommen wurde.«

»Ich nehme dich sehr ernst«, antwortete Terjesen. »Zum Beispiel habe ich vor, den raffinierten Treibstoff, den wir aus Methan gewinnen, Paragin zu nennen.«

»Eine hohe Ehre! Aber du solltest nicht vergessen, dass Nastja Paragina offiziell für tot zu gelten hat.«

»Das ändert nichts daran, dass du die Formel für diese Verarbeitungsmethode entdeckt hast. Sieh es so: Nur wenige Menschen können miterleben, wie sie posthum geehrt werden. Und ich werde dafür sorgen, dass dies geschieht.« Torvald Terjesen fasste erregt nach ihren Händen und hielt sie fest. »Für mich wirst du immer die Größte bleiben!«

Nastja sah ihn mit schräg gehaltenem Kopf an. »Soll das etwa eine Liebeserklärung sein?«

»Was spricht dagegen? Oder hängst du so sehr an meinem Bruder, dass du dich mit ihm zufriedengeben willst, obwohl du den obersten Chef bekommen kannst?«

Bis zu diesem Zeitpunkt hatte Nastja Torvald Terjesen für einen eiskalten Geschäftsmann gehalten, der über Leichen ging, solange man diese nicht mit ihm in Verbindung bringen konnte. Mit einem Mal aber begriff sie, was ihn antrieb. Es war der Neid auf seinen gutaussehenden Bruder und das Bestreben, diesen in allem zu übertreffen. Ihre Gedanken rasten. Espen hatte sie fasziniert und daher überreden können, ihre Forschungsergebnisse International Energies zur Verfügung zu stellen. Doch war sie so verliebt in Espen, dass sie ihm treu bleiben wollte?

Der jüngere Terjesen war ein spritziger Gesprächspartner und ein ausgezeichneter Liebhaber. Allerdings war sie nie eine Frau gewesen, die sich von ihrem Unterleib beherrschen ließ. Nastja betrachtete Torvald Terjesen und überlegte, was es ihr für Vorteile bringen würde, wenn sie sich mit ihm zusammentat. Sein Bruder vermochte ihr einen gewissen Reichtum zu bieten und sinnliche Befriedigung. Torvald hingegen versprach ihr eine Teilhabe an der Macht und die Anerkennung als Wissenschaftlerin, die man ihr bisher vorenthalten hatte.

»Ich werde darüber nachdenken«, sagte sie.

Torvald Terjesen ließ nicht locker. »Ich verlasse noch heute die Station, um aufs Festland zurückzukehren und die Dummheiten auszubügeln, die Espen in letzter Zeit begangen hat. Wann ich zurückkomme, kann ich nicht sagen.«

Für sie hieß dies, dass er sie jetzt und auf der Stelle besitzen wollte. Verunsichert blickte sie zu der Anzeigetafel. Ihr Experiment lief gut und musste nicht ständig überwacht werden. Dennoch galt es, Vorsicht walten zu lassen und einige Regeln zu beachten.

»Wir dürfen es aber nicht hier tun, sondern müssen in mein Schlafzimmer gehen.«

»Wir gehen in meins«, antwortete er mit heiserer Stimme und fasste sie am Arm.

Nastjas erste Einschätzung bestätigte sich: Torvald Terjesen war ein Mann, der rasch und fest zugriff und der gewohnt war, das Erreichte zu behalten. Sie fühlte sich überrumpelt, fragte sich aber gleichzeitig, ob sie es sich leisten konnte, ihn zurückzuweisen. Ihr Verstand sagte nein, und daher deutete sie auf die Tür.

»Unterhalten wir uns in deinen Räumen weiter!«

»Es wird nicht beim Unterhalten bleiben«, lachte er und führte sie aus dem Labor. Als Nastja den normalen Weg durch die Station einschlagen wollte, hielt er sie auf und öffnete lächelnd den Eingang zu seinem Geheimgang. »Auf diese Weise sind wir schneller dort und müssen uns unterwegs nicht von meinen Leuten angaffen lassen!«

Im Grunde hielt er nicht viel von den Männern, die er um

sich versammelt hatte. Es waren charakterlose Schwächlinge, Verräter, teilweise sogar Verbrecher, die er und sein Bruder gezielt ausgesucht und mit Geld angelockt hatten. Einige waren früher beim Militär gewesen und bildeten so etwas wie seine Prätorianergarde. Die meisten waren Norweger, aber es gehörten auch ein paar Amerikaner dazu, die daheim kein Bein auf die Erde gebracht hatten, einige Engländer, Franzosen und sogar eine Handvoll Deutsche. Sie alle zeichnete eines aus: Sie waren Spezialisten auf ihrem Gebiet.

Torvald Terjesen schob die Gedanken an seine Männer in dem Augenblick beiseite, in dem er und Nastja seine privaten Gemächer betraten. Dort holte er eine Flasche teuren finnischen Wodka aus dem Eisschrank und goss zwei ebenfalls im Eisschrank aufbewahrte Gläser voll.

»Auf unsere Zusammenarbeit auf allen Gebieten! Nasdrowje!« Er trank sein Glas in einem Zug leer und sah anerkennend, dass Nastja es ihm gleichtat.

»Du bist wirklich etwas Besonderes!«, sagte er mit vor Erregung rauer Stimme.

»Ich bin vor allem niemand, den man in den Schrank stellen und nur dann herausholen kann, wenn man ihn braucht!« In ihrer Stimme klang eine gewisse Warnung mit, sie nicht mit falschen Versprechungen hinzuhalten.

Das hatte Torvald Terjesen auch nicht vor. Im Augenblick jedoch überwog seine Leidenschaft alles andere. Er trat auf sie zu und öffnete den Reißverschluss ihres Laborkittels. Dann glitten seine Hände über ihre schlanken, aber weiblichen Formen. Während sein Atem gepresst klang, blieb die Russin kalt bis ins Mark. In diesem Augenblick stellte ihr Körper eine Waffe dar, die sie einzusetzen gedachte, um noch mehr Einfluss zu erlangen. Daher ließ sie es zu, dass Terjesen sie bis auf die Haut auszog und zu seinem Bett trug. Als er sie hingelegt hatte, zerrte er sich die eigene Kleidung vom Leib und wälzte sich auf sie.

Ein so geschickter Liebhaber wie sein Bruder war er nicht, eher rau, fordernd und vor allem auf die eigene Befriedigung bedacht. Doch während er sie mit hastigen Stößen liebte, stellte sie sich die Macht vor, die sie über ihn erringen konnte, und genoss damit ein Gefühl, das einem heftigen Orgasmus in nichts nachstand.

DREIZEHN

Torsten hätte sich niemals träumen lassen, dass es so schwer sein könnte, lumpige einundzwanzig Kilometer zurückzulegen. Solange die Schneedecke fest genug war, um sie zu tragen, ging es ja noch. Doch an vielen Stellen bildete der Schnee hohe Wechten, die es zu überwinden galt.

Er selbst vermochte kaum etwas zu tun, daher mussten die beiden Frauen sich selbst und ihm den Weg bahnen. Seine Kopfverletzung beeinträchtigte ihn zwar kaum, doch bei jedem Schritt schoss ihm ein Stechen durch den Körper, das ihm den Atem nahm. Es war kalt, und der scharfe Wind, der ihnen entgegenblies, machte es noch schlimmer. Zwar trugen sie Winterkleidung, doch war die für gelegentliche Ausflüge vom Schiff aus gedacht gewesen, und nicht, wie Torsten mit bitterem Spott sagte, für eine Polarexpedition.

Eben übernahm Henriette die Spitze und wühlte sich durch eine Schneewehe, die fast doppelt so hoch war wie sie. »Pass auf, dass du nicht unter dem Schnee begraben wirst«, rief Torsten ihr zu.

»Und in keine Gletscherspalte fällst, die durch den Schnee verdeckt ist«, setzte Dai Zhoushe hinzu.

Sie hatte es kaum gesagt, da wurde Henriette vom Erdboden verschluckt.

»Verdammt!«, stieß Torsten aus und humpelte auf die Stelle zu.

»Vorsicht!«, mahnte die Chinesin. »Wenn Sie ebenfalls in eine Spalte fallen, kann ich Sie allein und ohne Seil nicht herausziehen.«

Ohne auf ihren Einwand zu achten, drang Torsten in die Schneewehe ein und rief nach Henriette. Auf einmal hörte er ihre Stimme ganz nah und blieb stehen.

»Wo bist du?«

»Hier«, klang es schräg unter ihm auf.

Torsten beugte sich nach vorne und kniff die Augen zusammen, um in dieser weißen Hölle etwas erkennen zu können. Da war tatsächlich eine Gletscherspalte!

Allerdings konnte er nicht einmal schätzen, wie tief sie war. Vorsichtig, damit Henriette nicht verschüttet wurde, räumte er den Schnee beiseite und sah nach unten. Da die Spalte teilweise mit Schnee gefüllt war, entdeckte er seine Kollegin erst, als diese heftig winkte.

»Du hättest dir für deinen Parka eine andere Farbe aussuchen sollen als weiß«, rief er ihr zu.

»Das war Petras Idee. Sie meinte, es wäre für meine Tarnung auf der *Trollfjord* am besten«, antwortete Henriette.

Sie sah Torstens Kopf und Arm ein ganzes Stück weiter oben auftauchen und begriff, dass sie tief in die Spalte hineingerutscht war. Über ihr gab es eine etwa vier Meter hohe Eiswand, und die konnte sie ohne Hilfsmittel nicht bewältigen.

Unterdessen war auch Dai Zhoushe näher gekommen und sah mit unbewegter Miene in die Spalte hinunter. »Haben Sie eine Ahnung, wie wir Ihre Kollegin hier herausholen sollen?«, fragte sie Torsten.

»Es wird uns etwas einfallen müssen!« Torsten dachte verzweifelt nach, doch sein Gehirn war wie gelähmt.

»Ich schlage vor, wir beide gehen weiter und suchen die

Hütte. Dort finden wir sicher einen Strick, der lang genug ist. Mit dem kehre ich hierher zurück und hole Frau von Tarow heraus.«

»Bis dorthin kann Henriette erfroren sein.«

»Manchmal muss man Verluste hinnehmen.«

Torsten schnaubte wütend. »Nur über meine Leiche!«

»Dann lassen Sie sich etwas einfallen! Wir haben keine Zeit«, zischte Dai Zhoushe ihn an.

In Henriette trugen Angst und Hoffnung einen verzweifelten Kampf miteinander aus. Schließlich blickte sie entschlossen nach oben. »Frau Dai hat recht, Torsten. Ihr könnt mich ohne Hilfsmittel hier nicht herausholen. Seht zu, dass ihr die Hütte erreicht! Ich halte schon durch, bis Frau Dai zu mir zurückkehrt.«

Henriette glaubte nicht daran, dass die Chinesin wiederkommen und ihr helfen würde, doch wenn Torsten nicht Vernunft annahm und weiterging, würde auch er in dieser weißen Einöde den Tod finden.

»Wir sollten doch die norwegischen Behörden informieren«, murmelte Torsten, doch dann ballte er auf einmal die Faust. »So mag es gehen! Zum Glück halten die Schneeverwehungen auf beiden Seiten der Spalte den Eiswind ab. Darf ich also die Damen bitten, sich ein bisschen freizumachen. Wenn wir genug Kleidungsstücke aneinanderbinden, müssten wir es schaffen!«

»Wenn es nicht klappt, erfriert Ihre Kollegin nur noch schneller und wir mit ihr!« Trotz ihrer harschen Entgegnung begann Dai Zhoushe, ihren Parka auszuziehen.

Torsten streifte Hose, Parka, Pullover, das Hemd und sogar sein Sportunterhemd aus und spürte sofort den Biss der Kälte.

»Lange halten wir das nicht durch«, stöhnte er, während er die einzelnen Teile miteinander verband.

Unten hatte Henriette ihre Kleidung ebenfalls ausgezogen und knüllte sie jetzt zusammen, um sie nach oben zu werfen.

»Vorsicht!«, rief ihr Dai Zhoushe zu. »Wenn Sie zu kurz werfen, erwischen wir Ihre Sachen nicht und das Zeug fällt möglicherweise so tief in die Gletscherspalte hinein, dass Sie es nicht erreichen können.«

Henriette schleuderte die Kleiderkugel nach oben. Obwohl Torsten sich so weit wie möglich streckte, gelang es ihm nicht, danach zu greifen. Henriette konnte sie im letzten Moment wieder auffangen, rutschte dabei aber etwa einen Meter tiefer.

»Jetzt muss es klappen!« Mit einem wilden Schrei warf sie Hose, Parka und Pullover nach oben. Es war erneut zu kurz. Während ihr wegen der Kälte und aus Enttäuschung die Tränen in die Augen traten, sah Torsten Dai Zhoushe beinahe drohend an. »Sie müssen ein Stück in die Spalte hinein! Ich halte Sie fest!«

Die Chinesin überlegte einen Augenblick, biss dann die Zähne zusammen und nickte. »Gut! Aber wenn Sie mich fallen lassen, sind wir alle drei tot, ob Sie die Norweger dann benachrichtigen oder nicht.«

Statt einer Antwort nahm Torsten sein Kleiderseil und band es an ihrem Knöchel fest. »Das ist zur Sicherheit. Und jetzt machen Sie. Wir haben hier keine Sauna, in der wir uns aufwärmen können!«

Mit einem zischenden Laut legte Dai Zhoushe sich halbnackt auf das Eis, rutschte nach vorne und schob sich kopfüber in die Gletscherspalte hinein. Torsten hielt sie so gut fest, wie er es vermochte, spürte aber, dass ihm jegliches Gefühl aus den Fingern zu weichen drohte.

Unten wartete Henriette, bis Dai Zhoushe ihr die Arme entgegenstreckte, und warf ihre Sachen noch einmal mit aller Kraft nach oben. Die Chinesin griff zu, schnappte sich das Bündel und presste es an die Brust.

»Sie können mich hochziehen«, rief sie Torsten zu.

Er musste seine ganze Kraft aufwenden, um sie herauszuholen, und doch hatten sie es erst halb geschafft. Mit Fingern, die so steif waren wie Bleistifte, verlängerte er das Notseil um Henriettes Kleidungsstücke.

»Jetzt muss es klappen! Sonst finden zukünftige Generationen hier einmal drei Gletscherleichen«, stieß Dai Zhoushe hervor.

»Ich habe auch keine Lust, als zweiter Ötzi zu enden«, knurrte Torsten und warf das andere Ende seines provisorischen Seils in die Gletscherspalte hinab.

Henriette streckte die Arme aus und konnte es fassen. »Ich habe es«, rief sie. »Ich brauche allerdings ein bisschen mehr, wenn ich es mir um die Brust wickeln soll.«

»Dafür reicht es nicht! Also halte dich gut fest!«

Als Torsten an dem Seil zog, krallte Henriette die Finger in seinen Pulloverärmel und spürte, wie es aufwärtsging. Da sie nur noch ihre feine Unterwäsche und eine dünne Bluse trug, schrammte sie schmerzhaft über vorstehenden Eiszacken. Die Kälte war kaum noch zu ertragen, und sie spürte nach wenigen Atemzügen ihre Hände nicht mehr. Doch wenn sie losließ, würde sie erneut in die Gletscherspalte stürzen und sich möglicherweise so sehr verletzen, dass ihr niemand mehr helfen konnte.

Mit aller Selbstbeherrschung, die sie aufzubringen vermochte, krallte sie sich fest. Dai Zhoushe streckte ihr die Arme entgegen und fasste sie unter den Achseln. Sekunden später lag Henriette neben der Chinesin und Torsten auf dem blanken, scharfkantigen Eis, das bei der Aktion freigelegt worden war. Noch konnte sie es kaum fassen, gerettet worden zu sein. Doch nun kam die härteste Arbeit für alle drei. Die Knoten, mit denen Torsten die Kleidungsstücke aneinandergebunden hatte, waren festgezogen und ließen sich nur mit den Zähnen lösen, weil die Finger kraftlos abrutschten.

Torstens Pullover war als erstes Kleidungsstück wieder verwendbar. Doch anstatt es selbst anzuziehen, streifte er es Dai Zhoushe über. »Dafür, dass Sie uns geholfen haben!«, sagte er.

Die Chinesin maß ihn mit einem verwunderten Blick, während sie mit dem Knoten ihres Parkas kämpfte. »Sie sind ein eigenartiger Mann, Torsten Renk. Ich hoffe, wir sehen uns nicht irgendwann auf verschiedenen Seiten wieder. Es würde mir leidtun, Sie töten zu müssen.«

»So leicht bin ich nicht umzubringen«, erwiderte Torsten achselzuckend und reichte Henriette ihren Pullover. Kurze Zeit später waren sie alle wieder angezogen, doch die Kälte wollte nicht aus ihren Gliedern weichen.

»Ich glaube nicht, dass ich noch einen einzigen Schritt gehen kann«, stöhnte Henriette.

»Das solltest du aber, wenn du nicht erfrieren willst. Ich teste jetzt, wie breit die Gletscherspalte ist. Wenn wir Pech haben, müssen wir uns einen anderen Weg suchen.« Torsten stemmte sich hoch und stieß dabei einen kurzen, schrillen Schrei aus.

»Was ist?«, fragte Henriette besorgt.

»Nur meine Verletzung. Sie meldet sich wieder, nachdem ich sie während der letzten Viertelstunde fast vergessen hatte.« Mit schmerzverzogenem Gesicht humpelte Torsten am Rand der Gletscherspalte entlang und versuchte zu erkennen, wo sich der gegenüberliegende Rand befand. Nach einigen Sekunden schüttelte er den Kopf.

»Wegen der Schneeverwehungen auf der anderen Seite kann ich nicht erkennen, wo die Spalte endet. Daher schlage ich vor, wir suchen uns einen anderen Weg. Irgendwie werden wir die elende Hütte schon finden.«

»Aber bitte vor dem nächsten Schneesturm!« Henriette wies nach Osten, wo trotz des herrschenden Dämmerlichts pechschwarze Wolken zu erkennen waren.

VIERZEHN

Auf ihrem weiteren Weg musste Torsten noch zweimal Kontakt zu Hans Borchart aufnehmen, der in der Zentrale bei München geblieben war, um ihnen zu helfen. Zum Glück gelang es diesem, den Standort der Gruppe zumindest ungefähr festzustellen und sie in die Richtung zu leiten, in der die wissenschaftliche Station lag.

Mit Sorge sah Torsten die Anzeige der Ladekapazität seines Akkus. In dieser Kälte brauchte der Laptop besonders viel Strom, und daher würde dem Gerät bald der Saft ausgehen.

Zuletzt befanden sie sich nur noch gut zweihundert Meter von dem angeblichen Standort der Hütte entfernt, konnten aber in der weißen Landschaft kein Gebäude ausmachen. Torsten drohte trotz des sie umgebenden Dämmerlichts schneeblind zu werden und kniff die Augen zu schmalen Schlitzen zusammen.

»Für weitere Ausflüge sollten wir uns Schneebrillen anfertigen«, sagte er zu seinen Begleiterinnen.

»Vorher müssen wir die Hütte finden, sonst gibt es keine Ausflüge mehr«, gab Dai Zhoushe giftig zurück. Sie war am Ende ihrer Kraft und fühlte sich wie ein Eiszapfen. Henriette ging es nicht besser.

»Wo kann dieses verdammte Ding nur sein?«, schrieb Torsten für Hans Borchart.

Dieser verglich die Daten auf dem Computer und schrieb dann auf einen Zettel: »Richtung Ostnordost bis zu dem Felsen!«

Torsten sah jedoch keinen Felsen. Ein kleiner Hügel erregte schließlich seine Aufmerksamkeit, und er sagte sich, dass er vom Boden aus nicht die gleichen Bedingungen erwarten konnte wie sein Kollege auf den Satellitenbildern. So gut es ging stiefelte er in die Richtung, bog um das Hügelchen und sah die zugeschneite Hütte vor sich.

»Ich habe sie gefunden!«, rief er den beiden Frauen erleichtert zu.

Diese näherten sich mit steifen Bewegungen und blieben vor dem Haus stehen. »Die haben einen schlechten Hausmeisterdienst! Nicht einmal der Schnee ist weggeräumt«, versuchte Henriette zu witzeln und machte sich daran, die Tür mit den Händen freizuschaufeln.

Torsten half ihr, während Dai Zhoushe in den Schnee sank und vor Erschöpfung weinte. Doch nach wenigen gepressten Atemzügen stand sie bereits wieder auf und beteiligte sich an der Arbeit.

Als die Tür frei war, standen sie vor dem nächsten Problem, denn die Hütte war versperrt. »Die haben anscheinend keine Gäste erwartet«, sagte Torsten knurrig und schätzte ab, wie viel Gewalt er aufbringen musste, um sie aufzubrechen.

Da streifte Dai Zhoushe ihren rechten Handschuh ab, griff in eine der vielen Taschen ihres Parkas und brachte eine Reihe von Dietrichen hervor.

»Vielleicht passt einer«, kommentierte sie ihr Tun und probierte den ersten aus.

Zwei Minuten später konnten sie eintreten. Innen war es nicht wärmer als draußen, doch wenigstens waren sie dem schneidenden Eiswind entkommen.

Dai Zhoushe taumelte auf einen Stuhl zu, setzte sich und barg ihren Kopf in den Händen. Auch Torsten war am Ende seiner Kraft. Er versuchte zwar noch, an den Herd zu kommen, gab dann aber mit einem Stoßseufzer auf. »Ich schaffe es nicht! Aber einer von uns muss den Ofen anheizen, sonst haben wir uns umsonst geplagt.«

»Dann muss ich es wohl tun! Zum Glück liegt genügend Holz bereit.« Henriette war nicht weniger erschöpft, sagte sich aber, dass die beiden noch etwas bei ihr guthatten, weil sie von ihnen aus der Gletscherspalte geholt worden war. Daher kniete sie neben dem Ofen nieder, öffnete ihn und steckte einige Späne hinein.

»Hat jemand von euch ein Feuerzeug?«, fragte sie.

Dai Zhoushe griff in die Tasche und warf ihr eines zu. Um das Feuer zu entzünden, brauchte Henriette Papier. Da sie aber den Rest des Notizblocks dringend brauchten, um sich mit ihrer Zentrale zu verständigen, nahm sie eine Zweihundertkronennote und hielt sie über das Feuerzeug. Der Geldschein erfüllte seinen Zweck, und so brannte schon bald ein Feuer im Ofen.

Als es langsam warm wurde, erwachten die Lebensgeister der drei. Torsten streifte seinen Parka ab und humpelte zum Herd, um die Finger geschmeidiger zu machen. »Ich nehme Kontakt zu Hans auf und melde ihm, dass wir die Hütte erreicht haben«, erklärte er.

»Erst sollten wir sehen, ob es hier etwas zu essen gibt. Das Verhungern dauert zwar etwas länger als das Erfrieren, soll aber weitaus unangenehmer sein.« Henriette vermochte schon wieder zu witzeln, gab dann mit einer entsagungsvollen Miene den Platz am warmen Ofen auf, um die Hütte zu durchsuchen. Kurz darauf hörten Dai und Torsten ihren Jubelruf.

»Wir sind gerettet! Es gibt eine Vorratskammer, und in der habe ich einen Karton mit Konservendosen gefunden, die anscheinend im Herbst zurückgelassen wurden. Dazu gibt es eine Flasche russischen Wodka. Den können wir jetzt gut gebrauchen.«

»Ich wusste gar nicht, dass du unter die Alkoholiker gegangen bist«, spottete Torsten.

Henriette kam mit einer großen Konservendose und der Flasche zurück und grinste. »Der Schnaps ist nicht für mich, sondern für dich, mein Lieber, aber nicht zur inneren Anwendung! Mit dem Zeug werden wir deine Verletzungen desinfizieren. Es wird zwar ein bisschen brennen, ist jedoch besser, als nichts zu tun.«

»Solange es nicht schlimmer ist als amerikanischer Bourbon, dürfte mir das wurscht sein. Das Zeug hat mir mal ein amerikanischer Sergeant in Afghanistan auf eine Abschürfung gekippt. Pah, war das scheußlich!«

Noch während Torsten in der Erinnerung daran stöhnte, begann Henriette zu lachen. »Gib zu, du wolltest den Whisky lieber trinken!«

»Nein, danke! Da trinke ich lieber mal ein kleines Glas Highland Single Malt, und das auch nur sehr selten.«

»Torsten, du bist ein Snob!« Henriette schüttelte in gespielter Verachtung den Kopf, öffnete dann eine der Dosen mit ihrem Allzweckmesser und sah hinein.

»Sieht aus wie Hühnersuppe. Das können wir nach dem Marsch durch die weiße Hölle da draußen gut gebrauchen.«

»Gibt es auch einen Topf, in dem wir sie warm machen können?«, fragte Dai Zhoushe, der die beiden Deutschen schon wieder zu übermütig wurden.

»Ein Soldat erwärmt sein Essen notfalls in der Dose«, antwortete Henriette und entdeckte dann ein Topfungetüm, das mindestens zehn Liter fasste. »Ich glaube, wir lassen es bei der Dose. Wenn wir dieses Ding nehmen, ist nicht einmal der Boden richtig bedeckt.«

»Den Topf können wir verwenden, um Schnee zu schmelzen!« Torsten stand auf und wollte bereits seinen Parka anziehen, doch Dai Zhoushe hielt ihn auf.

»Das übernehme ich! Sie sehen zu, dass Sie Kontakt zu Ihrer Dienststelle bekommen, und fragen nach neuen Anweisungen.«

Wie es aussah, war die Dame gewohnt zu befehlen. Das nährte Torstens Verdacht, ein hohes Mitglied des chinesischen Geheimdiensts vor sich zu haben. Aber wenn er recht hatte, war sie gut getarnt. Schließlich hatte Petra die Frau überprüft und für völlig harmlos befunden. Das jedoch war Dai Zhoushe mit Sicherheit nicht.

Torsten klappte seinen Laptop auf und schaltete die Verbindung zur Zentrale durch. Diesmal war Wagner am anderen Ende der Leitung und hielt einen Zettel vor die Kamera.

»Sehe, Sie haben es in die Hütte geschafft. Gut gemacht!«

»Es war nicht gerade leicht, durch die Winternacht zu stapfen. Und jetzt sitzen wir erst einmal fest«, antwortete Torsten leicht angesäuert und erinnerte sich erst dann wieder, dass man ihn nicht hören konnte. Rasch schrieb er die Sätze auf einen Notizzettel.

Sein Vorgesetzter hob beschwichtigend die Rechte und schrieb nun seinerseits. »Nur keine Panik. Wir arbeiten bereits an Szenarien, wie wir Sie von dort oben wegholen können«, las Torsten, als Wagner fertig war.

»Und unser Auftrag?«

»Wir sollten die Unterhaltung per E-Mail führen! So dauert es zu lange, außerdem haben Sie eine Sauklaue«, gab Wagner zurück.

Sein Kopf verschwand vom Bildschirm. Dafür erschien Petras spezielles Schreibsystem, und Torsten konnte mitlesen, was sein Vorgesetzter in die Tasten klopfte.

»Erst mal schöne Grüße von Petra. Sie will spätestens heute Nachmittag die Klinik verlassen. Bis zur Geburt hat sie nach Auskunft der Ärzte noch ein paar Wochen Zeit.«

»Es geht ihr also gut?«, tippte Torsten ein.

»Sie hat extra unseretwegen ihre Frauenärztin gewechselt, weil die vorherige sie unbedingt für den Rest ihrer Schwangerschaft in die Klinik einer mit ihr befreundeten Ärztin einweisen wollte. Mehr Einsatz kann ich wirklich nicht verlangen. Sobald sie hier ist, wird sie die Daten analysieren, die uns bisher vorliegen. Danach wissen wir mehr.

Eins ist klar: Euer Flugzeug ist nicht aus Jux und Tollerei abgeschossen worden. In der Gegend muss etwas existieren, das sich vor aller Welt verbergen will – und die Norweger scheinen darin verwickelt zu sein, denn sie haben das Seegebiet für alle anderen Schiffe gesperrt. Doch wir konnten erreichen, dass die vor der norwegischen Küste patrouillierende U-34 die Anweisung bekam, in eure Richtung zu fahren.«

»Wenn uns der Kahn abholen soll, müssen wir uns zur Küste durchschlagen!«, wandte Torsten ein.

»Das müsst ihr irgendwann sowieso. Jetzt bleibt ihr erst einmal in der Wissenschaftsstation und seht zu, dass ihr euch erholt. Da es keine weiteren Punkte gibt, die dringend besprochen werden müssen, sollten wir jetzt schließen, um den Akku Ihres Laptops nicht zu sehr zu belasten. Machen Sie es gut und grüßen Sie Frau von Tarow!«

Damit beendete Wagner die Verbindung. Torsten hätte zwar noch gerne einige Informationen durchgesehen, doch nach einem Blick auf die Ladeanzeige des Geräts erschien es ihm klüger, es abzuschalten.

»Was sagt Wagner?«, fragte Henriette, die noch damit beschäftigt war, den Inhalt der Konservendose in einen verzehrfähigen Zustand zu versetzen.

»Wir sollen hierbleiben, bis wir neue Befehle erhalten. Petra will noch heute ins Hauptquartier kommen und sich die bisher gesammelten Informationen ansehen. Vielleicht findet sie etwas heraus, was uns weiterhelfen kann.«

»Hoffentlich!« Henriette seufzte, denn bislang war bei diesem Auftrag nichts so gelaufen, wie es geplant gewesen war. Außerdem hatten die Banditen, die die *Trollfjord* beinahe versenkt hätten, bei ihnen noch etwas gut, und sie hätte ihnen die Rechnung dafür liebend gerne persönlich präsentiert. Sie wusste, dass Torsten und Dai Zhoushe nicht anders dachten. Die Chinesin hatte sogar noch mehr Grund, die

Schurken zu jagen, denn die hatten ihren Ehemann und einige ihrer Leute entführt. Doch solange sie keine Anhaltspunkte hatten, wo sie diese Banditen finden konnten, waren ihnen die Hände gebunden.

SECHSTER TEIL

DIE FESTUNG
IM MEER

EINS

Espen Terjesen wandte den Blick von den Kontrollanzeigen des Tauchboots und sah Age Hemsedalen an, der am Sonargerät saß und ebenso angestrengt wie ergebnislos horchte.

»Wie es aussieht, ist das Flugzeug nicht in dem Seegebiet abgestürzt, das du berechnet hast. Sonst hätten wir es finden müssen!«

»Das ist nicht gut! Ihr Bruder will Ergebnisse sehen, und wenn wir ihm keine liefern, sieht es für Sie genauso duster aus wie für mich.«

»Das kannst du laut sagen!«, erwiderte Espen wuterfüllt.

In seiner Situation war er darauf angewiesen, was sein Bruder seinetwegen unternahm. Wenn ihn Torvald nicht aus der Hand seiner angeblichen Entführer freikaufte, würde er nur mit einem falschen Pass und unter einem angenommenen Namen in die Zivilisation zurückkehren können. Doch dann war er nicht mehr der Bruder des Besitzers der International Energies und mehrfacher Millionär. Dabei war sein ursprünglicher Plan so simpel gewesen, dass er eigentlich niemals hätte schiefgehen dürfen.

Auch bei seinen Vorbereitungen hatte er größte Sorgfalt walten lassen. Die *Trollfjord* hätte untergehen müssen! Zwei Tage nach dem Unglück wäre ein dafür bereitstehendes Schiff in dem Seegebiet aufgetaucht und hätte Hemsedalen, Aurland und ihn als einzige Überlebende gerettet. Er hatte sich sogar eine gute Geschichte ausgedacht, um dies glaubhaft zu machen. Da aber das Postschiff nicht gesunken war, konnten seine beiden Männer und er sich nicht als Überlebende ausgeben.

»Es ist einfach miserabel gelaufen«, sagte er und schaltete den Antrieb des Tauchboots auf volle Fahrt.

»Das kriegen wir schon hin«, antwortete Hemsedalen, um ihn zu beruhigen. »Zwar ist Ihr Bruder sauer auf uns, aber das wird sich legen, wenn wir das Flugzeugwrack gefunden haben. Bis jetzt ist noch nichts verloren. Die Polizei vermutet Terroristen hinter der Aktion, und von den verschiedenen Geheimdiensten glaubt jeder, der andere wäre es gewesen.«

Obwohl das stimmte, konnte Espen Terjesen keinen Trost aus diesem Umstand ziehen. Dafür hatte sein Ego einen zu empfindlichen Schlag erhalten. Außerdem musste er sich Torvalds Vertrauen neu erwerben, und das hieß erst einmal, in diesem engen Tauchboot zu sitzen und den Meeresgrund weiträumig abzusuchen.

»Wenigstens haben wir im Unterschied zu anderen Tauchbooten eine Toilette und eine kleine Küche an Bord!«, sagte er mehr zu sich als zu Hemsedalen.

»Soll das die Aufforderung sein, eines des Tiefkühlgerichte in den Topf zu knallen?«, fragte sein Kopilot und grinste schief. »Auf der *Trollfjord* haben wir besser gegessen.«

»Dann bemüh dich mal!« Espen übernahm Hemsedalens Sonarkopfhörer und verringerte die Geschwindigkeit des Bootes, um das nächste Stück Meeresboden abzusuchen.

»Wir werden bald auftauchen und mit der *Ymir* Kontakt aufnehmen müssen«, sagte er nach einem Blick auf seine Armbanduhr. Bei diesen Worten erinnerte er sich daran, was er bei ihrem letzten Rendezvous mit der *Ymir* von deren Kapitän erfahren hatte. Einer der gefangenen Chinesen hatte eine Uhr mit einem Spezialsender getragen, und dieses Signal hatte ihnen höchstwahrscheinlich das ominöse Flugzeug auf den Hals gehetzt.

»Wir müssen den Kasten finden und herausbekommen, von wo er hergekommen ist und wer ihn geflogen hat«, überlegte er laut. In diesem Moment schlug das hochempfindliche Sonar an.

»Wir haben etwas!«, rief er und lenkte das Tauchboot in die Richtung, aus der das Signal kam. Gleichzeitig verstärkte er die Leistung der Scheinwerfer, um mehr sehen zu können.

Hemsedalen ließ die Schale mit dem Rentiereintopf im Mikrowellenherd stehen und setzte sich wieder an seinen Platz. »Gleich haben wir das Ding!«

Seine Hoffnung, das Wrack zu finden, wurde jedoch enttäuscht. Als sie die Stelle erreichten, lag dort nur ein viereckiger Kasten im Schlick, etwa dreißig mal vierzig Zentimeter groß, weiß lackiert und mit einem roten Kreuz versehen.

»Ein Verbandskasten!«, rief Espen Terjesen aus. »Wahrscheinlich ist die Maschine beim Aufprall auf die Wasseroberfläche zerbrochen und liegt jetzt hier in ihren Einzelteilen!«

Seine Ansicht schien sich zu bestätigen. Nur einhundert Meter von dem Verbandskasten entfernt entdeckten sie einen Laptop und unweit davon andere Gegenstände, darunter sogar einen noch geschlossenen Fallschirm.

»Kann mir denken, dass sie keine Lust hatten, hier über dem Meer abzuspringen«, spottete Hemsedalen. Dann aber rief ihn das Piepsen des Mikrowellenherds in die Nische, die die winzige Küche des Tauchboots enthielt.

»Soll ich das Zeug wieder in den Kühlschrank tun und später noch mal aufwärmen?«, fragte er, denn die Suche nach dem Flugzeugwrack interessierte ihn im Moment mehr als sein Magen.

Espen wollte schon zustimmen, dachte sich dann aber, dass das Essen nun einmal warm war, und setzte das Tauchboot an einer ebenen Stelle ab. »Stärken wir uns, bevor wir weitersuchen. Lange kann es nicht mehr dauern.«

»Sie haben Nerven!«, stöhnte Hemsedalen. »Wenn wir

das Flugzeug gefunden haben, können wir zur Station zurückkehren und dort richtig essen.«

»So schnell wird das nicht gehen. Wir müssen die Maschine und die verstreuten Gegenstände bergen, vor allem aber die Leichen der Besatzung! Das braucht seine Zeit.«

Mit diesen Worten schaltete Espen Terjesen das Tauchboot in den Ruhemodus und lehnte sich entspannt zurück.

»Aurland und der Kapitän der *Fenrisulfr* haben offensichtlich die Wahrheit gesagt, als sie behaupteten, die fremde Maschine mit dem MG stark beschädigt zu haben. Wenn wir herausfinden können, dass die Funkanlage zerstört wurde, wird mein Bruder sich wieder einkriegen.«

Espen ließ sich von Hemsedalen den Teller reichen und stellte diesen auf dem Kontrollpult ab.

»Wenn Sie etwas verschütten, ist unsere Elektronik im Eimer, und wir sitzen hier bis in alle Ewigkeit fest«, mahnte Hemsedalen mit einem besorgten Seitenblick.

Ihm war der Juniorchef der International Energies einfach zu leichtsinnig. Das hatte sich schon bei Paris gezeigt, als er mit Nastja Paragina in seinem Sportwagen hatte herumfahren müssen. Auf der *Trollfjord* war es ebenfalls nicht nach Plan gelaufen, und nun tat Espen Terjesen so, als wären sie auf einer gemütlichen Kaffeefahrt.

Dabei befanden sie sich mehr als tausend Meter unter dem Meeresspiegel. Wenn hier etwas geschah, konnte ihnen nur ein Rettungsschiff mit einem langen Stahlseil und einem Tauchroboter helfen. Dafür aber benötigten sie an der Oberfläche offene See und nicht das Treibeis des arktischen Winters. Sie konnten nicht warten, bis das Polareis wieder zurückging, denn ihre Sauerstoffvorräte reichten nur noch für maximal zwei Tage.

ZWEI

Die weitere Suche war eine Enttäuschung. Nach den ersten hoffnungsvollen Funden war zunächst Schluss. Obwohl Espen Terjesen das Gebiet in immer weiteren Kreisen absuchte, entdeckten sie weder Wrackteile noch andere Anzeichen, dass hier ein Flugzeug ins Meer gestürzt war.

»Vielleicht ist es oben auf einer Treibeisscholle heruntergekommen«, meinte Hemsedalen zuletzt.

Espen schüttelte den Kopf. »Dann wäre das andere Zeug nicht auf den Grund gesunken. Ich schätze, sie haben diese Gegenstände abgeworfen, um wieder Höhe zu gewinnen. Wenn du auf die Karte schaust, bilden die Sachen, die wir gefunden haben, eine leicht gebogene Linie. Das muss der Kurs der Maschine gewesen sein. Diesem werden wir jetzt folgen.«

Damit schob er den Geschwindigkeitsregler wieder bis zum Anschlag vor und schwebte so hoch über den Boden dahin, dass die Scheinwerfer diesen gerade noch ausleuchteten.

»Was machen wir eigentlich mit der *Ymir*? Wir wollten uns doch mit ihr treffen«, wandte Hemsedalen nach einer Weile ein.

Nach kurzem Überlegen nickte Espen. »Also gut. Wir tauchen auf und geben das Signal für das Rendezvous.«

Unterdessen musterte Hemsedalen die Karte und deutete auf die zweitgrößte Insel des Svalbard-Archipels. »Wir sind schon ziemlich nahe an Nordaustlandet. Vielleicht hat das Flugzeug es doch bis dorthin geschafft!«

»Es gibt keine Landemöglichkeit auf der Insel. Und selbst wenn sie den Vogel halbwegs gesittet auf dem Gletscher gelandet haben, befinden sie sich in einer Eiswüste, in der sie ohne die entsprechende Ausrüstung nicht überleben können.« Doch auch wenn Espen Terjesen davon überzeugt war, hatte er keinen Zweifel daran, dass sein Bruder mit einer solchen Aussage allein nicht zufrieden sein würde. Er bleckte die Zähne. »Wenn wir das Wrack nicht im Meer finden, müssen wir an Land weitersuchen.«

»Ich habe wenig Lust, bei den herrschenden Temperaturen mit einem Ultraleichtflugzeug aufzusteigen«, erklärte Hemsedalen abwehrend.

Das erging Espen nicht anders. Höchst verärgert, weil sich das Schicksal gegen ihn gewandt zu haben schien, ließ er das Tauchboot langsam aufsteigen.

Auf einmal stieß neben ihm Hemsedalen einen Schrei aus und wies mit dem Finger nach oben. »Sehen Sie dort! Ein Toter!«

Espen verringerte die Steiggeschwindigkeit und steuerte das Tauchboot in die Richtung, in der sein Begleiter die Leiche entdeckt hatte. Als er den Bug des Tauchboots leicht hob, konnte er den Toten direkt vor sich sehen. Es war eine Frau in einem blauen Parka mit weit ausgebreiteten Armen.

Hemsedalen pfiff leise durch die Zähne. »Eine Frau! Wie es aussieht eine Chinesin. Wenn sich so eine hier herumtreibt, gehört sie sicher zum Geheimdienst!«

»Um die Jahreszeit müssen wir davon ausgehen. Wäre Sommer, könnte es auch eine Touristin sein, die bei einer Arktiskreuzfahrt über Bord gegangen ist«, antwortete Espen.

Nach einem weiteren Blick auf den Leichnam schüttelte Hemsedalen den Kopf. »Die hier muss in diesem Flugzeug gewesen sein. Die war auch auf der *Trollfjord*. Zumindest kommt sie mir bekannt vor.«

»Wie es aussieht, ist das Flugzeug kurz vor der Insel ins Meer gestürzt. Schade, dass wir fast schon oben sind. Ich würde lieber unten weitersuchen.«

Espen war erleichtert, das Geheimnis des unbekannten Flugzeugs nun in Kürze lösen zu können.

Doch Hemsedalen brachte den nächsten Einwand. »Was ist, wenn das Flugzeug oben auf dem Treibeis liegt?«

»Dort finden wir es noch schneller als hier unten. Aber Ende Dezember ist eine sehr schlechte Zeit, um hier mit einem Ultraleichtflugzeug aufzusteigen.«

»Was machen wir mit der Leiche?«, wollte Hemsedalen wissen.

»Die bergen wir und übergeben sie beim nächsten Treffen der *Ymir*!« Noch während er es sagte, lenkte Espen das Tauchboot so, dass sie die Tote mit den Robotergreifarmen fassen und in den unter dem Bug hängenden Korb legen konnten. Dann suchte er eine Lücke im Eis und tauchte vollständig auf.

Ihr Signal war kurz und für andere Empfänger auf eine Entfernung von dreißig Seemeilen nur noch als elektromagnetischer Impuls zu erkennen, der in dieser Gegend auch eine natürliche Ursache haben konnte. Die *Ymir* antwortete mit einem entsprechenden Signal. Da sie weniger als fünf Kilometer entfernt lag, konnte Espen ihr die eigene Position mit schwächster Leistung mitteilen. Er bejahte noch die Frage, ob genügend eisfreier Platz für das U-Boot vorhanden wäre, und wartete dann auf die *Ymir*. Da es aussah, als würde die Suche noch einige Zeit in Anspruch nehmen, brauchten sie neue Vorräte und mussten vor allem die Sauerstoffreserven aufstocken.

Dabei schälte sich bereits heraus, dass der nächste Rendezvouspunkt mit dem U-Boot eine kleine, versteckte Bucht auf Nordaustlandet sein würde, in der die Russen vor mehr als sechzig Jahren einen Stützpunkt für ihre Fischereiflotte eingerichtet hatten. Dass dieser in erster Linie Spionagezwecken gedient hatte, war ein offenes Geheimnis. Vor knapp zwei Jahrzehnten war er aufgegeben worden, und nun verwendeten sein Bruder und er ihn für ihre eigenen Zwecke. Falls er unter Wasser nichts mehr fand, würde er von dort aus mit dem Ultraleichtflugzeug aufsteigen und nach dem Flugzeugwrack und möglichen Überlebenden suchen müssen.

DREI

Torsten stöhnte, als Henriette ihm erneut den scharfen Wodka auf die Verletzung an seiner Hüfte träufelte. Dabei zog sie die Wundränder unbarmherzig auseinander, damit die Flüssigkeit überall eindringen konnte. Es brannte so heftig, dass ihm die Tränen in die Augen schossen. Doch ihm war klar, dass dies die einzige Möglichkeit war, seine Verletzung zu versorgen. Mittlerweile hatte er leichtes Fieber und war von den beiden Frauen dazu verdonnert worden, auf der provisorischen Pritsche liegen zu bleiben, die sie in der Nähe des Ofens aufgebaut hatten.

»Haben Sie Durst?«, fragte Dai Zhoushe.

»Ja! Ich könnte ein Bier vertragen!«

»Damit kann ich nicht dienen, es gibt nur Wasser«, antwortete die Chinesin und reichte ihm einen der Plastikbecher, die sie in der Hütte gefunden hatten.

Während Torsten trank, beobachtete er Henriette, die nun an seiner Stelle den Kontakt mit Wagner und Petra aufrechterhielt. Um den Akku nicht zu sehr zu belasten, beschränkte sich die Verbindungszeit auf je fünf Minuten um sechs Uhr am Morgen und weitere fünf Minuten um sechs Uhr am Abend. Neues hatte sich in den beiden Tagen, die sie bereits hier festsaßen, allerdings nicht ergeben.

Entsprechend missmutig beendete Henriette die Verbindung und goss sich ebenfalls einen Becher Wasser ein. Dabei bemerkte sie, dass der Topf fast leer war. »Ich hole frischen Schnee!«, rief sie Dai Zhoushe zu und zog sich den Parka an.

»Ist gut!«

Henriette nahm den Topf und verließ die Hütte. Draußen war es eiskalt und die Luft klar. Am Himmel prangten die Sterne in einer Pracht, dass sie beinahe das Gefühl hatte, zwischen ihnen zu stehen. Seufzend schaltete sie ihre Taschenlampe ein und ging ein Stück, um Schnee in den Topf zu schaufeln und zusammenzupressen, damit sie genug Wasser für den nächsten Tag schmelzen konnten.

Da vernahm sie ein Geräusch. Sie blickte auf, sah zunächst nichts und wollte schon weiterschaufeln, als sich etwas, das sie für einen Schneehaufen gehalten hatten, plötzlich in Bewegung setzte und auf sie zukam.

»Ein Eisbär!« Erschrocken ließ Henriette den Topf fallen und wich zurück. Gleichzeitig tastete sie nach ihrer Pistole. Doch die hatte sie in der Hütte zurückgelassen.

»Wie kann man nur so blöd sein!«, schimpfte sie mit sich selbst, rannte auf die Hütte zu, so schnell sie konnte, riss die Tür auf und sprang hinein. Noch in der Bewegung schlug sie die Tür wieder zu und blieb schwer atmend stehen.

»Draußen ist ein Eisbär!«, brachte sie mühsam heraus.

»Was?« Dai Zhoushe war mit zwei Schritten bei ihr und drehte den Schlüssel um.

»Jetzt kommt er nicht mehr herein«, sagte sie.

Im selben Augenblick krachte etwas Schweres gegen die Tür, und diese knirschte, als würde sie gleich aus den Angeln gerissen werden.

Henriette holte ihre Pistole und lud sie durch. »Du bekommst uns nicht!«, fauchte sie und richtete die Waffe auf die Tür, die nun unter den Tatzenhieben des Bären erzitterte.

Auch Torsten nahm seine Pistole und rief den Frauen zu, aus der Schussbahn zu gehen. Die Tür war zu dünn, um den Kräften des Bären lange widerstehen zu können, und es hörte sich so an, als würde das Tier jeden Augenblick durchbrechen.

Dai Zhoushe schüttelte energisch den Kopf. »Ihr könnt

die Bestie nicht mit euren Pistolen töten. Wenn ihr das Tier verletzt, wird es nur noch wütender. Vielleicht geht es anders!« Sie eilte zu ihrem Parka, griff hinein und holte den kleinen Sprühflakon heraus, der den Aufdruck eines gehobenen Kosmetikherstellers trug.

»Machen Sie mir die Tür auf, Frau von Tarow!«, befahl sie. »Wir müssen schnell sein. Und bitte schießen Sie nicht!«

Das Letztere galt Torsten und sollte verhindern, dass dieser seine Waffe einsetzte, weil er glaubte, sie und seine Kollegin beschützen zu müssen.

»Glauben Sie etwa, dass sich das Vieh durch Parfüm vertreiben lässt?«, fragte Henriette bissig.

Erneut bebte die Tür, und von draußen klang das hungrige Brummen des Eisbären herein.

»Machen Sie schon!«, fauchte Dai Zhoushe.

Henriette zuckte mit den Achseln, schloss auf und öffnete mit einem Ruck die Tür.

Dai Zhoushe trat einen Schritt auf den Eisbären zu und drückte auf den Kopf des Parfümzerstäubers. Mit einem heftigen Zischen schoss ein Sprühstrahl dem Bären entgegen und traf ihn in Augen und Schnauze.

Im nächsten Moment sprang Dai Zhoushe zurück und rief: »Tür zu!«

Henriette gehorchte sofort. Als sie die Tür zuschlug, sah sie noch, wie der Eisbär zurückwich, während er sich die Seele aus dem Leib zu brüllen schien.

»Was war das für ein Teufelszeug?«, fragte sie die Chinesin verdattert.

Dai Zhoushe steckte den Flakon wieder weg und lächelte. »Ein neu entwickelter Kampfstoff. Die Dosis, die ich dem Eisbären verpasst habe, reicht im Allgemeinen aus, um einen gesunden Menschen zu töten. Der Bär wird es wahrscheinlich überleben, aber fürs Erste haben wir ihn uns vom Hals geschafft.«

Während Dai Zhoushe sehr zufrieden aussah, begriffen Henriette und Torsten, dass sie die Chinesin niemals unterschätzen durften. Auch wenn sie im Augenblick am selben Strang zogen, so verfolgten sie doch unterschiedliche Ziele.

Unterdessen öffnete Dai Zhoushe die Tür und blickte hinaus. »Wie es aussieht, können wir jetzt Schnee holen«, sagte sie zu Henriette.

Mit einem mulmigen Gefühl im Bauch folgte diese der Chinesin nach draußen. Obwohl die Geschosse aus ihrer Pistole nicht die Durchschlagskraft hatten, einen wütenden Eisbären zu stoppen, hielt sie ihre Waffe in der Hand. Damit fühlte sie sich sicherer und war außerdem dankbar, dass Torsten aufgestanden war und in der Tür auf sie wartete.

Es dauerte eine Weile, bis Henriette den Topf wiederfand. Sie füllte ihn bis zum Rand mit Schnee, schleppte ihn zur Hütte und atmete erleichtert auf, als Dai Zhoushe die Tür hinter ihnen wieder versperrte.

»Langsam sollte Petra etwas einfallen, sonst bekommt der Bär doch noch Lust wiederzukommen. Vielleicht bringt er dann auch noch seine Familie mit«, meinte sie zu Torsten.

»Sie wird uns nicht im Stich lassen«, antwortete ihr Kollege in einem Tonfall, der nicht ganz überzeugt klang, und legte sich wieder hin. Langsam fühlte er sich besser. Die Platzwunde am Kopf behinderte ihn nicht mehr, und die Hüftverletzung schien gut zu verheilen. Das war aber auch nötig, denn er wollte den beiden Frauen nicht noch länger zur Last fallen.

VIER

Nach vielen weiteren Stunden der Suche ohne Ergebnis lenkten Espen Terjesen und Age Hemsedalen das Tauchboot zu der kleinen Bucht, die früher sowjetische Fischtrawler in den wenigen Sommermonaten als Basis benutzt hatten. Dort waren in eisfreien Monaten noch die Fundamente jener Funkmasten zu sehen, die mehr der Spionage als der Sicherheit der Schiffe gedient hatten. Da die norwegischen Behörden sich nicht um die verlassene Station kümmerten, konnte Torvald Terjesen dort schalten und walten, wie es ihm gefiel.

Die Bucht war zugefroren, doch unter dem Dach eines ehemaligen Lagergebäudes existierte noch ein U-Boot-Hangar aus russischer Zeit, den sie mühelos ansteuern konnten. Als Espen Terjesen das Tauchboot nach oben schweben ließ, sah er, dass die *Ymir* bereits in der Halle lag. Einige Matrosen arbeiteten in dicke Kleidung gehüllt im vorderen Teil, der nicht für das geheime Hafenbecken ausgehöhlt worden war, und schraubten dort das Ultraleichtflugzeug zusammen.

Der Kapitän der *Ymir* kam Espen entgegen und salutierte. Früher hatte der Mann bei der englischen Navy gedient, war aber wegen einiger Verfehlungen seines Postens enthoben worden und froh gewesen, als die Terjesens ihn angeheuert hatten.

»Na, wie war's?«, fragte er.

»Wir haben nur noch altes Gerümpel entdeckt, das die Russen hier versenkt haben. Wie es aussieht, hat das Flugzeug es doch bis zur Insel geschafft.«

»Na, dann viel Vergnügen mit dem Ding da!« Der Kapitän wies mit dem Daumen auf das aus Karbonröhren zusammengebaute Leichtflugzeug. Die dunkelgraue Kunststoffbespannung der Tragflächen war während der nördlichen

Polarnacht kaum auszumachen. Dieser Vorteil wurde jedoch von den vielen Nachteilen aufgewogen, die die Mittwinterzeit und die Kälte mit sich brachten.

»Draußen ist es so dunkel, dass man nichts erkennen kann, selbst wenn es nur von einer dünnen Schneedecke bedeckt ist. Wie wollen Sie unter diesen Umständen das Flugzeug finden?«, fragte der Kapitän besorgt.

»Mit einem Metalldetektor, einem Wärmespürer und ein paar weiteren Spielzeugen, die schon bei den Einzelteilen des Fluggeräts liegen. Ihre Leute sollen die Sachen so anbringen, dass ich sie bedienen kann. Das Wichtigste ist ein kräftiger Scheinwerfer, der sich nach der Landung abnehmen lässt.«

»Morgen früh steht alles bereit, Sir!« Der Mann salutierte noch einmal und stiefelte davon, um den Matrosen die entsprechenden Befehle zu erteilen.

Espen Terjesen betrat unterdessen ein Gebäude, das von außen verfallen wirkte, innen aber recht gut ausgestattet war. Im Ofen loderte ein Feuer, und der Koch des U-Boots war gerade dabei, den Inhalt eines großen Topfes in Teller umzufüllen. Ohne sich zu Espen umzusehen, sagte er, er solle sich an den Tisch setzen. Dann erst merkte er, dass er seinem zweithöchsten Chef gegenüberstand, und erschrak. Doch Espen dachte nur an den Flug, zu dem er am nächsten Morgen aufsteigen musste, und klopfte dem Mann auf die Schulter.

»Was gibt es Feines?«

»Rentiereintopf!«

»Wohl schon das fünfte Mal in der Woche?«, fragte Espen spöttisch.

Der Koch schüttelte empört den Kopf. »Erst das zweite Mal! Gestern gab es Fischeintopf und am Tag davor Chili con Carne.«

»Gib einen Teller her! Im Boot haben wir heute nicht mehr kochen können!«

Espen Terjesen zog seinen Parka aus und setzte sich an die Stirnseite des Tisches. Eine Minute später standen ein voller Teller sowie ein Glas alkoholfreien Bieres vor ihm. Während er zu essen begann, kam auch Age Hemsedalen herein.

»Guten Appetit, Herr Terjesen.«

»Danke! Hast du das Tauchboot gesichert?«, fragte Espen.

»Natürlich! Das Ding liegt fest, und die Luke ist geschlossen. Selbst bei einer Sintflut würde es nicht davonschwimmen.«

Dann wandte er sich an den Koch. »Du könntest mir auch einen Teller geben. Was gibt es denn Gutes?«

»Rentiereintopf!«, antwortete Espen anstelle des Kochs. Stöhnend schüttelte Hemsedalen den Kopf. »Hat Ihr Bruder einen Generalvertrag mit einem Rentierzüchter abgeschlossen? Ich kann das Zeug bald nicht mehr riechen.«

Espen sah ihn grinsend an. »Gestern gab es Chili con Carne und vorgestern Fischeintopf, habe ich gehört.«

»Umgekehrt, Herr Terjesen! Gestern gab es den Fisch und vorgestern das Chili«, korrigierte ihn der Koch.

Weder Espen noch Hemsedalen achteten auf ihn, sondern diskutierten, in welcher Gegend das fremde Flugzeug niedergegangen sein könnte.

»Hoffentlich ist es nicht bis Longyearbyen gekommen«, warf der Koch ein.

»Bestimmt nicht! Wir haben Vertrauensleute in allen größeren Orten auf den Inseln. Keiner von ihnen hat von dem Flugzeug gehört. Es muss auf Nordaustlandet gelandet oder abgestürzt sein«, antwortete Espen, der die gleiche Frage schon dem Kapitän der *Ymir* gestellt hatte.

»Abgestürzt wäre mir am liebsten! Dann müssten wir nur die Überreste wegräumen und hätten unsere Ruhe.« Hemsedalen grinste, zog aber den Kopf ein, als Espen ihn mit einem tadelnden Blick maß.

»Ich hoffe sogar, dass es noch Überlebende gibt. Die können wir gefangen nehmen und verhören«, erklärte der Juniorchef. »Ich will wissen, woher die Leute gekommen sind und wie sie es geschafft haben, die Position unseres Stützpunkts zu ermitteln. Doch dafür brauche ich Unterstützung auf dem Boden. Hemsedalen, du wählst vier Leute von der *Ymir* aus. Ihr folgt mir mit den Schneemobilen und erhaltet eure Befehle von mir über Funk.«

Hemsedalen verzog das Gesicht angesichts der Vorstellung, stundenlang durch die Kälte fahren zu müssen. Außerdem gab es noch einen Punkt. »Ich kann nur drei Männer raussuchen, weil wir hier nur über vier funktionsfähige Schneemobile verfügen. Das fünfte ist im letzten Winter kaputtgegangen und bisher nicht repariert worden.«

»Vier werden auch reichen! Den Radaraufnahmen nach war das Flugzeug nicht besonders groß.«

Damit war für Espen Terjesen alles gesagt. Er aß in Ruhe fertig, scherzte noch ein wenig mit den Männern, die nach ihm in die improvisierte Kantine kamen, und legte sich kurz darauf schlafen. Unterdessen wählte Hemsedalen die drei Männer aus, die ihn begleiten sollten, überprüfte die Schneemobile und blickte zuletzt in die nordische Nacht hinein, die schier kein Ende nehmen wollte. Morgen, sagte er sich, würden sie die Kerle fangen, denen es gelungen war, ihnen bis fast zu der Festung unter dem Meer zu folgen. Damit konnten sie die Scharte mit der *Trollfjord* wieder auswetzen.

FÜNF

Es war bitterkalt, doch Espen Terjesen steckte in einem Thermoanzug mit den dazugehörigen Überschuhen und Handschuhen. Sein Gesicht war fast vollständig bedeckt, und er trug eine Nachtsichtbrille sowie ein Funkgerät, das er mit seiner Stimme ein- und ausschalten konnte, sowie eine Pistole in einem Halfter. Er fühlte sich gut ausgerüstet und trat zu Hemsedalen und seinen Leuten. Auch sie hatten bereits ihre Winterkleidung angezogen und checkten noch einmal die Schneemobile.

Espen stellte sich vor sie hin und erteilte beinahe übermütig seine Anweisungen. »Also, Männer, zwei von euch nehmen eine MP mit und zwei ein Jagdgewehr mit Nachtzielfernrohr. Ihr fahrt erst einmal in die Richtung, in der wir das Flugzeug vermuten. Ich fliege voraus und leite euch über Funk.«

»Was ist mit der Schutzhütte der Nationalparkverwaltung?«, fragte Hemsedalen. »Die liegt doch beinahe auf unserem Weg.«

»Um die kümmern wir uns später! Vorher will ich das Flugzeug finden. Da es in den letzten Tagen nicht geschneit hat, gibt es mit Sicherheit Spuren, denen wir folgen können.«

Mit dem Wetter war Espen Terjesen das erste Mal seit Tagen zufrieden. Auf der *Trollfjord* war es für seine Pläne fast zu stürmisch gewesen. Andererseits hätten bei Windstille die Behörden gerätselt, weshalb das Hurtigruten-Schiff plötzlich untergegangen war. Das erinnerte ihn an die unangenehme Tatsache, dass weder der Sturm noch die Bomben im Laderaum die *Trollfjord* versenkt hatten. Aus diesem Grund hatte er nun einen Haufen Ärger am Hals, den er hier aus der Welt schaffen musste.

»Also, Leute, macht euch fertig!«, forderte er seine Begleiter auf und ging zu dem Ultraleichtflugzeug. Zwei Männer halfen ihm, Platz zu nehmen, befestigten die Geräte so, dass er sie ohne Mühe ablesen konnte, und schalteten sie ein. Mit seinen dicken Fäustlingen und Überhandschuhen konnte er zwar die Hebel der Flugmaschine bedienen, aber nicht die kleinen Kippschalter des Radars und der anderen Spürgeräte.

Espen drehte sich zu Hemsedalen um. »Seid ihr so weit?«

Dieser nickte, vergewisserte sich, dass seine Jagdflinte sicher verstaut war, und startete sein Schneemobil. Dann winkte er Espen zu. »Wir können aufbrechen!«, sagte er über Sprechfunk.

»Dann Start!« Terjesen richtete die Maschine aus und drückte den Anlasser. Der Motor begann anstandslos zu laufen, und als er den Gashebel nach vorne schob, spürte er den Zug des Propellers. Er rannte ein paar Schritte, bis die Tragfläche genug Wind fing, und stieß sich ab. Zuerst sah es so aus, als würde der Flugdrachen nicht hochkommen und an der Eiswand hinter der Bucht zerschellen. Dann aber gewann das Fluggerät an Höhe, und Espen zog fünfzig Meter über der Station eine Schleife. Er sah sich um und klopfte sich in Gedanken auf die Schulter. Aus der Luft war nicht einmal zu erahnen, dass in dieser Bucht ein U-Boot und ein etwas kleineres Tauchboot versteckt lagen. Hemsedalen und dessen Begleiter wirkten auf diese Entfernung wie Jäger auf einer winterlichen Pirsch. Das waren sie im Grunde auch, fuhr es Espen Terjesen durch den Kopf. Sie alle waren Jäger, und ihre Beute würde die Besatzung jenes ominösen Flugzeugs sein.

»Adler an Eisbär 1. Wie ist die Verbindung?«, sprach er in sein Mikrofon.

»Ich höre Sie klar und deutlich«, gab Hemsedalen zurück.

Espen erklärte ihm, dass er nun in die Richtung fliegen würde, in der den Berechnungen nach die Trümmer des Flugzeugs liegen mussten. »Ihr folgt mir mit euren Polarmotorrädern«, setzte er fröhlich hinzu und startete durch.

Die alte Fischereistation blieb rasch hinter ihm zurück, und eine Weile sah er unter sich nichts als den Gletscher, der das Sternenlicht schwach reflektierte. Ohne die Instrumente wäre die Orientierung für ihn nahezu unmöglich gewesen, doch mit Hilfe der Anzeigen konnte er genau auf die Stelle zuhalten, die er sich als erstes Ziel gesetzt hatte. Schließlich schwebte er über die Küstenlinie hinaus auf die See. Dort schlug er einen Bogen und flog denselben Kurs, den das Flugzeug genommen haben musste.

Nachdem er mehrere Kilometer geflogen war, ohne dass eines seiner Suchgeräte anschlug, begann er eine Art Luftslalom, um ein größeres Gebiet durchsuchen zu können.

Ein rotes Blinklicht zeigte an, dass eines der Geräte etwas ausgemacht hatte. Espen flog darauf zu und sah kurz darauf etwas Dunkles aus dem Schnee ragen. Als er den Scheinwerfer einschaltete, entpuppte es sich als Flugzeugwrack, dem eine Tragfläche fehlte. Deren Einzelteile entdeckte er ein Stück weiter hinten. Von den Passagieren war nichts zu sehen. Aus Sorge, die Havarierten könnten in der Nähe versteckt sein, riskierte Espen es nicht zu landen, sondern funkte Hemsedalen an.

»Adler an Eisbär 1. Ich habe das Flugzeug entdeckt. Kommt hierher nach …« Er warf einen Blick auf das GPS-Gerät und gab die entsprechenden Daten durch.

»Eisbär 1 an Adler. Wir haben verstanden! Sind in einer halben Stunde dort!«, klang Hemsedalens Stimme aus dem Empfangsgerät, und Espen hörte den Motor des Schneemobils aufheulen. Daher unterbrach er die Verbindung und kreiste wie ein Geier über der Stelle, an der das Flugzeug lag.

Es dauerte nicht lange, da sah er die vier Schneemobile und gab den Männern ein Lichtsignal. Als die Fahrzeuge schließlich in der Nähe des Flugzeugwracks stehen blieben und es mit ihren Scheinwerfern ausleuchteten, landete auch er mit einer eleganten Schleife gegen die Windrichtung.

»Die Kerle sind tatsächlich bis zur Insel gelangt«, rief Hemsedalen ihm verwundert entgegen.

»Aber wo sind sie abgeblieben?« Espen Terjesen ließ sich aus den Haltegurten helfen und trat auf das Flugzeug zu. Es hatte bei der Bruchlandung ziemlich gelitten, und überall sah man Einschläge von MG-Geschossen.

Espen zeigte darauf. »Aurland hat nicht geflunkert. Schaut, wie die *Fenrisulfr* diese Kiste beharkt hat. Es ist ein Wunder, dass die Maschine überhaupt in der Luft geblieben ist. Derjenige, der das Ding bis hierhergebracht hat, muss als Pilot ein Genie sein! Ich wollte, wir könnten ihn anheuern.«

Unterdessen steckte Hemsedalen den Kopf in das Innere des Wracks und drehte sich dann wieder zu Espen um. »Es gibt vier Sitze einschließlich des Pilotensitzes. Einer muss schwer geblutet haben, denn neben dem Pilotensitz ist alles versaut.«

»Maximal vier Personen, eine davon die Tote und eine weitere verletzt. Das wird eine leichte Übung für uns«, erklärte Espen Terjesen zufrieden.

Er nahm seinen Handscheinwerfer und suchte in der Umgebung nach Spuren. Zunächst fand er nichts, da die Kufen und Antriebsraupen der Schneemobile alles ausgelöscht hatten. Doch ein Stück weiter entdeckte er die halbverwehten Fußabdrücke von drei Personen. Als er sie genauer betrachtete, sah es so aus, als wäre eine davon von einer zweiten gestützt worden.

»Ich glaube, die Kerle sind in diese Richtung gegangen!«, rief er Hemsedalen zu und zeigte nach Nordwesten.

Dieser antwortete mit einem Fluch. »Die kennen sich verdammt gut hier aus! In der Richtung liegt die Rangerstation.«

»Herr Terjesen!«, meldete sich da eine Stimme hinter ihm. »Ich habe mir das Innere des Flugzeugs angesehen. Das Funkgerät und die meisten Bordinstrumente sind durch MG-Kugeln beschädigt worden. Die Besatzung hat mit Sicherheit keinen Funkspruch mehr absetzen können.«

»Das ist doch wenigstens etwas!«, antwortete Espen. »Wie steht es mit der Hütte der Nationalparkverwaltung? Gibt es dort ein Funkgerät?«

»Nein! Darin findet man kaum mehr als ein paar Konservendosen«, erklärte Hemsedalen und setzte hinzu, dass die Hütte im Sommer eher von Wissenschaftlern als von Nationalparkaufsehern bewohnt würde.

»Die haben ihre eigene Ausrüstung einschließlich der Funkgeräte bei sich. Aber jetzt im Winter ist dort niemand. Wenn die Leute Glück haben und die Lebensmittel ausreichen, werden sie im Frühsommer von Rangern gefunden und gerettet.«

»Ich glaube nicht, dass wir den Kerlen so viel Zeit lassen werden«, sagte Espen mit einem zufriedenen Lächeln. »Los, auf zur Nationalparkhütte! Wir sorgen dafür, dass die Schiff… äh, Flugzeugbrüchigen dort ein wenig eher abgeholt werden, als sie denken.«

»Und vor allem nicht von denen, auf die sie hoffen!«, warf Hemsedalen spöttisch ein.

Kurz darauf dröhnten die Motoren der vier Schneemobile und des Flugdrachens auf, und die Kavalkade setzte sich in Bewegung.

SECHS

Henriette saß mit einem Mal stocksteif da und lauschte. Dann stand sie auf und öffnete die Tür. Als Torsten sich wegen des kalten Luftzugs beschweren wollte, der durch die Hütte fegte, winkte sie ihm erregt zu schweigen.

»Hört ihr das auch?«, fragte sie mit gepresster Stimme.

Torsten stemmte sich hoch und lauschte. »Also, ich höre nichts!«

»Ich auch nicht«, antwortete Dai Zhoushe mit schief gehaltenem Kopf.

»Seid still!«, flüsterte Henriette und konzentrierte sich auf das ferne Geräusch, das sie immer deutlicher vernahm.

»Es ist ein Motorfahrzeug, nein, mindestens zwei«, erklärte sie und schloss die Tür wieder.

»Draußen fährt jemand mit Schneemobilen herum. Jetzt müssen wir überlegen, was das für uns heißt!«

»Bist du sicher?« Torsten wusste, dass seine Kollegin über ein ausgezeichnetes Gehör verfügte, aber er war auch nicht gerade taub und hatte nicht das Geringste vernommen.

Henriette nickte nachdenklich. »Ich bin mir ganz sicher. Ein Motor allerdings klingt etwas anders, es könnte der Antrieb eines Leichtflugzeugs oder eines motorisierten Flugdrachens sein.«

»Nehmen wir an, Sie haben tatsächlich etwas gehört. Wer könnte es sein?«, fragte Dai halb besorgt, halb voller Hoffnung, es könnte sich um ihre Landsleute handeln.

»Es gibt mehrere Möglichkeiten«, antwortete Torsten. »Die wahrscheinlichste ist, dass es Beamte der norwegischen Behörden sind, die in Longyearbyen unseren Vogel auf den Radarschirmen gesehen haben und jetzt nach uns suchen.«

»Und die anderen Möglichkeiten?«, bohrte Dai Zhoushe weiter.

»Es könnte sich um Leute eines Geheimdiensts handeln, die wie wir diese Banditen verfolgen. Immerhin haben die Kerle Spitzenagenten einiger Länder erwischt, darunter vielleicht sogar den gefürchteten Roten Drachen aus China.«

Obwohl Torsten Dai Zhoushe dabei fest im Auge behielt, zeigte deren Gesicht keine Regung. Dabei war er fest davon überzeugt, dass sie sich Henriette und ihm nur angeschlossen hatte, um ihren sagenumwobenen Chef zu finden und zu befreien.

»Wenn es sich um einen anderen Geheimdienst handelt, wäre ich bereit, mit jedem zu kooperieren, sogar mit Abu Fuad! Den würde ich erst hinterher erschießen«, sagte sie schließlich und fragte dann nach der dritten Möglichkeit.

Torsten verzog das Gesicht. »Das wäre die, die mir am

wenigsten gefällt, nämlich die Kerle, hinter denen wir her sind. In unserer jetzigen Situation wäre jede Konfrontation mit diesen Leuten für uns fatal.«

»Also sollten wir uns darauf einrichten, dass sie es sind«, wandte Henriette mit einem leisen Zischen ein.

»Vielleicht sind es auch unsere Leute, die von Wagner geschickt wurden«, sagte Torsten. Dabei wusste er sehr wohl, dass dies die unwahrscheinlichste aller Möglichkeiten war.

»Und was tun wir?« Henriette nahm ihren Browning in die Hand und überprüfte das Magazin.

»Auf ein Feuergefecht sollten wir uns nur dann einlassen, wenn wir gar keine andere Möglichkeit mehr sehen«, warnte Torsten. »Als Erstes müssen wir vor der Hütte alle Spuren unserer Anwesenheit beseitigen. Wenn dieses Leichtflugzeug, das du gehört haben willst, über uns hinwegfliegt, muss die Hütte verlassen aussehen.«

»Das heißt, wir sollten auch das Feuer im Ofen löschen, sonst sieht der Bursche unseren Rauch«, wandte Dai Zhoushe ein.

Ihnen allen war nicht wohl dabei, die nächsten Stunden in einer immer kälter werdenden Hütte zu verbringen. Doch ihre Sicherheit ging vor.

Torsten stand auf. »Den Ofen übernehme ich. Seht ihr zu, dass ihr draußen die Spuren verwischt. Nehmt die Decken dafür. Wir können sie später kräftig ausschlagen und am Herd trocknen, sobald wir wieder Feuer machen können!« Er humpelte zum Ofen und nahm als Erstes die Scheite heraus, die seine Kollegin erst vor kurzem nachgelegt hatte.

Henriette wechselte einen kurzen Blick mit Dai Zhoushe. »Das werden einige kalte Stunden werden …« Sie zog den Parka an und setzte die Mütze auf. »Dann wollen wir mal!« Mit einer Decke in der Hand ging sie nach draußen.

Dai Zhoushe folgte ihr mit dem Besen und einer zweiten Decke. »Wie sollen wir vorgehen?«

»Sehen Sie zu, dass Sie um die Hütte herum alles in Ordnung bringen. Ich gehe inzwischen in die Richtung, aus der wir gekommen sind, und lösche unsere Spur so weit wie möglich aus, damit sie uns nicht verrät.«

»Und was ist, wenn es doch die norwegische Polizei oder Küstenwache ist?«, fragte Dai Zhoushe.

»Ich glaube nicht, dass die bei dem Wetter mit einem Ultraleichtflugzeug nach uns suchen würden. Wenn es tatsächlich die Norweger sind, können wir uns immer noch bemerkbar machen. Ich gehe lieber auf Nummer sicher!«

Henriette nickte der Chinesin kurz zu und machte sich auf den Weg. Da sie nicht genau wusste, auf welcher Strecke sie ihre Spuren verwischen musste, damit eventuelle Gegner getäuscht wurden, machte sie sich auf einen Fußmarsch von mehreren Kilometern gefasst. Um auszuprobieren, wie gut sich ihre Fußabdrücke im Schnee auslöschen ließen, blieb sie nach den ersten zweihundert Metern auf einem Hügel stehen und blickte zurück. Es war kaum mehr etwas zu sehen, und der Wind, der jetzt wieder auffrischte, tat das seinige dazu, noch die restlichen Spuren zu verwehen.

SIEBEN

Der Wind, der Henriette bei ihrer Arbeit half, stellte für Espen Terjesen ein Problem dar, denn in den heftigen Böen bockte sein Motorflugdrache, und er brauchte alle Kraft für die Steuerung. »Wie weit ist es noch bis zu dieser Hütte?«, fragte er Hemsedalen ärgerlich über Funk.

»Höchstens noch fünf oder sechs Kilometer. Allerdings müssen wir jetzt mit den Schneemobilen einen Bogen schlagen, denn wir fahren genau auf eine Gletscherspalte zu.«

Espen beneidete Hemsedalen um sein Wissen. Das hatte sich sein Untergebener erworben, als er den Stützpunkt beim alten Fischereihafen mit aufgebaut und dabei die Umgebung gründlich erforscht hatte.

»Seht zu, dass ihr bald dort seid! Ich fliege voraus und schaue mir die Hütte an.«

»Das, Herr Terjesen, halte ich für keine gute Idee«, wandte Hemsedalen ein. »Die Kerle sind mit Sicherheit bewaffnet und könnten Sie vom Himmel holen. Außerdem sind sie dann gewarnt.«

Auch wenn Espen kein Feigling war, gab er Hemsedalen recht. Sie mussten so überraschend bei der Hütte auftauchen, dass den Schutzsuchenden, die sie dort vermuteten, keine Möglichkeit blieb, sich auf sie vorzubereiten. Daher kreiste Espen über den Köpfen seiner Männer, die die Gletscherspalte, welche Henriette beinahe zum Verhängnis geworden wäre, in weitem Bogen umfuhren.

Hemsedalen und seine Leute kamen dabei von dem Weg ab, den Henriette, Torsten und Frau Dai genommen hatten, und näherten sich der Hütte von einer anderen Seite. Dadurch entging ihnen Henriette, die mittlerweile einen guten Kilometer zurückgelegt hatte. Als diese die Motorengeräusche näher kommen hörte, warf sie sich in den Schnee und hoffte, dass ihre weiße Kleidung sie gut genug tarnte. Den Nachtsichtbrillen ihrer Verfolger wäre sie trotzdem nicht entgangen, doch niemand schaute in ihre Richtung.

ACHT

Mittlerweile hörten auch Dai Zhoushe und Torsten die Motorengeräusche. Obwohl Torsten sich nicht gerade top in Form fühlte, machte er sich zum Kampf bereit. Er haderte damit, dass seine Reservemunition wie so vieles andere im Meer versunken war und er nur auf sein Magazin der Sphinx zurückgreifen konnte.

Dai Zhoushe gab es auf, draußen noch die Spuren verwischen zu wollen, und kehrte in die Hütte zurück. Als sie Torsten mit der Waffe in der Hand sah, schüttelte sie den Kopf. »Ich glaube nicht, dass es sinnvoll ist zu schießen. Selbst wenn wir mit diesen Leuten fertigwürden, kämen andere, und die sind dann entsprechend ausgerüstet.«

»Vielleicht können wir den Kerlen ein Funkgerät abnehmen und doch die norwegischen Behörden informieren«, schlug Torsten vor.

»Wir können Wetten abschließen, wer anschließend schneller hier sein wird, die norwegische Polizei oder die Verstärkung unserer Gegner«, spottete Dai Zhoushe.

»Wollen Sie damit sagen, wir sollten uns einfach ergeben?« Torsten wurde wütend, doch das Motorengeräusch eines Ultraleichtflugzeugs, das die Hütte zu umkreisen schien, riss ihm das, was er noch hatte sagen wollen, vom Mund.

Unterdessen zählte Dai Zhoushe fünf Gegner. Vier von ihnen lenkten ihre Schneemobile mit einer Hand, während sie mit der anderen ihre Waffen auf die Hütte richteten.

Mit entschlossener Miene drehte die Chinesin sich zu Torsten um. »Sie dürfen jetzt nicht mit Ihrer Pistole denken, sondern mit dem Kopf. Die Kerle führen weittragende Gewehre und Maschinenpistolen mit sich. Dagegen kommen Sie mit Ihrem Spielzeug nicht an. Selbst wenn wir beide uns hier in der Hütte verbarrikadieren, so befindet sich Frau von Tarow noch draußen. Wenn sie gefangen wird, bleibt uns nichts anderes übrig, als uns zu ergeben. Also sollten wir einen anderen Weg einschlagen.«

»Und welchen?«, fragte Torsten bissig.

»Den sanften Weg, den das Wasser nimmt, das nicht aufgehalten werden kann. Haben Sie noch eines von Ihren

Minimikrofonen, die Sie so großzügig auf der *Trollfjord* verteilt haben?«

»Das wissen Sie?«

Dai Zhoushe lachte leise auf. »Sie waren nicht der Einzige, der den Flur mit den Suiten überwacht hat. Haben Sie noch welche?«

Torsten griff in seine Hosentasche und brachte eines der Winzlinge zum Vorschein.

»Schlucken Sie es hinunter«, forderte Zhoushe ihn auf. Sie drehte ihm den Rücken zu und öffnete ihre Hose. Als sie den Flakon mit dem Kampfspray aus ihrem Parka holte und ihn in ihre Scheide schob, hielt sie den Atem an. Wenn das Zeug darin losging, war sie schneller tot, als sie denken konnte.

Zu ihrer Erleichterung hielt die Sicherung, und sie zog rasch wieder Höschen, Sportunterhose und Thermohose an. »Verstecken Sie Ihre Pistole und Ihren Laptop so, dass die Kerle sie nicht auf Anhieb finden. Vielleicht übersehen sie das Zeug, und Ihre Kollegin kann darauf zugreifen. Es wäre gut, wenn Frau von Tarow Ihre Hauptstelle erreichen und mitteilen könnte, was geschehen ist.«

Dai Zhoushe hatte das Kommando an sich gerissen, und Torsten ertappte sich dabei, dass er ihr automatisch gehorchte. Seine Gedanken überschlugen sich. Was war, wenn die Kerle Henriette schon gefangen hatten?, fragte er sich. Dann aber schüttelte er den Kopf. Seine Kollegin war nicht auf den Kopf gefallen und hätte mit Sicherheit ein paarmal geschossen, um ihnen zu zeigen, dass sie in Schwierigkeiten steckte. Doch sollte er wirklich riskieren, sich den Kerlen so einfach zu ergeben? Ein Blick durch den Türspalt zeigte ihm, dass ihre Gegner die Hütte umzingelten. Dabei nutzten sie jede Bodenunebenheit als Deckung aus.

»Das sind keine Amateure«, meinte er zu Dai Zhoushe.

»Haben Sie die Sachen versteckt?«

»Ja, unter dem Feuerholz. Ich hoffe, Henriette sieht dort

nach.« Torsten versuchte zu grinsen, doch es misslang ihm völlig.

Dai Zhoushe war noch nicht fertig. »Prägen Sie sich eines ein: Die Kerle wissen gewiss von ihren Kumpanen an Bord der *Trollfjord*, dass Sie mit einer Begleiterin zusammen gefahren sind. Die Kerle haben mit Sicherheit auch Kontaktpersonen in Kirkenes, die ihnen sagen können, dass Frau von Tarow sich weder dort aufhält noch die Stadt mit einem Linienflug verlassen hat. Also muss sie uns begleitet haben.«

»Aber dann suchen sie nach Henriette!«

»Lassen Sie mich ausreden. Ihre Frau war unsere Pilotin! Sie ist in eine Gletscherspalte gefallen und dort ums Leben gekommen. Sie werden doch wohl den trauernden Witwer spielen können. Hören Sie? Es geht los!«

Im gleichen Moment klang draußen eine laute Stimme auf. »Wir wissen, dass Sie da drinnen sind. Kommen Sie mit erhobenen Händen heraus, sonst eröffnen wir das Feuer!«

»Fragen Sie die Kerle, wer sie sind und was sie wollen! Legen Sie dabei nicht zu viel Heldenmut in Ihre Stimme«, forderte Zhoushe Torsten auf.

»Ich werde es versuchen!« Torsten schluckte kurz, um die Stimmbänder zu befeuchten, und bemühte sich dann, einen möglichst ängstlichen Tonfall zu treffen. »Wer sind Sie und was wollen Sie von uns?«

»Uns nur mal mit Ihnen unterhalten!« Es machte Age Hemsedalen Spaß, mit den Leuten in der Hütte zu spielen. Seine Begleiter hatten mittlerweile ihre Stellungen eingenommen und konnten jederzeit das Feuer eröffnen. Außerdem war da noch Espen Terjesen mit seinem Flugapparat.

»Sie sitzen in der Falle«, meldete Hemsedalen diesem per Funk.

Bevor Espen antworten konnte, klang wieder Torstens Stimme auf. »Sind Sie vom norwegischen Seenotrettungsdienst?«

»Der Kerl glaubt anscheinend, uns verarschen zu können«, knurrte Hemsedalen, rief dann aber laut: »Ja, das sind wir. Und jetzt rauskommen, sonst knallt's!«

»Was sollen wir tun?«, fragte Torsten Dai Zhoushe.

»Den Ratschlag des freundlichen Herrn befolgen und uns sehr verwundert geben, weil er nicht zum Seenotrettungsdienst gehört. Überlassen Sie das Reden mir und bestätigen Sie nur, was ich sage!« Dai Zhoushe öffnete die Tür, blieb aber in Deckung. Als niemand schoss, trat sie vorsichtig nach draußen und hob die Hände.

»Herkommen!«, bellte Hemsedalen und winkte einem seiner Kumpel mit einer MP, sich neben ihn zu stellen.

»Und jetzt der Nächste!«, rief er zur Hütte hinüber.

Nun verließ Torsten deutlich hinkend das Bauwerk und folgte Dai Zhoushe.

Da Hemsedalens Gesicht durch seine Mütze und die Nachtsichtbrille verdeckt wurde, erkannten sie ihn nicht, doch seine Stimme kam ihnen vertraut vor.

»Das ist einer von der *Trollfjord*«, raunte Torsten Zhoushe zu, ohne die Lippen zu bewegen.

Hemsedalen forderte sie auf, sich zu beeilen. »Los jetzt, herkommen! Und was ist mit dem Letzten?«

Sie wussten wirklich, dass sie zu dritt waren, durchfuhr es Torsten. Mit hängenden Schultern trat er auf den Mann zu, blieb drei Meter vor ihm stehen und bemühte sich, möglichst erschüttert zu klingen.

»Meine Frau ist in eine Gletscherspalte gestürzt. Wir konnten sie nicht retten.«

»Was habt ihr auch hier in der Gegend verloren«, spottete Hemsedalen und gab zwei der Schneemobilfahrer einen Wink. Diese schlichen auf die Hütte zu, feuerten ein paarmal durch die offene Tür, dann drang einer mit vorgehaltener MP ins Innere. Er kam rasch wieder heraus und winkte zu Hemsedalen herüber. »Da ist keiner mehr!«

»Sieht aus, als hätten die beiden die Wahrheit gesagt!« So ganz überzeugt war Hemsedalen jedoch noch nicht. Daher trat er selbst in die Hütte, schaute auch in den zweiten Raum und in die Vorratskammer. Mit einem Achselzucken verließ er die Hütte wieder und begann, Dai Zhoushe und Torsten zu verhören. »Wie seid ihr von der *Trollfjord* gekommen?«

Torsten erinnerte sich daran, dass seine Begleiterin erklärt hatte, sie würde reden, und ließ ihr den Vortritt. Mit betrübter Miene begann Zhoushe zu sprechen.

»Wir haben alle fest und tief geschlafen. Da standen plötzlich Soldaten in meiner Kabine und forderten mich auf, mich anzuziehen und an Deck zu kommen. Dort wurde ich zusammen mit Herrn und Frau Schmied in einen Hubschrauber gesetzt. Ich wollte es nicht, weil mein Ehemann verschwunden war, aber man hat mich einfach mitgenommen.«

»Und wie seid ihr auf den Schwachsinn gekommen, ein Flugzeug zu nehmen und das Meer abzusuchen?«, fragte Hemsedalen weiter.

»Wegen meines Mannes! Die Rettungsboote waren alle weg, und ich dachte, vielleicht ist er in eines hineingeraten. Daher habe ich die Norweger angefleht, mir einen Piloten und ein Flugzeug zu geben, damit ich nach meinem Ehemann suchen kann. Doch die wollten nicht, und so habe ich mich an Herrn und Frau Schmied gewandt. Diese saßen ja auf der *Trollfjord* am gleichen Tisch wie wir, und ich hatte von ihnen gehört, dass Frau Schmied den Pilotenschein hat. Gemeinsam gelang es uns, ein Flugzeug zu mieten und damit loszufliegen.

Unterwegs ist auf uns geschossen worden, und unsere Maschine war schwer beschädigt. Um sie in der Luft zu halten, haben wir alles über Bord geworfen, was nur ging. Leider ist meine Freundin Zi Yangyang dabei so unvorsichtig gewesen, dass sie aus dem Flugzeug gefallen ist. Wir anderen haben gerade noch die Insel errcicht und mussten auf dem Gletscher notlanden. Dabei hat es das Flugzeug zerlegt, und Herr Schmied ist dabei erheblich verletzt worden. Als Frau Schmied in der Gletscherspalte ums Leben gekommen ist, dachten wir, jetzt wäre alles aus. Doch dann haben wir diese Hütte gefunden. Ohne Telefon hätte uns das auch nichts genützt, und deshalb sind wir froh, dass Sie und Ihre Leute gekommen sind.«

Dai Zhoushe lügt exzellent, fand Torsten. Er bestätigte mit verzweifelter Miene ihre Aussage und griff sich immer wieder stöhnend an die Hüfte. Dabei beobachtete er den Wortführer der vier genau. Dieser schien nicht so recht zu wissen, ob er ihnen Glauben schenken sollte oder nicht. Nun funkte er seinen Anführer an. Als dieser antwortete, wunderte Torsten sich nicht, Espen Terjesens Stimme zu vernehmen. Seine Kenntnisse der norwegischen Sprache waren zwar gering, trotzdem begriff er im Groben, was die beiden Männer sagten.

»Wir haben zwei Leute gefangen, Herr Terjesen, die Ehefrau eines Chinesen, den wir von der *Trollfjord* geholt haben, sowie einen Deutschen. Dessen Ehefrau soll das Flugzeug geflogen haben und ist nach den Aussagen dieser Leute in einer Gletscherspalte umgekommen«, berichtete Hemsedalen eben.

Espen Terjesen war es während des Fluges zunehmend kalt geworden, und er wollte zurück ins Warme. Gleichzeitig berauschte er sich daran, wie leicht sie die Flugzeugbesatzung gefunden und gefangen hatten.

»Gut gemacht!«, lobte er Hemsedalen. »Bringt die Gefangenen zum Hafen. Die *Ymir* soll sie zum Stützpunkt mitnehmen. Ich werde auch mit dem U-Boot mitfahren. Du aber bleibst mit deinen drei Begleitern auf der Insel und sorgst dafür, dass das Flugzeugwrack unter dem Schnee verschwindet, damit es nicht bei einem zufälligen Überfliegen der Insel gefunden wird. Ihr könnt dann mit dem Tauchboot nachkommen!«

»Das machen wir, Herr Terjesen«, antwortete Hemsedalen ohne große Begeisterung.

Er hatte wenig Lust, auf der kalten Insel zurückzubleiben, und wusste, dass seine drei Begleiter ebenso dachten. Wenn es wenigstens hell werden würde! Die Düsternis der polaren Nacht ging ihm mehr und mehr an die Nieren. Sich zu beschweren aber hätte bedeutet, das sehr ordentliche Gehalt zu riskieren, das Torvald Terjesen jeden Monat auf sein Konto überweisen ließ.

Er wandte sich an seine Männer: »Ihr habt unseren Chef gehört! Setzt die beiden auf zwei Schneemobile. Wir bringen sie zum Stützpunkt. Danach richten wir hier unser Biwak ein und kümmern uns um ihre Schrottmühle.«

»Fahren wir alle, oder soll einer hierbleiben?«, fragte einer.

»Es reicht, wenn wir zu dritt fahren. Gunne bleibt hier und heizt den Ofen wieder an, damit wir es bei unserer Rückkehr ein bisschen gemütlich haben. Außerdem kann er etwas zum Essen warm machen. Konserven gibt es genug. Wir werden nicht länger als zwei Stunden brauchen.«

Damit war alles gesagt. Während Gunne sein Fahrzeug neben die Hütte fuhr und dort abstellte, fesselten Hemsedalen und die anderen Zhoushe und Torsten die Hände auf den Rücken und zwangen sie, auf je ein Schneemobil zu steigen.

»Aufpassen, Jungs, damit wir unsere Gäste unterwegs nicht verlieren«, spottete Hemsedalen. Da die Gefangenen sich nirgends festhalten konnten, würden sie mit Sicherheit ein paarmal herunterfallen und in den Schnee stürzen.

Wenig später heulten die Motoren auf, und die Kavalkade verschwand in Richtung Süden. Auch Espen Terjesen schlug diese Richtung ein, während Gunne in die Hütte trat und das Feuer im Ofen wieder entfachte.

NEUN

Henriette hatte sich flach auf den Schnee gepresst, um nicht gesehen zu werden. Als die Schneemobile vorbeigefahren waren und der Flugdrache ebenfalls nicht in ihre Richtung einschwenkte, wagte sie sich näher an die Hütte heran. Um ihren Freunden bei einem möglichen Feuergefecht zu helfen, zog sie den rechten Handschuh aus, griff nach dem Browning und klemmte die Hand erst einmal unter die linke Achsel, um sie warm zu halten.

Beim Näherkommen hörte sie Hemsedalens Aufforderung, sich zu ergeben. Jetzt erwartete sie jeden Augenblick Schüsse zu hören und wurde schneller. Als die Kerle ihre Position einnahmen, um die Hütte unter Feuer nehmen zu können, und einer dabei zufällig in ihre Richtung schaute, glitt sie blitzschnell hinter einen Schneehaufen. In Gedanken wog sie ihre Chancen ab. Sie hatte nur eine Pistole mit einem Magazin, und Torsten hatte ebenfalls nur seine Sphinx. Ihre Gegner aber zählten fünf Mann, die mit weittragenden Jagdgewehren und Maschinenpistolen bewaffnet waren. Dennoch war Henriette bereit, es auf ein Feuergefecht ankommen zu lassen.

Umso überraschter war sie, als die Tür der Hütte aufging und zuerst Dai Zhoushe und dann Torsten mit erhobenen Händen heraustraten. Als die beiden verhört wurden, wirkten ihre Gesten verzweifelt.

Nach einer Weile drehte der Luftdrachen ab und flog in Richtung Küste. Da nun nicht mehr Gefahr bestand, aus der Luft entdeckt zu werden, wagte Henriette sich näher an die Hütte heran. Dort wurden Torsten und Dai Zhoushe eben auf zwei Schneemobile geladen und von drei Männern weggebracht. Ein vierter Mann schob sein Fahrzeug neben die Hütte und trat ein.

Henriette überlegte, was sie tun sollte. Lange würde sie es im Freien nicht aushalten können. Deshalb hatte es auch keinen Sinn, sich das Schneemobil zu schnappen und damit zu verschwinden. Nachdenklich musterte sie das Gefährt und dann die Hütte, aus der nun wieder ein dünner Rauchfaden aufstieg. Der Kerl machte es sich anscheinend bequem. Offenbar rechneten er und seine Kumpane nicht mit ihrer Anwesenheit. War es Torstens Absicht gewesen, die Männer wegzulocken, damit sie aktiv werden konnte? Mit diesem Gedanken schlich sie auf die Hütte zu und war froh um deren kleine, von Läden geschützte Fenster, die verhinderten, dass der Bandit sie kommen sah.

Beim Anblick des Schneemobils kam ihr eine Idee. Rasch durchsuchte sie das Fahrzeug nach einer Werkzeugtasche. Sie fand diese unter dem Sitz, entnahm ihr den Schlüssel für die Zündkerze und schraubte sie heraus.

»So, Bursche, jetzt kannst du mir nicht mehr abhauen«, sagte sie leise zu sich selbst. Ein Bündel Kabelbinder, die beim Werkzeug lagen, kamen ihr gerade recht. Entschlossen steckte sie diese ein und ging zur Tür.

Sie selbst hätte von innen abgeschlossen, doch darauf hatte der Kerl verzichtet. Als sie die Tür vorsichtig öffnete, stand der Mann mit dem Rücken zur Tür und hantierte am Ofen. Seine Maschinenpistole und sein Funkgerät lagen auf dem Tisch, und Henriette beschloss, dafür zu sorgen, dass er keines von beiden erreichen würde.

»Guten Tag!«, grüßte sie freundlich.

Der Mann fuhr herum und starrte mit hervorquellenden Augen auf die Mündung ihres Brownings. »Wer ... wer ... sind Sie«, stotterte er in schlechtem Englisch.

»Nicht das Christkind. Los, in die Ecke dort! Stellen Sie sich mit gespreizten Beinen hin, lehnen Sie sich mit dem Kopf gegen die Wand und strecken Sie die Arme nach hinten. Aber Vorsicht! Ein Mucks, und Sie sind ein toter Mann!«

Ein Wink mit dem Pistolenlauf verstärkte die Warnung. Trotzdem erwartete Henriette, dass der Mann sich weigern oder sogar wehren würde. Stattdessen gehorchte er und streckte befehlsgemäß die Arme nach hinten. Sein Blick ging dabei in die Richtung, in der seine Kumpane verschwunden waren. Zusammen mit drei Konservendosen auf dem Herd, die als Mahlzeit für einen allein zu viel gewesen wären, verriet dies Henriette, dass er mit der Rückkehr der anderen rechnete und seine gesunde Haut nicht durch eine Verzweiflungstat riskieren wollte.

Kurz darauf hatte sie dem Mann die Hände hinter dem Rücken zusammengebunden und die Beine an die Vorderbeine eines Stuhls gefesselt. Die MP hängte sie sich selbst um und schaltete das Funkgerät ein, um zu hören, ob sich die anderen Banditen meldeten. Als sie sicher war, die Lage unter Kontrolle zu haben, holte sie sich eine der inzwischen aufgewärmten Konservendosen, schob die anderen von der Herdplatte und begann mit gutem Appetit zu essen.

Der Gefangene sah ihr missmutig zu und schien sich fürchterlich zu ärgern, dass er von einer um mehr als einen Kopf kleineren Frau übertölpelt worden war. Henriette hatte jedoch nicht die Absicht, ihn seinen Gedanken zu überlassen, sondern begann, ihm Fragen zu stellen. Es interessierte sie brennend, wer hinter dem Anschlag auf die *Trollfjord* steckte und wo diese Leute zu finden waren. Auch wollte sie wissen, wohin Torsten und Dai Zhoushe gebracht worden waren.

»Von mir erfahren Sie nichts!«, erklärte der Mann schnaubend.

»Schade«, sagte Henriette und lud ihren Browning durch. »Wenn Sie nicht kooperieren, muss ich Sie erschießen.«

Sie wartete gespannt, ob er den Bluff schlucken würde, und überlegte, ob sie ihn, wenn er weiter schwieg, ins Bein schießen sollte, um ihm zu zeigen, wie ernst es ihr war.

Doch da begann der Kerl schon zu reden. Seinem Blick nach schien er zu glauben, dass sie mit diesem Wissen nichts mehr würde anfangen können. »Ich arbeite für einen großen Konzern, der hier in der Gegend nach Öl bohrt«, begann er noch etwas zögerlich.

»Männer auf Ölplattformen sind vielleicht ein etwas rauer Menschenschlag, aber sie überfallen keine Fährschiffe«, wandte Henriette ein.

»Damit habe ich nichts zu tun«, wehrte der Mann ab. »Ich bin nur hierher mitgekommen, weil mein Vorgesetzter es befohlen hat.«

»Und was wolltet ihr hier?«

»Wir sollten nach einem Flugzeug und seiner Besatzung suchen!«

Das stimmte. Dennoch hielt Henriette den Mann nicht für einen Bohrinselarbeiter, der zufällig in diese Sache hineingerutscht war. Sie stellte weitere Fragen, darunter auch einige Fangfragen, fand jedoch nicht viel mehr heraus, als dass er von den Behörden seines Heimatlands wegen einer Strafsache gesucht wurde. Ein Bekannter hatte ihn deshalb an die Firma vermittelt, für die er jetzt arbeitete.

»Und wie heißt diese Firma?«, wollte Henriette wissen.

Der andere druckste ein wenig herum, doch dann kam die Antwort: »International Energies!«

Diesen Namen hatte Henriette erwartet. Espen Terjesens Bruder war der Chef dieses Konzerns, und Espen selbst hatte sich mit Nastja Paragina auf der *Trollfjord* aufgehalten. Sie fragte sich, was diesen Mann geritten haben mochte, für all die Agenten an Bord des Hurtigruten-Schiffes solch ein Spiel aufzuführen. Aber das würde sie ihn wahrscheinlich selbst fragen müssen. Jetzt ging es erst einmal darum, ihre eigene Ausgangssituation zu verbessern.

Da sie nicht glaubte, dass Torsten den Banditen seinen Laptop ausgeliefert hatte, machte sie sich von den verwunderten Blicken ihres Gefangenen begleitet auf die Suche und musste lachen, als sie Torstens Sphinx AT2000 unter dem Feuerholz entdeckte. Der Bandit hätte nur noch ein Scheit hochheben müssen, dann wäre ihm die Waffe in die Hände gefallen. Als der Mann das begriff, stieß er einen üblen Fluch aus.

»Aber bitte! Hier sind Damen anwesend«, spottete Henriette und setzte ihre Suche fort. Schon bald hatte sie auch den Laptop entdeckt und stellte ihn auf den Tisch. Die Ladeanzeige war fast bei null Prozent angelangt, dennoch nahm sie Kontakt zu Petra auf.

Die Computerspezialistin blickte ziemlich zerknautscht aus dem Bildschirm und stöhnte theatralisch, doch ihre Finger flitzten über die Tastatur, und Henriette las: »Weißt du, wie spät es ist?«

»Leider nein, weil hier keine Sonne aufgeht, die mir zeigen könnte, ob Tag oder Nacht ist«, schrieb sie zurück. »Ich habe aber keine Zeit, Romane zu lesen oder zu schreiben, denn gleich gibt der Akku seinen Geist auf. Nur so viel: Die Schufte haben unser Versteck gefunden und Torsten und Frau Dai gefangen genommen. Ich konnte mich draußen verstecken und habe eben meinen ersten Gefangenen gemacht. Zwar habe ich noch keine Ahnung, wie ich weiter vorgehen soll, will dir aber ein paar Informationen durchgeben. Hinter dem Anschlag auf die *Trollfjord* steckt International Energies von Torvald Terjesen. Durchgeführt hat diesen sein Bruder Espen.«

Henriette gab noch einige weitere Daten durch, schaltete den Laptop ab und überprüfte die erbeuteten Waffen. Nun blieb ihr nur noch zu warten, bis aus der Ferne das Motorengeräusch von Schneemobilen erklang, die in rasanter Fahrt näher kamen.

Ihr Gefangener grinste. »Jetzt kommen meine Kumpel. Wenn du brav bist und mich losbindest, sorge ich dafür, dass du gut behandelt wirst. Wenn nicht, werde ich mich hinterher persönlich um dich kümmern.«

»Das wäre ein Grund, dich hier und jetzt zu erschießen«, antwortete Henriette kalt und steckte Torstens Pistole ein. Dann packte sie einen herumliegenden Lumpen, zwang ihren Gefangenen, den Mund zu öffnen, und steckte ihm den Stoff zwischen die Zähne. Der Kerl versuchte trotzdem noch zu rufen, brachte aber nur ein paar erstickte Laute heraus.

Henriette zerrte ihn mitsamt dem Stuhl, an den er gefesselt war, in den kleineren Nebenraum und nahm die Maschinenpistole in die Hand. Wenn es nicht anders ging, würde sie ein paar Kerle erschießen müssen, dachte sie, während draußen die Schneemobile neben der Hütte anhielten und die Motoren ausgestellt wurden.

ZEHN

Age Hemsedalen hatte die Gefangenen zum Stützpunkt und auf die *Ymir* gebracht. Inzwischen hatte das U-Boot die Position wieder verlassen und hielt auf die Festung unter dem Meer zu. Nur das Tauchboot lag noch in der alten Halle. Eigentlich hätte er einen seiner Männer dort als Wache zurücklassen müssen, doch die Luken des Unterwassergefährts waren verschlossen und gesichert. In dieser Jahreszeit würde sich kaum jemand nach Nordaustlandet verirren, den Hangar entdecken und das Boot mitnehmen. Daher hatten er und seine Männer unbesorgt die Rückfahrt zur Hütte angetreten.

Als sie ankamen, stieg er steifbeinig von seinem Schneemobil und reckte sich. »Eine Motorradtour im Sommer ist schon was anderes«, sagte er grinsend. »Ich hoffe nur, Gunne hat die Suppe heiß gemacht. Ich habe Kohldampf!«

»Wenn nicht, gibt es eins aufs Schnäuzchen«, warf einer seiner beiden Begleiter ein und nahm seine MP in die Hand. Der Dritte im Bunde hielt seine Flinte bereit, während Hemsedalen selbst sein Jagdgewehr lässig über der Schulter trug, als er sich der Tür zuwandte.

»He, Gunne! Wir sind zurück. Nicht dass du aus Nervosität zu schießen beginnst«, rief er und trat ein. Als er niemanden sah, fragte er sich, ob Gunne nach draußen gegangen war. Doch auch dann hätte er ihre Schneemobile hören müssen. Noch während er diese Überlegungen anstellte, kamen seine beiden Kumpane herein. »Da steht tatsächlich nichts auf dem Herd!«, schimpfte der Mann, der Gunne für diesen Fall Schläge angedroht hatte.

»Waffen fallen lassen und Hände hoch!«, peitschte es da durch die Hütte. Während Hemsedalen erstarrte, riss einer seiner Kumpane seine MP hoch. Bevor er auch nur ein Ziel erkennen konnte, ratterte eine Maschinenpistole, und er sank mit einem Aufschrei zu Boden.

»Wird's bald? Oder soll ich euch ebenfalls über den Haufen schießen?« Es war eine Frau, und ihre Stimme klirrte vor Wut.

Hemsedalen hatte keinen Zweifel, dass sie die Drohung wahrmachen würde, und ließ seine Waffe fallen. Auch sein Begleiter legte das Jagdgewehr ab und hob die Hände über den Kopf.

»So ist es brav! Jeder drei Schritte zurücktreten!« Henriettes Maschinenpistole ließ den Banditen keine andere Wahl. Sie gehorchten zähneknirschend und mussten mit ansehen, wie die junge Frau ihre Waffen mit einem Fuß nach hinten schob. Dann wies sie auf den Tisch.

»Dort liegen ein paar Kabelbinder. Ihr werdet euch jetzt gegenseitig fesseln!«

»Was ist mit unserem Kumpel?«, fragte Hemsedalen mit einem Seitenblick auf den verletzten Mann.

»Ebenfalls fesseln! Ich sehe mir seine Wunden an, wenn ich euch alle sicher verwahrt weiß. Also macht schnell! Sonst krepiert er womöglich noch vorher.«

»Verdammt! So kannst du nicht mit uns umspringen«, fuhr Hemsedalen auf.

»Wer sollte mich daran hindern?«, fragte Henriette und legte auf ihn an.

Nach einem kurzen Zögern nahm Hemsedalen den ersten Kabelbinder zur Hand. »Dreh dich um und strecke die Hände nach hinten«, befahl er seinem unverletzten Begleiter.

Fluchend gehorchte der Mann. Henriette sah, dass Hemsedalen die Fessel nur so weit festzog, dass der andere noch herausschlüpfen konnte, und schüttelte den Kopf.

»So wird das nichts, mein Freund. Du solltest den Kabelbinder schon ein bisschen strammer ziehen. Sonst mache ich es, und das wird wehtun.«

Mit einem wütenden Blick zog Hemsedalen die Fessel enger und band, als sein Kumpan sich auf Henriettes Anweisung auf den Boden legte, auch dessen Füße zusammen. Anschließend nahm er sich den Verwundeten vor. Dem ging es offensichtlich schlecht, und so erlaubte Henriette, ihn auf eines der provisorischen Betten zu legen und seine Verletzungen zu versorgen. Drei Kugeln hatten den Mann getroffen, und er blutete stark. Da es kein Verbandszeug gab, mussten Stofffetzen als Binden reichen.

Schließlich war auch das geschafft und der Mann mit einer Hand und einem Fuß an zwei Balken gefesselt. Dann wandte Henriette sich Hemsedalen zu und drückte ihm die Mündung der Pistole aufs Rückgrat, bevor sie mit der anderen Hand einen Kabelbinder nahm.

»Ich hoffe in Ihrem Interesse, dass Sie brav sind«, sagte sie, während sie ihm den Kabelbinder um die Handgelenke legte.

Hemsedalen juckte es in den Fingern, auf sie loszugehen,

doch der Druck des Pistolenlaufs war ihm Warnung genug. Die Frau hatte ohne Skrupel auf seinen Kumpan gefeuert und würde ihn glatt erschießen, wenn er nicht tat, was sie wollte. Dabei hatte er sie auf der *Trollfjord* für eine unbedarfte Touristin gehalten, die mit ihrem Trottel von Ehemann die Mittwinternacht hatte erleben wollen.

Nachdem auch Hemsedalen gefesselt war, atmete Henriette erst einmal auf. Immerhin war sie mit vier ausgekochten Schurken fertiggeworden und überlegte, wie es weitergehen sollte. Drei der Männer ordnete sie als Mitläufer ein, die einem starken Anführer bedenkenlos folgten. Hemsedalen hingegen musste zum engeren Kreis um Espen Terjesen zählen, und daher war es für sie wichtig, von ihm so viel wie möglich über seinen Anführer und dessen Pläne zu erfahren.

Ihre ersten Fragen beantwortete er mit rotzfrechen Bemerkungen. Doch sie spürte seine Angst. Auf der *Trollfjord* waren sie und ihr Mann ihm nicht weiter aufgefallen, und daher konnte er nicht abschätzen, wie weit sie gehen würde.

Entschlossen, die Sache durchzuziehen, hängte sie sich ein Gewehr und eine Maschinenpistole über die Schulter und schaffte die anderen Waffen nach draußen. Dann packte sie Hemsedalen beim Kragen und am Gürtel und schleifte ihn ebenfalls ins Freie. Ein Dutzend Schritte von der Hütte entfernt warf sie ihn in den Schnee und setzte sich neben ihn.

»Ich glaube, wir beide sollten uns jetzt in aller Ruhe unterhalten«, sagte sie lächelnd zu ihm.

»Ich weiß nicht, was Sie wollen«, presste er zornig hervor.

»Das werde ich Ihnen sagen! Als Erstes erzählen Sie mir, wo ihr meine Freunde hingebracht habt.«

»Welche Freunde?«

»Versuchen Sie nicht, mich zu verscheißern! Wir können es auch anders machen. Ich lasse Sie erst einmal eine Stunde oder zwei hier liegen und komme dann zurück. Wenn Sie bis dorthin nicht erfroren sind, werden Sie sicher gesprächiger sein. Allerdings gibt es hier in der Nähe einen hungrigen Eisbären. Der könnte schneller bei Ihnen sein als ich. Dann muss ich halt sehen, ob einer Ihrer Kumpel klüger ist und nicht als Eisbärenfutter enden will.«

Henriettes Stimme klang sanft, doch gerade das erschreckte Hemsedalen am meisten. Er sah ihr an, dass sie zumindest eine halbe Asiatin war, und die hatten andere Ehr- und Moralbegriffe als durchschnittliche Europäer. Daher hielt er sie für fähig, ihn von einem Eisbären fressen zu lassen und seine Kumpane durch den Anblick seiner Überreste zum Sprechen zu bringen. Aber er war nicht bereit, sich für die Terjesens aufzuopfern.

»Wir haben sie zu einem ehemaligen russischen Fischereihafen gebracht. Von dort aus sind sie mit einem U-Boot weitergeschafft worden.«

»Ein U-Boot also!« Henriette wurde einiges klar. »Woher habt ihr das?«

»Von der norwegischen Marine. Es wurde Herrn Terjesen, ich meine damit den älteren Herrn Terjesen, überstellt, um im Nordmeer unterseeische Bohrplattformen aufbauen und versorgen zu können.«

»Und dafür ist dieses U-Boot mit Raketen und MGs bewaffnet?«

»Die hat Herr Terjesen – der jüngere – auf dem Schwarzmarkt besorgt!« Hemsedalen begann mit den Zähnen zu klappern. Die Kälte wurde unerträglich. Er konnte nur hoffen, dass dieses Verhör bald zu Ende sein und die Frau ihn wieder in die Hütte bringen würde.

»Sie haben eine unterseeische Bohrplattform erwähnt. Werden meine Freunde dorthin gebracht?« Henriette hoffte es nicht, denn ein Stützpunkt tief unter dem Meeresspiegel war eine Nuss, die sie wohl nicht würde knacken können.

Hemsedalen nickte, so gut es ihm möglich war. »Ja.«

»Was ist mit den *Leuten*, die ihr von der *Trollfjord* entführt habt? Sind die auch dort?«

Erneut nickte Hemsedalen. »Ja, wir haben alle hingebracht. Espen Terjesen will sie verhören, um mehr über die Geheimdienste der Welt herauszubringen und zu erfahren, wie man sie hindern kann, sich intensiver mit uns zu befassen.«

Ihr Gefangener lieferte Henriette damit das nächste Stichwort. »Weshalb habt ihr so viel Angst vor Geheimdiensten? Als Ölförderfirma bräuchtet ihr das wirklich nicht. Ist es wegen Dr. Nastja Paragina?«

»Genau um die geht es. Espen Terjesen hat sie dazu gebracht, sich uns anzuschließen.«

»Deswegen sind mehr als einhundert Leute aus dem Institut bei einem Flugzeugabsturz und weitere auf der Belkowski-Insel selbst umgekommen. Darunter waren Teile der wissenschaftlichen Elite der USA und aus Russland!«

Die Skrupellosigkeit, mit der die Terjesen-Brüder vorgegangen waren, schockierte Henriette. Gleichzeitig wuchs ihre Sorge um Torsten und die anderen Entführten. Männer, die mit leichter Hand Dutzende Leben auslöschten, würden auch vor ihren Gefangenen nicht haltmachen.

»Was kann ich tun?«

»Das weiß ich nicht!«

Erst Hemsedalens Antwort brachte Henriette darauf, dass sie laut gesprochen hatte. Dann aber sah sie den Mann mit entschlossener Miene an.

»Wieso seid ihr vier hier zurückgeblieben?«

»Wir sollten das Wrack auf dem Gletscher unter dem Schnee begraben, damit es nicht von Suchflugzeugen entdeckt werden kann«, erklärte Hemsedalen.

»Wann werdet ihr wieder abgeholt?«

Diese Frage gefiel dem Norweger ganz und gar nicht. Da die Alternative jedoch war, dass sie ihn hier im Schnee liegen ließ, blieb er bei der Wahrheit. »Wir werden nicht abgeholt, sondern sollen mit einem Tauchboot nachkommen.«

»Ein Tauchboot habt ihr also auch. Ihr seid ja bestens ausgerüstet.« Henriette klang bissig, obwohl ihre Gedanken bereits ein Eigenleben entwickelten.

»Könnten Sie mich mit dem Tauchboot auf diese Station schmuggeln?« Zwar hatte sie noch keine Vorstellung, wie sie den Mann daran würde hindern können, sie umgehend zu verraten, aber ein Versuch war es wert.

»Das ist absolut unmöglich«, antwortete Hemsedalen zu ihrer Enttäuschung. »Die Station wird hermetisch überwacht. Jeder, der das Tauchboot verlässt, wird sofort auf den Bildschirmen in der Zentrale angezeigt.«

»Verdammt!«

Henriette wollte jedoch keinesfalls aufgeben. Bis es Wagner gelang, eine Rettungsaktion für Torsten in die Wege zu leiten, war es mit Sicherheit zu spät. Also gab es nur eine einzige Person, die ihrem Kollegen und den anderen Gefangenen helfen konnte, und das war sie selbst. Daher fragte sie Hemsedalen in allen Einzelheiten über die Unterseestation und deren Möglichkeiten aus.

Von der Kälte zermürbt, die ihm immer stärker in die Glieder drang, berichtete der Mann ihr alles, was sie wissen wollte. Als sie ihn schließlich hinter sich her zur Hütte zog, formten sich in ihren Gedanken die ersten Puzzlesteine eines verrückten Plans.

Ihre Überlegungen hinderten sie jedoch nicht daran, vorsichtig zu sein. Die übrigen Gefangenen waren allein in der Hütte gewesen und hatten genug Zeit gehabt, Dinge zu tun, die nicht in ihrem Sinn waren. Daher ließ sie Hemsedalen draußen liegen, machte die Maschinenpistole schussbereit und stieß die Tür mit einem kräftigen Fußtritt auf. Sie vernahm ein Stöhnen, sah einen Schatten auf sich zuspringen und zog im Reflex den Abzugsbügel durch.

Die Geschosse trafen den Mann und warfen ihn zurück. Henriette drang in die Hütte ein und richtete ihre Waffe auf den zweiten Kerl, der hinter der Tür gestanden hatte. Der blutete heftig aus der Nase und hatte bei dem harten Aufprall des Türblatts ein paar Zähne verloren.

Selbst schuld, sagte Henriette sich und befahl ihm, sich auf den Boden zu legen und die Hände nach hinten zu strecken. Es brauchte einen Stoß mit dem MP-Lauf, bis er begriff, was sie von ihm wollte, und gehorchte.

»Zum Glück habt ihr Burschen genug Kabelbinder bei euch gehabt«, spottete sie, während sie den Mann fesselte. Seinen Kumpan konnte sie liegen lassen, denn er war tot.

Obwohl es sich um einen der Banditen gehandelt hatte, kämpfte Henriette mit Gewissensbissen. Sie hatte auch früher schon töten müssen, aber sie würde sich nie daran gewöhnen. Vielleicht war es gut so, dachte sie, denn sie erinnerte sich an Torstens Berichte über Soldaten in Afghanistan und im Sudan, die irgendwann alle Hemmungen verloren und aus Lust gefoltert und getötet hatten.

Der Gedanke erinnerte sie an Hemsedalen, und sie holte ihn ins Warme, bevor er zu Eis erstarrte. Dann untersuchte sie, wie die beiden Männer sich hatten befreien können, und entdeckte, dass einer von ihnen den Kabelbinder an einer scharfen Kante des Herdes durchgewetzt hatte.

»Das war sehr dumm!«, sagte sie zu dem Überlebenden. »Jetzt ist Ihr Kumpel tot.«

Sie hatte jedoch Wichtigeres zu tun, als ein paar Schurken ins Gewissen zu reden. Petra musste erfahren, was sie herausgefunden hatte, und berechnen, ob ihre Idee überhaupt durchführbar war.

ELF

Um seiner Rolle als Schwerverletzter gerecht zu werden, tat Torsten so, als würde er immer wieder bewusstlos. Bei seinen Gegnern weckte er damit kein Mitleid. Die Männer schafften Dai Zhoushe und ihn in ein U-Boot der norwegischen Ula-Klasse und sperrten sie dort in eine Kammer. Auf dem Weg dorthin hatte er wahrgenommen, dass das U-Boot voll bewaffnet war und neben dem schweren Maschinengewehr auch über Torpedos und Luftabwehrraketen verfügte.

Angesichts dieser Tatsache fragte er sich, in welchem Wespennest sie herumgestochert hatten. Er hätte gerne mit Dai Zhoushe darüber gesprochen, doch die Vorsicht gebot ihnen, nur unverfängliche Worte zu wechseln.

»Haben Sie eine Ahnung, wer diese Leute sein können? Die norwegische Marine würde uns doch sicher nicht so schlecht behandeln!«, fragte er betont kläglich.

Dai Zhoushe zuckte mit den Achseln. »Das weiß ich nicht. Immerhin ist die Insel ein ausgewiesenes Naturreservat, das ohne Erlaubnis der Behörden nicht betreten werden darf. Vielleicht sind sie deshalb so verärgert. Aber was ist mit Ihnen? Was macht Ihre Verletzung?«

»Es tut scheußlich weh«, antwortete Torsten stöhnend.

»Lehnen Sie den Kopf gegen mich, damit Sie nicht auf dem blanken Metall liegen müssen«, riet Dai Zhoushe und begann dann zu rufen: »Herr Schmied ist schwer verletzt! Ist denn hier kein Arzt an Bord?«

Eine Antwort erhielt sie nicht, doch Torsten fand, dass auch sie ihre Rolle ausgezeichnet spielte. Den Geräuschen nach musste das U-Boot längst abgelegt haben und unter Wasser fahren. Er fragte sich, wo man sie hinbringen würde. Er konnte nur hoffen, dass Dai Zhoushe sich nicht irrte und sie ihren Rettern tatsächlich den Weg zu ihnen weisen konnten. Allerdings hatte er Petra nie gefragt, wie weit die von ihr entwickelten Minisender reichten und ob sie auch magensäureresistent waren.

Irgendwann musste er eingeschlafen sein, denn er erwachte durch einen leichten Ruck. Es hallte ein paarmal, als würde etwas gegen den Rumpf schlagen, dann wurde es auf dem U-Boot ganz still.

Kurz darauf wurde die Tür geöffnet. Jemand packte Torsten unter den Armen und schleifte ihn hinaus. Dabei streifte seine verletzte Hüfte den Türrahmen, und der Schmerzensschrei, den er dabei ausstieß, war echt.

Der Bandit grinste jedoch nur und zerrte ihn weiter. Ein zweiter Mann kam hinzu. Gemeinsam trugen sie Torsten zum Turm und reichten ihn nach oben. Andere Männer in schwarz-roten Overalls nahmen ihn entgegen.

»Wohin sollen wir ihn bringen?«, fragte einer Espen Terjesen, der die *Ymir* als Erster verlassen hatte.

»Erst mal ins Krankenrevier! Unser Doktor soll nachsehen, ob der Kerl wirklich verletzt ist. Stimmt es nicht, wird er es bedauern. Nehmt ihm und der Frau aber vorher alles Überflüssige ab, sonst wäscht uns mein Bruder noch einmal den Kopf.«

Für Torsten hieß dies, dass auch Torvald Terjesen in diese Sache verwickelt war. Das wunderte ihn nicht. Um eine solche Aktion wie die gegen die *Trollfjord* durchzuführen, brauchte man einiges an Ressourcen, und die waren bei International Energies reichlich vorhanden. Wagner hatte den Konzern bereits der Industriespionage beschuldigt, aber es sah so aus, als reichten die Pläne und Aktivitäten der Terjesen-Brüder weit darüber hinaus.

Zwei Männer legten Torsten auf eine Trage und brachten ihn in das Krankenrevier. Dieses war nicht besonders groß, aber recht gut ausgestattet. Es gab sogar Röntgenapparate und andere medizinische Gerätschaften. Ein hagerer Mann mit Stirnglatze saß in einem weißen Kittel auf einem Stuhl und las in einer Zeitschrift.

Als er Torsten sah, legte er diese beiseite. »Na, wen haben wir denn da?«

»Einen der Leute aus dem Flugzeug. Er soll verletzt sein!«

»Und wo ist er verletzt?«, fragte der Arzt, weil Torsten noch Parka, Thermohosen und Mütze trug.

»Ich habe eine Platzwunde am Kopf und wahrscheinlich eine Gehirnerschütterung. Außerdem hat sich ein Plastikteil in meine rechte Hüfte gebohrt.«

Torstens Träger lachten über seinen kläglichen Tonfall. Sie waren raue Männer und gewohnt, unter schlechtesten Bedingungen auf Ölplattformen zu arbeiten. Dort kam es immer wieder zu Unfällen, doch keiner von ihnen hätte sich so jämmerlich angestellt wie dieser verweichlichte Deutsche.

»Nehmt ihm die Fesseln ab, zieht ihm Parka und Hose aus und legt ihn auf den Behandlungstisch. Den Rest erledige ich!« Der Arzt legte bereits einige Instrumente zurecht.

»Ich weiß nicht, ob das klug ist, wenn wir ihm die Fesseln durchschneiden«, wandte einer der beiden Bewacher ein.

»Wie wollt ihr ihn dann ausziehen?« Es war nicht zu übersehen, dass der Arzt die Männer nicht für voll nahm.

Torsten registrierte es für später und streckte einem von den Kerlen die Hände hin. Erleichtert atmete er auf, als dieser den Kabelbinder durchtrennte. Kurz danach waren auch die Beine frei, und er begann stöhnend und ächzend sich auszuziehen, bis er nackt vor seinen Bewachern stand, die seine blutigen Verbände um Kopf und Hüfte begutachteten.

»Den hat es ja tatsächlich erwischt«, meinte einer von ihnen grinsend. Dann warfen sie ihm eine rote Hose und eine gleichfarbene Jacke hin, nahmen seine Kleidung und alles mit, das er bei sich getragen hatte, und verließen das Revier.

»So, die sind wir erst mal los«, erklärte der Arzt und fragte Torsten, welche Verletzung schlimmer wäre.

Dieser biss die Zähne zusammen und wies auf die Hüfte. »Wie ich eben schon sagte, habe ich ein Plastikteil ins Fleisch bekommen. Wir hatten kein richtiges Verbandsmaterial, und so ha… hat meine Begleiterin die Wunde mit Wodka ausgewaschen und damit auch den Stoffstreifen desinfiziert, den sie mir darum gewickelt hat.«

Beinahe hätte Torsten sich versprochen und »haben meine Begleiterinnen« gesagt. Doch Henriette musste als tot gelten, sonst würden die Kerle Jagd auf sie machen.

Der Arzt nahm eine Schere und schnitt den Verband auf. Als er ihn von der Wunde abzog, keuchte Torsten auf, und ihm traten echte Tränen in die Augen.

»Sind Sie der Enkel vom Doktor Eisenbart?«, fragte er mit zusammengebissenen Zähnen.

»Ah, Sie sind Deutscher«, antwortete der Arzt. »Keine Sorge, ich behandle Sie so gut, wie es hier möglich ist. Nehmen Sie den Kopfverband selbst ab, oder soll ich das auch tun?«

Angesichts der eben gemachten Erfahrungen übernahm Torsten es lieber selbst. Der Arzt inspizierte die Wunde und nickte zufrieden. »Wer auch immer sich um Sie gekümmert hat, versteht etwas von Verletzungen, denn die Wundränder sind so gut zusammengezogen worden, als wären sie vernäht. Ich werde nur noch etwas desinfizierendes Gel darauf streichen und es wieder verbinden. Gegen Ihre Kopfschmerzen gebe ich Ihnen Tabletten. Bei der Hüfte wird es etwas schwieriger. Ich werde die Wunde noch einmal öffnen müssen, um sicherzugehen, dass alle Fremdkörper entfernt worden sind. Aber keine Sorge, ich setze Ihnen eine Spritze, damit Sie nichts spüren.«

Noch während er es sagte, begann der Arzt mit der Arbeit. Hatte Torsten zunächst Bedenken gehabt, so verloren sich diese rasch. Er spürte die Spritze kaum, und als der Arzt schließlich mehrere gerade fingernagellange Plastiksplitter aus der Wunde herauszog, begriff er, dass er einem Meister seines Fachs unters Messer gekommen war.

»Wieso leben Sie eigentlich hier in diesem Käfig?«, fragte er neugierig. »Ein Mann mit Ihren Fähigkeiten könnte doch an jeder renommierten Klinik einen Job finden.«

Der Arzt winkte ab. »Ich war, wie Sie so schön gesagt haben, an einer renommierten Klinik in Oslo. Wissen Sie, was das für ein Stress ist? Da ist zum einen die ständige Angst, Fehler zu machen, und zu der gesellen sich die Intrigen der Kollegen. Als ich es nicht mehr aushielt, habe ich mit dem Trinken begonnen. Das spülte meine Bedenken fort, und ich konnte wieder richtig arbeiten, bis dann der Tag kam, an dem …«

Er brach ab und schüttelte den Kopf. »Unwichtig! Ich wurde entlassen und stand auf der Straße, bis Herr Espen Terjesen auf mich aufmerksam wurde und mich für International Energies anheuerte. Hier sind mir zwei Dinge wichtig: Es gibt keine neidischen Kollegen, und Alkohol ist streng verboten.«

Torsten fasste Vertrauen und ging so weit, wie er es sich angesichts möglicher Abhörmikrofone leisten konnte. »Sie wissen aber, dass ich und einige andere nicht freiwillig hier sind. Weshalb machen Sie dabei mit?«

»Ich erledige meinen Job hier, und alles andere interessiert mich nicht. Die beiden Herren Terjesen wissen besser als ich, was zu tun ist!«

Die Stimme des Arztes klang abweisend, trotzdem hatte Torsten das Gefühl, dass dem Mann die Situation hier nicht gefiel. Um nicht mögliche Mithörer auf falsche Gedanken kommen zu lassen, tat er so, als akzeptierte er seine Erklärung.

Während des Gesprächs hatte der Arzt weitergearbeitet.

Nachdem er die Hüftwunde genäht und frisch verbunden hatte, zog er seine Gummihandschuhe aus und warf sie in den Abfalleimer. »Sie werden wahrscheinlich noch stärkeres Wundfieber bekommen. Deshalb ist es besser, Sie bleiben im Krankenrevier. Ausbüxen können Sie hier sowieso nicht.«

Es klang wie ein Witz, doch Torsten merkte, dass es vollkommen ernst gemeint war. Noch wusste er nicht, in was für ein Versteck man ihn gebracht hatte. Eine normale Ölplattform konnte es nicht sein, dafür war in dieser Gegend um die Zeit der Eisgang zu stark. Es konnte eine kleine Insel sein, oder …

Er brach den Gedanken ab, denn er erinnerte sich, dass man ihn mittels einer Schleuse aus dem U-Boot geholt hatte. Sollte das hier etwa ein unterseeischer Stützpunkt sein? Die Vorstellung erschien ihm zunächst geradezu aberwitzig. Während dieses Auftrags war jedoch so viel geschehen, dass er die Möglichkeit nicht von vornherein ausschließen wollte. Vielleicht konnte er den Arzt vorsichtig aushorchen.

Dann fragte er sich, wie es Henriette gehen mochte. War es ihr überhaupt gelungen, den vier Schurken zu entkommen, die auf Nordaustlandet zurückgeblieben waren? Und wenn ja, hatte sie den Laptop gefunden? Er dachte auch an Dai Zhoushe und ärgerte sich, dass man sie getrennt hatte. Die Frau besaß etliche Fähigkeiten, die ihnen hätten helfen können. Aber wie es aussah, musste er versuchen, die Sache trotz seiner Verletzungen allein durchzuziehen.

ZWÖLF

Dai Zhoushe sah noch, wie Torsten weggetragen wurde. Dann schnitt ihr einer der Kerle, der sie um mehr als einen Kopf überragte und mindestens dreimal so viel wog wie sie, die Beinfessel auf, zerrte sie hoch und stieß sie den Gang entlang. Es ging durch etliche Korridore, die immer wieder von schweren Schotts verschlossen wurden, bis sie eine Stelle erreichten, von der drei Türen nach links und drei nach rechts abgingen.

Dort warteten drei Männer auf sie. Einer richtete eine Maschinenpistole auf sie, ein anderer einen Elektroschocker, und der Dritte hielt einen leuchtenden Stab in der Hand, der durch ein Kabel mit einem Metallkasten verbunden war.

»Ausziehen!«, hallte eine Lautsprecherstimme auf.

»Das ist mit gefesselten Händen schlecht möglich«, antwortete Dai Zhoushe gelassen, obwohl sie vor Zorn fast verging.

Sofort knipste der Kerl, der sie hierhergebracht hatte, ihr mit einem Seitenschneider den Kabelbinder um ihre Handgelenke durch.

»Ich sagte: Ausziehen! Oder willst du, dass unsere Männer es tun?«, kam es drohend aus dem Lautsprecher.

Dai Zhoushe sah den Kerlen an, dass sie nur darauf lauerten, sie zu begrapschen. Doch den Triumph wollte sie ihnen nicht gönnen. Mit eckigen Bewegungen entledigte sie sich ihrer Kleidung, bis sie in Höschen und BH vor den Männern stand.

»Ich habe nicht gesagt, dass du etwas anbehalten sollst«, sagte die verzerrte Stimme aus dem Lautsprecher.

Mit einem scheinbar verzweifelten Blick sah Dai Zhoushe die Schurken um sie herum an. »Keine Chinesin, die etwas auf sich hält, zieht sich freiwillig vor fremden Männern aus!«

»Es ist ja nicht freiwillig«, kam es zurück.

Gleichzeitig griff der bullige Kerl, der sie durch die Gänge getrieben hatte, nach ihrem BH.

Dai Zhoushe wusste, dass sie es nicht darauf ankommen lassen konnte, von den Kerlen genauer betastet zu werden. Daher streifte sie mit einem giftigen Zischen den Büstenhalter und das Höschen ab und stellte sich mit dem Gesicht zur Wand, so dass die Kerle sie nur von der Seite oder von hinten sehen konnten.

Die Männer lachten, während der Bulle sie herumzog. Dann trat der Kerl mit dem Leuchtstab auf sie zu und fuhr mit seinem Gerät über ihren Körper. Wie es aussah, wollten die Männer herausfinden, ob sie etwas verschluckt, im Anus oder in der Scheide versteckt hatte. Nun betete sie zu allen Ahnen, dass der Kerl weder den Winzsender in ihrem Magen noch den zum Glück aus Kunststoff und Glas bestehenden Flakon mit dem Kampfspray fand.

Das Gerät schlug keinen Alarm, dennoch schien der Mann sich nicht ganz sicher zu sein, denn er fuhrwerkte ihr schmerzhaft zwischen den Schamlippen herum. Schließlich wandte er sich achselzuckend an seine Kumpane. »Wie es aussieht, ist sie clean. Anscheinend hat man ihr bereits auf der *Ymir* alles abgenommen.«

»Maul halten!«, schalt die Lautsprecherstimme den Mann.

Der winkte ab und wollte noch etwas sagen. Da hielt ihm der Bulle den Mund zu.

Es gelang Dai Zhoushe meisterlich, ihre Erleichterung zu verbergen. Stattdessen beugte sie sich weinend nach ihrem Höschen. Doch das wurde ihr sofort aus der Hand gerissen.

»Du bekommst etwas Schöneres von uns«, sagte der Lautsprecher, während der Bulle auf zwei zusammengefaltete Kleidungsstücke in hellroter Farbe zeigte. »Aufheben und mit in die Zelle nehmen.«

Gleichzeitig ging eine der Türen auf, und Dai Zhoushe sah verwundert, dass diese so aussah, als wäre sie konstruiert worden, einem hohen Außendruck zu widerstehen. Doch bevor sie mit dem Kleiderbündel in der Hand genauer hinsehen konnte, versetzte ihr der Bulle einen Stoß, und sie stolperte in einen etwa zwei auf drei Meter großen Raum, in dem drei Männer sich ins hinterste Eck drückten. Erst als die Tür hinter Dai Zhoushe zuschlug, wagten sie sich wieder heraus.

»Sie sollten sich anziehen«, riet ihr ein Mann, den sie als Manolo Valdez identifizierte.

Der zweite war ihr unbekannt, doch beim dritten musste sie an sich halten, um nicht die mörderische Wut zu verraten, die in ihr aufstieg. Es handelte sich um den angeblichen englischen Geschäftsmann Abraham Farrit alias Ibrahim Farid alias Abu Fuad, den Terroristen, der auf ihrer schwarzen Liste einen der vordersten Plätze einnahm. Bei jeder anderen Gelegenheit hätte sie versucht, diesen Mann auf der Stelle zu eliminieren. Aber sie beherrschte sich, schlüpfte in die zu weiten Hosen und zog sich die ebenfalls zwei Nummern zu große Jacke an.

»Guten Tag«, sagte sie dann. »Ich bin Dr. Dai Zhoushe vom archäologischen Institut der Universität von Beijing.«

»Sie gehörten auch zu den *Trollfjord*-Passagieren?«, fragte Valdez.

»Ja!«

»Und wie kommen Sie jetzt hierher?«, fragte der Südamerikaner weiter.

Dai Zhoushe erzählte ihm die gleiche Geschichte, die sie auch schon Age Hemsedalen aufgetischt hatte. Inwieweit ihr die drei Männer glaubten, hätte sie nicht zu sagen vermocht. Für sie war es erst einmal wichtig, als unbedarfte chinesische Touristin zu gelten, die nicht begreifen konnte, was um sie herum geschah. Daher fragte sie, wo sie sich überhaupt befände.

»Wenn wir das wüssten, wären wir schlauer«, antwortete Valdez mit einem grimmigen Lachen.

»Aber warum sind wir hier?«, fragte Dai Zhoushe scheinbar entgeistert.

Diesmal übernahm Abu Fuad die Antwort. »Da müssen Sie schon unsere Gastgeber fragen. Doch die Kerle sind nicht sehr redselig. Dafür stellen sie verdammt viele Fragen!«

»Und welche?«

»Die werden Sie zu hören bekommen, wenn es so weit ist«, erklärte Abu Fuad kühl.

Dai Zhoushe spürte, dass er sie nicht ernst nahm, und war mit diesem Zustand sehr zufrieden. Mit weit aufgerissenen Augen sah sie sich in der Zelle um, als suche sie etwas.

»Sie können das Bett über mir haben«, bot Valdez ihr an.

»Sagen Sie bloß, ich muss hier schlafen?«, rief sie entsetzt.

»Wenn Ihnen die Unterkunft nicht passt, können Sie unsere Gastgeber ja um ein besseres Zimmer bitten«, spottete Abu Fuad.

Dai Zhoushe überlegte, was sie tun sollte. Erst einmal hatte man sie von Renk getrennt. Das war die schlechte Nachricht. Die gute aber war, dass sie immer noch den Winzsender im Magen trug und ihr Kampfspray in die Zelle hatte hineinschmuggeln können. Sie würde jedoch, wenn sie die Toilette benutzte, sehr vorsichtig sein müssen, damit weder ihre Mitgefangenen noch ihre Gefangenenwärter mitbekamen, dass sie einen Fremdkörper in der Scheide trug.

DREIZEHN

John Thornton trat wie befohlen auf den Gang hinaus, während seine Mitgefangenen sich wieder bei der Toilette zusammenquetschen mussten. Obwohl er sich vor dem fürchtete, was ihm bevorstehen mochte, war er froh, dass sich überhaupt etwas tat.

Draußen standen drei Männer, von denen einer mit einer Maschinenpistole und ein zweiter mit einem Elektroschocker bewaffnet waren. Glaubten die Kerle etwa, dass er versuchen wollte zu fliehen? Beinahe hätte er gelacht. Er hatte nicht die geringste Ahnung, wo er gelandet war, und ohne genügend Informationen war jeder Fluchtversuch sinnlos. Daher folgte er der Lautsprecherstimme, die so verzerrt klang, dass es unmöglich sein würde, den Sprecher irgendwann zu identifizieren.

Die drei Bewaffneten waren nicht so vorsichtig. Schon bei den letzten Mahlzeiten hatten er und seine Mitgefangenen sich etliche derbe Sprüche auf Englisch von ihren Wärtern anhören müssen. Nun unterhielten sich zwei von ihnen leise miteinander. Was sie sagten, konnte er nicht verstehen, da sie jetzt norwegisch sprachen. Dem Tonfall nach schienen sie sich zu amüsieren. Ob es ihm galt oder anderen, würde er vielleicht bald erfahren.

Während des vielleicht dreißig Yards langen Weges versuchte John, so viel wie möglich von seiner Umgebung zu erfassen. Viel war nicht zu erkennen, nur ein mit Blech verkleideter Korridor, mehrere schwere Schotts, die sie passierten, sowie rechteckige, massiv wirkende Metalltüren wie die, hinter der sie eingeschlossen worden waren.

Vor einer ähnlichen Tür blieben die Männer stehen. Diese fuhr wie von selbst in die Wand zurück und gab den Blick in einen kleinen Raum von der Größe ihrer Zelle frei. Ein

Stuhl stand darin, an dessen Armlehnen feste Lederriemen befestigt waren. Johns Bewacher bugsierten ihn dorthin, zwangen ihn, sich zu setzen, und fixierten seine Arme mit den Riemen. Seine Fußknöchel wurden mit Kabelbindern, an denen es hier anscheinend keinen Mangel gab, an die Stuhlbeine gefesselt.

John hatte einen kurzen Blick auf den Stuhl werfen können und mehrere handtellergroße Metallplatten auf der Sitzfläche und der Rückenlehne entdeckt. Jetzt steckte einer der Kerle noch ein Kabel an und verzog sich dann zusammen mit seinen Kumpanen nach draußen. Im Raum wurde es dunkel. Nur ein einzelner blauer Lichtstrahl wanderte herum und blieb schließlich auf Johns Gesicht stehen. Gleichzeitig klang wieder die Lautsprecherstimme auf.

»Wir beide werden uns jetzt ein wenig unterhalten! Vorher erfahren Sie noch die Modalitäten. Wenn Sie nach einer Frage länger als fünf Sekunden mit der Antwort warten, erhalten Sie einen leichten Stromschlag wie diesen!«

Obwohl John darauf vorbereitet war, traf ihn der Elektroschock wie ein Hammerschlag, und er stöhnte auf. Danach fuhr die Lautsprecherstimme mit ihren Erklärungen fort.

»Für jede offensichtlich falsche Antwort oder das Verweigern einer Antwort erhalten Sie einen etwas stärkeren Stromschlag.«

Als diesmal der Elektroschock aktiviert wurde, stemmte John sich schreiend gegen die Fesseln. Danach zitterten seine Muskeln, und er hatte das Gefühl, als wäre ihm eben der Kopf abgesprengt worden.

»Haben Sie verstanden?«, fragte die Lautsprecherstimme freundlich.

»Ja!«, würgte John hervor und schluckte das, was ihm auf der Zunge lag, wieder hinunter.

Er kannte den Charakter der Typen, die sich als Folterknechte verdingen ließen, und wusste, dass der Mann hinter dem Mikrofon ihm mit Vergnügen einen weiteren Elektroschock versetzen würde.

»Dann ist es ja gut. Wir fangen ganz gemütlich an. Ihr Name?«

»John Thornton!«

»Geboren?«

»17.07.1974«

»Wo?«

»Pittsburgh, Pennsylvania.«

So ging es eine Weile dahin. Thornton begriff, dass der Beginn dazu dienen sollte, ihn ans Antworten zu gewöhnen, damit er, wenn es ans Eingemachte ging, einfach weiterredete. Etliche Fragen wunderten ihn, denn seine Entführer hatten ganz offenbar sowohl sein Privatleben als auch seine berufliche Laufbahn intensiv studiert.

»Wann haben Sie geheiratet?«

»Am 04.04.2004!«

»Kinder?«

»Keine!«

»Wo lebt Ihre Frau?«

John deutete ein Schulterzucken an. »Ich weiß es nicht. Sie hat sich am 23.12.2008 von mir scheiden lassen, und seitdem habe ich nichts mehr von ihr gehört.«

Obwohl es ihm, nachdem er schwer verletzt aus Afghanistan zurückgekehrt war, tief getroffen hatte, dass Mooana ihn so schnell verlassen hatte, war er in dieser Situation froh darüber. Er traute den Schurken zu, ihn sonst mit seiner Frau oder möglichen Kindern zu erpressen.

Irgendwie schien die Antwort dem Mann hinter der Lautsprecherstimme nicht zu passen, denn John erhielt seinen ersten, wenn auch leichten Stromschlag. Die nächsten Fragen galten seiner Ausbildung. Als er testweise das falsche College nannte, um herauszufinden, wie viel sie von ihm wussten, traf ihn der nächste Elektroschock. Danach blieb er zunächst bei der Wahrheit, bis sie sein Studium abgearbeitet hatten.

Der Mann, der ihn verhörte, interessierte sich anschließend für seine Zeit bei der Army und hier vor allem bei deren Geheimdienst. Auf solche Verhöre war John während seiner aktiven Zeit vorbereitet worden und konnte daher seinen Gegenspieler zufriedenstellen, ohne zu viel zu verraten. Ihm war jedoch klar, dass alles immer noch Vorgeplänkel war. Um mehr über die US-Geheimdienste zu erfahren, hätten die Kerle Anthony Rumble, Pat Shears oder den Chef des Heeresgeheimdienstes verhören müssen. Auch Sally Marble wusste, da sie zu Rumbles persönlichem Stab gehörte, weitaus mehr als er.

»Wann haben Sie die Armee der Vereinigten Staaten verlassen?«, fragte die Lautsprecherstimme weiter.

»Am 31.12.2009«, antwortete John.

»Was haben Sie anschließend gemacht?«

»Ich bin in die Privatwirtschaft gewechselt, auf einen Schreibtischposten bei einem Elektrokonzern.«

»Warum sind Sie nicht bei der Armee geblieben? Dort hätten Sie sicher auch einen Schreibtischposten erhalten.«

John zuckte erneut mit den Achseln. »Ich wollte einfach etwas anderes machen.«

Jetzt kommt es darauf an, ob der Kerl diese Erklärung frisst, dachte John. Er war gegangen, weil er nicht mehr mit Leuten wie Larry Frazer im gleichen Verein hatte bleiben wollen.

Der befürchtete Stromschlag blieb aus. Dafür interessierte sich sein Gegenüber für seinen jetzigen Arbeitgeber und den Job, den er dort hatte. Schon die ersten Fragen ließen John erkennen, dass es dem Mann vor allem um die Strukturen im Konzern sowie um dessen Schwächen ging. Für einen staatlichen Geheimdienst wäre dies relativ unwichtig gewesen. Doch Espen Terjesen und dessen Bruder führten einen der größten Konkurrenzkonzerne, und da waren solche Auskünfte viele Dollars wert.

Im Gegensatz zu Rumble und den anderen Agenten war John nicht auf die *Trollfjord* gekommen, um sich Nastja Paraginas zu bemächtigen, sondern um Espen Terjesen zu überwachen. Er verdächtigte den angeblichen Playboy, Industriespionage im großen Stil zu betreiben und dabei auch seinen eigenen Arbeitgeber zu schädigen.

Sollten tatsächlich die Terjesen-Brüder hinter dieser ganzen Sache stecken? Über diesem Gedanken überhörte er die nächste Frage und erhielt den starken Stromschlag. Danach war er etliche Sekunden lang nicht mehr in der Lage, etwas zu hören oder zu sagen.

Sein Gegenspieler ließ ihm Zeit, sich wieder zu fassen, und stellte die Frage erneut. »Welche Verflechtungen bestehen zwischen Ihrem Konzern und anderen Unternehmen?«

»Da fragen Sie mich zu viel. Das ist die Sache der Geschäftsleitung, nicht die eines nachrangigen Angestellten wie mir!«

Ein Stromschlag, stärker und länger als alle vorhergehenden, war die Antwort. Obwohl John sich vor Schmerzen krümmte, glaubte er aus dem Lautsprecher leises Lachen zu hören.

»Sie sollten nicht denken, uns verscheißern zu können«, erklärte der andere danach. »Wir wissen einiges über Sie – und Sie noch sehr viel mehr über Ihren Konzern. Wenn Sie Ihre Zeit nicht auf diesem unangenehmen Stuhl verbringen wollen, sollten Sie mit uns kooperieren. Es würde sich für Sie sogar lohnen. Wenn Sie uns helfen, den Konzern zu übernehmen, in dem Sie zurzeit arbeiten, erhalten Sie fünf Prozent der Aktien und damit genug Geld, um den Narren beim Heer, die Sie nach Ihrer Verletzung eiskalt haben fallen lassen, auf den Kopf spucken zu können. Sie haben die

Wahl, entweder so«, erneut peitschte ein Stromschlag durch Johns Körper, »oder so!«

In dem Augenblick flammte ein Bildschirm an der Wand auf, und er sah darauf einen Konfettiregen aus Zwanzigdollarscheinen.

»Imponierend, nicht wahr?«, setzte die Lautsprecherstimme fröhlich hinzu.

»Das ist es in der Tat!« John Thornton wusste jetzt, dass er den Urheber aller Schwierigkeiten, die seinem Konzern gemacht wurden, tatsächlich gefunden hatte. Nur half ihm das im Augenblick nicht. Während er darauf wartete, dass das Verhör weiterging, wurde es in der Kammer wieder hell, und die Kerle, die ihn hierhergebracht hatten, kamen herein.

»Na, hat's Spaß gemacht?«, fragte einer und wurde sofort aus dem Lautsprecher dafür gerügt.

»Maul halten!«

Mit einem Achselzucken, das vieles bedeuten konnte, öffnete der Mann die Riemen, mit denen Johns Hände gefesselt waren, knipste die Kabelbinder an dessen Beinen durch und zeigte zur Tür.

»Sie können jetzt wieder in Ihre Zelle zurück, um darüber nachzudenken, was wir Ihnen angeboten haben«, kommentierte der Lautsprecher die Geste.

Ihr könnt mich alle, dachte John und versuchte aufzustehen. Seine Beine zitterten jedoch so, dass zwei Männer ihn festhalten mussten, damit er nicht zusammenbrach. Die beiden grinsten, sagten aber nichts, sondern schleppten ihn in die Zelle zurück. Dort ließen sie ihn fallen und verließen lachend den Raum.

Als die Tür zugefahren war, kamen die anderen aus dem Toilettenbereich auf ihn zu. »Was haben die Kerle mit Ihnen gemacht, John?«, fragte Sally besorgt.

»Sie haben nach meinem Lebenslauf gefragt und mich bei jeder Antwort, die ihnen nicht passte, ein wenig auf dem

Elektrogrill weich gekocht«, stöhnte John und bat sie, ihm auf sein Bett zu helfen. »Wissen Sie, Sally, meine Beine zittern so, dass ich nicht stehen kann.«

»Die Kerle haben Sie also gefoltert«, schloss Rumble aus seinen Worten.

»Aber das ist doch gegen die Genfer Konvention«, wandte Sally ein.

»Ich glaube nicht, dass unsere Freunde diesen Begriff schon einmal gehört haben«, stöhnte John und hoffte, dass die anderen ihn nun in Ruhe lassen würden.

Er musste unbedingt darüber nachdenken, wie er seine Gegner austricksen konnte, ohne dass diese ihn – um seine eigenen Worte zu benutzen – zu sehr grillten.

VIERZEHN

Espen Terjesen schaltete den Bildschirm ab, auf dem er John Thorntons Verhör verfolgt hatte, und wandte sich triumphierend an Nastja. »Ich schätze, nach einer oder zwei weiteren Sitzungen wird unser Freund singen wie ein Las-Vegas-Entertainer, und noch ein paar mehr, dann arbeitet er auf unserer Seite mit.«

»Ist es nötig, den Mann so zu quälen? Er gehört keinem Geheimdienst mehr an und ist nur noch Angestellter irgendeiner amerikanischen Firma«, wandte Nastja ein.

»Er ist der Sicherheitschef eines Konzerns und weiß wahrscheinlich mehr über das Firmenkonglomerat als der Vorstandsvorsitzende selbst. Durch ihn können wir den Konzern unterwandern und schon bald für ein Butterbrot kaufen.«

Espen Terjesen war hochzufrieden, dass ihnen neben den anderen Agenten auch John Thornton in die Hände gefallen war, und erläuterte Nastja seine Pläne. »Über diesen

Mann werden wir auf dem nordamerikanischen Energiemarkt Fuß fassen und unseren Einfluss vergrößern. Vergiss nicht, Nastja, dass wir sehr viel Geld brauchen, um die Methanförderung richtig anlaufen zu lassen.«

»Das verstehe ich ja, aber ...« Nastja brach ab, weil sie selbst nicht wusste, was sie eigentlich wollte.

Am besten war es, dachte sie, wenn sie die Gefangenen vergaß und an ihrer Forschungsreihe weiterarbeitete. Immerhin ging es darum, die Methanförderung unter normalen Bedingungen vorzubereiten. Doch dafür benötigte International Energies etliche hundert Tonnen des von ihr entwickelten Katalysators sowie ein neuartiges Equipment, mit dem das Methan gefördert werden konnte. Dazu gehörten eine Art Riesensauger, in dem ein Teil der Umwandlung stattfand, eine besonders sichere Pipeline und ein spezieller Tank.

»Wie weit ist dein Bruder mit der Entwicklung eines Unterwassertankers?«, fragte sie, um sich auf andere Gedanken zu bringen.

»Puh!«, meinte Espen, »da bin ich überfragt. Um diese Dinge kümmert sich Torvald. Wenn du willst, rufe ich ihn an.«

Er griff bereits zum Telefonhörer, doch Nastja schüttelte den Kopf.

»Er wird es mir sicher sagen, wenn er zurückkommt.« Dann sah sie ihn verblüfft an. »Wieso kannst du von hier aus telefonieren? Ich dachte, die Station ist vollkommen abgeschottet.«

»Wir haben ein Unterseekabel zu unserer nächstgelegenen Ölplattform gelegt, und von dort aus geht es über Funk weiter.«

Nastja spürte Espens Stolz auf die eigene Leistung und die seines Bruders, aber auch die Härte, mit der er seine Ziele zu verfolgen gewohnt war.

»Du könntest mir einen Drink mixen«, sagte sie, um ihre Gedanken zu ordnen.

»Gerne!« Espen holte mehrere Flaschen aus dem Eisschrank und nahm zwei große Gläser aus der Anrichte.

»Wie ist es eigentlich mit dem Alkoholverbot auf der Station?«, wollte Nastja wissen.

»Das gilt nur für die Arbeiter und vor allem für unseren Doktor. Wenn der wüsste, welche Schätze in meinem Eisschrank stehen, würde er wahrscheinlich die Tür aufbrechen, um daranzukommen«, antwortete Espen mit einem hässlichen Lachen, warf Eis in die Gläser und reichte Nastja eines.

»Danke!« Während die Wissenschaftlerin an dem starken Cocktail nippte, dachte sie, dass es Espen Freude zu machen schien, sich über Regeln und Gesetze hinwegzusetzen. In dieser Hinsicht war er wie ein wildes Tier, das sich nicht zähmen lassen wollte. Selbst seinem Bruder gelang es nicht, ihn Regeln zu unterwerfen.

»Wie kommst du eigentlich mit Torvald aus?«, fragte sie nachdenklich.

»Ausgezeichnet! Natürlich hat jeder von uns seinen eigenen Kopf, aber wir ergänzen uns gut. Er ist das Gehirn des Ganzen, während ich die speziellen Jobs erledige. Gemeinsam sind wir stark und werden unsere Konkurrenz im Lauf der nächsten Jahre in die Tasche stecken.«

Nastja begriff, dass Espen nicht einfach prahlte, sondern an das glaubte, was er sagte. Noch immer fand sie ihn faszinierend, spürte aber auch, dass die ruhige, eher stoische Art seines Bruders sie ebenfalls nicht kaltließ.

»Wie seid ihr zu dem geworden, was ihr seid?«, fragte sie weiter.

»Meinst du uns persönlich oder die International Energies?«

»Beides!«

»Unser Vater besaß einen Anteil an ein paar Bohrkonzessionen an der Küste und wurde dadurch zum Millionär. Als er starb, war ich zwölf und Torvald vierundzwanzig. In den Monaten nach Vaters Tod versuchte die Konkurrenz mit nicht ganz sauberen Mitteln, uns die Konzessionen abzukaufen. Unsere Mutter war fast schon so weit, den Forderungen und Drohungen nachzugeben, doch Torvald kämpfte mit allen Mitteln dagegen, über den Tisch gezogen zu werden. Am Ende einigte er sich mit einem Konkurrenten, beteiligte sich an dessen Konzern und zahlte die anderen Konzessionäre zu einem lächerlich niedrigen Kurs aus. Bei dieser Aktion hat sich unser Vermögen vervierfacht.

Ein paar Jahre später war Torvald Vorstandsvorsitzender des Unternehmens, fusionierte mit zwei weiteren Energiekonzernen und gab der neuen Firma den Namen International Energies. Zu dem Zeitpunkt habe ich studiert, in verschiedenen Firmen gearbeitet und dabei die ersten Informationen eingeholt. Kurz darauf verfügten wir über unseren ersten eigenen kleinen Geheimdienst und konnten so der Konkurrenz immer eine Nasenspitze voraus sein.

Patente, für die andere eine Unsumme ausgeben mussten, konnten wir uns für einen Bruchteil ihres Wertes beschaffen. Schließlich waren wir der richtige Partner für den norwegischen Staat, als dieser, aufgeschreckt von den Gebietsansprüchen der Russen, seine eigenen Claims abstecken wollte. Es ist mir gelungen, von einer deutschen Firma Pläne für unterseeische Bohrplattformen zu besorgen, und damit konnten wir sowohl unsere Politiker wie auch unsere Militärs überzeugen.«

Espen fand, dass seine Kehle nach einer so langen Rede eine Schmierung benötigte, und stieß mit Nastja an. »Auf uns, auf Torvald und auf die International Energies.«

Während er trank, rotierten Nastjas Gedanken. »Heißt das, dass alles, was ihr tut, vom norwegischen Staat gutgeheißen wird?«, fragte sie dann.

Mit einem breiten Grinsen winkte Espen ab. »In die wichtigen Dinge weihen wir die Politiker natürlich nicht ein. Die halten uns für einen ganz normalen Energiekonzern, der hier im Norden voller Patriotismus die Fahne hochhält. Deshalb haben sie uns auch zwei ausgemusterte U-Boote, die *Ymir* und die *Fenrisulfr*, als Versorgungsschiffe zur Verfügung gestellt. Zwar haben sie vorher die Bewaffnung ausgebaut, aber es kostete mich nur ein paar Scheinchen, um die Kästen wieder aufzurüsten. Außerdem haben sie den Bau der *Midgardsormr* bezuschusst und tun das auch bei dem U-Boot-Tanker, den wir für die Methangewinnung brauchen.«

Espens Stolz und Begeisterung waren ansteckend. Hindernisse schienen für ihn nur dazu da zu sein, aus dem Weg geräumt zu werden. Bei dem Gedanken, mit welcher Leichtigkeit es ihm gelungen war, die verschiedenen Geheimdienste auf der *Trollfjord* gegeneinander auszuspielen, empfand Nastja Bewunderung. Ihm würde kein Prof. Wolkow die Lorbeeren aus der Hand winden, so wie ihr Vorgesetzter es bei ihr getan hatte.

Espen kam auf Nastja zu und umarmte sie, hielt aber immer noch sein Glas in der Rechten. »Ich will dich haben«, raunte er ihr ins Ohr.

»Ich weiß nicht!« Nastja kämpfte gegen die Versuchung an, die er für sie darstellte. Als er es merkte, kniff er die Augen ein wenig zusammen.

»Du warst mit meinem Bruder im Bett, nicht wahr? Ich habe es nicht anders erwartet. Du bist so schön und klug, dass Torvald dich einfach begehren musste.«

Er hätte ruhig »klug und schön« sagen können, fand Nastja und schob ihn zurück. »Und wenn es so wäre?«

Espen begann zu lachen. »Glaubst du etwa, ich bin auf meinen Bruder eifersüchtig? Ich teile dich gerne mit ihm!«

»Und wenn ich nicht geteilt werden will?«

»Das glaube ich nicht!« Mit diesen Worten stellte Espen sein Glas weg und zog Nastja mit unwiderstehlicher Kraft an sich.

Einen Augenblick lang sträubte sie sich, doch dann ließ sie zu, dass er sie auszog und zu seinem Bett trug. Als er seine Hosen und sein Hemd abstreifte, dachte sie, dass sie mit ihm und Torvald zwei faszinierende Männer als Liebhaber genoss, und überlegte, in welcher Weise sie dies zu ihrem Vorteil nutzen konnte.

FÜNFZEHN

Henriette musterte ihre drei noch lebenden Gefangenen und klopfte betont auf den Kolben ihrer Maschinenpistole. Mittlerweile wusste sie, dass kein staatlicher Geheimdienst hinter der Aktion gegen die Forschungsstation in der Laptewsee und dem Anschlag gegen die *Trollfjord* steckte, sondern die Konzernspitze von International Energies. Um ihre Konkurrenz zu überflügeln, hatten Torvald und Espen Terjesen zu Mitteln gegriffen, die weit jenseits aller gesetzlichen und moralischen Richtlinien lagen. Ihr kam der Spruch von dem Krug in den Sinn, der so lange zum Brunnen geht, bis er bricht. Der Krug der Terjesens stand kurz davor. Sie hatte Petra und Wagner informiert und damit die restliche Akkuladung des Laptops aufgebraucht. Jetzt steckte das Gerät unter ihrem Parka, und sie hoffte, dass es trotzdem noch eine wichtige Rolle spielen würde.

Da Henriette die Terjesens für skrupellos genug hielt, alles um sich herum zu vernichten, wenn sie sich gescheitert sahen, durfte sie nicht warten, bis Wagner eine Befreiungsaktion in Gang gebracht hatte. Sie musste Torsten vorher herausholen. Auch die Forschungsergebnisse von Nastja Paragina durften auf keinen Fall verloren gehen. Zwar hatte sie keine Ahnung, was sie allein ausrichten konnte, aber sie musste etwas tun, bevor Espen Terjesen die Unterseestation in die Luft jagte und Torsten und die Russin dabei starben.

Bei dem Begriff In-die-Luft-Jagen stutzte sie und musste lächeln. Eine Tauchplattform, die fünfhundert Meter unter der Meeresoberfläche schwamm, konnte höchstens ins Wasser gejagt werden. Sie wurde aber sofort wieder ernst und wandte sich an den Gefangenen, der sich bei dem vergeblichen Versuch, sie zu überraschen, das Nasenbein gebrochen und ein paar Zähne verloren hatte.

»Sie haben Ihre Fesseln schon einmal durchreiben können. Sobald Hemsedalen und ich weg sind, können Sie es erneut versuchen. Anschließend schaffen Sie den Toten hinaus und kümmern sich um Ihren verletzten Kumpel. In der Hütte sind Vorräte für eine gute Woche. Wenn ihr die ein wenig streckt, kommt ihr die doppelte Zeit damit aus. Bis dorthin wird euch die norwegische Polizei schon abholen. Wegen des Eisbären in der Nähe lasse ich eines der Jagdgewehre draußen vor der Hütte liegen. Es ist mit drei Patronen geladen. Sie sollten sparsam sein.«

Der Kerl sagte nichts, während der Verletzte leise stöhnte. Ihr dritter Gefangener, Age Hemsedalen, hätte Henriette am liebsten eigenhändig erwürgt. Daran hinderten ihn jedoch zum einen der festgezogene Kabelbinder um seine Handgelenke und zum anderen die Waffen, die sie trug. Sie hatte bereits gezeigt, dass sie damit umzugehen vermochte, und er wollte nicht so enden wie der Mann, dessen Leichnam darauf wartete, hinausgeschafft zu werden. Den würde dann wohl der Eisbär fressen. Hemsedalen schauderte und übersah beinahe, wie Henriette sich bückte und ihm die Fußfesseln durchtrennte.

»Aufstehen!«, befahl sie ihm.

Er gehorchte missmutig und ging zur Tür. Henriette öffnete diese, gab ihm einen Stoß und trieb ihn zu den in Reih und Glied stehenden Schneemobilen. Von diesen funktionierte nur noch eines. Bei den anderen hatte sie die Zündkerzen herausgeschraubt und eingesteckt. Die beiden Männer, die in der Hütte zurückblieben, würden warten müssen, bis sie Hilfe erhielten.

Nachdem Henriette das versprochene Jagdgewehr etwa zwanzig Meter von der Hütte entfernt mit dem Kolben nach unten in den Schnee gesteckt und die anderen Waffen am Schneemobil befestigt hatte, schwang sie sich auf den Sitz und forderte Hemsedalen auf, hinter ihr Platz zu nehmen.

»Machen Sie mir keine Fisimatenten!«, warnte sie ihn und ließ die Maschine an.

Henriette war noch nie mit so einem Ding gefahren, hatte aber früher das Motorrad ihres Bruders Michael mitbenutzt und kam daher mit dem Schneemobil besser zurecht, als sie es befürchtet hatte. Allerdings schlug sie ein eher gemächliches Tempo ein, denn sie wollte ihren Beifahrer unterwegs nicht verlieren.

Die Fahrt führte durch eine faszinierende Dämmerlandschaft. Doch zum einen war Henriette zu angespannt, um sie zu genießen, und zum anderen war es um mindestens fünfzehn Grad zu kalt für ein offenes Fahrzeug. Da der Sturm vorübergezogen war und klares Wetter herrschte, hatte sich das Thermometer noch einmal kräftig nach unten bewegt. Schon bald spürte Henriette den Biss der Kälte, und selbst die Tatsache, dass es Hemsedalen nicht besser ging, bereitete ihr keine Freude. Daher war sie froh, als die Fahrspur, der sie gefolgt war, nach einiger Zeit auf eine Bucht zuführte, in der sie erst auf den zweiten Blick Reste von Häusern entdeckte.

»Das ist der ehemalige sowjetische Stützpunkt, der als Fischerhafen getarnt war«, erklärte Hemsedalen auf ihre Frage. »Die U-Boot-Halle ist dort hinten. Auch die stammt von den Russen, wir haben sie für unsere Zwecke umgebaut.«

Henriette lenkte das Schneemobil zwischen den Ruinen hindurch und hielt an. »Absteigen!«, befahl sie und blieb hinter ihm in Deckung. Die Mündung ihrer Maschinenpistole zog einen Halbkreis. Doch wie es aussah, hatte Hemsedalen die Wahrheit gesagt. Es war keiner der Schurken zu sehen, und es gab auch nur alte, kaum noch sichtbare Spuren. Vielleicht erwarten sie uns in der Halle, setzte Henriette für sich hinzu und befahl dem Mann, vor ihr herzugehen.

Als dieser die Tür öffnete und eintrat, blieb alles ruhig. Rechts konnte Henriette den Teil sehen, der als Aufenthaltsraum gedacht war, während vor ihr das U-Boot-Becken lag. Hier fand keines der großen U-Boote der russischen Flotte Platz, aber doch auch erheblich größere als das etwa fünfzehn Meter lange Tauchboot, das hier vertäut lag. Der Rumpf deutete darauf hin, dass es für große Tiefen gedacht war, und die beweglich angebrachten Propeller verrieten eine hohe Wendigkeit.

Am meisten interessierte Henriette jedoch die im Gegensatz zu anderen U-Booten seitlich eingebaute Luke, die nach Hemsedalens Aussage genau zu einer der Schleusen der Unterseestation passte. Diese Schleuse spielte in ihren Planungen eine besondere Rolle.

»Machen Sie das Ding auf!«, forderte Henriette den Mann auf.

»Mit gefesselten Händen?«, fragte er sarkastisch.

Henriette warf den Kopf zurück und lächelte sanft. Nun folgte einer der wichtigsten Punkte ihres Planes, und sie durfte, wenn er gelingen sollte, sich ihre Unsicherheit nicht anmerken lassen. Sie zog die letzte Coladose aus einer Tasche ihres Parkas, riss sie auf und befahl Hemsedalen, den Mund zu öffnen. Als er verwundert gehorchte, steckte sie ihm eine Zweikronenmünze so hinter die Zähne, dass er nicht sehen konnte, was es war, und goss Cola hinterher.

»Schön schlucken! Wenn Sie das Ding ausspucken, sind

Sie tot!« Um ihre Drohung zu untermauern, hielt sie ihm die Mündung der MP vor die Nase.

Hemsedalen schielte darauf und begann zu schlucken. Es bereitete ihm Mühe, das Metallstück hinunterzuwürgen, und es gelang ihm erst nach einem weiteren Schluck Cola.

»Was war das?«, fragte er ängstlich.

Henriette bemühte sich, gelassen zu antworten. »Eine Minibombe, gerade mal stark genug, um den Magen und die Gedärme eines Menschen zu zerfetzen. Da sie einen Funkempfänger hat, brauche ich bloß einen Knopf zu drücken, und sie geht hoch. Keine Angst, es wird keine Sauerei geben. Die Bauchdecke wird dabei nur selten aufgesprengt!«

Ihr Gefangener sah nicht so aus, als würde der letzte Satz ihn trösten. Mit weit aufgerissenen Augen starrte er sie an und versuchte etwas zu sagen, brachte aber kein Wort heraus.

»Ich werde das Ding natürlich nur zünden, wenn Sie Dummheiten machen oder mich an Ihre Kumpane verraten«, fuhr Henriette fort. »Wir beide werden jetzt zu dieser ominösen Unterwasserstation fahren. Sie melden sich dort an, wie es sich gehört, und erklären, dass Ihre Freunde auf Nordaustlandet zurückgeblieben wären, um einiges aus dem Flugzeugwrack zu bergen. Danach verlassen Sie das Tauchboot, schließen die Luke so, dass ich sie von innen öffnen kann, und sorgen dafür, dass die Versorgungsleitungen angestöpselt werden. Anschließend erklären Sie Ihren Kumpeln, Ihnen wäre nicht gut, und gehen in Ihr Quartier. Haben Sie mich verstanden?«

Hemsedalen nickte, obwohl er nicht das Geringste begriff. Nur eins war ihm klar: Er musste unter allen Umständen verhindern, dass sie den Sprengsatz in seinem Magen hochgehen ließ. Für einen Moment dachte er daran, zum Stationsarzt zu gehen und sich das Ding herausoperieren zu lassen. Doch wenn es dabei explodierte, war er ebenfalls tot, und das Risiko wollte er nicht eingehen. Mit knirschenden Zähnen entschloss er sich daher, diesem infamen Weibsbild zu gehorchen. Chancen, sich in die Station einzuschleichen und die Gefangenen zu befreien, hatte sie ohnehin keine.

Er wartete, bis sie ihm die Fessel abgenommen hatte, löste die Leinen, mit denen das Tauchboot vertäut war, öffnete die Luke und stieg ein.

Mit zwei Maschinenpistolen und einem Jagdgewehr bewaffnet folgte Henriette ihm und beobachtete, wie er die Luke schloss und verriegelte. Unbehaglich die Schultern hochziehend deutete er auf das Steuerpult. »Soll ich das übernehmen?«

»Tun Sie das!«, antwortete Henriette und verstaute ihre Waffen. Eine MP behielt sie in der Hand, um den Mann zu kontrollieren und zu verhindern, dass er auf den Gedanken kam, er müsse sich nur der anderen MP oder des Gewehrs bemächtigen, um sie zu zwingen, ihm den Auslöser der angeblichen Magenbombe zu übergeben.

Doch Hemsedalen dachte nicht daran, etwas gegen diesen Teufel in Frauengestalt zu unternehmen, denn er hatte erlebt, wie skrupellos diese Agentin vorgegangen war. Zögernd schaltete er die Instrumente ein und blickte besorgt auf die Ladestandanzeige des Elektroantriebs. Espen Terjesen hatte bei seiner Suche nicht darauf geachtet, und nun wusste er nicht, ob sie es bis zur Station schaffen würden. Daher galt seine Wut nun auch seinem Chef. Mit einem halb unterdrückten Schnauben startete er das Tauchboot und fuhr rückwärts aus der Halle hinaus.

Da es mehrere Bullaugen aus dickem Spezialglas gab, konnte Henriette sehen, wie sich das Boot in Bewegung setzte und sofort abtauchte, um nicht mit den Treibeisschollen auf dem Meer zu kollidieren. Damit hatte die entscheidende Phase ihres Auftrags begonnen.

SIEBTER TEIL

SCHACHMATT

EINS

Torsten Renk sah auf das Spielbrett und schüttelte den Kopf. »Sie haben mich schon wieder schachmatt gesetzt, Doktor. Dabei dachte ich, ich wäre ein guter Spieler.«

»Das sind Sie auch. Aber da ich kein Interesse daran habe, mit den anderen Karten zu spielen oder mir idiotische Pornofilme anzusehen, habe ich Herrn Terjesen gebeten, mir einen guten Schachcomputer zu besorgen.«

Der Arzt lächelte melancholisch. »Die Männer hier an Bord sind raue Kerle, die ebenso wie ich irgendwann einmal in ihrem Leben gescheitert und dann von Terjesen angeheuert worden sind. Ich will nicht behaupten, dass alle schlecht sind, aber die meisten würden für hunderttausend Dollar einen Mord begehen, einige sogar für weniger. Torvald Terjesen hat jedem von ihnen eine Million als Prämie geboten, wenn sie für ihn arbeiten. Wissen Sie, was das heißt?«

Torsten hob interessiert den Kopf. »Nein.«

»Sie tun alles, was er ihnen befiehlt, und es interessiert sie nicht, ob es dabei Opfer gibt. Denen geht es einzig um ihre Prämie.«

»Ihnen nicht?«, fragte Torsten.

Der Arzt winkte verächtlich ab. »Ich bekomme mein Gehalt und gehöre nicht zu denen, die für Terjesen morden.«

»Wie Hemsedalen und Aurland.«

»Die sind die rechte und die linke Hand des jungen Terjesen und haben ihm geholfen, all die Waffen und anderen Utensilien hierherzubringen, von denen die Behörden nichts wissen dürfen. Um das und anderes zu erreichen haben sie auf seine Weisung hin bei den Hurtigruten angeheuert.«

Es war nicht zu überhören, dass der Arzt die beiden Männer nicht mochte. Dies machte ihm den hochgewachsenen, hageren Norweger sympathisch. Außerdem war er ein ausgezeichneter Mediziner, der durch tragische Umstände an die Terjesens geraten war.

Nun stand Dr. Rolsen auf, trat neben Torstens Bett und forderte ihn auf, seine Hose herunterzuziehen. »Ich will mir noch einmal Ihre Hüfte ansehen. Wenn wir nicht aufpassen, könnten Spätfolgen bleiben.«

Der Arzt übertrieb, weil er nicht wusste, wie viel von dem, was hier gesprochen wurde, Unbefugten zu Ohren kam. Daher tat er so, als sei Torstens Verletzung schwerer, als sie tatsächlich war. Auf diese Weise konnte er ihn noch eine Weile im Krankenrevier behalten und hatte so wenigstens für ein paar Tage einen interessierten Gesprächspartner.

Als er die Wunde abtastete, war er sehr zufrieden. Sie nässte nur noch wenig und hatte sich auch nicht entzündet. Gerade, als er Wundgel daraufstrich und einen Verband anlegte, klang eine Lautsprecherdurchsage auf.

»Alle mal herhören! Wer kann, soll den Fernseher einschalten. Unser Chef hält gleich eine Rede.«

»Das würde mich interessieren«, sagte Torsten, da der Arzt keine Anstalten machte, das Fernsehgerät an der Wand einzuschalten.

»Wenn Sie meinen!« Missmutig stand der Mediziner auf und schaltete den Apparat ein.

Zunächst war nur ein Sprecher zu sehen, der Nachrichten verlas. Torstens Norwegischkenntnisse reichten nicht aus, um viel zu verstehen. Er begriff lediglich, dass es um die *Trollfjord* ging. Dann wurde auf Torvald Terjesen umgeschaltet. Dieser stand auf einem verschneiten Platz vor einem mit Lichterketten geschmückten Baum und sprach in das Dutzend Mikrofone hinein, die ihm entgegengestreckt wurden. Da Terjesen englisch sprach, konnte Torsten dem leidenschaftlichen Appell an die angeblichen Entführer seines Bruders folgen.

»Ich bitte Sie, wo Sie auch sind, Espen und die anderen vermissten Personen freizulassen, und erkläre mich als norwegischer Patriot bereit, meinen Anteil an dem Lösegeld aufzubringen, das Sie fordern wollen!«

Mit diesen Worten endete Torvald Terjesens Rede, und die Regie schaltete wieder zurück ins Studio.

Während der Arzt den Fernseher ausschaltete und Tee kochte, drehten sich Torstens Gedanken um Terjesen. Gegen seinen Willen bewunderte er die Kaltschnäuzigkeit, mit der der Mann aufgetreten war. Niemand, der das gehört hatte, würde auf die Idee kommen, der Unternehmer könnte selbst hinter der ganzen Sache stecken.

Torsten haderte mit seiner Hilflosigkeit, versuchte aber, das Bild eines Kranken aufrechtzuerhalten, der den Mut verloren hatte. Bisher hatte er noch keine Möglichkeit gefunden, etwas an seiner Situation zum Positiven zu wenden, und wie es aussah, blieb ihm nur die Hoffnung, dass es Henriette gelingen würde, die Behörden zu informieren, damit diese den Umtrieben der Terjesens ein Ende setzen konnten.

Es war jedoch fraglich, ob die norwegische Regierung ihr glauben würde. Mit International Energies stellte Torvald Terjesen eine nationale Ikone dar, die der Globalisierung des Energiemarkts trotzte. So einem Mann schickte man wegen der Anzeige einer Ausländerin nicht gleich ein Polizeikommando auf den Hals.

Vielleicht bringt Wagner etwas zustande, sagte er sich und beantwortete die Frage des Arztes, ob er noch eine Partie Schach mit ihm spielen wolle, mit Ja. Schließlich hatte er derzeit nichts anderes zu tun.

ZWEI

Torvald Terjesens leidenschaftlicher Appell, seinen Bruder und die anderen Entführten freizulassen, war auch in die Zellen der Gefangenen übertragen worden. Während John Thornton mittlerweile wusste, wer für ihre Entführung verantwortlich war, schöpfte Anthony Rumble Hoffnung. Da er nicht abgehört werden wollte, winkte er Sally, John und Pat zu sich heran.

»Das war eine gute Rede von Mr. Terjesen. Jetzt kann er als Strohmann für mögliche Lösegeldzahlungen eingesetzt werden. Unsere Leute können daher im Hintergrund bleiben.«

»Sie glauben, man wird uns gegen Lösegeld freilassen?« In ihrer Erregung sprach Sally fast zu laut.

»Ich glaube eher, sie werden uns auspressen wie Zitronen und dann ins Meer werfen.« John wollte nicht, dass die junge Frau sich falsche Hoffnungen machte, und erntete dafür eine giftige Bemerkung von Rumble.

»Wir haben es hier nicht mit Wilden zu tun wie Sie damals in Afghanistan, sondern mit zivilisierten Menschen!«

»Den Unterschied habe ich bisher noch nicht feststellen können!«, antwortete John trocken. Rumble behandelte ihn noch immer wie einen Außenstehenden, der nicht zu seinem Team gehörte. Dabei bot er mehr Erfahrung auf als Sally Marble, Pat Shears und vor allem Rumble selbst. Das wollte dieser Bürohengst jedoch nicht akzeptieren. Aber wenn sie je eine Chance erhalten wollten, von hier wegzukommen, würde Rumble umdenken müssen.

DREI

Zwei Zellen weiter hatte auch Dai Zhoushe Torvald Terjesens Rede gelauscht. Anders als die übrigen Gefangenen wusste sie, dass es sich dabei nur um ein Schauspiel für die Öffentlichkeit handelte, mit dem Terjesen jeden Verdacht von sich und seinen Leuten ablenken wollte. Seine Chancen standen gut, denn niemand würde annehmen, dass ein Privatmann in der Lage war, solche Aktionen wie auf der Belkowski-Insel und der *Trollfjord* durchzuführen.

Wie Torsten hoffte auch Dai darauf, dass es Henriette gelingen würde, ihren Vorgesetzten zu informieren. Ob und in welcher Weise dieser etwas gegen die Terjesens unternehmen konnte, entzog sich ihrem Wissen. Doch wenn es so weit war, würde sie darauf vorbereitet sein. Ihr Blick streifte Abu Fuad. Dieser hatte sie bis jetzt nicht beachtet. Ihre Tarnung als unbedarfte chinesische Touristin war also immer noch perfekt.

Ihre Gedanken glitten weiter zu ihrem Ehemann. Er war ein ausgezeichneter Wissenschaftler, hatte mit ihrer Geheimdiensttätigkeit nicht das Geringste zu tun und wusste nicht einmal, welchen Rang sie einnahm und in welchem Aufgabengebiet sie tätig war. Auch er musste sich irgendwo in dieser geheimen Station befinden. Da die Gefangenen keinen Kontakt miteinander hatten, vermochten weder Abu Fuad noch Manolo Valdez oder der dritte Mann, der sich Shmuel Rodinsky nannte, zu sagen, wo er steckte oder ob die Schurken ihn vielleicht schon umgebracht hatten.

Sie befürchtete es, und diese Vorstellung schmerzte sie. Doch auch von dem Gedanken an den möglichen Tod ihres Mannes durfte sie sich nicht beeinträchtigen lassen. Sie würde bis zum letzten Atemzug ihre Pflicht erfüllen, und das hieß, die Feinde ihres Landes auch in dieser schwierigen

Lage zu vernichten. Gleichgültig, was geschah, Ibrahim Farid alias Abu Fuad und Manolo Valdez würden diese Station nicht lebend verlassen.

VIER

Henriettes Adrenalinspiegel stieg, als Hemsedalen ihr erklärte, dass sie sich bis auf weniger als zehn Seemeilen der Station genähert hatten. »Ich muss jetzt auftauchen und das Signal geben. Sonst orten sie uns und hetzen die *Fenrisulfr* auf uns.«

»Was ist mit dem Treibeis?«, fragte Henriette. »Stellt das keine Gefahr für das Tauchboot dar?«

Hemsedalen schüttelte den Kopf. »So hoch tauchen wir nicht. Wir suchen eine Lücke im Eis, lassen eine Boje hinauf und senden über die das Erkennungssignal. Das wird von den Bojen der Station aufgefangen, und wir erhalten die Erlaubnis zum Andocken.«

Es missfiel Henriette, auf diesen Mann angewiesen zu sein. Zwar hatte sie sich während der Fahrt die Kontrollen erklären lassen und traute sich zu, das Tauchboot auch selbst zu steuern. Doch um zum geheimen Stützpunkt des Feindes vorzudringen, brauchte sie Hemsedalens Unterstützung.

»Tauchen Sie auf!«, befahl sie. Sie schob sich in die Küchennische, um dem Aufnahmewinkel der Bildfunkanlage zu entkommen, und drückte sich selbst die Daumen.

Während das Tauchboot nach oben schwebte und etwa zehn Meter unter der Meeresoberfläche stehen blieb, schwitzte Age Hemsedalen Blut und Wasser. Wenn er dieser asiatischen Kampfmaschine, wie er Henriette für sich bezeichnete, gehorchte, konnte dies das Aus für die Terjesen-Brüder und ihre hochfliegenden Pläne bedeuten. Andererseits war ihm trotz der Millionenprämie, die Terjesen ihm versprochen hatte, die eigene Haut wichtiger als der geschäftliche Erfolg seiner Auftraggeber.

Als er die Antenne hochfuhr und die Station anfunkte, gab diese Überlegung den Ausschlag. Die Leistung des Geräts war so schwach, dass es schon dreißig Kilometer weiter nur noch verzerrt und in einhundert Kilometern überhaupt nicht mehr aufgefangen werden konnte.

»Hier Tauchboot drei, Hemsedalen«, meldete er sich.

Die Antennen auf den Bojen, die über der Station schwammen, empfingen sein Rufzeichen und leiteten es über die Kabel, die nach unten führten, an die geheime Basis weiter. Kurz darauf erfolgte die Antwort. »Hallo Age, seid ihr schon zurück?«

»Nur ich! Die anderen wollen ein paar Geräte aus dem notgelandeten Flugzeug ausbauen und zu unserem Küstenstützpunkt bringen. Ich soll sie in einer Woche abholen. Jetzt bin ich gekommen, um die Akkus aufzuladen. Außerdem geht es mir nicht gut. Ich werde mir ein paar Pillen von unserem Doc geben lassen und mich dann in die Falle hauen.«

»Mach das!«, antwortete der Funker in der Basis. »Du hast Andockerlaubnis an Schleuse vier.«

»Danke!« Hemsedalen beendete die Verbindung und holte die Antenne ein. Anschließend ließ er das Tauchboot wieder absinken und hielt auf die Unterseeplattform zu. Sein Blick schweifte über die Kontrollanzeigen. Die Akkus zeigten nur noch wenige Prozent Leistung. Wenn er bei dem Manöver etwas mehr Energie verbrauchte als unbedingt nötig, konnte er selbst vielleicht nicht mehr anlegen und würde von einem anderen Tauchboot abgeschleppt werden müssen. Dessen Besatzung würde merken, dass er nicht allein war, und die Station warnen. Ein Blick auf das eisige Gesicht Henriettes und die auf seinen Bauch gerichtete Mündung ihrer Maschinenpistole ließen ihn diesen Plan jedoch sogleich wieder verwerfen.

Henriette entging nicht, dass ihr Gefangener verzweifelt nach einem Ausweg suchte, und sie war fest entschlossen, ihm kein Schlupfloch zu lassen.

Etwas großes Dunkles, das von ein paar Positionsleuchten markiert wurde, tauchte vor ihnen auf und beendete Henriettes Überlegungen. Sie lehnte sich vor und starrte auf das riesige Gebilde aus Stahl, das hier mitten im nördlichen Ozean in fünfhundert Metern Wassertiefe schwebte. Stahlseile, die am Grunde des Meeres verankert waren, hielten die Station auf Position. Dieses Ding konnte nicht unbemerkt errichtet worden sein, sagte Henriette sich. Gewiss wussten norwegische Behörden davon. Wahrscheinlich hatte Torvald Terjesen die Station als harmlose unterseeische Bohrplattform deklariert. Die Norweger wollten ebenso wie die Russen, Kanada und die USA den Ölreichtum der Nordpolarmeere ausbeuten, und normale Bohrplattformen waren wegen des Eisgangs und der gewaltigen Winterstürme in dieser Gegend nicht geeignet.

Die Station erschien Henriette wie ein Symbol einer neuen Zeit, in der der Mensch nun auch den Rest seines Planeten zu erobern begann. Während Hemsedalen die Unterwasserstation überquerte und das Tauchboot zu einer der vorspringenden Schleusen bugsierte, entdeckte sie zwei U-Boote. Eines war unverkennbar ein Militär-U-Boot, das andere wirkte wie eine Art Unterseetransporter.

»Was sind das für Schiffe?«, fragte sie Hemsedalen.

»Das eine ist die *Fenrisulfr* und das andere die *Midgardsormr*, die Torvald Terjesen nach eigenen Plänen hat bauen lassen«, antwortete dieser und steuerte das Tauchboot so nahe an die Andockschleuse, dass die Greifer es präzise umschließen konnten.

»Wenn Sie nicht gesehen werden wollen, sollten Sie sich

in die Toilette verzogen«, erklärte er. »Ich muss mit den Leuten reden, und dabei schaut jemand herein.«

Es passte Henriette nicht, den Mann allein lassen zu müssen. Jetzt kam der Schwachpunkt ihres Planes. Wenn Hemsedalen in der Station den Mund aufmachte, war sie geliefert. Hoffentlich lässt er sich noch länger bluffen, dachte sie und zog sich in die winzige Toilette zurück. Bevor sie die Tür hinter sich schloss, fixierte sie Hemsedalen noch einmal mit einem drohenden Blick. »Ich hoffe für Sie, dass Sie die Minibombe in Ihrem Bauch nicht vergessen. Wenn mir auch nur das Geringste nicht passt, knallt es, haben Sie verstanden?«

Hemsedalen nickte und überlegte, wie lange das Ding wohl brauchte, um auf natürlichem Weg wieder ans Tageslicht zu gelangen. Zu allem Überfluss schlug er sich derzeit mit einer argen Verstopfung herum. Vielleicht sollte er sich vom Doktor Abführpillen geben lassen oder gleich eine ordentliche Dosis Rizinusöl. Doch auch dann würde es einige Stunden dauern, bis er sicher sein konnte.

Jemand klopfte an die Hülle des Tauchboots. Im nächsten Moment wurde die Luke von außen geöffnet, und ein Mann steckte den Kopf herein. »Willkommen daheim, Age!«

»Spar dir deine blöden Sprüche, Jarle. Sieh zu, dass du die Kabel ansteckst, damit der Kasten wieder Saft kriegt. Ich bin quasi mit dem letzten Volt hier angekommen.«

»Keine Sorge! Das machen wir schon. Was ist mit dem Boot? Müssen wir die Lebensmittelvorräte aufstocken? Und was ist mit der Toilette?«

»Die Lebensmittel suche ich mir selbst aus. Das letzte Mal war zu viel dabei, das mir nicht geschmeckt hat. Und die Toilette leere ich bei meiner nächsten Fahrt in der Nordaustlandet-Station. Hier müsste das Zeug eh wieder entsorgt werden.«

»Ist gut!« Froh, weniger Arbeit zu haben, steckte Jarle das

Stromkabel an, damit die Akkus aufgeladen werden konnten. Dann klinkte er das Kabel ein, welches das Tauchboot mit dem normalen Kommunikationsweg der Station verband. Auf diese Weise konnten Computerdaten von der Station zum Tauchboot direkt übertragen werden. Ganz zuletzt half er seinem Kollegen, der sich so steif bewegte, als sei er halb erfroren, in die Schleuse zu steigen.

Kaum war Hemsedalen draußen, schloss er die Luke des Tauchboots und stapfte in die Station hinein. Beim Stationsarzt besorgte er sich mehrere Abführpillen, suchte anschließend sein Quartier auf und wartete ungeduldig auf die Wirkung des Medikaments.

FÜNF

Henriette ließ zehn Minuten verstreichen, bevor sie die Toilette verließ. Im Boot war es nun bis auf den schwachen Schein einiger Kontrollleuchten dunkel. Da sie davon ausgehen musste, dass Kameras das Tauchboot unter Beobachtung hielten, schaltete sie kein Licht ein. Das machte den nächsten Schritt ihres Planes erheblich schwieriger. Um mit Petra Kontakt aufzunehmen, musste sie ihren Laptop mit dem Bordcomputer des Tauchboots verbinden. Wegen des teilweise automatisch ablaufenden Anlegemanövers hatte sie es nicht früher gewagt, denn das wäre den Technikern in der Station womöglich aufgefallen. Nun aber, so hoffte sie, würden diese sich wohl nicht um das Tauchboot kümmern.

Um wenigstens etwas sehen zu können, zog sie ihr Mehrzweckwerkzeug aus der Tasche und schaltete die kleine LED-Leuchte ein. Deren Lichtkegel war nicht größer als fünf Zentimeter und konnte von außen nicht bemerkt werden, solange sie ihn nicht direkt auf eines der Bullaugen oder die auf der Konsole eingebaute Kamera richtete. Mit zusammengebissenen Zähnen schraubte sie einen Teil der Verkleidung ab und verband den Laptop mit dem Bordcomputer. Dann stöpselte sie das Gerät an eine Steckdose, um es benutzen und den leeren Akku aufladen zu können.

Nachdem sie den Laptop gestartet hatte, versuchte sie über die Funkbojen der Station mit Petra Kontakt aufzunehmen.

Es dauerte eine Weile, bis sie das computergesteuerte Funknetz umgehen konnte und direkten Zugriff auf eine der Bojen erhielt. Endlich meldete Petra sich.

Henriette erschrak, als sie das fleckige Gesicht ihrer Kollegin sah. Der Computerspezialistin schien es gar nicht gut zu gehen, dennoch beugte sie sich mühsam über ihren Bildschirm und gab ein paar Befehle ein.

»Wie geht es dir?«, schrieb Henriette besorgt.

»Beschissen!«, erklärte Petra auf einem Schriftband im unteren Teil des Bildschirms. »Ich fühle mich wie ein Wal, der an Land gespült wurde. Zudem kriege ich keinen Kaffee, keine Pizza, keinen Hamburger, ja nicht einmal eine richtige Wurstsemmel, weil meine neue Ärztin ebenfalls meint, ich müsse mich gesünder ernähren.«

So ging es einige Minuten weiter. Obwohl Henriette die Zeit unter den Nägeln brannte, ertrug sie Petras Klagen. Sie befürchtete, dass jede Aufregung den Zustand ihrer Kollegin verschlimmern und zu einem Zusammenbruch führen konnte. Dann würde Petra ihr überhaupt nicht mehr helfen können.

»Ich bin jetzt bei dieser ominösen Unterseestation«, meldete sie, als Petra endlich zu lamentieren aufhörte.

»Das sehe ich«, antwortete diese. »Ich muss jetzt schauen, was ich da machen kann. Aber das kann dauern. Es war schon eine harte Nuss, den Bordcomputer der *Trollfjord* zu hacken. Die Firewall hier hat noch eine ganz andere Qualität. Ich melde mich bei dir, sobald ich es geschafft habe.«

»Ich hoffe, es dauert nicht zu lange. Ich habe im schlechtesten Fall nur ein oder zwei Stunden Zeit«, beschwor Henriette sie.

»Ich tue, was ich kann, aber zaubern habe ich noch nicht gelernt«, antwortete Petra unwirsch und schaltete die Verbindung ab.

Henriette blieb als Opfer vieler Zweifel zurück. Wenn Hemsedalen den Mumm hatte, seine Kumpane darüber zu informieren, dass sie sich im Tauchboot befand, würde sie in Kürze die stattliche Zahl der Gefangenen vergrößern, die diese Schurken hier eingesperrt hatten. Das gleiche Schicksal drohte ihr, wenn es Petra nicht gelang, sich in den Stationscomputer einzuhacken – oder wenn sie zu lange dafür brauchte.

Um sich nicht beim Warten die Fingernägel abzukauen oder gar in Panik zu verfallen, setzte Henriette sich im Schneidersitz auf den Boden, nahm den Laptop auf den Schoß und lud sich das Simulationsprogramm aus dem Bordcomputer hoch, das Hemsedalen ihr gezeigt hatte. Der Bildschirm war so hell, dass sie die Tasten erkennen konnte, daher musste sie ihn so wenden, dass sein Licht nicht durch eines der Bullaugen fiel und man ihn von außen bemerkte.

Zuerst rief sie die unterste Stufe der Simulation auf und übte das Tauchen und Aufsteigen des Bootes sowie einfache Lenkbewegungen. Doch schon bald befriedigte sie das nicht mehr. Daher schaltete sie das Level der Simulation immer höher, bis sie es zuletzt auf höchster Stufe mit den überraschendsten Problemen zu tun bekam, angefangen von einem plötzlich ausbrechenden Unterwasservulkan bis hin zum Angriff fremder U-Boote, die sie abschießen wollten.

Ein wenig erinnerte diese Simulation sie an ein Computerspiel. Wahrscheinlich war das Ding bewusst so programmiert worden, damit die Besatzung sich bei der Tauchfahrtsimulation nicht langweilte. Ihr half diese Stufe, die nächsten Stunden ohne einen hysterischen Ausbruch zu überstehen. Da sie immer wieder nachsah, wo sich die einzelnen Schalter und Hebel auf der Konsole befanden, glaubte sie nach einer Weile, das Tauchboot in der Realität genauso gut beherrschen zu können wie in der Simulation.

SECHS

Während Henriette ihre Nervosität bekämpfte, indem sie ihre Tauchbootsimulationen immer weiter steigerte, und Torsten in der Krankenstation mit dem Stationsarzt Schach spielte, wobei sie nur einmal gestört wurden, als Age Hemsedalen den Arzt herausklingelte, um sich Abführtabletten abzuholen, saß Petra an ihrem Schreibtisch und hasste Gott und die Welt. Ihr ging es schlecht, und sie hatte Hunger und Durst. Als Hans Borchart ihr Karottensaft und Möhrensticks hinstellte, fuhr sie jedoch wütend auf.

»Hältst du mich für den Osterhasen?«

»Nein, wieso?«, fragte Borchart verdattert.

»Wegen diesem Karnickelfraß hier! Meine Augen sind noch gut genug, damit ich mich nicht an Karotten vergreifen muss. Ich will etwas Gescheites zum Essen und Trinken haben!«

Petra war so laut geworden, dass im nächsten Moment Wagner hereinstürmte. »Was ist denn jetzt schon wieder los?«

»Ich habe keine Lust mehr, hierzusitzen und mein Gehirn auszuwringen, wenn ich solches Zeug zum Essen bekomme!« Zusammen mit Petras Antwort flog ihm der Teller mit den Möhrenstiften entgegen.

Wagner zog den Kopf ein und starrte die schwangere Frau verärgert an. »Verdammt noch mal, jetzt führen Sie sich nicht so auf! Frau von Tarow und Renk sitzen bis zur Halskrause in der Scheiße, und Sie beschweren sich, weil Ihnen unsere Mohrrüben nicht passen. Sehen Sie besser zu, dass Sie die Firewall dieser verdammten Station knacken, sonst sind unsere Kollegen erledigt.«

Einen Augenblick lang sah es so aus, als würde Petra ihm auch noch das Glas mit dem Karottensaft an den Kopf werfen, dann aber krümmte sie sich zusammen und presste sich die Hände auf den Bauch.

»Es tut so weh!«, stöhnte sie.

»Soll ich den Krankenwagen rufen?«, fragte Hans Borchart erschrocken.

»Das geht nicht, Frau Waitl muss …«, begann Wagner, wurde aber von Petra unterbrochen.

»Ich muss überhaupt nichts, und am wenigsten muss ich mir Ihre dummen Sprüche anhören! Wenn Ihnen nicht passt, wie ich arbeite, dann machen Sie Ihren Scheiß doch alleine!«

Wagner schluckte, wollte dann etwas sagen, doch da schob Hans ihn zur Tür hinaus. »Herr Wagner, wissen Sie was? Sie setzen sich jetzt ins Auto und besorgen erst mal drei Pizzen sowie eine große Flasche koffeinfreies Cola, außerdem Schokolade und vielleicht noch ein Glas Gewürzgurken. Ich kümmere mich inzwischen um Petra.«

Einen Augenblick lang sah es so aus, als wolle Wagner ihm widersprechen. Dann aber sagte er sich, dass sie auf Petra angewiesen waren und alles für sie tun mussten, damit sie weiterarbeiten konnte. Doch was war, wenn sie damit das ungeborene Kind gefährdeten? Durften sie Petra in ihrem Zustand wirklich so viel zumuten?

Andererseits sah er sich verpflichtet, alles in seiner Macht Stehende zu tun, um Henriette von Tarow und Torsten

Renk zu retten. Wenn er sich an die norwegischen Behörden wandte und erklärte, der hochgeachtete Konzernchef Torvald Terjesen halte auf einer Unterseestation mehr als zwei Dutzend Geheimdienstagenten als Geiseln, würde man ihn auslachen. Tief durchatmend sah er Borchart an.

»Ich fahre! Sehen Sie zu, dass Sie Frau Waitl beruhigen können. Wenn sie es nicht schafft, unsere beiden Freunde herauszuhauen, schafft es keiner.«

»Ich tue, was ich kann«, erklärte Hans mit einem gezwungenen Lächeln und kehrte in Petras Büro zurück. Diese saß auf ihrem Schreibtischstuhl und weinte ungehemmt.

»Komm, Petra, es wird schon wieder! Ich habe unseren großen Guru losgeschickt, Pizza zu holen. Ganz gleichgültig, was deine Frauenärztin sagt, eine Pizza wird dir sicher nicht schaden.«

»Mir geht es nicht um eine Pizza«, stieß Petra erregt hervor. »Es ist alles so unbequem hier. Mit tut der Rücken zum Zerbrechen weh, außerdem kriege ich schlecht Luft und kann kaum noch tippen.«

Borchart betrachtete ihren Schreibtisch und sah ein, dass sie mit ihrem Schwangerschaftsbauch tatsächlich kaum noch daran arbeiten konnte. Nach kurzem Nachdenken grinste er. »Das kriegen wir schon hin, Petra. Lass mich mal machen!« Ohne weitere Erklärung verließ er das Büro.

In der nächsten halben Stunde vernahm Petra zwar mehrmals das Zischen eines Schweißgeräts und das Kreischen einer Säge, war aber zu schlapp, um nachzusehen, was Hans da bastelte. Zu ihrer Erleichterung ließen ihre Schmerzen nach, und die Angst, sie könnte ihr Kind zu früh und zu einem äußerst ungünstigen Zeitpunkt zur Welt bringen, verflog langsam. Trotzdem fühlte sie sich nicht imstande, am Computer weiterzuarbeiten. Dabei war es so wichtig, dachte sie. Torsten war gefangen, und Henriette steckte letztlich in der Falle. Wenn sie den beiden nicht helfen konnte, würde Henriette sich ihren Feinden stellen müssen. Und was mit Torsten geschah, würde sie möglicherweise niemals erfahren.

Während Petra noch diesen Gedanken nachhing, kam Hans herein und sah sie aufmunternd an. »Magst du dich nicht für eine halbe Stunde auf die Liege im Aufenthaltsraum legen und ein wenig schlafen? Danach geht es dir sicher besser.«

Petra fühlte sich todmüde und nickte. »Also gut, eine halbe Stunde, aber nicht mehr! Du weckst mich, verstanden? Vielleicht fällt mir dann ein, wie ich Henriette und Torsten heraushauen kann.«

»Das schaffst du sicher!«, erklärte er und half ihr aufzustehen.

Er brachte Petra in den Aufenthaltsraum und sah zu, wie sie sich auf das Ruhebett legte und nach wenigen Minuten wegdämmerte. Dann kehrte er in ihr Arbeitszimmer zurück und begann, ihre Computeranlage abzubauen.

Er war mit seiner Arbeit fast fertig, als Wagner mit zwei großen Tüten zurückkam und erst einmal schluckte, als er Petras Arbeitszimmer ausgeräumt fand und sie selbst im Aufenthaltsraum schlief.

»Geht es ihr so schlecht?«, fragte er erschrocken.

Hans grinste. »Ziemlich! Ich hielt es für besser, dass Petra sich erst einmal ausruht, bevor sie weiterhin Nüsse knacken muss, die für alle anderen Computerspezialisten ein paar Nummern zu groß wären.«

»Ob Frau Waitl überhaupt eine Chance hat?«

So ganz schien Wagner davon nicht überzeugt zu sein, doch Hans kannte seine Kollegin. »Wenn Petra es nicht schafft, schafft es niemand.«

»Danke, so was hört man gerne!« Petra war durch das Gespräch der beiden Männer wach geworden. »Mir geht es jetzt besser. Ich habe nur einen fürchterlichen Hunger.«

»Dagegen habe ich ein Mittel«, erklärte Wagner und stellte seine Tüten auf den Tisch. »Was wollen Sie, Pizza mit Salami und Schafskäse oder lieber eine Lasagne? Ich habe auch eine Portion Spaghetti Bolognese mitgebracht.«

»Lasagne«, entschied Petra. »Und was gibt es zu trinken?«

»Für Sie koffeinfreie Cola sowie Roibuschtee mit Cranberrygeschmack, für Borchart und mich Leitungswasser, da Sie unser gesamtes Spesenbudget bereits aufgefuttert haben!« Wagner zwinkerte Petra dabei zu, damit sie die Bemerkung nicht allzu ernst nahm, und teilte die Portionen aus.

»Borchart, setzen Sie sich doch zu uns«, rief er, weil dieser noch einmal den Raum verließ.

»Gleich, Herr Wagner. Ich möchte nur noch rasch etwas holen!« Damit verschwand Hans und kehrte kurz darauf mit einem Gestell zurück, auf dem Petras Bildschirm, ihr Rechner und die Tastatur samt allen Peripheriegeräten, die sie sich angeschafft hatte, befestigt waren.

Sowohl Petra wie Wagner starrten ihn verwirrt an, doch bevor einer etwas sagen konnte, hob Hans beschwichtigend die Rechte. »Keine Sorge, die Anlage ist voll intakt. Es war nicht zu übersehen, dass es Petra immer schwerer fällt, weiterhin an ihrem Schreibtisch zu sitzen. Daraufhin habe ich mir ein paar Gedanken gemacht.«

»Da bin ich aber gespannt«, murmelte Petra misstrauisch.

Ihr Kollege ließ sich jedoch nicht beirren, sondern schob seine Vorrichtung neben die Liege, stellte deren Kopfteil ein bisschen höher und zeigte ihr anschließend, dass Bildschirm und Tastatur an schwenkbaren Armen angebracht waren, die über das Ruhebett geschoben werden konnten.

»Es ist für dich sicher bequemer, halb im Liegen zu arbeiten. Wenn du müde wirst, brauchst du die Geräte nur wegschwenken und das Kopfteil herunterlassen. Ich bringe dir auch eine Decke, damit du es gemütlicher hast.«

Da die Arbeit am Schreibtisch für Petra immer beschwerlicher geworden war, lächelte sie schließlich und nickte. »Danke! Ich werde es so versuchen.«

»Sehr schön! Und das hier ist der Clou.« Hans schwenkte erneut einen Arm nach vorne, der zwei Ablageflächen trug.

»Was soll das sein?«, fragte Wagner.

»Hier passen zwei Tassen und mehrere kleine Teller drauf. Petra braucht doch Brennstoff bei ihrer Arbeit!« Hans führte auch diesen Schwenkarm vor und setzte sich dann zu den beiden an den Tisch.

»Da Sie so lange gewartet haben, ist für Sie nur die Pizza übrig geblieben«, erklärte Wagner bärbeißig. Zwar war er im Grunde stolz auf seinen Untergebenen, ärgerte sich jedoch, weil er nicht selbst an Petras Bequemlichkeit gedacht hatte.

Nach der Lasagne und zwei Gläsern koffeinfreier Cola fühlte Petra sich in der Lage loszulegen. Sie ließ sich von Hans Borchart die Geräte so einstellen, dass sie bequem damit arbeiten konnte, und versuchte erneut, sich in das Computersystem der geheimen Unterwasserstation einzuhacken. Rasch wurde ihr klar, dass dies auf direktem Weg nicht ging. Dafür war die Anlage zu gut abgeschirmt. Zu ihrer Erleichterung entdeckte sie jedoch einen Kommunikationskanal zur Firmenzentrale von International Energies in Tromsø und schlich sich mit etwas Mühe in deren Computersystem ein. Von dort aus gelangte sie schließlich an den Hauptrechner auf der Station. Allerdings erwies dieser sich als eine harte Nuss, die sich selbst mit ihrem neuesten Hackerprogramm nicht knacken ließ.

Schließlich gab Petra es auf, in den Kern des Computers eindringen zu wollen, und begnügte sich mit einigen nachrangigen Programmen, die sie leichter beherrschen konnte. Da die Überwachung der Gefangenen dazugehörte, konnte sie von einer Kamera auf die andere schalten. Doch Torsten war nirgends zu finden.

»Verdammt, irgendwo muss er sein!«, fauchte sie, nachdem sie nur Dai Zhoushe, John Thornton und gut zwei Dutzend andere Agenten ausfindig gemacht hatte.

»Gibt es Probleme?«, fragte Wagner besorgt.

»Dieser ganze Scheiß ist ein einziges Problem«, antwortete Petra giftig und arbeitete verbissen weiter. Jetzt gelang es ihr, den Zugang zu den Privaträumen der Terjesen-Brüder zu knacken. Torvald Terjesen befand sich nicht in der Station, sondern spielte in Tromsø den besorgten Bruder. Dafür aber entdeckte sie Espen Terjesen und in dem angrenzenden Appartement Nastja Paragina. Während Ersterer zufrieden aussah, machte die Wissenschaftlerin keinen besonders glücklichen Eindruck.

Petra kam nun auch an die Pläne der Station und wandelte sie für sich in ein 3-D-Modell um, das von Stunde zu Stunde genauer wurde, bis sie endlich die Kommunikationsleitungen von der Station zu dem Tauchboot übernehmen konnte, in dem Henriette sich verbarg.

Da sie nicht einfach »Hallo, da bin ich!« sagen wollte, spielte sie in Anspielung auf Henriettes Herkunft aus einer alten Soldatenfamilie einen Militärmarsch ein.

SIEBEN

Henriette hatte eben ihr letztes Simulationsprogramm mit einem neuen Punkterekord beendet und fragte sich, ob sie es wagen konnte, sich eine Tiefkühlmahlzeit in der Mikrowelle warm zu machen, als auf einmal der Bayerische Defiliermarsch erklang. Im ersten Augenblick zuckte sie erschrocken zusammen, sah dann aber auf dem Bildschirm des Tauchboots Petras grinsendes Gesicht.

»Na, was sagst du jetzt?«, vernahm sie deren Stimme. Da

sie sich seit längerer Zeit nur noch schriftlich hatten austauschen können, atmete Henriette erleichtert auf.

»Du hast es geschafft!«

Petra schüttelte den Kopf. »Nicht so gut, wie ich gehofft habe, aber es lässt sich trotzdem einiges mit dieser Verbindung unternehmen. Ich glaube, ich könnte die Station sogar teilweise fluten.«

»Aber dann sinkt sie doch ab«, rief Henriette erschrocken aus.

»Ja«, gab Petra feixend zu. »Vielleicht mache ich das auch, aber erst, wenn ich euch von dem Ding heruntergeholt habe. Das allerdings wird nicht einfach sein. Bis jetzt konnte ich mich nur in einige Peripherieprogramme einhacken.«

»Hast du Torsten gefunden?«

Petra schüttelte den Kopf. »Leider nicht. Zwar habe ich die Zellen entdeckt, in denen die Gefangenen stecken. Doch dort ist er nicht.«

»Gibt es ein Krankenrevier? Torsten ist ja verletzt!«

»Ich werde nachsehen«, versprach Petra und fragte nach, ob sie für Henriette noch etwas tun könnte.

»Kannst du dafür sorgen, dass die Außenkameras der Station nicht wahrnehmen, dass jemand hier drinsteckt? Es ist stockdunkel, und ich möchte langsam etwas essen und mir einen starken Kaffee machen. Ich bin eben schon über dem Laptop eingeschlafen. Dafür brauche ich die Mikrowelle und Licht in der Küche, und davon soll man in der Station nichts mitbekommen.«

»Das müsste hinzukriegen sein. Warte ein paar Minuten. Ich gebe dir Bescheid.«

Petra unterbrach die Verbindung und drang weiter in die Programme der Station ein. Die interne Überwachung war zwar einer der sensibleren Bereiche, doch nach einigen Anläufen knackte sie auch diese und schaltete die Kameras, die auf Henriettes Tauchboot gerichtet waren, in eine Endlosschleife, in der immer die gleiche Bildfolge zu sehen war. Bei einer Gefangenenzelle hätte sie das nicht riskieren dürfen, doch bei einem angedockten Tauchboot fiel das sicher nicht auf.

Nachdem sie Henriette grünes Licht gegeben hatte, machte sie sich wieder auf die Suche nach Torsten. Schon nach verhältnismäßig kurzer Zeit hatte sie die Überwachungskameras der Krankenstation unter Kontrolle und konnte die beiden Räume unter die Lupe nehmen, die dem Stationsarzt als Praxis zur Verfügung standen.

Petra fiel ein mittlerer Felsblock vom Herzen, als sie Torsten entdeckte. Es schien ihm gut zu gehen, denn er spielte mit dem Arzt Schach. Noch während sie sich überlegte, wie sie mit ihm Kontakt aufnehmen konnte, läutete es draußen, und der Arzt stand mit einer bedauernden Geste auf.

»Ich werde wohl gebraucht. Ich komme so schnell zurück, wie ich kann«, erklärte er und verließ den Raum.

»Hoffentlich nicht zu schnell«, murmelte Petra und wählte einen Lautsprecher mit kleiner Leistung an. »Hallo Torsten, alter Junge, hörst du mich?«

Torsten riss es so heftig herum, dass es ihm schmerzhaft durch seine Hüftverletzung schoss. »Petra, bist du es?«

»Wer sollte es sonst sein?«, spottete sie. »Ich habe keine Zeit, dir zu erklären, wie ich es geschafft habe. Erst einmal will ich alles tun, um dich und die anderen Gefangenen zu befreien.«

»Weißt du, wo die Leute stecken?«

»Natürlich! Du bist nicht einmal so weit von ihnen entfernt. Du musst nur von der Krankenstation nach links durch zwei Schleusen gehen.« Petra wollte noch mehr sagen, doch Torsten unterbrach sie.

»Wie soll ich das schaffen?«

»Indem du mich machen lässt«, erklärte Petra selbstzufrieden.

»Und wie sollen wir von hier wegkommen? Ich weiß zwar nicht, wie tief wir sind, aber ich glaube nicht, dass wir so einfach auftauchen können. Außerdem laden die Temperaturen an der Oberfläche nicht gerade zum Baden ein.«

»Wenn du hier durch eine Schleuse nach draußen gehst, brauchst du dir wegen der Minusgrade an der Oberfläche keine Sorgen mehr zu machen. Nein, mein Junge, um dort herauszukommen, braucht ihr ein U-Boot – und um das werde ich mich als Nächstes kümmern. Eine andere Frage: Welchen Agenten glaubst du vertrauen zu können?«

»Da es um ihre Freiheit geht, würde ich sagen, allen. Ein paar halte ich für besonders vertrauenswürdig: John Thornton, Dai Zhoushe und vielleicht auch deren Mann …« Torsten nannte noch ein paar Namen, die Petra sich notierte. Ein Blick auf ein kleines Feld am oberen linken Eck des Bildschirms zeigte ihr jedoch, dass der Arzt gerade seinen Patienten verabschiedete, und so unterbrach sie die Verbindung.

Noch wusste sie nicht, ob sie wirklich etwas ausrichten konnte, doch ihr Ehrgeiz war geweckt. Auch war es für sie um ein Vielfaches angenehmer, auf der Liege zu arbeiten als am Schreibtisch, und sie fühlte sich sehr viel wohler. Zum Glück gab ihr Kleines derzeit Ruhe, so als begreife es, dass es seine Mutter nicht stören durfte. Da Hans bereitstand, um ihr jeden Wunsch von den Augen abzulesen, machte es ihr zunehmend Spaß, den Stationscomputer der Terjesens zu unterwandern.

ACHT

Petra ging so geschickt vor, dass niemand etwas bemerkte. Von Programmen und Dateien, die zu gut abgesichert waren, hielt sie sich fern. Allerdings würde sie nicht endlos so weitermachen können. Spätestens beim nächsten Sicherheits-Check würde man merken, dass sich jemand an einigen der Programme zu schaffen gemacht hatte. Bis dorthin musste alles über die Bühne sein.

Als Erstes brauchte sie ein Fluchtfahrzeug für die Gefangenen. Ein Tauchboot wie das, in dem Henriette saß, kam nicht in Frage, denn es war viel zu klein. Es gab jedoch auch drei U-Boote bei der Station. Um zu den beiden Militär-U-Booten zu gelangen, hätten die Gefangenen die gesamte Station durchqueren müssen. Da das unmöglich war, konzentrierte sie sich auf das dritte U-Boot. Dessen Andockstation war über den Flur zu erreichen, an dem die Zellen der Gefangenen lagen, und es mussten keine der belebteren Teile der Station durchquert werden. Die einzige Frage war, ob einer der Gefangenen in der Lage war, das U-Boot zu steuern. Da Petra diese nicht beantworten konnte, programmierte sie im Bordcomputer der *Midgardsormr* einen Kurs, der das Boot von der Station wegbringen würde. Sobald die Gefangenen an Bord wären, war nur noch ein Befehl von ihr notwendig, und die Fahrt konnte beginnen.

Zufrieden orderte sie ein frisches Glas koffeinfreie Cola und setzte ihre Vorbereitungen fort.

NEUN

Dai Zhoushes Stimmung schwankte zwischen der Erwartung, der Vorgesetzte der beiden deutschen Agenten könnte bereits eine Aktion gegen ihre Entführer in Gang gesetzt haben, und der Hoffnungslosigkeit ihrer eigenen Lage. Die Unterwasserstation war mit Tauchern nicht zu stürmen. Also würde man diese, sofern die Besatzung sich nicht ergab, mit Torpedos beschießen und versenken müssen. Dabei würde auch sie sterben. Obwohl sie sich sagte, dass sie ihrem

Land dieses Opfer schuldete, gefiel ihr der Gedanke, in diesem schwimmenden Riesensarg zugrunde zu gehen, nicht besonders. Außerdem würde nicht nur sie sterben, sondern auch ihr Mann, und dieser Gedanke schmerzte doppelt.

Mehrfach erwog sie, eine Gefangenenrebellion anzuzetteln. Doch dafür hätte sie den drei Agenten in ihrer Zelle vertrauen müssen. Abu Fuad war jedoch ihr Todfeind, und Manolo Valdez stand ebenfalls auf der anderen Seite. Außerdem zeigten beide deutlich, wie wenig sie von einer Frau hielten. Shmuel Rodinsky, der dritte Mann in der Zelle, belauerte die beiden anderen genauso wie diese ihn. Jeder von ihnen hatte mit den beiden anderen Rechnungen zu begleichen, und selbst die Tatsache, dass sie alle in derselben Klemme steckten, änderte daran nichts.

Dai Zhoushe spielte dennoch in Gedanken jede Möglichkeit durch, wie sie ihre Wärter überwältigen und wenigstens einen als Geisel nehmen konnte. Allerdings fragte sie sich, was sie damit gewann. Ihre Bewacher waren skrupellose Banditen, denen das Leben anderer Menschen nichts wert war. Wahrscheinlich würde ihr Widerstand zu nichts anderem führen als zu einem letzten Aufbegehren und einem tapferen Tod. Doch wie auch immer es ausging, sie würde bald handeln müssen, denn lange konnte sie den Stift mit dem Kampfspray nicht mehr verbergen. Zudem schwebte sie in der Gefahr, dass die Hülle am Sprühknopf undicht wurde und sie durch das austretende Gas starb.

Sie sah sich noch einmal um und überlegte, was sie auf eigene Faust unternehmen konnte. Die anderen drei hatten sich hingelegt und dösten. Ihr schweifender Blick blieb nun auf dem Lautsprecher hängen, mit dem die Entführer ihre Anweisungen gaben. Dieser befand sich direkt über ihrer Liege an der Wand. Da keiner der drei Männer so nahe bei dem Ding hatte schlafen wollen, war ihr als vermeintlich schwächster Person dieses Bett geblieben.

Mitten in ihre Überlegungen hinein, ob sie den Lautsprecher oder das Mikrofon, mit dem sie abgehört wurden, irgendwie nutzen konnte, vernahm sie auf einmal leise chinesische Musik. Verwundert legte sie das Ohr gegen das Metallgitter, hinter dem der Lautsprecher sich befand, und lauschte verblüfft.

Da klang auf einmal eine kaum vernehmbare Stimme auf, die sie auf Englisch ansprach. »Einen schönen Gruß von Henriette von Tarow und Torsten Renk, Frau Dai! Wenn Sie mich verstehen, tun Sie so, als müssten Sie gähnen.«

So schnell hatte Dai noch nie den Mund aufgerissen.

»Sehr gut!«, kam es nur für sie vernehmlich aus dem Lautsprecher. »Lauter will ich nicht werden, um die Entführer nicht zu alarmieren. Da die Kerle alle Gespräche überwachen, könnten sie aus falschen Bemerkungen die richtigen Schlüsse ziehen.«

Dai Zhoushe sagte sich, dass die Frau, die mit ihr sprach, einen seltsamen Humor haben musste. Doch das war im Augenblick nebensächlich. Was zählte war, dass sie Kontakt mit ihr aufgenommen hatte. Die Unbekannte, die zum Team der Deutschen gehören musste, erklärte ihr, dass sie versuchen wolle, die Gefangenen innerhalb der nächsten Stunde zu befreien. Obwohl Dai Zhoushe sich ein hohes Maß an Selbstbeherrschung angeeignet hatte, keuchte sie auf.

»So schnell schon?« Es gelang ihr nur mit Mühe, diese Worte zu hauchen.

»Richten Sie sich darauf ein. Ich melde mich wieder. Halt, noch eine Frage: Kann jemand aus eurem Team mit einem U-Boot umgehen?«

»Ja!«, raunte Dai Zhoushe. »Einer meiner Begleiter war bei der Marine.«

»Er muss nicht viel mehr tun als auf die Kontrollen zu schauen und den Kasten zuletzt in den Hafen zu steuern. Das konnte ich nicht mehr programmieren«, antwortete

Petra. Anfangs hatte sie überlegt, dass Henriette das Steuer übernehmen sollte. Aber deren Andockschleuse lag auf der entgegengesetzten Seite der Unterwasserstation, und sie wusste nicht, ob sie für ihre Kollegin einen Weg zu dem U-Boot finden konnte. Daher verabschiedete sie sich erleichtert von der Chinesin, um sich den nächsten Gefangenen herauszupicken, mit dem sie reden wollte.

ZEHN

Die Stimmung in John Thorntons Zelle war miserabel. Pat Shears benahm sich wie ein ungezogener Junge und beschimpfte Rumble als Weichei. Auch Sally Marble gegenüber, die ihn bremsen wollte, wurde er ausfallend.

»Junge, wenn dir deine gesunden Knochen etwas wert sind, solltest du dir einen höflicheren Ton zulegen«, wies John ihn zurecht.

Sofort fuhr Shears zu ihm herum. »Von Ihnen lasse ich mir überhaupt nichts sagen, Sie Versager!«

»Halten Sie den Mund!«, rief Sally, winkte dann aber ab. »Wegen mir können Sie ruhig weiterstreiten. Das geht mir sonst wo vorbei!«

Etwas in ihrer Stimme alarmierte John. Er machte jedoch nicht den Fehler, sich ihr zuzuwenden, sondern sah Pat Shears grinsend an. »Ihre Eltern haben offenbar vergessen, Ihnen Manieren beizubringen. In meiner Zeit wäre jemand wie Sie niemals in den Geheimdienst übernommen worden.«

Pat Shears hörte ihm zunächst mit offenem Mund zu, kam dann aber mit geballten Fäusten auf ihn zu. »Sie wollen es nicht anders!« Im nächsten Moment rammte er die rechte Faust nach vorne. Doch dort war Johns Kinn nicht mehr.

Stattdessen traf Shears eine der Streben der oberen Pritsche und schrie vor Schmerz auf.

»Wenn es dumm gelaufen ist, haben Sie sich eben ein paar Finger gebrochen«, kommentierte John ungerührt.

Der Agent fluchte wütend und rieb sich die geprellte Hand mit der Linken.

John drehte sich unterdessen zu Rumble um. »Mit solchen Leuten wollten Sie Ihren Job erfolgreich abschließen?«

»Hören Sie, Thornton! Ihr Gerede, wie gut Sie damals im Vergleich zu uns waren, geht auch mir auf den Geist.« Rumble warf John einen beleidigten Blick zu und ging dann zu Shears, der mit verzerrtem Gesicht auf dem Boden kniete. »Wie geht es?«

»Beschissen!«, stöhnte Shears. »Und das nur wegen dieses Trottels.«

»Sally soll sich um Ihre Hand kümmern!«, sagte Rumble und warf der jungen Frau einen auffordernden Blick zu.

Doch Sally winkte empört ab.

»Stellen Sie sich ans Wasserbecken und lassen kaltes Wasser über die Hand laufen. Das kühlt«, erklärte John, als Rumble die junge Afroamerikanerin zurechtweisen wollte. Irgendetwas war eben geschehen, das fühlte er instinktiv.

Da richtete Sally sich auf und stieg von ihrer Pritsche.

»Ich könnte heulen«, sagte sie mit verkniffener Miene, »und brauche jemand, der mich in den Arm nimmt und knuddelt. John, übernehmen Sie das?«

Rumble wollte etwas einwenden, doch da setzte Sally sich schon zu John auf die Pritsche. Nach wenigen Augenblicken legte sie sich hin und forderte John auf, dasselbe zu tun. Dieser gehorchte und brachte seinen Mund dabei an ihr Ohr.

»Was ist?«, fragte er unhörbar für die anderen und für die Abhörmikrofone.

»Kennen Sie einen Torsten Renk?«, wisperte Sally zurück.

»Den verrückten Deutschen?« John hatte nicht gewusst, ob Torsten ebenfalls gefangen genommen worden war. Doch wenn es so war, musste es ihm irgendwie gelungen sein, mit Sally Kontakt aufzunehmen. »Ja, ich kenne ihn«, versicherte er der jungen Frau leise.

»Wir sollen uns für die Flucht bereithalten, und zwar in spätestens einer Stunde, wahrscheinlich sogar eher!«

Obwohl John Thornton Torsten kannte, war diese Nachricht eine Überraschung für ihn. Er fragte sich, ob er Rumble und Shears einweihen sollte, entschied sich aber dagegen. Beide verfügten ganz offenbar nicht über die Selbstbeherrschung, die eigentlich Voraussetzung für ihren Job war. Als Sally ihm dann auch noch zuflüsterte, dass sie mit einer Frau gesprochen habe, wunderte er sich noch mehr.

Ihre beiden Mitgefangenen Rumble und Shears starrten sie giftig an, und der Geheimdienstkoordinator murmelte etwas von schlechter Moral, weil Sally und John so eng aneinandergekuschelt lagen wie ein Liebespaar. Doch die ließen sich nicht stören, sondern warteten angespannt auf das Signal zum Ausbruch.

ELF

Während Sally Marble, John Thornton und einige andere wie elektrisiert auf ihre Befreiung warteten, gelang es Petra, immer mehr Informationen über die Station zusammenzutragen. Mit Torsten und Dai Zhoushe hatten die Banditen neunundzwanzig Gefangene gemacht. Während ihr Kollege noch in der Krankenstation untergebracht war, steckten die anderen in sieben Zellen zu je vier Personen. Bei drei Zellen war es ihr gelungen, die Leute zu informieren. Die Gefangenen in den anderen vier Zellen würden von ihrer Befreiung überrascht werden, und Petra konnte nur hoffen, dass sie richtig reagierten.

Schritt für Schritt setzte sie nun ihren Plan in die Tat um. Als Erstes übernahm Petra die Kontrolle über die Schleusen und Türen, welche die Gefangenen bei ihrer Flucht benutzen mussten, und koppelte die *Midgardsormr* dabei so weit wie möglich vom Hauptcomputer ab. Dabei stieß sie auf ein neues Problem. Die Andockschleuse, an der Henriettes Tauchboot befestigt war, lag auf der anderen Seite der Station. Um zur *Midgardsormr* zu kommen, hätte ihre Kollegin die gesamte Anlage ungesehen durchqueren müssen, und das war unmöglich. Nachdem Petra eine Weile nachgedacht hatte, nahm sie wieder Kontakt zu Henriette auf.

»Hey! Ich dachte schon, du hättest mich vergessen«, meldete diese sich erleichtert.

»Ich vergesse nie etwas«, wies Petra ihre Kollegin zurecht. »Aber jetzt mal im Klartext: Ich habe nachgeschaut, ob ich dich auf geheimen Pfaden zur *Midgardsormr* lotsen kann. Aber dafür sind viel zu viele böse Buben auf der Station unterwegs. Du musst dich daher mit dem Tauchboot auf die Socken machen, sowie ich dir das Zeichen gebe. Mit voller Akkuladung dürftest du es bis Longyearbyen schaffen.«

»Und was ist mit Torsten und den anderen?«, fragte Henriette.

»Für die werde ich eines der U-Boote besorgen. Wir müssen die beiden Aktionen aber exakt koordinieren, damit die Schufte nicht zu früh gewarnt werden und entweder dich oder Torstens Gruppe aufhalten können.«

Petra erläuterte Henriette ihren Plan und sah diese mehrmals zustimmend nicken.

Zuletzt fuhr Henriette mit der Faust durch die Luft. »Ganz passt es mir nicht, dass wir uns alle heimlich davonschleichen müssen. Immerhin hatten wir einen Auftrag, den wir erfüllen sollten.«

»Du meinst die Paragina?«

Henriette nickte seufzend. »Ja, die meine ich. Es gefällt mir nicht, die Frau bei diesen Schurken zu lassen. Ich traue den Terjesens zu, dass sie die norwegische Regierung, aber auch die Amis und Russen mit ihr und ihrem Wissen erpressen. Dann wäre unsere ganze Aktion für die Katz.«

»Und was willst du tun?«

»Kannst du prüfen, ob ich ungesehen zur Paragina und wieder zurück kommen kann? Ich würde sie mir gerne schnappen und mitnehmen.«

»Du bist verrückt!«, stieß Petra aus, forschte aber sofort nach, wo die Wissenschaftlerin sich gerade befand.

Es dauerte ein wenig, dann entdeckte sie Nastja Paragina im Labor. Die Russin arbeitete allein, also hatten die Terjesen-Brüder offensichtlich noch keinen Wissenschaftler angeheuert, der ihr hätte assistieren können. Zuerst erschien es Petra unmöglich, von Henriettes Standplatz bis zum Labor vorzudringen. Dann aber entdeckte sie mehrere Gänge, die nicht im offiziellen Plan eingetragen waren.

»Ich habe einen Weg gefunden. Ich muss dir aber jede Schleuse und jede Tür einzeln öffnen, und das kostet Zeit, die wir möglicherweise nicht haben.« Ihre Hoffnung, Henriette könnte es sich anders überlegen, schwand jedoch, als diese ihren Browning durchlud.

»Dann sieh zu, was du machen kannst!« Henriette steckte neben ihrer Pistole auch Torstens Sphinx AT 2000 ein, hängte sich eine der Maschinenpistolen über die Schulter und nahm die zweite in die Hand. »Ich bin so weit!«

»Muss ich ab jetzt Ramba zu dir sagen?«, spottete Petra und setzte dann hinzu, dass Henriette sich an den blauen Lichtern an den Korridorwänden würde orientieren müssen. Nachdem sie einige weitere Überwachungskameras durch Endlosschleifen ausgeschaltet hatte, auf denen nichts zu sehen war, öffnete sie die erste Schleuse.

Henriette drang vorsichtig in die Station ein. Um sie herum war es bis auf ein gelegentliches Knacken geradezu unheimlich ruhig. Die blauen Lichter, die sie führen sollten, waren gut zu erkennen, und so kam sie rasch vorwärts. Trotzdem hätte Henriette sich gewünscht, Sprechkontakt zu Petra halten zu können. Doch sie besaß nicht die dafür notwendige Ausrüstung und musste sich darauf verlassen, dass ihre Kollegin sie überwachte und rechtzeitig eingriff, wenn sich etwas Unvorhergesehenes tat.

Auf zwanzig Metern passierte Henriette drei Schleusen. Wie es aussah, hatten die Terjesens ihre Station in kleine, abgeschottete Bereiche aufgeteilt, damit bei einem Wassereinbruch immer nur überschaubare Sektionen überflutet werden konnten. Dadurch gab es keine langen Korridore und auch keine Menschen, die einfach spazieren gingen. Auf diese Weise erreichte Henriette unbemerkt Torvald Terjesens Geheimgang und stand kurz darauf vor dem letzten Schott, das sie von dem Labortrakt trennte.

ZWÖLF

Nastja Paragina war sich nicht mehr über ihre Gefühle im Klaren. Ihr ganzer Ehrgeiz war es gewesen, in die Geschichte der Wissenschaft als diejenige einzugehen, die der Menschheit die Ausbeutung der riesigen Methanvorräte des Planeten ermöglicht hatte. Doch wenn sie, wie von den Terjesens geplant, von aller Welt für tot gehalten wurde, würde sie nicht unter ihrem eigenen, sondern unter einem falschen Namen in den Annalen der Wissenschaft geführt werden. Auch die Tatsache, dass sie selbst dahintersteckte, stellte sie nicht zufrieden. Andererseits hatte sie sich den Terjesen-Brüdern ausgeliefert und musste tun, was diese von ihr verlangten – einschließlich ihnen als Sexspielzeug dienen.

»Jetzt sei nicht albern«, sagte sie mahnend zu sich selbst. »Immerhin wirst du in einem unbeschreiblichen Luxus leben können.«

Doch als sie darüber nachdachte, was sie wirklich brauchte, fielen ihr außer der auf der *Trollfjord* verlorenen Garderobe nur ein paar wissenschaftliche Geräte ein, mit denen sie dringend ihr Labor ergänzen musste.

Mit einem Seufzer wandte sie sich wieder ihrer Versuchsreihe zu, mit der sie die Katalysatorflüssigkeit verbessern wollte. Dabei entging ihr, wie sich hinter ihr ein Schott öffnete und eine junge Frau mit vorgehaltener Maschinenpistole hereinkam.

»Guten Abend, Frau Paragina«, grüßte Henriette freundlich.

»Guten Abend«, antwortete Nastja, wunderte sich im nächsten Moment darüber, dass sich außer ihr noch eine Frau auf der Station befand, und drehte sich verblüfft um. Beim Anblick der schwerbewaffneten Asiatin schrie sie auf und streckte im ersten Impuls die Hand zum Alarmknopf aus.

»Das würde ich an Ihrer Stelle nicht tun«, warnte Henriette die Russin. »Sonst müsste ich Sie erschießen.«

»Wer sind Sie?«, presste Nastja mühsam beherrscht hervor.

»Unwichtig! Wo haben Sie Ihre Unterlagen?«

Nastja griff unwillkürlich an die Oberschenkeltasche ihrer Hose, in der eine Minifestplatte, eine SD-Karte und ein USB-Stick mit ihren relevanten Forschungsergebnissen steckten. Dann schüttelte sie den Kopf. »Das werde ich Ihnen nicht sagen!«

»Also werde ich Sie doch erschießen müssen«, konterte Henriette mit künstlicher Gelassenheit und hob den Lauf der MP an.

Der Bluff gelang, denn Nastja rief sofort, dass sie die Unterlagen bei sich habe. »Zumindest bis auf die Ergebnisse der letzten Testreihe. Die sind noch im Computer«, setzte sie leise hinzu.

»Dann kopieren Sie sie!« Henriette brannte die Zeit unter den Nägeln, doch wollte sie auf keine Informationen verzichten.

»Was werden Sie mit mir machen, wenn ich Ihnen die Unterlagen gegeben habe?« Nastja war notfalls bereit, alles zu zerstören, wenn ihr die Antwort nicht gefiel.

Lächelnd wies Henriette auf das noch immer offene Schott. »Wir beide werden eine kleine Reise unternehmen.«

»Ich verlange freies Geleit und …«

»Das Einzige, was ich Ihnen versprechen kann, ist, dass ich Sie nicht umgehend erschieße!« Henriette wollte sich auf keine Diskussionen einlassen und gab Nastja einen Wink mit der Maschinenpistole. »Wird's bald?«

Zwei, drei Sekunden schwankte Nastja noch, dann trat sie an den Computer, gab den Kopierbefehl ein und zog anschließend eine SD-Card heraus. Auf den Befehl der Unbekannten löschte sie auch die im Computer gespeicherten Daten. Mit einem Mal fühlte sie eine tiefe Leere in sich.

Sie hatte sich an Oleg Wolkow rächen wollen, doch diese Rache hatte Ausmaße angenommen, die sie niemals gewollt hatte. Als sie vor Henriette durch das Schott ging, dachte sie, dass die Terjesens jetzt doch nicht das Monopol auf die Methanverflüssigung erhalten würden. In gewisser Weise war sie sogar froh darüber. Auch wenn sie selbst nicht wusste, was mit ihr geschehen würde, so würde ihre Erfindung nun doch für alle Zeiten mit ihrem eigenen Namen verbunden sein.

DREIZEHN

Petra wartete gerade so lange, bis Henriette mit ihrer Gefangenen das Tauchboot erreicht hatte, dann setzte sie das Kernstück ihres Plans in Gang. Nun musste alles blitzschnell gehen. Als Erstes meldete sie sich im Krankenrevier. »Torsten, auf geht's!«

Noch während Rolsen verwundert aufblickte, weil aus dem Lautsprecher eine unbekannte, deutsch sprechende Frauenstimme drang, war Torsten sofort auf den Beinen. Ihm widerstrebte es jedoch, den Mann, der ihn gut behandelt hatte, einfach niederzuschlagen oder gar zu fesseln.

»Die Terjesens sind am Ende, Doc. Ihre geheime Station ist entdeckt und wird bald aufgegeben werden müssen. Sie gehören nicht zu den Schurken, die die beiden Brüder hier versammelt haben. Daher mache ich Ihnen den Vorschlag, mit mir zu kommen.«

»Und wo wollen Sie hin?«

»Diese Station verlassen. Es ist alles vorbereitet.«

Rolsen warf einen kurzen Blick auf den Alarmknopf, sah dann aber seinen deutschen Patienten an und lächelte. »Also gut, ich folge Ihnen!«

Torsten nickte erleichtert in Richtung der Überwachungskamera, die Petra unter ihre Kontrolle gebracht hatte. »Wir sind bereit! Wohin geht es?«

Als Antwort schwang die Tür automatisch auf, und er sah einen blauen Pfeil, der nach links zeigte. Das ist typisch Petra, dachte er, als er Rolsen am Arm packte und in diese Richtung schob.

Zwei Schotts weiter hatten Torsten und der Arzt den Gang erreicht, in dem sechs Gefangenenzellen lagen, und Petra blockierte den Weg hinter ihm. Damit war diese Sektion vom Inneren der Station so lange nicht erreichbar, bis jemand die Blockade im Computer brechen konnte. Aber bis dahin würde den Gefangenen genug Zeit zur Flucht bleiben.

Als Nächstes informierte Petra Dai Zhoushe, John Thornton und einen französischen Agenten, den sie von ihrer Aktion in Somalia her kannte, und öffnete die Türen ihrer Gefängnisse und das Schott zu dem Gang, in dem die letzte mit Gefangenen gefüllte Zelle lag.

VIERZEHN

Im Gegensatz zu Abu Fuad, Manolo Valdez und Shmuel Rodinsky war Dai Zhoushe vorgewarnt, als auf einmal eine Frauenstimme aufklang und sie zum Verlassen der Zelle aufforderte. Gleichzeitig ging die Tür auf. Rodinsky wagte es als Erster, den Kopf auf den Flur hinauszustecken.

»Da ist niemand«, rief er und sah im nächsten Moment verblüfft, wie auch die anderen Türen geöffnet wurden und die ersten Gefangenen vorsichtig herausschauten.

»Irgendwas geht hier vor«, sagte er nach hinten und verließ die Zelle.

Abu Fuad und Manolo Valdez sahen sich kurz an und wollten Rodinsky folgen. Doch da glitt Dai Zhoushe geschmeidig wie eine Schlange an ihnen vorbei und blockierte die Tür. »Nicht so schnell! Wir haben noch eine kleine Rechnung zu begleichen«, sagte sie lächelnd, griff mit ihrer Rechten in die Hose und holte den Kampfspraystift aus seinem Versteck.

»Was soll das?«, fragte Valdez unwirsch und wollte sie beiseiteschieben. Im selben Augenblick sprühte die Chinesin ihm etwas ins Gesicht, das wie Höllenfeuer brannte. Er wollte schreien, doch als er Luft holte, raste ein entsetzlicher Schmerz durch seinen gesamten Körper. Dann erlosch die

Welt um ihn herum, und er versank in einer wohltuenden Schwärze.

Noch während er zusammenbrach, wandte Dai Zhoushe sich Abu Fuad zu. Dieser hatte zuerst verblüfft zugesehen, schlug aber nun nach ihr. Dai Zhoushe wich geschmeidig aus und schoss auch ihm das Kampfgift ins Gesicht. Danach trat sie nach draußen, drückte den Knopf der manuellen Türschließanlage und verriegelte den Eingang zu ihrer Zelle. Mit einem letzten Blick auf die Tür, hinter der zwei ihrer erbittertsten Gegner dem Gift erlegen waren, wandte sie sich ab und schloss sich den Gefangenen an, die zur *Midgardsormr* strebten.

FÜNFZEHN

Trotz seiner Anspannung amüsierte John Thornton sich über Rumbles und Shears verblüffte Gesichter, als plötzlich eine Frauenstimme aufklang und sie anwies, ihr Gefängnis zu verlassen.

»Was heißt das?«, rief Rumble aus, wagte es aber nicht, sich der offenen Tür zu nähern.

»Das«, antwortete John, »ist eine Geheimdienstaktion, wie sie sein sollte. Und jetzt raus! Oder gefällt es Ihnen hier so gut, dass Sie noch bleiben wollen?« Er folgte Sally, die bereits zur Tür hinausgeschlüpft war. Zögernd kamen ihnen die beiden anderen nach.

Da sich auf dem Flur immer mehr Gefangene versammelten, wurde es dort rasch eng, und so öffnete Petra das erste Schott in Richtung Andockstation der *Midgardsormr*.

»Torsten, übernimm du das Kommando!«, forderte sie ihren Kollegen auf.

Dieser schob den Arzt vor sich her und hob dann die

Hand. »Alle herhören!«, rief er auf Englisch. »Folgen Sie mir! Uns steht ein U-Boot zur Verfügung, mit dem wir fliehen können.«

Torsten sah sich nach Dai Zhoushe um, entdeckte sie aber nirgends. Da er keine Zeit hatte, nach ihr zu suchen, eilte er so rasch, wie seine Verletzung es zuließ, durch die sich öffnenden Schotts und erreichte schon bald die Schleuse mit der Zutrittsluke. Diese öffnete er auf Petras Anweisung von Hand, und schon konnten die ersten Befreiten an Bord steigen.

Torsten blieb vor dem U-Boot stehen und wartete, bis alle die Luke passiert hatten. Als Letzte erschien Dai Zhoushe mit einem Lächeln auf dem Gesicht.

»Schön, Sie wiederzusehen, Renk!«

»Sind noch Leute von der *Trollfjord* im Gang?«, fragte Torsten.

»Nein, ich bin die Letzte.«

So ganz traute Torsten ihr nicht, doch als er in den Gang hineinschaute, war dort niemand zu sehen. Dafür klang Petras Stimme alarmierend aus den Lautsprechern.

»Ihr müsst verschwinden! Rasch! Die Kerle haben gemerkt, dass sich was tut.«

Sogleich stieg Torsten durch das Luk, schloss es hinter sich und betrat den Kommandoraum. Zu seiner Erleichterung hatte die Besatzung das U-Boot verlassen und keine Wache zurückgelassen. Während Dai Zhoushe ihren Mann umarmte, nahm bereits ein Landsmann von ihr den Platz des Navigators ein und machte sich mit den Kontrollen vertraut. Noch musste er nicht eingreifen, denn Petra löste das U-Boot per Computerbefehl von der Station und schaltete den von ihr programmierten Autopiloten ein.

Die *Midgardsormr* erwachte zum Leben und nahm Fahrt auf. Torsten atmete auf, da kam ein Mann auf ihn zu. »Entschuldigen Sie, aber ich vermisse zwei Männer, die mit mir in der Zelle waren.«

»Haben diese den Ruf nicht gehört, mit uns zu kommen?«, fragte Torsten.

»Doch, aber als sie zögerten, habe ich die Zelle als Erster verlassen. Nach mir kam nur noch diese Chinesin dort drüben heraus!« Shmuel Rodinsky zeigte auf Dai Zhoushe, die sich an ihren Mann klammerte, als wäre er ihr einziger Halt auf der Welt.

Torsten ahnte, was geschehen sein musste, und fragte Rodinsky: »Kennen Sie die Namen der Vermissten?«

»Nein! Der eine war ein englischer Geschäftsmann arabischer Herkunft und der andere ein Südamerikaner, der wie eine Mischung aus Fidel Castro und Che Guevara aussah.«

Damit konnten nur Manolo Valdez und Abu Fuad gemeint sein, daran hatte Torsten keinen Zweifel. Sein Blick wanderte erneut zu Dai Zhoushe, die so wirkte, als könnte sie kein Wässerchen trüben. Dennoch musste es ihr gelungen sein, zwei der erfahrensten Agenten der Welt auszuschalten, ohne dass jemand es bemerkt hatte.

Noch während Torsten sich fragte, wie sie das bewerkstelligt haben mochte, gab das automatische System des U-Boots Alarm.

SECHZEHN

Espen Terjesen sah mit wachsendem Vergnügen der Fernsehreportage über die Ereignisse auf der *Trollfjord* zu. Eben gab der Moderator eine neue, noch krudere Verschwörungstheorie zum Besten. Die Nähe zu Russland, das Eindringen mehrerer russischer Schiffe in die norwegischen Hoheitsgewässer bei einem solchen Sturm sowie gezielte Falschinformationen durch die eigenen Leute hatten dazu geführt, dass rasch ein Schuldiger ausfindig gemacht worden war. Sogar die USA waren mittlerweile davon überzeugt, dass Russland hinter der Aktion steckte, und die Beziehungen der beiden Staaten waren innerhalb kürzester Zeit auf einen Stand gesunken, der dem des Kalten Krieges glich.

In einer solch aufgewühlten Atmosphäre würde niemand an International Energies denken, und wenn doch, dann galt die Firma allenfalls als Opfer jener Machenschaften. Die norwegischen Behörden verdächtigten Russland nämlich, auch den vermissten Terjesen entführt zu haben, um Informationen über die norwegischen Bohrprojekte im Polarmeer zu erpressen.

»Das läuft ja prächtig!«, sagte Espen Terjesen grinsend und streckte die Hand vor, um die Ruftaste des Labors zu drücken.

»Hallo Nastja! Was hältst du davon, deine Experimente für eine gewisse Zeit zu unterbrechen und einen Drink mit mir zu nehmen?«, fragte er und sagte sich, dass es nicht bei dem Drink bleiben würde. Sein Bett war groß, und der Gedanke, eine Frau in dieser Tiefe zu lieben, hatte immer noch etwas Verführerisches an sich.

Er erhielt jedoch keine Antwort.

»Nastja, was ist? Melde dich!«, rief er um einiges lauter ins Mikrofon der Sprechanlage.

Auch jetzt reagierte die Russin nicht.

»Vielleicht ist sie in ihrem Zimmer«, murmelte er und wählte diesen Raum an. Doch auch dort gab es kein Zeichen, dass Nastja seinen Ruf empfangen hatte.

Espen Terjesen versuchte es in zwei weiteren Räumen, dann rief er die Sicherheitszentrale an. »Hallo Rune! Kannst du nachsehen, wo Nastja ist?«

»Kann ich machen. Aber geben Sie mir keine Schuld, wenn sie gerade auf der Toilette sitzt oder unter der Dusche steht!« Rune Skadberg schaltete grinsend auf seiner Konsole herum, bis er sich schließlich verwirrt bei seinem Chef zurückmeldete. »Ich finde Frau Paragina nirgends.«

Espen schüttelte irritiert den Kopf. »Schau mal in den Räumen meines Bruders nach. Vielleicht hat er ihr den Zugangscode gegeben.«

»Sie wissen, dass der Chef das nicht mag«, wehrte Skadberg ab.

»Er mag es noch weniger, wenn Nastja verloren geht.« Noch war Espen weniger besorgt als verärgert, weil die Frau nicht auf seine Rufe reagiert hatte.

»Vielleicht hat sie sich verletzt und ist zum Arzt gegangen.«

Dies erschien Rune Skadberg die plausibelste Lösung, und er schaltete um auf die Krankenstation. Dort sah er aber nur den Arzt und den verletzten Gefangenen beim Schachspiel. Schon wollte er Espen durchgeben, dass Nastja auch dort nicht zu finden sei. Da glitt sein Blick zufällig über die Uhr der Krankenstation. Verwirrt kniff er die Augen zusammen. Laut Digitalanzeige dort sollte es 11:38 Uhr sein, doch auf seiner Computeruhr stand klar und deutlich 12:57 Uhr.

»Teufel, da stimmt was nicht!«, stieß er hervor und schaltete hektisch an seinen Kontrollen herum. Es dauerte einige Sekunden, dann hatte er sich direkten Zugriff zu den Überwachungskameras der Krankenstation verschafft. Deren Uhr zeigte jetzt die gleiche Zeit an wie sein Computer. Dafür aber waren der Arzt und der Gefangene verschwunden. Misstrauisch geworden überprüfte Skadberg weitere Überwachungskameras und entdeckte, dass einige davon ebenfalls manipuliert worden waren.

Mit erschrockener Miene meldete er sich wieder bei Espen. »Herr Terjesen, wir haben ein Problem!«

»Was ist los?«

»Irgendjemand hat in unserem Computer herumgepfuscht.«

»Unmöglich! Die Programme habe ich selbst geschrieben.« Trotz seiner Worte wurde Espen bleich wie frisch gefallener Schnee. So rasch er konnte, verließ er sein Quartier und eilte zur Zentrale. Dort traf er Skadberg und die anderen Männer in heller Aufregung an.

»Ich habe einen Trupp zu den Gefangenenzellen geschickt. Doch der Zugang zum Gang ist blockiert«, erklärte Skadberg hastig.

»Lass sehen!« Espen zerrte den Mann von seinem Stuhl und nahm selbst darauf Platz. Er begriff sogleich, dass einige Programme nicht so abliefen, wie von ihm geplant. Er überbrückte einige Computerroutinen und sprach die Überwachungskameras direkt an. Sofort verschwanden die drei Männer und die zuletzt gefangene Chinesin vom Bildschirm, und er sah nur noch zwei reglos am Boden liegende Gestalten. Der dritte Mann und die Frau waren verschwunden. Als er die nächste Zelle aufrief, war diese vollkommen leer.

»Verdammt, das ist doch nicht möglich!« Ein paar Augenblicke lang wurde ihm vor Schreck schwindelig, dann aber schlug er wütend auf die Konsole. »Ihr Idioten! Was habt ihr hier gemacht? Vielleicht Pornofilme angesehen? Auf die Station habt ihr jedenfalls nicht geachtet!«

»Aber die Anzeigen und Bildschirme waren vollkommen normal«, verteidigte Skadberg sich und seine Männer.

Espen Terjesen ging nicht darauf ein, sondern schaltete mehrere Programme ab, die ganz offensichtlich gehackt worden waren, und konfigurierte die Außenbordkameras neu. Schon auf den ersten Blick sah er, dass die *Midgardsormr* nicht mehr an der Stelle lag, an der sie angedockt hatte.

Jetzt geht es ums Ganze!, durchfuhr es ihn, und er brüllte Skadberg an. »Sofort sämtliche Ortungsgeräte einschalten!«

Dieser starrte ihn verblüfft an, denn darauf hatten sie bisher bewusst verzichtet, um nicht durch einen dummen Zufall von außen angemessen zu werden.

Bevor er jedoch widersprechen konnte, blaffte Espen ihn an. »Mach schon!«

Mit einem flauen Gefühl im Magen gab Skadberg den Befehl durch und hörte schon nach wenigen Sekunden einen überraschten Ausruf des Mannes am Echolot.

»U-Boot eine halbe Meile südlich, entfernt sich mit mittlerer Geschwindigkeit. Außerdem schwimmt ein Tauchboot davon.«

»Das Tauchboot ist im Moment uninteressant. Wir müssen unbedingt das U-Boot erwischen. Gib Alarm! Halldorsen soll die *Fenrisulfr* fertigmachen. Ich bin gleich bei ihm.«

Espen verließ in aller Eile die Zentrale und rannte den Gang entlang. Mit einem Mal ging ein Ruck durch die Station. Er prallte gegen die Wand, fluchte und lief weiter.

Rune Skadberg starrte entsetzt auf die Anzeige, die ihm verriet, dass die Flutventile eines der Ballasttanks geöffnet worden waren. »Sofort wieder schließen!«, brüllte er seine Männer an.

Diese arbeiteten hastig, dennoch schien es endlos lange zu dauern, bis sie die Ventile wieder unter Kontrolle hatten.

»Wir sind um zwanzig Meter abgesackt«, gab ein Mann durch.

»Ausblasen!«, befahl Skadberg.

Da bewegte sich die Station erneut, und er musste sich festhalten, um nicht zu stürzen. »Was ist jetzt los?«

»Die Ventile zweier weiterer Ballasttanks sind offen!« Noch während der Mann es sagte, versuchte er, diese wieder zu schließen.

Es war wie beim Wettlauf zwischen Hase und Igel. Wer auch immer die Flutventile manipulierte, war den Männern in der Station stets eine Nasenspitze voraus.

»Wir sind jetzt schon auf sechshundert Meter Tiefe und müssen die Befestigungskabel einholen, wenn wir das Bohrgestänge nicht riskieren wollen«, erklärte der für die Bohranlage zuständige Techniker.

»Können wir nicht die Ballasttanks ausblasen und wieder bis zur normalen Höhe aufsteigen?«, wollte Skadberg wissen.

Der Techniker schüttelte den Kopf. »Wir haben Tank vier bereits das zweite Mal ausgeblasen. Wenn wir so weitermachen, gehen uns die Pressluftvorräte aus, und du weißt, was das bedeutet!«

»Dann kriegen wir die Station überhaupt nicht mehr hoch!« Das war das Schreckensszenario, welches sie seit ihrer Ankunft auf der Station verfolgte. Keiner wollte tief unten auf dem Grunde des Meeres eingeschlossen sein, ohne dass es eine Möglichkeit gab, jemals wieder nach oben zu kommen. Die drei Tauchboote würden ihnen dort unten nicht helfen, denn diese konnten maximal sechs Leute aufnehmen und kamen mit der Ladung ihrer Akkus kaum weiter als bis zu ihrem Stützpunkt auf Nordaustlandet. Das wären achtzehn Männer von hundert, die sich auf der Station befanden. Ihr letztes U-Boot, die *Ymir*, war nicht für den Druck in großer Tiefe ausgerüstet und würde schon bald von den Wassermassen zerdrückt werden.

»Wie lange haben wir noch Zeit?«, fragte Skadberg mit verkniffener Miene.

»Vielleicht noch eine halbe Stunde. Danach wird es brenzlig.«

Skadberg nickte, als müsse er einen Beschluss bekräftigen. »Wir warten noch zwanzig Minuten. Gelingt es uns bis dahin nicht, die Station zu stabilisieren, müssen wir sie evakuieren.«

»Aber das wird Espen Terjesen nicht wollen«, wandte Bjarne Aurland entsetzt ein. Er hatte geschlafen, war aber beim ersten Absacken der Station aufgewacht und noch im Pyjama in die Zentrale geeilt.

Skadberg wandte sich mit eisiger Miene zu Aurland um. »Wir haben mit International Energies einen Vertrag abgeschlossen, für sie zu arbeiten, aber nicht, für die Firma zu krepieren. Außerdem ist Espen Terjesen selbst schuld. Er hätte diesen Unsinn mit der *Trollfjord* niemals anfangen sollen. Die Terjesens können später ein Team mit stärkeren Tauchbooten und genügend Pressluftflaschen zur Station schicken und diese wieder heben lassen.«

Mittlerweile war auch Hemsedalen in den Kontrollraum gekommen. Er kochte immer noch vor Wut, weil er dieser Halbasiatin auf den Leim gegangen war. Die angebliche Minibombe hatte sich als simple Zweikronenmünze entpuppt. Doch als er Skadberg zuhörte, bekam er auf einmal Angst. »Und wenn das Schwein, das sich in unseren Computer eingehackt hat, eines der normalen Schotts öffnet und die Station vollläuft?«

Skadberg antwortete mit einer wegwerfenden Handbewegung. »Die Station hat mehr als einhundert Schotts und Schleusen. Da hätte der Kerl viel zu tun, und das kann er nicht, wenn wir die Station vollkommen abschalten, bevor wir gehen.«

»Und warum schalten wir nicht gleich jetzt alles ab, um diesen Kerl loszuwerden?«, fragte Aurland.

»Weil du in dem Fall nicht einmal mehr die Toilettenspülung betätigen kannst! Wir wären hilflos hier unten eingesperrt! Dass wir unser Computersystem wieder hochfahren könnten, nachdem es gehackt worden ist, halte ich für zweifelhaft.«

Rune Skadberg wandte Aurland den Rücken zu, schaltete die allgemeine Rufanlage ein und wies die Männer der Station an, sich für eine rasche Evakuierung bereit zu machen. Er wusste selbst, dass es nicht einfach sein würde, so viele auf der *Ymir* und den verbliebenen Tauchbooten unterzubringen, und fluchte insgeheim auf Espen Terjesen, der mit der *Fenrisulfr* aufgebrochen war, ohne sich Gedanken darüber zu machen, was mit der Station passierte.

SIEBZEHN

Während Petra die Tanks der Station immer wieder flutete, um Terjesens Männer davon abzuhalten, etwas gegen die geflohenen Gefangenen unternehmen zu können, schwebte Henriettes Tauchboot hinter der *Midgardsormr* her. Etwa fünfzig Meilen würde sie das U-Boot begleiten, dann aber den Kontakt zur U-34 suchen, die auf Wagners Anregung ins Nordmeer geschickt worden war, und mit ihrer Gefangenen auf dieses Boot umsteigen. Ein kurzer Blick zeigte ihr, dass Nastja Paragina sich mit ihrem Schicksal abgefunden zu haben schien. Das machte die Dinge einfacher, denn sie hätte die Russin sonst fesseln müssen, damit diese nicht in die Steuerung des Tauchboots griff oder auf sie selbst losging.

Etwa eine halbe Meile vor dem Tauchboot zog die *Midgardsormr* ihre Bahn. Der von Petra programmierte Autopilot funktionierte einwandfrei und hielt das U-Boot auf Kurs.

Ein ganzes Stück zurück, aber auf voller Leistung laufend folgte Espen Terjesen mit der *Fenrisulfr* dem fliehenden U-Boot und ließ dabei die Abstandsanzeige nicht aus den Augen.

»Wir kriegen ihn!«, sagte er bereits zum dritten Mal zu Halldorsen, der neben ihm stand.

Der U-Boot-Kapitän nickte. »In spätestens zehn Minuten haben wir aufgeschlossen. Aber was machen wir, wenn die *Midgardsormr* auftaucht, um einen Funkspruch abzusetzen?«

»Wir schießen sie ab!« In seiner Wut, überlistet worden zu sein, war Espen Terjesen zu allem bereit. Zudem war ihm klar, dass sich die geflohenen Agenten kein zweites Mal mehr einfangen lassen würden. Unter Wasser war es mit ihrer Ausrüstung unmöglich, das andere U-Boot zu entern. Außerdem war die Gefahr zu groß, dass die Verfolgten auftauchten und um Hilfe funkten. Erst jetzt fiel ihm die spurlos verschwundene Nastja wieder ein. Was war, wenn sie sich auf dem entführten U-Boot befand? Einen Moment schwankte er, dann aber verzog er das Gesicht. Sie mochte eine exzellente Wissenschaftlerin sein und eine aufregende Geliebte. Doch auch sie war ersetzbar. Als eine seiner ersten Aktionen in der Station hatte er heimlich ihre Forschungsdaten im Laborcomputer kopiert. Diese Daten befanden sich jetzt auf einem unscheinbaren USB-Stick in seiner Hosentasche. Damit war Nastja im Grunde überflüssig, und – was noch besser war – mit diesen Daten besaß er endlich die Macht über seinen Bruder. Von diesem Gedanken erfüllt, wandte er sich an den Kapitän und wiederholte seinen Befehl.

»Wir schießen sie auf jeden Fall ab. Torpedos bereit machen! Sollte jemand etwas bemerken, wird man es den Russen in die Schuhe schieben. Und jetzt gebt Gas!«

Halldorsen sah ihn kurz an und zuckte dann mit den Schultern. »Es ist Ihre Entscheidung! Aber die werden Sie mit Ihrem Bruder ausmachen müssen.«

Ohne Zögern erteilte er den Befehl, den ersten Torpedo abschussfertig zu machen.

Während die *Fenrisulfr* immer weiter aufholte, kaute Espen Terjesen sich die Fingernägel ab. Ihm war klar, dass sein Bruder diese Sache ihm anlasten würde. Vielleicht würde Torvald ihm sogar verbieten, ihren internen Geheimdienst weiterzuführen. Zum ersten Mal überkam ihn das Gefühl, sich mit der Aktion auf der Belkowski-Insel und deren Folgen übernommen zu haben. Sogleich schüttelte er diesen Gedanken wieder ab. Es brauchte nur einen Torpedotreffer, dann war der letzte Beweis seiner Verstrickung in diese Affäre beseitigt.

»Wir feuern, sobald es möglich ist!«, wies er Halldorsen an und ballte die Faust. Bislang war er immer Sieger geblieben, und das würde nach dem heutigen Tag nicht anders sein.

ACHTZEHN

Wir werden verfolgt und angepeilt«, meldete der Chinese, der die Kontrollen der *Midgardsormr* überwachte.

»Was heißt das?«, fragte Anthony Rumble nervös.

»Wenn wir Pech haben, schießen sie uns ab«, antwortete Torsten grob.

John Thornton sah ihn besorgt an. »Glaubst du, das fremde U-Boot ist bewaffnet?«

»Auf unser Flugzeug haben sie jedenfalls nicht mit Erdnüssen geschossen. Allerdings ist ein schweres MG leichter zu bekommen als Torpedos. Also sollten wir beten, dass sie keine an Bord haben.«

Torsten hätte liebend gerne mit Petra Kontakt aufgenommen, um die automatische Steuerung abzuschalten, doch seit sie sich von der Unterwasserstation und damit auch von deren Funkbojen gelöst hatten, gab es keine Verbindung mehr. Sie würden nicht einmal ausweichen können, wenn die anderen auf sie schossen. Das Einzige, was ihnen zu tun blieb, war beten.

Auf der *Fenrisulfr* stieß Halldorsen einen triumphierenden Ruf aus. »Sie bleiben auf gleicher Tiefe. Wenn sie jetzt noch auftauchen wollen, sind wir schneller als sie!«

»Wie lange dauert es, bis sie in Reichweite sind?«, fragte Espen Terjesen.

»Keine sechzig Sekunden, achtundfünfzig, siebenundfünfzig ...« Halldorsen zählte grinsend mit, während sein

Waffenoffizier das verfolgte U-Boot anpeilte und auf den Abschuss wartete, als wäre dies alles nur ein Computerspiel. Die Männer an Bord der *Fenrisulfr* waren Söldner, denen es gleichgültig war, auf wen sie schossen. Hauptsache, sie wurden dafür bezahlt. Einige wie Kapitän Halldorsen genossen sogar die Macht, die ihre Waffen ihnen verliehen, und kosteten diese aus.

»Torpedorohr geflutet und abschussbereit«, meldete der Waffenoffizier, als der Kapitän bei drei angekommen war, und zählte die letzten Zahlen mit.

»Zwei, eins, Feuer!« Der Mann drückte den Abschussknopf und behielt den Lauf des Torpedos auf seinem Ortungsschirm im Auge. »Torpedo genau auf Kurs.«

Dann bemerkte er einen kleinen Reflex leicht seitlich der geplanten Torpedobahn und fluchte.

»Verdammt, da ist das verloren gegangene Tauchboot! Wenn die Zielsuche des Torpedos es erfasst, wird es ein Schuss in den Ofen.«

Halldorsen blickte ihm über die Schulter und schüttelte den Kopf. »Das Ding ist zu klein und weit genug weg. Der Torpedo läuft gut und wird die *Midgardsormr* in drei Minuten erreichen.«

»Dann sind die Kerle drüben erledigt«, stieß Espen Terjesen aus und heftete den Blick auf den kleinen roten Punkt auf dem Ortungsschirm, der das verfolgte U-Boot symbolisierte.

NEUNZEHN

Henriette bemerkte den Abschuss des Torpedos als Erste und erschrak bis ins Mark. Damit hatte Petra sicher nicht gerechnet! Allerdings konnte sie ihrer Kollegin keinen Vorwurf machen. Die Vorstellung, dass sich hier private U-Boote mit voller Bewaffnung herumtrieben, war absurd. Trotzdem hatten diese Kerle ihr Flugzeug abgeschossen und würden, wenn nicht etwas Überraschendes geschah, auch Torsten und die befreiten Gefangenen mit einem Schlag vernichten.

Ein paar Sekunden lang beobachtete Henriette die Bahn des Torpedos auf dem kleinen Ortungsschirm des Tauchboots. Dann packte sie den Steuerhebel und schob den Geschwindigkeitsregler ganz nach vorne. Das Tauchboot wurde schneller und näherte sich dem Kurs, den der Torpedo eingeschlagen hatte.

»Was machen Sie da?«, fragte Nastja erschrocken. Zwar begriff die Russin nicht genau, was draußen geschah, merkte aber an Henriettes Miene, dass etwas vorging, was ihnen gefährlich werden konnte.

»Jetzt wird sich herausstellen, ob ich die Computersimulationen für dieses Boot erfolgreich geübt habe!«, antwortete Henriette, ohne von ihren Kontrollen aufzusehen.

Sie kreuzte die Bahn des Torpedos, stellte anhand der Anzeigen fest, dass dessen Zielerfassung sich auf sie richtete, und schlug den ersten Haken.

Der Torpedo war zu schnell, um ihr sofort folgen zu können, und musste daher eine weitaus größere Kurve ausfahren als sie. Aber er kam mit der mehrfachen Geschwindigkeit des Tauchboots hinter ihr her. Henriette stemmte die Linke gegen den Geschwindigkeitsregler, um die letzte Zehntelmeile an Tempo herauszuholen, und fragte sich gleichzeitig, wie lange sie das Geschoss ausmanövrieren konnte. Da fiel ihr Blick auf das Ortungsecho des verfolgenden U-Boots, und sie fasste einen verzweifelten Plan.

Inzwischen hatte der chinesische U-Boot-Fahrer auf der *Midgardsormr* den Torpedo ausgemacht und stieß einen Schrei aus. »Wir werden beschossen!«

Torsten starrte auf den Bildschirm, auf dem ein roter Punkt den rasch aufkommenden Torpedo anzeigte. »Können wir ausweichen?«

Der Chinese schüttelte den Kopf. »Nicht, solange der Autopilot das U-Boot steuert! Aber andernfalls hätten wir auch keine Chance.«

Sofort vergaß Torsten den Vorwurf, den er Petra machen wollte, und sagte sich, dass sie mit einer solchen Situation nicht hatte rechnen können. Wie es aussah, hatten die Terjesen-Brüder sich eine private Kriegsmarine aufgebaut, um ihren Stützpunkt verteidigen zu können. Noch während er überlegte, welche Chancen ihnen noch blieben, sah er, wie das Tauchboot, auf dem sich Henriette befinden musste, den Kurs des Torpedos kreuzte und diesen von ihrem U-Boot ablenkte.

»Bist du verrückt geworden!«, schrie er, obwohl sie ihn nicht hören konnte.

»Frau von Tarow ist eine große Kriegerin«, hörte er eine leise Stimme neben sich. Als er sich umdrehte, sah er Dai Zhoushe hinter sich stehen. Sie wirkte ernst, hatte aber sichtlich Hoffnung geschöpft.

Ihr Landsmann winkte niedergeschlagen ab. »Sowie der erste Torpedo fehlgegangen ist, werden sie einen zweiten auf uns abfeuern. Unsere Verfolger sind schneller als wir und können uns jederzeit vernichten.«

»Vielleicht auch nicht«, stieß Dai Zhoushe aus und wies mit dem Daumen auf den Ortungsschirm. Dort sah man, dass das Tauchboot auf das verfolgende U-Boot zuhielt und den Torpedo hinter sich herzog.

»Henriette, du bist tatsächlich verrückt!«, stieß Torsten aus und krallte sich vor Anspannung an der Konsole fest.

Mittlerweile hatten Halldorsen und sein Waffenoffizier auf der *Fenrisulfr* gemerkt, dass der Torpedo die Richtung geändert hatte.

»Elender Mist! Der wird nur das Tauchboot treffen«, stieß der Kapitän hervor.

»Ich mache den zweiten Torpedo schussfertig. Mit dem kriegen wir die Kerle!« Ohne den Befehl abzuwarten, betätigte der Waffenoffizier seine Kontrollen.

Espen Terjesen schüttelte ungläubig den Kopf. »Wie es aussieht, will das Tauchboot uns rammen, um uns aufzuhalten!«

»Keine Chance! Der Torpedo erwischt es vorher«, beruhigte ihn Halldorsen.

Für ihn war das Ganze wie ein Spiel zwischen Katze und Maus, bei dem er den Part der Katze übernommen hatte.

»Wir warten mit dem zweiten Torpedo, bis das Tauchboot erledigt ist und wir dessen Überreste hinter uns gelassen haben. Sonst knallt das Geschoss gegen eines der Trümmerstücke, und wir können es ebenfalls abschreiben. Danach würde es mindestens eine halbe Stunde dauern, bis wir den nächsten Torpedo schussfertig haben.«

Der Waffenoffizier zog die Hand wieder zurück und starrte wie die anderen auf den Ortungsschirm, um den Todeskampf des Tauchboots mitzuerleben.

Der Tod war der unsichtbare Begleiter jedes Geheimagenten im Einsatz, doch Henriette hatte nicht vor zu sterben. Sie reizte die Geschwindigkeit ihres Tauchboots bis zum Äußersten aus und verfolgte dabei, wie der Torpedo immer mehr aufholte. In weniger als zwanzig Sekunden würde er sie erreicht haben, dachte sie und fasste das Steuer mit beiden Händen.

»Festhalten«, rief sie Nastja zu, während sie das Steuer scharf nach links riss. Das Tauchboot war nicht besonders schnell, aber höchst wendig, doch einen solchen Haken wie jetzt hatte es noch nie geschlagen. Henriette wäre aus dem Stuhl geschleudert worden, hätte sie sich nicht mit einer Hand festgekrallt. Nastja war sogar gegen die Toilettentür geflogen und halbbetäubt zu Boden gesunken.

Doch Henriette musste ihr Augenmerk wieder auf den Torpedo richten. Dieser versuchte, dem Tauchboot zu folgen, war aber nicht wendig genug und zog wenige Meter an ihnen vorbei. Bevor er sie erneut anpeilen konnte, traf sein Suchstrahl auf die weitaus größere *Fenrisulfr*, und er schoss auf das neue Ziel zu.

Espen Terjesen hatte eine Explosion erwartet. Doch der Torpedo verfehlte das Tauchboot, änderte erneut seinen Kurs und hielt auf ihr U-Boot zu.

»Was ist los?«, fragte er Halldorsen.

»Verfluchte Scheiße!«, schrie der Kapitän. »Auftauchen, sofort!«

Sein Navigator drückte noch die entsprechenden Knöpfe, doch es war zu spät. Der Torpedo traf den Bug des U-Boots und explodierte.

Espen Terjesen sah, wie es auf einmal hell um ihn wurde, und er begriff, dass die ehrgeizigen Pläne, die sein Bruder und er geschmiedet hatten, endgültig gescheitert waren.

Dann zerriss eine Explosion das U-Boot.

ZWANZIG

Nachdem die Gefahr gebannt war, herrschte auf der *Midgardsormr* grenzenloser Jubel. Henriette atmete ebenfalls auf, doch als sie ihr Tauchboot wieder auf den richtigen Kurs brachte, zitterten ihr die Hände. Wasser, sagte sie sich, war nicht ihr Metier.

Sie aktivierte den Autopiloten, um sich um Nastja zu kümmern, die zusammengekauert am Boden saß. »Haben Sie sich verletzt?«

»Ich glaube nicht. Aber ich ... Bei Gott, bin ich froh, dass es vorbei ist! Dieser Mann war bereit, über Leichen zu gehen.«

»Er *ist* über Leichen gegangen«, erklärte Henriette scharf. »Oder haben Sie die Toten von der Belkowski-Insel vergessen?«

»Wolkow und dieser aufgeblasene Amerikaner Bowman haben nur das bekommen, was sie verdienten!« Nastjas Stimme klang giftig. An diesem Gedanken hatte sie sich bisher festgehalten und wollte ihn auch nicht so einfach aufgeben.

»Und was ist mit denen, die mit ihnen gestorben sind, der Pilot des Flugzeugs und seine Crew, die Flugzeugpassagiere – oder die beiden Wachmänner des Instituts?«, fragte Henriette bissig.

Nastja senkte den Kopf, ging aber nicht auf ihre Worte ein. »Was werden Sie mit mir machen?«

»Ich bringe Sie in meine Heimat. Dort werden andere über Sie entscheiden.«

Damit war für Henriette alles gesagt. Ihr Tauchboot konnte auf die Dauer nicht mit der *Midgardsormr* mithalten, daher drosselte sie die Geschwindigkeit und stieg höher. Als sie weit genug oben war, nutzte sie die erste Lücke im Treibeis, um aufzutauchen, fuhr die Antenne das Tauchboots aus und suchte Kontakt mit Petra.

Es dauerte einige Augenblicke, bis ihre Kollegin sich meldete. Petra sah erschöpft, aber auch recht zufrieden aus. Als sie Henriette auf dem Bildschirm sah, strahlte sie über das ganze Gesicht. »Hat alles geklappt?«

»Wir hatten noch ein kleines Problem, aber das konnte ich lösen«, antwortete Henriette. »Torsten und die anderen sind auf dem Weg nach Longyearbyen. Meine Passagierin und ich würden ebenfalls gerne den Heimweg antreten.«

»Schaffst du es noch zweihundert Kilometer weit? Dann wäre die U-34 bei euch.«

Henriette warf einen Blick auf die Ladeanzeige der Akkus und nickte. »Zweihundert Kilometer sind drin. Welchen Kurs soll ich nehmen?«

»Nordnordwest! Im Süden treiben sich zu viele norwegische Schiffe herum. Die müssen ja nicht unbedingt etwas mitbekommen.« Petra zwinkerte Henriette kurz zu und gab einige Befehle in ihren Computer ein.

»So, in einer Viertelstunde weiß der Kapitän der U-34 Bescheid und wird euren Rendezvouspunkt ansteuern. Ich lege mich jetzt ein bisschen schlafen. Es war ganz schön anstrengend!«

»Danke, Petra! Das hast du gut gemacht«, lobte Henriette sie und beschloss, großzügig zu sein und den Torpedo nicht zu erwähnen.

Zweihundert Kilometer bedeuteten angesichts der Strömungsverhältnisse und einer vertretbaren Geschwindigkeit zwischen fünfzehn und achtzehn Stunden Fahrt. Das war genug Zeit, um ihre Gefangene besser kennenzulernen.

Während einer interessanten Unterhaltung verabschiedete Henriette sich von der Vorstellung, eine abgefeimte Verbrecherin vor sich zu haben. Im Grunde waren Nastja und sie einander nicht unähnlich. Wie sie selbst hatte auch die russische Wissenschaftlerin stets gegen Vorurteile ankämpfen müssen. Als Nastja schließlich von ihrem Vorgesetzten ausmanövriert und betrogen worden war, hatte dies sie zu einem leichten Opfer für den charmanten Espen Terjesen und seine Versprechungen gemacht.

Dem Norweger war es gelungen, sie zum Verrat an ihrem Land und zum Untertauchen zu bewegen, und er hatte die Opfer, die dies gekostet hatte, schöngeredet. Eine Zeit lang hatte Nastja sich mit ihrer Rolle als Rächerin für all die Benachteiligungen, die sie erlitten hatte, wohlgefühlt. Doch im Grunde strebte sie weniger nach dem Luxus, den Espen Terjesen ihr versprochen hatte, als nach Anerkennung ihrer wissenschaftlichen Leistung.

Aber das, was geschehen war, konnte nicht so leicht unter den Tisch gekehrt werden. Daher vermochte Henriette nicht zu sagen, was mit Nastja Paragina in Zukunft geschehen würde. Froh, dass sie ihren Auftrag doch noch erfolgreich abgeschlossen hatte, aber angesichts von Nastjas Geschichte dennoch ein wenig melancholisch gestimmt, tauchte sie am verabredeten Punkt in einer Lücke im Eis auf und sah kurz darauf den dunklen Rumpf der U-34 neben sich aufsteigen. Es blieb ihnen nicht viel Zeit, auf das U-Boot überzuwechseln, denn die Eisschollen drohten bereits die Lücke wieder zu schließen. Daher behielt Henriette nur den Laptop, ihren Browning und Torstens Sphinx AT2000, ließ die erbeuteten Waffen zurück und sah Nastja auffordernd an. »Wir können gehen!«

Die Russin nickte und stieg als Erste aus der Luke. Die Hände mehrerer Matrosen der U-34 streckten sich ihr entgegen. Nach einem kaum unmerklichen Zögern ließ sie sich in das U-Boot helfen.

Mit einem letzten Blick auf das Tauchboot, mit dem sie so einiges erlebt hatte und das nun wohl vom Eisgang zerquetscht auf den Grund des Meeres sinken würde, folgte Henriette Nastja und sah sich kurz darauf dem Kapitän der U-34 gegenüber.

»Willkommen an Bord«, grüßte er.

»Danke!« Henriette fühlte sich mit einem Mal unendlich müde und erschöpft. »Wenn Sie nichts dagegen haben, würde ich mich gerne hinlegen. Die letzten Tage sind arg anstrengend gewesen. Kümmern Sie sich inzwischen um meine Begleiterin. Ich will nicht, dass sie uns verloren geht!«

»Was hier auf dem U-Boot kaum möglich sein wird«, antwortete der Kapitän lachend und wies einen Matrosen an, eine Kabine mit zwei Betten für die beiden Frauen fertigzumachen.

EINUNDZWANZIG

Der von Petra programmierte Autopilot steuerte die *Midgardsormr* bis wenige Kilometer vor den Hafen von Longyearbyen. Für die restliche Strecke übernahm der chinesische U-Boot-Fahrer das Steuer. Dieser erledigte seinen Job so routiniert, dass Torsten sich fragte, ob nicht auch die Chinesen geplant hatten, Nastja Paragina mit einem U-Boot zu entführen. Die einzige Person, die er danach hätte fragen können, war Dai Zhoushe, und die wich ihm beharrlich aus. Sie ließ auch nichts verlauten, was mit Abu Fuad und Manolo Valdez geschehen sein konnte. Ebenso wenig fragten sie oder ein anderer Agent nach Nastja Paragina. Da diese sich nicht an Bord des U-Boots befand, gingen wohl alle davon aus, dass sie in der Unterwasserstation zurückgeblieben war. Sie von dort herauszuholen überstieg jedoch die Möglichkeiten aller.

Kaum lag das U-Boot am Kai, wurde das Hafengebiet von norwegischen Polizisten weiträumig abgesperrt. Torsten wunderte sich nicht, an ihrer Spitze jenen Geheimdienstmann zu sehen, den er Olsen getauft hatte.

Bevor die Befreiten von Bord gehen konnten, galt es ein Problem zu lösen. Keiner von ihnen trug Kleidung, die für die arktischen Temperaturen geeignet war. Daher setzte Torsten erst einmal einen Funkspruch ab und forderte, ihnen Parkas, Pullover, Hosen, Schuhe und Unterwäsche zu bringen, damit sie sich entsprechend anziehen konnten.

Noch während er mit dem Mann im Hafenamt sprach, übernahm Olsen die Verbindung. »Was ist da los?«, bellte er ins Mikrofon. »Wir haben hier eine Meldung, dass eine unserer Ölplattformen evakuiert werden musste. Wenn Sie dahinterstecken, werden Sie dafür bezahlen!«

»Ich habe warme Kleidung bestellt, damit wir an Land

gehen können. Bevor wir die nicht haben, erfahren Sie kein Wort!«

Olsens Antwort verriet Torsten, dass der Mann vor Wut fast platzte. Ohne sich davon beeinflussen zu lassen, wiederholte er seine Frage: »Was ist jetzt mit der Kleidung?«

Olsen begriff, dass er das Patt nur auflösen konnte, wenn er nachgab, und befahl, warme Kleidung zur *Midgardsormr* bringen zu lassen. Er kannte das U-Boot, da er bereits als Gast der Terjesen-Brüder damit gefahren war. Und weil die evakuierte Bohrstation den Terjesens gehörte, sah er Torsten und dessen Begleiter als Saboteure an, die zur Rechenschaft gezogen werden mussten. Entsprechend aufgebracht empfing er die Gruppe, als diese sich umgezogen hatte und das U-Boot verließ.

Torsten hörte sich Olsens Drohungen ein paar Sekunden an, dann unterbrach er ihn rüde. »Wir alle hier waren Gefangene einer Bande, die von Torvald und Espen Terjesen angeführt worden ist. Sollte sich herausstellen, dass die norwegischen Behörden die verbrecherischen Umtriebe dieser beiden Männer gedeckt oder gar unterstützt haben, wird Ihre Regierung der internationalen Öffentlichkeit einiges zu erklären haben. Außerdem wollen wir jetzt ins Warme und hätten auch nichts gegen eine ausreichende Mahlzeit und hinterher ein Badezimmer ohne Wanzen und Kameras einzuwenden. Haben Sie verstanden, oder muss ich deutlicher werden?«

Noch bevor Olsen etwas antworten konnte, schob sich John Thornton vor Torsten und sah den Norweger grinsend an. »Sie sollten diese Warnung ernst nehmen, mein Guter! Und noch etwas: Wenn Sie uns jetzt nicht in Ruhe lassen, werden Sie auf der schwarzen Liste etlicher Geheimdienste ganz weit oben stehen. Espen Terjesen und seine Kumpane Age Hemsedalen und Bjarne Aurland haben nicht nur Kapitän Andresen und seine Crew auf der *Trollfjord* ermordet, sondern auch einige unserer Leute. Sie können sich vorstellen, dass unsere Laune nicht die beste ist und so mancher unter uns Ihnen liebend gerne zu prachtvollen dritten Zähnen verhelfen würde!«

»Sie, das lasse ich mir nicht gefallen!«, schrie Olsen ihn erbost an.

Im selben Moment eilte sein Stellvertreter herbei und reichte ihm ein Funktelefon. »Oslo ist am Apparat! Sie schicken ein Flugzeug, um die Herrschaften abzuholen.« Danach wandte der Mann sich an Torsten, Thornton und die anderen Befreiten.

»Die norwegische Regierung bittet Sie, Berichte über die Ereignisse der letzten Tage zu erstellen, und entschuldigt sich für die Unannehmlichkeiten, die Sie dabei hinnehmen mussten.«

»Das klingt doch schon ganz anders als das Gebrüll dieses Moschusochsen«, sagte Torsten zu Thornton und ließ Olsen stehen.

ZWEIUNDZWANZIG

Das Quartier in Longyearbyen war akzeptabel, das Essen reichhaltig und deftig. Auch landete das Flugzeug, das die Gruppe abholen sollte, schon nach kurzer Zeit. Daher konnten Torsten und die anderen, die auf der Unterwasserstation gefangen gewesen waren, die arktische Wildnis bald verlassen. Rolsen nahm Torsten einfach mit. Der Mann war gut und zuverlässig, doch er brauchte eine Arbeit, bei der er nicht andauernd unter Stress stand. Da die Bundeswehr unter einem Mangel an qualifizierten Medizinern litt, würde der Mann dort gut aufgehoben sein.

Obwohl die Agenten zu teilweise verfeindeten Geheimdiensten gehörten, herrschte Waffenstillstand zwischen ihnen. Aber die Berichte, die sie schrieben, waren für die norwegische Regierung alles andere als angenehm. Die Wut darüber, dass die Terjesen-Brüder ihre Pläne unter den Augen der norwegischen Behörden hatten verfolgen können, kochte in den Befreiten. Auch Torsten überreichte dem sichtlich geknickten Olsen zwei Seiten, auf denen er aufgeschrieben hatte, was er den Norwegern zukommen lassen wollte. Durch ein Telefongespräch mit Wagner wusste er inzwischen, dass auch Henriette die ganze Sache gut überstanden hatte und sich mit Nastja Paragina auf dem Weg nach Deutschland befand. Aber das war etwas, das außer ihm niemanden hier etwas anging.

In Oslo trennten sich die Wege. Ein wenig bedauerte Torsten es, dass Dai Zhoushe ohne Abschied abreiste. John Thornton hingegen kam noch einmal auf ihn zu und reichte ihm grinsend die Hand. »Herzlichen Dank, du verrückter Kerl! Richte ihn auch deiner Kollegin aus. Die Frau passt zu dir. Was sie mit dem Tauchboot angestellt hat macht ihr so leicht keiner nach. Ich habe allerdings das Gefühl, als wäre sie nicht allein gewesen. Solltet ihr Deutschen in naher Zukunft ganz zufällig eine Möglichkeit zur Energiegewinnung aus dem im Meer gebundenen Methan entwickeln, würde mein Konzern sich freuen, wenn er mit einsteigen könnte.«

Torstens Miene blieb unbewegt. »Ich habe keine Ahnung, wovon du sprichst. Auf alle Fälle habe ich mich gefreut, dich wiederzusehen. Mach es gut! Wirst du mit Rumble und seiner Bande zusammen fliegen?«

»Nein, ich habe einen anderen Flug gebucht. Die Zeit, die ich mit Rumble und Shears verbringen musste, reicht mir vollkommen. Es war mir zu viel Rumble, musst du verstehen«, antwortete Thornton mit einem Wortspiel und schüttelte dann den Kopf. »Ich würde mein Gehalt für die nächsten drei Jahre hergeben, um zu erfahren, wie du und deine Kollegin das fertiggebracht habt.«

»Sei vorsichtig! Ich könnte es dir sonst erzählen.«

Torsten verabschiedete sich lachend und ging auf die Sicherheitsschleuse zu. Nach all der Aufregung der letzten Tage wollte er mit seinen Gedanken allein sein. Doch kaum hatte er das Gate für den Flug nach München erreicht, sah er Daisy und Viktor Brünger vor sich und wurde von diesen mit Fragen bombardiert.

Unterdessen beobachtete John Thornton, wie Anthony Rumble und der Chef des US-Heeresgeheimdienstes mit ihren Teams jenem Gate zueilten, das für spezielle Gäste reserviert war, und wunderte sich, dass Sally Marble fehlte. Kurz darauf sah er die junge Frau unschlüssig in seiner Nähe stehen. Sie wirkte niedergeschlagen und schien geweint zu haben. Rasch ging er auf sie zu und sprach sie an. »Was ist denn mit Ihnen los, Sally?«

»Kann ich mit Ihnen sprechen, John?«, fragte sie bedrückt.

»Jederzeit!«

»Es ist ... Sie wissen doch, ich sollte Valdez ausschalten. Inzwischen habe ich erfahren, dass ich in die falsche Kabine geraten bin und einen unbeteiligten deutschen Touristen umgebracht habe! Darüber komme ich nicht hinweg.« Sallys Lippen zitterten, und Tränen liefen ihr über die Wangen.

John tat sie leid. Wie es aussah, war sie nicht hart genug für ihren Job. Mit einer sanften Bewegung zog er sie an sich und strich ihr über das Haar.

»Sie trifft keine Schuld, Sally. Diese Sache hat Rumble zu verantworten, der unbedingt einen Schnellschuss aus der Hüfte abfeuern wollte, und seine Halbaffen, die sich von Manolo Valdez an der Nase herumführen ließen und Ihnen die falsche Kabinennummer genannt haben.«

»Das sage ich mir ja auch«, antwortete Sally leise. »Doch

es ändert nichts an der Tatsache, dass ich einen Unschuldigen getötet habe.«

»Für Männer wie Rumble und Shears ist der Mann nichts weiter als ein Kollateralschaden, weil er zur falschen Zeit die falsche Kabine gebucht hatte.« John warf einen verächtlichen Blick in die Richtung, in der Rumble mit seinem Team verschwunden war, und sah wieder Sally an. »Was wollen Sie jetzt tun?«

»Ich habe Mr. Rumble gesagt, dass ich diesen Job nicht länger machen kann. Er meint, ich sollte es mir noch einmal überlegen, aber mein Entschluss steht fest. Deshalb wollte ich fragen, ob Sie mir nicht zu einem Job verhelfen könnten, der besser zu mir passt!«

John spürte, dass es Sally höchst unangenehm war, bitten zu müssen, freute sich aber auch über das Vertrauen, das sie ihm entgegenbrachte. Nachdenklich nickte er. »Ich könnte eine Assistentin brauchen, die so gut mit dem Computer umgehen kann wie Sie, Sally. Wenn Sie wollen, gehen wir jetzt gemeinsam zum Flugschalter und lösen das Ticket für Sie!«

»Danke, John!«, antwortete sie, und zum ersten Mal stahl sich der Anflug eines Lächelns auf ihr Gesicht.

DREIUNDZWANZIG

Die Weihnachtszeit war vorüber, doch Hans Borchart schmückte den Aufenthaltsraum ihres Hauptquartiers mit Strohsternen, Tannenzweigen und Lametta. Auf dem Tisch brannten alle vier Kerzen des Adventskranzes, und aus einem großen Topf drang der süßliche Duft von Glühwein. Gerade stellte er noch zwei Schalen mit Plätzchen und Lebkuchen hinzu.

»Glaubst du, dass es reicht?«, fragte er Petra Waitl über die Schulter hinweg.

Diese hatte es sich auf der Liege bequem gemacht und spielte auf ihrem Computer Spider Solitär. Nun hob sie den Kopf und nickte. »Das sieht doch gut aus! Es ist nur schade, dass wir keinen Tannenbaum haben. Aber der würde an einem zehnten Januar vielleicht doch etwas übertrieben wirken.«

»Wir feiern Weihnachten eben zum Zeitpunkt der orthodoxen Kirche«, erklärte Hans, ohne genau zu wissen, wann deren Gläubige Christi Geburt begingen.

Franz Xaver Wagner steckte den Kopf zur Tür hinein. »Sind Sie so weit, Borchart? Unsere beiden Helden werden gleich eintreffen. Ich habe eben einen Dienstwagen des Kanzleramts auf den Parkplatz einbiegen sehen.«

»Wir sind fertig, Chef!«, antwortete Petra und bewegte die letzte Karte ihres Spieles. Danach schob sie die Konsole mit der Tastatur beiseite und blickte neugierig zur Tür.

Es dauerte noch einige Sekunden, dann hörten sie Schritte auf dem Gang. Kurz darauf kam Henriette von Tarow herein, sah die Weihnachtsdekoration und starrte Petra und die anderen erstaunt an. »Was ist denn hier los?«

»Da euer Weihnachten doch arg in die Hose gegangen ist, dachten wir, ihr würdet euch über eine kleine interne Feier mit uns freuen. Es gibt sogar ein paar Geschenke!« Hans wies grinsend auf einige Päckchen auf der Anrichte. »Erwartet aber nichts Weltbewegendes! Es handelt sich nur um ein paar Werbegeschenke, die uns das Kanzleramt hat zukommen lassen. Für Torsten ist es ein ledergebundener Planungskalender für das neue Jahr, und für dich eine winzige Flasche Parfüm.«

So ganz stimmte es nicht, denn auch Petra, Wagner und er hatten ihren beiden Freunden und Kollegen je eine Kleinigkeit besorgt. Doch das war im Augenblick nicht wichtig.

»Schön, dass ihr heil zurückgekommen seid!«, begrüßte Wagner Henriette und Torsten, der ihr leicht humpelnd gefolgt war.

»Ganz heil nicht! Der Arzt, der mich untersucht hat, meint, dass ich ein paar Wochen aussetzen muss«, antwortete Torsten griesgrämig.

Wagner winkte ab. »Es hätte viel schlimmer kommen können! Also seien wir froh, dass ihr wieder hier seid. Wollt ihr einen Glühwein?«

Der abrupte Themenwechsel brachte Henriette zum Lachen. »Gerne! Es ist wirklich nett, dass ihr extra eine Weihnachtsfeier für uns vorbereitet habt. Ich habe das Fest doch ein wenig vermisst.«

Während Hans die Tassen mit Glühwein füllte, setzten Henriette und Torsten sich an den Tisch und angelten sich je einen Lebkuchen.

»Es ist schön, wieder hier zu sein«, bekannte Henriette.

»Was ist eigentlich aus Nastja Paragina geworden?«, wollte Petra von Henriette wissen.

»Die wurde in Wilhelmshaven von Vertretern der Regierung unter die Fittiche genommen. Man will ihr die Gelegenheit geben, ihre Forschungen fortzusetzen und – wenn sich die Gemüter etwas beruhigt haben – mit den Russen und Amis Kontakt aufnehmen, ob man die Ausbeutung des Methans nicht gemeinsam in Angriff nehmen sollte. Man plant, die letzten Monate ihrer Biografie ein wenig zu glätten, so dass sie weder etwas mit dem Anschlag auf die Belkowski-Insel noch mit der *Trollfjord* zu tun hat.«

»Sie wird also für die Verbrechen, an denen sie beteiligt war, nicht zur Verantwortung gezogen.« Wagner klang mürrisch, denn schließlich war Nastja Paragina der Auslöser für den Tod etlicher Menschen gewesen.

Henriette zuckte mit den Schultern. »Der eigentliche Schurke war Espen Terjesen. Er hat Nastjas Gefühle ausgenutzt und sie immer tiefer in den Sumpf hineingezogen. Im Grunde war sie eher Opfer denn Täterin. Hätten ihre Vorgesetzten sie nicht um die verdiente Anerkennung gebracht, wäre das alles nicht passiert.«

Jetzt mischte sich Torsten ein. »Sie sollten das Thema nicht weiterverfolgen, Herr Wagner. Henriette hat die Wissenschaftlerin auch mir gegenüber schon glühend verteidigt. Erzählen Sie uns lieber, wie es in Norwegen weitergegangen ist.«

»Die dortigen Behörden waren, was die Verbrechen der Terjesen-Brüder angeht, zunächst noch recht ungläubig. Aber als ihre Küstenwache das U-Boot mit der Besatzung der Unterseestation aufgebracht und dessen Bewaffnung entdeckt hat, mussten sie uns glauben. Torvald Terjesen ist umgehend festgenommen worden, schiebt aber alle Verbrechen auf seinen toten Bruder. Ganz wird ihm dies allerdings nicht gelingen. Dafür ist seine Verstrickung in dessen Pläne zu offensichtlich.«

»Und was ist mit der Unterwasserstation der Terjesens, Herr Wagner?«, fragte Henriette.

»Die habe ich um insgesamt dreihundert Meter abgesenkt«, antwortete Petra an seiner Stelle. »Das hat gereicht, die Besatzung so in Panik zu versetzen, dass sie die Station verlassen hat. Sobald die Verhandlungen mit den Norwegern über die entsprechende Bergeprämie abgeschlossen sind, werde ich ihnen mitteilen, wie sie dieses Ding betreten und auf normale Arbeitshöhe heben können.«

Petra klang so zufrieden mit sich und ihrer Leistung, dass Henriette überlegte, ob sie ihr nicht doch von dem Torpedo erzählen sollte, dem Torsten und die anderen Befreiten beinahe zum Opfer gefallen wären. Dann aber dachte sie daran, dass ihre Freundin und Kollegin in einem Monat ihr Kind zur Welt bringen würde, und wollte ihr weitere Aufregung ersparen.

»Wie geht es dir eigentlich?«, fragte sie stattdessen.

»Besser als über Weihnachten«, sagte Petra lächelnd. »Ich habe noch mal die Frauenärztin gewechselt. Die neue drängt mir keinen idiotischen Diätplan auf, sondern sagt, ich könnte alles essen, was mir schmeckt, wenn auch in Maßen und nicht in Massen. Außerdem bin ich quasi schon im Schwangerschaftsurlaub und nur noch mal hereingekommen, um euch zu sehen. Die Zeit bis zur Geburt werde ich in einem Bundeswehrsanatorium verbringen und nebenbei ein wenig am Projekt ›Cyberwar‹ arbeiten. Die Kolleginnen und Kollegen, die damit beauftragt sind, warten schon händeringend darauf, dass ich zu ihnen stoße.«

»Du willst uns verlassen?«, fragte Henriette erschrocken.

Petra schüttelte den Kopf. »Ich bleibe natürlich bei der Gruppe. Aber die Hälfte der Zeit werde ich an ›Cyberwar‹ arbeiten.«

Während Henriette aufatmete, bemerkte Torsten einen verkniffenen Zug um Wagners Lippen und fragte: »Gibt es noch etwas, das wir wissen sollten?«

»Nicht direkt«, erklärte Wagner mit einem freudlosen Lachen. »Unsere Erfolge haben sich herumgesprochen, und jetzt versucht der MAD, uns wieder einzugliedern, während der BND uns in seinen Stall stellen will. Noch sträubt sich der Kanzleramtsminister dagegen, aber unter einem Nachfolger dürften die Karten neu gemischt werden.«

»Es ist doch eigentlich gleichgültig, unter welchem Dach wir unsere Aufträge erfüllen«, wandte Henriette ein.

»Wir waren zu gut! Deshalb wollen sie uns als Ausbilder für ihre eigenen Leute haben«, erklärte Wagner grollend.

»Ehe ich grünen Jungs beibringe, wie sie sich als Geheimagenten benehmen sollen, kehre ich zur Luftwaffe zurück!«, stieß Henriette empört aus. »Da kann ich wenigstens fliegen!«

»Apropos fliegen! Die Staatssekretärin im Verteidigungsministerium und wahrscheinliche Nachfolgerin des Ministers fliegt in zwei Wochen nach Südamerika. Sie braucht jemand, der ihr die Gastgeschenke nachträgt, und ist auf Sie beide verfallen. Torsten dürfte bis dorthin wieder so weit hergestellt sein, dass er den Job erledigen kann, und Sie können sich mit den Kontrollen einer A380 vertraut machen. Zwar glaube ich nicht, dass Sie je so ein Ding fliegen werden, doch man weiß nie, was passiert. Aber jetzt trinkt euren Glühwein aus, bevor er kalt wird!«

»Ich kann nachschenken«, bot Hans an.

Sofort hielten ihm die anderen die Tassen hin. Sogar Petra trank eine Tasse mit, und für kurze Zeit traten alle Probleme und Sorgen in den Hintergrund. Wagner gelang es sogar zu grinsen, als er ein Kuvert in die Hand nahm und in die Höhe hob.

»Das hier ist von der Hurtigruten-Reederei. Sie lädt das Ehepaar Schmied sowie die Kapitänin zur See Petra Waitl als Dank für die Rettung der *Trollfjord* ein, die Reise Bergen – Kirkenes – Bergen als ihre verehrten Gäste zur Mittsommerzeit, also im Juni, in den beiden Reeder-Suiten mitzumachen.«

Während Henriette sofort den Kopf schüttelte und Torsten entsetzt abwinkte, leuchteten Petras Augen erwartungsvoll auf. »Eine Fahrt in die Mittsommernacht hinein habe ich mir schon immer gewünscht! Das wird gewiss herrlich, meint ihr nicht auch?«

Das Anschlagen der Haustürklingel enthob Henriette und Torsten einer Antwort. Hans eilte hinaus und kehrte wenige Augenblicke später mit einem kleinen Päckchen zurück. »Es war die Postbotin. Diese Sendung kommt aus China und ist an Henriette von Tarow und Torsten Renk gerichtet.«

»Gib her!« Ohne sich um die fragenden Blicke der anderen zu kümmern, nahm Torsten seinem Kollegen das Päckchen ab, las als Absender Dai Zhoushe und öffnete es.

»Pass auf die Briefmarken auf. Meine Nichte sammelt die«, bat Hans noch, da brachte Torsten auch schon ein Rollbild aus Seide zum Vorschein. Als er es ausrollte, war vor einer stilisierten chinesischen Landschaft ein roter Drache zu sehen.

Mit einem seltsamen Gefühl im Bauch zeigte er das Bild und wandte sich an Henriette. »Glaubst du auch, was ich glaube?«

»Das ist ja der Hammer!«, stieß seine Kollegin hervor und sah ihn dann an. »Ob wir sie oder die anderen Geheimagenten auf der *Trollfjord* je wiedersehen werden?«

»Nicht, wenn uns der MAD oder der BND als Dresseure für ihren hoffnungslosen Nachwuchs krallt«, antwortete Torsten bissig.

Dann aber winkte er ab. »Ich glaube nicht, dass es dazu kommt! Dafür sind wir einfach zu gut!«

»Das sind wir«, stimmte Henriette ihm zu und stieß mit ihm an.

»Nachträglich noch fröhliche Weihnachten, Torsten, und darauf, dass dies nicht unser letzter gemeinsamer Auftrag war.«

Apokalypse 2.0
Der Countdown läuft.

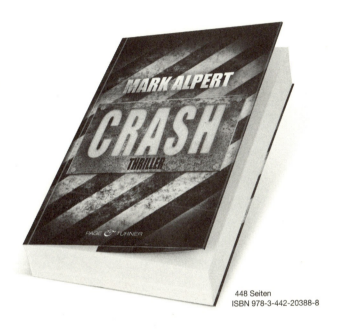

448 Seiten
ISBN 978-3-442-20388-8

Eine Gruppe religiöser Fanatiker will den Urknall wiederholen.
Die Existenz des Universums ist bedroht.

PAGE & TURNER
Überall, wo es Bücher gibt und unter www.pageundturner-verlag.de